KB113598

깬다깨
커플

깬다깨
커플 1

초판 1쇄 발행일 2014년 10월 30일
초판 2쇄 발행일 2014년 11월 05일

지은이 | 루치아
펴낸이 | 김기선

편집장 | 김은지
디자인 | 금장미

펴낸곳 | 와이엠북스(YMBOOKS)
출판등록 | 2012년 7월 17일 (제2014-17호)
주소 | 서울시 도봉구 노해로 379, 1005호(창동, 대성빌딩)
전화 | 02)906-7768 / 팩스 | 02)906-7769
E-mail | ymbooks@nate.com

ISBN 979-11-5619-836-9 (04810)
ISBN 979-11-5619-835-2 (set)

© 루치아 2014 Printed in Korea

값 12,800원

※파본은 구입처에서 교환하여 드립니다.
※저자와 협의하여 인지를 붙이지 않습니다.
※이 책은 저작권법에 따라 보호를 받는 저작물이므로 무단 전재와 복제를 금하며,
이 책 내용의 전부 또는 일부를 사용하려면 반드시 저작권자와 와이엠북스의 동의를 받아야 합니다.

CONTENTS

프롤로그 …7

1장. 까칠한 남자와 엉뚱한 여자 …13

2장. 도둑놈이 잡은 개줄 …48

3장. 구토와 싸가지 …74

4장. 오해 …107

5장. 4가지와 야동을 …138

6장. 질투하다 …163

7장. 심장에 울리다 …199

8장. 심장이 뛰다 …227

9장. 응답하라 …275

10장. 품에 안다 …314

11장. 도발의 시작 …351

12장. 도발당한 첫 키스 …383

13장. 계약 연애 …414

14장. 행복 …438

15장. 이별 …469

프롤로그

도로를 질주하는 구급차에 부디 무사하길 바라는 안타까운 시선들이 몰렸다.

삐- 뽀! 삐- 뽀! 삐- 뽀!

구급차가 도착한 응급실은 순식간에 아수라장이 되었다. 모든 의사와 간호사들은 환자를 돌보느라 제정신이 아니었다. 응급실뿐만 아니라 병원 관계자 모두 초긴장 상태였다. 호출을 받은 은서도 예외는 아니었다. 응급실에 실려 들어오는 환자들은 검붉은 피를 흘렸지만, 그 모습에 겁낼 그녀가 아니었다. 이까짓 것쯤! 머리를 단단히 올려 묶으며 뛰기 시작했다.

"서둘러!"

응급실장의 지시로 모든 일은 일사천리로 이루어졌다. 은서는 힘든 일이 싫어 그리 크지 않은 종합병원에서 근무했었다. 그러던 중 스카우트 제의를 받아 얼마 전에 이곳으로 왔다. 하지만 전쟁터를 방불케 하는 외상 환자가 갑자기 들이닥치자, 결국 소매를 걷어 올렸다.

"수술 방 준비됐어?"

복부에 칼을 찔려 긴급수술이 필요한 환자가 도착했다. 응급실장은 이동 침대를 밀며 다급한 목소리로 다그쳐 물었다.

"조금만 더 기다리라고……."

기어들어가는 양 간호사의 말에 응급실장의 인상이 일그러졌다.

"빨리빨리 서두르라고 독촉해! 유은서! 강우빈!"

"네, 실장님!"

환자를 치료 중이던 은서와 우빈은 응급실장이 부르자 고개를 돌렸다. 멀찍이 떨어져 있던 두 사람과 눈을 마주친 실장은 환자의 신음에 인상을 찡그렸다. 그만큼 위중했다.

"너희 둘! 난 수술실 올라갈 테니까 웬만한 처치는 여기서 부탁해."

"알겠습니다."

잠시 후, 응급실장은 양 간호사에게 수술 방이 준비되었다는 말을 전해 들었다.

"민소희! 나랑 같이 수술 방 올라간다."

"네, 준비하겠습니다."

응급실장이 올라간 후 구급차 소리가 나더니 몇 명의 외상환자가 또 들어왔다.

"아니, 오늘 무슨 일이래?"

당황한 은서는 잠시 치료를 멈추고 들어오는 환자들을 바라보았다. 다행히 걸어 들어오는 것을 보니 그리 중환자는 아닌 것 같았다.

"유 선생님, 모르세요? 오늘 폭력배 소탕하다가 칼부림 나서 이런 거래요."

옆에서 도와주던 양 간호사가 아는 척 말했다.

"폭력배요?"

은서는 이런 일은 영화에서나 나오는 일이라고 생각했다. 다시 환자에게 눈길을 돌리려다 순간 환자와 눈이 마주쳤다. 그럼 이 사람도 깡패인가 싶어 한쪽 가슴이 서늘해졌다.

'나도 참……'

하찮은 생각에 피식 웃음이 났다. 전에 일하던 병원보다 중환자가 많다는 것뿐 다를 건 없었다.

"좀 전에 들어온 사람들은 검사랑 수사관들 같아요. 유 선생님은 온 지 얼마 안 돼서 모르겠지만 저는 저분들 몇 번 뵌 적 있거든요. 자고로 나쁜 놈들은……"

"흠!"

은서는 눈치 없는 양 간호사에게 언질을 주기 위해 헛기침을 했다. 하지만 양 간호사는 반응이 없었다.

"왜 싸워서……"

"이분 끝나면 응급 환자부터 봐야겠어요."

계속 받아주면 안 될 것 같아 양 간호사의 말을 잘랐다. 그녀가 말조심하라고 눈치를 주자 그제야 알아차렸다.

"아…… 네."

뉴스에서 보면 어디의 무슨 파와 무슨 파가 싸웠네, 그래서 소탕을 하네, 어쩌네 한 게 알고 보면 지금 이 상황이었다.

"도대체 몇 명이나 다친 거야?"

그나마 먼저 들어온 환자들은 그런대로 치료가 끝나 안정제를 맞고 있었다. 혹여 환자들이 도망칠세라 경찰관들은 즐비하게 서 있었고, 은서는 적응이 안 되는 듯 요리조리 그들을 피해 다녔다. 그러다 한쪽 구석에 누운 남자 앞으로 다가가 상처를 살펴보았다. 먼저 핀셋으로 소독 거즈를 꺼내 들었다.

"좀 꿰매야겠네요. 아파도 참으세요."

그는 고개를 끄덕였다.

"아!"

아직 마취가 안 된 탓인지 환자의 입에서 비명이 새어 나왔다. 꿰맬 때마다 따끔하겠지만, 마취가 완전히 될 때까지 기다릴 시간이 없었다. 한두 바늘만 더 꿰매면 될 것 같아 그녀는 바느질을 계속했다.

"아프시죠? 조금만 더 하면 돼요. 거의 다 됐어요."

바늘이 살을 뚫고 들어갈 때마다 환자는 인상 찡그렸다. 그런 환자를 살살 달래며 그녀는 능숙하게 꿰맸다. 커터 칼로 살짝만 베여도 피가 줄줄 나고 아픈데, 도대체 어떤 칼로 베서 이런 상처를 만들까 싶었다. 그나마 상처가 깊지 않아 다행이었다.

"다 돼가요. 잘 참으셨어요."

옆의 간호사가 그녀를 도와 마지막 매듭에 컷을 해주었다.

"장 수사관님! 저 깡패 새끼들 한방으로 모아서 철저히 감시해주세요!"

은서는 별안간 들리는 목소리에 깜짝 놀랐다. 소리가 나는 쪽을 쳐다보니 제법 큰 키에 잘생긴 외모를 지닌 남자가 지시 내리는 모습이 눈에 들어왔다.

"네!"

지시를 받은 수사관은 경찰관에게 신호를 줬다. 그러자 그들은 의사에게 물어보지도 않고 환자들을 옮기려 했다. 황급히 치료를 마무리한 그녀는 모든 상황을 주시하고 있는 남자에게로 다가갔다. 그는 응급실 안의 상황을 살피느라 그녀를 알아차리지 못했다. 가까이 다가가자 그제야 그녀의 존재를 확인하고 눈을 돌렸다.

눈빛이 너무 강해서였을까. 아니면 너무 깊어 가늠이 안 된 걸까. 의사 일을 하다 보니 눈빛만 봐도 그 사람의 심성이 읽히는 그녀였다. 하지만 이 남자는 전혀 알 수 없는 눈빛을 하고 있었다. 만만치 않은 상대임이 틀림없었다.

"이봐요, 의사 허락도 없이 환자를 어디로 옮기라는 거예요?"

환자들이 몰려와 신경이 날카로운 상태였지만, 그녀는 최대한 감정을 억누르며 입을 열었다.

"여기에 같이 두면 다른 사람들이 위험해질 수 있어서 그렇습니다."

당연한 걸 왜 묻느냐는 말투였다. 그 남자는 더 이상 그녀와 눈도 마주치지 않았다.

"그래도 지금은 안 돼요. 좀 더 상태를 지켜봐야 한다고요."

"지금 해야 합니다."

남자의 말투가 단호해지자 은서는 그야말로 황당했다.

"아직 병실도 정해지지 않았는데 어디로 옮긴다는 거예요!"

말귀가 통하지 않자 짜증이 울컥 치솟았다. 하지만 남자는 입씨름하기 싫었는지 주변을 두리번거리며 누군가를 찾았다.

"응급실장님은 어디 가셨습니까?"

자신을 완전히 무시하는 남자의 태도에 은서는 기분이 상했다.

"깡패 새끼든 검사 새끼든 지금은 제가 응급실장이에요!"

그녀의 말투와 목소리는 화가 날 때 더욱 도드라졌다. 자신이 듣고도 이해하기 힘들었는지 그가 되물었다.

"뭐? 검사 새끼?"

황당했는지 남자의 짙은 눈썹이 살짝 움직였다. 은서는 팔짱을 낀 채 '검사면 뭐!' 하는 식으로 쳐다보았다.

"둘 다 나한테는 똑같은 환자란 뜻입니다."

남자의 한쪽 눈썹이 또다시 씰룩하며 움직였다.

"똑같다?"

검사를 깡패들과 같이 취급하다니. 만약 은서가 남자였다면 당장이라도 멱살을 잡았을 것 같은 표정이 그의 얼굴에 어렸다.

"후…… 우……."

화를 가라앉히려는지 깊은 숨을 토해냈다. 그러든지 말든지. 은서는 그저 이 남자가 눈앞에서 안 보였으면 싶었다. 그의 거만한 태도가 괜히 거슬렸다.

"여기는 복잡하니까 저쪽으로 비켜주세요! 그리고 경찰분들은 다 나가주세요! 치료할 수가 없잖아요!"

은서는 남자 옆에 서 있던 수사관에게 나가라고 손짓했다. 짜증 섞인 그녀의 말에 남자는 더 크게 소리쳤다.

"그냥 있어!"

성난 목소리였다. 모두의 시선이 남자에게로 향했다.

"아니, 이 사람이!"

은서 역시 한 목소리 했다. 그런 그녀가 자신이 뭐라도 되는 듯 병원에서 소리치는 남자를 똑바로 바라보았다. 한숨을 내쉰 남자는 잠시 목소리를 가다듬었다.

"저 사람들은 한순간 어떻게 변할지 모르는 조직 폭력배입니다."

그는 타이르듯 상황을 설명했다.

"지금은 환자거든요."

하지만 은서의 눈엔 아픔에 신음하는 그냥 환자일 뿐이었다.

"안 됩니다."

타협할 생각이 없는지 남자는 고집을 부렸다.

"그럼 나 안 해! 당신이 꿰매!"

"뭐?"

대화가 점점 격하게 치닫자 치료를 마친 우빈이 은서 옆으로 다가왔다.

"유 선생, 환자 치료가 먼저입니다."

그러고는 그녀의 소맷귀를 잡아 끌어당겼다.

"뭐, 저런……."

## 장. 까칠한 남자와 엉뚱한 여자

"뭐, 저런……."

그는 황당했는지 말을 잇지 못했다. 눈 똑바로 뜨고 또박또박 말대답하는 여의사라니, 어이가 없었다. 그는 그녀를 뚫어지라 바라보았지만 은서는 그런 시선 따윈 아랑곳하지 않고 제 일을 하나씩 처리해 나갔다.

잠시 후, 취재를 나온 기자들로 응급실은 다시 북새통이 되었다. 적당한 곳에 자리를 잡은 리포터들은 하나같이 비슷한 말들을 뱉어냈다. 은서는 병원 안을 돌아다니는 카메라를 보며 다음 환자에게 다가갔다. 그러자 어느 정도 치료를 마친 우빈이 다가왔다.

"이분이 마지막인 거 같은데……."

우빈은 양 간호사가 건네주는 마취주사를 받아 환자에게 놓았다.

"그런 거 같아. 수고했다."

"다들 수고했지, 뭐."

환자는 그렇다 치고 기 싸움까지 해서 그런가 그녀는 피곤했다. 마취주사를 맞은 환자는 감각이 없는지 자신의 살이 꿰매지는 걸 바라보았다.

"안 아프시죠?"

"……."

환자는 인상만 쓸 뿐 아무 말도 하지 않았다.

"으으으……."

이윽고 마무리할 때쯤이었다. 환자가 갑자기 가슴을 움켜쥐며 고통을 호소했다.

"왜 그러세요? 가슴이 아프세요?"

은서의 물음에 환자는 고통스러운 표정을 지으며 고개를 끄덕였다.

"혹시 chest fracture(흉부 골절)?"

"CT 촬영 준비해주세요!"

마지막 환자를 영상의학과로 보낸 뒤, 그녀는 데스크에서 차트를 작성하는 우빈에게 다가갔다. 은서 역시 차트를 작성하다 방송국 카메라를 응시했다. 이 정도로 취재 열기가 뜨겁다는 건 그만큼 큰 사건이란 뜻이었다.

"너랑 한 과장님 때문에 이 병원으로 오긴 했지만, 여기 완전 대박이다."

성적이 괜찮았던 은서는 제법 큰 병원에 입사했었다. 판단력이 빠르고 성격도 좋아 병원 일에 금방 적응해 보람도 느꼈다. 하지만 그땐 너무 어리고 순진해서였을까? 휴가를 다녀온 그녀는 자신이 수술한 환자가 아닌, 제가 돌봐주었던 환자가 사망했다는 것을 알고 죄책감에 빠졌다. 그 일이 있은 후 은서는 도망치듯 병원을 퇴사했고 간단한 수술만 하는 작은 병원으로 옮겼다. 그러다 우빈과 한 과장의 오랜 설득에 한순간 생사가 엇갈리는 이곳으로 다시 왔다.

"오늘 정신없었지? 검찰청이 옆에 있어서 그런가?"

그녀는 우빈의 말을 들으며 응급실을 한번 둘러보았다. 그 남자가 안 보였다.

"근데 아까 나하고 말한 남자는 누구야?"

"글쎄? 나도 처음 보는 얼굴인데. 새로 발령 왔나?"

좀 전의 일을 다시 생각하니 울컥했다.

"재수 없어."


어느새 아침이 밝아오고 있었다. 은서는 긴장이 풀리자 졸음이 밀려왔다. 응급실 밖에서 커피를 마시던 그녀는 밤새 밀려든 환자로 피곤했다. 눈이 충혈됐는지 뻑뻑한 느낌이었다. 담장을 보니 봄을 알리는 목련이 한창 꽃망울을 터트리기 시작했다. 따스하고 부드러운 봄바람이 그녀의 몸을 휘감고 지나갔다. 멍하니 하늘을 바라보던 은서의 앞으로 그 남자가 다가왔다. 키가 큰 탓에 그녀의 시야가 가려졌다.

"비켜요. 하늘이 안 보이잖아요."

"이제 옮겨도 되겠습니까?"

남자의 목소리가 한결 부드러워졌다. 그녀는 잠시 그를 바라보다 이내 응급실 일을 생각해냈다. 솔직히 정신없다 보니 잊고 있었다.

"이제부턴 응급실장님이랑 상의하시고, 그보다 좀 비켜주세요. 며칠 만에 보는 아침 하늘인데……."

구름 한 점 없는 하늘이 보기 좋았다.

"그쪽이 응급실장이라며?"

화가 난 듯 순간 말투가 변했다.

"그 자리 아침에 돌려줬어요. 월권행위라 잘못하면……."

은서는 잠시 말을 멈췄다. 남자의 표정을 보니 잡아먹힐 것 같았다.

"장난해?"

그는 눈빛을 번뜩이며 말했다. 최대한 감정을 억누르는 듯한 말투였다.

"비키라고요."

"그만둡시다."

남자가 작게 한숨을 내쉬었다. 여자랑 이러고 있는 자신이 한심하다고 느꼈는지 그가 체념하듯 말했다. 그러자 벤치에 앉아 있던 그녀가 일어섰다.

"알아볼게요."

은서는 응급실 쪽으로 뛰어갔다. 그리고 안으로 들어온 그녀는 응급실장부터 찾았다.

"유 선생, 도와줘서 고마웠어."

그녀를 본 응급실장이 반갑게 맞아주었다.

"이럴 때 외과에서 도와야죠. 그런데 저 사람들 여기에 이렇게 두면 안 될 것 같은데요."

"그건 내가 처리할게. 수고했어."

입꼬리가 올라가게 웃은 그녀는 정중히 고개를 숙였다.


은서가 가운을 벗으며 둘러보니 아침까지 북적이던 취재진도 어느새 모습을 감추었다. 밤새 그 난리를 친 게 맞나 싶을 정도로 조용했다.

"수고하세요!"

퇴근 준비를 마친 그녀는 집으로 가기 위해 주차장으로 갔다. 이내 차에 올라타 시동을 걸고 서서히 병원을 빠져나갔다. 건널목 앞에서 잠시 멈춘 은서는 신호가 바뀌자 다시 차를 출발했다. 얼핏 옆 차선에 있는 차를 보았다. 어? 그 남자였다.

"어우, 권력 앞세우는 재수……. 에잇!"

거친 말을 하려다 참았다. 욱하는 이 성질머리는 고치고 싶어도 고쳐지지가 않았다. 남자도 은서를 힐끗 보곤 고개를 돌렸다. 한마디로 무시했다. 은서는 애써 성질을 죽이며 음악을 들었다.

그때, 차가 덜컹하고 흔들리며 그녀의 몸이 앞으로 쏠렸다. 갑작스러운 상황에 놀란 은서는 뒤를 돌아보았다. 접촉 사고였다.

"오늘 왜 이리 재수가 없는 거야."

투덜거리며 차에서 내린 은서는 뒤차에서 내리는 남자들을 보았다. 모두 뒷목을 잡은 상태였다. 깍두기 머리에 시커먼 양복. 몸짓도 커다란 게 딱 봐도 양아치였다.

'오늘 양아치들 잔치하나. 참 여러 가지로 만난다.'

왜 자기들이 목덜미를 잡아. 오히려 내가 잡아야 하는 거 아니야?

"운전을 어떻게 하는 거야! 좀 더 앞에서 정차했어야지!"

남자들은 은서 차의 바퀴를 툭툭 차며 한마디씩 했다. 혹시 몰라 앞쪽을 보니 차는 라인에 정확히 정차되어 있었다.

"아이고, 뒷목이야! 이거 전치 6주다."

"난 어깨가 나간 것 같아."

그녀가 봤을 때 이 상태로 안 될 것 같았다. 운전석으로 올라탄 은서는 휴대폰을 꺼내 들었다. 상황을 지켜보던 남자는 신호가 바뀌자 속도를 올렸다. 차를 출발시키고 나서도 혹시나 했는지 백미러로 뒤의 상황을 확인하며 갔다.

"여보세요, 경찰서죠?"

은서는 차 문을 닫으며 신고했다. 그 소리를 들은 남자들은 운전석의 창문을 두드리며 나오라고 손짓했다.

"안 나와! 사람이 다쳤으면 나와서 합의를 봐야지!"

"이게 미쳤나. 어서 나와!"

은서는 아예 밖의 소리가 들리지 않도록 음악의 볼륨을 올렸다. 편하게 의자에 몸을 기대곤 앞만 바라보았다.

사고를 낸 남자들은 상황 판단을 한 것 같았다. 경찰이 오기 전에 가려는 낌새가 보이자 은서는 그제야 차에서 내렸다. 그녀는 뒤차의 번호판을 확인하고 휴대폰에 메모했다.

"제 차, 블랙박스 있어요."

"뭐!"

당황하는 기색이 말투에서 느껴졌다.

"그냥 가실래요? 아니면 경찰 기다리실래요?"

은서가 당차게 말하자 남자들은 차바퀴를 다시 찼다. 그냥 가자는 눈짓을 보내는 게 이런 상황에 걸려서 좋을 게 없다고 판단한 것 같았다.

"너, 오늘 운 좋은 줄 알아."

하지만 남자들이 자리를 뜨기도 전에 사이렌 소리가 들리며 경찰차가 도착했다.

"젠장! 벌써 온 거야?"

은서는 바닥에 침을 뱉는 남자들을 보며 경찰차 앞으로 갔다.

"수고하시네요."

"접촉 사고십니까?"

은서는 경찰관에게 사고 정황을 설명했다. 그녀는 차에 흠집이 없는 관계로 사과만 받고자 했다. 수리를 해야 한다면 몰라도 이 정도의 일은 크게 만들어봤자 귀찮아질 뿐이었다.

"아가씨, 검찰 쪽에 아는 분 있어요?"

사고 접수를 하던 경찰관은 그녀를 곁눈질로 봤다. 그러더니 조금 짜증난다는 식으로 말했다.

"네? 무슨?"

"당장 가달라고 위에서 전화가 왔던데요."

"글쎄요. 무슨 소린지……."

한편, 사고를 낸 남자들은 어서 끝내자고 자기들끼리 눈짓을 교환했다. 그들이 쉽게 사과를 하자 그녀는 너그러운 마음으로 넘어가주었다.

사고처리 후 아파트에 도착한 은서는 엘리베이터 앞에 섰다. 문이 열리자 옆집에 사는 아주머니와 마주쳤다. 아주머니는 집주인이 들어오는 바람에 이사하게 되었다고 말했다. 아파트에 살다 보면 만났다 헤어지는 일이 다반사라 건강하시라는 말을 건네며 작별을 고했다.

집에 들어온 은서는 침대 속으로 들어갔다. 눈을 감자 잠이 쏟아졌지만, 이사하는 소리에 좀처럼 잠을 잘 수가 없었다. 그러다 어느 순간 이삿짐이 다 나갔는지 조용해졌다. 은서는 그제야 깊은 잠으로 빠져들었다.

그런데, 얼마나 잤을까?

탕탕탕탕…… 톡톡톡…….

이번에는 인테리어를 하는지 망치질 소리가 리드미컬하게 들렸다. 그 소리에 그녀는 잠이 깼다.

"아…… 미치겠다. 그냥 대충 살지…… 오늘 왜 이러냐?"

참아보려 했지만, 시끄러운 소리는 계속 들렸다. 결국 그녀는 자는 것을 포기했다.


다음 날 아침, 회진을 마친 한 과장이 어느 병실을 찾았다. 마치 잘 아는 듯 환자들과 한 과장이 친밀해 보였다. 은서가 옆에 있는 우빈을 슬쩍 건드렸다.

"너도 아는 사람들이야?"

"응. 안면 정도."

환자들의 상태를 확인하던 한 과장은 문을 열고 들어오는 남자를 보며 멈칫했다. 그러고는 못 믿겠다는 듯 서서히 남자 곁으로 다가갔다.

"최령이니?"

한 과장의 말에 고개를 옆으로 뺀 은서는 남자를 확인했다. 순간 인상이 찌그러졌다.

'뭐야?'

"아저씨 아니세요?"

남자, 아니 령은 검찰청으로 가기 전 다친 사람들을 보기 위해 들른 참이었다. 그러다 우연히 만난 한 과장을 알아보고 인사를 했다. 한 과장은 최령 부친의 오랜 친구였다. 자주는 아니어도 가끔 집으로 찾아와 같이 시간을 보낸 적이 있을 정도로 가까운 사이였다. 하지만 지금은 령이 분가를 한 탓에 한동안 만나지 못했다.

"그래, 오랜만이다. 중앙지검으로 발령 났다는 말은 얼마 전에 들었다."

"네, 며칠 전에 왔습니다. 이 사람들, 잘 부탁합니다."

령은 침대에 누워 있는 사람들을 보며 말했다.

"걱정하지 마. 큰 상처 아니니까. 근데 발령 오자마자 한 건 했더라."

"제가 했나요, 뭘."

은서는 한 과장과 대화를 나누는 남자를 바라보았다. 묘하게 기분이 떨떠름해져 이내 딴짓을 했다.

"유 선생!"

"네? 과장님."

그녀는 갑자기 자신을 부르는 한 과장을 어리둥절한 얼굴로 쳐다보았다. 령 역시 낯익은 목소리에 뒤를 돌아보다 은서를 발견했다. 하지만 잠깐 눈빛이 마주쳤을 뿐 바로 외면했다.

"이 방 환자들은 유 선생이 신경 좀 써줘."

"네? 제가요?"

응급실에서의 일이 떠올랐다. 은서는 령과 관련된 사람들과 얽히고 싶지 않았다.

"네가 꿰맸잖아."

"아니, 그거랑 이거랑 무슨 상관이라고."

"그래서 안 한다고?"

마음 같아선 안 한다고 외치고 싶었지만, 지금 상황에서는 절대 거역할 수가 없었다. 한 과장은 엄연히 그녀의 직속 상관이니까.

"해…… 요."

은서는 마지못해 기어들어 가는 목소리로 말했다.

하지만 찜찜했던 기분도 잠시, 또다시 정신없는 일과가 이어졌다. 그녀는 바쁘게 수술실을 오갔고, 막 수술실을 빠져나왔을 땐 이미 날이 어두워지고 있었다. 장시간의 수술로 후들거리는 다리를 이끌고 은서는 당직실로 향했다. 그때 별안간 한 과장이 나타나 그녀를 붙잡아 세웠다.

"유은서! 수술 방 들어갔어?"

뭐가 그리 좋으신지 볼 때마다 싱글벙글이었다.

"네."

"어때? 할 만해?"

"저 괜히 왔나 봐요. 여긴 외과가 너무 빡세요."

은서는 사뭇 진지한 태도로 말했다. 한 과장은 솔직하게 말하는 그녀를 향해 껄껄거리며 웃었다.

"그래도 당직이면 다른 병원에 비해 부담 없이 쉽잖아."

"그렇긴 해도……."

맞는 말이긴 했다. 응급의료법에 관한 법률 시행규칙 개정안으로 작은 병원은 당직 후에도 낮 근무를 해야 했다. 그러다 보니 거의 죽음의 스케줄일 수밖에 없었다.

"어쨌든 잘 부탁해."

은서는 돌아서는 한 과장의 등 뒤로 고개를 숙이며 인사했다. 당직실로 들어오니 소희와 우빈이 컵라면을 먹으며 그녀를 반겼다. 은서는 반쯤 감긴 눈으로 침대에 걸터앉았다.

"하- 암."

긴장이 풀려서인지 하품이 나왔다. 이게 수술실을 들어갈 때와 나왔을 때의 다른 점이었다. 수술 중에는 눈꺼풀조차 깜박이지 않고 집중해야 했다. 그러다 그 긴장감이 사라지면 무언가를 잃은 듯 허탈해졌다.

"네가 집도했어?"

"아니, 서브해줬어. 그런데 밥을 먹지, 왜 라면을 먹어?"

"나가기 귀찮아서. 너도 먹을래?"

우빈은 남아 있는 컵라면을 내밀었다.

"나는 오늘 술이 당긴다. 같이 마실 사람?"

아무도 반응이 없었다.

"당직."

"난 선약."

오늘따라 한잔하고 싶었지만, 친구라는 것들은 항상 바쁜 척을 해댔다.

"나는 술 마실 친구도 없구나. 그럼 검사들 병실이나 들렀다 퇴근해야겠다."

부탁까지 한 한 과장의 말을 무시할 수는 없었다. 그리고 의사로서의 직무는 충실히 해야 했다. 이게 그녀의 철칙이었다.

"다음에 시간 되면 같이 뭉치자."

"됐네요. 어느 세월에."

조금 미안해진 소희가 라면 국물을 후루룩 마시고 말하자 은서는 됐다며 방을 나섰다. 부지런히 걸어 검사들이 있는 병실로 들어가자 모두 그녀를 반기며 일어나 앉았다. 입가에 작은 미소를 지은 은서가 그들 곁으로 다가 갔다.

"안녕하세요."

"어서 오세요, 여의사님."

남자 셋만 있던 병실에 은서가 들어오자, 갑자기 병실이 환해지는 것 같았다. 그녀는 연예인 뺨은 못 치더라도 수준 이상의 미모를 갖추고 있었다. 그녀를 바라보는 검사들의 눈은 초롱초롱한 빛을 냈다.

"어디 불편하신 데 있으세요, 정석우 씨?"

상처를 확인하기 위해 붕대를 걷어냈다. 모두 순한 양처럼 온화한 표정으로 그 모습을 바라보았다.

"음…… 아직까진 염증 반응도 없고 괜찮네요."

드레싱을 하는 그녀의 모습을 보고 있자니 지난번에 본 차갑고 매서운 분위기는 어디서 나온 건지 의문이 들 정도였다.

"그날 응급실에서 검사 새끼라 하시던데, 무섭지 않으셨어요?"

딱 보기에도 그저 여린 여자였다.

"뭐가요?"

"우리 부장 검사님."

'부장 검사? 이름이 최령이라고 했나?'

은서는 생각을 더듬으며 옆 침대로 갔다.

"권력 앞세운 그 재수탱이가 부장 검사예요?"

이제는 검사 새끼도 아닌 재수탱이라고 하자 검사들은 할 말을 잃었다.

"무서울 게 뭐가 있어요. 저는 자기 권력 앞세워서 맘대로 하려는 인간이 제일 싫어요."

"필요한 조치였을 뿐, 절대 권력을 앞세운 건 아닙니다."

은서가 볼 땐 그게 그거였다. 응급실에서 말하던 거만한 어투. 벤치 앞에서 내려다 보던 싸늘한 눈빛. 한 과장님께 보였던 거짓 같은 겸손. 심지어 시커먼 차까지 모두 다 싫었다.

"어쨌든요."

"그래도 직업 좋고 잘생겼다고 검찰청에서 인기 많아요."

"눈이 다 삐었네요. 그런 싸가지가 뭐가 좋다고."

"싸가지?"

그때 울화를 참고 있는 듯한 낮은 목소리가 들렸다. 병실 안에 있던 사람들은 문 쪽으로 고개를 돌렸다. 령은 이제 막 문을 열고 들어와 있었다. 다른 검사들은 아차 싶은 표정을 지었지만, 은서는 담담히 다음 환자를 살폈다.

"이경호 씨는 어때요?"

"참을 만합니다."

"불편한 데 있으면 얘기하세요. 부장 검사 눈치 보지 말고."

난처해진 환자들은 은서의 말에 더 당황했다.

"눈, 눈치 안 봅니다."

경호는 어쩔 줄 몰라 하며 말을 더듬었다. 은서는 자신이 심했나 싶어 미안해졌다. 이럴 땐 모든 상황을 저한테로 돌리면 됐다.

"딱 봐도 느껴지지만 얼마나 상관 성질이 더러우면 다치고도 말을 못 할까?"

"뭐라고요?"

결국 화를 참지 못한 령은 버럭 소리를 질렀다. 그러나 은서는 심드렁한 표정으로 다음 환자까지 찬찬히 살핀 후 고개를 빳빳이 들고 나갔다.

"저 여자 뭡니까?"

령은 은서가 나간 병실 문을 보며 한마디 했다. 어째서 이렇게 자꾸 부딪치는지. 더군다나 그녀의 태도는 이해할 수 없었다.. 도대체 뭘 잘못했다고 저러는 건지. 일반인과 범법자를 구분한 게 그리도 잘못된 일인지. 참고 넘어가려 해도 울화가 치밀어 올랐다.


하지만 다음 날 그는 더 황당한 일을 겪어야만 했다. 전날 한 과장의 전화에 그는 의료 상담을 원하는 줄 알고 약속에 응했다. 그런데 호텔 레스토랑 문을 열고 들어서다 뜻하지 않은 은서의 모습을 보았다.

"최령, 여기야."

한 과장의 부름을 들은 그는 옆자리에 앉아 있는 은서의 표정을 보았다. 어찌나 놀라는 모습이던지, 하마터면 웃음이 나올 뻔했다. 그 역시 전혀 예상치 못한 인물이 앉아 있자, 다소 놀라긴 했다.

"안녕하십니까? 제가 늦었나 봅니다."

자리로 다가간 그가 인사를 하자 한 과장은 손을 내밀어 악수를 청했다.

"아니야. 우리가 빨리 왔어. 두 사람 서로 알지?"

"네. 근데 갑자기 무슨 일로……."

혹시 의료 사건과 관련된 사람이 은서인가 싶어 고개를 갸웃거렸다.

"어…… 그게 이쪽은 유은서. 그리고 이쪽은 최령. 인사부터 나눠."

은서는 가볍게 목례를 했고, 아무것도 모르고 나온 령도 얼떨결에 인사를 했다.

"둘이 얼굴도 알고 하니 이참에 한번 만나보는 건 어떤가?"

"네? 무슨?"

이미 한 과장의 의도를 알고 나온 은서는 말이 없었지만, 령은 놀랄 수밖에 없었다.

"제수씨가 말을 안 했나 보군. 지금 둘이 맞선 보는 거야."

"……!"

"맞선! 더 설명 안 해도 되겠지?"

다시 확인시켜주자 령은 속이 타는지 앞에 있는 물잔을 들어 물을 벌컥벌컥 마셨다.

"어머니가 이상하셨던 게 다 이유가 있었네요."

갑자기 만나는 여자는 있니, 혹시 좋은 상대 있으면 만나볼 생각은 있니, 나이도 있으니 가정을 꾸려야 한다……. 결국 그 말들은 다 오늘을 위한 낚시질이었다.

"나는 바빠서 먼저 간다. 그 다음부턴 둘이 알아서 잘하라고."

얼렁뚱땅 상황을 정리한 한 과장이 일어서자, 은서도 덩달아 자리에서 일어났다. 주변을 살피던 령도 엉겁결에 일어섰다.

"과장님, 이건 아니죠."

오늘 일과를 마칠 때쯤이었다. 한 과장이 부른다는 말에 그녀는 외과장실을 찾았었다. 그런데 느닷없이 선을 보자는 바람에 꼼짝없이 붙잡혀 나왔다. 그런데 그 상대가 최령이니 그야말로 기절할 노릇이었다.

"뭐가?"

"상대가……."

왜 하필 저 사람이냐고요! 하지만 은서의 생각과는 다르게 한 과장은 자신이 아주 뿌듯한 일을 한 것처럼 미소가 얼굴 가득 퍼졌다.

"마음에 들어?"

"아니거든요!"

령은 뚱한 은서의 반응에 빈정이 상했다.

'누군 마음에 드나…….'

얼굴이면 얼굴, 능력이면 능력, 어느 것 하나 빠지지 않는다며 주변에서 꽤 칭송받는 그였다. 하지만 은서는 자신을 그저 별 볼 일 없는 사람으로 취급하고 있었다.

"응급실 얘기는 들었어. 꼬인 거 잘 풀어봐. 그냥 헤어졌다간 둘 다 나한테 죽어. 특히 응급실장 유은서 선생님."

한 과장의 말에 은서는 아차 싶어 혀를 쏙 내밀었다. 한편 거의 협박조로 말하는 한 과장을 보며 령은 체념했다. 하지만 은서는 자리를 뜨려는 한 과장의 옷깃이라도 잡아볼까 싶어 손을 내밀었다.

"과장님!"

그러나 이미 떠난 버스였다.

"그럼 나는 가네."

령이 정중히 고개 숙이자 은서 역시 체념한 듯 자리에 앉더니 한숨을 내쉬었다. 저렇듯 대놓고 싫어하니 령은 그저 창밖에 시선을 둔 채 아무 말도 하지 않았다. 한참을 그렇게 있다 웨이터가 주문을 받으러 오자 그때야 서로의 눈이 마주쳤다. 같이 저녁을 먹어야 해, 말아야 해? 둘 다 이런 생각이었다.

은서는 내키지 않은 표정으로 메뉴판을 보며 음식을 시켰다. 그리고 령에게 말없이 메뉴판을 건네줬다. 그냥 헤어졌다간 한 과장 눈 밖에 날 것 같아 가지도 못했다. 무엇보다 한 과장의 잔소리에 시달릴 생각을 하니 치가 떨릴 지경이었다.

두 사람은 음식을 주문한 뒤에도 각자 휴대폰을 만지작거리며 조용히 앉아 있었다. 령은 여태껏 어딜 가든 여자들이 들러붙어 고민이었지만, 유독 자신을 싫어하는 은서를 보고 있자니 그것 또한 마음에 안 들었다. 이 모든 건 응급실에서의 일 때문이었다. 이래서 첫인상이 중요한 법이었다.

음식이 나와도 둘은 한마디도 하지 않았다. 아예 앞사람이 없다 생각하며 무시하는 태도로 먹기 시작했다.

어느덧 식사를 마친 은서는 먼저 일어나 자신의 음식 값만 계산하고 호텔을 나섰다. 맞선은 이렇게 끝났다. 한 과장과 같이 오는 바람에 돌아갈 차가 없었지만, 다행히 병원과 가까운 호텔이라 천천히 걷기로 했다. 그리 늦은 시간이 아니라 그런지 길가엔 오가는 사람들로 제법 북적거렸다.

령은 그때까지도 기막힌 표정으로 자리에 남아 있었다. 은서의 무례한 행동에 혼자 씩씩거리고 있었다. 다시 생각해봐도 저런 여잔 처음이었다. 안 그래도 자존심이 강한 탓이라 그는 도무지 화가 식지 않았다.

"아니, 무슨 이런……."

령은 은서를 만난 후 이 말을 몇 번이나 읊어댔다. 한마디로 답이 안 나오는 여자였다.

"어!"

그때 그는 누군가를 발견했다. 그 남자도 령과 눈이 마주치는 순간 자리에서 벌떡 일어났다. 날쌔게 도망치는 모습에 그도 남자의 뒤를 따라 뛰었다.

"거기 서!"

"손님! 계산요!"

령도 그 남자를 좇아 뛰어나가는 것으로 숨 막히는 달음질이 시작됐다.

한편, 은서는 오랜만에 여유란 걸 맛보며 길을 걸었다. 길가에 활짝 피어 있는 개나리를 감상하며 천천히 걸었다.

"비켜!"

꽃을 보자니 찜찜했던 기분이 조금씩 가라앉으며 한층 좋아지고 있었다. 그러다 보니 뒤에서 비키라는 소리에도 신경 쓸 수 없었다. 마치 자신과는 아무런 상관 없는 일인 양 태평한 모습이었다. 하지만 그 순간, 강한 힘에 밀쳐지며 옆으로 넘어졌다.

"아!"

무방비 상태에서 느닷없이 당한 일이었다. 넘어지면서 발을 삐끗한 은서는 아픈 발목을 잡고 주변을 둘러보았다. 그녀를 덮쳤던 남자는 재빠르게 일어서더니 정신없이 뛰어갔다. 령은 넘어져 있는 은서 옆을 지나가며 그녀를 힐끗 보았다. 단지 그뿐이었다. 그는 멀어져 가는 남자의 뒤를 좇아 계속 달렸다. 멍하니 바닥에 앉아 있던 은서는 그의 뒷모습을 좇았다. 령은 앞에 달려가던 남자의 뒤를 어느 정도 따라잡았다. 그는 공중을 날듯 바닥을 차고 뛰어올라 남자의 뒤통수를 날려버렸다.

"헐……."

흡사 영화 같은 장면이 펼쳐졌다. 은서는 직접 눈으로 보고도 두 눈을 의심할 수밖에 없었다. 령의 발차기를 그대로 맞은 남자는 바닥에 고꾸라졌다.

지- 잉. 지- 잉. 지- 잉.

바로 그때 은서의 호주머니에 있었던 휴대폰이 울렸다. 확인해보니 병원에서 오는 응급 신호였다. 상황이 꼬여도 어떻게 이리 꼬이는 건지. 그녀는 다급해진 마음에 아픈 다리를 끌고 택시를 잡아탔다. 차 창문으로 남자를 잡아 일으키는 령이 보이자 침을 꼴깍 삼켰다.

령은 얼떨결에 수배자를 잡게 되었다. 그는 뒤늦게 현장에 도착한 경찰들에게 수배자를 넘겨주고 황급히 은서가 있는 곳으로 향했다. 좋든 싫든, 어쨌든 안면이 있는 여자가 넘어져 있었다. 그걸 보고도 모른 척할 수가 없어 발걸음을 재촉했다. 하지만 허겁지겁 달려간 그곳에 은서는 없었다.

"후우…… 짜증 나게 하네."

이리저리 둘러봐도 그녀의 모습이 보이지 않자 체념했다. 령은 호텔 쪽으로 걸어가며 박 검사에게 전화했다.

"지난번 조직폭력배 사건 있잖습니까? 수배 중이던 한 놈 잡아서 경찰에 넘겼습니다."

[그렇잖아도 지금 연락받고 움직이는 중입니다.]

"그럼 부탁합니다."

전화를 끊고 걸어가던 령은 어쩐지 은서의 일로 마음 한구석이 불편해졌다. 넘어져 있는 그녀와 그걸 보고도 그냥 지나쳐 갔던 자신. 그 순간이 떠오르자 저절로 한숨이 나왔다.

'신경 쓰이네.'

다시 호텔로 돌아온 령은 카드를 내밀었다.

"아깐 급한 일이 있어서 실례했습니다."

그가 뛰쳐나가는 바람에 난감했던 직원은 카드를 받아 들며 작게 웃었다.

"감사합니다, 고객님."

"어! 최령."

자신을 부르는 소리에 뒤를 돌아보았던 령은 재빨리 다시 고개를 돌렸다.

"자식. 알은 척 좀 해. 너무하네."

"잘나신 안시루 변호사님께서 여긴 무슨 일이십니까?"

"호텔~ 나이트~"

시루가 그의 어깨에 팔을 두르며 귓가에 속삭이자, 령은 불쾌한 얼굴로 팔을 걷어냈다.

"나이가 몇인데 나이트야?"

령은 호텔 직원이 돌려준 카드를 지갑에 넣으며 한심하단 눈으로 쳐다보았다.

"같이 가자."

"미쳤어? 나 검찰청 들어가야 해."

"어이! 그러지 말고 가자고. 우리도 가끔 청춘을 불태워줘야 한다니까?"

"너나 홀딱 타라. 난 간다."

령이 시루의 어깨를 툭 치며 지나가자 그는 더 이상 잡지 않았다.

"자식, 진지한 얼굴로 저런 말 하면 진짜 홀딱 깬다니까."

시루는 앞머리를 쓸어 올리며 엘리베이터로 향했다. 시루의 말을 들으며 걸어가는 령의 입가엔 옅은 미소가 걸렸다. 자신과 전혀 다른 이미지로 사는 국선변호사 안시루.

령은 연수원 시절 시루를 만났다. 정도를 벗어나지만 않는다면 한 번쯤은 시루처럼 살아보고 싶었다. 고지식한 성격에서 벗어나 일탈해보고 싶었다. 안시루는 그만큼 령에게 신선한 충격을 줬던, 매력적인 성격을 가진 소유자였다. 좋게 말하자면 자유분방, 나쁘게 말하자면 사고뭉치.

'나도 가끔은 너처럼 살고 싶다.'

은서는 오전 내내 환자들의 상태를 살피느라 정신없이 뛰어다녔다. 그러니 발목의 통증은 어느새 잊고 있었다.

"양 간호사님! 김수경 환자 바이탈 체크 자주 해주시고 이상 있으면 바로 연락 줘요."

은서는 모니터에서 눈을 떼지 못하며 말했다.

"네, 알겠습니다."

시간이 얼마나 지났을까. 수술한 환자는 더 이상 별다른 증세 없이 안정되어갔다. 천만다행이라는 생각에 걸음을 옮기려던 순간, 찌릿한 통증이 발목에서 느껴졌다.

"왜 이러지? 이상하다."

걸음을 옮기기 불편할 정도로 아픔이 전해졌다. 아픈 곳을 확인하기 위해 발목 전체를 살살 눌러보았다. 어느 한 곳을 누르니 악! 소리가 절로 나왔다. 그 모습에 양 간호사가 다가왔다.

"유 선생님, 왜 그러세요? 다치셨어요?"

"좀……. 곧 괜찮아지겠죠."

절뚝절뚝 걸어 다니며 은서는 다시 제 일을 했다. 하지만 더 이상 견딜 수 없게 되자 결국 검사를 받았다.

"sprain요?"

담당의는 염좌라는 말을 전했다.

"심하진 않지만, 치료는 받아야 할 것 같은데……."

의사가 겨우 이 정도의 부상으로 쉰다니. 잡혀 있는 수술 스케줄과 돌보던 환자들은 어쩌지. 은서는 이런 생각이 들자 쉬는 것이 내키지가 않았다.

"이럴 땐 어떻게 해야 돼요?"

"입원시켜줄까?"

담당의는 장난스럽게 농담을 건넸다.

"깁스해서 입원시켜주세요."

은서 역시 담당의를 따라 농담을 했다. 깁스라도 하고 있으면 눈치 보이지 않고 그나마 나을 것 같았다.

"나중에 고생하지 말고 지금 치료 잘해. 망설이다 때 놓치면 골치 아픈 거 알지?"

"그래도……."

"어르신들 신경통이 왜 생기는지 잘 알면서."

저도 의사인데 모를 리가 없었다. 지금껏 정신없이 바빴으니 이참에 이 핑계로 쉬어볼까. 은서는 고질병 만들어 후회하느니 훗날을 생각하기로 했다.

"그럼 팔자에 없는 휴가 한번 내볼까요?"

"반깁스하면 낫는 데 도움은 되겠지만 그 정돈 아니고, 또 깁스하면 불편할 테니까 탄력 붕대로 감아줘."

담당의는 잘 생각했다며 고개를 끄덕였다.

"네, 그럴게요. 냉찜질 후 온찜질도 할게요."

"그러시죠, 의사 선생님."

검진 받고 나온 은서가 절뚝거리며 걸어오자 그 모습을 본 한 과장이 다가왔다. 다른 과 과장님들과 함께인 걸 보니 회의라도 있었던 모양이다. 은서는 모두를 향해 목례를 했다.

"유 선생, 왜 그래? 어쩌다가 이렇게 됐어?"

"칠칠치 못하게 어제 넘어져서 좀 다쳤어요. 저 휴…… 가를 내야 할 것 같은데요."

왠지 죄지은 것 같아 한 과장과 눈도 마주치지 못하고 겨우 말을 전했다.

"어쩔 수 없지. 근데 령이랑은 어떻게 됐어?"

회진 때부터 묻고 싶었지만 다른 의사들이 있어 차마 물어보지 못했었다.

"인연이 아닌가 봐요."

애매한 기대감을 심어주느니 애초에 싹을 뽑는 게 나을 것 같아 그녀가 솔직한 심정을 전했다.

"왜?"

한 과장은 잘될 거라고 믿고 있었다. 응급실에서 이미 만났던 사이니 둘은 분명 인연이라 생각했는데 단박에 아니라고 말하니 놀라는 눈치였다.

"죄송해요. 과장님 저 빨리 가봐야 해요. 휴가 전에 할 일이 태산이에요."

빨리 상황을 마무리하고 싶은 은서였지만, 어제의 일이 떠오르자 기분이 상했다. 그러나 자세한 내용은 말하고 싶지 않았다. 그렇다면 일단 자리를 피하는 게 상책이었다.

"그…… 래? 그럼 몸조리 잘하고 와."

"고맙습니다. 바빠도 저 절대 찾지 마세요."

"알았으니까 걱정하지 마."

은서는 작게 웃는 한 과장을 보며 서둘러 자리를 피했다. 그러고는 잡혀 있던 간단한 수술을 끝내고 휴가 절차를 밟았다. 이것저것 챙길 것도 많고 복잡해서 저절로 한숨이 나왔다.


"다쳤어."

그날 저녁, 은서와의 일을 매듭지으려 퇴근을 서두른 령은 한 과장을 찾았다.

"다치다니요?"

령은 커피 잔을 들다 잠시 멈칫했다. 은서가 넘어졌을 때만 해도 솔직히 대수롭지 않게 생각했었다. 하지만 다쳤다는 말을 듣자 가슴이 철렁했다.

"넘어져서 다쳤대. 오늘 휴가 냈어."

"……"

"아니, 어떻게 데려다 줬기에 애가 다쳐?"

"……."

나무라듯 몇 마디 던진 한 과장은 령이 아무 말도 하지 않자 설마? 하는 표정을 지었다.

"뭐야? 안 데려다 줬어?"

"그게…… 수배범을 쫓다가…….."

한 과장에게 자초지종을 말하다 보니 령은 제 잘못도 크다는 걸 깨달았다. 그러다 보니 그날 무심하게 지나쳤던 게 후회되었다. 그는 작은 한숨을 내쉬었다.

"아이고야. 직업이 그러니 어쩔 수 없다지만……."

그날 일을 전해 들은 한 과장은 령의 직업적 특성을 충분히 알고 있기에 뭐라고 나무랄 수도 없었다.

"죄송합니다. 나중에 유은서 씨 보면 정중히 사과하겠습니다."

그는 진심으로 사과하는 마음을 담아 정중히 고개를 숙였다.

"진짜 둘은 은서가 말한 대로 인연이 아닌가 보네."

한 과장은 작게 중얼거렸다. 예상했던 거지만 어쨌든 거절당했다는 생각에 그 역시 기분이 썩 좋지만은 않았다. 거절하면 했지 당해보긴 처음이라 입안에 감도는 커피 맛이 씁쓰름하게 느껴졌다.


은서는 집에서 뒹굴거리자니 무료했다. 잠을 자는 것도 어느 정도지, 더이상 참지 못하겠어서 3일 만에 출근을 했다. 다들 복을 찼다며 한심한 눈으로 보았지만, 그녀는 오히려 환자들을 돌보는 게 마음 편했다.

또다시 시작된 일상. 바삐 뛰어다니며 그동안 돌보지 못했던 환자들을 살폈던 그녀는 점심 식사 후 돌아오는 길이었다. 며칠 만에 만난 친구들과 반가운 마음에 장난도 쳤다.

"은서는 우빈이랑 그리 친하게 지내면서 왜 남자로 안 보는 건지 이해를 못 하겠다."

"나도 그게 이상해. 얘가 아무리 스킨십을 해도 일단은 가슴이 두근거리질 않아."

우빈 역시 은서와 같은 마음이지만 자신을 남자로 안 본다는 그녀의 말에 은근히 자존심이 상했다.

"뭐야! 그럼 제대로 한번 안아봐? 듣고 보니 기분 나쁘네."

우빈이 은서의 어깨를 안자 그녀도 맞장구를 치며 그의 허리를 감싸 안았다.

"두근거리니?"

"전혀. 심장이 멈춘 거 같아."

이번엔 거의 안다시피 하자 은서는 재미있다는 듯 깔깔거리며 웃었다.

"이래도 두근거리지 않아?"

"응. 좀 더 팔딱팔딱 뛰게 해봐."

우빈 역시 맞장구를 쳤지만 두근거리지 않는 것은 마찬가지였다.

"사랑으로 변할 수 없는 이놈의 우정!"

"둘은 참 이상해."

소희는 깔깔거리며 웃는 두 사람을 안쓰럽게 바라보았다.

"이상할 거 없어. 초등학교 3학년 때부터 지금까지 쭉 같이했잖아. 너 같으면 남자로 보이겠니?"

"그것도 그러네."

소희는 이해가 갔는지 고개를 끄덕였다.

어깨를 감쌌던 팔을 풀고 우빈이 손을 내밀자, 은서는 손바닥을 겹쳐 깍지를 꼈다. 이렇게 셋은 화기애애한 분위기로 병원 로비로 들어갔다. 그 모습을 령이 보고 있었다는 걸 은서는 전혀 눈치채지 못했다. 그는 한 과장으로부터 그녀가 출근했다는 소식을 전해 들었다. 외근을 다녀온 그는 일부러

시간을 내서 병원에 들렀다.

그런데 그가, 우빈과 함께 있던 은서의 모습에 애써 외면하려 했지만, 이상하게 눈을 뗄 수가 없었다. 남자의 품에 안기다시피 한 그녀의 모습에 알 수 없는 실망감이 가득 찼다.

"혹시 애인이 있는 걸 한 과장님은 모르셨나?"

불현듯 이런 생각이 들었다. 이내 차에서 내린 그는 병원으로 들어가기 위해 걸음을 옮겼다.

령은 데스크에 있는 은서의 모습을 발견했다. 그녀 곁으로 다가갔을 때쯤 우빈이 차트를 들고 병실 쪽으로 향하는 모습을 보았다.

"유은서 씨."

은서는 제 옆에 서 있는 령을 쳐다보았다. 이미 끝난 줄 알았기에 그의 출현에 의아했다.

"무슨 일이세요?"

"지난번에 다쳤다는 말씀을 들었습니다. 저 때문에 죄송합니다."

"아……."

은서가 볼 때 령의 탓만은 아니었기에 사과를 받기도 겸연쩍었다. 더군다나 며칠간의 휴가로 누적된 피로도 풀었다. 오히려 고맙다는 생각이 들었다.

"그쪽 탓 아니니 너무 신경 쓰지 마세요."

"다시 한 번 죄송합니다."

령이 고개까지 숙이며 정중히 사과하자 마지못해 받아들였다.

"정…… 그러시다면. 이제 괜찮으니까 됐어요."

서로 좋은 사이가 아니기에 길게 말할 필요는 없었지만, 한 과장이 있기에 초대한 예의를 갖춰야 했다.

"유 샘, 뭐예요?"

령이 사라지자 간호사들은 은서 곁으로 다가와 호들갑스럽게 물으며 관심을 보였다. 호기심 탓에 모두의 눈빛이 반짝였다.

"둘이 친해요? 볼수록 대박 멋지다."

은서는 양 간호사의 말에 엘리베이터로 향하는 그의 모습을 손가락으로 가리켰다.

"저 사람이 멋지다고?"

"안 멋있어요? 완전 죽음인데."

생각해보니 멋지다는 말이 맞는 것도 같았다. 키도 크고 절대로 빠지지 않는 인물이었다. 하지만 그간의 일을 생각하니 결코 좋게 보이지만은 않았다.

"멋있는 거 다 죽었다. 인물 뜯어먹고 살아요?"

뒤에서 살포시 들리는 은서의 말에 령의 인상이 구겨졌다. 어쩐지 만나기만 하면 안 좋은 상황이 연출됐다. 그러나 일일이 상대하기 싫어 모른 척 자리를 떴다. 간호사들은 은서의 말에 모두 토끼 눈이 되어 저만치 걸어가는 그의 뒷모습을 보았다.

"유 선생님, 들으면 어쩌시려고? 헤헤. 그래도 난 저 정도라면 인물 뜯어먹고 살고 싶은데."

결혼까지 한 양 간호사가 나이에 맞지 않게 몸을 배배 꼬았다.

"나도 저런 남자라면 얼마든지 뜯어먹겠다."

완전히 넋이 나간 간호사들의 말에 더 이상 대꾸하기 싫은 은서는 차트를 확인했다.


일과를 마친 후, 은서는 완쾌를 축하해준다는 친구들을 데리고 함께 퇴근했다. 슈퍼에서 이것저것 산 그녀는 친구들을 데리고 자신의 집으로 향했다. 사는 곳이 병원과 가깝다 보니 가끔 제집에서 고기를 구워 먹었다.

"은서야, 쌈장 사 왔어?"

"아…… 깜박했다."

꼼꼼히 산다고 했는데도 빠진 것이 있었다.

"내가 얼른 다녀올게. 삼겹살에 쌈장 없으면 죽음이야."

소희는 다시 슈퍼로 들어갔고, 두 사람은 아파트로 향했다. 오늘 있었던 환자들의 상태를 말하며 우빈과 엘리베이터 앞에 섰고, 때마침 령도 집으로 가기 위해 걸어오고 있었다. 먼저 올라가는 두 사람을 본 후, 그는 엘리베이터 버튼을 눌렀다. 재빨리 움직였다면 탈 수도 있었겠지만, 같이 타고 올라가고 싶진 않았다. 자신과 전혀 상관없는 그녀인데 남자와 나란히 집으로 향하는 모습을 보니 어쩐지 좋게 보이지만은 않았다. 깐깐하게 풍겼던 이미지와는 좀 다르다는 생각에 실망감도 느꼈다. 그런데 이런 생각을 하는 자신으로 그는 피식, 웃음이 나왔다.

"우빈아, 나 슈퍼에서 카드 안 받아 왔나 봐."

엘리베이터에서 내려 집으로 걸어가던 은서는 핸드백을 열고 부산을 떨었다. 카드를 찾기 위해 다시 뒤지고 또 뒤져도 없었다.

"잘 찾아봐. 없으면 소희한테 전화할게."

가방을 뒤지던 은서는 이번에는 주머니를 만지더니 뭔가를 꺼냈다.

"여기 있네."

카드를 보여주며 혓바닥을 쏙 내밀었다.

"정신 좀 차려라."

엘리베이터에서 내린 령은 은서가 자신의 옆집으로 들어가는 것을 보았다.

"설마 여기서 사는 건 아니겠지?"


폭력배 검거작전에 대한 보고를 마치고 돌아온 령은 회의를 소집했다. 그러나 못마땅한 그의 표정을 보자 작전에 투입된 사람들은 서로 눈치만 살폈다.

"박 검사님, 그동안 수고하셨습니다. 사건 마무리 잘하시고."

부장 검사 최령. 결코 저 나이에는 불가능한 직급이었다. 박 검사는 그가 상사로 발령 왔을 때 못마땅한 구석도 있었다. 하지만 이번 사건을 겪으며 느낀 점이 있었다. 그건 그 어떤 상사들보다 추진력과 판단력이 뛰어날 정도로 빠르다는 것이었다.

"부장님의 빠른 판단이 이뤄낸 성과입니다."

수고했다는 말은 했지만 령의 표정에서는 불쾌감이 지워지지 않았다. 작전 중에 부상자가 나왔다는 것은 그만큼 그 작전에 허점이 있었다는 반증이다. 한 명도 아니고 자그마치 세 명이었다. 더군다나 입원 중인 정 검사와 이 수사관은 같은 팀원이었다. 작은 부상이라고는 해도 부상은 부상이었다. 그런 이유로 은서를 만난 그날, 평소보다 더 예민한 반응을 보였는지도 모른다.

"다들 노력한 결과죠. 다친 사람들 상태도 알아봐야 하는데…… 한 과장님께 인사도 드릴 겸, 제가 퇴근하면서 들러보겠습니다. 이상 회의 마칩시다."

령은 더 이상 할 말이 없었다. 아니, 입에 발린 칭찬은 하고 싶지 않았다. 회의가 생각보다 빨리 끝나자 서류 더미를 들고 일어서던 박 검사가 시계를 보았다.

"그럼 식사나 하러 가시죠."

"그럽시다."

령은 다른 사람들을 위해 먼저 일어섰다. 식당에 앉아 음식을 기다리며 그들은 지나간 드라마를 보았다.

"아니, 이해가 안 가는 게 여자들은 왜 나쁜 남자를 좋아한대요?"

"나도 그걸 잘 모르겠더라. 다정한 것도 아니고 저리 재수 없게 구는데 왜 좋아하는 건지."

못마땅하게 말하는 강 검사의 말을 박 검사가 거들었다.

"심리 아닐까요? 자기를 싫어하고 막 대하면 자꾸 더 신경이 쓰이고, 그러다 보면 좋아하고!"

마치 잘 알고 있는 것처럼 이번엔 장 수사관이 나섰다.

"참으로 이상해. 원래 잘해줘야 좋아하는 거 아닌가?"

"여자 속을 어찌 알겠어요."

"난 지금도 몇 년을 같이 살고 있는 내 마누라 속을 모르겠다. 요물 같아."

"하하하하."

요물…… 박 검사의 말에 모두 동감한다는 듯 웃었다. 그러나 단 한 사람, 령은 웃지 않았다. 그의 표정은 어떤 말에도 좀처럼 변함이 없었다.

"여자들 속을 다 안다면 이 세상 모든 남자는 평생 편안한 삶을 누리며 살 거야. 신선처럼."

강 검사의 말에도 령은 여전히 무표정했다.

"그나저나 부장님은 새로 도입된 수사 협의회로 더 바빠지시겠습니다. 민감한 사건이니만큼 차장님이나 부장님들이 직접 수사한다니 믿을만하지만, 할 일이 제법 많아 보여서요."

"그렇죠, 뭐……."

화제를 바꾼 박 검사의 말에도 그는 덤덤하게 맞장구를 쳤다.

"수사 지휘를 맡는 부장님이 정기적으로 일반 사건도 배당받아 수사도 해야 하고, 배당하기 전에 먼저 기록을 검토해서 수사 지휘까지 하려면 그 야말로 할 일이 태산이네요."

"……."

하지만 거기까지였다. 강 검사의 말에는 더 이상 반응이 없었다.

"회의만 더 늘게 생겼네."

지루한 회의가 걱정인 장 수사관의 말에 모두 술잔 대신 물잔을 들었다.

"우리의 무궁무진한 회의를 위하여 건배!"

박 검사의 노력에도 무덤덤했던 그의 표정은 갑작스러운 건배 제의에 살짝 풀렸다. 물잔을 든 령은 그제야 피식 웃었다. 병원에 있는 신입 검사 정석우와 수사관 이경호, 이 자리에 있는 주임 검사 박정수, 평검사 강대수, 수사관 장동현까지. 령은 자신과 한 팀인 이들을 차례로 눈에 담으며 물잔을 비웠다.


지- 잉. 지- 잉. 은서는 주머니에서 울리는 진동 소리에 휴대폰을 꺼내 상대방을 확인했다.

"엄마."

[은서야, 좀 전에 건강 검진 있다고 예약확인 문자가 왔더라.]

"올해 엄마가 받을 차례잖아. 월요일에 시간 맞춰서 병원으로 와요."

[알았어. 그날 보자.]

모친과 통화를 끝낸 그녀는 한숨을 내쉬었다. 매일 바쁘게 살아서인지 까맣게 잊고 지내는 것들이 늘어나는 기분이었다.

"올해는 어머니 차례구나."

옆에 서 있던 우빈이 그녀를 보며 아는 척을 했다.

"응. 작년엔 아빠가 폐 쪽에 문제 있어서 난리 났었잖아. 다행히 약물치료로 완쾌되긴 했지만."

"생각난다."

"소희는 오늘 당직인 거 같은데, 이따 한잔 어때?"

"미안. 집에 일이 있어."

"그래? 아…… 그럼 나 혼자 마셔야 하나? 내일 쉰다고 생각하니까 괜히 더 마시고 싶네.”

은서는 섭섭한 목소리로 말했다. 사실 그녀는 술이 아닌 이야기가 마시고 싶었다.

퇴근 후, 결국 그녀는 집 근처 포장마차에서 혼자 소주잔을 홀짝였다. 이상하게도 집에서 혼자 마시면 이 맛이 안 난단 말이지. 똑같은 소주인데 왜 그럴까? 이런 날 혼자 홀짝이는 것이 남들이 볼 땐 청승맞아 보일지 모르겠지만, 그런 건 이미 신경 쓰지 않는 나이가 됐다.

“아…… 이야기가 고픈데 이럴 때 술친구도 없구나.”

봄이라 뒹구는 낙엽도 없는데 쓸쓸했다.

마침 집으로 향하던 령은 혼자서 소주잔을 기울이는 은서를 발견했다. 그냥 지나쳐 가려다 얼핏 들리는 그녀의 신세 한탄에 마음이 움직였다. 지난번 자신 때문에 다친 일도 있고 해서 미안한 마음에 그녀가 앉아 있는 탁자 앞으로 다가섰다.

“앉아도 되겠습니까?”

은서는 익숙한 목소리에 고개를 들었고, 령은 대답도 듣지 않고 의자를 당겨 앉았다. 그녀는 그런 그를 뚱한 표정으로 바라보며 술병을 들었다.

“뭐예요?”

“저도 한잔하고 싶은데 자리가 없어서.”

그녀는 주변을 둘러보았다. 그의 말처럼 어느새 포장마차는 사람들로 꽉 차 있었다.

“그러세요. 어쩔 수 없으니 테이블만 같이 쓰죠.”

술이 들어가서 그런지 은서는 나긋나긋해졌다. 이야기 친구로 삼을 겸 그녀는 그에게 자리를 허락했다. 역시 혼자 마시는 술은 맛이 없었다.

“그럽시다. 아주머니, 여기 소주하고 안주 좀.”

그가 은서의 잔에 술을 따라주자, 그녀는 못 이기는 척 잔을 받았다. 눈치

빠른 포장마차 주인은 령의 앞에 술잔부터 놓고 갔다.

"왜 그렇게 날 싫어합니까?"

뜬금없는 령의 질문에 은서는 단숨에 술잔을 비웠다.

"싫고 좋은 거에 이유가 필요한가요. 근데 그쪽은 왜 그렇게 날 싫어해요?"

"저도 같은 이유입니다."

은서는 마음에 있는 말을 숨김없이 했고, 령도 그 말에 공감한다는 뜻을 밝혔다. 결국 서로를 싫어하는 존재로 인정해버린 꼴이었다.

"오~ 싸가지. 우리가 의견이 맞을 때도 있군요."

싸가지라니, 령의 미간이 찌푸려졌다.

"이 여자가……."

"여자가 뭐요? 여자랑 의견이 맞아서 기분 나쁘세요? 혹시 여자라는 이유로 무시하는 건가요?"

은서가 령의 잔에 술을 따르자, 잔을 든 그는 가만히 그녀를 쳐다보았다. 듣고 보니 여자라는 말로 상대방을 무시한 것 같아 괜히 미안해졌다.

"누가 그렇대요. 하여튼 한마디도 안 지지."

"누구한테도 지고 싶지 않은 게 제 특기거든요."

은서가 잔을 채워주자 령도 그녀의 빈 잔을 채워주었다. 날 선 말이 오고 갔지만 둘은 사이좋게 잔을 부딪쳤다.

"말 많으면 남자가 싫어하는데, 그걸 모르시나?"

"꼭 그렇지만은 않아요. 좋아하는 사람도 많던데요."

그렇게 한 잔, 두 잔 계속해서 잔이 돌아갔다. 먼저 마시기 시작했던 은서는 어느 순간 취기가 돌았는지 혀가 꼬여버렸다.

"그날…… 은…… 당…… 신이……."

긴장감 없는 그녀의 모습에 령은 팔짱을 낀 채 한심스럽다는 표정으로 쳐다보았다.

"후……."

이 상태로 술을 더 마셨다간 단단히 고생할 것 같아 먼저 일어서려 했다. 하지만 인사불성이 된 은서는 여전히 횡설수설 말을 늘어놓았다.

"당신…… 말이야…… 남자가…… 한번……."

"뭐요?"

"한…… 번…… 쯤…… 은……."

은서의 말이 버퍼링 효과를 내며 늘어지더니, 그녀는 이내 탁자에 쓰러졌다. 령은 혹시나 해서 흔들어봤지만 아무런 반응이 없었다.

"이봐요. 유은서 씨! 정신 좀 차려봐요!"

깜짝 놀란 그는 은서를 흔들어 깨우며 이름을 불렀다.

"……."

그러나 은서는 대답이 없었다. 쉽게 말해 뻗은 것이었다.

"유은서? 아우! 짜증 나! 내가 여길 왜 온 거야?"

이미 후회해도 늦은 후였다. 서둘러 자리에서 일어난 그는 은서를 놔두고 저만치 걸어갔다. 하지만 어쩔 수 없이 돌아와 그녀를 안아 들었다.

"이게 무슨……."

투덜거리면서도 은서를 단단히 부축한 령은 행인들과 마주치자 얼굴이 붉게 달아올랐다.

그는 사람들의 시선을 피하려 걸음을 재촉했다. 아파트로 부지런히 걸어간 령은 인적 드문 길로 접어들고 나서야 자신의 품에서 안긴 그녀를 쏘아보았다. 하지만 세상모르게 잠들어 있는 그녀의 얼굴을 보자 순간 묘한 기분이 들었다.

'아니지, 아니야!'

고개를 몇 번 흔든 령은 아파트 단지에 도착했다. 그는 누가 볼세라 뛰다시피 걸어 엘리베이터로 향했다. 상황이 안 좋다 보니 문이 다 열릴 틈도 없이 안으로 들어섰다. 혹시라도 누가 탈까 봐 잽싸게 닫힘 버튼을 눌렀다. 축 늘어진 은서를 추슬러 안은 그는 문이 닫히기도 전에 층수를 눌렀다.

"후……."

제발 본 사람이 없길…… 말 많은 아줌마들의 수다는 무서운 법이었다. 술 먹은 여자를 데려다가 어쩌고저쩌고? 생각만으로도 섬뜩했다. 일단은 본 사람이 없었다는 게 그나마 다행이었다. 그러나 이번엔 은서를 어떻게 해야 할지 걱정이었다. 술 먹고 축 늘어진 그녀는 보기보다 엄청 무거웠다. 그것도 생각보다 아주 많이.

"으…… 응."

그때 얼핏 잠에서 깬 그녀가 령의 품으로 파고들었다.

"참으로 대책 없는 아가씨네. 이러다 무슨 일이라도 생기면 어쩌려고."

품으로 더욱더 파고든 은서의 얼굴을 보자 그의 얼굴이 화끈 달아올랐다.

"근데…… 왜 이리. 후우……."

령은 얼굴이 달아오르는 것을 술 탓으로 돌리며 그녀를 다시 추슬러 안았다.

"술 탓이다. 아우…… 더워."

자신도 모르게 눈을 떼지 못하고 은서를 쳐다보았다. 왠지 자꾸만 쳐다보게 되었다. 화장기 없는 하얀 피부에 이목구비가 뚜렷한 게 보기 드문 미인형이다.

"흠!"

짙은 갈색의 웨이브 진 머리카락은 보기에 나쁘지 않았다. 이내 오똑한 코밑의 붉은 입술이 그의 눈에 들어왔다.

"입을 다무니…… 이제야 여자다운 느낌이네."

띵! 령은 엘리베이터 문이 열리자 고개를 내밀어 복도를 내다보았다. 아무도 없자 후다닥 내려 부지런히 걸었다. 그러고는 안도의 한숨을 내쉬며 은서가 어제 들어갔던 집의 초인종을 눌렀다. 누군가 나오기를 기다리는 동안 잠에 취해 늘어진 그녀를 다시 추슬러 안았다. 조금 기다려 봐도 대답이 없자 다시 초인종을 눌렀다. 하지만 이번에도 아무런 반응이 없었다.

"뭐야? 아무도 없는 거야? 이봐요! 유은서 씨 번호 알려줘요! 아! 이 여자 정말 미치겠네."

꽤 먼 거리를 안고 왔다. 거기다 계속 안아 들고 있으려니 상당히 버거웠다. 령은 할 수 없이 자신의 집으로 걸음을 옮겼다.

"아…… 우…… 욱."

갑자기 눈을 뜬 그녀가 두 손으로 입을 막았다.

"뭐야? 뭐야? 왜 그래?"

"토…… 할 거 같아. 우욱."

은서의 말에 령은 기겁했다.

"뭐라고? 조금만 참아. 제발!"

"우…… 욱."

"토하면 죽는다, 유은서!"

그는 내려놓을 새도 없이 은서를 안고 그대로 욕실 앞까지 갔다. 하지만…… 이미 늦었다. 그녀는 기다려주지 않았다.

"우- 에- 웩-!"

은서는 령이 욕실 문을 열기도 전에 그의 앞자락에 좀 전에 먹은 걸 모두 확인시켜줬다. 따뜻하면서도 축축하게 젖어오는 이 느낌. 결국 그는 그녀를 안은 채 돌이 됐다.

"우- 욱!"

"유은서! 안 돼! 제발 그만!"

이런 상황을 알 리 없는 은서가 또다시 토하려 하자 그는 당황했다.

"속이 너무 안…… 좋아. 우- 욱!"

"참아!"

"우- 욱!"

"유은서! 죽어도 참아-!"

황급히 화장실 안으로 들어가 변기 앞에 내려놓자, 기다렸다는 듯 그녀는 모두 토해내기 시작했다.

"아! 정말 이 여자 뭐야! 웩⋯⋯."

"오- 웨- 웩⋯⋯ 콜록! 콜록!"

안 볼 수도 없고, 보고 있자니 더러워 죽겠다.

"아⋯⋯ 너란 여자 정말⋯⋯ 웩!"

령도 같이 토할 것 같았다. 그녀가 변기에 빠질 듯 정신을 못 차리자 그가 살짝 흔들었다. 하지만 긴 머리카락은 변기에 빠진 지 오래였다. 령은 자신의 앞자락을 보며 헛구역질을 했다. 황급히 냄새나는 재킷을 벗어 한쪽으로 던져놨다. 이번엔 와이셔츠마저 벗어 집어던졌다. 지금은 화를 낼 상황이 아니라 수습을 할 상황이었다.

"아휴⋯⋯ 냄새. 이봐요, 유은서 씨?"

이제 다 토했는지 조용했다.

"으⋯⋯ 응."

"야! 유은서-!"

령은 끝내 폭발하고 말았다. 하지만 지금 상황에 전혀 관심이 없는 은서는 변기만을 잡고 흔들거렸다. 올려다보는 그녀의 눈은 이미 풀려 있었다.

"왜⋯⋯ 요?"

"옷 벗어요."

## 2장. 도둑놈이 잡은 개줄

"그건 안…… 돼. 이 싸…… 가지야."

정신이 가물가물한 상태에서도 그녀는 거부하는 뜻으로 힘겹게 손을 저었다. 아무리 술에 취했다 해도 옷을 벗는다는 건 안 된다는 걸 알기에 경계하는 눈으로 그를 바라보았다.

"안 되긴 뭘 안 돼! 빨리 벗어! 다 토했잖아-!"

령은 또다시 소리를 지르며 말했다.

"토…… 해?"

안 된다던 은서는 토했다는 말에 자신의 모습을 보았다. 아…… 더러워라. 그녀는 흐느적거리는 손으로 블라우스의 단추를 풀었다. 하지만 단추가 두 개, 세 개로 보여 자꾸 헛손질하자, 옆에서 보고 있던 그가 풀어내기 시작했다.

"내 탓 아니다. 이건 확실히 알아둬."

령은 블라우스의 단추를 하나씩 풀었다.

"재…… 수탱이……."

은서는 눈을 게슴츠레 뜨며 한마디 했다.

"뭐라고? 아, 이 원수덩어리가······."

그는 은서의 블라우스와 스커트를 벗겨냈다. 별짓을 다 한다는 생각에 불쾌한 표정을 감추지 못했다. 여전히 자신을 바라보고 있는 그녀를 보며 물수건을 만들었다. 조심스럽게 입 주변과 머리카락에 묻은 토사물을 닦아냈다. 어느 정도 씻기고선 축 늘어진 그녀를 안아 들어 작은방으로 가 침대에 앉혀놓자 기다렸다는 듯 픽 쓰러졌다. 령은 옷장에서 꺼낸 자신의 와이셔츠를 힘겹게 입혔다.

"난 아무것도 안 봤다. 네가 다 보여준 거야."

"나······ 쁜······ 놈."

은서는 감기는 눈을 억지로 뜨며 령을 바라보았다.

"확실히 알아둬. 네가 다 보여 준거다. 그런데 왜 이리 안 채워지는 거야?"

령은 와이셔츠의 단추를 채우며 중얼거렸다. 가슴 부분에 손이 닿을까 봐 조심스러웠다.

"책······ 임······ 져······."

"미쳤냐! 옷 벗겼다고 책임지게!"

령은 또다시 소리를 질렀다. 책임은 무슨 책임. 이 골칫덩어리야! 내가 널 책임지는 일은 절대로 없어. 하늘이 두 쪽 나도. 령은 마지막 단추를 잠그고 그녀를 보았다.

"도······ 둑······ 놈."

이내 은서와 눈이 마주치자 령은 인상 쓰며 눈을 부릅떴다.

"알았어, 알았어. 그래, 나 옷 벗긴 도둑놈이다. 그러니까 이제 그만 자라. 제발 좀 자라."

은서는 잠이 들듯 하면서도 령을 경계하느라 눈을 감지 못했다. 결국 그는 어쩔 수 없이 도둑놈이라 인정하며 자라고 말했다. 그 말을 들은 은서는 거짓말처럼 새근거리며 잠이 들었다. 보고 있자니 령은 속이 터졌다.

"미치겠네, 정말……."

침대에 걸터앉은 그는 손으로 이마를 짚었다. 하도 어이가 없으니 한숨도 안 나왔다. 하지만 그것도 잠시, 이러고 있을 시간이 없었다. 령은 욕실로 들어가 벗어놓은 옷을 쓰레기봉투에 담았다. 거실에 토해놓은 토사물을 치우며 쉴 새 없이 웩웩거렸다. 거실 청소까지 다 마치고 나니 땀이 비 오듯 쏟아졌다.

"이 밤에 이게 뭐 하는 짓이야?"

생각할수록 화가 났지만, 자는 사람을 상대로 어떻게 할 수도 없는 일이었다. 령은 마지막으로 화장실 청소까지 마무리했다. 샤워를 하고 거실로 나와 방향제를 뿌리며 주변을 둘러보았다.

"내가 너랑 또 술을 마시면……. 모르겠다."

몹시 지친 상태로 그는 침실로 들어갔다.


한편, 령이 이렇게 고생한 줄 전혀 모르는 은서는 태평하게 자고 있었다. 그렇게 정신없이 자다 문득 심한 갈증에 눈을 떴다. 희미하게 보이는 낯선 방에 머리를 부여잡으며 일어나 앉았다. 깨질 것 같은 머리를 감싸며 방 안을 둘러보았다. 흐릿하게 보이던 게 선명해질수록 뭔가가 이상했다. 눈을 깜빡이며 다시 봐도 많이 이상했다.

"어?"

아무리 두리번거려도 어딘지 모르겠다. 불안함에 심장이 뛰자 몸의 상태를 확인했다. 그런데 자신의 옷이 아니었다. 한순간 정신이 번쩍 든 은서는 엉거주춤한 자세로 침대에서 내려왔다.

"내 치마! 이 셔츠는 뭐야?"

자신의 몸에 걸쳐져 있는 낯선 옷을 보니 무서운 생각이 엄습했다. 몸을 더듬어 안에 입혀져 있는 속옷부터 확인했다. 다행히 속옷은 그대로였다.

"여기가…… 어디야? 뭐야, 이거?"

당황한 은서는 어찌 된 건지 알기 위해 방문을 열고 밖으로 고개를 내밀었다. 집의 구조는 분명히 같으나, 자기 집이 아니었다. 은서는 주방에서 들리는 달그락거리는 소리에 그쪽으로 향했다. 그리고 령의 모습을 보자마자 기겁했다.

"저한테 무슨 짓을 하신 거예요?"

다짜고짜 따지며 다가갔다. 돌아보았던 그는 자신의 셔츠를 입고 있는 그녀의 모습에 시선을 돌렸다.

"무슨 짓은 댁이 했지."

무뚝뚝한 령의 말에 은서는 멈칫했다.

"제가 뭘……?"

머뭇거리는 은서의 말에 령이 뒤돌아섰다. 싱크대에 몸을 기댄 채 팔짱을 끼며 그녀를 바라보았다. 그런 자세로 뚫어지라 쳐다보자 은서는 맨다리를 감추려는지 셔츠의 끝을 잡았다. 밑으로 잡아당기는 노력에도 불구하고 옷은 늘어나지 않았다. 이내 팔짱을 푼 령은 현관 앞에 놓인 봉투를 가리켰다.

"저거!"

"저…… 거?"

무슨 뜻인지 몰라 고개를 갸웃거린 그녀는 봉투 앞으로 걸어갔다. 부스럭부스럭. 꽁꽁 묶어놓은 걸 열어 내용물을 확인한 순간, 황급히 다시 묶어버렸다.

"우웩…… 냄새!"

토할 뻔했다. 무슨 상황인지 생각하려 해도 완전히 필름이 끊겼다. 한마디로 깜깜했다. 이 옷을 보면 뭔 일이 있었던 건 분명한데, 아무것도 떠오르지 않았다. 은서는 돌아보지도 못하고 엄지만 잘근잘근 깨물었다. 어찌할 바를 몰라 그 자리에 서 있을 뿐이었다.

"이거…… 제가 그랬어요?"

식탁에 앉은 령은 신문을 보며 차를 마셨다.

"그럼 제가 했겠습니까?"

"진짜 제가 그랬나요? 그랬다면 죄송해요."

령은 잠시 은서를 보다 다시 신문으로 눈길을 돌렸다. 령에게 있어 어젯밤은 살면서 처음으로 겪어본, 다시는 생각하고 싶지 않은 끔찍하고도 더러운 악몽 같은 밤이었다.

"필요 없으니까 어서 가지고 가요."

다시 생각해도 어이가 없었다. 머리가 아파지자 령은 관자놀이를 눌렀다.

"근데…… 제가 왜 여기서 자고 있어요?"

토한 건 그렇다 치더라도 잠까지 잔 건 이해할 수 없었다. 은서의 말에 령은 신문을 접으며 똑바로 바라보았고, 그녀는 그의 눈길을 피했다. 자신을 한심한 눈으로 쳐다보는 눈빛에 차마 마주 볼 수가 없었다.

"그럼 그 집 현관문 부수고 들어갈 걸 잘못했네요."

모든 상황을 이해했지만, 그래도 궁금한 건 다 물어봐야 했다. 몸 상태로 봐선 아무 일도 없는 것 같았지만, 혹시 모르니 확실히 짚고 넘어가야 했다.

"혹시 저한테 무슨 짓을…… 하신 건……."

"똥을 안고 자는 게 낫지."

령은 기가 막힌다는 듯 말했다.

"똥?"

그녀는 똥이라는 말에 자신의 팔을 들어 냄새를 맡았다. 자연스럽게 인상이 찡그러지자 그의 말뜻을 알 것 같았다. 사실 지금 처한 상황에 너무 놀라

제 몸에서 냄새가 나는 것도 몰랐다.

"Get out!"

령은 손가락으로 문을 가리키며 쳐다보았다. 은서는 난로를 뒤집어쓴 것처럼 얼굴이 화끈거렸다. 죽고 싶을 정도로 창피해 얼이 나갔다. 이 무슨 개망신인지. 더군다나 다른 사람도 아니고 자신이 재수탱이, 싸가지라고 말했던 사람이었다. 그런 사람 앞에서 못 볼꼴을 다 보여줬으니…… 어렴풋한 기억 속엔 포장마차에서 그와 술잔을 부딪혔고, 그다음부터는 아무것도 떠오르지 않았다. 아무리 생각해도 기억은 없지만, 저 남자와 마신 건 확실하게 기억하고 있었다. 그게 더 미칠 노릇이었다. 어느 정도 상황을 알고 나니 더는 이곳에 있을 자신이 없어졌다.

"미안…… 해요."

은서는 슬며시 봉투를 들고 일어섰다. 살금살금 걸어 현관문을 열더니 머리만 살짝 내민 채 밖을 확인했다. 이리저리 살펴본 후 아무도 없자 자기 집으로 날쌔게 뛰어갔다. 령은 문 닫히는 소리를 듣고 다시 신문을 펼쳤다.

"아아악-!"

그런데 이 소리는? 그녀가 얼마나 크게 비명을 질렀는지 령의 귀에까지 들렸다.

"어휴…… 저 여자 데려가는 그 남자가 불쌍하다."

한편, 은서는 기억에도 없는 자신의 행동에 비명이 터질 정도로 창피함을 느꼈다. 단 한 번도 필름이 끊길 정도로 마셔본 적이 없었다. 도대체 아무리 생각해도 무슨 상황인지 알다가도 모를 일이었다. 집에 돌아와 샤워를 하면서도 온통 한 가지 생각뿐이었다. 머리부터 발끝까지 거품질을 해가며 씻고 또 씻었다. 그래도 냄새가 나는 듯해 자꾸만 킁킁거리며 맡았다. 그녀는 여전히 풀리지 않은 기억으로 고민하고 있었다.

"옷을 누가 갈아입혔지? 내가 입었겠지. 근데 왜 기억이 없지? 필름이 끊졌으니까. 그래, 내가 입었어. 내가 입은 거야. 절대! 내가 입은 거야!"

꼭 그래야만 했다. 그녀는 거울을 보며 혼자 자문자답했다. 샤워를 마친 후 소파 위에 있는 령의 와이셔츠를 펼쳐 보았다.

"어휴……."

한심했다. 자신이 저지른 미친 짓에 한숨이 절로 나왔다. 그러나 심각한 것도 잠시, 손에 들려 있는 셔츠의 소매 길이를 재보았다. 이내 거울 앞에 서서 이리저리 비추어보았다. 은서는 정신없이 벗어 던진 셔츠를 다시 입어보고 있었다. 단추까지 잠그고 거울을 보니 자신의 모습에 웃음이 나왔다.

"헤~ 팔이 이렇게 길어? 내 손은 보이지도 않네. 길이 봐…… 완전 미니스커트네."

남자 와이셔츠는 처음 입어본 터라 왠지 신기했다. 은서는 이리저리 몸을 돌려가며 거울 앞에서 제 모습을 확인했다.

"오~ 이렇게 입으니까 섹시한데? TV에서 나오는 딱 그 모습이네."

가끔 드라마에서 봤던 장면이 생각났다. 비 맞고 남자 집에 들어간 여자가 남자 와이셔츠를 입은 모습. 방금 머리도 감은 탓에 드라마의 여주인공 같았다.

"저 남자 품이…… 이리 넓은 거야?"

가슴 품을 가늠해보기 위해 셔츠를 양옆으로 잡아당겼다. 남자다웠다.

"근데 설마 사진을 찍었다든지 이상한 변태 짓은 안…… 했겠지?"

은서는 입고 있는 셔츠를 이리저리 재보며 혼자 중얼거렸다. 처음 셔츠가 입혀져 있던 자신의 모습을 생각하니 뭔가 남아 있는 것처럼 꺼림칙한 기분이 들었다.

그 시각, 신문의 마지막 장을 넘기며 령은 커피 잔을 들었다. 비어 있는 잔을 확인하고 커피 머신으로 걸어가던 그는 은서가 자고 나간 방을 쳐다보았다. 결벽증 환자처럼 깔끔한 그가 자신이 아닌 낯선 사람이 자고 나간 방을 그냥 둘 리가 만무했다. 하지만 방문을 열고 들어간 순간, 다시 나와 방향제를 들고 들어갈 수밖에 없었다.

"아휴! 냄새!"

령은 창문을 모두 열고 방향제를 뿌렸다. 커튼은 물론 침대 시트까지 싹 걷어 세탁기 안으로 집어 던지며 씩씩거렸다. 한마디로 울화가 치밀어 올랐다.

"아니, 오랜만에 쉬는 날 내가 지금 뭘 하고 있는 거야?"

은서로 휴일을 망친 기분이었다. 그런데 저녁나절쯤 그녀의 모습이 비디오폰에 보이자 미간에 주름이 생겼다.

"무슨 일입니까?"

[저기 옆집인데, 셔츠 가져왔거든요.]

"버리세요."

[네? 멀쩡한 옷을 왜 버려요?]

"전 남이 입었던 옷은 안 입습니다."

쾅! 쾅! 은서는 세차게 문을 두드렸다. 비록 폐를 끼쳤다고는 하지만 이건 아니란 생각이 들었다. 다른 사람도 아닌 옆집 사람이 찾아왔는데. 마치 외판원 취급하듯 대하는 령의 태도에 문을 두드리는 주먹에 감정이 실렸다.

쾅!

[문 좀 열어봐요!]

"싫은데요. 그쪽 얼굴 다시 보고 싶지 않으니까 그냥 가세요."

[아니, 사람 매너가 뭐 이리 개떡이야?]

"뭐? 개떡-!"

쿵!

은서의 말에 령은 현관문을 벌컥 열었다. 그로 인해 현관문에 바짝 다가와 무방비 상태였던 그녀의 이마에 문이 정통으로 부딪쳤다. 은서가 뒷걸음질로 물러서는 속도보다 열리는 문의 속도가 더 빨랐다.

"아얏-!"

눈앞에 별이 번쩍했다.

"허…… 억!"

숨을 못 쉴 정도로 부딪친 곳이 아팠다. 은서는 눈물이 핑 돌았다. 극도의 아픔이 느껴지자 이마를 만지며 주저앉았다. 당황한 령도 따라 앉으며 다친 곳을 확인했다.

"어디 한번 봐요."

은서의 눈에 눈물이 글썽했다. 령이 침을 꿀꺽 삼키자 목울대가 움직였다. 정말이지 이런 상황이 될 줄은 몰랐다.

"괜찮습니까?"

은서는 노려보았고, 령은 떨어질 듯한 그녀의 눈물에 시선이 멈췄다.

"이게 괜찮아 보여요?"

아직도 깨질 것 같은 아픔에 그녀가 이마를 벅벅 문지르자 령은 어떻게 해줘야 할지를 몰라 안절부절못했다.

"아이고, 아파라."

"그러게 가라니까 왜 안 가고 버팁니까?"

하지만 이놈의 주둥이는 엉뚱한 말이 나오고 말았다.

"에이씨."

은서는 짜증을 내며 들고 있던 셔츠를 그의 품으로 밀어 넣었다. 그러고 는 뒤도 돌아보지 않고 자기 집으로 들어갔다. 현관문이 세차게 닫히자 령은 자리에서 일어섰다. 그가 손에 들려 있는 셔츠를 보았다.

"저 여자랑은 얼굴만 마주하면 일이 꼬이네."

다음 날, 출근하기 위해 일어난 은서는 비몽사몽 했다. 하지만 욕실로 들어가 거울을 보고는 기겁했다. 거울에 비친 자신의 모습을 다시 봐도 믿을 수가 없었다.

"이게 뭐냐고?"

신생아 때 엉덩이에 나타나는 몽고반점이 은서의 이마에 생겼다. 어젯밤 무심코 봤을 때는 불그스름했기에 이렇게 멍이 들 줄은 예상 못 했다. 그녀는 시퍼런 멍을 보며 헛웃음을 터트렸다.

"아니, 아니. 이게 이렇게 되면 안 되는데."

화장으로 커버하려 했지만 소용없었다. 결국 멍든 자리에 큰 밴드를 붙이고 현관문을 나섰다. 옆집을 한번 째려보고는 있는 대로 인상을 쓰며 엘리베이터로 향했다.

'이런!'

하필 옆집 남자가 엘리베이터 앞에 서 있었다. 창피하기도 하고 은근히 화가 나기도 했다. 은서는 최대한 머리카락을 앞으로 끌어 내리곤 고개를 숙였다. 그러고는 령의 뒤쪽에 멀찍이 섰다. 엘리베이터가 오기를 기다리던 그는 문에 비친 은서를 보았다. 그녀의 모습이 눈에 꽂히자 직감적으로 이상하다는 걸 감지했다.

"안 타십니까?"

엘리베이터 문이 열리자 그가 먼저 들어갔다. 그러나 은서는 그 자리에 마네킹처럼 서 있었다. 령은 열림 버튼을 눌렀다. 다시 문이 열리자 은서가 고개를 들었다. 그의 눈은 그녀의 이마에 붙어 있는 밴드에 멈췄다.

"……"

"먼저 가세요. 같이 탔다가 또 재수 없는 일이라도 생기면 어쩌라고."

"뭐요?"

"먼저 내려가라고요."

"원하신다면."

령은 은서의 말에 주저 없이 닫힘 버튼을 누르고 내려갔다. 그는 그녀의 이마에 붙어 있던 밴드가 신경 쓰여 검찰청에 도착해서도 안절부절못했다. 그런 령의 모습을 지켜보는 검사들은 한마디로 죽을 맛이었다.

"한남동 토막살인 사건 범인이 검거돼 검찰로 넘어온 지가 언젠데 아직도 미결입니까? 그리고 지하 노래방 연쇄 방화사건은……."

순간 이상한 걸 발견한 령은 서류를 다시 앞장으로 넘겼다.

"공판에서 범인이 강하게 무죄라고 주장하고 있습니다."

강 검사의 말에 령은 한숨을 내쉬었다. 사건이 다시 뒤집히면 그동안 들인 노력은 물거품이 되어버린다.

"무죄라고 주장하는 이유가 있을 거 아닙니까?"

"그 시간에 자신은 약국에 다녀왔다고……."

다음 사건을 하나씩 넘겨보는 령의 눈빛은 예사롭지 않았다.

"다들 뭣들 하시는 겁니까?"

하나같이 다 마음에 안 들었다.

"최대한 빨리 처리하도록 하겠습니다."

령의 말에 박 검사가 나섰다.

"그럼 지금까진 최대한으로 한 게 아닙니까?"

"그건 아니지만, 그 사건 모두 병원에 있는 정 검사 담당이라 아무래도 속도가 붙지 않습니다."

물론 알고는 있었다. 하지만 매일 배당받는 사건은 많고, 해결되는 사건은 적으니 이렇게라도 재촉할 수밖에 없었다. 검사들의 어려움을 알기에 령은 어쩔 수 없이 악역을 맡았다. 사건 해결의 미흡으로 자신과 한 팀인 검사들이 무능한 검사로 보이는 것은 원하지 않았다.

"그럼 일단 이 두 사건을 박 검사님이 도와주시는 건 어떻습니까?"

"해보겠습니다."

"그리고 직관 사건으로 재판이 있는 날은 공판 검사와 제가 동행할 테니, 박 검사님은 수사에만 전력을 기울여주셨으면 합니다."

"알겠습니다."

많은 사건으로 고생하는 검사들을 이렇게라도 도와주고 싶었다. 직관 사건의 경우 방대한 자료 때문에 공판 검사가 모든 내용을 파악하기가 쉽지 않았다. 그러다 보니 직접 수사한 검사가 동행하게 되고, 이렇게 되면 그날은 재판에 매달려야 하니 다른 사건을 수사하기가 힘들었다. 모든 내용을 알고 있는 령이 움직여준다면 그만큼 다른 검사들은 시간을 버는 셈이었다. 회의를 마친 후 연쇄 방화 사건의 용의자를 심문 중이라는 말에 령은 박 검사와 함께 그곳으로 향했다.

"주변 CCTV에 지나가는 모습이 찍히고 얼마 후 노래방에서 불길이 솟아올랐으니 확실합니다. 하지만……."

박 검사는 말꼬리를 흐렸다.

"이미 자백을 했는데 무슨 문제가 있습니까?"

"그건 그렇지만 갑자기 무죄를 주장하며 묵비권을 행사하고 있으니, 수사가 원점으로 돌아갈 판입니다."

취조실의 상황을 지켜보던 담당 수사관 장동현은 령이 들어오자 의자에서 일어섰다.

"범행을 모두 인정했던 용의자가 이제 와서 아니라는 말만 되풀이하네요."

"……."

령은 취조실 안의 용의자를 자세히 보기 위해 매직미러 앞으로 다가갔다.

"저 찌질이는 계속 징징거리고만 있으니…… 한 대 팰 수도 없고."

장 수사관은 화가 났는지 인상을 쓰며 중얼거렸다. 매직미러 안의 용의자는 절대로 그런 짓을 한 적이 없다며 울 것 같은 표정으로 말하고 있었다. 그날 밤 그곳을 지나간 기억이 없다며 애원하다시피 말했다.

"CCTV를 봤으면 싶네요."

"준비하겠습니다."

그리고 잠시 후였다.

"이 모습이 용의자의 모습입니다."

CCTV를 확인한 박 검사는 용의자가 지나가는 시점에서 손가락으로 화면을 가리켰다.

좀 전에 보고 온 그 남자. 딱 봐도 그 사람이었다.

"CCTV는 이거 하나입니까?"

"다른 곳에서 찍힌 게 하나 더 있는데, 화면 상태도 안 좋고 특별한 건 발견하지 못했다고 합니다."

"직접 보신 게 아닙니까?"

"정 검사가 확인했습니다."

사건 담당은 신입이었다. 박 검사가 플레이어를 작동시키자 두 사람은 말없이 화면에 눈을 고정했다. 그런데 사람의 모습만 흐릿하게 보일 뿐 화질이 좋지 않았다. 화면을 뚫어지라 보고 있던 둘은 어느 순간 '어?' 하며 동시에 손가락으로 한 곳을 가리켰다.

"잠깐 앞부분으로 돌려주세요."

"부장님도 보셨습니까?"

어렴풋이 보이는 여자들의 옷이 동일한 것으로 봐서 학생들 같았다. 걸어가는 한 여학생과 덩치 큰 남자가 부딪치며 지나가는 장면이었다. 풍채로 보아하니 좀 전의 그 용의자가 맞는 것 같았다.

"이 학생들 신원 파악해주시고, 그날 밤 이 남자를 기억하는지 물어봐 주세요."

박 검사의 표정이 굳어졌다.

"이런 걸 놓치다니."

"신입이니 놓칠 가능성이 많습니다. 그래서 경험 많은 선배들의 조언이 필요한 겁니다."

이런 작은 실수 하나가 중요한 단서를 놓친 결과를 만들었다. 경험이 없는 정 검사는 그렇다 치더라도 장 수사관에게 화가 난 박 검사는 휴대폰을 들었다.

"장 수사관님! 빨리 이쪽으로 와요!"

[급하신 일인가요? 저 지금 밖이라서.]

"급해요!"

박 검사는 장 수사관의 말이 끝나기도 전에 소리쳤다.

[네, 바로 움직이겠습니다.]


"선생님, 그 이마!"

"부딪혔어요."

오전 내내 보는 사람마다 이마에 관해 물었다. 은서는 이제 지쳤는지 질문이 날아오기도 전에 답했다. 이놈의 인기는 죽지도 않는다며 은서가 소희를 향해 웃자, 소희는 어이없는 표정으로 혀를 찼다.

"나도 궁금해. 도대체 이마는 왜 그렇게 된 거야?"

"그냥."

친구들이 물어봐도 말할 수가 없었다. 괜히 얘기했다가 그날 밤의 일을 들킬지 몰라 영원히 묻어두기로 했다. 진짜 그날 일이 알려지면 개망신이었다. 생각만으로도 몸서리가 쳐졌다.

그러다 은서는 모친이 건강검진 받으러 왔다는 전화를 받았다. 아래층으로 발걸음을 옮기면서도 분명 이마에 대해 물어볼 것 같아 걱정이었다. 아니나 다를까, 은서를 본 선영의 눈이 휘둥그레졌다.

"은서야, 너 이마……."

"어…… 약간 부딪혔어. 아프지 않으니까 걱정하지 마."

은서는 괜찮다고 웃었지만, 선영은 한숨이 나왔다. 이렇게 멍이 들 정도였으면 얼마나 아팠을까.

"아니, 어쩌다가. 조심 좀 하지."

"진짜 괜찮아."

"괜찮긴, 멍이 시퍼런데. 얼굴 봤으니까 얼른 올라가. 나도 검사받고 지하철 타러 바로 갈 테니."

선영은 걱정되면서도 대답을 회피하는 은서의 마음을 알아차렸다.

"참, 이거 김친데 아주 맛있게 익었더라."

은서는 바닥에 있는 보따리를 보았다. 선영이 들어 건네주자 아무 생각 없이 그걸 받아 든 은서는 김치통의 무게에 놀랐다. 어찌 이걸 들고 여기까지 오셨을지. 고맙다는 마음보다 죄송하다는 마음이 먼저 들었다.

"무거운데…… 검진실로 모셔다 드릴게."

"됐어. 나 혼자서도 갈 수 있어. 어서 가서 일 봐."

"그래도……."

억지로 등을 떠미는 선영 때문에 김치통을 든 그녀는 엘리베이터에 올라탔다. 걱정 어린 얼굴로 보는 선영을 향해 은서는 환하게 웃어줬다.

힘겹게 김치통을 들고 온 은서가 들어가자, 소희는 다시 웃었다. 아무리 봐도 흔히 볼 수 없는 모습이었다.

"아주머니는?"

"응, 검진실로 가셨어."

"자꾸 봐도 이마 진짜 대박이다. 아줌마가 얼마나 놀라셨을까?"

눈을 동그랗게 뜨고 자신을 보던 선영의 모습이 떠올랐다. 약을 사서 바르긴 했지만, 며칠이나 이러고 다녀야 할지 고민이었다.

"유은서, 그 이마 뭐야?"

"너까지 거들지 마."

은서는 놀라는 우빈의 표정을 보며 힘없이 말했다.

"도대체 무슨 일이 있었던 거야?"

"아무것도 생각이 안 나. 필름이 완전히 끊겼어."

지금 은서가 말한 것은 이마가 아니라, 령의 집에서 잠잔 날을 말하는 것이다. 암흑 속에 묻혀버린 그날 밤, 도대체 무슨 일이 있었을까…….

"미쳐. 얼마나 마셨기에 이마가 그렇게 돼도 모를 정도로 필름이 끊겨?"

"나도 미치겠다. 무슨 일이 있었는지, 나도 알고 싶다고."

그러게 도대체 무슨 일이 있었을까. 옷이 갈아입혀진 그날 밤 은서는 무슨 일이 있었는지 진정 알고 싶었다.


건강검진을 모두 마친 선영은 집으로 가기 위해 전철을 기다렸다. 그러다 누군가를 발견하곤 놀란 눈으로 다가갔다. 두 사람은 서로를 알아보았다. 반가운 마음에 손부터 잡고 얼싸안았다. 두 사람은 상기된 얼굴로 서로의 손을 꼭 잡았다. 이제 다시는 헤어지지 말자는 뜻을 표현하듯 잡은 손엔 힘이 들어갔다.

"선영이 진짜 맞는 거지?"

"맞아. 이게 얼마 만이니?"

여전히 믿을 수가 없다는 표정이었다.

"오래됐지. 네 딸 돌잔치 때 보고, 우리 애 아빠 해외로 발령 나서 나가는 바람에 연락이 끊겼으니."

"그랬지. 정말 반갑다. 근데 너는 어쩜 하나도 안 변했니?"

시간이 많이 지났는데도 한눈에 알아봤을 정도로 둘 다 예전 모습 그대로였다. 한마디로 곱게 늙었다는 말이었다.

"너도 그래. 어디 가서 좀 앉자."

퇴근 후, 령은 팀원들의 상태를 알아보기 위해 병원에 들렀다. 령과 마주 앉은 한 과장은 환자의 상태를 정확히 알려주기 위해 담당인 은서를 불렀다. 한 과장의 부름에 안으로 들어간 은서는 령을 발견하곤 슬그머니 고개를 숙였다. 왜 자꾸 부딪치는지…… 유쾌하지 않았다.

"유 선생! 이마는 왜 그래?"

호들갑 떠는 한 과장의 말에 령도 은서의 이마를 보았다. 이럴 수가…….

"네, 좀……."

놀라는 한 과장의 표정에 그녀는 멍을 감추고자 손으로 이마를 가렸다. 하지만 당황하는 령과 눈이 마주치자 보여주고 싶었다. 여자 얼굴을 이렇게 만들어놓은 주범이 당신이라고!

"아니, 어쩌다가 얼굴을 그렇게 만들어놨어? 술 먹고 전봇대에 박았냐?"

한 과장의 말에 은서는 령을 보며 인상을 썼다. 그는 미안한 마음에 눈도 마주치지 못하고 찻잔을 들었다.

"술도, 전봇대도 아니에요. 어쩌다 보니 재수 없게 이렇게 됐어요."

"그 나이에 아주 여러 가지로 잘하고 다닌다."

한 과장이 놀리듯 말하자 은서는 아랫입술을 깨물며 령을 쨰려보았다. 은서의 강한 시선을 느꼈는지 령도 더는 피하지 않고 그녀를 보았다. 하지만 은서는 령과 시선이 마주치자 눈에 잔뜩 들어갔던 힘이 풀려버렸다.

"다름 아니고 검찰청 사람들 언제쯤 퇴원할 수 있을 거 같아?"

한 과장의 목소리에 두 사람은 시선을 거뒀다.

"두 분은 하루나 이틀 뒤에 상황 봐서 퇴원해도 될 거 같은데, 정석우 씨는 주말까지 있어야 할 것 같아요. 염증 반응이 나타나서요.”

“그래?”

“그럼 저, 가봐도 되죠?”

은서는 빨리 자리를 뜨고 싶어 벌떡 일어섰다.

“벌써? 둘이 아는 사인데 차라도 한 잔 마시고 가지?”

“차 마시면서 노닥거릴 정도로 한가하지 않아요. 저 엄청 바빠요.”

“바쁜 거야 알지만……. 알았어. 나가봐.”

“그럼.”

은서가 간단한 목례로 인사를 하고 급히 나가자, 령은 닫히는 문을 바라보았다. 그러자 한 과장이 못마땅한 표정을 지었다.

“너한테는 은서 같은 여자가 딱인데.”

“그만 가보겠습니다.”

“듣기 싫다, 이거지. 가라, 가.”

더 듣고 싶지 않아 그가 일어서자 한 과장도 체념한 듯 말했다. 한 과장을 만난 후 집에 온 령은 모친이 왔었다는 걸 냉장고를 열어보고 알았다. 그는 휴대폰의 단축 버튼을 눌렀다.

“어머니, 오셨으면 저 좀 보고 가시죠?”

나란히 정리되어 있는 반찬통엔 사랑도 함께 담겨 있었다.

[바쁜 사람 시간 뺏으면 쓰나. 잠깐 들린 거야.]

“아무리 바빠도 어머니 만날 시간은 충분합니다.”

항상 아들을 먼저 생각하는 모친의 마음에 령은 죄송한 마음이 들었다. 그런 령의 마음을 알기에 모친은 핑계를 댈 수밖에 없었다.

[내가 네 아버지 밥 때문에 시간을 오래 못 냈다. 반찬 좀 해서 냉장고에 넣어놨으니까 굶지 말고 찌개랑 같이 먹어.]

“죄송하고 서운해서 그러죠.”

[그런 소리 말아. 너만 잘 지내면 우린 그거로 만족해.]

모친과 통화를 끝낸 그는 옷을 갈아입으려다 한쪽에 걸려 있는 와이셔츠를 보았다. 자신의 옷을 빨래한 여자는 모친 이외에는 은서가 처음이었다. 령은 어제 그녀가 가지고 온 셔츠를 보며 입고 있던 상의를 벗었다. 그러고는 걸려 있는 와이셔츠를 집어 들었다. 셔츠 소매 속으로 손이 미끄러지듯 들어갔다. 은서가 입고 잡아당겼던 셔츠의 아랫단을 만졌다. 그는 거울에 비친 자신의 모습을 한동안 바라보았다.

"다림질은 삐뚤빼뚤…… 도대체 섬유유연제를 얼마나 들이부은 거야? 향에 취해 죽겠다, 이 구토녀야."

하지만 은서의 이마를 보고 난 뒤라 마음이 불편했다. 이마의 색이 그렇게 변할 거라곤 상상도 못 했다. 결국 사과하자는 생각이 들었다.

띵- 동.

령이 은서네 집 초인종을 눌러놓고 기다리다 대답이 없자 다시 눌러보았다. 하지만 기다려도 인기척은 들리지 않았다.

"안 왔나?"

띵! 집으로 들어가려던 령은 엘리베이터 알림음에 돌아보았다. 커다란 보따리를 든 은서가 낑낑거리며 나오는 게 보였다. 가만히 있기도 뭐해 다가가 보따리를 받아 드니, 그녀가 의아한 눈빛으로 쳐다보았다.

"아니……."

자신의 말을 다 듣지도 않은 그가 김치통을 뺏다시피 들고 가자 그녀는 서둘러 제집의 현관문을 열어줬다. 안으로 들어간 그는 곧바로 주방으로 가서 김치통을 식탁 위에 내려놓았다.

"고마워요."

은서의 말에 령은 제 이마를 만지더니 그녀의 이마를 가리켰다. 막상 사과를 하려니 선뜻 입이 떨어지지 않았다.

"그…… 이마에 대한 보상."

겨우 김치통 들어준 것으로 무마하려는 그의 말에 그냥 넘어갈 은서가 아니었다. 그녀가 온종일 들은 말은 '선생님 그 이마!' 이거였다.

"그거로는 안 되는데. 자, 봐요."

은서가 머리카락을 쓸어 올리자 멍을 바라보고 있던 령은 자기도 모르게 손을 올려 만져보았다.

"아얏-! 일부러 누른 거죠?"

살짝 만져보기만 했을 뿐인데 기겁을 하며 뒤로 물러서자, 그는 침을 꿀꺽 삼켰다.

"흠…… 별로 아프지도 않겠구먼."

이게 아닌데. 알량한 자존심 때문에 자꾸만 헛소리가 나왔다. 령은 누구에게도 해를 끼친 적이 없기에 미안하다는 말, 죄송하다는 말, 이런 사과의 말에 인색했다.

"뭐예요?"

짜증 섞인 은서의 목소리에 시선을 피한 그는 벽시계를 보았다. 약속시간이 가까워졌단 걸 알았다. 더 있으면 훈계 비슷한 잔소리가 늘어질 것 같아 현관으로 향했다.

"갑니다."

"저기요. 그날 실수한 거 어떻게 보상해야 해요? 그 재킷이랑……."

은서가 가만히 생각해보니 자신의 옷뿐 아니라 령의 옷도 엉망이 되었단 걸 깨달아 미안해졌다. 사실 그걸 들고 세탁소에 갈 정도로 얼굴이 두껍지는 못했다. 그래서 다음 날 출근길에 쓰레기통으로 던져버렸다.

"비싼 거라 보상하려면 좀 벅찰 텐데."

어느 정도 예상은 했었다.

"저녁을 사드리면?"

"같이 다정하게 앉아서 밥을 먹을 정도로 친하진 않다고 보는데."

그건 은서도 한번 겪어봤기에 바로 수긍했다.

"그럼 술?"

술? 술로 한바탕 일을 치르고 다시 술 얘기를 들으니 기가 막혔다. 더 큰 이유는 그는 그다지 술을 좋아하지 않았기 때문이다.

"또 토하려고? 그리고 산다면 한 열 번은 사야 하는데, 나보고 그걸 또 다 치우라고?"

"그건 실수였어요."

"됐습니다. 안 먹고 말지."

그가 나가자 은서는 뭔가를 골똘히 생각했다. 그러더니 지갑을 들고 나갔다. 얼마 후, 끙끙거리며 사온 것을 들고 옆집으로 가서 벨을 눌렀다.

띵- 동.

"또 뭐야?"

령은 비디오폰으로 보이는 은서의 모습에 어쩔까 고민했다. 어차피 모임이 있어 외출해야 하니 마지못해 문을 열어줬다. 그러자 그녀는 들고 온 비닐봉지를 내밀었다.

"이거."

"뭡니까?"

그는 몸을 슬쩍 빼며 경계의 눈빛을 띠었다. 혹시 그 옷들? 그것만큼은 절대로 싫었다.

"소주 열 병이요. 한 병에 한 번 산 것으로 해주세요."

"뭐라고요?"

"이래야 제 마음이 편할 거 같아서요."

은서는 뻔뻔스럽게 말했다.

"자기 마음 편하자고 소주 열 병?"

"무거워요. 받아주세요."

팔짱을 낀 그가 문에 몸을 기대며 한심한 눈으로 그녀를 내려다보았다.

"어서요."

령은 상대하기 싫어 그 자세로 쳐다만 볼 뿐 받지를 않았다. 은서는 계속 들고 있기 힘들었는지 문 앞에 비닐봉지를 내려놓았다. 안 받으니 어쩔 수 없었다.

"안녕히 계세요."

이러고 그냥 제집으로 갔다!

"하! 이건 또 뭐 하는 짓이야?"

비닐봉지 안에 가득 들어 있는 술병을 보며 령은 헛웃음을 쳤다.

하지만 은서는 그와의 일이 깨끗하게 처리되자 홀가분한 마음으로 욕실로 들어갔다. 빚지고는 살고 싶지 않았다. 세종대왕님 몇 장으로 간단히 해결하고 나니 신이 나서 흥얼흥얼 노래가 다 나왔다.

"세종대왕님, 저희에게 한글도 주시고 돈도 주시고 무한 애정합니다. 사랑합니다. 뭐라고요? 다발로 주신다고요? 돈다발 원해요. 다 받아줄게요. 던져만 주세요."

치약을 짜는 은서의 얼굴에 환한 미소가 그려졌다.

반면, 령은 여전히 같은 자세로 술병이 담긴 비닐봉지를 내려다보았다. 무슨 생각인지 비닐봉지를 번쩍 들고는 은서네 집으로 향했다. 꽤 무거운 봉지 때문에 손을 쓸 수가 없자 그녀의 집 현관문을 발로 힘껏 찼다.

쾅! 쾅!

"이게 무슨 소리야?"

양치를 하다 현관에서 들리는 소리에 깜짝 놀랐다. 허둥지둥 밖을 확인하고 문을 열었다.

"무…… 슨 일…… 이세요?"

입안의 치약 거품으로 발음도 잘 안 됐다. 령의 방문으로 그녀는 잠시 칫솔질을 멈추고 그를 쳐다보았다. 그는 술이 들어 있는 비닐봉지를 내밀었다.

'이러면 안 되는데. 이걸 받아야 해, 말아야 해?'

비닐봉지를 들이미는 령의 모습에 은서는 당황스러웠다.

"무…… 슨?"

"그 치약 좀."

커뮤니케이션이 안 됐다.

"아! 기다……. 웩!"

그녀는 치약이 넘어가자 헛구역질을 했고, 령은 그녀의 모습에 혀를 찼다. 생긴 건 곱상하게 생긴 여자가 뭐, 이런가 하면서.

"쯧!"

"잠깐만……. 우- 웩."

구역질을 하며 욕실로 들어가자 령은 비닐봉지를 한쪽에 내려놓았다. 집 안을 둘러보니 마땅찮았다.

"후…… 구토녀. 저 여자 성격 나온다."

은서는 말끔하게 닦인 입가를 손으로 만지며 령의 앞으로 왔다.

"무슨 일이세요?"

"이 술, 안주가 없어 못 먹겠습니다."

"그래서요?"

"제가 마시고 싶다고 하는 날, 안주랑 같이 한 병씩 가지고 제집으로 오시죠."

령은 거만한 표정을 지은 채 명령조로 말했다.

"그쪽…… 집…… 으로요?"

이 남자를 잘 알지도 못하는데 솔직히 꺼림칙했다.

"그 표정은 뭡니까?"

"그게……."

은서의 시큰둥한 반응에 령은 한심하단 생각이 들었다. 도대체 자신의 인격을 뭐로 보고 쓰레기 같은 인간들과 견주나 싶어 기분이 상했다.

"안 잡아먹습니다. 저도 취향이 있는데."

"뭐예요?"

"그쪽, 절대 제 취향 아닙니다."

그러니 걱정하지 말라며 삐딱하게 나간 그는 은서에게 전혀 관심이 없다는 뜻을 내비쳤다.

"피차일반이거든요! 그런데, 도대체 취향이 어떻기에?"

자신이 뭐가 어때서! 은서는 문득 이 남자는 어떤 여자가 취향인지 궁금해졌다.

"쭉쭉빵빵."

은서의 눈이 동그래졌다. 어떻게 저런 말을 대놓고 하는지. 한마디로 이 남자도 외모부터 따지는 수컷이란 결론이 나왔다.

"허…… 속물."

"저 속물 맞습니다. 그럼 제가 마시고 싶다고 하는 날 안주랑 함께."

혼자서 중얼거린 말인데 귀도 밝았다. 자신을 속물로 인정하는 령을 보며 은서는 잘 생각해야 한다는 느낌을 받았다. 이 상황에선 령이 갑이고 은서는 을이었다. 그래서 한 번에 해결하고 쉽게 넘어갈 수 있는지 떠보기로 했다.

"만약에 안 가면요?"

령은 손을 들었다. 그리고 이렇게 말하며 손가락을 하나씩 구부렸다.

"의류비랑 그날 숙박비, 침대 시트 세탁비, 노동비, 그리고……."

'이런 미친!'

"아. 알았어요! 하, 하면 되잖아요."

은서는 말까지 더듬었다. 그 옷들은 딱 봐도 싸구려는 아니었기에 그렇게 계산하면 시퍼런 수표 한 장은 족히 들어갈 것 같았다. 어째 대왕님으로 쉽게 넘어간다 했다. 바로 돈 계산을 마친 은서는 화끈하게 대답했다.

"폰 번호."

령은 손을 내밀며 말했다.

"뭐…… 하게요?"

"연락해야 올 거 아닙니까? 우리가 무슨 텔레파시로 통하는 사이도 아니고."

"아! 맞다."

은서는 뚱한 표정으로 메모지를 가지러 갔다.

"여기요."

후다닥 적어서 주자 그는 말없이 메모지를 받아 들고 집을 나갔다. 현관 쪽을 바라보던 은서는 취향이 아니라는 그의 말이 다시 생각나 순간 자존심에 줄이 가는 소리가 들리는 것 같았다.

"뭐? 쭉쭉빵빵? 나도 쭉쭉빵빵은 아니지만 볼만은 한데…… 아닌가?"

자신의 몸매를 쭉 훑어보자니 점점 자신감은 잃어갔지만, 이만하면 괜찮다고 스스로 위안을 주었다.

별다른 일 없이 흘러가던 어느 날, 퇴근하기 위해 옷을 갈아입던 은서는 메시지 알림음을 들었다.

-구토, 9시.

"뭐야, 이건?"

뜻 모를 이상한 문자에 은서는 눈을 껌벅거리며 중얼거렸다. 처음 보는 낯선 번호라 무시하고 휴대폰을 가방에 넣었다. 하지만 뭔가가 번뜩 떠올랐다. 아…… 문자의 의미를 이해했다.

'혹시?'

그녀의 표정이 일그러졌다. 집에 가서 반신욕 좀 하려 했더니 아무래도 틀린 듯했다. 친구들에게도 말할 수 없는 비밀 하나가 있었으니, 술 먹고 잠시 개가 되었던 일. 그래서 개 줄에 묶여 싸가지 개장수한테 꼼짝없이 잡힌 일. 어찌 말하리오.

퇴근 후 샤워를 마친 은서는 슬렁슬렁 주방으로 가서 냉장고 문을 열었다. 안줏거리로 가져갈 게 있는지 아무리 찾아봐도 냉장고는 텅텅 비어 있었다.

그때 메시지 알림음이 들려왔다. 은서는 혹시 병원에서 온 연락인지 확인하려 휴대폰을 만졌다.

-온 거 압니다.

은서는 령의 문자에 눈을 동그랗게 떴다.

"이젠 스토커 짓까지……. 어련히 알아서 갈 텐데."

문자에 대한 매너고 뭐고 감시당하는 것 같아 기분 나빴다.

"가-!"

-1분 늦으면 한 병씩 추가.

"뭐?"

황당하다는 말은 이럴 때 쓰는 것일지도. 은서는 다시 온 문자를 확인하고 소주 한 병과 안주를 들고 부지런히 집을 나섰다. 발에 걸리는 운동화를 구겨 신고 령이네 집으로 뛰어가 문을 발로 쾅쾅 찼다. 그렇게 시간을 벌어 놓고 자신의 집 현관문을 닫았다. 손목시계를 보니 정각 9시였다.

"P- ass!"

3장. 구토와 싸가지

은서가 약속 시간을 확인할 때 령의 집 현관문이 열렸다.

"아니, 초인종 놔두고."

"누가 이렇게 하라고 알려줘서요. 더군다나 무거운 걸 들고 있네요."

그녀는 두 손에 든 것을 앞으로 쏙 내밀었다.

"한 손에 달랑 하나씩?"

"싫으면 말고요."

너무도 당당한 은서의 반응에 령은 문을 열어둔 채 안으로 들어갔다. 주방으로 따라 들어가던 그녀는 집 안을 보자마자 그의 성격을 대충 파악했다.

"성격 꼬장꼬장하구만. 남자가 이렇게 자로 잰 듯 집안을 정리하면 여자가 엄청나게 피곤한데."

령은 깔끔한 자신의 성격을 융통성 없는 답답한 성격으로 치부하자 못마땅했다.

"저는 그쪽처럼 대충 하고 못 삽니다."

"어련하시겠어요. 털어도 먼지 하나 안 나올 성격."

74

"거기까지만."

비아냥거리는 말이 듣기 싫어서 바로 끊어버렸다.

"안주는 뭡니까?"

종이컵을 내려놓으며 물었다. 그러자 그녀는 자랑스럽게 들고 온 반찬통을 열어 보였다. 그는 열린 통 안을 멍하니 들여다보았다. 이건…….

"김…… 치?"

겨우 이깟 안주 먹으려고 좋아하지도 않는 술을 이상한 저 여자랑 마셔야 한다니. 기가 막혔다. 그때는 무슨 정신으로 그런 조건을 내세웠는지. 다시 생각해봐도 잠시 뭐한테 홀렸었나 보다.

"맛있겠죠? 새콤새콤 아주 잘 익었어요."

"이…… 거 하나?"

"네. 이거면 충분하지 않나요?"

은서에게 있어 령의 생각은 알 바 아니었지만, 그는 몹시 언짢았다.

"아니, 최소한 국물은 있어야 하는 거 아닙니까?"

그가 안주 투정을 하거나 말거나, 은서는 빨리 이 술을 마시고 집에 돌아가 밥이 먹고 싶었다. 밥을 굶으면 손이 벌벌 떨리고 짜증이 밀려오는 성격이었다. 종종 헛것까지 보이며 어지럽기도 했다.

"대충 마셔요. 집에 와서 씻고 나니까 9시던걸요. 저 저녁도 못 먹었어요."

은서가 흘러내린 앞머리를 뒤로 넘기며 말했다. 순간 그녀의 이마에 아직 남아 있는 옅은 멍 자국이 령의 눈에 들어왔다.

"뭘 하고 다니셨기에 지금까지 저녁도 못 먹고 다닙니까?"

"수술 끝나고 나오니 약속시간이 다 돼서 부랴부랴 왔어요. 왜요?"

령은 의사들의 생활을 전혀 몰랐다. 당연히 그녀가 정시에 퇴근한 줄 알고 있었다.

"흠……."

"그리고 라면 좀 먹을까 했더니 문자로 또 재촉하고. 아우, 성격 진짜 이상해."

그가 피식, 웃었다.

"성격은 구토가 이상하지."

"구토? 휴. 어서 술이나 따라요. 술배나 채우게."

자신을 구토라 부르는 이 남자와 더는 말씨름하기 싫어 빨리 마시고 끝내기로 했다. 마음에 들진 않았지만, 앞에 사람이 있으니 자작보단 나을 것 같아 따라 달라는 뜻으로 술잔을 내밀었다.

"소주 한 병에 평균 7잔 나오니 3잔 반씩 마시죠."

"……!"

소주 한 병에 일곱 잔이 나오는 걸 어찌 알았을까. 그는 한쪽 입가만 올라가는 특유의 웃음으로 피식 웃었다.

"대단하십니다. 아주 술을 꿰고 있군요."

"이건 지극히 기본 상식이네요."

인턴, 레지던트 때 선배들에게 따른 술병을 지금까지 모아놨다면 폐품 팔아 지폐 좀 만졌을 것이다.

"상식은 무슨."

"얼른 따라요. 저 지금 배고파 돌아가실 것 같아요."

술병을 들려던 령이 일어났다. 가스레인지에 불을 켜고 냉장고에서 반찬을 꺼내놓자 은서는 그의 행동을 그저 지켜보았다. 밥상이 차려질 때까지 두 사람은 아무 말도 하지 않았다. 가끔 서로를 한 번씩 쳐다만 볼 뿐이었다.

"드시죠."

"저요?"

그녀는 믿지 못하겠다는 눈으로 보았다.

"여기 구토 말고 누가 또 있습니까? 일단 배가 든든해야 술도 술술 들어갈 거 아닙니까?"

그의 말에 은서가 냄비 뚜껑을 열어보니 콩나물과 호박이 들어간 알탕이었다. 구수한 찌개 냄새를 맡으니 입안에 침이 하나 가득 고였다. 밥상을 차려준 성의를 봐서라도 사양하면 안 될 것 같았다. 무엇보다 먹고 싶었다.

"뭐, 그렇다면 차려줬으니 잘 먹을게요."

덥석 숟가락을 들었다. 찌개 국물을 떠서 식힌 후 입으로 가져갔다. 우와! 세상에나. 한입 먹어보니 그야말로 최고였다.

"맛있어! 맛있어!"

그녀는 연신 감탄하며 밥을 먹기 시작했다. 그가 옆에 있던 술병을 들어 그녀에게 한 잔 따라주자, 술잔에 술이 채워지기 무섭게 반주 삼아 쭉 들이켰다.

"크- 윽, 이 맛이야."

토- 독. 토- 독. 부드럽게 터지는 알도 맛있고, 밑반찬도 미치게 맛있었다. 거기다 엄마표 김치까지. 임금님 수라상도 부럽지 않은, 더 이상 말이 필요 없는 아주 훌륭한 밥상이었다.

"한 잔 더?"

"좋죠."

숟가락을 놓은 은서는 두 손으로 얌전히 잔을 내밀었다. 밥을 차려주는 모습을 보고선 령의 인간성을 한 단계 업 시켰다.

"거…… 밥 좀 천천히 드시죠."

"얼마나 배고팠는데요. 손발이 후들거려요."

손이 후들거릴 정도로 배가 고팠다는 그녀의 말에 령은 밥통을 가리켰다.

"한 공기 정도 더 있는데?"

한 그릇으론 양이 안 찰 것 같았는데 무척 반가운 소리였다.

"있어요? 많이 줘요."

"역시 이것도 내 취향이 아냐."

은서는 또다시 취향이 아니라는 말에 술을 받다 말고 확 째려보았다.

"뭐예요?"

"여자라면 '전 많이 못 먹어요.' 하고 내숭이라도 떨어야 하는 거 아닙니까?"

웃기지도 않게 그는 여자 목소리를 흉내 내고 있었다.

"굶어 죽게 생겼는데 내숭은."

은서에게 있어 내숭은 딴 나라 소리였다. 본래의 모습을 숨기는 위선 따위는 원치 않았다.

"근데 여자 목소리 소름 끼치는 거 알아요? 안 어울려."

"어울리든 안 어울리든 제 목소리입니다."

정말 배가 많이 고팠는지 그녀가 허겁지겁 밥을 먹자 시간을 재촉한 령은 미안했다. 그래도 모친이 만들어준 음식을 맛있게 먹으니 미안한 마음이 살짝 사그라졌다.

"하긴, 잘 먹고 죽은 귀신이 때깔도 좋다 하니 먹고 뒤룩뒤룩 살찌는 것도 괜찮겠죠."

항상 삐딱하게 말하는 이 입이 문제였지만, 그냥 하는 소리는 아니었다. 그녀의 마른 체형에 령은 진심을 담아 말한 것이었지만, 은서에게는 그 말이 욕처럼 들렸다. 이래서 표현이 중요한 것이었다. 은서는 업시킨 인간성을 다시 다운시켜버렸다.

"이 사람이! 어쩜 이리도 처음 이미지랑 변함없이 똑같을까."

령의 거만한 말투와 오만한 성격이 떠오르는 은서였지만, 령은 그녀의 추태가 생각났다. 보이는 겉모습과는 너무도 다른 모습에 령은 혀를 내두를 지경이었다.

"그쪽도 만만치 않습니다. 아주 깹니다."

"그쪽도 깨거든요."

생긴 거와 다르게 입에서 나오는 못된 말과 더러운 성격. 령의 모습도 은서가 볼 땐 정상은 아니었다. 그런데 이상하게도 눈빛만큼은 한층 부드러워져 있었다. 서로를 포기해서 그런가.

"밥!"

은서의 말에 자리에서 일어난 령은 밥솥을 그녀 앞에 내려놨다.

"자! 여기."

게 눈 감추듯 밥 두 공기에 찌개까지 다 비웠다. 그녀는 이제야 배가 찼는지 숟가락을 내려놓았다.

"더 먹으면 배 터져 죽겠다."

저게 여자 입에서 나올 소리인지. 배를 두드리는 은서의 모습에 령은 술병을 들었다.

"완전 깨."

령은 다시 생각해도 곱상하게 생긴 외모와 너무도 다른 은서의 털털한 모습에 혼잣말로 중얼거렸다.

"마지막 잔은 원샷!"

은서는 잔을 들어 쭉 마시고 머리 위에 빈 잔을 털었다.

"이것도 깬다, 깨."

머리에 넥타이만 안 둘렀지 술 문화를 너무도 잘 아는 모습에 령은 혀를 찼다. 서로 한 잔씩 주거니 받거니 했더니 금세 한 병을 비웠다.

"술병도 안 깨고 한 병 다 마셨는데, 깬긴 뭘 자꾸 깬다고 저러실까? 그럼 저 가요."

자신을 못마땅하게 여기는 령의 말을 이렇게 비유했다. 은서는 배가 부르니 만사가 귀찮아졌다. 그녀는 집으로 돌아가려고 일어섰다. 피곤도 했지만 일단 약속한 한 병을 다 마셨다. 그러니 더는 이곳에 있을 필요가 없었다. 현관으로 가 운동화를 신은 그녀는 아무 생각 없이 문으로 향했다.

탕! 문을 열려고 손잡이를 잡으려던 순간, 언제 좇아왔는지 령의 손이 현관문을 치며 문을 짚었다.

"헉!"

깜짝 놀란 그녀가 고개만 돌려 보니 현관문과 령 사이에 끼어 있는 상태였다. 문에 한 손을 짚은 그가 그녀를 뒤에서 안듯이 가두고 있었다. 령은 놀라서 토끼 눈이 된 은서를 무표정하게 내려다보았다. 그녀가 다른 쪽으로 나오려 하자 그의 손이 그쪽마저 짚어버렸다. 이럴 수가. 결국 꼼짝없이 령의 양팔 안에 갇혀버렸다.

"왜…… 그러세요?"

소름 돋을 정도로 무서운 생각이 들었다.

'정말 사이코인가 봐. 생긴 건 그렇지 않은데, 나 완전 잘못 걸렸나 봐.'

멀쩡하게 생겨서 이상한 짓 하는 정신 이상자들을 병원에서 많이 봐왔다. 그 생각을 하는 순간 어떻게 빠져나갈까 기회를 찾았다. 그런 은서를 보자 령은 시험해보고 싶다는 생각이 들었다.

"그냥 가면 너무 섭섭하지 않나 해서."

"뭐가…… 요?"

"이렇게 늦은 시간에 남자가 혼자 사는 집에 왔을 때는 뭔가 각오가 되어 있었던 거 아닙니까?"

정말 잘못됐구나! 이 생각이 뇌리를 스치고 지나갔다.

"뭐? 무슨 각오?"

"그럼 뭐부터 할까요? 키스?"

'키…… 스?'

놀라서 말도 못하는 그녀를 돌려세우자 큰 눈이 더 커지면서 몸은 돌처럼 굳었다. 그의 얼굴이 가까이 다가오자 뭐라고 말을 해야 하는데 은서의 머릿속은 텅 빈 상태가 되었다. 소리를 지르고 벗어나야 하는데 몸은 움직이질 않았다. 령의 입술은 바로 코앞까지 다가왔다. 그런데 거의 닿을 듯 말 듯 할 때 그가 행동을 멈췄다. 종이 한 장 끼워놓은 듯 가까운 거리에서 더 이상 다가가지 않았다. 서로의 숨소리만 들릴 뿐, 한 치의 움직임도 없었다.

두근…… 두근…… 두근……. 그런데 둘 다 심장의 변화가 없었다.

"설마 계속해주길 바란 거야?"

령은 살며시 고개를 들며 말했다.

"싸가지!"

은서의 눈이 커지는 걸 발견한 순간 이미 때는 늦었다.

"윽!"

그녀는 단 한 번의 망설임도 없이 조인트를 힘껏 날려버렸다. 얼떨결에 당한 일이라 그는 다리를 잡으며 껑충껑충 뛰었고, 은서는 씩씩거리며 노려보았다.

"싸가지, 또 그러기만 해봐. 죽는다!"

"야! 얘기했잖아. 내 취향 아니라고! 장난한 걸 가지고!"

맞은 데가 너무 아파 눈물이 나올 지경이었다.

"장난? 장난도 정도껏 해야지! 죽고 싶어!"

이렇게 제멋대로인 남자는 처음이었다. 두려웠던 그 순간이 떠오르자 은서는 소리를 지르며 화냈다. 이유야 어떻든 그는 시험의 결과를 얻었다. 만약 은서가 반응을 보였다면 엉겨 붙는 여잔 딱 질색이라 이 거래는 여기서 아웃이었다. 다리의 아픔은 어느 정도 사그라졌다. 그런데 화를 삭이지 못하고 씩씩거리는 은서의 표정을 보니 어쩐지 고소하다는 생각마저 들었다. 령은 술 먹고 고생시킨 걸 보상받은 것 같아 오히려 기뻤다. 그만큼 그녀는 억울해 죽을 것 같다는 표정을 짓고 있었다.

"그래도 혹시 몰라 한번 해보려 했더니 도저히 안 당긴다. 너, 전혀 매력 없어. 남은 술 이젠 부담 없이 마실 수 있으니 그만 가라."

억울해하는 은서에게 이런 말까지 하니 령은 통쾌함에 짜릿함까지 느껴질 지경이었다.

"이런 미친놈-!"

그녀는 독하게 한마디 내뱉으며 뒤도 안 돌아다보고 집을 나갔다.

쾅-! 얼마나 세차게 닫았는지 아파트 전체에 울리며 문이 부서질 것 같았다. 은서는 자신의 집으로 걸어가면서도 거의 날뛰는 수준이었다.

"미친 싸가지! 진짜 재수 없어!"

이번엔 은서의 목소리가 아파트에 안에 울렸다. 그 소릴 들으며 바지를 걷어 올린 그는 맞은 곳을 보며 인상을 썼다.

"이런, 멍들었네. 무슨 여자가 저리 드세?"

령은 절뚝거리며 주방으로 갔다. 식탁 위에 설거지거리가 그냥 남아 있는 걸 보자 아랫입술을 깨물었다. 화를 삭여야만 했다.

"저 구토녀는 먹을 줄만 알지 치울 줄은 모르나? 한밤중에 이게 뭐 하는 짓이야? 내가 미쳐!"


령의 집에서 먹은 음식이 잘못된 것일까. 한숨 자고 일어난 은서는 배가 아파 몸을 뒤틀었다. 걷지도 못하게 아파 기다시피 책상으로 갔다. 서랍을 열어봤지만 아무리 찾아도 약이 없어 주방으로 갔다. 그녀는 모든 서랍을 뒤졌다. 점점 더 심해지는 고통에 식은땀까지 흘러내렸다. 휘청거리며 화장실로 들어가 먹은 걸 다 토한 후 그녀는 다시 비상약을 찾아다녔다.

"이상하네. 어디다…… 뒀지?"

분명 어딘가 있을 텐데.

"아…… 아…… 윽. 죽겠다."

참다못한 그녀는 배를 움켜쥐고 밖으로 나갔다.

띵- 동. 띵- 동. 령은 요란하게 울리는 초인종 소리에 눈을 떴다. 한밤중에 무슨 일인가 싶어 침대에서 내려가는데 또다시 초인종 소리가 들렸다. 어렴풋이 들리는 사람 목소리에 무언가 좋지 않은 예감이 들었다. 그는 벌떡 일어나 현관 쪽으로 향했다.

쾅! 쾅! 쾅!

"싸…… 가지!"

은서 목소리였다.

"싸가지…… 있…… 어…… 요?"

다시 들리는 목소리에 령은 문을 열었다. 그리고 거의 쓰러지다시피 벽을 잡고 서 있는 은서를 발견했다. 대체 밥 잘 먹고 멀쩡하게 돌아간 그녀한테 무슨 일이……. 불과 몇 시간 후에 이런 모습으로 오자 놀라지 않을 수가 없었다.

"이봐요! 무슨 일이에요?"

"나…… 배가…… 너무…… 아파요."

은서가 아픈 배를 잡고 바닥에 앉아버리자, 령은 한쪽 무릎을 꿇고 그녀와 눈높이를 맞춰줬다.

"언제부터 그런 겁니까?"

겉으로 보기에도 심상치 않아 보였다.

"모르겠어요. 자다…… 일어나니…… 죽을…… 거…… 같아요."

"잠깐만 기다려요. 약 가져올 테니."

은서의 몸이 쓰러지듯 복도 바닥으로 내려앉았다. 놀란 그는 그녀가 벽에 기댈 수 있게 몸을 받쳐줬다. 령이 안으로 들어가려 하자 은서는 덜덜 떨리는 손으로 그의 옷을 움켜잡았다.

"병…… 원……."

"많이 안 좋아요?"

"빨…… 리."

"걸칠 옷 좀 가져올게요. 잠깐만 기다려요."

은서를 일으켜 앉힐 때 몸이 식은땀으로 젖어 있다는 걸 알았다. 이 상태로 데리고 나가면 안 될 것 같아 그녀를 벽에 기대놓고 집 안으로 들어갔다. 허둥지둥 외투를 들고 나와 보니 배를 움켜잡은 은서는 복도 바닥에 쓰러져 있었다. 서둘러 옷으로 감싼 그녀를 번쩍 안아 들었다. 정신없이 복도를 걸어 엘리베이터 쪽으로 갔다. 버튼을 누르고는 그녀의 상태를 살폈다. 다.

"이런 바보가. 그러게 조금만 먹지."

령의 목소리에 은서는 힘겹게 눈을 떴다.

"정신 차려!"

도착한 엘리베이터에 두 사람이 올라탔다. 령이 볼 때 그녀는 가물거리는 정신으로 자신의 앞자락을 잡으며 고통을 참아내는 것 같았다.

"너무…… 아파요."

"지금 병원으로 가는 길이니까 좀만 더 참아요."

이 말밖에 해줄 수가 없었다. 초조했다. 그가 은서를 안은 채 주차장으로 달려가 자동차 안전장치를 해제했다. 뒷문을 열어 조심스레 자리에 앉혔다. 그녀의 머리를 받치며 뒷좌석에 눕혔다. 아직도 자신의 옷자락을 쥐고 있는 은서의 손을 살며시 풀어 배 위에 얹어놓았다. 차 문이 닫힐 때까지 그는 그녀에게서 시선을 떼지 못했다.

"으…… 으음."

아픔을 참아내는 소리가 령의 귓가에 들렸다.

은서를 태우고 밟기 시작한 그는 어떻게 병원에 도착했는지도 모를 정도였다. 그녀를 안고 응급실 안으로 뛰어 들어오자, 당직을 서던 우빈이 그를 알아보고 다가왔다. 그러고는 그의 품 안에 있는 은서를 발견하자마자 당황하는 모습을 보였다.

"유은서! 은서야! 어떻게 된 거야? 눈 좀 떠봐."

은서를 침대에 눕히자 간호사가 다가와 담요를 덮어줬다. 치료를 위해 뒤로 물러선 령은 초조함을 감추지 못하고 서 있었다. 응급실에 있던 다른 의사들도 모두 은서 옆으로 다가왔다. 순식간에 응급실이 술렁거리는 느낌을 받았다.

"은서야! 나 봐봐! 나 누군지 알겠어?"

은서의 상태를 확인하기 위해 우빈이 부르자 그녀는 힘겹게 눈을 떴다.

"응…… 우…… 빈아."

다행히 정신을 잃지는 않았다.

"그래, 나야. 금방 낫게 해줄게. 어디가 아파?"

"급…… 체."

"알았어."

은서는 자신의 상태를 설명했다. 그녀의 얼굴을 지켜보던 령은 초조함에 입술이 바짝 말랐다.

"검사님, 어떻게 된 겁니까?"

의외의 인물이 은서를 안고 왔기에 우빈은 궁금했다.

"배가 아프다고 우리 집에 찾아왔습니다."

"집?"

"지금 은서 씨, 옆집에 삽니다."

"아, 그렇군요. 고맙습니다."

"저녁을 좀 과하게 먹은 거 같은데, 오는 동안 계속 배가 아프다고 하네요."

령은 저녁을 먹던 은서의 모습을 떠올렸다. 치료하는 데 도움이 되었으면 하는 마음으로 상황을 설명해줬다. 그녀가 허겁지겁 많이 먹어서 이리된 것 같았지만, 사실 은서는 그의 테스트에 놀라 체한 것이었다. 령이 문을 탕! 치는 순간, 은서의 위가 뜨끔! 하며 놀랐다.

"데려다 주셔서 감사합니다."

내과 담당의가 와서 처치에 들어갔지만, 령은 차마 발길을 돌리지 못했다. 백지장같이 하얀 얼굴과 식은땀으로 젖은 머리카락. 꼭 감은 그녀의 눈 언저리는 고통을 참느라 일그러져 있었다.

"이제 가보셔도 될 것 같습니다."

"그래도……."

걱정하는 령의 표정을 읽은 우빈은 웃는 얼굴로 안심시켰다.

"제가 있으니 걱정하지 마시고, 괜찮아지면 전화드리겠습니다."

"그럼……."

우빈의 말에 령은 그제야 둘의 관계를 기억해냈다. 어쩔 수 없이 발걸음을 돌려 응급실 밖으로 나왔다. 치료받던 모습이 떠오르자 괜찮을 것이라 여기며 집으로 왔지만, 걱정된 탓일까. 소파에 앉아 있다 보니 어느새 날이 밝았다. 령은 출근길에 병원부터 들렀다.

응급실로 가니 은서는 아직도 거기에 있었다. 하지만 그는 멀찌감치 떨어져서 지켜보기만 했다. 사실 은서의 손을 잡고 있는 우빈의 모습을 보니 다가가고 싶지 않았다.

"또 허겁지겁 먹었지?"

"히히."

웃는 그녀의 모습이 힘들어 보이긴 했지만 많이 좋아진 것 같아 그나마 다행이었다.

"히히? 웃음이 나와? 얼마나 놀랐는지 알기나 해?"

우빈이 은서의 이마를 슬쩍 쥐어박자 그녀는 맞은 곳을 만졌다.

"야, 멍든 데 아직은 아파."

"아프라고 일부러 때렸다."

"코흘리개 심술쟁이. 그것보다 배가 안 아프니까 살 거 같아."

평온할 정도로 고통에서 벗어났다. 그런 두 사람의 모습을 지켜보던 령은 그녀가 괜찮아진 걸 확인하고 발걸음을 돌렸다.

"약이 살렸지. 손도 따뜻해졌네."

우빈이 은서의 몸 상태를 확인하기 위해 잡았던 손을 담요 안으로 넣어 주었다. 그때 령을 떠올린 우빈은 어젯밤에 있었던 일이 궁금해졌다.

"근데 그 검사랑은 어떤 사이야?"

"누구?"

"최 검사."

그녀는 무슨 관계일까 잠깐 생각해보았다. 하지만 한마디로 정의를 내리고 말고 할 사이가 아니었다. 굳이 붙이자면 이웃집 남자?

"그건 왜 물어?"

혹시 추태 부린 걸 들킨 건가 싶어 은서는 불안했다.

"어제 너 안고 응급실로 들어오는데, 하얗게 질려서 왔더라."

"그 사람이 날 데려왔어?"

은서가 우빈의 말에 기억을 더듬었다. 그러다 약을 찾던 자신이 집 밖으로 나간 게 생각났다. 그렇다면 옆집으로 갔단 말인데. 다급하니 그럴 수도 있겠구나.

"기억 안 나?"

치매는 아닐 테고, 아무리 생각해도 기억이 없었다.

"뭔가 두드리고 무슨 말을 한 거 같은데…… 잘 모르겠네."

"그래? 그럼 말고. 일단은 그 검사가 널 데려와서 네가 이렇게 살아 있는 거야."

이유야 어떻든 다 맞는 말인 것 같았다. 제멋대로라고 생각했었는데 도움의 손길을 마다치 않는 걸 보니 심성이 나쁜 사람은 아닌 것 같았다. 은서는 다시 령의 인간성을 업시켰다.

령은 검찰청으로 와서 박 검사의 보고를 받았다. 결론이 없는 지루한 회의
가 한동안 이어졌다. 터지는 사건에 비해 일을 처리할 수 있는 검사들이 부족
한 게 지금의 현실이었다. 범죄는 날로 지능적으로 변하고 있었다. 단순한 사
건이 꼬리에 꼬리를 물어 사회적으로 엄청난 파문을 일으키는 경우도 많았다.
법망을 피해 도주하려는 범인을 잡으려면 엄청난 두뇌 싸움을 해야 했다. 그
러나 그 방안을 모색하는 회의가 진척이 없자, 령은 회의를 파했다.

박 검사는 령에게 보고를 올릴 때면 항상 불안했다. 좋고 싫고의 감정 표현
이 이리 인색한 사람은 처음이었다. 마치 차가운 기계처럼 표정이 없었다.

하지만 정확하게 포인트를 집어내는 그의 판단력은 언제나 놀라웠다. 령
에게 모든 보고를 끝낸 박 검사는 자료 파일을 정리했다.

"오늘 다친 사람들이 퇴원합니다."

박 검사는 그냥 알고만 있으라고 형식적인 말을 건넸다.

"퇴근 시간 다 되어가니 제가 가보죠. 미결 사건들 빨리 처리할 수 있게
부탁합시다."

미결 사건이야 그렇다 치더라도 병원에 가본다는 그의 말에 박 검사는
파일을 정리하던 손을 멈췄다. 짧은 시간이긴 해도 령을 지켜본 결과, 일에
서는 완벽할 정도로 철저했다. 하지만 사람 사이에서는 미온이라도 나눠주
려는 따뜻한 정이 느껴졌다.

"직접 가보시게요?"

"당연한 거 아닙니까?"

뜻밖에 당연하다는 말이 나오자 박 검사는 무안해졌다.

"알아서들 퇴원할 텐데……."

한편, 령이 오는 줄 모르고 퇴원 준비를 마친 이 수사관은 다른 팀원인 동료 수사관과 장난까지 쳤지만, 혼자 남게 된 정 검사는 시무룩한 표정을 지었다.

"우리만 가서 어쩌지? 혼자 며칠 더 있어야겠네."

이 수사관은 정 검사를 두고 가자니 미안한 마음이 들었다. 사건 때문에 자주 부딪치다 보니 수사관이나 검사를 떠나 언제부턴가 친구처럼 지냈었다.

"어쩔 수 없지."

정 검사는 서운한 마음이 들었지만, 그렇다고 퇴원하는 이들을 붙잡을 수는 없었다.

"미안해, 먼저 갈게."

이 수사관은 미안하다며 도망치듯 사라졌다. 미안하다고 하지나 말든지.

"배신자들."

못마땅한 정 검사가 한참을 중얼거릴 때 병실 문이 열렸다.

"다들 어디 갔습니까?"

혼자 있는 정 검사를 향해 질문이 날아들었다. 령이었다. 갑작스런 령의 출현에 정 검사는 놀란 표정을 지었다.

"퇴원해서 좀 전에 갔어요. 그런데 어쩐 일로 오셨어요?"

"퇴원하신다기에. 그런데 제가 한발 늦었나 봅니다. 혼자 심심하시겠어요."

령은 정 검사와 멀찍이 떨어져 앉았다.

"그렇긴 합니다만 바쁘실 텐데 가…… 보셔도 됩니다."

직속 상관이 아직 어려운 신입 검사는 령의 방문이 불편했고, 발령받은 지 얼마 안 된 령도 어색하긴 마찬가지였다. 일이 아닌 사적으로 얼굴을 보고 있는 건 둘 다 처음이기 때문이었다.

"제 사건들을 박 선배님이 맡고 있다 하시던데."

사건 진행을 물어오는 전화로 돌아가는 일은 어느 정도 알고 있었다.

"그러니 빨리 쾌차하셔서 도와주세요. 정 검사님이 부재중이니 사건 해결에 난항을 겪고 있습니다."

"난항까지는……. 저는 아직 사건 처리가 미숙해서."

정 검사도 실수한 CCTV 이야기를 전해 들었다.

"처음부터 잘하는 사람은 없습니다. 저도 신입 땐 실수투성이였습니다."

한참 후배인 자신에게 깍듯이 경어를 쓰자, 정 검사는 불편하면서도 존중을 받는 것 같아 기분이 좋아졌다. 또한, 실수투성이였다는 말에 령의 존재가 오히려 인간적으로 다가왔다.

"부장님도 실수하셨어요?"

"신입일 땐 당연한 거 아닙니까?"

그렇게 정 검사와 몇 마디 나눈 령은 은서를 보기 위해 발걸음을 돌렸다. 응급실로 향하던 중, 우빈과 함께 있는 그녀를 발견했다.

"어제 은서 데려온 검사님이시죠?"

"안녕하십니까. 최령입니다."

"저는 강우빈입니다."

령은 우빈과 정식으로 인사를 나눴지만, 눈은 은서에게 향해 있었다. 모양새를 보니 하룻밤 새 눈이 쏙 들어간 게 얼굴도 핼쑥하고 볼 살도 사라진 느낌이었다.

"유 선생은 좀 괜찮습니까?"

은서는 령의 질문에도 바닥만 내려다보고 있었다. 또다시 이 남자 앞에서 추태를 보인 것 같아 무색했다. 괜한 멋쩍음에 걸치고 있는 그의 겉옷만 만지작거렸다.

"많이 좋아졌습니다. 집에 가도 되는데 가시는 길에 혹시 데려다 줄 수 있나요? 저는 자리를 비울 수가 없어서."

"가능합니다."

우빈의 부탁에 령이 순순히 데려다 준다고 했다. 하지만 은서는 왠지 피하고 싶었다.

"혼자 갈 수 있어."

"안 돼. 최 검사님, 집까지 잘 부탁합니다."

"걱정하지 마세요."

은서는 자신의 의지와는 상관없이 떠밀려졌다. 도둑이 제 발 저리다고 했던가. 그녀는 평상시와 다르게 조잘거리지도 않았다. 뒷자리에 앉아 조용히 창밖만 보고 있으니, 오히려 령의 마음이 불편해졌다.

'밥 먹는데 내가 뭐라고 해서 체했나?'

짝-! 뭔가를 생각하던 은서가 갑자기 손뼉을 쳤다. 령은 룸미러로 그녀의 모습을 쳐다보았다.

"가만히 생각해보니 항상 싸가지를 만나면 안 좋은 일만 생긴 거 같아요."

"뭐요!"

자다가 봉창 두드리는 것도 아니고 이건 또 무슨 소린지.

"처음엔 추돌 사고, 발목 사고, 구토 사고, 이번엔 급체. 이상해."

"그게 나랑 무슨 상관이 있다고……."

황당한 추측이었지만, 생각해보니 그런 것도 같았다. 령의 말소리가 작아지더니 끝내 말꼬리를 흐리고야 말았다.

"다 그쪽이 옆에 있을 때 생긴 거거든요!"

"하! 어이가 없네."

령은 따지듯 말하는 은서로 인해 미안한 생각이 싹 날아가 버렸다. 죽을 거 같다고 해서 기껏 살려줬더니 보따리 뺏는 심보였다. 다 자기 탓이라 하자 헛웃음만 나왔다.

어느덧 아파트에 도착했다. 그녀가 차에서 내리는 걸 도와준 령은 저만치 걸어가는 은서의 뒷모습에 불안했다. 결국 한달음에 뛰어가 그녀를 번쩍 안아 들었다.

"어머머! 어머머! 왜 이러세요?"

령이 번쩍 안아 들자 소스라치게 놀라며 난리를 쳤다. 어찌나 버둥거리는지 하마터면 떨어트릴 뻔했다.

"움직이면 더 무거우니 가만히 계시죠."

"뭐…… 뭐 하는 거예요?"

"보면 몰라요? 알면서 왜 물어본데."

알긴 알지만 난처한 상황이다 보니 무안했다. 뭐라고 설명할 수 없이 얼굴이 화끈거렸다. 남자 품에 안기다니. 그것도 벌건 대낮에. 그녀는 혹시라도 누가 볼까 봐 걱정부터 앞섰다.

"내려줘요. 누가 봐요."

"저도 빨리 올려다 놓고 가야 합니다."

올려다 놔? 똑같은 말을 해도 아! 다르고 어! 다르거늘! 어떻게 표현을 이렇게 하는지 은서는 참으로 그가 얄미웠다.

"제가 짐이에요? 올려다 놓게."

"짐 맞습니다."

"어머? 말을 해도."

그는 단호하게 말했다. 이에 기분이 나빠진 은서는 내리겠다고 또다시 바동거렸다. 하지만 그것도 잠시, 엘리베이터를 기다리는 사이 얌전해졌다. 시간이 지날수록 점점 더 어색해졌다.

"왜 이리 무거워요. 살 좀 빼요. 이렇게 무거워서야……. 하긴, 밥을 그리 많이 먹으니."

은서가 얌전히 있자 무안해진 령의 입에선 엉뚱한 소리가 튀어나왔다.

"뭐라고요?"

"들었습니까?"

할 소리 다 해놓고 들었느냐고?

"뺄 살이 어디 있다고? 내가 얼마나 날씬한데."

은서는 뚱뚱하다고 단 한 번도 생각해본 적이 없었다.

"그럼 팔을 내 목에 둘러 좀 덜 무겁게 하든지. 진짜 무거워 죽겠네."

은서가 령의 목에 팔을 두르자 그는 다시 추슬러 안았다. 그러다 보니 둘의 얼굴이 생각보다 더 가까워졌다. 갑자기 민망해진 은서는 상체를 뒤로 젖혔다. 아무리 생각해도 서로의 체향까지 맡아지니 무안하기 그지없었다. 령도 은서를 몇 번이나 안아 올렸지만, 멀쩡한 정신일 때는 처음인지라 무척 어색했다.

'엘리베이터 더럽게 안 내려오네.'

'고장 났나? 왜 이리 안 내려와?'

띵! 드디어 왔다. 엘리베이터에 올라타자 은서는 층수를 눌렀다. 갇힌 공간이라 그런지 더 어색했다.

"아직도 무거우면 내려…… 줘요."

"……."

"내려…… 줘요."

"그러다 쓰러지면 어쩌라고 내려달랍니까? 또 저랑 있어서 안 좋은 일 생겼다고 우길 텐데."

"그래도 내려줘요. 너무 불편해요."

불편함이 어디 은서뿐이랴. 온전한 정신인 그녀를 안는 게 령은 이리도 당혹스러울 줄 몰랐다. 이내 그가 아무렇지도 않은 표정으로 그녀를 내려줬다. 그 와중에도 은서는 자신을 무겁다고 한 그의 말이 신경 쓰여 옆구리를 슬그머니 만져보았다.

"많이 무거워요?"

머릿속에서만 맴돌던 생각이었지만, 참지 못하고 끝내 물어보고야 말았다.

"당연한 거 아닙니까. 쌀로 치면 한 자룬데."

40킬로그램, 반가마니를 말하는 것이다.

"쌀?"

많고 많은 것 중에서 하필이면 쌀자루에 비유하다니. 기분이 살짝 나빠진 은서는 남자의 자존심을 톡! 건드리고 싶었다.

"남자가 그리 허약해서. 쯧쯧쯧."

"뭐라는 겁니까?"

차마 큰 소리로 말하지 못하고 혼잣말로 속삭였지만, 귀는 어찌나 밝은지 또 들었다.

"중얼거리는 겁니다."

얄미운 생각에 그녀는 령의 말투를 흉내 냈다. 어색하고 민망한 이 상황 때문일까. 평소에는 금방 올라가던 엘리베이터가 오늘은 징그럽게 느렸다. 띵! 오늘따라 반가운 저 소리. 엘리베이터가 도착하자 은서는 열린 문 앞으로 한 발짝 걸어 나갔다.

"고마워요. 짐짝 올려놓느라 고생하셨어요. 아니, 쌀자룬가? 아무튼 바쁘실 텐데 어서 가보세요."

"그럼 전 갑니다."

은서는 목례로 고마움을 표시했다. 엘리베이터 문이 닫히고 그의 모습이 사라지고 나서야 그녀는 천천히 집으로 향했다. 그런데 한 발짝 한 발짝 걸어갈수록 남자의 품에 안겨서 그런가, 기분이 오묘해졌다.

"뭐야. 이 찝찝하고 이상한 기분은?"

제집으로 들어간 은서는 약 먹을 생각부터 했다. 그러면 뭐하나, 냉장고는 텅텅 비어 있는데.

"어제 싸가지네 반찬 맛있던데."

약만 아니었다면 배도 고프지 않기에 그냥 넘겨버렸을 것이다. 냉장고 안을 들여다보던 그녀는 어제 먹었던 령의 집 반찬이 생각나자 휴대폰을 들었다.

-현관 번호 좀 알려줄래요?

-뭐라는 겁니까?

바로 답이 오자 그녀는 빙긋이 웃었다.

-반찬 좀 빌려 먹게요.

-?

-배고픈데.

-굶어!

이런 답이 올 줄이야.

"응답하기 싫어지려 하네."

-환자한테 뭐라는 겁니까? 힝.

씨도 안 먹히자 이번엔 령의 문구를 흉내 냈다. 농담 반 진담 반으로 문자를 보냈지만 아쉽긴 했다. 은서가 입맛만 쩝쩝 다시며 냉동실 문을 열었다. 시커먼 봉지에 싸인 저건 무얼까? 생각만 하고 다시 문을 닫을 때 메시지 알림음이 울렸다. 내용을 확인한 그녀는 '히히' 하고 웃었다.

-0502

-감사.

그녀는 옆집으로 가기 위해 휴대폰을 작은 손가방에 넣었지만, 문자를 확인한 령은 휴대폰을 툭 던졌다.

"정말 대책이 없네."

이상한 여자지만 일단 환자니 들어주기로 했다. 다시 징- 하는 알림음에 령은 귀찮은 표정을 지었다.

-어이, 친구.

은서가 아닌 시루였다.

"이 녀석은 또 왜?"

휴대폰을 엎어놔 버리자 다시 징- 하며 알림음이 울렸다.

-자식. 톡 본 거 다 알아. 나 지금 클럽인데 와라.

-NO.

-그래. 그럼 나 혼자 놀아야겠네.

그는 피식 웃었다.

"꼴통. 클럽에 있는 거 보니, 또 이상한 사건 맡았나 보네."

령의 예감이 맞았다. 날카로운 시루의 눈빛. 령과 통화를 끝낸 시루는 바라보고 있던 곳에서 시선을 거두지 않았다. 잠시 후 그는 어딘가로 전화를 했다. 그리고 자리에서 일어선 그는 스테이지로 천천히 걸어 나갔다. 스쳐 지나가는 그의 모습에 여자들의 시선이 몰렸다. 요염하게 춤을 추는 여자 앞으로 시루가 섰다. 서로 눈이 마주치자 시루는 서서히 리듬을 탔고, 여자도 야릇한 미소를 보이며 그에게 반응을 보였다.

"당신, 꽤 괜찮은데."

여자의 말에 시루는 앞 머리카락을 쓸어 넘기며 가까이 다가갔다.

"그쪽이야말로."

흐뭇해하는 시루의 말에 여자가 웃자, 그는 여자의 허리에 자연스레 팔을 둘렀다.

"One night?"

귀에 대고 속삭이자 여자는 살짝 밀어내며 빠져나가려 했다. 순간 시루가 여자의 허리를 낚아채듯 바짝 안았다. 그는 빙긋이 웃었다.

"그냥 가면 안 되지."

"그럼 어떻게 해야 하는데?"

말장난처럼 튕기는 여자의 말에 시루의 입술이 여자의 입술 근처로 향했다.

"내 의뢰인이 널 꼭 잡아달라고 했거든, 꽃뱀 아가씨."

"뭐?"

달콤하게 속삭이는 시루의 말에 여자의 인상은 일그러졌다. 재빨리 품에서 벗어나려 하자 시루는 여자의 손목을 비틀어 잡았다.

"미란다 법칙은 경찰관이 말해주겠지만, 난 당신을 변호할 수 없음을 미리 알려드립니다."

"너, 이 새끼!"

"예쁜 입으로 욕하지 마! 내가 채미란 당신 찾으려고 밤마다 나이트고 클럽이고 얼마나 쑤시고 다녔는지 알아? 뭐, 덕분에 좋아하는 춤 실컷 췄지만 달라붙는 여자들 때문에 아주 힘들었어."

"이 개자식!"

제대로 상황 파악한 미란은 악다구니를 쓰며 벗어나려 했다. 시루는 전화를 받고 출동한 경찰관한테 미란을 넘겨줬다.

"미란다 법칙 꼭 읊어주세요. 그런데 공교롭게도 그 여자 이름이 미란이에요. 미란다면 더 좋았을 텐데."

시루의 말에 작게 웃던 경찰관은 미란다 법칙을 읊었다. 여자를 체포해가는 경찰의 모습에 클럽 안이 조용해지자, 시루는 두 손을 번쩍 들고 소리쳤다.

"Let's go Dancing!"

"Oh~ Yeah!"

그 시각, 령의 집에 온 은서는 냉장고를 열어 몇 가지 반찬을 꺼내놓았다.

얼굴에 미소를 띠며 밥통을 열었다. 순간 그녀는 못 볼 걸 본 사람처럼 울상을 지었다.

"이러면 안 되는데."

밥이…… 없다! 이건 그야말로 날벼락이었다. 팥 없는 찐빵을 먹으면 배라도 부르지. 식탁 위에 있는 반찬들을 보자니 울상이 되어버렸다. 저걸 못 먹는다니. 어쩔 수 없이 냉장고에 반찬을 넣어놓았다. 그녀는 령에게 문자를 보내기 위해 들고 온 손가방에서 휴대폰을 꺼냈다.

-밥은?

-반찬만 빌려달라며.

-ㅠㅠ

-어제 누가 다 먹고 그 밤에 난리를 쳤는데.

-ㅠㅠ

-시끄러워!

은서는 령에게서 온 문자를 째려보았다.

"시끄러워? 나도 시끄러워! 응답 안 해!"

짜증 난 은서는 그의 집을 나섰고, 령은 자신의 답 문자에 그녀의 표정이 어땠을지 생각하니 킥킥거리고 웃음이 나왔다. 아픈 사람한테 이러면 안 되지만 쌤통이란 생각에 웃음을 참을 수가 없었다.

"은근 재미있네. 큭큭."

은서는 슈퍼에 갈 기운도 없었지만, 솔직히 사러 나가기 귀찮았다. 죽집에 전화를 걸었더니 한 개는 배달이 안 된다는 말에 어쩔 수 없이 두 개를 주문했다.

"민숭민숭 죽만 먹는 것보다 반찬이랑 같이 먹으면 더 좋은데. 어제 싸가지네 그 매실 장아찌 죽이던데."

죽을 기다리는 동안 다시 은서의 마음속에서 미련이 솟아올랐다. 톡을 보내기 위해 그녀가 식탁 위에 놓여 있는 휴대폰을 보았다. 그러다 검지로 한 글자씩 터치했다.

-매실 장아찌 좀 얻어먹어도 돼요?

답을 기다리고 있는데 한참 동안 조용했다.

-잠깐만 들어가서 반찬만 가져올게요.

감감무소식이었다.

"응답하라, 해! 하라고!"

배달시킨 죽이 오고도 조금 더 기다려보았다. 여전히 답이 없자 은서는 병원에서 걸치고 온 령의 옷을 보았다.

"저 옷도 갖다 줘야 하는데."

그러고 나서 생각하니 아차 싶었다.

"뭐야? 나 아까 그 사람 집에 손가방 놓고 온 거야? 카드랑 거기 다 들어 있는데 큰일이네."

안 되겠기에 이번엔 전화를 했다. 하지만 전화 역시 연결되지 않았다. 결국 은서는 죽과 옷을 들고 령의 집으로 갔다. 손가방도 문제였지만, 더 이상은 속이 아파서 기다릴 수가 없었다. 현관문을 열고 안으로 들어가니 거실 불이 켜져 있었다. 왔구나 싶어 안으로 들어가자 욕실 쪽에서 물소리가 들렸다. 씻는 것 같아 조용히 주방으로 가 의자에 옷을 걸었다. 그러고는 냉장고에서 반찬을 꺼냈다. 그녀는 들고 온 죽 그릇의 뚜껑을 열었다.

한편, 샤워를 마친 령은 아무 생각 없이 욕실에서 나왔다. 머리카락의 물기를 털어내던 그는 이상한 느낌에 주방 쪽을 보았다. 자신을 바라보고 있던 은서와 눈이 마주치자 화들짝 놀라며 기겁했다. 너무 놀라다 보니 어설프게 두르고 나왔던 수건이 흘러내리려 했다. 그는 재빨리 손으로 움켜쥐었다.

"뭐! 뭐야!"

"죽 먹는데요."

그가 상당히 놀라자 은서는 먹고 있던 죽 그릇을 보여줬다. 하지만 령은 지금 죽 그릇이 문제가 아니었다.

"어떻게 들어왔습니까?"

"번호 알려줬잖아요. 그리고 나 그냥 들어온 거 아니에요. 분명히 물어봤는데 답을 안 해줬어요."

령은 휴대폰을 열어 확인했다. 아무리 그래도 상식을 무시하는 은서의 태도가 불만스러웠다.

"답을 받고 행동에 옮기는 게 정상 아닙니까?"

"전화도 했는데…… 급해서 더는 기다릴 시간이 없었어요. 속도 아프고, 무엇보다 제가 이걸 놓고 가는 바람에."

은서는 손가방을 보여주었다. 령은 손가방보다 속이 아프다는 말에 더는 다그칠 수 없자, 방으로 들어가려 했다. 순간 은서는 자신한테 쭉쭉빵빵 어쩌고 한 말이 생각났다. 그녀는 령의 몸을 힐끔 보았다.

"벗고 있어도 상관없을 정도로 그쪽도 별로 볼 거 없네요."

사실은, 아니었다. 적당한 근육에 운동을 했는지 탄탄해 보이는 복근은 매력적이었다. 아주 괜찮은 몸이라는 생각이 들었다. 샤워 후 은은히 풍기는 향도 향이지만, 물기를 머금은 검은 머리카락 때문인지 평소와 달라 보였다. 한마디로 흔히 볼 수 없는 우수한 몸매를 가진 종자였다.

"하! 정말 저 여자는."

그가 발걸음을 멈추고 은서를 쳐다보았다. 그녀는 아무렇지도 않다는 듯 령을 보며 다시 죽을 먹었다.

"내가 남자 옷 벗은 거 한두 번 보는 것도 아니고."

"좋겠습니다. 벗은 몸 많이 봐서."

벗은 몸을 많이만 봤겠는가. 병고로 힘들어하는 사람들을 수술하면서 그녀는 안타까운 눈으로 수도 없이 봐왔다. 은서의 말에 령은 우빈을 떠올렸다. 지금 둘은 서로 다른 대상을 생각하며 대화하고 있었다.

"뭐, 그냥…… 실생활로 즐겨야 하니 그것도 나름 괜찮을 때가 많아요."

의사로서 가장 행복했던 순간은 환자의 완치를 보는 것이다. 의사가 지녀야 할 자긍심이 최고조로 느껴질 때가 바로 이때였다.

"실생활?"

령이 볼 때 사랑하는 연인들이 함께하는 건 당연한 거지만, 아무렇지도 않게 말하는 은서를 보니 상당히 개방적인 성 의식을 가졌단 생각이 들었다. 아니면 시대에 맞지 않게 고지식한 자신이 이해를 못 하는 건지. 아무튼 깊이 생각하고 싶지 않아 수건을 움켜쥔 채 그가 방으로 들어갔다.

잠시 후, 그가 옷을 갈아입고 나오자 은서는 어색하게 웃었다.

"좀 드세요. 저녁 안 드셨을 텐데."

"더럽게 먹던 거를 줍니까?"

생각해보니 아무렇지도 않게 남의 집에서 죽을 먹고 있는 이 상황에 머쓱했다. 그래서 령에게 먹으라고 권했더니 잔뜩 꼬인 저 한마디를 뱉어냈다. 그는 냄비에 물을 받아 가스 불에 올려놓았다.

"덜어서 먹었는데……. 비비 꼬긴."

지나치도록 깨끗한 척하는 그의 모습에 짜증이 났다. 령은 자신을 비꼬는 말투가 못마땅해 은서를 바라보았다. 그녀는 그와 눈이 마주치자 모른 척 죽을 한 숟가락 떠서 먹었다. 아…… 맛이 없다.

그래도 약을 먹어야 해서 다시 한 숟가락 뜨는데 령이 싱크대를 열었다. 라면을 꺼내고 있는 모습이 그녀의 눈에 들어왔다. 은서의 눈은 온통 령의 손에 들려 있는 라면으로 향했다.

"지금 라면 드시게요?"

죽도 먹었고 손가방도 챙겼으니 가야 하는 게 옳은데 라면을 보니 침이 꼴깍 넘어갔다. 그것도 자기가 제일 좋아하는 라면이었다. 령은 반짝반짝 빛나는 은서의 시선을 피했다. 어쩐지 느낌이 안 좋았다.

"왜요? 허락받고 먹어야 합니까?"

의자에서 일어난 은서는 부스럭거리며 라면 봉지를 뜯는 령의 옆으로 다가갔다.

"그럼 저도 먹고 싶어질 텐데."

온종일 죽만 먹었더니 얼큰한 게 당겼다.

"그래서 어쩌라고요? 다 먹었으면 어서 가요. 그쪽이랑 같이 있기 싫으니까."

"나도 같이 있기 싫어요. 오늘만 어쩔 수 없이."

은서는 령이 열었던 싱크대를 열어보았다. 이런! 여유분의 라면이 없다. 그는 그녀의 행동이 얄미웠는지 싱크대의 문을 닫았다. 냄비의 물이 끓기 시작하자 냉장고를 열어 파를 꺼냈다. 불현듯 오늘 병원에서 본 은서와 우빈의 모습이 떠올랐다. 아무리 생각해도 자신에게 스스럼없이 대하는 그녀의 태도가 썩 마음에 들지 않았다.

"남자도 있으면서 함부로 내 집에 막 들어오지 마세요."

냄비 뚜껑을 열어보던 그녀는 냉장고를 닫으며 하는 그의 말을 제대로 알아듣지 못했다.

"물 끓어요."

령이 라면과 수프를 넣은 후 가위를 이용해 파를 자르자, 그 모습을 보던 은서는 냉장고를 열어 달걀을 꺼내 왔다.

"달걀이요."

"전 달걀 넣으면 국물이 텁텁해서 싫습니다."

"달걀을 넣어야 영양가가 맞을 텐데요. 아닌가?"

"제가 무슨 영양실조 걸린 것도 아니고 어쩌다 한번 먹는 라면에서 영양 보충할 일 있습니까?"

파만 더 넣고 끓인 라면이 식탁 위에 놓였다. 김치를 꺼내 와 앉자 은서도 의자를 당겨 그의 옆으로 앉았다. 그는 뭐지, 하는 눈으로 그녀를 보았다.

"한 젓가락만. 응?"

평소와 다른 말투……. 령은 응? 이 소리가 이렇게 색다르게 들릴 줄 몰 랐다. 듣는 순간 절대로 거절하면 안 될 것 같은 묘한 느낌이 들었다.

"가라니까."

"딱! 한 번만요. 응?"

"……."

딱 잘라 말해도 그녀는 응응거리며 비 맞은 강아지처럼 바라보았다. 령은 대답 대신 고개를 끄덕였다. 은서는 혹시라도 그의 마음이 변할까 봐 냉큼 빈 그릇을 들고 왔다. 그러고는 냄비 안에 있는 면을 젓가락으로 휘휘 저었 다. 은서는 면발을 한꺼번에 모두 끌어 올려 자신의 그릇에 담았다.

"뭐…… 뭐 하는…… 겁니까?"

국물만 남은 냄비를 보며 령은 황당해서 말까지 더듬었다.

"한 젓가락 가져온 거예요."

"이게 한 젓가락입니까? 몽땅 다 가져가고는."

"한 젓가락 집었는데 다 딸려왔어요."

말이 되는 소리를 해라. 령은 국물만 남은 빈 냄비를 젓가락으로 탁탁 쳤다.

"내가 이사를 하든지 해야지."

령은 퇴근 후 집에서만큼은 조용히 지내고 싶었다. 그런 그를 은서가 들쑤 셔놓으니 요즘 삶이 피곤했다. 이상한 옆집 여자로 하루의 마감이 자꾸 꼬여 가는 것 같았다. 령의 표정이 심상치 않자 은서는 슬그머니 꼬리를 내렸다.

"알았어요. 주면 되잖아요."

그녀는 다시 면발을 냄비에 쏟아 넣었다. 할 수 없이 몇 가닥만 젓가락에 돌돌 말아 맛을 보았다.

"음…… 정말 맛있어요."

입가에 미소까지 지으며 오물거리는 모습에 그는 젓가락을 들었다.

"아픈 거 맞습니까?"

"원래 못 먹는다 생각하면 더 먹고 싶은 거예요."

맞는 말이었다.

"쩝!"

라면 먹는 령의 모습을 뚫어지라 바라보며 은서는 젓가락만 쪽쪽 빨아댔다. 속이 아프니 라면은 절대로 안 된다는 걸 잘 알고는 있지만, 못 먹는다고 생각하니 더 먹고 싶어졌다. 온종일 죽만 먹었더니 얼큰한 게 당겼다.

"이제 먹었으면 그만 가요."

은서가 넋 놓고 라면 냄비를 쳐다보자, 령은 다시 냄비를 탁탁 쳤다. 도대체가 신경 쓰여서 먹을 수가 없었다.

"국물에 밥 말아 먹으면 죽음인데."

아쉬워 죽겠다. 맛없는 죽만 먹었더니 라면 냄새가 미치게 후각을 자극했다. 저 국물에 밥을 말아 익은 김치 한 조각 얹어서 먹으면?

"꿀꺽!"

생각만으로도 입안에 침이 고였다. 그 소리가 령의 귀에까지 들렸다.

"밥, 없습니다."

"하아…… 환자 앞에서 너무해요. 어쩜 이리 정도 없고 인간미가 떨어질까?"

밥이 없다는 걸 다시 확인시켜주지 않아도 멘탈 붕괴를 느꼈던 그 순간을 기억하고 있었다. 사실 있어도 못 먹으니 없는 게 그나마 다행이라는 생각도 들었다.

"환자? 멀쩡하기만 하네. 얼른 Go!"

"갈 거예요. 너무 그러지 마요."

령이 가라며 젓가락으로 문을 가리키자 그녀는 마지못해 일어섰다. 아직 완전하지 않은 이놈의 배속을 위해 오늘만큼은 참기로 했다.

"한 번만 더 내 집에 막 들어오면 그땐 가택 침입으로 집어넣을 겁니다."

대답도 없이 시무룩해서 나가는 모습을 보니 한숨이 나왔다. 령은 먹으려던 라면을 바라보았다.

"아니, 무슨 저런 여자가 다 있어? 아픈 사람한테 줘도 찝찝하고 안 줘도 찝찝하고, 어쩌라고?"

은서라는 존재는 그의 상식으로는 도저히 이해가 안 되는 여자였다. 여태까지 주변에 많은 여자가 있었지만 은서 같은 여자는 처음이었다. 당하는 그의 입장에선 답이 없었다. 면발은 퉁퉁 불고 있는데 축 늘어져 나가는 모습을 보니 마음이 불편했다.


다음 날, 령이 검찰청에 가니 반가운 얼굴이 자신을 기다리고 있었다. 커피를 마시던 현희는 그가 들어오자 자리에서 일어섰다.

"현희, 너."

"최령, 오랜만이네. 잘 지냈어?"

령은 현희와의 만남을 못 믿겠는지 어리둥절한 표정이었지만, 반가움만은 감추지 않았다. 동기이자, 성별을 떠나 친구로 남아 있는 현희는 령의 대학 시절 벗이었다. 정기적으로 갖는 동기 모임과 본가에 놀러 와 가끔 만나기는 했어도 이곳에서 만날 줄이야.

"여긴 어쩐 일이야? 사건 맡은 거 있어?"

"사건은 아니고, 나도 오늘부로 여기로 발령 났어."

"진짜? 내가 왜 몰랐지?"

인사이동에 대해 상부로부터 언질을 받은 적이 없었다.

"놀라게 해주려고 아빠 힘 좀 빌려서 비밀로 해달랬거든."

"그랬구나. 판사님은 잘 계시지?"

"그럼."

반갑다는 인사로 령이 팔을 벌리자, 현희가 그의 품에 안겼다. 외국에서 살다 왔으니 령의 입장에선 대수롭지 않은 가벼운 인사 정도였다.

"내 생각 했어?"

"뭐…… 가끔 했나?"

"최령, 우리 연애할래?"

"풋!"

현희의 말에 그녀를 품에서 떨어트리며 령은 웃고 말았다. 오래전에도 이런 적이 있었다. 현희는 성격이 화통해 다른 동기들과 견줘도 벗으로서 빠지는 구석이 없었다. 또한, 령을 항상 긴장시킨 우수한 성적의 소유자였다. 그런 현희가 언젠가 고백했을 때도 지금처럼 농담으로 받아들이며 그는 웃었다.

"친구만 하기로 했잖아."

인정하기 싫지만 그랬었다.

"아― 역시 머리가 아주 좋아. 과거 테스트에 바로 합격이네. 우리 사이에 연인은 정말 안 되는 거겠지?"

"응, 안 돼!"

다시 한 번 물어봤지만, 예나 지금이나 답은 변함이 없었다. 슬쩍 떠보는 현희의 마음에도 령은 망설임 없이 단호하게 말했다.

4장. 오해

소희는 은서의 컨디션 회복을 위해 그녀를 데리고 검찰청 근처의 한식당을 찾았다. 맛이 괜찮다고 소문이 났는지, 아니면 검찰청 옆이라 왕래하는 사람이 많아서인지 식당 안은 북적거렸다. 직원을 따라가니 안쪽 자리로 안내되었다.

"여기 너무 구석이다."

은서는 다른 자리가 없나 가게 안을 둘러보았다.

"왜? 좋잖아."

소희가 먼저 앉자 어쩔 수 없이 자리에 앉으려던 은서는 순간 멈칫했다. 령이 안쪽 자리에서 어떤 여자와 점심을 먹고 있었다. 여자와 함께 있어 놀란 것이 아니라 령의 표정에 놀랐다. 처음 보는 온화한 표정이었다. 항상 불만 가득한 얼굴로 못 본 걸 본 것처럼 자기는 여자 취급도 안 했었다. 그랬던 그가 입가에 미소를 지으며 대화하는 모습을 보니 당혹스러웠다.

"은서야, 왜 그래?"

"어…… 아냐."

은서는 식사를 기다리는 동안 령이 있는 쪽을 가끔 쳐다보았다. 여자가 뭐라고 말하면 빙긋이 웃으며 대답해주는 모습에 다른 사람이라고 착각될 정도로 낯설게 느껴졌다. 무표정한 얼굴에서 저런 표정이 나올 줄은 상상도 못 했다.

"소희야, 나 많이 뚱뚱하고 여자로서 매력이 전혀 없어?"

령의 말에 이렇게 신경 쓰다니, 은서 자신이 생각해도 이상했다.

"뚱뚱은 무슨? 매력은 여자인 내가 봐도 철철 넘쳐."

이게 바로 원하던 답이었다. 지금껏 자신이 생각해도 결코 밀리는 몸매는 아니었다.

"그렇지!"

만족스러운 답에 은서는 흐뭇해하며 웃었다. 그러곤 식당 직원이 채워주는 반찬을 보며 수저를 꺼내 소희에게 건네줬다.

"그런데 그건 왜 물어?"

"그냥 궁금해서. 밥 많이 먹고 튼실해져서 쭉쭉빵빵 돼야지."

한편, 강한 시선을 느껴서일까, 령과 대화를 하던 현희가 식당 안을 둘러보았다.

"왜?"

"아니, 누가 쳐다보는 거 같아서."

"그래? 검찰청 사람들인가?"

그가 은서가 앉아 있는 쪽으로 고개를 돌렸으나, 반찬을 놓아주는 직원으로 그녀를 보진 못했다.

"내가 예민하게 반응했나 봐. 어서 먹자."

현희의 말에 그는 다시 식당 안을 찬찬히 둘러보았다. 간혹 범죄자들의 앙갚음 때문에 표적이 되는 경우도 있기 때문이었다.

"괜찮은 거 같은데……."

그사이 그녀들의 식탁이 가득 채워졌다. 은서는 예쁜 접시에 담겨 있는 잡채를 한 젓가락 집어 입안으로 넣었다.

"그런데 너는 새로 도입된 응급 의료법 어떻게 생각해? 작은 병원은 전문의를 구하지 못해 애먹나 본데."

요즘 한창 시끄러운 화젯거리에 소희도 관심을 보였다.

"의사는 면허정지, 병원장은 과태료라……. 나는 복지부 장관이 아니라 잘 모르겠지만, 야밤에 응급환자가 전문의한테 정확한 진료를 받는다면 그건 좋은 일이지."

"문제는 의사가 부족하다는 거야."

근무조건이 열악한 작은 응급센터의 경우엔 전문의를 데려다 놓으려 해도 의사 수가 턱없이 부족했다. 현실적으론 거의 불가능했다.

"우리가 분신술을 배우자. 동에서 번쩍, 서에서 번쩍."

"하하하하. 그럴까?"

의료법 개정안에 관해 이야기를 나누던 은서는 령이 신경 쓰였다. 그녀는 령이 앉아 있는 자리를 보다 여자와 일어나는 그의 모습을 보았다. 마치 여자를 보호하듯 조심스러워하는 모습이 낯설었다. 그런 모습에 적응하기 힘들었는지 은서가 고개를 돌렸다.

"동성연애나 해볼까?"

"미쳤어? 너 왜 그래?"

실없는 소리에 소희가 놀라자 은서는 재미있다며 웃었다.

"농담이야. 놀라긴."

"그러지 말고 우리 언제 클럽이나 가자."

소희가 은서 앞으로 바짝 다가와 작게 속삭였다.

"클럽? 좋지. 신 난다."


은서는 점심을 얻어먹은 것도 고마운데 소희의 배려로 당직까지 바꿨다.

퇴근 후 슈퍼에 들렀던 그녀는 엘리베이터 앞에 섰다. 그러고는 자신의 옆으로 서는 한 여자에게 눈이 정지됐다. 멋스러운 모습. 낮에 령과 같이 식사한 여자라는 걸 은서는 한눈에 알아보았다. 현희가 도착한 엘리베이터에 오르자 그녀도 뒤따라 탔다. 그리고 자신의 모습을 훑어보았다. 청바지 차림에 운동화. 취향이 아니라는 령의 말이 이 여자를 보니 당연하게 이해됐다.

"최령, 집 앞이야, 문 열어줘. 상추하고 고기만 있으면 되는 거지?"

엘리베이터에서 내린 은서는 현희의 뒤를 따라갔다. 그녀는 현희의 통화 소리를 들으며 기분이 묘해지는 걸 느꼈다. 또각또각 하이힐 소리를 내며 현희가 걸을 때마다 찰랑거리는 머리카락과 하늘거리는 스커트 자락이 함께 춤을 추는 것 같았다. 딱 봐도 자신감이 넘치는 도도한 걸음이었다. 자연스럽게 령의 집 현관문을 열고 들어가는 현희를 보며 은서는 걸음을 멈췄다.

그리고 집 안으로 들어온 현희는 령이 있는 주방으로 갔다.

"무거워."

"냄새나는 고기를 집에서 꼭 구워야겠냐?"

시장 봐 온 걸 식탁 위에 올려놓으며 현희가 엄살을 부리자 령은 불평을 했다.

"그럼 어떻게 해. 아줌마 반찬이 먹고 싶은데."

"이건 있을 수도 없는 일이야."

그녀가 발령 축하로 저녁을 해달라고 청하자 그는 거절하지 못했다.

"하긴, 깔끔한 네가 집에서 고기를. 흐흐흐."

"알면 됐어. 이번 딱 한 번만이다."

"알겠어. 되게 고맙네."

소매를 걷어 올린 현희는 싱크대로 가서 상추와 다른 채소를 흐르는 물에 씻기 시작했다.

"최령, 너는 어떤 스타일의 여자가 좋아?"

가스레인지에 프라이팬을 올려놓은 그는 점화 버튼을 눌렀다. 현희의 질문에 골똘한 표정한 그는 고기를 집게로 집었다. 달궈진 팬에 올리자 치직 소리를 내며 구워졌다.

"음…… 글쎄."

한 번도 진지하게 생각해본 적이 없어 선뜻 답을 해줄 수가 없었다.

"없어?"

"뭐, 꼭 말하자면, 청바지가 잘 어울리고 밥을 많이 먹어도 날씬하며 내가 잔소리해도 꿋꿋이 받아치는 여자. 그런 여자라면 괜찮을 듯해."

상추를 씻던 현희의 손이 멈췄다. 생각해보니 뭔가 이상했다.

"야! 그거 어디서 들어본 말 같은데."

현희는 그의 성의 없는 대답에 발끈했다.

"알고 있었냐? 아까 라디오에서 나오더라."

노래를 듣는 순간 딱! 떠오르는 한 여자가 있었다. 어찌나 적절한 표현인지 들으면서도 노랫말이 신기했다.

"근데 네 잔소리를 꿋꿋이 견디는 여자는 아마 이 세상에 없을 거다. 그게 어디 보통 잔소리냐? 너 그 잔소리로 여자들 다 떼어낸 거 알고 있어."

대학 시절 령의 옆에서 수도 없이 봤던 모습이었다.

"껌딱진가? 떼어내긴. 표현이 좀 그렇다."

"그래도 받아치며 버티는 여자라면 아마 천생연분일 듯. 근데 정말 결혼은 안 할 거야?"

령은 현희의 말에 고기를 굽다 말고 바라보았다.

"누군가 책임진다는 거 귀찮아."

"그래도 사랑하는 사람이 나타나면 언젠가는 할 거잖아?"

"글쎄. 만약 나타난다면…… 연애는 해도…… 결혼은 하고 싶지 않아."

사랑하는 여자의 존재는 어떤 의미일까. 사랑이란 감정은 친구들 말처럼 정말 달콤할까. 사랑은 정말 행복이란 단어가 맞는 걸까. 하지만 이건 생각일 뿐, 령의 솔직한 심정은 사랑 따위 원치 않았다. 행복해질 자격이 없는 자신이 행복해진다면, 벌을 받을 것 같아 거부하고 싶었다. 그의 눈치를 보던 그녀가 조심스럽게 입을 열었다.

"혹시 차…… 선배 일 때문에 그런 거야?"

잊고 싶었던 기억이 떠오르자 령의 눈빛이 어두워졌다. 흘러간 시간을 기억해냈는지 잠시 말문도 닫았다.

"너도 알다시피 우리 일이 위험에 처할 때도 있잖아. 만약 결혼해서 아내와 아이들만 두고 간다고 생각해봐. 그건 싫다."

"차 선배의 경우는 아주 드문 케이스야."

무슨 생각인지 현희는 그동안 그가 회피했던 과거를 들먹였다.

"알아. 하지만 차 선배가 가고 형수도 그 상황을 못 견뎌 따라갔잖아."

령의 표정이 점점 굳어져 갔다. 그의 눈빛이 슬프게 변하는 걸 보면서도 현희는 생각한 말을 해야겠다고 결심했다.

"그렇다고 결혼을 안 해? 넌 너무 많은 걸 생각해. 그런 일 너한테는 안 생겨."

"나한테 생길 걸 차 선배가 막아줘서 그렇게 된 거야."

"그렇게 생각하지 마. 그건 어쩔 수 없는 상황이었어. 그리고 차 선배는 네가 행복해지길 원할 거야."

탁! 탁!

"그만! 거기까지만!"

령의 말투가 차갑게 변했다. 더는 입씨름하기 싫은 그는 채소가 담긴 개수대를 나무젓가락으로 쳤다. 그 누구와도 이런 대화는 원치 않았다.

"어서 상추나 씻어. 그나저나 이 냄새는 어쩔 거야?"

그가 가스레인지 후드를 작동시켰다. 순간 싸늘히 변한 령의 말투에 현희가 놀라자, 그는 본심을 숨긴 평소의 모습으로 돌아왔다.

"너무 그런다. 오늘만 참아줘."

현희도 령처럼 거짓으로 웃으며 맞춰주었다. 시간이 꽤 흘렀어도 그는 여전히 상처로 남은 과거 속에 갇혀 있었다. 잔뜩 굳어 있는 령의 표정을 보며 괜한 말로 자극한 것 같아 그녀는 마음 한구석이 불편했다.

"시루 오라고 전화나 해볼까?"

"그러든지."

분위기를 바꾸기 위해 손의 물기를 닦은 현희는 보이스톡을 터치했다.

[Hello~ 현희~]

유일하게 자신의 감정을 내보일 수 있는 친구. 시루의 목소리를 듣자 령은 작게 웃었다.

"시루야, 나 지금 령이 집에 있는데 여기로 올래?"

[현희, 너 거기 있냐? 난 여기 있는데.]

"그럼 너는 계속 거기 있어."

시루의 말장난에 령이 보이스톡을 꺼버리자 둘의 사이를 아주 잘 아는 현희는 웃고 말았다.

띠리링~

[왜 끊어!]

"하하하하."

이번엔 시루가 전화해왔는데, 현희가 스피커 통화 버튼을 누르자마자 시루의 목소리가 들렸다. 그의 외침에 다시 웃으며 령은 구운 고기를 식탁으로 가지고 갔다.

"넌 계속 거기 있으라고."

여전히 장난스럽게 말했다. 현희는 식탁 의자에 앉으며 휴대폰을 그의 옆으로 내려놓았다.

[그렇잖아도 못 가, 자식아. 잠복근무 중이야.]

"네가 수사관이냐? 툭 하면 잠복근무하게."

[나 아무래도 변호사가 아닌 수사관을 할 걸 잘못했나 봐. 배고파서 치킨 시켜 먹고 있는데 잠복근무하면서 먹는 것도 아주 재밌네.]

"너다운 발상이다."

[어! 목표물 발견!]

시루의 말에 둘은 긴장된 표정으로 휴대폰만 바라보았다.

[아씨! 이놈의 안전벨트!]

다급하게 덜거덕거리며 푸는 소리가 들렸다.

"하하하하."

현희는 배를 잡고 웃었지만, 령은 여전히 작게 웃었다.

그리고 이들이 이렇게 즐거운 시간을 보낼 때, 은서는 입술을 씰룩거리며 못마땅한 표정을 짓고 있었다. 씻고 나온 그녀는 솔솔 풍기는 고기 냄새에 투덜거렸다.

"아파트 전체에 고기 냄새 풍기며 굽고 있어!"

다들 그렇게 먹는데 괜한 거로 트집을 잡았다. 이웃집에 온 여자로 다른 일이 손에 잡히지 않자 TV 채널만 돌렸다.

"드라마 재방송이나 볼까?"

무심코 돌리던 TV 화면에선 화장품 광고가 나왔다. 유심히 보던 은서는 손을 뻗어 서랍에서 팩을 한 장 꺼냈다. 안의 내용물이 골고루 스며들게 손바닥으로 톡톡 쳤다. 뜯어서 얼굴에 붙이고는 막 시작한 드라마에 시선을 두었다.

"메디컬 드라마네."

실제 의료 행위가 행해지듯, 드라마 속 주인공들은 현장감 넘치는 열연을 펼치고 있었다. 감탄사가 절로 나올 만큼 리얼한 장면들의 연속이었다.

"아니, 심장이 뛰는 저런 장기는 어디서 구하는 거야? 소품인가? 대박 잘 만들었다."

호기심 가득한 눈으로 바라보다 여주인공의 손이 나오자 자신의 손을 보았다. 슥슥 문질러보더니 핸드크림을 짜서 꼼꼼히 발랐다. 그때 진동 소리가 들렸다. 한창 드라마에 빠져 있던 그녀는 왠지 좋지 않은 예감을 받았다. 받을까 말까 망설이다 마지못해 받았다.

"어…… 엄마."

[어떻게 지내나 궁금해서.]

"매일 똑같지."

[너, 선 좀 볼래?]

그럼 그렇지. 은서는 자기도 모르게 작게 한숨을 쉬었다. 이래서 안 받으려고 했다.

"한동안 조용하더니 또 그러시네."

요즘 툭 하면 여기저기 선 자리 알아보고 수시로 전화하는 선영 때문에 은서는 일상이 괴로웠다. 며칠 조용해서 포기한 줄 알았더니 또다시 시작됐다.

[이번엔 달라. 엄마 친구 아들인데 조건이 정말 좋아.]

뭐라고요? 이젠 엄! 친! 아! 까지……. 더 싫었다. 세상의 엄친아는 왜 그리 많은지. 하긴, 생각해보니 엄마 친구 아들은 다 엄친아였다. 하지만 아무리 엄친아라고 해도 이게 빠지면 우리가 원하는 진정한 엄친아가 아니었다. 선영도 언급한 바로 그 말, 조건! 이게 맞아야 진짜 엄친아인 것이다.

"조건? 됐어. 끊어요."

더 말하기도 싫었다.

[생각해보고 전화해!]

"안 해요!"

전화를 끊고 나니 괜스레 화가 났다. 나이 먹는 딸자식 걱정돼서 여기저기 선 자리 알아보는 것은 어느 정도 이해할 수 있었다. 하지만 선봐서 하는 결혼은 정말이지 싫었다.

"난 사랑으로 할 거야! 근데 그놈의 사랑이 나한텐 왜 안 오냐고……."

안 오는 게 아니었다. 오기는 했어도 허접스러운 사랑에 양이 안 차서 시큰둥했을 뿐이다. 일단 남자들은 의사라는 은서의 직업에 혹했다. 그리고 한 인물 하는 은서의 외모에 혹해서 달라붙으려 했다. 하지만 그녀는 딱 한 번 만나보고 그런 낌새가 조금이라도 보이면 바로 아웃시켜버렸다. 열 번 찍어 안 넘어가는 나무는 얼마든지 있다는 걸 보여주자는 것처럼.

그래도 달라붙는 남자들에겐 우빈이란 마지막 카드를 썼다. 이상형은 적어도 자신을 휘어잡는 성격과 일단 느낌이란 것이 왔으면 좋겠다. 딸자식 나이 이제 곧 서른 되니 선영의 마음을 모르는 것도 아니었다. 하지만 결혼은 조건이 아닌 사랑을 최우선으로 하고 싶었다.

심장을 설렘이란 감정으로 뛰게 하는 사람을 만나고 싶었다. 평생에 한 번 올 그런 사랑을 아직은 기다리고 싶었다.


다람쥐 쳇바퀴 돌듯 매일 똑같은 일상이 지나갔다. 은서는 환자들의 상태를 체크하며 혹시라도 자신이 소홀히 한 점이 있나 빼놓지 않고 확인했다.

"유 선생, 바빠?"

한시름 놓을 때였다. 한 과장이 그녀를 불렀다.

"아니요, 무슨 일 있으세요?"

"다른 건 아니고, 그 검사 오늘 퇴원시켜도 될 것 같아서."

"그렇게 처리할게요."

"그럼 부탁할게."

한 과장이 가고 나자 갑자기 간호사들이 호들갑을 떨기 시작했다. 간호사들의 반응을 대충 이해한 그녀는 정 검사의 차트를 찾았다.

"정 검사 오늘 퇴원하면 그 부장 검사가 또 데리러 올까?"

자기 남자도 아닌데 어째서 저런 반응을 보일까. 이해할 수 없었다. 들떠 있는 간호사들을 보니 찬물 끼얹는 심정으로 여자 친구가 있다고 말해주고 싶었다. 하지만 답답한 병원에서 잠시라도 환상에 빠져 있으라고 참아주기로 했다.

암, 참아줘야지. 한껏 들떠 있는 이 여인네들을 위해서 내 기꺼이 희생하리라.

"데리러 올 수도 있겠다. 오늘 안구 정화해야지."

"언제 오려나?"

양 간호사는 마치 남편을 기다리듯 시계를 보았다.

"점심시간이나 퇴근 시간쯤 되겠지."

얼씨구. 이게 도대체 무슨 현상인지. 이젠 추측까지 하고 있었다. 간호사들의 말을 듣고 있던 은서는 불현듯 어제 일이 생각나자 괜한 심통을 부리고 싶었다. 령의 웃는 모습과 현희의 뒷모습이 겹쳐 보인 것이다.

"또 시작했다. 검사가 얼마나 무능하면 맨날 퇴원 수속이나 밟고 있겠어."

순식간에 령을 한심한 검사로 만들어버렸다. 하지만 이 여인네들은 은서와 전혀 다른 쪽으로 해석하고 있었다.

"무능한 게 아니라 자상해서 그런 거죠. 무능하면 어떻게 부장 검사가 됐겠어요."

"유 선생님도 이따 자세히 봐봐요. 얼마나 멋진데."

그 나이에 부장 검사 정도 됐으면 일단 실력은 인정했다. 하지만 생각나는 건 나쁜 기억뿐. 눈을 씻고 봐도 싸가지였다. 특히나 말할 때는 얼마나 얄밉게 하는지 그 입을 한 대 때려주고 싶었다. 표정 하나 안 바꾸고 꼭 존대했다. 또한 무표정과 함께 속을 뒤집어놓았다. 그렇게 속을 뒤집으려면 존대나 하지 말든지.

"자상 다 죽었다. 얼마나 까칠한데."

그리고 얼마 후 간호사들의 말처럼 령은 정 검사를 데리러 병원을 방문했다. 서로 눈이 마주쳤지만 은서가 모른 척 차트를 보자 그도 스쳐 지나갔다. 그리고 저만치 령의 모습이 사라져 갈 때…….

"봐봐, 대박이잖아."

시작했다.

"우와! 슈트 간지에 넥타이 색 죽인다."

"화이트칼라가 원래 저리 멋있는 거니? 우리 남편은 입혀놔도 저 느낌이 안 나는데."

령이 지나쳐 가자 간호사들은 그의 모습에서 눈을 떼지 못했다. 검사가 아니라 모델을 해도 손색없을 정도였다.

"진짜 대박이야!"

그녀는 감탄하는 간호사들의 모습을 이해할 수 없었다. 차트를 확인하러 온 우빈은 어리둥절한 표정을 지었다.

"왜들 저래?"

"짝퉁 연예인이 나타났거든."

"무슨 소리야? 연예인도 짝퉁이 있어?"

"그럼. 나이트 가봐라. 수두룩하지."

퇴원 수속을 끝낸 정 검사는 령과 함께 데스크에 들렀다. 수술실에 들어갔는지 은서의 모습은 보이질 않았다. 할 수 없이 우빈에게 인사를 전하는 정 검사로 령은 우빈을 찬찬히 훑어보았다. 남자인 자신이 봐도 키나 외모적으로 나쁘지 않았다. 더욱이 은서와 같이 있을 때는 편안해 보일 정도라 나름 어울렸다. 대화할 때 말하는 톤으로 봐서는 모나지 않고 무난한 성격의 소유자 같았다. 하지만 은서의 모습을 떠올리니 그 성격 맞추고 살려면 꽤나 고생할 거란 느낌에 안타깝다는 생각마저 들었다.

퇴근 시간이 다가오자 온종일 북적거리던 병원도 조용해졌다. 수술실에서 나온 은서의 눈은 모니터에 고정한 듯 수술 환자의 상태를 점검했다. 문자 알림음이 울리자 그녀는 휴대폰을 들었다.

-구토 9시.

-당직.

은서에게 문자를 보내놓고 퇴근하던 령은 답 문자를 보니 왠지 모를 허탈감이 밀려왔다. 어쩌다 보니 약속한 것이라 안 해도 그만이었다. 오히려 귀찮은 일이라고 생각했었는데 이렇듯 병원 일로 그녀가 못 온다고 하자 아쉬운 마음이 들었다.

령의 문자를 받은 은서는 조급한 마음에 뭐 마려운 강아지처럼 안절부절 못했다. 막상 안 가는 게 아니라 못 간다고 생각하니 이상하게 더 가고 싶어졌다. 이 마음은 도대체 뭘까?

"소희야, 나 당직 좀 바꿔줄래? 갑자기 약속이 생겨서."

"그래, 알았어. 난 별로 할 일도 없으니까."

혹시라도 무르자고 할까 봐 서둘렀다. 소희의 답이 떨어지기가 무섭게 그녀는 뒤도 안 보고 도망쳤다.

"생~ 유! 나 간다."

"쟤 뭐야? 왜 저런데?"

집에 도착한 은서는 안줏거리부터 찾았다. 냉장실에 아무것도 없자 냉동실을 열었다. 그녀는 검은 비닐봉지에서 뭔가를 꺼냈다. 시간을 확인한 뒤, 소주 한 병과 안주를 들고 령의 집으로 갔다. 띵- 동.

초인종 소리에 문을 열어준 그는 의아한 표정을 지었다.

"당직이라며?"

"바꿨어요. 벌칙으로 이상한 것 시키면 난처할 것 같아서."

은서가 들어올 수 있도록 옆으로 비켜주자 그녀는 곧바로 주방으로 갔다. 식탁에 소주와 안주가 담긴 통을 놓고 자연스레 의자를 빼서 앉았다.

"고추장 있어요?"

"고추장은 뭐 하게요?"

"에…… 오늘 안주가 마른 멸치인데 고추장이 없어서."

안주가 마음에 들지 않았다. 령은 멸치가 담긴 통을 보며 불만 가득한 눈으로 그녀를 보았다.

"다음부터 안주를 이딴 거로 가져오면 벌칙으로 소주가 한 병씩 늡니다."

"그럼 어떡해요. 이거밖에 없는데."

"아후…… 미치겠다. 이걸 도대체 내가 왜 하고 있는 거야."

미안한 생각도 없이 무조건 우기고 보는 은서의 철면피 행동에 령은 기가 막혔다. 그는 투덜거리면서도 냉장고에서 상추를 꺼내 식탁에 놓았다. 프라이팬을 가스레인지에 올려놓고 자신을 지켜보는 은서를 보았다. 고기 냄새 밴다고 짜증을 내며 투덜거리던 그 사람이 맞나 싶을 정도였다.

"고기 구워주게요?"

"싫습니까?"

"흥흥흥. 아주 좋아요."

얼마나 좋으면 저런 이상한 소리까지. 령의 옆으로 다가간 은서는 수저통에서 젓가락을 꺼냈다. 구운 고기가 접시에 놓이자 상추가 담긴 그릇을 가져왔다. 그러고는 상추에 고기를 올려 쌈장을 척 바르더니 크게 쌈을 싸서 입에 넣었다.

"음, 음. 입에서 살살 녹아. 왜 이리 맛있어."

표정만 봐도 그런 것 같았다.

"좀 이따 먹으면 안 됩니까?"

구워지기가 무섭게 집어가고 있었다.

"이렇게 구우면서 먹어야 더 맛있는 거예요. 하나씩 하지 말고 한꺼번에 몇 개 올려서 구워요."

"그 입은 먹을 줄만 알지?"

꼭꼭 씹으며 맛을 음미하는 은서의 표정은 행복 그 자체였다.

"음, 이 맛!"

"도대체 먹는 게 다 어디로 들어가는 건지."

뭐든 절대 빼는 거 없이 잘 먹는 것에 비해 마른 몸이 신기하기만 했다.

"장시간 수술할 때를 생각해서 평상시에 잘 먹어둬야 해요. 열 시간 넘는 수술할 땐 온종일 굶거든요."

"……"

듣고 보니 그런 것도 같았다. 은서가 쌈을 싸서 령에게 내밀었다. 고기를 굽던 그의 손이 멈칫하며 이상하다는 듯이 쳐다보았다.

"……뭡니까?"

"자. 아, 해요."

.여태 살면서 자신에게 고기쌈을 싸주는 여자는 은서가 처음이었다.

"됐습니다."

"싫으면 말고."

령이 거절하자 은서는 주저 없이 자신의 입으로 쏙 집어넣었다. 그렇게 굽는 대로 옆에서 집어먹는 그녀에게 더 이상 뭐라 하지 않고, 그는 부지런히 손을 놀려 고기를 구워줬다.

"정말 맛있어요."

"앉아서 먹어요."

서서 먹는 모습에 혹시라도 또 체할까 봐 걱정되었다. 하지만…….

"서서 먹어야 걸리지 않고 술술 넘어가죠."

은서가 목부터 배까지 손바닥으로 쓰윽 쓸어내리는 모습을 연출하자 령은 황당함에 고개를 흔들었다. 앉지도 않고 서서 먹던 은서는 어느 정도 배가 찼는지 먹는 속도가 점점 느려졌다. 게 눈 감추듯 없어지던 고기가 접시에 남아 있었다. 령이 나머지 고기를 구워 식탁에 놓자 은서는 술을 따라 그의 앞에 놓아줬다.

"원- 샷!"

"원샷은 무슨? 내가 원하는 만큼 마시면 되는 거지."

"꼭 투덜이 스머프 같아요."

"뭐요?"

"할 거 다 하면서 투덜투덜. 아니야, 가가멜인가? 날 너무 괴롭혀."

"뭐라는 거야?"

잔을 비운 령은 멸치 하나를 집어 고추장에 찍어 먹었다. 그러자 은서가 머리카락을 손가락으로 돌돌 말며 불안한 표정을 지었다. 아무래도 실토를 해야지 안 될 것 같았다. 마음속에 있는 양심이란 놈에게 잡혀 그냥 있을 수가 없었다. 령이 다시 멸치를 한 마리 집어 고추장에 찍자 은서는 머뭇거리다 끝내 입을 열었다. 또 먹기 전에 자수해 광명을 찾기로 결론을 내렸다.

"마른…… 멸치도…… 유통기한 있어요?"

"있겠죠."

머뭇거리는 은서의 물음에 령은 별생각 없이 대답했다. 먹을 수 있는 모든 음식에는 당연히 유통기한이 있다고 생각했기 때문이다.

"사실은…… 그 멸치…… 우리 집 냉동실에서…… 몇 년 산 거 같은데."

몇 년? 령은 말을 이해하는 데 조금 시간이 걸렸다. 한마디로 냉동실에서 오래 묵었다는 뜻이었다.

"뭐!"

그제야 은서의 말을 이해한 령은 싱크대로 가서 씹던 멸치를 뱉어냈고, 그녀는 혓바닥을 쏙 내밀었다. 그는 다 뱉어내고도 기분이 나빴는지 마지막 남은 잔해까지 뱉어내려 노력했다.

"퉤! 퉤!"

"또 김치 가져오면 안 될 거 같아서……."

"아후! 정말!"

"이거…… 고기 드세요."

그녀는 기어들어 가는 목소리로 고기가 담긴 접시를 그의 앞으로 슬며시 밀었다.

"오늘 거 무효-!"

"무효?"

무슨 무효? 무효가 있을 줄은 생각지도 못했다. 거의 다 마시고 한 잔 정도 남았을 때 무효를 외치면 어쩌라고.

"무효가 어디 있어요? 그럼 다시 아홉 병인데, 언제 다 마시라고요?"

"하기 싫으면 하지 말든가."

령은 멸치로 삐딱해졌다.

"그럼 제 마음이 불편한데요."

"그럼 어쩌라고? 하여튼 한마디도 안 져."

삐딱해지면 뭐하나. 통하질 않는데.

"다 먹었다."

은서가 젓가락을 놓자 령은 기다렸다는 듯이 팔짱을 꼈다. 그는 고갯짓으로 설거지통을 가리켰다.

"다 먹었으면 설거지하시죠."

"제가 왜요?"

지난번에도 안 하고 그냥 갔는데 갑자기 설거지를 하라니, 은서가 반문했다. 령은 잘못된 것을 바로잡자고 결심했다.

"지난번엔 얼떨결에 제가 했지만 따지고 보면 그쪽이 해야 하는 거 아닙니까?"

"우리 집도 아닌데."

"그럼 다음부턴 그쪽 집에서 합시다."

은서는 그의 말에 집에 있는 냉장고 안을 생각했다. 아무것도 없었다.

"우리 집은 먹을 게 없는데요."

"그럼 어쩌라고?"

　령의 뚱한 표정을 보며 은서는 머리를 굴렸다. 자신의 집으로 오게 해서 이것저것 장만하려면 그게 더 큰일이었다. 한마디로 귀찮았다. 그러므로 더는 생각할 것도 없이 이럴 때는 빨리 져주는 척 넘어가야 했다.

"알았어요. 제가 설거지할게요."

"마지막에 마른행주로 물기 없게 닦아서 정리하는 거 잊지 마시고."

　대충 하려고 했는데 물기까지 닦으라는 말에 은서가 어이없는 눈빛으로 쳐다보았다.

"오 마이 갓! 피곤한 저 성격은 생긴 대로 논다더니 대박일세."

"그럼 그쪽은 생긴 대로 놀아서 그 모양인가?"

"제가 뭐요?"

　령의 말에 그녀가 따지듯 바로 정색했다.

"아! 그만하자. 피곤해."

　더 이상 말씨름하기 싫어 령이 자리를 털고 일어서자 은서는 설거지를 하려고 고무장갑을 꼈다. 프라이팬에 있는 기름기를 제거하려 키친타월 몇 장을 뜯어내더니 조심스럽게 닦아냈다. 령은 달그락거리는 소리를 들으며 거실에서 노트북을 열었다. 설거지시켜 놓고 가만히 있으려니 그것도 이상했다.

쨍- 그랑! 아…… 설마. 그릇 깨지는 소리에 그가 주방 쪽으로 뛰어갔다. 그의 눈에 고무장갑을 벗은 은서가 깨진 접시를 손으로 잡으려는 게 보였다.

"만지지 마!"

"아얏!"

하지만 한발 늦었다.

"만지지 말라니까."

깨진 접시에 손을 베인 은서는 피가 흐르는 손가락을 움켜쥐었다. 식탁 위에 있는 휴지를 들고 그가 그녀 곁으로 다가갔다. 휴지를 받아 피를 닦아내는 은서의 표정은 바로 울상이 되어버렸다.

"고무장갑에 기름기가 묻어서 접시가 미끄러졌어요."

"어디 봐요."

손가락을 감싸고 있던 휴지를 걷어내니 멈추지 않은 피가 주르륵 흘러내렸다.

"내일 수술 있는데……."

은서는 아픈 것보다 내일 수술이 더 걱정되었다. 베인 손을 다시 휴지로 감싼 후 그는 그녀를 거실로 데리고 나왔다.

"……구급상자가."

은서를 소파에 앉혀놓고 령은 구급상자를 가져와 소독약을 꺼냈다. 치료를 위해 휴지를 걷어내니 다행히 그새 지혈이 되었다. 그가 소독약을 상처에 부었다.

"으으…… 쓰려."

"다행히 깊이 베이진 않은 거 같습니다."

피가 빨리 멈춘 걸로 봐선 그런 것 같았다.

"내일 수술…… 해야 하는데."

"약 바르면 좀 낫겠죠."

베인 손가락에 연고를 바른 그는 일회용 밴드를 꺼냈다. 그 모습을 지켜보던 은서는 갑자기 현희 얼굴이 떠올랐다. 밴드를 붙이고 있는 자신의 손을 령의 손에서 거두려 했다.

"제가 할게요."

하지만 그는 은서의 손을 다시 당겨와 밴드를 마저 붙여주었다. 그러더니 주방으로 가 깨진 그릇을 치웠다. 미안한 은서가 다가가자 그는 오지 말라며 저지시켰다.

"설거지는?"

"나머지 그릇도 다 깨시게."

"미안해요."

이건 진짜 미안한 마음에서 우러나오는 사과였다. 접시가 째질지는 전혀 상상도 못 했었다.

"심심하면 가서 컴퓨터나 해요."

"그래도……."

"옆에 있으면 또 사고 칠까 봐 더 신경 쓰여서 그럽니다."

그의 말에 더 이상 옆에 있기 뭐해 그녀는 거실로 발걸음을 옮겼다. 령이 설거지를 하는 동안 은서는 영화를 다운받아 보고 있었다.

"하룻밤의 사랑으로 오랜 시간 못 만나도, 잊지 않고 살 수 있을까요?"

설거지를 마친 그가 다가오자 영화를 보던 은서가 질문했다. 령은 잠시 생각해보았다. 사랑이란 걸 해본 적은 없지만 가능할 수도 있을 것 같았다.

"진정으로 사랑한다면 가능하다고 봅니다."

"하룻밤에…… 그럴 수 있을까?"

사람을 만나는 게 얼마나 힘든 일인데. 하루 만에 사랑을 한다는 말은 상식적으로 이해가 안 됐다.

"이 영화 제목이 뭡니까?"

심각하게 고민하는 모습을 보니 그는 이 영화가 궁금해졌다.

"어거스트 러시. 저 그만 가볼게요. 저녁 잘 먹었어요."

시계를 보니 늦은 거 같아 그녀가 일어섰다. 그러고는 시원하게 기지개를 켰다.

'하…… 이 여자 뭐야?'


은서가 간 뒤, 씻고 나온 령은 본가에 안부 전화를 넣었다. 이런저런 일상적인 대화를 하던 령은 매실 장아찌를 잘 먹던 은서의 모습이 생각났다.

"어머니, 혹시…… 매실 장아찌 남은 거 좀 있어요?"

[그럼. 더 갖다 줄까?]

"힘드시니까 오지 마시고 택배로 보내세요."

[알았다. 포장 잘해서 다른 밑반찬이랑 같이 보내줄게. 근데 령아, 너 혹시 맞선 볼래?]

령의 모친은 이때다 싶어 틈새를 노렸다.

"또 그러시네."

[이번에는 엄마 친군데.]

엄! 친! 딸! 그렇게 잘났으면서 여태 짝을 못 만났다는 것은 분명히 어딘가 문제가 있는 것이다. 령은 생각할 것도 없이 결론을 내렸다.

"쉬세요."

[그래……]

요즘 들어 유난스럽게 맞선 얘기를 꺼내는 모친으로 피곤했다. 빨리 손자를 안고 싶어 그러는 것도 알고는 있지만, 결혼의 필요성을 못 느껴서인지 관심이 없었다.

시무룩해하는 모친의 목소리를 들으니 령의 마음이 아팠다. 언젠가 이런 생각도 해본 적도 있었다. 부모님을 위해 적당한 자리가 나타나면 결혼을 생각해보겠다고.

부모님처럼 행복한 모습으로 살 수만 있다면…… 하지만 자신보다 아내가 될 여자가 불행할 것 같았다. 남편에게 진심 어린 사랑을 받지 못하는 아내. 그건 싫었다.

'선배, 선배의 행복을 깨트린 내가 행복해지면 화나겠지…….'

깊어가는 밤, 기억하기 싫은 슬픔이 밀려왔다. 무표정하게 노트북의 화면을 바라보던 그는 옆에 있는 구급상자를 보았다.


"가만히 생각해보니 항상 싸가지를 만나면 안 좋은 일만 생긴 거 같아요. 처음엔 추돌 사고, 발목 사고, 구토 사고, 이번엔 급체. 이상해. 다 그쪽이 옆에 있을 때 생긴 거거든요!"


지난번 은서가 한 말이 불현듯 떠올랐다. 우연이겠지 생각했다가 오늘 손이 다친 걸 보니 아닐지도 모른다는 생각이 들었다.

"가까이하지 말아야 하나……."

기분이 우울해지자 그는 시루에게 전화를 걸었다.

[친구~]

"뭐 해?"

[나 지금 24시 하는 수영장에 있는데. 너도 올래?]

"24시 하는 수영장도 있어?"

[오픈 기념으로 오늘만 하는 거야. 물이 진짜 좋아.]

"그렇다면 한번 가볼까?"

늦은 시간이라 잠시 귀찮다는 생각도 들었었지만, 기분 전환도 할 겸 괜찮을 것 같았다. 그는 서둘러 집을 나섰다.

이윽고 적당한 근육에 매끈한 몸매를 가진 령이 수영장에 나타나자 여자들의 시선이 몰렸다. 시루를 찾는 령의 눈에 의자에 앉아 음료수를 마시는 모습이 잡혔다. 물론 여러 명의 여자에게 둘러싸여 있었다. 그 맛에 수영한다던 시루의 말뜻을 이해할 것 같았다. 시루가 령을 알아보고 손을 흔들자, 옆에 있던 여자들도 모두 고개를 돌렸다.

"내 친구. 검사야."

"정말요?"

"근데 게이야."

헛소리하다 퍽! 소리가 나도록 한 대 맞았다. 시루는 저만치서 배영으로 물살을 가르는 령의 모습을 보았다. 자신의 친구지만 정말 잘난 녀석이라는 생각이 들었다. 넋 놓고 이런 생각을 하는 사이, 그가 물 밖으로 나왔다. 령은 평상시에도 몸 관리를 소홀히 하지 않았다. 우락부락 튀어나온 근육은 아니더라도 매끈한 몸매를 유지하고 있었다. 특히 잘 빠진 복부의 근육은 남자의 눈에도 보기 좋았다. 거기에 자신과는 전혀 다른 느낌의 수영복까지 나름 괜찮았다. 오늘 시루는 섹시함을 강조하기 위해 거금을 투자해 호피 무늬의 수영복을 선택했다. 그 반면 령은 단순한 검은색 수영복이었다. 그런데 어째서 밋밋한 저 수영복이 더 섹시해 보이는 건지…… 잠시 이런 생각을 하던 시루는 부러운 마음을 접고 캔 커피를 령에게 내밀었다.

"친구, 이젠 제법 하는데."

시루를 따라 수영장에 왔다가 배운 실력이었다. 령은 건네받은 커피를 한 모금 마시고 따뜻한 캔을 두 손으로 감쌌다.

"시루야, 만약 옆에 있는 사람이 너 때문에 자꾸 안 좋은 일이 생긴다면 어떻게 할래?"

"어떤 사람이라면, 여자?"

순간 시루의 눈빛이 반짝였다.

"여자든 남자든."

"뭐…… 좋은 일이든 안 좋은 일이든 인연이 있어 생기는 거라면 어떠한 상황에서도 생기겠지. 어차피 정해진 운명은 거부할 수 없으니까. 일단 부딪쳐보는 거야. 내 생각은 그래."

"……."

수영장에 온 여자들은 둘의 심각한 모습을 보며 지나갔다. 그런데 그녀들의 작은 속삭임이 령의 귀에까지 전해졌다.

"저기 검은 머리 남자가 게이래."

'이런!'

여자들이 자신에 대해 수근거리자 령은 시루를 죽일 듯이 째려보았다. 시루는 살려달라며 싹싹 빌었고 오히려 그 모습은 보는 이들을 더 자극했다.

"그럼 옆에 허옇게 염색한 남자도 게이겠네?"

"그렇겠지. 끼리끼리 논다잖아."

"싹싹 비는 게 염색 머리 바람피우다가 걸렸나 보다."

저런 말엔 심각성을 떠나 웃지 않을 수가 없었다.

"풋!"

"푸하하하하."

한참 웃고 있는데 8등신의 훌륭한 외모를 겸비한 두 여인이 이들 쪽으로 걸어왔다. 시루의 온몸이 즐거운 비명을 지르자, 령은 시루의 어깨를 다정히 감싸 안았다.

"왜…… 왜 그래?"

놀란 표정을 한 시루가 몸을 빼려 하자, 령은 팔에 힘을 주며 더 안아왔다.

"자기야~ 왜 자꾸 도망가는 거야~ 이젠 내가 싫어졌어? 우리 어젯밤에 좋았잖아~”

“뭐?”

시루의 눈은 튀어나올 것 같았다. 령이 여자 목소리를 흉내 내며 일부러 큰 소리로 말하자, 모든 사람이 둘의 모습을 보았다. 령의 말투에 시루의 얼굴은 누렇다 못해 허옇게 질려 있었다.

“너! 너! 미쳤어? 왜 그래!”

“복수다, 이놈아.”

자신의 품에서 벗어나려 버둥거리는 시루의 귓가에 그가 속삭였다. 시루는 령의 뜨거운 숨결에 악! 소리도 못 내고 그대로 얼어버렸다. 기분 나쁜 느낌에 소름이 돋았다.

“뭐야? 둘 다 게이였어?”

령은 재밌어 즐기고 있었지만, 당하는 시루의 입장에서는 죽을 맛이었다. 실망스러운 기색의 여자들이 뒤돌아서자 시루는 그녀들을 부르려 했다. 그러자 령이 시루의 입을 손으로 막아버렸다.

“음…… 음…….”

“헤이~ 꼴통. 어림도 없어.”

벗어나려고 바둥거릴수록 령의 두 팔은 시루의 몸을 더 옭아오며 입까지 틀어막았다. 살려달라며 애원하는 시루의 눈빛에 령은 너그러운 표정을 지었다. 그리고는 입에서 손을 뗐다.

“하아! 하아! 알, 알았어. 내가 잘못했으니까 제발 좀 그만하고 이 손도 좀 풀어주라.”

더 끌어안았다.

“됐고요! 너 이 수영장에 두 번 다시 못 오게 할 거야!”

령은 뒤끝 작렬 신공을 펼쳤다.

“자~ 기~ 야~”

"헉!"

시계를 본 은서는 보고 있던 노트북의 전원을 껐다.

"벌써 1시가 넘었다니."

침대에 누워 일회용 밴드가 붙어 있는 손가락을 이리저리 돌려보았다. 손가락이 다쳤는데 왜 이리 기분이 좋은 것인지, 평범한 밴드가 왜 이리 귀엽게 느껴지는 건지 마냥 흐뭇한 표정으로 웃고 있었다.

"차가운 인간이 손은 더럽게 따뜻하네."

자신의 손을 치료해주던 령의 손은 의외로 뜨거웠다. 어쩐 일인지 잠이 오질 않자 그녀는 뒤척였다.

그리고 다음 날 아침, 은서는 일어나자마자 밴드부터 풀어보았다. 통증이 없어진 손가락을 만지작거리며 빙긋이 웃었다. 정말 다행이란 생각이 들었다.

-손가락 하나도 안 아파요.

혹시 걱정하고 있을지 몰라 령에게 문자를 보냈다. 하지만 기다려도 답장은 오지 않았다. 더는 지체할 수 없어 출근 준비를 서둘렀다. 은서는 병원에 도착하자마자 수술 팀과 오늘 있을 수술에 대해 회의를 하고 난 후, 한 과장을 도와 삶과의 전쟁을 또 한 번 치러냈다.

"이제 마무리만 하면 될 거 같은데 둘이 좀 해줘."

마스크를 내리는 한 과장의 얼굴엔 피곤함이 역력해 보였다. 아마 긴장감이 풀린 탓일 것이다.

"수고하셨습니다."

"그래."

은서는 집중 치료실로 올라가는 환자의 뒤를 따르며 기지개를 켰다. 수술을 끝내고 수술실을 나설 때면 긴장감이 풀려서인지 졸음이 쏟아졌다. 촌각을 다투는 이런 위급한 수술의 경우엔 더했다. 내 몸이 내 몸이 아니란 말.

지금 은서에게 해당되는 말이었다.

"괜찮아?"

우빈이 볼 때도 그녀의 상태가 좋아 보이진 않았다.

"죽을 거 같아. 체력 부족인가 봐. 난 이담에 내 자식이 커서 의사한다고 하면 절대 반대할 거다."

"당직실 가서 눈 좀 붙여."

"이따 봐서 더 못 참겠으면. 내일은 쉬는 날이니까 잠이나 실컷 자야지."

우빈도 긴장이 풀리는지 하품을 했고, 은서는 다시 한 번 몸을 비틀며 스트레칭을 했다.

"연애해라, 유은서."

"너나 해라, 강우빈."

뜬금없는 우빈의 말에 맞장구를 쳤다. 하지만 그냥 하는 말이 아닌 다른 이유가 있다는 걸 직감했다. 가족보다 붙어 있는 시간이 많다 보니 웬만한 건 알아차릴 수 있었다.

"갑자기 연애는 왜 물어? 너 연애하고 싶어?"

"그냥…… 봄이라서 그런가? 싱숭생숭하네."

우빈의 말에 은서는 빙긋이 웃었다. 진지하게는 아니어도 가끔은 데이트를 하던 그가 겨울잠을 자는 곰처럼 병원에만 있었다. 그러더니 이젠 봄과 함께 겨울잠에서 깨어나려나 보다. 나이도 있으니 나쁘지만은 않을 것 같았다.

"난 병원 일 계속하려면 연애보다 체력을 위해 운동부터 해야 할 거 같아. 근데 무슨 운동을 하나?"

말이 운동이지 막상 뭘 할까 생각하니 딱히 떠오르는 게 없었다.

"우린 주말밖에 시간이 안 되니 등산도 괜찮을 거 같은데. 푸른 산을 보면서 스트레스도 풀 수 있고……."

은서에게 있어 산이란 일단 높다. 올라가려면 고생이다. 그리고 문제는 다시 내려와야 한다. 그 짓을 꼭 해야 하나 생각하며 그녀가 눈만 껌벅거렸다.

"그거 올라가려면 꽤 힘들잖아. 쉬면서 할 수 있는 쉬운 운동 없을까?"

"숨쉬기 운동."

"으…… 썰렁해."

"땀 흘려서 해야 체력이 생기지. 아니면 헬스를 다니든가."

은서는 다시 곰곰이 생각해보았다.

"헬스라…… 내가 헬스장에 나타나면 남자들이 내 매력에 빠져서 운동 못 할 텐데."

어이가 없었다. 우빈의 손이 은서의 이마를 짚었다.

"너 정말 많이 아프구나. 정신 병동에 자리 있나 알아봐줄까?"

은서는 자신의 이마에 얹어져 있는 우빈의 손을 쳐냈다.

"너나 가라, 그 자리."

퇴근 후, 지친 몸을 끌고 아파트로 들어서는 은서를 경비 아저씨가 불러 세웠다.

"왜요, 아저씨?"

"이거 아가씨 옆집에 온 거 같은데, 가는 길에 좀 전해주라고."

경비 아저씨는 한쪽에 쌓여 있는 상자들 중 하나를 꺼내 그녀에게 보여 줬다. 좀 커 보이긴 해도 들고 갈 수 있을 거 같아 두 손을 내밀었다. 제법 묵 직한 상자가 그녀의 양팔 위에 올려졌다.

"내용물이 뭔지 좀 무겁네요."

"그럼 그냥 두든지."

"아니에요. 들고 갈 만해요."

은서는 물건을 들고 엘리베이터에 올랐다. 택배 주인에게 알려줘야 서로 엇갈리지 않을 것 같아 아무 생각 없이 령에게 문자를 넣었다.

-집이세요?

혹시 몰라서 이렇게 보냈다.

-검찰청.

간단하게 온 문자에 은서는 본론을 재빠르게 터치했다.

-택배 온 거 제가 받아놨어요.

-시키지도 않은 짓을 왜 합니까?

하지만 그에게서 온 답 문자를 보는 순간 욱했다.

"아니, 뭐, 이런 싸가지가 다 있어. 기분 더럽네, 진짜. 이랬다 저랬다 도대체 어느 장단에 맞춰줘야 하는 거야?"

고맙다는 말을 들으려 한 건 아니었지만, 몹시 기분이 상했다. 그냥 '알겠습니다.' 하면 될 걸 이렇게 문자를 보내다니. 속을 뒤집어놓자 신경질이 올라왔다.

-경비실에 도로 갖다 놓으면 될 거 아니에요!

문자를 보낸 은서는 씩씩거리며 경비실로 내려갔다. 화가 난 나머지 경비에게 한마디 했다.

"다시 갖다 놓으라고 지랄하네요. 주인 오면 주세요."

"왜? 이상한 사람일세."

경비 아저씨는 상자를 얼른 받아 들며 말했다.

"그 남자 원래 이상해요. 사이코예요. 그 집 앞에 CCTV 하나 달아놓으세요. 분명 뭔가 있어요."

은서의 문자를 확인한 령은 한쪽으로 휴대폰을 던져놓고 하던 회의에 눈을 돌렸다. 자꾸 엮이는 게 귀찮아 아침 문자에도 반응을 보이지 않았다. 자신의 생활 패턴에 불쑥불쑥 끼어드는 그녀가 귀찮았다.

그리고 시간이 흘러 어느덧 마라톤 회의가 끝났다. 모두 나가자 대각선 자리에 앉아 있던 현희가 회의실 테이블을 두드렸다. 의자를 흔들거리며 서류를 보던 령이 시선을 맞췄다.

"무슨 말이 하고 싶은데?"

"너 일할 때 보면 카리스마가 줄줄 흘러. 그래도 너무 무게 잡지 말고 조금은 웃으라고."

령은 다시 서류에 눈을 돌렸다. 저 말이 무슨 뜻인지 대충 알 것 같았다.

"미안하지만 사건을 다루는 회의 중엔 웃고 싶지 않다. 별일 없으면 너도 퇴근해."

"퇴근보다 나…… 너희 집에 갈까?"

현희의 말에 령은 서류를 덮었다.

"왜?"

"음…… 잠자러."

무슨 뜻일까? 잠이라…… 령은 일어서며 의자에 걸쳐뒀던 겉옷을 집어들었다.

"한 번만 더 그런 이상한 소리 해라. 그땐 친구도 안 한다."

"잠만 잔다는데 왜 그래? 네가 이상해."

령은 현희를 향해 다시 한 번 선을 그었다. 이상한 옆집 여자가 어쩔 수 없는 상황에서 자긴 했어도 령은 자신의 집에서 여자가 잠을 잔다는 건 생각조차 해본 적이 없었다. 농담으로 한 말일지라도 오해의 소지가 있다면 사양이었다.

"숙직실에서 자."

"하여튼 저렇게 냉정하게 말할 때 보면 정떨어져. 여자 보고 숙직실?"

"네가 여자냐?"

"야!"


늦은 시각, 집으로 가기 위해 운전하던 령은 현희의 발악이 생각나자 작게 웃었다. 그는 아파트 단지에 주차한 후 경비실부터 들렀다.

"그 아가씨 잘못이 아녀요. 내가 옆집이니 가지고 올라가라 한 거지."

경비 아저씨는 씩씩거렸던 은서의 모습이 떠올라 변명했다. 자기 때문에 그리된 거 같아 미안한 마음이 생겼기 때문이었다.

"다음부턴 그러지 마세요."

은서가 사이코라고 해서 그런지 경비는 곁눈질로 힐끔거리며 그를 바라보았다. 일단 은서가 의사인 걸 알고 있어 무한 신뢰였다. 하지만 령의 직업을 모르다 보니 은서 말처럼 이상하게 보였다. 매일 멀끔히 차려입고 나가서 늦은 밤이나 새벽에 들어오는 총각이라니. 그러다 보니 추측이 난무해졌다.

'이놈 여자 후리는 카사노바…… 뭐, 그런 거 아냐?'

이런 결론에 경비는 머리부터 발끝까지 그를 다시 한 번 훑어보았다. 아무리 봐도 수상쩍었다.

"몸도 야리야리하던데 낑낑거리고 올라갔다 다시 내려오고……."

혼잣말로 중얼거리던 경비는 멀어지는 그의 뒷모습을 보며 여전히 의심의 눈초리를 거두지 못했다.

## 5장. 4가지와 야동을

한나절까지 자고 일어난 은서는 봄맞이 대청소를 하려는지 바쁘게 움직였다.

"아이고, 죽겠다."

문이란 문은 모두 열어놓고 소파 밑을 쓸어내기 위해 낑낑거렸다. 그때 운동 가려고 나온 령이 우연히 그 모습을 보고야 말았다. 절대로 엮이고 싶지 않아 모른 척 엘리베이터로 바삐 걸어갔다. 그런데 그의 걸음걸이가 점점 느려지더니 기어이 멈춰 섰다.

"후…… 저 구토. 왜 이리 자꾸 내 눈에서 알짱거리는 거야? 신경 쓰이게 하네."

알 수 없는 망설임이 생기자 되돌아온 그가 은서 집을 들여다보았다. 그녀는 겨우겨우 소파를 들어 옮기더니 청소기를 돌리고 물걸레질을 대충했다. 다시 소파를 드느라 낑낑거리는 모습을 보고 있던 그가 들어갔다. 함께 소파를 옮겨주려 잡으니 그녀는 눈도 마주치지 않았다.

"안 해줘도 돼요!"

화났다는 걸 직감했지만, 쌩하니 찬바람이 불었다.

"싫으면 말든지."

도와주려 했다가 무안해지고 말았다.

"그리고 남의 집에 왜 허락도 없이 함부로 들어와요. 가택 침입으로 확 고소해버릴까 보다."

"그러시든지."

지난번에 자신이 한 말이었다. 이내 령은 현관으로 향했다.

"싸가지, 어떤 모습이 진짜 모습이에요?"

그런데 은서가 령을 불러 세웠다.

"뭐가?"

"다정한 모습이 진짜예요? 아니면 차가운 모습이 진짜예요?"

"구토와 있으면 둘 다."

"이젠 싸가지에 이중인격까지."

그가 그녀 앞으로 걸어오자, 은서는 피하지 않고 령과 눈을 맞췄다. 여전히 알 수 없는 눈빛이었다.

"뜨겁고 까칠한 남자도 있어. 그러니 조심해. 나한테 걸리지 말고."

"뭔 소리야? 내가 무슨 물고기야? 걸리게."

"물고기? 호호호."

표현이 재미있어 그가 웃고 말았다.

"웃어도 재수 없게 웃네."

"뭐?"

"소리 내서 웃는 거 진짜 안 어울리거든요."

맞는 말이었다. 자신이 웃고도 어색했으니 타인이 들었을 땐 더했을 것이다.

"제가 웃든 말든 신경 끄세요."

"이미 오래전에 껐네요."

다시 소파를 질질 끌다시피 옮기자, 어느새 령이 소파를 잡았다.

"지금은 다정한 남자로 변신해볼까?"

"그럼 빨리 도와줘요."

하나씩 제자리를 찾아가도록 도와주다 어느새 둘은 대청소를 함께하고 있었다. 나르고 쓸고 닦으며 바쁘게 움직였다.

"아니, 우리 집도 아닌데 내가 여기서 왜 이러고 있냐고? 황금 같은 휴일에 이게 무슨 미친 짓이래?"

시간이 지날수록 이해하기 힘들었다.

"저도 모르겠네요. 제가 먼저 해달라고 안 했어요. 그건 분명히 알아두세요."

이런 문제는 확실히 짚고 넘어가야 했다. 경험상 그가 나중에 딴소리할 것 같았기 때문이다.

"치울 건 또 왜 이리 많은 거야?"

치우고 또 치워도 계속 치워야 하는 상황에 그는 짜증이 나기 시작했다.

"투덜이 스머프! 그만 좀 투덜거려요."

"지금 투덜거리지 않게 생겼습니까?"

"뭐야, 이거?"

대청소가 거의 끝나갈 무렵이었다. 집안 풍경이 어딘지 낯익다 생각한 은서는 이유를 알아차리고 령을 째려보았다.

"왠지 집안 분위기가 그쪽 집이랑 비슷해지는 거 같지 않아요?"

"어디다 제집을 비교합니까?"

엄연히 격이 다른데 비교를 당하자 령은 어이없었다. 까칠한 그 성격답게 바로 기분 나쁘다는 표정을 지었다.

"평소에 좀 치우고 살지. 지금 도대체 몇 시간을 치운 거야?"

애초에 해주질 말든지. 다 해주고 불평이라니.

"한다고 하는 거예요. 매일 바빠서…….."

"이제 좀 집 같네."

그는 치운 곳을 둘러보았다. 거의 자기 스타일로 맞춰놓고는 제 마음에 드는지 흐뭇한 표정을 지었다. 은서는 신경 쓰기 귀찮아 령이 하자는 대로 가구를 옮겼다. 누군가 도와줄 때는 빨리 끝내는 게 상책이었다.

그런데 막상 다 해놓고 보니 그녀가 보기에도 나쁘지 않았다. 아니, 아주 괜찮아 보였다. 이내 흐뭇한 표정으로 생글거렸다. 옆집과 비슷한 느낌은 마음에 들지 않지만, 그래도 두 눈 질끈 감고 넘어가기로 했다.

그녀가 소파에 앉는데 휴대폰이 울렸다.

"우빈아~ 나 좀 살려줘~ 힘들어 죽겠어."

순간 령의 눈썹이 씰룩했다. 애교 섞인 그녀의 목소리에 그는 못마땅한 눈으로 인상을 썼다. 대청소로 힘들어 죽겠다는 엄살에 령은 기가 막힌 표정으로 그녀를 쳐다보았다.

'고생은 누가 더 했는데…….'

기분이 나빠진 그가 현관 쪽으로 걸어가자 잽싸게 쫓아간 은서가 그의 옷을 잡아당겼다. 가깝다 보니 그녀와 통화하는 우빈의 목소리가 령의 귀에까지 들렸다.

"그럼 이따 끝나면 올래?"

[약속 있는데.]

"그래, 알았어. 쉬는 날 만나기 너무 힘들다."

[다음에 보자.]

본의 아니게 두 사람의 통화 내용을 듣게 되자 여전히 못마땅한 그는 현관 쪽만 바라보았다.

"저녁 사드릴게요."

통화를 끝낸 은서는 청소를 도와준 고마운 마음에 저녁을 사겠다고 했다.

하지만 령은 그 말에 더 기분이 나빠졌다.

"닭 대신 꿩?"

우빈한테 퇴짜 맞고 마지못해 자신을 선택한 은서 때문에 삐딱해졌다.

"뭐가요?"

꿩 대신 닭은 들어봤어도 이건 또 무슨 말?

"같이 먹기 싫은데."

령의 냉랭한 반응에 은서는 혹시나 했다.

"이젠 차가운 남자로 변한 거예요?"

"알면 됐습니다."

"치!"

도통 알 수 없는 령의 성격으로 은서는 입을 씰룩거렸지만, 신발을 신던 그는 골똘한 생각에 잠겼다. 결론을 내렸는지 그가 이렇게 말했다.

"구토, 7시."

"찌개 만들어서 가지고 갈게요."

"하든지 말든지."

"에이! 투덜투덜. 투덜이 스머프."


은서는 소주 한 병을 비닐봉지에 넣고는 완성된 찌개 냄비를 들었다. 령의 집으로 가서 초인종 누르자 그가 문을 열어줬다.

"무거워. 무거워."

"무거우면 이리 줘요."

그녀의 행동이 과장된 듯 보였지만, 받으려 그가 손을 내밀었다.

"안 돼요. 뜨거워서 못 옮겨요."

주방 식탁으로 간 은서는 냄비 뚜껑을 자랑스럽게 열어 보였다.

"냄새 좋죠?"

"이게…… 김칫국입니까?"

정체를 알 수 없는 음식이 령의 눈앞에 있었다.

"김치찌갠데. 왜요?"

"찌개라고? 이게?"

아무리 봐도 찌개라고는 볼 수가 없었다.

"뭐…… 돼지고기랑 두부랑 파가 없어서 그냥 물만 넣고 끓였지만……."

그럼 도대체 뭘 넣고 끓인 거야? 김치만? 조금은 기대했던 터라 실망스러웠다. 그는 은서를 보며 냄비 뚜껑을 닫았다.

"기대한 내가 바보다."

"그냥 배고픈데 대충 먹어요."

은서가 다시 뚜껑을 열었다.

"아휴……."

저절로 한숨이 나왔다. 어쩌자고 이런 여자를 알았을까? 령은 할 수 없이 냉장고에서 반찬을 꺼내 왔다. 밥을 떠주며 지난번 그녀가 급체로 고생한 게 생각나자 못을 박듯 이렇게 말했다.

"딱! 한 그릇만 먹기."

"아…… 배고픈데."

아침 겸 점심을 대충 먹고 중노동을 했기에 은서의 배는 등가죽에 붙을 지경이었다.

"한 그릇!"

령의 표정을 보니 절대로 물러서지 않을 기세였다.

"알았어요. 그 대신 많이 주세요. 청소하느라 너무 지쳤어요."

밥그릇을 놓아주자마자 은서는 매실 장아찌와 맛있게 먹었다. 령은 그 모습을 보며 김칫국을 떠서 입안으로 넣었다.

"콜록! 콜록! 이게…… 무슨 맛입니까?"

음식 테러가 있다면 이런 맛일까. 한마디로 맛이 없었다.

"왜요?"

찌개를 떠먹은 령의 반응이 이상하자 은서도 한입 떠서 먹었다. 헉! 웬만한 건 그냥 넘기는 스타일인데 이건 살면서 처음 먹어보는 맛이었다.

"콜록! 콜록! 좀 짜고 맵고, 뭔가 느끼한 게 이상하긴 하네요."

이걸 내가 만들었다니. 무안해하며 히히 웃던 은서의 혓바닥이 살짝 나왔다가 쏙 들어갔다.

"음식 할 줄 모릅니까?"

솔직히 재료도 없어서 대충 했다.

"해보질 않아서."

"무슨 여자가……."

못할 수도 있다며 은서가 대수롭지 않게 넘겼다. 여자라고 다 음식을 잘하라는 법은 없었다. 그런데 그것도 잠시, 생각과는 다르게 기분이 점점 나빠졌다.

"사람이란 말이죠, 손맛이 좋은 손도 있고, 잘 치우는 손도 있고, 잘 부수는 손도 있어요. 하지만 저는 사람 목숨을 살리는 손이니 음식은 못해도 예쁘게 봐줄 수 있는 거 아닌가요?"

말은 그럴싸했다. 아니, 맞는 말이기도 했다.

"……!"

령은 은서의 말에 자신의 손을 쳐다보았다. 내 손은 과연 무슨 손일까?

"Prosecution Service!"

자신의 손을 보고 있던 령은 은서의 말에 작게 웃었다.

"국민에 대해 봉사한다. 맞죠?"

"맞습니다. 어떻게 아셨습니까?"

응급실에서 령을 향해 걸어갈 때 은서의 눈에 들어온 것이 있었다. 금빛

원형 안에 있는 방패 모양의 배지. 그 안에 영문으로 이 문구가 있었다. 방패는 위험으로부터 막아준다. 검사는 모든 범죄로부터 국민을 보호한다. 은서는 그 방패를 보고 이 뜻으로 해석했다.

"그날…… 응급실에 온 날 배지를 봤어요."

령이 은서를 향해 자신의 손을 들어 보여줬다.

"그럼 제 손은 봉사하는 손이란 말입니까?"

"뭐, 나쁘진 않네요. 지켜주는 손도 괜찮고."

령의 입가에 다시 한 번 옅은 미소가 지나갔다.

"지켜준다……."

법칙을 알고는 있었지만, 타인에게서 듣고 나니 그 말의 의미가 더 새롭게 다가왔다.

그 후 두 사람은 술병을 비우는 것보다 일상에서 필요한 이런저런 이야기를 했다. 은서는 그런 령의 모습에서 평소와는 다른 눈빛을 보았다. 무섭게 느껴졌던 그 눈빛이 훨씬 부드럽게 보였다.

"이사 와서 잘 모르시는 거 같으니 알려주는 거예요. 그리고 세탁소는……."

은서는 주변의 맛집에 대해 어느 정도 읊어줬었다.

"그건 압니다. 아파트 상가 안에 있는 거 말씀하시는 거죠?"

"거긴 다림질이 별로예요. 후문으로 나가셔서 코너를 돌면."

"귀찮습니다."

주로 대화가 이랬다. 은서는 알려주려 하고 령은 귀찮아하고. 그러면서 둘은 말하고 듣고 있었다.

"왜 나랑 같이 있으면 다중인격으로 변해요?"

그동안 자신을 대했던 남자들과 다른 반응을 령이 보이자 솔직히 궁금했다. 아직도 그의 성격을 이해할 수 없어 물어봐야 직성이 풀릴 것 같았다.

"싫으니까."

직설적인 성격답게 령은 망설이거나 생각하는 척도 하지 않았다. 미리 답을 정해놓은 듯 말했다.

"아……."

그러니 자존심을 떠나 감탄도 한탄도 아닌 이 말만 나올 뿐이었다. 싫다는데 뭐라고 할 말이 없었다.

"나도 궁금해. 내가 왜 구토랑 있으면 다중인격이 되고, 싫으면서도 이렇게 같이 있는지."

그녀 역시 속내를 숨기지도 않고 솔직하게 말하는 령이 결코 좋은 것만은 아니었다.

"나도 그쪽 싫어요."

"서로 싫어하니 잘됐네. 한쪽만 싫어하면 상처 받았을 텐데."

"자, 그럼 서로 싫어하는 것을 기념하며 원샷!"

이게 무슨 기념할 일이라고. 은서는 웃으며 령을 향해 잔을 내밀었다.

"그놈의 원샷은."

"원하는 만큼 마시라고요."

쨍-!


령이 설거지를 하는 동안 은서는 지난번에 보다 만 영화를 이어서 보고 있었다. 어쩌다 한번 접시를 깨자 설거지는 자연스럽게 그의 몫이 되었다. 접시를 깨서 미안하긴 했지만, 전화위복이라는 말이 떠올랐다.

잠시 후 령이 녹차를 그녀 앞에 놓아주었다. 이런 면에선 그가 다정한 남자가 맞는 것 같았다.

"어떻게 해…… 아빤데 서로 몰라보네."

은서는 안타까움에 눈물이 핑 돌았다. 그로 인해 울음을 참느라 입언저리

146

가 파르르 떨렸다. 다양한 은서의 표정을 보던 령의 눈빛이 한순간 흔들렸다. 영화가 아닌 은서의 감정 폭을 감상하며 그는 녹차를 마셨다. 격해진 은서는 티슈를 꺼내 눈물을 닦았다. 마지막으로 콧물까지 팽 소리가 나도록 풀었다.

"어우, 시원하다."

"여자가 아무 데서나 더럽게."

"코 푸는 게 뭐가 더럽다고. 그럼 계속 훌쩍거리려요? 그게 더 더럽지. 훌쩍 훌쩍 이렇게."

은서가 훌쩍거리는 시늉을 하자 이번엔 령이 인상을 썼다.

"다 먹었는데 안 가십니까?"

"이것만 보고요. 거의 끝나가는데 다 보고 갈게요. 안 그럼 뭐 하고 뭐 안 한 것처럼 뒤가 찜찜하잖아요."

"……."

역시나 예상을 깨는 말이었다. 남들은 집주인이 가라고 하면 무안해서라도 일어났을 것이다. 지극히 정상적인 여자는 아니라는 생각에 그가 고개를 저었다. 그때 뚜르르 소리를 내며 그의 휴대폰이 울렸다.

"어…… 현희야."

령의 입에서 여자 이름을 부르는 소리가 들렸다. 한순간 은서의 마음이 싸해졌다. 이 느낌은 뭘까? 자신도 모르는 사이 은서의 시선은 령을 좇고 있었다. 그런 시선을 알 리 없는 그는 베란다로 걸어 나갔다. 가끔 웃음까지 보이며 통화하는 령의 모습을 보아서일까. 은서는 영화 내용이 귀에 들어오지 않았다. 아무 생각 없이 그림처럼 지나가는 화면만 넋 놓고 바라보고 있었다. 잔을 든 그녀는 조심스럽게 녹차를 마셨다. 태연한 척 노트북 화면을 바라보았고, 통화하는 령은 그런 은서의 모습에서 눈을 떼지 못했다. 화면에 집중해 있는 은서의 모습이 평소 때와는 다르게 비쳤다.

[내 말 듣고 있어?]

한참을 떠들어도 령이 반응이 없자 현희가 되물었다.

"미안…… 뭐라고 했는데?"

은서의 모습을 훔쳐보느라 현희의 말을 제대로 듣지 못했다.

[아빠가 한번 보자 하신다 했어.]

"어? 어, 그래 시간 만들어볼게."

[내일 일요일인데 안 돼?]

"……내일은 안 되는데. 내가 할 일이 있어서."

령은 자신도 모르게 황급히 전화를 끊었다. 베란다 문 여는 소리가 들리자 그녀는 겉옷을 들었다. 집에 가고자 일어서며 그를 보았다.

"그만 가볼게요."

"다 보고 가신다며?"

"가라면서요?"

"그럼 가시든지."

두 사람은 이러지도 저러지도 못했다. 령이 다시 소파에 앉자 은서도 바닥에 앉으며 노트북 화면을 쳐다보았다. 그런데 얼마 후 노트북이 이상한 반응을 보였다.

"어…… 이거 왜 이러지?"

찔리는 게 있자 령의 눈치를 슬쩍 살핀 은서가 마우스를 이리저리 움직였다. 노트북의 자판도 손가락으로 톡톡 쳐봤지만, 화면은 꼼짝도 안 했다.

'야! 야! 너 왜 그래?'

한마디로 렉에 걸렸다.

"왜요?"

은서의 행동이 이상하게 보였는지 령이 물었다.

"화면이 멈췄어요."

"그럴 리가……."

은서 곁으로 다가온 그는 노트북을 만지며 이것저것 눌렀다.

"뭘 만졌기에?"

"아무것도 안 만졌는데. 바이러스 먹은 거 아녜요?"

'이런! 골칫덩어리!' 하는 령의 눈빛을 피하고자, 은서는 못 본 척 허공을 올려다보았다.

"이상한 데서 다운받은 거 아닙니까?"

인터넷으로 검색해 그중에 하나 괜찮은 것으로 눌렀을 뿐이다.

"그냥…… 공짜라고 하기에."

"만든 사람 성의를 생각해서 돈 내고 봅시다."

순간 노트북의 화면이 바뀌었다.

헉! 저 소린? 리얼 19금 영상이었다. 어서 피하라고 위험을 알리는 소리가 귓가에 들리는 것 같았다. 절정을 향해 가는 남녀의 몸짓은 침이 넘어갈 정도로 후끈했다. 영화처럼 인위적으로 짜인 각본이 아닌 실제처럼 보였다. 더군다나 남녀의 은밀한 부분이 그대로 노출된 상태라 더 당황했다. 요상하게 들리는 소리와 화면에 은서는 당황했다.

이게 지금 무슨 소리라니. 어떤 상황이면 저런 소리가 나온다니. 그녀는 벌떡 일어나 손만 만지작거렸다. 은서 못지않게 컴퓨터 화면을 봐야 하는 령도 미칠 노릇이었다. 남자의 상태가 지금 어떤 상황인지 여자의 신음만 들어도 알 것 같았다. 둘 다 마지막을 향해 가는 그 몸짓이니 얼마나 거셀까. 침대의 움직임과 살끼리 부딪치는 소리…… 모두 적나라하게 들리고 보이다 보니 령도 어찌할 바를 몰라 상당히 난처한 표정을 지었다.

이런 우라질! 언제까지 할 거냐고. 끝날 줄 알았는데 화면 속의 남녀는 갑자기 체위를 바꾸고 있었다. 여자의 입에서 나오는 신음에 가능하다면 입을 틀어막아 주고 싶었다. 그녀는 령을 보았다. 자신보다 더 난처한 표정을 짓고 있는 그를 보자 태연한 척 입을 열 수밖에 없었다.

"그러게 야동 좀 작작 보시지?"

"볼 수도 있는 거죠. 이거 숨겨놓은 건데 어떻게 찾으셨대."

령은 어색한 분위기를 피하고자 이렇게 맞받아쳤고, 눈을 질끈 감은 은서
도 태연한 척 스스럼없이 말했다.

"오~ 대박인데~"

노트북에서 흘러나오는 소리가 몹시 궁금한 은서는 실눈을 뜬 채 화면을
쳐다보았다. 에라, 모르겠다! 아무렇지 않은 듯 령의 옆으로 바짝 다가가 앉
았다. 그 상황에 당황했는지 그의 어깨에 저절로 힘이 들어갔다.

"이런 건 어느 사이트에서 다운받아요?"

여자가 어떻게 이런 말을 할 수 있는지. 그것도 민망한 장면을 남자랑 같
이 보면서.

"하나 구워드릴까?"

하지만 이럴 땐 어색한 대화보다 자연스러운 게 더 좋을 것 같았다.

"사이트만 알려줘요."

담담하게 아무렇지도 않은 척 대화하고 있었지만, 두 사람의 속은 미칠
지경이었다. 아직도 계속 나오는 저놈의 리얼 베드신에 은서는 다시 눈을
감고야 말았다. 하지만 혼자였다면…… 아마도 입을 벌린 채 침까지 질질
흘리며 계속 봤을 것이다. 지금은 체면도 있고 민망해서 안 보는 척하는 것
이었다. 령 또한 침착하려 했지만 등에선 식은땀이 흘렀다. 참다못한 그는
할 수 없이 강제 아웃시켜버렸다. 거의 끝나가는 장면이라 그런지 여자의
신음 소리와 남자의 거친 숨소리에 더는 안 될 것 같았다.

"후……."

"하……."

두 사람은 떨리는 한숨을 내쉬었다. 령은 전원을 켜고 바이러스를 치료하

기 시작했다. 살며시 소파에 앉은 은서는 조심스럽게 한숨을 내쉬었다. 얼굴은 마치 불을 피운 것처럼 화끈거렸다. 그녀의 얼굴은 벌겋게 달아올라 있었다. 령도 뜻하지 않은 상황 때문에 머리에서 쥐가 나는 느낌이었다, 그 순간 늑대의 본능이 고개를 쳐들고 있었다. 몸이 반응하는 것은 숨기려고 해도 숨길 수 없는 것이다. 그는 본능을 억누르기 위해 잔인한 장면을 떠올려야만 했다.

드디어 바이러스 치료를 시작하자 령은 소파에 올라앉았다. 어쩌다 보니 다정히 앉아 화면을 보고 있는 모양새가 되어버렸다. 서로 민망한 상황에서 이렇듯 가까이 앉다 보니 슬그머니 옮겨 앉을 수도 없었다. 어깨가 닿을 듯 말 듯 하니 움직이기도 그렇고, 결국 둘 다 볼 것도 없는 노트북 화면만 뚫어지라 바라보았다. 좀 전의 이상한 장면 때문일까. 한동안 정지된 듯 앉아 있던 두 사람의 심장이 갑자기 미친 듯이 뛰기 시작했다. 분명 그것 때문이리라.

"우리도 해볼까?"

"뭘…… 요?"

은서는 령의 말에 혹시나 하며 그를 향해 고개를 돌렸다. 지난번에도 해보자고 했던 그 말? 아니나 다를까, 령의 입에선 은서가 생각한 바로 그 말이 흘러나왔다. 처음 부름을 받은 날, 령의 집 현관문과 그의 사이에 갇혀서 들은 바로 그 말.

"키스."

"미친."

은서가 말을 다 내뱉기도 전에 령의 얼굴이 그녀의 바로 앞까지 다가왔다. 그 모습에 당황한 은서가 몸을 뒤로 뺐고, 령의 얼굴은 그녀에게 점점 가까워지고 있었다. 가까이 다가온 그의 얼굴로 그녀는 완전히 굳어버렸다. 은서는 얼굴을 찡그리며 눈을 감아버렸다. 아예 얼굴을 안 보는 게 나을 것 같았다.

하지만 령은 눈을 감고 있는 은서의 표정에 피식 웃어버렸다. 자신을 당황하게 한 복수를 하고 나자 나름 재밌었다는 생각에 입가에는 악마의 미소가 지나갔다.

"역시 안 당겨."

은서가 한쪽 눈을 살짝 떠보니 령은 어느새 컴퓨터를 보고 있었다.

"이런⋯⋯."

마치 기다렸다는 듯 눈까지 감아줬으니⋯⋯ 그녀는 억울하고 창피한 마음에 쥐구멍이라도 있으면 숨고 싶었다.

"어! 다 됐다."

치료가 끝나자 그는 바닥으로 내려가 노트북을 만졌다. 은서는 그의 말과 행동에 완전히 열 받아버렸다.

"다시 해봐요. 정말 당기나 안 당기나."

"싫습니다."

"그럼 내가 해요?"

그녀가 령의 몸을 뒤로 잡아당기며 입술을 가져가자, 그의 손이 그녀의 입을 막았다.

"뭐 하시는 겁니까?"

령이 손을 떼어내며 쳐다보자 은서는 억울함에 화를 다스릴 수가 없었다.

"또 그러기만 해봐!"

소파에 앉아 있던 은서가 벌떡 일어났다. 그러고는 바닥에 앉아 있는 그를 발로 냅다 걷어찼다.

"아야!"

령은 헛소리하다 다시 한 번 얻어터졌다.

"죽을 줄 알아. 씨 여덟!"

"씨⋯⋯ 여덟? 큭큭큭."

씩씩거리며 하는 은서의 말을 생각해보니 욕이었다. 욕을 아주 건전한 단어로 승화시킨 것이었다.

"4가지, 웃지 마! 이 열여덟아!"

"열여덟? 씨 여덟! 18! 큭큭큭."

은서의 건전한 욕에 령이 키득거리고 웃자, 그녀가 그의 옆으로 다가가 앉았다.

"웃지 말고 빨리 야동이나 구워봐요. 집에 가서 보게."

"여기서 나랑 같이 봐도 되는데."

문득 령은 이런 여자라면 같이 야동을 봐도 재미있을 거란 생각이 들었다.

"그럼 빨리 틀어요."

역시 내숭이란 걸 모르는 그녀의 성격에 그는 웃지 않을 수가 없었다.

소파로 올라앉은 은서는 영화를 마저 보기 시작했다. 옆에서 같이 보고 있던 령은 다시 보기 지루했는지 시계를 힐끔 보았다. 꽤 늦었기에 내일 할 일을 생각하며 자리에서 일어섰다.

"난 잘 테니까 문 잘 닫고 가요."

그의 말이 들리기는 했으나 화면에서 눈을 뗄 수 없는 중요한 장면이 나왔다. 은서는 그를 쳐다보지도 않고 알았다며 고개를 끄떡였다.

"걱정하지 말아요. 거의 끝나가는 거 같아요. 부모를 빨리 만나야 할 텐데……."

그녀가 영화에 완전히 몰입해 있자 령은 고개를 절레절레 저으며 방으로 들어갔다. 그렇게 그녀는 소파에 길게 누워 영화에만 집중했다.

그리고 잠자리에 든 그는 피곤한 탓에 그대로 잠들어버렸다.


하지만 다음 날 아침, 방문을 열고 나오다 령은 기겁을 하고 말았다. 꿈에서 독립운동을 하는 건지, 은서가 소파에서 만세를 부르는 모습으로 쭉 뻗은 채 자고 있었다. 아마도 영화를 보다 그대로 잠들어버린 것 같았다. 소파 앞으로 천천히 걸어간 그는 그녀를 내려다보았다.

"구토."

"으…… 음……."

불러도 대답이 없었다.

"일어나십시오."

"아빠…… 5분만……."

은서는 깨우는 소리가 귀찮았는지 옆으로 돌아누웠다.

"아빠?"

"5…… 분만……."

자신의 집에서 여자가 자는 줄도 모르고 있었다니. 령은 아침부터 어이가 없었다.

"아니, 이 대책 없는 여자는 왜 남의 집에서 자고 있어?"

자신의 집에서 처음으로 자고 간 여자가 이상한 이웃집 여자였다. 그런데 그 여자가 또 자고 있었다. 어떻게 이런 일이. 심각한 일이었다.

"후……."

일단 바쁜 아침인지라 그냥 놔두고 그는 욕실로 들어가 씻고 나왔다. 그때까지도 은서는 여전히 자고 있었다. 방으로 들어가 옷까지 갈아입고 나온 그가 그녀 앞으로 섰다.

"구토! 출근 안 해?"

생각할 것도 없이 령은 인정사정 안 보고 소리쳤다. 큰 소리에 놀란 은서는 벌떡 일어났지만, 상황을 이해했는지 늘어지라 기지개부터 켰다.

"하암, 오늘 일요일인데 그냥 자게 두지……."

이번엔 하품을 하더니 입가의 침까지 닦고 있었다.

"아니, 무슨 여자가 툭하면 내 집에서 외박할까?"

도무지 이해가 되지 않았다.

"나도 모르게 잠들었단 말이에요."

"어서 나가요. 난 산에 가야 하니."

령은 거의 내쫓을 기세로 은서를 몰아내려 했고, 그녀는 산이라는 말에 정신이 번쩍 들었다. 옷차림새를 보니 등산복을 입고 있었다.

"산? 등산? 나도 데려가 줘요."

"싫습니다."

그는 이유도 묻지 않고 한마디로 거절했다.

"나 체력 좀 길러야 해요. 장시간 수술할 때 다리가 후들거려요."

그건 그녀의 사정이었지, 제 사정이 아니었다. 령은 주방으로 갔다.

"혼자 가십시오."

"데려가 줘요. 나 등산 안 해봐서 겁난단 말이에요."

"전 모릅니다."

령은 커피 머신에 물을 따라 넣었다.

"4가지~ 응~"

"지금 이건…… 뭐 하자는…… 겁니까?"

은서가 령의 팔을 붙잡으며 애교를 떨자 그는 당황하며 말까지 더듬었다. 그는 은서를 멀거니 쳐다보았다. 한 번도 이런 여자를 본 적 없었다. 그녀는 제멋대로에 깡도 세고, 당당하며, 엉뚱하기까지 했다. 여자들은 자기 앞에서 얌전한 척, 청순한 척, 귀여운 척, 우아한 척, 고상한 척…… 한마디로 척이란 척은 다 했었다. 그런 모습에 신물 났던 령이었다. 그런데 꾸미지 않은 은서의 행동에 사고가 멈춰버렸다.

"데려가 줘요~ 응?"

은서가 다시 팔을 잡으며 몸까지 살랑살랑 흔들었다.

"아! 머리 아파! 주유랑 세차하고 올 테니 30분."

그러니 이런 말이 나오고야 말았다.

"탁월하신 선택! 나이스!"

또 그녀와 엮인 령은 아파트 주차장에서 은서가 나오길 기다렸다. 그는 창문에 팔을 걸친 채 앞을 주시하고 있었다. 기다림이 심심한지 이번엔 상체를 구부려 핸들에 몸을 기댔다. 하늘을 올려다보니 기분이 상쾌할 정도로 파란색이었다.

"4가~ 지~"

령은 백미러로 쳐다보았다. 등산복 차림에 썬캡을 눌러쓴 은서의 모습이 보였다. 배낭의 양 끈을 잡고 머리카락을 휘날리며 그녀가 뛰어오고 있었다.

"저건 또 뭐 하자는 패션이야?"

아줌마들이 즐기는 그 패션이었다. 뒷문을 열고 배낭을 휙 집어 던진 그녀가 조수석으로 올라탔다.

"그 등산복에…… 어울리지 않는 그 모자는 도대체 뭡니까?"

등산복은 그런대로 봐줄 만했는데 모자는 영…… 마음에 안 들었다.

"내 피부는 소중하니까요."

은서가 대꾸하며 안전벨트를 착용하자 차가 서서히 출발했다. 그 와중에도 그녀는 소풍 가는 어린아이처럼 마냥 들떠 있었다. 반면 령은 귀찮은 일이 생긴 것처럼 표정이 뚱했다. 그러면서 은서에게 계속 끌려가는 느낌을 저버릴 수가 없었다. 도대체 이토록 스스럼없이 행동하는 은서를 어떻게 대해야 할지 모르겠다. 공적인 일이 아닌 사적인 일로 여자가 자신의 차에 탄 것 또한 이 이상한 옆집 여자가 처음이었다.

'아이고, 머리야……'

령은 더 이상 속 끓이기 싫었다. 이미 벌어진 일이니 이젠 마음 편하게 생각하기로 했다. 계속 생각하면 머리가 지끈거릴 뿐이었다.

"복장이 산에 가서 등치기 배치기 하면 딱 맞을 것 같습니다."

"등치기? 배치기? 그게 뭐예요?"

"왜, 그거 있잖습니까? 아줌마들이 나무 하나씩 붙잡고 몸 부딪히는 거."

"아! 하하하하."

무슨 말인지 이해한 은서는 소리 내서 웃어버렸다. 그렇게 이런저런 얘기를 하며 30분 정도 달렸다. 령은 아침 겸 간식으로 간단히 토스트를 먹었고 은서는 소시지를 입에 물었다. 그 와중에도 그녀는 열심히 조잘거렸다.

"지난번에 보니까 운동 좀 하신 거 같던데 뭐 했어요?"

"태권도와 격투기 좀 합니다."

맞선 본 날 범인을 잡으려던 령이 멋지게 바닥을 차고 올랐던 모습이 생각났다.

"오~ 그래서 날랐구나."

"날라서 불만입니까?"

"네, 불만입니다. 담배가 없습니다."

"내려."

그는 은서의 허접스러운 농담에 갓길로 가려고 깜빡이등을 켰다. 놀란 그녀는 먹고 있던 소시지를 령의 코앞으로 내밀었다.

"이거 줄게요. 절 이곳에 쓰레기 버리듯 버리지 말아주세요."

두 사람은 티격태격하는 사이 어느덧 목적지에 도착했다. 배낭끈을 잡은 은서는 긴장한 듯 산을 올려다보았다. 막상 여길 올라간다고 생각하니 따라온 게 후회스러웠다. 돌아갈 차편이 없으니 다시 갈 수도 없고…… 간다고 했다간 령이 입에서 어떤 말이 나올지 알기에 산에 온 자신을 저주했다. 하지만 여기까지 왔으니 마음을 다잡고 환자들을 위해 도전해보자고 결심했다.

"절대 저한테 도와달라 안 하기."

산으로 올라가기 전 령은 몇 가지 당부를 했다.

"예!"

은서가 거수경례까지 하며 씩씩하게 대답하자 지나가는 사람들이 둘의 모습을 보며 웃었다.

"절대 저한테 알은척 안 하기."

"예!"

"절대 저한테 친한 척 엉겨 붙지 않기."

"예!"

이럴 거면서 왜 데리고 왔는지……. 령이 앞장서서 걸어가자 은서는 주변을 둘러보며 뒤따라갔다. 그는 나름대로 배려하며 평소보다 천천히 걸었다. 은서는 조금 바삐 걷는 듯 움직였다. 두 사람은 그렇게 보폭을 맞추며 등산로를 따라 올라갔다.

"4가지, 저 잘 따라가죠?"

"알은척하지 말라니까."

냉정한 저놈의 주둥이.

"쳇. 안 해요. 내가 왕따 시켜버리고 말지."

한 시간 가까이 걷게 되자 은서는 조금씩 지치기 시작했다. 그러다 보니 열심히 걷는다 해도 그에게서 멀어졌고, 다시 걸음을 재촉해 따라잡아도 조금 있으면 다시 뒤처졌다. 그 모습에 령은 저절로 한숨이 나왔다.

"아…… 세월아 네월아. 이게 등산이냐고……."

은서가 힘들어하자 령은 등산로와 조금 떨어진 바위로 가서 걸터앉았다. 배낭에서 물병을 꺼낸 그는 그녀가 올라오길 기다리며 물을 마셨다.

"아우…… 죽겠다."

은서는 긴 나무 막대기를 지팡이 삼아 겨우 올라와서는 옆으로 걸터앉았다. 그러고는 그가 들고 있는 물병을 보자 갈증이 났는지 손을 내밀었다. 벌컥! 벌컥! 물을 마시는 게 아니라 입안으로 들이부었다.

"그렇게 마시면 간접 키스하는 건데."

령의 말에 은서는 마시던 물을 다 뿜어버리고 말았다. 이럴 줄 알았으면 4가지 얼굴에 뿜어줄걸……. 콜록! 콜록! 사레가 들려 콜록거리자 그는 그 모습이 재밌어 배시시 웃었다. 어쩜 이리도 모든 것에 즉각 반응을 보여주는지. 놀리는 재미도 있고 저런 은서가 신기하기도 했다.

"이 사람이!"

겨우 기침을 멈춘 그녀는 령을 향해 무섭게 째려보았다.

"제가 틀린 말 했습니까?"

은서가 생수병을 그에게 들이밀었다.

"이게 무슨 키스예요? 입술도 안 닿았는데."

"편한 대로 생각하십시오."

은서의 생각으론 절대 아니었다. 키스란 입술과 입술이 서로……. 더 생각하면 안 되겠다 싶은지 그녀가 바닥에 있는 돌멩이 하나를 툭 차버렸다.

"근데 얼마나 더 올라가야 해요?"

"여기서 조금만 더 올라갔다 내려갈 겁니다."

"진짜요?"

죽는 줄 알았다는 표현이 맞을 정도로 힘들었다. 다행스러울 정도로 반가운 말에 그녀는 등산화를 벗어 발을 주물렀다.

"다음부턴 안 데리고 옵니다."

그 모습을 지켜보던 령은 먼 산을 바라보며 한마디 했다.

"에이~ 안 돼요~ 일요일마다 준비하고 있을게요."

"시끄럽습니다. 누굴 죽이려고."

령이 다시 올라가기 위해 일어서자 뭔가를 발견했는지 그녀가 앞쪽으로 걸어갔다.

"어, 이거 참취네."

"엉겨 붙지 마시라니까."

령이 가려 하자 은서가 그의 다리를 붙잡았다.

"잠깐만 기다려봐요."

"……?"

붙잡고 있던 다리를 놓은 은서는 참취를 뜯기 시작했다. 그는 다시 바위에 걸터앉아 하늘을 올려다보았다.

"내가 지금 이게 뭐 하는 짓인가?"

생각할수록 이해가 안 갔다.

"등산 왔잖아요."

"구토는 지금 등산이 아니라 소풍 온 초등학생 같습니다."

"제가 나물은 잘 모르는데 이 참취는 확실히 알아요. 혹시 취나물이라고 들어보셨어요?"

은서는 뜯은 참취의 여린 잎을 살살 펴듯 만져줬다.

"뭐……."

취나물이라 하니 알 것도 같았다.

"어렸을 때 엄마가 이걸 뜯어 오셨는데, 제가 풀인 줄 알고 모두 갖다 버렸어요."

"그래서?"

"엄마가 나갔다 오셨는데 나물이 없어졌으니 저한테 물어보셨죠."

"혼났겠네요."

"그날 저녁을 굶기셨어요."

"크크크."

웃지 않으려 했는데 엄마의 소심한 복수를 생각하자 웃음이 터져 나왔다.

"웃겨요? 저는 아주 심각했어요. 그래서 제가 이놈은 정확하게 알아요."

"하하하하."

은서가 손을 쭉 뻗어 참취를 내밀자 그는 소리 내어 크게 웃었다. 그 모습에 은서의 얼굴에도 환한 미소가 생겼다. 아주 자연스럽게 령의 웃음소리가 초록빛 산에 메아리가 되어 울려 퍼졌다.

"참취는 면역력을 높여주고 혈액순환을 도와주는 아주 좋은 음식이에요."

"그렇습니까?"

"그러니까 많이 드시고 스트레스로 까칠하게 굴면서 혈압 올리지 말라고요."

"뭐라는 겁니까?"

잘 나가다 옆길로 새자 한마디 했다.

"지식을 나눠드리는 겁니다."

령의 말투를 흉내 낸 그녀는 주변을 돌아다니며 제법 많은 참취를 뜯었다. 은서가 쪼그려 앉은 자세로 뒤뚱거리며 그의 옆으로 왔다. 바위에 올라 앉아 있는 령을 올려다보자 그는 팔짱을 낀 채 그녀를 내려다보았다.

"4가지, 참취 무칠 줄 알아요?"

쓰고 있는 모자의 챙이 넓은 탓에 령이 보이질 않자 은서는 썬캡을 벗었다. 그녀의 머리카락이 바람에 날리자 령은 무표정하게 은서를 내려다보았다.

"미쳐."

"하긴, 이건 좀 무린가?"

자기가 말을 하고도 아닌가 싶었다.

"그만 내려갑시다. 그거 뜯다가 시간 다 갔습니다."

내리쬐는 햇볕에 얼굴을 찡그린 그가 일어섰다. 나물이 담긴 봉지를 배낭에 넣은 은서는 다시 썬캡을 눌러썼다.

"언제 내려간대요?"

죽으라고 올라왔던 그 길을 이제는 내려가야 한다니 그녀는 걱정부터 앞섰다.

"그러게 누가 따라오라고 했습니까?"

못마땅해하는 령과 구시렁대는 은서는 어떻게 내려오긴 내려왔다. 그는 주차장 근처에 있는 식당 쪽으로 걸어갔다.

식당 방으로 올라앉은 은서는 벽에 기대었다. 그러고는 두 다리를 쭉 펴더니 종아리와 발을 열심히 주물러댔다. 령의 눈은 어느 순간부터 그녀에게 향해 있었다. 그러는 사이 주문을 받으러 주인이 테이블로 왔다.

"두 분, 뭘 드릴까요?"

"구토."

"이름 두고 자꾸 구토라고 할 거예요?"

은서는 그가 계속해서 구토라고 부르자 한마디 했다.

"그럼 구토를 구토라고 하지 뭐라고 합니까? 그날 생각하면 아직도 더러워."

다시 그날 일을 떠올리자 그는 속이 울렁거렸다.

"하여튼! 아줌마, 여기서 제일 비싼 걸로 주세요. 이분이 사실 거예요."

"제가 왜? 각자입니다."

"급히 나오느라고 지갑을 안 가지고 왔어요."

령은 기가 막혔다.

"아이고. 두 분 사랑싸움은 이따 하시고, 뭘 드려?"

주인은 두 사람의 말장난을 한마디로 중단시켰다.

"사랑…… 이요?"

은서는 주인의 말에 당황했다. 사랑? 뭘까. 저 주인장이 말한 이 말뜻은? 갑자기 어색해진 둘은 눈이 마주치자 바로 피해버렸다.

## 6장. 질투하다

차에 올라탄 은서는 두 다리를 쭉 뻗고 앉았다. 의자에 깊숙이 몸을 묻으며 모든 긴장을 풀었다. 반면 령은 전혀 피곤한 기색이 없었다.

"처음이라 그런지 조금 힘드네요."

"자고 나면 다리가 아플 수도 있으니 집에 가서 마사지 좀 해요."

"알았어요. 근데 4가지는 안 피곤해요?"

"전혀."

"체력 좋다. 엄청 부럽네요."

죽을 것처럼 힘든 자신과는 대조적인 모습이었다. 령의 체력에 저절로 감탄사가 나왔다.

"시간 정해서 운동하기 힘드시면 일주일에 두세 번 조깅하는 것도 도움이 될 텐데."

"조깅? 뛰는 거 절대 싫어요. 자, 출발~"

이러면서 무슨 체력을 기르겠다고. 령은 혀를 찼다. 얼마 후, 그녀는 고개를 있는 대로 끄덕거리며 잠을 잤다. 그 모습을 보며 운전을 하자니 정신이 산란했다. 차를 한쪽으로 세운 그는 은서의 의자를 뒤로 눕혔다. 그는 자신의 겉옷을 벗어 덮어준 뒤 다시 출발했다. 밀리는 길을 가다 서기를 반복했다. 령은 멈춰 설 때면 가끔 은서의 모습을 쳐다보았다. 어찌 저리 정신줄을 놓고 자는 건지.

아파트에 도착해서도 그녀는 일어나지 않았다. 령은 핸들을 잡은 쪽 팔 위에 제 머리를 기대고 그녀의 모습을 바라보았다.

"참 이상한 여자다."

그렇게 자는 은서를 한동안 바라보았다.

어렴풋이 사람 목소리가 들리자 은서는 눈을 떴다. 그런데 령이 없었다.

정신이 번쩍 들자 몸을 일으키던 그녀는 제 몸에 걸쳐 있는 그의 옷을 보았다. 손에 잡힌 옷을 만지작거리며 령의 모습을 찾고자 두리번거렸다. 그리고 저쪽에서 걸어오는 그를 발견했다. 은서는 잠만 잔 게 미안해 얼굴 볼 면목이 없었다. 그래서 다시금 자는 척 누웠고 령은 차에 올라타면서 그녀를 쳐다보았다.

지- 잉. 지- 잉.

은서는 때마침 울리는 휴대폰 진동 소리에 자연스레 깨는 척했다. 더듬거리며 주머니를 뒤져 전화를 받았다.

"우빈아."

일부러 작은 목소리로 통화했지만, 내릴 준비를 하던 령은 그녀의 말에 멈칫했다.

[데이트하자면서 너는 전화도 안 받고 온종일 어딜 간 거야?]

"나…… 오늘 너무 피곤한데, 다음에 하면 안 될까?"

[어디 아파?]

령이 내리자 은서도 전화를 받으며 내렸다. 덮고 있던 옷을 전해주자 말없이 받아 든 그가 엘리베이터로 향했다.

"아니. 산에 다녀왔어. 그래서 죽을 것 같아."

[같이 저녁이나 먹으려 했더니 안 되겠네.]

"다음에."

[알았어. 내일 보자.]

"어, 끊어."

은서는 서둘러 통화를 끝냈다. 엘리베이터를 타고 내리도록 령은 한마디 말도 안 했다. 그러니 그녀의 마음은 슬슬 불안해졌다.

"제가 계속 자서 삐쳤어요? 그럼 죄송해요. 너무 피곤했나 봐요."

"아닙니다. 그럴 수도 있죠."

"오늘 고마웠어요."

"……."

령이 아무런 대꾸가 없자 은서는 뭔가 느낌이 들었다.

"또…… 차가운 남자구나……."

집에 들어온 령은 들고 있던 겉옷을 신경질적으로 던졌다. 뭔가 홀려 끌려 다니는 기분이었다. 조용히 산에 오르며 사건들에 대해 생각도 하고 정리도 하며 혼자만의 시간을 가지려 했다. 그런데 은서 때문에 완전히 정신없는 하루가 되어버렸다.

"저 여자는 남자도 있으면서 뭐야? 내가 운전기사야?"

통화 내용 때문일까. 은근히 화가 치밀어 올랐다. 울화를 삭일 때 겉옷 주머니에 넣어두었던 휴대폰이 울리자 그는 꺼내 들었다.

[온종일 어디 갔었어?]

"산에."

간략히 대답한 그는 현희와 통화하며 베란다로 나갔다. 창밖을 보니 산에서 보고 왔던 모습과는 상당히 다른 경치였다.

[아빠 판사 퇴임식에 너도 올 거지? 다음 주 금요일이니까 미리 시간 비워놔.]

퇴임식…… 령은 이 말을 되뇌며 무표정하게 현희와 통화했다.

이제 완연한 봄이었다. 항상 그렇듯 은서는 병원 일에 충실했다. 그런 그녀를 한 과장이 찾는다고 했다.

"유 선생님, 강 선생님. 한 과장님이 찾으시는데요."

"우리요?"

간호사의 말에 같이 부를 일이 없기에 두 사람은 서로를 쳐다보았다.

"네, 어서 가보세요."

"우리 뭐, 잘못한 거 있나?"

"글쎄?"

잠시 후 한 과장을 마주한 두 사람. 한 과장을 바라보는 둘은 혹여 무슨 일이 있나 해서 심각한 표정을 지었다. 마치 앉아 있는 자리가 가시방석 같았다. 이상하게 잘못한 것도 없는데 이 방엔 들어오기가 꺼려졌다. 한 과장은 초조한 모습으로 하던 걸 멈추고 두 사람 앞으로 다가와 앉았다.

"미안해. 급히 정리할 게 있어서."

"무슨 일로 부르셨는지……."

"어, 별건 아니고 내일 우리 과대표로 송별파티 좀 참석해줬으면 해서."

송별파티? 무슨 말인 것 같아? 같은 생각을 했는지 둘은 서로 바라보았다.

"송별파티라뇨?"

우빈이 물었다.

"병원 일을 많이 도와주신 분인데 내가 갈 수가 없거든. 갑자기 장모님이 쓰러졌다는 연락을 받아서 지금 지방 좀 내려가야 돼."

"걱정이 크시겠네요."

한 과장은 봉투 하나를 두 사람 앞으로 꺼내놓았다. 금박이 박힌 게 보기에도 그럴싸한 봉투였다.

"내일 저녁이니까 맛있는 거 먹으면서 스트레스도 풀고 좋은 시간 보내. 초대장이 아까워서 그래."

둘은 다른 직원들을 제쳐놓고 자신들을 선택해준 한 과장의 마음에 고마웠다.

"그러겠습니다. 걱정하지 마시고 편히 다녀오세요."

"고마워. 미리 전화는 드려놨지만, 다시 한 번 인사 좀 잘 전해주고."

"알겠습니다. 맡겨주세요."

그리고 그날이 왔다. 은서는 파티장으로 가기 위해 특별히 신경 썼다. 헤어숍까지 다녀와 한껏 예쁘게 꾸미고 우빈과 동행했다. 자신의 모습이 마음에 드니 저절로 허리에 힘이 들어갔다. 어깨까지 펴졌다. 하이힐로 인해 시야가 높아지자 가뜩이나 높은 콧대도 더 높아지는 느낌이었다.

"너 오늘 왜 이렇게 멋을 냈어? 웬 드레스?"

낯선 은서의 모습에 솔직히 우빈도 놀랐다.

"예뻐서 사놓긴 했는데 이럴 때 안 입으면 언제 입어보겠어. 또 우리 병원 체면도 있잖아."

놀란 우빈의 반응 때문일까, 은서는 우쭐해졌다.

"보기 좋다. 너 아닌 줄 알았어."

"하이힐을 신으니까 좀 불편하긴 한데, 역시 패션의 완성은 구두야."

마법의 세상에 온 듯 신비로운 빛을 내는 샹들리에 불빛들. 은서는 그 불빛으로 마치 동화 속의 공주님이 된 듯 착각을 일으켰다. 먼저 오늘의 주인공에게 가서 한 과장 대신 정중히 인사를 드렸다.

대박이라는 우빈의 감탄을 들으며 은서는 주변을 둘러보았다. 파티장에 도착한 두 사람은 파티 규모뿐 아니라 정계 유명 인사들을 보며 감탄했다.

"우빈아, 여기 모인 사람들 네 말대로 정말 대박이다."

"그러게."

안내된 자리에 앉아 둘은 안의 상황을 둘러보았다. 별안간 우빈이 은서의 팔을 치며 어딘가를 가리켰다.

"저기 저 사람, 최 검사 아냐?"

"어디?"

은서는 우빈이 가리키는 쪽을 보았다. 그리고 그녀는 령을 발견했다. 현희와 다정하게 이야기를 나누는 모습이 은서의 두 눈에 들어왔다. 더군다나 오늘의 주인공과도 잘 아는지 합석하여 중앙에 앉아 있었다. 은서는 옆자리에서 나누는 말에 귀를 기울이고 있었다.

"오늘 판사님 옆에 앉은 검사가 사위 될 사람인가 본데, 옆의 여자가 딸이지?"

사위? 령을 가리키는 말이었다.

"맞아, 저 여자도 검사야. 둘이 선남선녀지. 아주 잘 어울린다."

선남선녀…… 은서는 부정하지 않았다. 그만큼 령의 모습은 눈에 띄었다. 간호사들이 열광하는 이유도 알고는 있었지만, 인정하고 싶지 않았을 뿐이었다. 이미 알고는 있었는데…… 그리고 둘이 잘 어울린다는 건 벌써 느끼고 있었는데…… 그런데 왜 이리 허전해지는 건지 모르겠다. 허전했다. 뭐라 표현할 수 없게 마음이 허전했다. 령을 바라보는 은서의 표정이 쓸쓸해졌다. 그녀는 내색하지 않으려고 애써 입가에 미소를 머금었다.

"우빈아, 검사들이 재판할 때 검은색 법복을 입지?"

"그렇지. 그건 왜?"

의사는 흰색, 검사는 검은색. 굳이 공통점을 찾자면 무채색. 특별히 좋아한다는 감정 같은 건 없는데 이상하게 공통점까지 생각하며 연결 짓고 싶었다. 그래야 조금이라도 허전한 마음을 채울 수 있을 것 같았다.

"밥을 차려줘서 그런가?"

은서는 현희와 대화를 하는 령을 바라보며 중얼거렸다.

"무슨 말이야?"

"너는 배가 고플 때 누가 밥 차려주면 기분이 어떨 거 같아?"

법복에 대해 묻더니 이번 질문도 뜬금없었다.

"음…… 고맙지. 늦은 시간 집에 가서 배는 고픈데 귀찮아서 차려 먹긴 싫고, 그럴 때 누가 차려줘봐라. 아주 생유지."

"그렇지!"

이런 감정 때문에 신경 쓰였구나. 우빈의 말에 결론을 내린 은서는 작게 웃으며 샴페인 잔을 들었다.

"원샷!"

우빈이 흔쾌히 받아주며 잔을 들었다.

"Cheers!"

식순에 따라 행사가 진행되었다. 조용한 음악이 흐르자 하나둘씩 나와 블루스를 추기 시작했다. 현희가 령에게 춤을 청해달라는 눈짓을 하자 그는 마지못해 일어섰다. 그후, 현희의 손을 잡고 홀로 중앙으로 나갔다. 눈에 띄는 두 사람의 모습에 초대받은 이들은 더 관심을 가졌다. 지인과 대화를 나누던 현희 부친의 얼굴에도 흐뭇한 미소가 비쳤다.

"김 판사님, 저 둘 심상치 않아 보입니다."

"그저 친구일 뿐인걸요."

"설마요? 사윗감으로 잡으세요."

"허허허. 잡고 싶다고 그게 맘대로 되나요."

남의 눈엔 그렇게 보일지 모르겠지만 김 판사 눈엔 아니었다. 령이 현희를 대하는 태도나 표정은 동성 친구인 시루를 대하는 것보다 못했다. 그저 가까운 친구일 뿐. 령한테 현희는 그 이상도 그 이하도 아니라는 걸 잘 알고 있었다. 하지만 현희는……. 딸을 생각하는 김 판사의 표정이 어두워졌다.

한편, 은서는 장미색 드레스로 멋을 낸 현희보다 또 다른 령의 모습을 바라보았다. 유독 검은색이 잘 어울린다는 건 느끼고 있었지만, 솔직히 오늘은 그 어느 때보다 더 멋지다는 걸 인정해야 했다. 노타이 화이트 셔츠는 억지로 꾸미지 않은 자유로움까지 풍겼다. 춤을 출 때마다 손목에서 살짝살짝 빛을 내는 푸른빛의 커프스 버튼. 남들처럼 어색한 파티복도 아닌 흑백의 조화 그게 다였다. 그런데…… 빛이 났다. 잘난 놈…… 억울하지만 오늘 령의 모습에서 이런 결론을 내렸다.

'저 모습을 양 간호사가 보면 기절했겠네.'

리듬을 타며 현희와 대화하는 령의 모습은 무척이나 다정스러워 보였다. 춤은 또 언제 배웠는지. 도대체 못하는 게 있기나 한 건지. 이런저런 생각을 하다 보니 자신한테만 유독 못되게 구는 그의 모습이 떠올랐다. 심술이 났다. 아니, 심술이 아닌 질투의 시작을 알리는 은서의 마음이었는지도 모른다. 자신조차 눈치채지 못한 은서의 질투.

"은서야, 최 검사 대단한 사람이었네."

우빈의 말처럼 령은 어색함을 느끼지 못할 정도로 이 분위기에 자연스럽게 녹아 있었다.

"그러게……."

"우리도 한 곡 출래?"

령을 보며 형식상 물어본 말이란 건 알겠지만, 은서가 볼 땐 괜찮을 것 같았다.

"그럴까?"

우빈이 손을 내밀어 춤을 청하자 은서가 그 손을 잡았다. 그러고는 얼굴에 함박웃음을 머금고 보란 듯이 춤을 추기 시작했다. 그런데…… 막상 친한 친구라 해도 함께 블루스를 추자니 슬슬 어색해지기 시작했다. 하지만 이런 복장으로 이런 곳에 와서 그냥 간다면 왠지 섭섭할 것 같았다. 요즘 너무 바빠 음주는 해도 가무를 즐기지 못한 은서는 가무에 열중했다. 사실 이런 가무가 아닌 빵빵 울리는 음악 소리에 한바탕 미친 듯이 몸을 흔드는 가무를 원했지만, 그건 병원 체면을 살리기 위해 살짝 접어두기로 했다.

"지금은 내가 네 애인이라 생각해."

우빈이 어설프게 춤을 추자 참다못한 그녀가 한 소리를 했다. 파트너가 부실하니 춤이 살지 않았다.

"애인? 유은서, 그런 말 안 해도 나 지금 충분히 닭살 돋고 있어."

전엔 몰랐는데 이런 자리라 그런지 그녀가 낯설어 보였다. 그도 그럴 것이 눈만 뜨면 보던 은서의 복장은 흰 가운이나 수술복, 출퇴근 시 청바지였는데 그녀가 지금은 레드카펫을 밟는 여배우의 모습을 하고 있었던 것이다. 그러다 보니 낯선 여자와 춤을 추는 것 같아 긴장됐고, 은서와 같이 맞춰줘야 할 춤 동작이 어색해졌다. 은서를 리드해야 할 우빈의 춤은 눈에 보일 정도로 한 박자 늦었다.

"우리 춤 이상해. 잘 좀 해봐."

이런 걸 모르는 은서는 완벽함을 추구하고 싶어 못마땅한 눈으로 인상을 썼다.

"알았어, 해볼게. 그럼 좀 더 가까이."

뚝 떨어져 있던 두 몸이 어색한 춤을 만들고 있었다. 우빈은 뒤늦게 눈치를 채고 은서를 자기 곁으로 당겨 안았다.

"이렇게."

은서도 우빈 앞으로 좀 더 다가갔다. 이들 역시 출중한 외모로 시선을 한 몸에 받았다. 은서는 솔직히 령에게 보여주고 싶었다. 4가지~ 요기 봐라~ 너만 추냐? 나도 이렇게 파트너랑 춤춘다. 절대 지고는 못 산다. 훨씬 자연스러워진 춤은 어느새 둘의 기분을 좋게 해줬고 은서의 몸짓은 더 아름다워졌다. 우빈이 리드하는 대로 은서의 몸은 날아갈 듯 움직였다.

"……!"

순간 령은 춤을 멈췄다. 유은서…….

뜻밖의 장소에서 평소와 다른 은서의 모습에 령은 춤을 멈출 수밖에 없었다. 사실 이런 곳에서 은서를 만날 줄은 상상도 못 했다. 만약 은서 곁에 우빈이 없었다면 못 알아봤을지도 모르겠다. 아름다웠다. 은서의 모습은 이곳에 있는 그 누구보다 아름다웠다.

"최령, 왜 그래?"

현희는 무슨 일인가 해서 령이 바라보고 있는 쪽을 보았다. 딱히 특별한 건 없었다.

"어…… 아냐. 계속하자."

"놀랐잖아."

"미안."

령은 다시 현희의 허리를 감쌌다. 은서의 아름다운 모습에 령은 그 후로 어떻게 춤을 마무리했는지 기억이 나지 않았다. 그냥 습관적으로 몸을 움직였고 건성으로 대답하며 순간순간 은서를 쳐다보았다. 입가에 옅은 미소를 짓는 그녀의 아름다운 모습은 눈이 부실 정도였다. 다정히 우빈과 춤을 추는 모습에 령은 이상한 질투심마저 느꼈다. 두 사람 사이를 알고 있으면서도 막상 저런 모습을 보니 마음이 싱숭생숭해졌다.

음악이 끝났다. 우아하게 마무리까지 한 은서가 자리로 가서 앉았다. 그녀는 휴대폰을 꺼내 들었다.

"우빈아, 우리 사진 찍자. 소희한테 자랑해야지~"

가끔 은서의 자리를 보던 령은 그녀와 우빈이 다정하게 사진 찍는 모습을 보았다. 그는 초조했는지 물만 벌컥벌컥 들이마셨다.

"최령, 음식이 입에 안 맞아?"

원래 무표정한 령이지만 좀 더 경직된 모습을 보이자, 현희는 걱정되어 물었다. 답답한 마음에 그는 자리에서 일어섰다.

"아냐, 맛있어. 나 잠깐 바람 좀 쐬고 올게."

"그래, 여기 좀 답답하지."

령은 바람을 쐰다며 나갔고 은서는 구두가 불편했던 탓에 테라스로 발길을 옮겼다. 춤을 추는 내내 하이힐로 많이 불편했다. 난간에 기대 신발을 벗고 뒤꿈치를 보니 상태가 안 좋았다. 혹시 몰라 가지고 온 밴드를 꺼내 붙이고 나니 한탄 아닌 한탄이 나왔다.

"안 신다 신으니 이렇구나. 이런 모습은 역시 나한테는 낯선 건가……."

발에 남긴 상처를 보고 있자니 마치 남의 신발을 빌려 신은 것 같은 기분이 들었다. 뒤꿈치에 밴드를 붙인 은서는 구두를 한쪽에 벗어놓았다. 난간에 몸을 기댄 그녀는 로비를 지나다니는 사람들을 내려다보았다. 다양한 사람들이 갖가지의 모습과 표정을 하고 있었다.

멀리서 그녀를 지켜보던 령이 다가왔다. 검은색 이브닝드레스를 입은 은서의 얼굴은 더 투명하고 희게 느껴졌다. 결코 화려하지도 야하지도 않은 심플한 드레스임에도 불구하고 그녀의 미모를 한층 더 돋보이게 했다. 쇄골과 어깨가 자연스럽게 드러나도록 한 올림머리는 우아한 자태를 뽐냈다. 은서의 모습은 지금 령의 시선을 붙잡을 만큼 충분히 아름다웠다. 그녀의 모습과 함께 옆에 벗어놓은 하이힐이 그의 눈에 들어왔다.

"그러게 평상시대로 하시지."

령의 목소리에 은서는 벗어놓은 구두를 슬그머니 신었다. 이런 모습은 보여주고 싶지 않았기에 태연한 척 로비를 내려다보았다. 하필 들켜도 이럴 때. 잘난 저 주둥이로 또 한 소리 하겠군.

"관심 끊어요."

은서는 선수 치며 삐딱하게 말했다.

령은 그 말을 들으며 은서의 모습을 죽 훑어보았다. 후…… 숨이 쉬어지지 않아 깊게 숨을 들이마셨다. 그녀가 아래를 내려다보며 시선조차 맞추질 않자, 령이 옆으로 다가섰다.

"……그 드레스는 보기보단 괜찮네."

"그것도 관심 끊어요."

은서는 그의 칭찬에도 시큰둥했다.

"그래도 이 모습 역시 내 취향은 아냐."

이놈의 자존심과 주둥이가 또 문제를 일으켰다. 예쁘다는 말 한마디면 될 걸 엉뚱한 소리로 령은 그녀의 속을 홀딱 뒤집어놓았다. 자신이 삐딱할 땐 몰랐는데 막상 당하는 입장이 되니 무진장 기분 나빴다.

"댁도 지금 그 모습 제 취향 아니네요."

오는 말이 고와야 가는 말도 고운 법이다.

"그런데 이곳엔 어쩐 일입니까? 판사님과 아는 사이?"

존재를 무시당한 기분이었다. 치! 4가지만 이런 자리 오란 법 있나!

"그것도 관심 끊어요."

은서는 계속 같은 말로 령의 속을 뒤집어놓았다.

"누가 관심을 가졌다고. 제가 그렇게 할 일 없어 보입니까?"

"할 일 없으니 이런 자리에 오신 거 아니에요?"

"그럼 구토도 할 일이 없었나 보네. 아니면 실력이 시원찮아 환자들이 거부하나."

"그쪽이야말로 까칠한 성격으로 피해자들이 거부하겠죠."

"누가 거부한다고 그럽니까?"

서로 깨닫지 못한 질투라는 감정들이 터져 나왔다.

"제 환자들도 거부하지 않거든요!"

"거부하진 않아도 피하겠지."

"아하! 그렇게 말하는 걸 보니, 재판에서 피해자들이 피했나 보죠?"

"뭐라는 겁니까?"

"짜증 나게 하는 겁니다."

"타임!"

계속하면 끝도 없을 것 같아 령이 멈춰 세웠다. 나이에 맞지 않는 애들 같은 유치한 말싸움이었다.

"은서야, 뭐 해?"

우빈은 은서가 들어오지 않자 찾아 나온 참이었다. 들리는 목소리에 령이 돌아보았고, 우빈과 그는 목례로 인사를 나눴다. 은서는 드레스 앞자락을 살며시 들고 령의 옆을 스쳐 지나쳐 갔다.

"먼저 들어갈게요."

"그러시든지."

자신한텐 한마디도 지지 않던 그녀였다. 그런데 우빈과 다정히 걸어가는 뒷모습에 령의 표정은 굳어졌다. 뒤따라 들어간 그는 자리에 앉는 둘을 보았다. 잠시 나갔다 오더니 령의 표정은 더 나빠져 있었다.

"너 괜찮은 거 맞아?"

"어…… 괜찮아."

말은 괜찮다고 했지만 마음은 불편했다. 그의 시선이 자꾸만 은서에게로 향했다. 좋아서 웃는 모습에 기분이 나빴다. 언제나 냉철하고 이성적이던 령이 그녀로 인해 서서히 감정이란 걸 표현하기 시작했다.

은서는 디저트로 가져온 포도 알을 입안에 넣었다. 그녀는 힘을 주어 잘근잘근 껍질까지 씹었다. 사실 지금 은서는 포도를 씹는 게 아니고 령을 씹는 중이었다. 포도가 맛있다는 우빈의 말에 은서는 한 알을 다시 입안에 넣었다. 으드득! 하며 포도씨가 입안에서 으스러졌다.

어느덧 파티가 끝날 시간이 다가왔다. 김 판사가 이리저리 감사 인사를 하는 동안 령은 밖으로 나왔다.

"또 어디 가?"

"그냥 잠깐 화장실 가려고 나온 거야."

현희가 뒤따라 나오자 굳이 변명할 말이 없었다. 령은 이렇게 말하며 욱했던 화를 가라앉혔다.

"그럼 여기서 잠깐 쉬고 들어가자. 웃는 연기도 힘드네."

"그래라."

그리고, 어느 정도 자리를 지킨 은서도 끝날 시간이 다가오자 집으로 가기 위해 일어섰다. 사람들은 김 판사와 인사를 나누며 하나둘씩 퇴임식장을 빠져나갔다. 파티가 끝나가니 잠시 신데렐라의 모습이 되었던 그녀는 허탈해졌다. 옷은 사람의 모습을 변하게 했다. 화려한 샹들리에 불빛 아래서 춤을 출 땐 아주 잠깐이었지만 특별한 사람이 된 기분이었다. 떠나기 아쉽다는 것은 이곳에서 있었던 일이 나름 좋은 추억이었다는 뜻이다.

"은서야, 차 가지고 올 테니까 조금만 기다렸다가 내려와."

드레스 차림의 은서가 밖에서 기다리기 무안할 것 같아 우빈이 나름 배려했다.

"그럼 나 화장실 갔다 올게."

은서는 화장실을 들리기 위해 걸음을 옮겼다. 난간을 손으로 쓰다듬듯 만지며 지나가다 그대로 멈춰 섰다.

'헉!'

당황해 빙그르 몸을 돌렸다. 자기도 모르게 그 자리를 피하고자 정신없이 밖으로 뛰었다. 보지 말았어야 할 장면에 심장이 쉴 새 없이 쿵쾅거렸다.

보지 말았어야 할 장면. 바로 현희와 령의 모습이었다. 현희의 입술이 제 입술로 다가오자, 령은 검지로 그녀의 입술을 막아 멈추게 했다.

"여기까지만. 너 자꾸 이러면 친구도 안 한다고 했지?"

"알아, 잠시 시험해본 거야. 친구로서의 마음이 다인지."

어느 정도 예상했는지 현희는 령의 손을 치우며 담담하게 말했다. 그는 난간에 팔을 기대더니 은서가 한 것처럼 로비를 내려다보았다. 그러자 현희도 난간을 잡고 아래를 내려다보았다.

"시험? 그래서 답은?"

"역시 친구. 딱 거기까지만."

듣고 보니 뭐, 그럴 수도 있겠다는 생각이 들었다. 이성으로서 호감이 생기는지 확인해볼 수도 있는 거니까. 령의 입장에서는 그런 느낌이 전혀 없자 대수롭지 않게 생각했다.

그때 로비를 가로질러 뛰어가는 은서의 모습이 령의 눈에 잡혔다. 겨우 가라앉았던 화가 마음속에서 다시 소용돌이쳤다. 그의 눈은 자동문 앞에 서 있는 우빈의 모습에 멈췄다. 보고 싶지 않은 듯 은서에게 향했던 시선을 자연스레 거둬들였다.

"들어가자, 아저씨 기다려."

"어."

령을 뒤따라가는 현희의 표정은 눈물이라도 쏟을 듯 슬퍼 보였다. 파티 내내 자신을 지켜주던 그의 모습에 감춰두려 했던 욕심이 다시 고개를 들고 말았다.

그 시각, 은서는 얼이 빠진 모습으로 차에 올랐다.

"무슨 일 있어?"

심상치 않은 모습에 우빈이 걱정하며 묻자, 그녀는 아무 일도 없었던 것처럼 행동했다. 정신 차리자. 아무것도 안 보았다. 아니, 못 보았다. 못 본 걸로 하자.

"샴페인이 올라오나 봐."

어째서인지 술에 취한 듯 정신이 몽롱했다.

"얼마 안 마신 거 같은데 피곤해서 그런 거 아니야?"

"그럴지도⋯⋯. 일찍 쉬어야겠다."

좌석에 기대며 눈을 감은 은서는 혼란스러운 마음을 다스리려 노력했다.

"참! 최 검사한테 인사도 못 하고 왔네. 아까 너랑 만난 거 같은데 뭐래?"

최 검사라는 말에 현희와 입을 맞추려던 그의 모습이 떠오르자 그녀는 눈을 번쩍 떴다.

"어⋯⋯ 판사님이랑 아는 사이냐고. 그리고 지금 상당히 바쁠 텐데 우리 인사나 받을 시간이 있겠어?"

"그런가. 근데 화장실 가서 무슨 일 있었어? 왜 짜증 난 목소리야?"

"못 볼 걸 봐서 볼일을 못 봤어."

"누가 토했어?"

토했냐는 말에 기억하기 싫은 그날 아침이 떠올랐다. 잊을 수 없는 그 향과 함께. 마음껏 먹은 은서의 속이 갑자기 울렁거렸다.

"우욱⋯⋯ 그만!"


그 후 집에 온 은서는 드레스를 벗는 것조차 잊었다. 입을 맞추려던 령의 뒷모습이 자꾸 눈에 밟혀 거실 바닥에 그대로 누워버렸다. 멍하니 천장을 하염없이 바라보다가 갑자기 벌떡 일어나 앉았다.

"뭐? 나는 취향이 아니야? 어우, 미친 4가지. 한번 확 꼬셔봐? 내가 맘만 먹으면 너 같은 거 넘어오는 건 시간문제야. 생각할수록 기분 나빠 죽겠네. 취향이 어쩌고?"

은서는 빠르게 말을 뱉어냈다. 생각하면 생각할수록 기분이 더 나빠졌다. 도대체 날 뭐로 보는 거야? 이렇게 생각하자 오기가 발동했다.

"그래, 내 자존심 회복을 위해 어디 한번 해보자. 4가지! 넌 죽었어! 확! 꼬셔버릴 거야-!"

비장한 결심이라도 한 듯 결의에 찬 목소리로 읊어대곤 다시 거실 바닥에 벌러덩 누웠다. 너무 소리를 질러 모든 에너지가 소진된 듯 힘이 빠졌다. 이런 기분은 은서만 느낀 게 아니었다.

령도 현희와 헤어져 집으로 오는 내내 그녀와 우빈의 모습이 자꾸만 떠올랐다.

"아니, 나 만나러 올 때는 매일 청바지만 입고 오면서 애인 만날 때는 그렇게 치장하고 다니나 보지? 아주 좋아서 입이 찢어지더라! 그리고 춤은 또 왜 그리 엉겨 붙어서 추는 거야? 촌스럽게. 그리고 뭐? 아우! 짜증 나!"

그는 불만스런 목소리로 투덜거렸다.

말싸움에서 들은 말로 불만이 가득하다 보니, 심술 섞인 말이 봇물 터지듯 터져 나왔다.

"지금이 몇 시냐? 짜증 나게 했으니까 데이트 못 하게 내가 방해한다. 너도 어디 짜증 좀 나봐라."

은서가 씻고 나오니 령에게서 문자가 와 있었다. 그녀는 게슴츠레한 눈으로 쳐다보며 콧방귀를 뀌었다.

-구토 10시.

"흥! 웃기고 있네."

어쩔까 하고 바라보던 그녀가 답을 보냈다.

-바빠요.

-안 오면 10병 추가.

-못 가요.

-후환이 두렵지 않나 보군.

심오한 표정으로 눈을 가늘게 뜬 은서는 휴대폰을 들여다보았다.

"영원히 응답 안 하는 수가 있다. 4가지!"

이러고 한참을 쳐다보다 은서가 홍! 하며 답을 줬다.

-간다! 가요, 가!

은서는 무슨 생각인지 화장대 앞에 앉아 정성껏 화장했다. 머리카락까지 정리한 후 옷장을 열어 하늘하늘한 원피스를 꺼내 들었다. 이리저리 대어보고는 흡족한 표정을 지었다. 그리고 가슴 부분의 단추 하나를 더 끌러놓았다.

"유은서, 꼬셔야 한다. 스마일~"

그녀는 거울을 보며 최면이라도 거는 것처럼 예쁘게 웃어 보였다.

"준비 완료! 화장은 연하게 됐고 옷은 보일 듯 말 듯…… 이게 더 미치는 거야. 너 어디 죽어봐라."

엉뚱한 은서는 결의에 찬 표정을 지었다. 소주를 한 병 챙기고 싱크대를 열어 라면도 하나 챙기더니 옆집으로 향했다. 한 손에는 소주, 한 손에는 라면을 들고 있는 그녀는 그의 집 현관문을 발로 툭툭 찼다. 하지만 기다려도 대꾸가 없자 이번에는 감정을 실어 힘껏 걸어찼다.

쾅! 쾅!

'후…… 참자, 최령.'

엘리베이터에서 내려 집으로 향하던 령은 그 모습을 보았다. 데이트를 방해하기 위해 거의 협박에 가까운 문자로 성사시킨 일이니 참아야 했다.

"아니, 안 온 거야?"

"왔습니다."

뒤에서 들리는 목소리에 그녀가 깜짝 놀라 돌아보았다. 눈이 마주치자 마치 아무 일도 없었다는 듯 둘은 웃어 보였다. 문을 열어준 그가 앞서 들어가는 은서의 뒷모습을 보았다.

"어디 나가시는 길이었습니까?"

"네. 오늘 외박할 기회가 있었는데 날아갔네요."

자신의 모습을 보고 저리 말하니 그녀는 인기 있는 척 튕겨야 했다.

"외박은 얌전하지 못하게."

그는 외박이란 말에 우빈과 연결 지었다.

"볼일이 있으면 외박할 수도 있는 거지 얌전은 무슨."

"또 한마디도 안 지지."

뽀로통한 표정으로 식탁 앞에 앉은 그녀가 술과 라면을 꺼내놓았다. 령이 술잔을 놓으며 그녀를 쳐다보았다.

"하다하다 이젠 안주가 라면? 오늘 것 무효!"

"갑자기 부르니까 그렇죠. 그럼 라면을 끓이면?"

은서가 애원하는 눈빛으로 바라보았다. 이러다가는 술병의 숫자는 줄어들지도 않을 것 같았다.

"배불러서 못 먹습니다."

사실 물으나 마나 한 말이었다. 얼마나 귀하고 맛있는 음식을 푸지게 먹고 왔는지. 지금 앞에다가 돈다발을 놓고 라면을 먹으라고 해도 못 먹을 판이었다.

"하긴, 저도 배불러서 지금은 라면이 안 당기네요."

결국 두 사람은 생라면을 씹었다. 은서는 라면을 씹는 령의 입술에 눈이 갔고, 그는 그녀의 앞섶에 눈이 갔다. 몸을 움직일 때마다 뭔가 보일 듯 말 듯 했다. 자신의 가슴 부분을 자꾸 보는 그를 보며 은서는 속으로 쾌재를 불렀다.

'그럼 그렇지. 누가 남자 아니랄까 봐.'

그녀가 새침한 표정을 지으며 입안에 있는 라면을 마저 씹어서 삼켰다.

"앞 단추 풀러졌습니다."

령은 더 이상 안 되겠다 싶어 손가락으로 단추를 가리켰다. 예상치 못한 그의 정직한 말에 그녀는 단추를 잠글 수밖에 없었다.

"이게 왜 자꾸 빠지지."

빠지긴, 일부러 끌러놓곤. 볼품없는 안주를 쳐다보다 령이 냉장고에서 매실 장아찌를 꺼내 왔다. 은서가 씽긋 웃으며 안주 삼아 입에 넣었다.

"이건 누가 해준 거예요?"

별 뜻 없이 그냥 물어본 말이었다.

"사랑하는 사람이."

하지만 이런 기분 나쁜 대답이 나왔다. 순간 현희를 떠올린 은서는 어쩔 수 없이 하나 집어 먹고는 령의 앞으로 슬며시 밀어놓았다.

"아…… 그래요? 맛…… 있네요."

갑자기 맛이 뚝 떨어졌다. 마음 같아선 그동안 먹었던 것을 다 토해내고 싶었다.

"많이 드십시오."

"저기…… 안주가 시원찮은데 나가서 뭐라도 사 올까요?"

여러 가지로 쌓인 게 많아 스트레스를 풀고 싶었다.

"뭘 사 오실 건데?"

"음…… 매운 닭발."

기분이 별로일 땐 매운 걸 먹어줘야 스트레스 푸는 데 도움이 되었다. 그래서 이 메뉴를 선택했다.

"닭발? 전 그런 거 안 먹습니다."

"그럼 오늘 한번 먹어봐요."

"싫습니다."

"먹을 만하거든요."

"배부르다며?"

"그럼 늦은 시간이라 무서우니까 같이 가요."

"됐습니다."

심술이 나서 데이트를 못 하게 부르긴 했는데 슬슬 귀찮아지기 시작했다.

"아니, 그럼 이 밤에 여자 혼자 가라는 거예요?"

"참 귀찮게 하네요."

두 사람은 어느덧 시장으로 향하고 있었다. 봄바람이 기분 좋은 상쾌함을 줬다. 은서의 하늘하늘한 원피스는 봄바람과 함께 살랑거렸다. 하지만 두 사람의 기분은 파티 때의 일을 생각하자 점점 꺼림칙해지기 시작했다. 사람의 심리가 이상했다. 상대방이 자기한테 전혀 관심 없다고 생각하니 더 신경 쓰였다. 령은 이상한 여자라고 생각되는 은서가 조금씩 신경 쓰이기 시작했고, 엉뚱한 그녀는 자존심 회복을 위해 노력 중이었다.

"이거 조금만 살까요?"

성격답게 엉뚱한 곳에 가서 뭔가를 산다고 했다.

"닭발 드신다며?"

"이것도 맛있어 보여서요. 아줌마! 이거 조금만 주세요."

은서는 부추전이 담긴 봉지를 들고 닭발집으로 갔다. 포장해달라더니 그 옆의 과일 집으로 가서 딸기도 한 팩 샀다. 배부르다며 뭘 이리 많이 사는 것인지. 령은 그저 지켜보기만 했다. 그녀는 필요한 만큼 샀는지 그를 향해 가자고 했다.

그런데 집으로 돌아오기 위해 어두운 골목을 지날 때였다. 은서가 뭔가 이상한 걸 발견했는지 그쪽으로 향하자, 령도 무슨 일인가 해서 쳐다보았다.

"뭡니까?"

"아니, 저 차가 좀 이상해서요."

"뭐가?"

그는 고개를 돌려보았다.

'차?…… 설마!'

령은 아차 싶어 은서가 가리키는 곳으로 뛰어갔다. 하나 이미 한발 늦었다.

'아…… 큰일 났다. 이 일을 어쩌지.'

왜 이럴까? 어두운 골목 한쪽에 세워져 있는 차가 흔들거리자, 이상하게 생각한 은서는 안을 유심히 들여다보았다.

"헉!"

순간 몸이 얼어붙는 것만 같았다. 놀란 탓에 그녀의 손에 힘이 풀리자 들고 있던 봉지가 바닥에 툭! 하고 떨어졌다.

사람들이 지나다니고 있는데 차 안에서 이게 가능해? 도저히 이해할 수도 없었지만 눈을 뗄 수도 없었다. 조수석의 의자는 완전히 눕혀져 있었다. 그리고 다리를 벌린 여자의 몸 위에서 바지만 내린 남자는 심취한 듯 허리를 움직였다. 그와 함께 차도 리듬을 타듯 움직였다. 입을 맞추며 남자의 머리카락을 움켜쥐고 있던 여자가 이상한 낌새를 느꼈는지 눈을 떴다.

"꺄악-!"

그 여자는 차 유리창에 얼굴을 바짝 대고 안을 들여다보는 은서를 발견한 후 기겁해서 소리를 질렀다. 은서 곁으로 다가오던 령은 차 안에서 터져 나오는 비명을 들었다. 그가 순식간에 그녀의 팔을 낚아채서 뛰었다. 끌려가듯 뒤따라 뛰던 그녀는 뒤를 돌아다보았다.

얼떨결에 령과 함께 달리다 어느 정도 그곳을 벗어나자 둘은 뛰는 걸 멈췄다. 그녀는 못마땅한 얼굴로 땅바닥만 보며 터덜터덜 걸었다.

"아니, 무슨 여자가 그리 눈치도 없습니까? 눈은 왜 달고 다닙니까? 눈은 보라고 있는 겁니다."

"……."

생긴 건 멀쩡하게 생겨서 눈치는 그야말로 젬병인 은서를 령은 야단치듯 나무랐다.

"의사가 된 게 참으로 용하네요."

"난 저런 모습이 펼쳐질 줄 생각지도 못했죠."

이런 데서 저러고 있을 줄 누가 상상이나 했나. 민망해지자 은서가 뒷짐을 지었다. 령의 잔소리를 들으며 그녀는 천천히 걸었다. 하지만 그는 다시 생각해봐도 그녀가 한심스러웠다.

"휴. 못살아……."

"못 살면 죽든가요. 저 때문에 못 살겠다고 하니 엄청 죄송스럽긴 한데요, 말리진 않겠습니다."

"뭐요? 정말……."

"그리고 눈은 보라고 있는 거라면서요? 그래서 봤어요. 그럼 잘한 거 아니에요?"

"하!"

령은 어처구니가 없어 탄식했다. 그 모습을 지켜보던 은서는 그제야 자신의 양손이 허전하단 걸 알았다.

"어머! 어떡해!"

갑자기 소리친 은서가 령을 향해 손을 흔들었다. 이건 또 뭘 뜻하는 건지. 하도 이상한 짓을 많이 하니 그는 그녀의 행동을 도통 짐작할 수가 없었다.

"또 왜요?"

"닭발이랑 양식."

어! 그러고 보니 정말 양손에 있어야 할 봉지들이 보이지 않았다.

"어쨌는데?"

"아까 저 흔들 차."

차가 있던 방향을 가리키자 령의 난감한 표정을 지었다. 다시 가자니 그것도 그렇고. 한번 민망하면 됐지, 두 번은 사양이었다.

"그냥 먹은 걸로 합시다."

"안 돼요. 얼른 갔다 올게요."

은서는 령의 말이 끝나기도 전에 무서운 속도로 달려갔다. 쌩하니 달려가니 정말 말릴 틈이 없었다.

"구토!"

그가 부르자 알았다는 표신지 손을 번쩍 들어 보였다. 은서는 머리카락을 휘날리며 뛰어갔다. 숨이 차게 뛰어가던 그녀는 저만치 차가 보이자 뛰던 걸 멈추고 빠른 걸음으로 걸어갔다. 차의 움직임이 없자 엎드려 자세를 낮추고 살금살금 기어갔다. 봉지가 있는 곳에 도착해 바닥에 떨어져 있는 걸 양손에 집어 들었다. 그 모습을 보고 있던 령은 자신도 모르게 중얼거렸다.

"저 여자 진짜 이상해. 하하하하."

그는 은서의 못 말리는 행동에 시원스럽게 웃음을 터트렸다. 앉은 상태로 조심스럽게 물러나던 그녀가 뒤에서 들리는 웃음소리에 쳐다보았다.

"쉿!"

조용히 하라며 봉지를 들고 일어서던 그녀는 남자의 등을 쓰다듬던 여자와 또다시 눈이 딱 마주쳤다.

"아아악-!"

은서는 다시금 들리는 비명에 냅다 뛰었다. 그는 뛰어오는 그녀의 짐을 받아 들더니 같이 달렸다.

"푸하하하하. 너무 재밌어요."

앞서 뛰어가는 령의 뒤를 쫓아 은서는 계속해서 뛰었다. 아~ 재밌어라. 이게 말로만 듣던 바로 그거구나. 킥킥킥.

늦은 밤 주택가란 걸 인지했기에 손으로 입을 가린 은서는 웃음을 참아내며 뒤를 돌아보는 령을 보았다.

"풍기문란이 재밌습니까?"

"한번 가서 봐봐요. 얼마나 스릴 있는데."

"작전 중에 숱하게 봤습니다."

령의 말에 은서가 놀란 듯 갑자기 멈춰 섰다.

"어머, 진짜? 어디 가면 많이 볼 수 있어요?"

내 원 참. 달밤에 달리기하는 것도 당황스러운데 뭐라는 건지…….

"시끄럽습니다."

"4가지 알려줘요. 나 이런 거 처음 봐요. 너무 재밌어."

"재미?"

령은 은서를 보며 작게 웃었다. 하지만 그녀는 좀 전의 일이 다시 떠오르자 뭔가 마음에 안 들었는지 인상을 썼다.

"그런데…… 생각했던 것보단 아름답지 못하네요."

"큭큭큭."

입술을 내밀며 일그러지는 표정에 령은 웃음이 나오고 말았다. 역시 예상을 뒤엎는 말이었다. 이러는 동안 파티장에서 혈압 올리며 싸운 일은 어느새 까마득히 잊어버리고 있었다.

한바탕 쇼를 한 둘은 아파트로 돌아왔다. 은서는 딸기를 씻으며 영화를 다운받아 달라 했고, 처음엔 싫다는 눈으로 보던 그가 마지못해 노트북을 만졌다. 그녀는 사온 음식들을 접시에 담아 테이블에 가져다 놓았다.

은서는 령의 옆으로 앉기 전 그의 눈치를 보며 단추 하나를 슬며시 끌러 놓았다. 남들보다 높은 자존감을 가진 은서였지만, 오늘만은 꼬시기 작전을 위해서 잠시 내려놓기로 했다. 두 번째 시도! 이래도 안 넘어오면 넌 남자도 아니다!

"무슨 영화예요?"

"늑대 소년. 보셨습니까?"

이번엔 큰 화면에서 볼 수 있도록 령이 TV에 연결해주었다.

"TV에서 예고편만 봤어요."

은서가 노트북 앞으로 다가앉자 그는 열어놓았던 베란다 문을 닫았다. 그녀가 춥지 않도록 자신도 모르는 사이 배려해주고 있었다. 화면을 보며 매운 닭발을 집어 먹던 은서는 꽤 매웠는지 눈물뿐 아니라 콧물도 흘렸다. 먹으면서도 입에선 불이 나는지 연신 혓바닥을 내밀었다.

"헤헤헤…… 매워라."

"아! 정말 더러워 죽겠네."

불난 혀를 내밀고 손으로 부채질하자 령은 티슈를 건네주었다. 주방으로 간 그는 냉장고에 있는 우유를 따라 왔다. 은서는 우유를 마시고도 부족한지 연신 혀를 날름거렸다. 나중에는 우유에 혀까지 담그자 령은 인상을 잔뜩 구겼다.

"아니, 다른 여자들은 남자 앞에서 이런 거 절대 안 먹는데."

보다 못해 한 소리 하고야 말았다.

"남자? 누가 남자예요?"

일부러 두리번거리자 그녀를 보던 령의 눈빛이 심하게 흔들렸다. 화가 났는지 자신의 손으로 가슴을 탁 쳤다. 여기 있잖아.

"아……."

그런데 은서의 반응이 신통치 않았다. 그냥 아…….

"그건 무슨 반응이죠?"

"남자라는 느낌이 안 들어서……."

남자로 봐주지 않는다? 뭐, 이런 무슨 황당한 경우가. 령은 지금껏 살면서 이런 소리는 처음 들었다.

"뭐!"

"아~ 매워라~"

슬슬 령의 자존심을 긁기 시작한 은서는 말과 행동으로 함께 공략했다.

매운 입을 달래주는 척 일부러 멀리 있는 과일을 집으려 몸을 일으켰다. 상체를 조금 숙이자 블라우스의 앞부분이 밑으로 벌어지며 가슴골이 살짝 보였다.

"노출증 있어요?"

"뭐예요?"

"볼 것도 없는데 왜 자꾸 보여주려 하냐고요. 눈만 버리게. 그렇게 보여주고 싶으면 옷을 확 벗어버리든지!"

"뭘? 뭘 벗어요? 이 사람이, 미쳤어요!"

은서는 자신의 옷을 움켜쥐더니 잽싸게 단추를 잠갔다. 에잇! 남자도 아닌 저놈한테 두 번 다신 이런 짓 안 하리. 은서를 슬슬 자극하던 령은 파르르 떠는 그녀에게 아예 쐐기를 박아버렸다.

"하긴, 입으나 벗으나 그게 그거겠지만."

령의 말에 은서는 앞에 있는 닭발 하나를 집어 들었다. 그러고는 령의 얼굴로 들이밀었다.

"이거 먹고 매워서 죽어볼래요?"

령은 삼지창처럼 생긴 시뻘건 닭발이 눈앞으로 다가오자 기겁하며 몸을 뒤로 젖혔다.

"치워!"

"남자가 닭발도 무서워하는 주제에."

"무서워하는 게 아니고 징그러워하는 겁니다."

"징그럽긴. 이게 얼마나 맛있는데. 자, 하나 먹어봐요."

애교작전으로 바꾼 은서가 다시 하나를 집어 그의 앞으로 내밀었다.

"저는 괜찮으니까 많이 드십시오."

"하나만 먹어봐요. 응?"

"안 먹어. 꼬시지 마~"

"헐~"

이런! 허술한 작전이라 벌써 들켜버린 것인가. 자존심 회복을 위해 령을 꼬시기 위한 은서의 작전은 자꾸만 실패를 했다.

"아이고, 미치겠네. 늙지도 않고 영원히 저러고 살아야 하잖아."

웃으며 보던 영화가 후반부로 가자 그녀는 끝내 대성통곡을 했다. 옆에서 함께 보던 령은 그녀를 향해 계속해서 휴지를 뽑아줬다. 이 여자 정말 독특하단 말이야. 저렇듯 속내를 감추지 않고 모두 표현하는 은서가 싫지만은 않았다. 한 편의 영화가 끝났을 뿐인데 너무 운 탓에 그녀는 맥없이 앉아 있었다.

"코믹으로 한 편 더 보시든지……."

"다음에요. 지금은 이 여운을 좀 더 느끼고 싶어요."

잡는 것 같아서 그녀는 슬쩍 거절해보았다.

"그럼 빨리 가세요. 나도 피곤해."

거절하면 뭐 하나. 씨도 안 먹히는데. 이런 령을 보며 그녀는 다음엔 어떻게 해야 하나 고민했다. 내일 소희네 가서 물어봐야지. 제발 우빈아, 나한테 도움 좀 주라. 강적을 만난 은서가 모든 작전에 실패하고 돌아가자, 령은 또 다시 설거지를 했다.

"저 구토. 골칫덩어리…… 귀찮아. 귀찮아."


"그동안 안녕하셨어요?"

다음 날, 은서는 우빈과 함께 소희네 집을 방문했다. 오랜만에 뵙는 소희 모친인 정란은 반갑게 맞아주며 은서의 손을 꼭 잡았다. 수능준비를 하던 당시 은서는 영민의 제자로부터 무료 과외를 받은 적이 있었다. 그 덕에 소희는 우빈과 함께 배웠다. 그러니 정란이 볼 때 은서는 소희의 은인인 셈이었다.

"그럼, 나야 항상 잘 지내지. 어서들 들어와."

우빈이 들고 온 과일바구니를 소희가 받아 들었다.

"너희 온다고 엄마가 맛있는 거 많이 했어."

"어머니 감사합니다. 역시 어머니밖에 없다니까요."

우빈이 살갑게 말하자 정란은 흐뭇한 표정으로 바라보았다. 그런데 은서를 보는 정란의 눈이 무얼 느꼈는지 웃고 있었다.

"얼레? 은서가 점점 더 예뻐지는 것이, 혹시 연애하니?"

"하고 싶네요."

간절한 희망 사항이었다.

"하고 싶으면 하면 되지. 우빈이도 있고."

"쿨럭!"

과일을 먹던 은서는 사레가 걸린 듯 기침을 했다. 어제 령과 있던 일을 우빈에게 묻기 위해 눈치를 보던 참이었다. 우빈이라면 무슨 방도라도 내놓을 터. 그렇지 않고선 령을 꼬실 자신이 없었다. 목석한테 육탄전을 벌이는 건 자존심이 허락하지 않았다. 어제는 정말 미친 척하고 한 거지 더 이상 할 짓은 아니었다. 또 그렇게까지 해서 갖고 싶은 남자도 아니었다. 그저 최령, 그 사람 때문에 찌지직 금 간 자존심만 회복하면 됐다.

"우빈아, 남자는 여자의 어떤 모습에 설레?"

그가 무슨 뜻이냐며 쳐다보자, 은서는 아무 일도 아닌 것처럼 과일을 집어 들었다.

"음…… 나는 비 오는 날 예쁜 옷 입고 우산 쓰고 가는 여자 보면 설레더라."

"비 오는 날? 그게 무슨 청승이야?"

추적추적 비는 내리지, 발은 비에 젖지, 가방에 우산까지. 혹시라도 우산이 뒤집혀봐. 에잇! 생각만 해도 싫었다.

"남자마다 취향이 다 다르니까, 딱 구분해서 그건 이거, 이렇게 얘기해줄 순 없어. 근데 그건 왜 묻는데?"

"그냥. 취향? 경기 일어난다."

그 시각, 령은 검찰청에서 온 급한 전화를 받고 출발했다. 연락을 받은 검사들이 하나둘씩 들어오자 박 검사는 브리핑을 위해 분주히 준비했다. 토막 사건의 용의자가 다른 범죄까지 자백하면서 연쇄살인범이 된 것이었다. 많은 사건을 접하면서 어느 정도 강심장이 된 검사들도 악랄한 범죄 앞에서는 치를 떨었다.

"여태 수사관 생활하면서 이번처럼 검시하기 싫었던 건 처음입니다."

모두의 표정이 굳어졌다.

"끔찍해. 한동안 입맛이 없을 거 같아……."

"두 분이 그러시면 저는 어떻게 본데요?"

신입 정 검사는 팀원들 표정에 겁부터 났다. 아직까진 심각한 사건을 맡지 않았기에 검시한 시신들은 온전한 상태였다. 그런데 이번 사건의 이야기를 듣다 보니 두렵다는 생각이 들었다. 끔찍하다는 말 따위로는 표현이 안될 것 같았다.

"하다 보면 다 돼요. 오히려 지켜주지 못한 죄스러움에 마음이 울컥해질 때도 있어요."

많은 뜻을 내포한 현희의 말에 모두 숙연해졌다.

"후……."

"정 검사님, 제가 동행해드릴게요. 자꾸 보셔야 담력도 생겨요."

한숨을 쉬며 말을 잇지 못하는 정 검사를 위해 그래도 경험이 많은 이 수사관이 인심을 썼다.

"친구가 좋긴 좋네요."

이렇듯 차츰 서로를 배려하며 팀워크가 형성되어갔고, 령은 사건으로 인해 검찰청에서 밤을 지새우며 일을 처리했다.

이런 상황을 전혀 모르는 은서는 다음 날 아침 령에게 등산 가자는 문자가 없자 난감해졌다. 지난번 산에 갔을 때 일요일마다 준비하고 있겠다고 말했었기에 연락을 할 줄 알았다. 전화를 할까 고민하다 꼭 매달리는 것 같아 그만두기로 했다. 그녀는 다시 침대 속으로 들어가 누웠다. 반듯하게 누운 자세로 천장을 멀뚱멀뚱 쳐다보더니 벌떡 일어나 앉았다. 그러더니 흐트러진 머리카락을 뒤로 쓸어 넘겨 한쪽 어깨로 가지런히 내렸다. 손가락으로 머리카락을 빙글빙글 돌리며 뭔가를 고민했다.

"결정!"

이 한마디를 외치고 욕실로 들어갔다. 얼마 후 등산복으로 갈아입고 거실로 나오더니 몇 가지 필요한 걸 배낭에 집어넣고 집을 나섰다.

"4가지 없어도 혼자서 갈 수 있어."

밤샘 일을 하고 아파트에 도착한 령은 은서가 등산복 차림으로 걸어가는 걸 보았다. 지난번에 많이 힘들어하기에 다시 등산은 안 할 거라고 생각했었다. 그런데 이렇게 다시 등산복을 차려입은 은서를 보니 그녀의 끈기에 일단은 합격점을 줬다. 다른 것도 아닌 장시간 수술을 대비해 체력을 기른다는 말이 떠올랐다. 범인 검거를 위해 틈나는 대로 몸을 단련시키던 자신의 모습이 떠올랐다.

사실 여자 혼자 등산 가는 건 위험이 따랐다. 어젯밤 사건의 용의자도 등산객을 성폭행한 뒤 죽였다고 했다. 그러다 보니 혼자 산을 오르는 은서를 령은 모른 척할 수가 없었다. 그의 얼굴 위로 고민스러운 표정이 어렸다. 그때, 벨 소리가 울렸다. 령이 휴대폰을 보니 시루의 이름이 떴다. 어떻게 해야하나.

"왜?"

[좀 반갑게 받아라.]

무미건조한 대답에 시루는 서운하게 말했다.

"무슨 일이십니까, 꼴통 변호사님?"

[수영장 가자.]

"너나 가, 게이 씨. 나 지금 어디 좀 가야 해."

[어디? 등산? 그럼 나도 같이 가자.]

시루의 말에 령은 휴대폰을 귀에서 떼고 쳐다보았다.

'아니, 이 녀석이 어떻게 알았대?'

[왜 대답이 없어?]

"다음에 같이 가자. 너까지 가서 떠들면 우리 입산 금지당하는 수가 있어."

은서 하나도 정신 사나워죽겠는데 시루까지? 생각할 것도 없이 그건 절대 사양이었다.

[너 혼자 가는 거 아냐?]

령은 차 문을 열고 배낭을 뒷좌석으로 던지는 은서를 보았다.

"무경험자 하나 데려가야 해. 일단 끊어."

은서가 차에 시동을 걸자 시루와 통화를 마친 그가 그녀에게 전화를 했다.

한편…….

"왜요?"

은서는 령의 전화를 안전벨트를 매고 뜸 들이다 받았다. 그녀는 달리 아는 곳이 없자 근처 가까운 산으로 가려 했던 참이었다.

[어디 가십니까?]

'어?'

자신이 어딜 간다는 걸 알고 있다는 것은, 보고 있다는 말이었다. 그녀는 주위를 두리번거렸다. 하지만 사람은 보이지 않고 낯익은 검은색 승용차 한

대만 보였다. 은서는 혹시나 해서 차 안을 살펴보았다. 그 안에는 령이 앉아 있었다. 자신이 있는 쪽을 바라보며 통화를 하는 모습에 그녀는 안 본 척 다시 앞을 보았다.

"등산요."

[혼자 가시는 겁니까?]

"네."

[20분만 기다려요.]

"싫어요. 혼자 갈 거예요."

일단은 튕겨보았다.

[그러시든지. 지난번에 하도 사정을 하셔서 같이 가주려고 했더니.]

역시나 통하지 않았다.

"그럼 얼른 옷 갈아입고 와요."

막상 혼자 가려니 아니다 싶어 그녀가 얼른 말을 바꿨다. 령이 차에서 내리는 걸 보고 그녀는 팔짱을 꼈다. 운전석 의자에 등을 기대고 차창 밖으로 보이는 아파트 화단을 바라보았다. 올망졸망 피어 있는 예쁜 꽃들이 보였다.

"그러고 보니 벚꽃 놀이도 한번 못 가보고 봄이 가네."

은서는 흘러내린 머리카락을 뒤로 넘겼다. 우빈처럼 계절을 타는지 자신의 마음도 살랑거린다는 걸 느꼈다. 이런저런 생각을 하던 은서는 령이 제 차로 걸어오는 모습이 보이자 차에서 내리려 했다. 하지만 그는 그녀의 차문을 열더니 뒷좌석에 배낭을 던졌다. 그리고는 조수석으로 몸을 실었다.

"오늘은 그쪽 차를 타고 갑시다."

"왜요?"

"어젯밤에 잠을 못 자서 운전하면 안 될 거 같아 그럽니다."

"뭘…… 하셨기에?"

안전벨트를 매는 령을 보며 은서의 뇌는 요상한 방향에 초점을 맞췄다.

"밤일. 가까운 산으로 갑시다."

'밤……!'

령이 현희랑 있었다고 은서는 또다시 착각했다. 서서히 차를 출발시키는 그녀는 살랑거렸던 마음이 꿀꿀해지는 걸 느꼈다. 뭘까, 이 기분은. 유혹하려 했는데 어째 힘들 것 같다는 생각이 불현듯 뇌리를 스치고 지나갔다.

출발한 지 얼마 지나지 않아 령은 잠이 들었다. 하지만 은서는 잠든 그가 안쓰러운 게 아니라 꼴도 보기 싫었다. 심술이 나자 잘 달리다가 뒤차를 힐끔 보았다. 끼이익! 그녀는 갑자기 급브레이크를 밟아버렸다.

"뭐야!"

잠들었던 령은 사고가 난 줄 알고 놀라서 일어났다. 자동차 주변을 살피며 그는 불안한 눈으로 그녀를 보았다.

"뭡니까? 사고 났어요?"

"별일 아니네요."

태연하게 출발하자 그는 팔짱을 끼더니 다시 눈을 감았다.

"잠 좀 자게 운전은 신중히."

은서는 사고 방지를 위해 아니꼬와도 참아주기로 했다.

두 시간 남짓 달려 도착한 은서는 차를 소요산 근처에 주차했다. 자는 령의 모습을 멍하니 바라보던 그녀는 그의 평온한 표정에서 아이 같은 모습을 발견했다. 평소엔 볼 수 없었던 모습이었다. 자는 령을 보며 은서의 눈이 생글거리며 웃었다.

'헤~ 이런 얼굴로 자는구나, 근데 눈만 뜨면 왜 4가지로 변하냐고?'

"다 보셨습니까?"

곤하게 자는 그를 정신없이 보던 은서는 들리는 말소리에 움찔하며 놀랐다.

'엄마야!'

그때였다. 눈을 뜬 그가 그녀의 팔을 잡아 자신 쪽으로 잡아당겼다. 무방비 상태로 있다 갑자기 은서는 령의 얼굴 가까이로 끌려갈 수밖에 없었다. 코앞에 있는 그의 얼굴로 인해 순간 긴장한 그녀는 침을 꼴깍 삼켰다. 몸을 빼려는 은서의 행동에 령의 입가에는 보일 듯 말 듯 한 미소가 걸렸다. 그가 그녀의 팔을 놓아주었다.

"가까이서 자세히 보라고."

"에잇! 4가지!"

당황하게 만드는 악마 같은 령의 행동에 은서가 느끼는 긴장감은 엄청났다. 뭔가 자꾸 놀림을 당하고 있는 기분이 들어 느낌이 좋지 않았다.

"그러게 왜 넋을 놓고 봐요."

즉각 반응하는 은서의 표정에 령은 작게 웃으며 쳐다보았다.

"누, 누가 봤다고 그래요. 하도 재수 없게 생겨서 째려봤거든요."

말은 이렇게 했지만, 령의 웃는 모습은 예술이었다. 가끔 이렇게 웃을 때면 여자보다 더 예쁘게 보였다. 이거 이렇게 생각하면 위험하다는 신호인데……. 은서가 눈을 껌벅거렸다.

"다른 여자들은 다들 좋다고 합니다."

"자뻑…… 작렬."

개뿔! 신호는 무슨? 재수 없음은 여전했다. 도대체 뭔 놈의 자신감이 저리 철철 넘치는지. 다시 봐도 확실히 재수 없었다.

"구토, 뭘 그리 멍 때립니까? 어서 갑시다."

어느 정도 올라가자 령은 그녀가 걱정됐는지 한 번씩 뒤돌아보았고, 그녀는 그녀 나름대로 열심히 뒤따라갔다.

"괜찮아요?"

오늘따라 그녀가 말도 없이 조용히 뒤따르자 그는 자신이 정한 금기를 자신이 깼다. 알은척 안 하기.

"네, 지난번보다는 좀 나아요."

"그럼 30분만 더 오르고 내려가도록 합시다."

"네."

간략하게 대답하며 따라가던 은서는 외박하고 온 그의 뒷모습에 마음이 갑갑해졌다. 왜지? 까? 그래서 심술을 부리고 싶었다. 갈림길이 나오자 그녀는 령과 반대 방향으로 향했고, 그는 그녀가 잘 따라오는 줄 알고 앞장서서 부지런히 걸어갔다. 웬만큼 올라간 후 걱정된 마음에 뒤돌아보던 령은 그대로 경직되고 말았다.

"없어?"

없다. 아무리 뒤를 봐도 은서가 없었다. 내려가는 사람 중에 비슷한 옷을 입은 사람도 없었다. 령은 눈앞이 캄캄해지며 눈빛이 심하게 흔들렸다.

"구토…… 유은서!"

사라지지 마. 내 눈에서 갑자기 사라지지 마. 그 누구도 차 선배처럼 사라지는 것은 용서치 않아.

령은 오던 길을 정신없이 내달리며 은서를 찾았다. 뛰어 내려가며 미처 피하지 못해 사람들과도 부딪쳤다. 잃을지 모른다는 무서운 생각이 들었다. 아무리 찾아도 은서의 모습이 보이지 않자 부딪친 사람에게 사과의 말도 못 할 정도로 그는 제정신이 아니었다.

'유은서! 어디 있어?'

**7장. 심장에 울리다**

'어? 뭐지?'

순간 은서의 심장이 욱신거렸다. 무엇이 통한 것일까. 애타게 찾는 령의 마음이 메아리가 되어 그녀의 심장에 부딪힌 것일까. 정상으로 올라가던 은서는 뒤를 돌아보았다. 모두 낯선 사람들뿐…… 한순간 두려움이 엄습했다. 무섭다. 더럭 겁이 난 그녀는 령을 향해 발걸음을 돌렸다.

한편 은서를 찾던 그는 갈림길이 나오자 혹시나 해서 그 길로 접어들었다.

"유은서!"

'어?'

자신을 부르는 령의 다급한 목소리가 들렸다.

"유은서!"

다시 그의 목소리가 들렸다. 은서는 미안한 생각에 뛰다시피 내려갔지만, 경사가 심해 그것마저도 쉽지 않았다.

"4가지! 여기요!"

은서의 목소리에 령이 발걸음을 멈췄다.

"유은서!"

"여기예요!"

은서의 목소리를 확인한 령은 그녀를 향해 갔고, 그녀는 미안한 마음에 서두르다 어느 순간 서로를 발견했다. 찾았다!

"그거 하나 제대로 못 따라옵니까!"

그는 걱정됐던 마음에 소리부터 버럭 질러버렸다. 화를 내니 목소리가 쩌렁쩌렁하게 울려 퍼졌다.

"미안…… 해요."

"……."

미안하다고 말하는 은서의 모습에 그는 더 이상 화를 낼 수가 없었다. 그녀는 화가 난 령의 표정을 보자 자신이 잘못한 것을 깨달았다. 현실적으로 생각해보면 령이 연인과 지내는 건 당연한 일인데 무슨 자격으로 심통을 냈는지. 괜히 그를 놀라게 한 것 같아 진심으로 미안했다.

"다시 사과할게요. 미안해요."

은서는 이런저런 생각을 하며 산을 내려갔다. 령은 축 처져 내려가는 은서의 뒤를 말없이 따라갔다. 지금껏 그녀가 산을 오르며 자신의 뒷모습을 이렇게 보고 왔을 거란 생각에 미안한 마음이 생겼다. 그래서 그는 은서 옆으로 성큼 다가갔다. 이제는 따라가는 것이 아니라 함께 가고 있었다. 동행이었다.

"괜찮습니까?"

어느 정도 진정되고 나니 소리 지른 게 미안했다.

"……."

심지어 늘 조잘거리던 그녀가 말이 없자 불안해졌다. 거의 다 내려오자 령은 은서의 소맷귀를 잡고 다른 쪽으로 걸어갔다. 또다시 깬 금기. 엉겨 붙지 않기! 은서는 령이 이끄는 대로 순순히 따라 걸었다. 그가 은서를 데리고 도착한 곳은 식당이었다. 어색한 분위기와는 달리 은서는 속으로 웃고 있었다. 자신에게 미안해 절절매는 령을 보니 그동안 계속 당한 것을 갚아줬다는 생각에 아주 조금은 통쾌했다.

'헤~ 이런 식으로 꼬시면 되겠구나. 킥킥킥.'

은서의 생각을 전혀 모르는 령은 그녀에게 식사를 권했고, 그녀는 못 이기는 척 제일 비싼 메뉴를 주문했다. 그런데 은서가 웃음을 참고 있는 모습이 그의 눈에 잡혔다. 감성엔 약해도 이성엔 강한 남자. 그는 검사였다!

"각자 계산."

"헐~"

성공이 아닌 은서의 착각이었다. 둘은 후식으로 커피까지 마셨다. 령이 같이 계산하려 하자 자존심이 상한 은서가 안 얻어먹는다며 보란 듯이 카드를 내밀었다. 그는 그녀의 행동에 어깨를 으쓱하더니 바로 식당 문을 열고 나갔다.

집으로 가는 길. 다시금 정신없이 자는 모습에 령은 여전히 그녀를 이해할 수가 없었다.

"이 여자, 정말 뭐냐?"

어찌 이리 무방비로 지내는지. 긴장도 안 하고 할 말 다 하고, 먹을 거 다 먹고. 여자로서는 흔히 볼 수 없는 캐릭터였다.

"하암."

그녀의 자는 모습에 그도 하품이 나왔다. 운전을 하던 령이 라디오를 켰다. 볼륨을 줄이고 그녀를 쳐다보니 곤히 자는 모습에 웃음이 나왔다.

그래, 병원 일이 바쁘고 힘들어서 그런 거 같으니 너그러이 이해해주자. 그리고 산에서 별일 없었으니 그게 얼마나 다행인지. 고속도로를 미끄러지듯 달리는 자동차 안. 그는 말없이 앞만 보았다. 은서는 잠결에 눈을 떴다가 어렴풋이 보이는 령의 모습을 확인하고는 다시 잠으로 빠져들었다.

얼마를 더 잤을까. 이상한 느낌에 눈을 뜬 그녀는 핸들에 몸을 기댄 채 자신을 쳐다보고 있는 령을 발견했다.

"너무 넋 놓고 보시네요."

은서는 태연히 눈을 감으며 오전에 들었던 말을 되돌려줬다. 하지만 그게 아니었다. 령은 은서가 자고 있으니 깨우기도 그렇고, 그냥 두자니 그것도 그렇고. 이러지도 저러지도 못해 쳐다볼 때 그녀가 눈을 뜬 것이었다. 빼도 박도 못 하는 절묘한 타이밍이었을 뿐, 보려고 해서 본 게 아니었다. 하지만 기가 막힌 우연에 이상한 오해를 만들게 생겼다.

"침이나 닦아요. 하도 침을 질질 흘리고 자서 차가 침수될까 봐 지켜본 겁니다."

당황한 은서가 손으로 입가를 닦았지만 뽀송뽀송했다.

"에잇! 4가지."

"날이 더워서 그새 다 말랐나."

"여긴?"

차에서 내리는 령의 모습에 은서가 앞을 보니 아파트였다.

"먼저 올라갑니다."

"오늘 고생하셨어요. 일찍 쉬세요."

그녀는 오는 내내 차 안에서 잠만 자고 온 게 조금, 아니 많이 미안한 생각이 들었다.


다시 일상으로 돌아온 은서는 여느 때와 같이 병원 일에 매달렸고, 령은 여러 가지 공판 지시로 정신없는 하루를 보냈다. 오전 공판이 끝나자 오후 공판을 위한 회의. 성과 없는 공판은 하나 마나였다.

"여중생 성폭행 사건은 피해자의 신분이 밝혀지지 않게 최대한 비밀 유

지하고, 철저히 조사해서 억울함 없이 해결되도록 신경 써주시기 바랍니다."

재판 중 가장 신경 쓰고 있는 사건이었다.

"그러고 있습니다."

담당하고 있는 강 검사의 말에 이 수사관이 파일을 하나 건네줬다.

"벌써 시작된 것 같아 조금 걱정입니다만."

모두 이 수사관의 말에 한숨부터 나왔다.

"네티즌들이 신상털기하면 막기 힘든 건 사실입니다. 그래도 막아봅시다. 이미 다 털린 뒤 유포자를 잡으면 뭐 합니까. 상처 받은 피해자는 2차, 3차 또다시 상처를 받습니다."

"최선을 다해보겠습니다."

령의 지시에 강 검사는 자신 있게 대답은 했지만, 표정은 어두웠다. 그는 보호해야 할 어린 싹을 잘라놓은 어른으로 인해 고통 받는 아이가 안타까웠다. 이런 사건을 맡을 때마다 분노가 느껴졌다. 보호하고 지켜줘야 할 봉사의 손. 나는 과연 잘하고 있을까…….

"Prosecution Service! 국민에 대해 봉사한다. 맞죠?"

"맞습니다. 어떻게 아셨습니까?"

"그날…… 응급실에 온 날 배지를 봤어요."

"그럼 제 손은 봉사하는 손이란 말입니까?"

"뭐, 나쁘진 않네요. 지켜주는 손도 괜찮고."

"지켜준다…….''

은서의 말이 생각났다.

"다음은 보험금 살인 사건."

단순 과실치사로 인한 실족사인 줄 알았던 사건이 공판 중에 추가조사를 하며 등산을 위장한 살인일 거란 단서가 나왔다. 돈 때문에 아내를 교살하는 남편. 남편을 청부 살해하는 아내. 천륜을 거스르는 자식. 자식을 학대하는 부모. 사랑이 있다면 이 모든 것은 불가능한 일이다.

　"다음 공판까지 증인으로 지목된 전상수 씨를 찾지 못하면 과실치사로 끝날 수도 있습니다."

　"안 되면 경찰 도움을 더 받아서라도 빨리 수배토록 조치하겠습니다."

　장 수사관은 사건의 심각성을 알기에 주저 없이 대답했다. 숨고자 하는 범인을 찾기란 그리 쉽지가 않았다. 하지만 과실치사와 살인은 죄질부터 다르기에 반드시 가려내야만 했다.

　"억울하게 죽은 피해자를 위해서 법의 심판이 꼭 필요해요."

　현희는 검사를 떠나 여자의 입장에서 먼저 생각하니 화가 났다.

　똑똑똑.

　노크 소리에 회의가 잠시 중단되었다. 령은 부장급 긴급회의가 있다는 연락을 받고 회의를 마치자며 사무실을 나갔다. 피곤함에 누군가는 눈을 비비고, 누군가는 의자에 몸을 기대며 머리를 뒤로 젖혔다. 새벽부터 불려 나와 아침엔 토스트, 점심은 자장면, 그리고 막간엔 커피. 커피. 커피…… 대부분의 검사들이 그러고들 있었다.

　"나이가 어리다고 무시할 게 아냐. 이야기 나눌 적마다 실수한 게 없나 하고 신경 쓰인다니까."

　파일을 정리하는 베테랑 박 검사의 말에 공감한다는 듯 강 검사가 입을 열었다.

　"저 나이에 부장 검사가 될 정도라면 보통 실력은 아니라는 걸 눈치챘지만 역시 꼼꼼해."

　"꼼꼼하기도 하지만 보기와는 다르게 자상한 면도 있더라고요. 지난번 우리 입원했을 때 퇴근길에 꼭 들리고 퇴원할 때 다 돌봐주고."

정 검사의 말에 모두 고개를 끄덕이자, 같은 병실에 있었던 이 수사관이 아는 척을 했다.

"그건 맞아. 다른 부장 검사들은 얼굴 한번 빠끔히 내밀면 그만이었는데."

관례가 그랬다. 예의상 들러주는 것. 모두 령을 칭찬하는 말에 현희는 기분이 좋아졌다. 그래서 정의를 내렸다.

"어려도 부장은 잘 만난 거 같죠?"

고개를 끄덕이는 모두의 입가에 미소가 번졌다.

부장 검사 최령…… 무뚝뚝하고 말은 없어도 가슴으로 움직이는 남자. 겪어보지 않으면 차가운 모습에 따뜻한 마음이 묻혀버리는 남자. 굳게 다문 입과 서늘한 눈빛 속에 정이 있음을 알기에 어느새 모두 그를 인정하기 시작했다.


수술실로 들어가기 위해 머리를 질끈 묶은 은서는 손 세척에 몰두하고 있었다. 닦고, 닦고 또 닦고 또 닦았다.

"소희야, 내일은 수술스케줄이 없는 거 같던데."

"그건 내일 가봐야 아는 거야. 응급환자가 들어오면 또 달라지니."

사람의 명(命)은 알다가도 모를 일이었다. 오늘 아침 멀쩡히 집을 나선 사람이 주검으로 돌아왔을 때 가족들은 얼마나 황망할까. 또 떠나는 사람은 두고 가는 가족 걱정에 눈이 감겼을까.

"이러다 연애 한 번 못 해보고 꼬부랑 할머니 되면 어쩌니?"

"은서 너 연애하고 싶어?"

"당연하지. 우리 나이도 이제 적지 않아. 벌써 스물아홉이야."

가는 이십 대와 오는 삼십 대로 허탈했다. 청춘의 상징인 이십 대는 은서가 원치 않아도 어김없이 가고 있었다. 다시 오지 않는 꽃다운 나이. 훗날 너는 그 나이에 뭐 했느냐고 누군가 물어본다면…….

"스물아홉이라……."

소희도 심란한지 입속으로 되뇌었다.

"20대 마지막 숫자라 그런가? 왜 이리 서글프게 들리니."

"그럼 이참에 기분 전환으로 우리도 미팅이나 해볼까?"

"됐네요. 소개팅도 아니고 미팅은 무슨 미팅."

은서는 '제발 저 좀 찍어주세요.' 하고 얌전히 앉아 있는 모습을 상상하며 수술실로 발길을 돌렸다. 그런 건 체질상 안 맞았다.

그 시각, 이런 은서의 생각을 전혀 모르는 선영은 친구들에게 전화를 돌려 선 자리를 알아보느라 바빴다. 옆에서 그 모습을 보는 영민은 왠지 못마땅한 눈치였다. 오랜만에 가진 모임에서 친구들은 은서가 의사까지 됐다고 부러워했지만, 어째 아직까지 만나는 사람 하나 없냐는 말로 눈치를 줬던 게 못내 마음에 걸렸다. 잘난 사윗감 맞아들여 실컷 자랑해보고 싶은 엄마의 마음이 묘한 경쟁 심리로 작용한 것이다. 친구들 말처럼 무릇 뭐든지 때가 있는 법이라니 더 이상은 저대로 두고 보면 안 될 듯싶었다.

"그래, 우리 딸 잘 알잖아, 한번 좋은 자리 있나 알아봐 줘. 그래…… 응…… 고마워."

다시 전화번호부를 뒤지는 선영의 모습에 영민은 굳은 표정으로 전화번호부를 뺏어 들었다.

"그만해. 어련히 알아서 잘할 텐데 이렇게까지 할 필요가 있어?"

시집 못 보내 안달 난 선영의 모습에 영민은 기어이 속내를 내보이고 말았다.

"뭘 알아서 해요. 애가 연애할 생각은 아예 하지도 않는데."

"조금만 더 기다려보자고."

"무슨 말인지 알았으니 그거나 어서 줘요."

마지못해 전화번호부를 건네준 영민은 선영의 손에 들려 있던 전화기를 가져갔다.

"최 선생한테 전화나 해볼까?"

"하여튼 전화 못 하게 하려는 저 심술."

"심술이라니? 지난번 만난 후로 어찌 지내고 있을지 궁금해서 그러는 거지."


"구토! 퇴근 시간이 훨씬 지났는데도 이젠 무시한다, 이거지…… 그놈이랑 데이트하나? 아니면 외박?"

령이 은서에게 메시지를 보냈으나, 그녀는 수술로 인해 확인하질 못했다. 답이 없는 휴대폰을 틈틈이 쳐다보며 령은 상상의 나래를 펼쳤다.

띵- 동.

그때 초인종 소리가 울렸다.

"왔나?"

은서인 줄 알고 비디오폰을 확인하니 시루였다.

"왜 왔어?"

령은 문을 열어주며 이 말만 했을 뿐인데 시루가 갑자기 그를 덥석 안았다.

"자기가 보고 싶어서~"

"윽! 이거 뭐야!"

할 땐 몰랐는데 당하는 입장이 되니 령은 소름 돋았다.

"엄마, 빨리 나와."

"알았어. 넘어지니까 뛰지 마!"

이유는 이것이었다. 초인종을 누르고 서 있던 시루가 옆집 현관문을 열고

서 있는 꼬마를 보았다. 그래서 수영장에서의 복수를 다짐하며 회심의 미소를 지었다. 그리고 문이 열리자마자 령을 안았다. '꼬마야, 여기 좀 봐라.' 하는 메시지를 담아 일부러 크게 말하는 센스까지 발휘하며.

"나야, 시루~ 많이 기다렸어~"

"기다리긴 뭘 기다려! 갑자기 왜 이래? 이거 놓고 말해!"

령도 모녀의 목소리를 들었기에 자신을 안고 있는 시루의 행동이 위험하다고 느꼈다.

"야! 야! 꼴통! 비켜봐!"

시루로 인해 괜한 오해를 만들까 싶어 현관문을 닫으려 하니, 이미 눈치챈 시루가 힘으로 찍어 눌렀다.

"싫다니까. 우리 이대로 사랑하게 해주세요."

"이런 미친놈!"

시루야 뒷모습만 보이니 상관없지만 령은 문 쪽을 바라보고 있어 얼굴이 그대로 노출되는 아주 난감한 상황이었다. 더군다나 지금 이 아파트에 살고 있다 보니 사태의 심각성이 바로 와 닿았다.

"야! 꼴통 이거 안 놔!"

"못 놔!"

령이 시루의 팔을 풀려 하자 그는 더 힘을 주며 버텼다. 그러다 보니 남들이 볼 땐 더 위험한 그림이 되어버렸다.

"이런!"

"너 내가 이 아파트에서 얼굴도 못 들게 할 거야!"

시루는 수영장에서 당한 복수로 이를 갈며 말했다. 한술 더 떠 령의 턱을 잡고 입을 맞추려는 시늉까지 했다.

"엄마! 이 아저씨들 뽀뽀하려고 해. 빨리 와봐!"

복도를 지나가던 꼬마가 둘의 모습을 보고 제 엄마를 불렀다. 작전대로 돌아간다는 생각에 시루는 령을 보고 혓바닥을 쏙 내밀며 약을 올렸다.

"야! 꼴통, 빨리 안 놔-!"

"자기야~ 달콤한 내 입술을 부디 거부하지 마~"

이러면서 입술을 내밀고 시루가 다가오자 령은 있는 대로 상체를 빼서 피했다. 들리는 소리에 더는 안 되겠다 싶었는지 시루의 허리춤을 잡았다. 지체할 수 없는 탓에 번쩍 들어 그대로 안으로 향했다.

"야! 이러면 반칙이지! 내가 당한 게 얼만데!"

"반칙은 무슨 반칙!"

안으로 들어오자마자 령은 현관문을 닫아버렸다. 시루는 시시해졌는지 령을 안고 있던 팔을 풀고는 자신도 소름 돋은 몸을 털었다.

"왜 그래, 무슨 일인데? 누가 뽀뽀를 해? 거짓말하면 나쁜 어린이라고 했지."

"거짓말 아닌데……. 여기서 아저씨 둘이 진짜 뽀뽀하려고 했는데."

억울한 마음에 울먹이는 아이의 말소리를 들으며 령은 안도의 한숨을 내쉬었다. 시루는 헝클어진 앞머리를 쓸어 넘기며 거실로 향했다.

"이러면 재미없는데. 들켰어야 제맛인데."

"저 꼴통! 골칫덩어리!"

"조금만 견뎠어도 제대로 복수하는 건데. 누가 들고 들어올 줄 알았나? 진짜 아쉽다."

"후……."

사고뭉치 시루 때문에 령의 등골이 오싹해질 때, 은서는 커피를 마시려고 자판기로 갔다. 그녀는 한 과장이 응급실 쪽으로 뛰는 걸 보았다. 저분이 저리 급히 움직인다는 건 응급환자가 들어왔다는 말이나 다름없었다.

"과장님-!"

은서가 한 과장 뒤를 쫓아 응급실에 도착하니 이미 환자는 어레스트 상태였다. 남자 인턴 서너 명이 돌아가면서 심폐소생술을 시행했는지 이마엔 땀이 송골송골 맺혀 있었다.

"비켜-!"

전기 충격기가 환자의 몸에 닿았다가 떨어지자 환자의 상체가 들썩였다. 그리고 다시 한 번 충격이 가해졌다. 삐…… 삐…… 삐…… 삐……. 이제 안정을 찾았는지 규칙적으로 들리는 기계음에 모두 안도의 숨을 내쉬며 땀을 닦아냈다. 몇 번의 전기 충격으로 멈췄던 심장 소리가 이렇게 돌아올 때마다 은서는 희망이란 걸 느꼈다.

"지금 바로 수술실로 올린다. 유은서 따라와!"

"네!"

촌각을 다투는 일인지라 은서는 환자의 침대를 밀고 수술실로 향했다. 오늘 밤 그녀는 한 과장과 함께 생명을 살리고자 힘든 시간을 보내야 했다.

"과장님, 혈압이 떨어지고 있습니다!"

수술이 한창 이뤄질 때 어딘가 혈관이 터졌다.

"혈액 공급! 빨리 짜서 넣어!"

혈액이 담겨 있는 팩을 주무르자 많은 양의 피가 수술 중인 환자의 몸속으로 들어갔다.

"봉합할 자리 찾았다. 석션!"

긴박했던 수술을 마치고 은서가 수술 방을 나올 때는 이미 새벽이 오는 시간이었다. 피곤함보다는 살렸다는 생각에 그녀의 입가에 옅은 미소가 생겼다.

-구토 9시.

수술복을 갈아입으려다 휴대폰을 확인하곤 표정이 일그러질 수밖에 없었다.

-안 온다, 이거지……. 한 시간마다 한 병씩 추가.

"4가지 양반, 수술 중에 어떻게 연락하냐고? 한 시간마다 한 병씩이면 그럼……."

대충 계산해보려 하다 가늠이 안 돼 손가락을 고부리며 세어보았다.

"여덟…… 병. 젠장!"

손목시계를 보니 아침 회진까진 시간이 있었다. 서둘러 옷을 갈아입고 집으로 가 소주 한 병과 김 한 봉을 들고 령이네 집 초인종을 눌렀다.

띵- 동.

'5시……. 누구지?'

초인종 소리에 령이 시계를 보니 너무 이른 시간이었다. 은서는 문이 안 열리자 다시 초인종을 눌렀다. 비디오폰으로 그녀의 얼굴을 보고 있는 령은 열어줄까 말까 계속 망설이고 있었다. 어찌해야 되나 이 황당하고 황당한 시간을…… 지금은 새벽 다섯 시다.

안에서 보고 있는 줄도 모르고 은서는 문 앞에서 원맨쇼를 하며 목운동을 했다. 이번에는 스트레칭을 하려는지 두 손을 깍지 껴서 머리 위로 올렸다. 그것도 잠시, 피곤함에서 나오는 하품 때문에 손으로 입을 가렸다. 안을 들여다보는 듯 비디오폰으로 얼굴이 다가오더니 사라졌다. 은서의 모습이 사라지자 령은 현관문을 열어놓고 안으로 들어갔다.

"왜 이렇게 늦게 열어요?"

한숨 자려고 집으로 향하던 은서는 열리는 문소리에 뾰로통한 표정이 됐다.

"무슨 일로 이 새벽에 저희 집엘 오신 겁니까?"

협박하듯 문자 하고 이렇게 말하다니.

"좀 전에 톡을 확인했어요. 어제 밤새 응급 환자 수술이 있어서 못 봤어요."

"그럼 그런 일이 있다고 답을 보내면 되지, 그 정도도 제가 이해 못 하는 사람으로 보이십니까?"

"네."

은서는 한 치의 망설임 없이 대답했다.

"……."

그녀가 살금살금 식탁으로 가서 앉자 그도 주방으로 왔다.

"그럼 추가 벌칙 안 해도 되는 거죠?"

그녀는 약속을 못 지킨 이유가 확실하니 분명하게 짚고 넘어가기로 했다.

"안 하려고 했는데 아침잠 깨운 괘씸죄로 추가하겠습니다."

그는 융통성이라곤 하나도 없었다.

"그런 게 어디 있어요. 정당한 이유가 있잖아요."

"전 일단 씻어야겠으니 그쪽은 가든지 말든지 알아서 해요."

"그럼 일단 씻고 나와서 얘기하죠."

령은 피곤했다. 어젯밤에 시루는 늦게 갔지, 은서는 새벽부터 왔지. 두 골 칫덩어리로 정신을 차리고자 욕실로 들어갔다.

그녀는 기다리기 위해 소파로 가서 앉았다. 하지만 그것도 잠시, 밀려오는 피곤함에 연이어 하품이 나오자 앉았던 몸이 조금씩 편안한 자세로 바뀌었다. 어느새 자신의 몸이 소파에 누워져 버렸다. 그녀는 다시 하품을 하며 저절로 감기는 눈을 억지로 떴다. 하지만 아무리 애써도 자꾸만 눈이 감겼다. 아…… 편안했다. 천근처럼 무거웠던 몸이 푹신한 소파 바닥에 닿자 이렇게 편안할 수가 없었다. 긴장감으로 굳어 있던 온몸이 스르르 풀리는 기분이었다.

솨 ⊠ 아아아…….

어렴풋이 들리던 물줄기 소리가 어느 순간 아득…… 아득…… 아……득…… 해졌다.

그가 씻고 나오자 집 안 가득 커피 향이 풍겼다. 령은 주방이 비어 있자 은서가 돌아간 줄 알았다. 머리카락의 물기를 툭툭 털며 침실로 향하다 소파에 누워 있는 은서를 발견했다.

"뭐야?"

가까이 다가가 보니 그녀는 자고 있었다.

"이 여자 정말로 나를 남자로 안 보는 건가?"

좋고 싫은 걸 떠나 자신을 남자로 안 보는 태도에 기분이 묘해졌다. 일단은 그냥 두고 침실로 들어갔다. 령은 신문을 보며 토스트와 커피로 간단하게 아침 식사를 했다. 일찍 검찰청으로 가기 위해 옷을 갈아입고 나가려다 은서의 자는 모습을 쳐다보았다. 어쩔까. 이 여자를 어찌해야 할까. 잠시 고민을 하다 곤히 자고 있으니 그냥 두기로 했다. 그러고는 메모지에 무언가를 쓴 후 담요를 가져다 덮어주곤 집을 나섰다.

일찍 출근한 령은 검사 사무실을 들러 사건 기록 내용을 보며 하루 일과를 시작했다. 그 뒤, 무방비 상태로 출근했던 검사들은 령이 메모해놓고 간 내용들을 파악해야만 했다.

"잠도 없나? 도깨비 같아. 대체 언제 다 파악한 거야?"

강 검사가 령이 본 파일을 훑어보자, 같은 사무실에 있는 정 검사도 파일을 찾았다.

"정신 바짝 차려야지, 대충 했다간 날벼락 맞게 생겼습니다."

대충은 없다는 걸 누구보다도 잘 아는 검사들이지만, 철저한 령의 성격엔 부족함을 직감했다.

"법무장관도 전례가 없다고 한 걸 대통령이 조목조목 이유를 대서 부장 검사로 특진시킨 사람이야. 뭐, 검찰총장도 한몫 거들었지만."

"정말요? 자세히 좀 말해줘요."

"시간 나면 얘기해줄게. 어서 서류나 봐."

정 검사는 령이 메모해놓은 파일을 열어보았다.

"이거 추가조사 좀 해줘."

정 검사가 건네주는 서류를 이 수사관이 건네받았다.

"이 상황 수사하면서 좀 찝찝했었는데……."

"안녕들 하세요!"

장 수사관이 인사를 하며 들어오자 모두 쳐다만 보곤 다시 서류를 보았다.

"뭐예요? 무슨 일 있어요? 왜들 그래요?"

한편, 그의 집에 혼자 남겨졌던 은서는 잠결에 눈을 떴다. 벌떡 일어나 시계를 보니 이미 회진은 물 건너갔다.

"미쳤나 봐. 왜 자꾸 여기서 잔데?"

자신도 이해를 못 하겠는지 머리를 헝클였다. 그런데 급하게 일어나 나가려다 테이블 위에 있는 메모지를 보았다.


**<한 번만 더 제집에서 자면 그땐 가만 안 둡니다.>**


까칠하게 써놓은 메모를 본 은서는 옆의 펜을 들었다. 뭐라고 휘갈겨 적더니 령의 집을 나서서 그야말로 헐레벌떡 병원으로 왔다. 수술 스케줄이 없었으니 망정이지. 은서는 우빈이 건네주는 커피를 마시며 수술 환자의 상태를 들었다.

며칠간의 과로로 인해 그녀의 체력은 거의 한계에 다다랐다. 옆자리에 앉는 소희 역시 소금을 뒤집어쓴 고등어처럼 절어 있었다. 그만큼 소희의 모습도 몰골이 말이 아니라는 뜻이었다.

"은서야, 나 요즘 너무 피곤해. 죽을 것 같아."

"나도 그래. 내일은 토요일이니 오전 진료 끝나면 난 잠수 탄다."

"우리가 잠수가 어디 있어? 호출 오면 나와야지."

의사가 되면 돈도 많이 벌고 좋을 줄 알았는데, 이건 바빠서 돈을 쓸 시간이 없었다.

"현실이 싫다."

쇼핑도 못 하고, 잠도 못 자고……. 하루 종일 다람쥐 쳇바퀴 돌듯 병원 바닥만 뱅뱅 돌아야 하는 현실. 하지만 현실은 현실이었다. 은서는 한 과장이 실행했던 수술 장면을 떠올리며 눈을 반짝였다.

"어제 한 과장님 순발력 정말 대단하더라. 난 그런 걸 배울 때가 가장 짜릿해."

"대단하신 분이지."

우빈도 인정하는지 고개를 끄덕였다.

"근데 은서 너는 수술 끝나고 집에 갔다 왔어? 회진시간 다 돼서 당직실 가니 없더라."

"어…… 일이 있어서. 과장님이 뭐라 안 하셨어?"

중요한 문제는 이것이었다.

"너는 무한 신뢰하시잖니. 과장님도 피곤하신지 신경도 안 쓰더라고."

"다행이다."

메시지만 안 왔어도. 4가지 집에만 안 갔어도. 소파에서 잠만 안 잤어도. 에잇! 하여튼 그 인간 만나고 매일이 피곤해.


은서가 짜증 내는 줄 모르는 령은 하루를 마감한 후 퇴근하려고 겉옷을 입고 있었다. 매일같이 파일에 파묻혀 보고받고, 회의하고, 지시 내리고, 공판하고 이게 하루의 일과였다. 이웃집의 그 여자를 만나기 전까진. 가끔 동기들 만나 모임하고 휴일엔 산에 가고 시간 날 때마다 몸을 단련시키고 거의 매일 반복되는 단조로운 삶을 살았다. 이웃집 이상한 그 여자를 만나기 전까진. 그도 은서 못지않게 그녀가 못마땅했다.

"최령, 가려고? 나랑 술 한잔하고 가지."

여자로서 유일하게 친구로 남아 있는 현희가 어느새 겉옷을 입고 사무실로 들어왔다.

"안 될 것 같아. 일이 좀 있어서 다음에 하자."

"그래. 그럼 어쩔 수 없고."

"먼저 간다."

집으로 향하던 길에 신호를 기다리던 령은 떡볶이 가게에서 우빈과 함께 있는 은서의 모습을 보았다.

"참…… 길가에서 저런 데이트라니. 청승이다."

신호가 바뀌고 스쳐 지나가는 동안 환하게 웃는 은서의 모습을 보았다.

집에 온 령은 소파 위에 가지런히 개어져 있는 담요를 보곤 테이블 위에 있는 메모지를 확인했다.

**\<sorry. 근데 가만 안 두면 어떻게 하실 건데요?\>**

"어떻게 할까?"

메모의 답을 쳐다보며 곰곰이 생각한 그는 휴대폰을 꺼내 은서에게 메시지를 보냈다.

-구토 9시.

-바빠서 안 돼요.

바쁘다고? 데이트하려면 바쁘겠지. 그래서 방해하고 싶었다. 자신한테 이런 심술이 있었다니. 낯선 감정들이 모두 은서로 인해 표출되고 있다는 걸 령도 처음 알았다.

-안 오면 10병 추가.

-저한테서 소주 뜯어내 장사하실 일 있으세요?

216

령은 메시지를 보내며 넥타이를 풀어냈고 셔츠의 단추도 하나씩 끌러냈다. 장사라…… 재밌겠다는 생각이 들었다.

-30분 남았습니다.

-못 가요.

"이리 나온다, 이거지. 그럼 장사 한번 해볼까."

계속 거절하니 본격적으로 심술이 가동됐다.

-1분에 100병 추가.

은서는 어묵 꼬치를 베어 물다 메시지 소리에 귀찮은 표정을 지었다.

"이런 미친!"

이번엔 씩씩거리며 메시지를 하자, 이상하게 생각한 우빈이 쳐다보았다. 이내 은서는 가방을 챙겨 일어섰다. 입에 물고 있던 어묵 꼬치를 빠르게 흡입하듯 먹고 시계를 보았다. 거리를 계산하고 시간을 계산하니 날아가도 모자랄 판이었다.

"아줌마, 어묵 꼬치랑 떡볶이 일 인분씩 싸주세요. 우빈아, 나 빨리 가야 해."

"왜? 병원에서 호출 왔어?"

이제 겨우 어묵 꼬치 한 개 집어 먹었을 뿐이었다. 은서가 갑자기 지갑을 꺼내 분식값을 계산하자 우빈도 자리에서 일어섰다. 응급 신호를 확인하려는지 휴대폰을 꺼냈다.

"병원 아냐. 내 개인적인 일이 생겨서 그래."

포장하는 주인의 손을 보며 은서는 서둘러달라고 손짓을 했다.

"갑자기 무슨 일인데 먹다 말고 그래?"

"나 여기 계속 있다가는 소주 공장 차려도 안 될 사태가 벌어져."

1분에 100병, 5분이면 500병. 도대체 돈이 얼마야? 계산하기도 싫었다. 이렇게 끌려 다닐 줄 알았으면 더러워도 슈트값 계산하고 바로 끝내버릴걸.

"뭐라는 거야? 알아듣게 얘기를 해. 무슨 일 생긴 거야?"

우빈은 걱정스런 얼굴로 물었다.

"아무 일도 아냐. 술 마실 일이니 걱정하지 마."

"술?"

"그래, 내일 보자."

더 이상 지체할 수 없었다. 은서는 간다는 말과 함께 주인이 건네는 봉지를 받아 들었다. 길가에 주차해놓은 자신의 차로 뛰어갔다. 그녀는 시동을 걸기가 무섭게 사라져버렸다.

"아니, 쟤 왜 저래?"

"어디 갔지?"

사라지는 은서의 차를 보며 가방을 들던 우빈은 당황하는 여자의 목소리에 옆자리를 보았다. 혼자 얌전히 앉아 휴대폰을 들여다보며 떡볶이를 먹던 여자였다.

"진짜 이상하다. 분명히 있었는데?"

"아가씨, 왜 그려?"

어묵 국물을 휘휘 젓던 주인이 걱정스러운지 물었다.

"분명히 가지고 왔는데 지갑이 안 보여요."

정신없이 핸드백과 주머니를 뒤졌다. 불안한 눈으로 바라보는 떡볶이 주인을 보며 우빈은 지갑에서 만 원을 꺼내줬다.

"아주머니, 이분 거 계산해주세요."

"그럴까? 아가씨 오늘 은인 만났네. 안 그럼 얼마 안 되는 돈으로 난처했을 텐데."

주인이 넙죽 받아 거스름돈을 주자 지켜보던 여자가 우빈을 뒤따라 나갔다.

"여보세요."

"저요?"

우빈이 돌아보았다.

"오늘 도와주신 거 계좌번호 알려주시면 송금해드릴게요."

"됐습니다. 얼마 안 되는데."

"그래도 드려야죠. 절 위기에서 구해주셨는데요."

"위기까지는…….. 뭐, 그럼 다음에 우연히 다시 만나게 되면 커피나 한 잔 사세요."

언제 만날지 모르는 여자에게 작업 멘트 날린 우빈은 차를 몰아 유유히 사라졌다.

한편, 아파트에 도착한 은서는 주차 자리를 찾지 못하자 지하로 내려갔다.

"주차할 곳이 왜 이리 안 보이는 거야?"

겨우 자리를 찾고 보니 엘리베이터가 보이지도 않는 구석진 끝이었다. 안 될 때는 이렇게도 안 되나 보다.

"아이고…… 힘들어 죽겠네. 네 이놈의 4가지를-!"

얼마나 뛰었는지 헐레벌떡 엘리베이터 앞에 도착해 버튼을 누르자, 안 열리고 그냥 올라가 버렸다. 피할 수 없는 머피의 법칙인가.

"빨리 내려와라…… 빨리 내려와라……."

시계를 보며 초조함에 주문을 걸듯 중얼거렸다.

마침내 촌각을 다투듯 복도를 내달려 집으로 들어갔다. 주방에 있는 소주 한 병을 들고 다시 밖으로 나갔다. 이건 그야말로 기록을 요하는 삼종 철인 경기 같았다.

"헉! 헉! 헉!"

그녀가 숨이 차 헐떡거리며 령의 집 초인종을 눌렀다. 시계를 보니 이번 에도 겨우 패스했다. 문을 열어준 령은 은서의 모습에 킥킥 웃어버렸다. 무협소설의 여주인공처럼 바람을 가르고 온 모습이었다.

"지금 웃음이 나와요?"

"내가 웃든지 말든지."

웃는 령의 모습에 은서가 신경질이 났다. 집 안으로 들어가는 그의 뒤를 따라가며 그녀는 못마땅해 종알거렸다.

"이렇게 시도 때도 없이 문자 넣으면 안 돼요."

"그럼 언제 넣으라고?"

"음…… 쉬는 날."

은서는 아주 잠깐 생각했는지 말을 멈췄다.

"저보고 그 귀한 시간을 댁하고 보내라고?"

"그런가? 그래도 앞으로는 이렇게 시도 때도 없이 불시에 부르기 없기예요."

"부르고 말고는 제 맘입니다."

"타협 좀 하고 살자고요. 융통성 없이 앞뒤로 꽉꽉 막혀서는."

융통성이 아닌 심술이란 감정이 왜 생기는 건지. 령은 그저 다정한 모습이 보기 싫어 방해하고 싶었는데, 답답한 사람으로 만들어버리니 이건 또 듣기가 싫었다.

"말이 너무 많아. 쯧쯧."

"4가지가 그런 행동을 하잖아요!"

은서는 테이블 위에 탁 소리가 나도록 소주병을 내려놓았다. 기분 나쁘다는 의미가 담겨 있었다.

"싫으면 지금이라도 가든지. 안 잡습니다. 누구 맘 편하라고 내가 이 짓을 왜 하고 있는데. 나도 하기 싫습니다."

'에잇! 돈으로 확 줘버려?'

령의 푸념에 이 말이 목구멍까지 나오는 걸 꾹 삼켜버렸다. 그래, 더러워도 하자. 후딱 마셔버리자. 몇 번만 더 하면 된다. 하자!

"에잇! 소심하게 삐치시기는. 호호호. 말이 그렇다는 거죠. 아무 때나 불러요. 부르고 싶을 때 아무 때나! 바로 날아올 테니."

은서는 시퍼런 수표 한 장을 위해 꼬리를 내려야만 했다.

"우리 이거 먹어요."

살살 달래며 주방에서 그릇을 가져왔다. 그녀는 싸온 분식들을 테이블 위에 꺼내놓고는 어묵 꼬치를 하나 집어 그에게 내밀었다.

"전 이런 길거리 음식은 잘 안 먹습니다."

"까칠하긴. 얼마나 맛있는데. 자, 한번 먹어봐요. 응?"

"흠……."

침이 꼴깍 넘어가며 목울대가 움직이는 모습이 그녀의 눈에 잡혔다.

"어서! 지금 엄청 먹고 싶어 하는 거 다 알아요. 침 넘어갔죠?"

마음을 들켜버렸다.

"안 먹는다니까!"

이때다 싶은 은서는 어묵 꼬치를 그의 입안으로 집어넣었다. 말하던 령은 어묵 꼬치를 입에 물게 되었다. 그녀가 꼬치에서 손을 놓자 그는 떨어질까 봐 잽싸게 잡았다.

"구토 정말……."

"어서 먹어봐요. 보기보단 맛있어요, 그거 4가지 침 묻어서 내가 먹지도 못해요."

령은 어쩔 수 없이 어묵 꼬치를 먹었다.

"맛있죠?"

진작 먹을 것이지 사양하긴. 그놈의 자존심 내가 벌써 알아봤다네. 은서는 이제 령의 성격을 아주 조금씩 알아가고 있는 중이었다.

"뭐…… 그냥."

먹다 보니 추억이 떠올랐다. 요즘에서야 안 먹는 거지 소싯적엔 친구들과 자주 애용했던 간식 중의 하나였다. 오랜만에 먹으니 그런대로 먹을 만했다.

"솔직하지 못하긴. 맛있으면 맛있다고 해도 되는데."

자기도 모르게 추억에 젖어 흐뭇한 미소를 짓자, 은서한테 이렇게 말했다.

"시끄럽고. 자꾸 제집에서 주무실 겁니까?"

령은 본론으로 들어갔다.

"너무 피곤하다 보니."

"모르는 남자 집에서 그러고 잠이 옵니까?"

"남자? 누구?"

또다시 두리번거리며 찾는 시늉을 했다.

"확-!"

남자 취급을 안 하는 은서로 인해 령의 표정에는 당혹감이 나타났다. 그녀는 한입 배어 문 어묵 꼬치를 오물거리며 생각했다.

'어라? 저게 아킬레스건인가? 자존심! 맞구나! 나랑 똑같네. 그럼 쉽지.'

꼬투리를 잡았으니 저걸로 공격해야겠다는 생각을 령은 알 턱 없었다. 다만 좀 전에 우빈과 함께 있던 모습이 떠오르자, 어묵 꼬챙이를 그녀 앞으로 던져버릴 뿐이었다.

'후…… 그놈만 남자라, 이건가?'

령은 애매모호한 표정으로 쳐다보았다. 은서는 이쑤시개로 떡볶이를 하나 콕 찍어 자신의 입으로 집어넣고 오물거리며 씹었다. 그래도 계속 쳐다보고 있자 다시 하나를 콕 찍어 령의 앞으로 내밀었다.

'이건 또 뭐 하자는 짓이야?'

은서는 령이 받아먹질 않자 다시 먹어보라고 입으로 가까이 가져갔다.

"어서요."

얼떨결에 그는 입을 벌려 받아먹으려 했고, 은서는 이때다 싶어 잽싸게 제 입으로 가져가 넣었다.

"이쑤시개 간접키스를 생각 못 했네요."

"하!"

그 모습에 령은 헛웃음을 쳤지만, 그녀는 아무렇지 않게 먹는 일을 계속했다.

"다 먹었는데 저 이제 가도 되죠?"

저녁을 분식으로 때워야 하는 슬픈 현실이지만 후다닥 먹고 나머지를 정리했다.

"술은 그대로 있는데."

령은 앞에 놓여 있던 술병을 은서 앞으로 턱 하니 갖다 놓았다.

"오 마이 갓! 안주만 먹었네."

"술 마셔야 하니까 안주 다시 가져오시죠."

술을 별로 좋아하지도 않는 령은 은서의 얄미운 행동에 술을 핑계 삼아 심술을 부렸다.

"그냥 어묵 국물하고 떡볶이 국물로 먹어요."

은서가 묶어놨던 비닐봉지를 다시 풀어놓았다.

"처음에도 그랬지만, 갈수록 안주가 허접스러워진다는 거 압니까? 이제는 먹다 버릴 거?"

"알았어요. 사오면 되잖아요!"

까칠하게 안주 타령을 하자 그녀가 밖으로 나갔다. 그 모습을 지켜보던 령은 소파에 길게 누우며 중얼거렸다.

"같이 있으면 심심하지 않단 말이야……. 왜지?"

현희랑 있을 때와는 완전히 다른 느낌이었다. 주로 현희와는 법적인 이야길 많이 하다 보니 토론을 나누는 것이라고는 해도 무방할 정도였다. 그런데 은서와 있으면 말장난 같은 말을 했다. 잠깐이지만 재미있고 자유로워지는 기분이 들었다.

그때였다. 그는 울리는 벨 소리에 시큰둥한 표정으로 휴대폰을 쳐다보았다. 령은 어제 있었던 시루와의 황당한 일을 떠올리며 휴대폰을 터치했다.

"왜?"

[어이~ 친구. 술이나 한잔하세나.]

"시끄럽다네, 꼴통님."

[내가 의뢰인 만나고 그쪽으로 지나가는 길이니까 한…… 15분 후면 도착할 것 같은데, 어디서 만날까? 아님 어제처럼 너의 집으로 갈까?]

령은 시루의 말에 벌떡 일어나 앉았다.

"여기 또 온다고?"

[응. 왜 또 가면 안 돼?]

어제 있었던 일은 둘째 치고 테이블 위에 있는 술병을 보며 령은 어찌해야 할지 몰라 뒤통수를 긁적였다.

"어…… 그게…… 그러니까……."

[하하하하. 너 여자랑 있지?]

령의 망설임에 이상하게 생각했는지 시루가 갑자기 웃기 시작했다.

"뭐!"

정확한 시루의 촉에 그는 놀랄 수밖에 없었다.

[너 요즘 이상했어. 쉬는 날 되면 사라지고, 만나자고 하면 일 있다고 팅기고 딱 걸렸어.]

은서와의 시간을 방해받는 것은 싫었지만, 오해를 받는 건 더더욱 싫었다.

"실없는 소리 그만하고 오고 싶으면 와."

[뭐야? 아냐? 아닐 거라 예상은 했지만 재미없어라……. 근데 못 가.]

아쉬움이 가득 담긴 목소리가 들려왔다.

"왜?"

[네가 망설이는 바람에 외곽 도로로 빠졌지. 다음에 들를게.]

"그럼 조심해서 들어가."

통화를 끝낸 령은 휴대폰을 만지작거리며 소파에 누웠다. 선뜻 오란 소릴 못 하고 망설인 이유는 뭘까. 짧은 시간이었지만 은서와의 시간을 시루와도 공유하고 싶지 않았다.

한편, 오징어 한 마리를 산 은서는 초인종을 누르려다가 기다리기 귀찮았는지 령의 집임에도 번호를 누르고 들어갔다.

'아니, 무슨 저런 여자가 다 있어.'

소파에 누워 있던 그가 일어나 앉았다. 은서는 아주 자연스럽게 가스 불에 오징어를 구워 와 그의 옆으로 앉았다.

"번호를 바꾸든지 해야지."

자연스러운 은서의 행동에 오히려 자신이 손님 같단 생각이 들자 집주인이 한마디 했다.

"문 열어주려면 귀찮잖아요."

"쥐가 고양이 생각해주네."

오징어를 쭉쭉 찢어 접시에 놓은 뒤 그녀는 술병을 열었다. 그러곤 잔에 채워 한잔 마시더니 오징어 다리를 씹어 먹기 시작했다. 끝에서 새끼손가락 정도 크기가 되자 그걸 입에 물고 령을 향해 보여줬다.

"쥐꼬리 같죠?"

은서가 오징어 다리 끝을 물고 입술을 움직이니 쥐꼬리가 움직였다.

"하하하하하하."

생각지도 않은 그녀의 말과 깨는 모습에 령은 시원하게 소리 내서 웃어버렸다. 현희와 은서의 다른 점은 바로 이것이라고 생각했다. 자신을 웃게 한다는 것. 감정을 표현하게 한다는 것. 매일 똑같은 일상에 변화를 준다는 것. 권태까지 생각할 정도로 무료하게 느껴졌던 자신의 삶에 그녀는 활력을 주고 있었다. 이래서 은서와 있는 이 시간만은 시루와도 공유하고 싶지 않았나 보다.

"해보실래요?"

은서가 한번 해보라며 오징어 다리를 집어 줬다.

"됐습니다."

그걸 어떻게 하라고.

"하여튼 분위기 깨는 데 뭐 있어."

"……영화 보실래요?"

령은 깨진 분위기를 돌리기 위해 물었다.

"야동?"

야동을 말하는 은서의 눈이 반짝반짝 빛났다. 호기심 가득한 그녀의 눈을 보니 성인이 맞나 싶을 정도였다. 령이 볼 때 은서가 하는 짓은 딱 사춘기 소녀 그 자체였다.

"그럴까? 할 줄 알았습니까?"

"네! 하하하하. 보여줘요."

다른 여자들 같았으면 이런 소리는 절대 하지 못했을 것이다. 아무리 목석이라 해도 남녀가 무덤덤하게 야동을 같이 본다는 건 있을 수도 없는 일이었다.

"시끄럽고 어서 가요."

"헐……."

왠지 섭섭해진 은서는 오징어 다리를 냅다 집어 던져버렸다.

## 8장. 심장이 뛰다

자판기 앞에 선 우빈은 동전을 만지작거리며 차례를 기다렸다.

종이컵이 떨어지는 소리가 들리더니 기계음이 들렸다. 우빈은 앞사람을 보며 졸음을 쫓으려 뒷목을 문질렀다. 아무 생각 없이 서 있던 그는 커피를 받아 들고 뒤돌아서는 어떤 여자와 눈이 마주쳤다. 그녀는 우빈을 확인하고 놀랐는지 뒷걸음질을 쳤다.

"안녕!"

우빈이 빙긋 웃으며 반갑게 인사하자 그 여자는 우빈을 향해 꾸벅 인사를 했다.

"아…… 안녕하세요? 어제는 도움을 주셔서 정말 감사했습니다."

"그럼 약속한 대로 커피 사면 되겠네요?"

놀란 토끼 눈을 한 여자의 모습에 우빈은 손에 들려 있는 종이컵을 달라고 손을 내밀었다.

"이 병원에서 근무하시나 봐요?"

"그러는……."

커피를 전해 받은 우빈은 한 모금 마시며 여자의 가슴에 붙어 있는 이름표를 확인했다.

"김민아 씨는?"

"전 오늘 첫 출근이에요."

"우리 이렇게 다시 만난 걸 보면 인연인가?"

간호사복 차림의 민아의 모습에 빙긋이 웃었다. 그 시각, 우빈과 함께 점심을 먹은 은서는 여느 때처럼 소희와 같이 햇볕 바라기를 하고 있었다. 하루 종일 병원 안에서 생활하고 해가 넘어간 후에나 퇴근하니 좀처럼 햇빛과 친하게 지낼 시간이 없기 때문이었다. 남들은 피부를 위해 피하는 햇볕을 둘은 건강을 위해 일부러 쬐고 있었다.

"소희야, 우빈인 어디 갔어?"

항상 같이 붙어 다니던 우빈이 웬일인지 오늘은 따라오지를 않았다.

"글쎄. 커피 마시러 갔나?"


밑반찬을 만들어 은서 집에 도착한 선영은 깔끔하게 정리되어 있는 집안을 보고 놀랐다.

"이게 무슨 일이래?"

은서가 당직에 늦게 들어오는 날이 많아 선영이 한 번씩 집에 들르면 항상 할 일이 태산이었다. 그런데 웬일인지 모든 것이 잘 정리되어 있자 신기하기까지 했다. 하지만 냉장고를 열어본 순간 쯧쯧 하며 혀를 찰 수밖에 없었다.

"그럼 그렇지. 밥통 여왕이 곳간은 텅텅 비었네."

커다란 냉장고가 무색할 지경이었다. 선영이 하나씩 정리해놓고 찌개까지 끓여 놓은 후 은서에게 문자를 보냈다. 마른빨래를 개어놓고도 답이 없자 선영은 그녀가 수술 중일 거라 생각하고 집을 나섰다.

선영이 은서 집을 나갈 그 시간쯤, 수술실에서 나온 은서는 자리에 앉아 휴대폰을 확인했다.

-은서야, 냉장고 채워놨으니 꼭 챙겨 먹어.

가끔 집안일에 저녁까지 준비해놓으면 그날은 친구들과 같이 만찬을 즐기는 날이었다.

"올 엄마 오셨어."

이 말은 곧 밥을 먹으러 가자는 뜻이었다.

"그게…… 나 오늘 일이 좀 있는데."

우빈이 잠깐 망설이더니 말했다.

"그래. 그럼 어쩔 수 없지. 소희는?"

"난 당직이잖아."

이렇게 안 맞을 때도 가끔은 있었다.

"엄마가 반찬 만들어 와서 먹이려 했더니 안 맞네."

"그러게. 아줌마 손맛 짱인데."

은서는 퇴근 준비를 하며 령을 생각했다. 미운 놈 떡 하나 더 준다는 생각으로 계속 얻어먹기만 했던 것 같아 문득 인심을 쓰고 싶었다. 오는 게 있으면 가는 게 있어야 이웃사촌인 법.

-4가지, 9시.

-그건 저만 할 수 있는 특권입니다.

이게 무슨 뜻인가 해서 은서가 휴대폰을 한참 동안 들여다보았다.

"특권? 무슨 특권?"

그녀는 령의 반응이 의아했지만 돌이켜보니 그에게 주어진 특권이 맞았다. 내가 먹고 싶다고 하는 날 안주와 함께! 이랬으니. 하지만 그러든지 말든지 은서는 깊이 생각 안 했다.

-우리 집으로 와요. 한 상 차려줄 테니.

-바쁩니다.

-그럼 소주 남은 거 다 까서 버릴 거예요?

-바라던 바입니다.

협박까지 해가며 한 끼 먹으려고 해도 도통 쉽게 넘어올 기세가 아니었다.

-에휴…… 또 혼자 먹어야 하나.

그럴 때는 이렇게 불쌍하게 보이며 한발 물러서야 했다.

-간다, 가!

봐라. 바로 넘어오지 않는가. 령의 성격상 이런 말을 하면 거절 못 할 거란 걸 은서는 어느 정도 파악했다.

그리고, 역시나 령은 휴대폰을 휙 던지며 인상을 썼다. 요즘 사건이 해결되는 건 없고 계속 터지기만 해서 가뜩이나 심기가 불편했다. 범죄를 저지른 자들이 더 큰소리치는 세상. 범죄를 짓고도 부끄러워할 줄 모르는 세상. 범죄를 합리화시켜 부도덕을 도덕으로 미화시키는 세상. 그들과 싸우기 위해 이 밤에도 검찰청의 불은 꺼지지 않고 있는 것이다. 그런데 아무리 심각해도 할 건 해야 했다.

"저녁은 어떻게 할까요?"

일단은 먹어야 싸울 수 있다. 정 검사의 말에 령이 시계를 보니 저녁때를 훌쩍 넘긴 시간이었다. 결론도 안 나는 사건 회의로 붙잡고 있어 미안해졌다.

"이런다고 좋은 의견이 나오는 것도 아닌데 오늘은 여기까지 합시다."

"네! 수고하셨습니다."

검사들은 대답과 동시에 자리에서 일어서며 서로 눈짓을 보냈다. 배도 고프고 피곤도 하지만 얼큰한 국물에 소주 한 잔이 간절했다. 그만큼 속이 터졌다는 뜻이었다. 모두 나가자 현희가 다가왔다.

"일찍 끝났는데 같이 저녁 할래?"

"약속 있어. 다음에 하자."

"약속? 누구랑?"

매일 일에만 파묻혀 자정을 넘겨서야 들어갔던 사람이 가끔 일찍 사라지니 이상했다.

"그냥 아는 사람이야. 하도 귀찮게 해서 안 갈 수가 없네."

"여자?"

현희는 혹시 수긍하는 대답이 나올까 불안하긴 했지만 물어보고야 말았다.

"응. 나 먼저 간다. 조심해서 들어가."

"너도."

설마 했는데. 급격히 현희의 표정은 어두워졌고, 그는 겉옷을 들고 일어섰다.

그리고 운전을 하며 집으로 오는 길에 령은 우빈과 민아가 다정히 걸어가는 모습을 보았다. 느낌상 척 봐도 그냥 아는 사이는 아닌 것 같았다. 이런 걸 뭐라고 해야 하나.

"양다린가?"

신호가 바뀌자 령은 둘의 모습을 스쳐보며 지나갔다. 봄바람이 살랑살랑 불던 우빈의 가슴에 민아가 살포시 들어앉았다. 은서의 식사 대접도 마다하고 민아의 퇴근 시간에 맞춰 로비에서 기다린 우빈은 그녀가 나오자 이렇게 말했다.

"자판기 커피론 부족한데요."

우빈의 말에 연애의 시작을 느꼈는지 민아가 웃었다. 아마 민아의 마음에도 우빈이 들어왔는지 둘은 자연스레 이야기를 하며 병원을 빠져나왔다.

"민아 씨는 몇 살?"

"스물다섯인데. 오빠요?"

자신을 선생님이 아닌 다른 호칭으로 부르자 우빈은 빙긋이 웃었다.

"오빠? 이 오빠 스물아홉."

이런 대화를 나누던 와중에 령의 눈에 띈 것이었다.

그 시각 집에 온 은서는 반찬을 꺼내 상을 차리기 시작했다. 몇 번인가 취사버튼을 누르지 않은 전력이 있어 혹시 몰라 다시 밥통도 확인해보았다.

"거의 된 건가?"

때마침 초인종 소리가 들렸다.

"어서 와요."

"실례하겠습니다."

문을 열어주고 주방으로 가자 령이 뒤따라갔다. 령은 겉옷을 벗어 식탁의 자에 걸어놓고 앉으며 차려진 반찬들을 보았다.

"음식을 보니 구토가 만든 거 같지는 않고, 사 왔습니까?"

"엄마가 다녀가셨네요."

"그럼 다른 친구를 부르지 왜 접니까?"

령은 우빈의 모습이 마음에 걸렸다. 그러고 다니는 줄도 모르고 은서가 태평하게 이러고 있으니 조금 안됐단 생각이 들었다.

"약속이 있다고 그래서."

"또 닭 대신 꿩입니까?"

안됐다는 마음도 잠시일 뿐 기분이 살짝 꼬여버렸다.

"그냥 줄 때 드세요. 매일 얻어먹기만 해서 미안해 불렀더니만 꿩 타령은?"

은서는 그를 타박하며 찌개와 밥을 주고는 앞자리에 앉았다.

"맛있게 드세요, 4가지."

은서의 말에 령은 숟가락을 들다 인상을 썼다.

"그 호칭……."

말을 하려다 그냥 참았다. 마음에 들고 안 들고를 떠나 피곤하게 일일이 따지며 상대하고 싶지 않았다. 또 말을 한다고 해서 고칠 여자가 아니라는 것 정도는 경험상 알 수가 있었다.

"4가지도 저보고 매일 구토라고 하잖아요."

"그만! 그날 생각하면 밥맛 떨어져요."

찡그리는 표정을 보니 은서는 잘못 말했구나 싶어 찌개를 그의 앞으로 살며시 밀어놓았다.

"어서…… 드세요."

은서는 저녁을 맛있게 먹는 령의 모습을 보니 왠지 마음이 뿌듯했다. 문득 그는 모친의 솜씨와는 전혀 다른 그녀의 김치찌개가 생각났다.

"자당은 솜씨가 좋으신데 딸은 왜 그 모양입니까?"

"맛있죠. 저는 우리 엄마가 다리 밑에서 주워 왔대요."

순간 령의 눈빛이 흔들렸다.

"아……."

령은 은서의 출생 이야기가 나오자 잘못 물어본 거 같아 미안한 마음이 들었다. 그러나 은서는 그의 진지한 표정을 이상하게 생각했다.

"왜요?"

"괜한 걸 물은 거 같아서."

"다리 밑에서 주워 온 게 왜요?"

"그래도 말하기 힘들 텐데."

령이 무슨 생각을 했는지 눈치챘다. 그가 난처한 표정까지 지으며 미안해하자 그녀는 작게 웃음을 터트렸다.

"우리 엄마 다리 밑에서 주워 온 건데. 히히히히."

엄마 다리 밑이라니, 쟤 지금 뭐라는 거니. 너무 진지하게 생각한 자신은 또 뭐가 되는 건지. 도대체 저 여자의 생각은 예측불가라는 걸 새삼 느꼈다.

식사 후, 설거지를 하는 은서의 뒷모습을 령은 소파에 앉아 바라보았다. 그는 그녀에게 우빈의 이야기를 해줘야 하나 심각하게 고민했다. 하지만 어설프게 주방을 치우는 모습을 보고 있자니 심각함을 떠나 웃음이 나오고야 말았다. 어쩜 저리 어설픈지. 그녀는 설거지를 하는가 싶더니 식탁을 닦았다. 식탁을 닦는가 싶더니 냉장고에서 과일을 꺼냈다. 과일을 씻는가 싶더니 그릇을 헹궜다. 은서는 나름대로 생각하면서 한다는 행동이 그에겐 우스워 보였다. 그러나 병원에서 모든 열정을 쏟고 온 그녀는 집안일에 쏟을 열정 따위는 없었다. 혼자 사는 은서에게 집안일은 해도 그만 안 해도 그만이었다. 한마디로 의무와 책임감이 따르지 않는 아주 소소한 일에 불과했다.

"구토는 남자가 양다리 걸치는 걸 어떻게 생각하십니까?"

설거지를 끝낸 은서가 과일을 가져왔다. 자신의 옆에 앉아 과도를 사용하는 그녀에게 령은 슬쩍 돌려서 물어보았다.

"양다리요? 갑자기 왜?"

"그냥 어떻게 생각하는지 궁금해서."

은서가 과일을 깎던 과도를 번쩍 들더니 그의 앞으로 내밀었다.

"잘라버려야죠!"

"뭘…… 잘라?"

령은 말을 하며 설마 했다.

"거시기."

"저리 안 치워!"

령은 칼을 들고 있는 은서의 팔을 올려치듯 쳐냈다.

"히히히."

그녀는 당황해하는 그의 표정이 오히려 귀엽게 느껴졌다. 처음엔 한 가지 표정으로 일관하더니 요즘은 다양한 표정을 연출했다. 저런 표정까지 있다니 신기하다고 해야 할까. 이제는 조금 사람처럼 보이기 시작했다.

"무슨 여자가 그런 말을 아무렇지 않게 하는지."

"여보세요. 여자도 할 말은 다 합니다."

은서가 깎은 과일을 포크로 콕 찍어 내밀자 그는 이제 아주 자연스럽게 받아 들었다.

"4가지, 우리 친구 할래요?"

갑자기 이건 또 무슨 수작인지. 기막혀하는 그의 표정에 친구 하자고 제안한 은서는 생글거리며 웃었다.

"싫습니다. 저는 여자랑 친구 잘 안 합니다."

"나도 남자랑 친구 잘 안 해요. 4가지가 여자 친구처럼 편해서 그런 거지."

"여…… 자…… 친구?"

뭔 소리. 여자라니. 남자로도 안 보더니 이제는 여자. 그래서 이 여자는 이토록 무방비인 건가.

"응~ 우리 친구 하는 거예요?"

은서는 심하게 흔들리는 령의 눈빛을 보며 다시 졸랐다.

"안 합니다."

령이 미련도 두지 말라며 딱 잘라 말했다.

"에이~ 친구 해요. 응?"

이제는 애교까지 부리며 들이밀자 그는 안 되겠다 싶어 벌떡 일어났다. 더 꼬이기 전에 되도록 빨리 도망가야 할 것 같았다.

"저녁과 후식까지 먹었으니 저는 이제 갑니다."

"과일은?"

"혼자 많이 드시죠."

혼자 먹기엔 좀 많을 정도로 남아 있었다.

"이걸 다 누가 먹으라고. 깎기 전에 말을 하든지."

"그럼 빨리 하나 더 주든지."

은서는 다시 하나 찍어 령이 입에 넣어주곤 현관으로 가는 그의 뒤를 졸래졸래 따라갔다.

"내일 산에 가실 거죠?"

그 말에는 따라가겠다는 의도가 다분했다.

"혼자 갈 거니까 절대 따라오지 마세요."

"데려가 줘요~ 응?"

"으응. 안 돼!"


안 된다던 령은 다음 날 은서와 함께 조금 먼 곳으로 움직였다. 산을 올라가는 내내 령은 은서 옆에서 걸으며 전보다 배려해줬고, 그녀는 오히려 그런 그의 행동이 낯설다 못해 어색하기까지 했다. 그냥 하던 대로 하시지 왜 이러실까. 적응 안 되게.

"별일이네요."

한마디 했다.

"뭐가요?"

"혼자 쌩~ 하고 안 가니."

예전에는 이렇게 갔다며 흉내 내는 은서의 모습에 령은 당황했다. 본인의 모습을 볼 수 없었으니 그냥 그런가 보다 했다.

"멀리 나온 탓에 여기서 잃어버리면 골치 아파질까 봐 그럽니다."

핑계 같지만 지난번 은서를 잃어버렸던 일을 반복하고 싶지 않았다. 그런 경험은 한 번이면 족할 정도로 두려웠기 때문이다.

"내가 앤가⋯⋯. 근데 그 배낭은 매번 무겁게 뭐하러 매고 다녀요?"

전에도 느낀 거지만 배낭이 묵직해 보였다. 딱 보기에도 뭔가 많이 들어 있는 것 같았다. 자신의 배낭 안에는 지갑과 휴대폰, 그리고 여자로서의 몇 가지 에티켓 물건이 다였다.

"산에선 어떤 일이 생길지 아무도 모릅니다."

"뭐가 들었어요?"

"하룻밤 밖에서 잘 수 있을 정도의 비상용품."

"아…… 역시 전문가네요. 저는 몸만 달랑달랑 쫓아왔는데."

"전문가는 무슨……. 그냥 이렇게 자연을 보며 걷다 보면 스트레스가 풀려서 즐기는 것뿐입니다."

"하는 일이 스트레스가 심해요?"

은서는 령의 얼굴을 바라보며 물었다.

"없진 않겠죠. 사람의 인생이 바뀌는 일인데."

"그렇겠구나! 우린 둘 다 사람의 인생을 바꿔놓는 일을 하네요. 저는 죽느냐 사느냐, 4가지는 무죄냐 유죄냐. 그죠?"

은서의 말에 령도 공감하는지 고개를 끄덕였다.

"듣고 보니 그렇습니다."

이야기를 나누며 가다 보니 한결 쉬웠다. 그런데 올라갔다 내려오는 길에 웅성거리가 들렸다. 둘은 무슨 일인가 해서 그곳으로 향했다. 제법 많은 사람들이 모여 있었다.

"무슨 일입니까?"

령이 다가가며 옆의 남자에게 물었다.

"저기 사람이 실족했는데 119가 아직 안 와서 큰일이네요."

대수롭지 않게 생각하고 있다 그 말을 듣자, 그는 급히 아래쪽으로 향했다. 그 뒤를 은서가 서둘러 쫓아갔다. 무리 지어 있는 사람들을 헤치고 가서 밑을 보니, 절벽이라고는 할 수 없었으나 경사가 제법 심해 보였다. 발을 헛디뎌 굴렀을 가능성이 큰 것 같았다.

"괜찮습니까?"

령의 외침에도 실족자는 의식이 없는지 움직임조차 없었다. 은서는 환자의 상태가 심각함을 한눈에 알아보았다.

"내려가서 봐야겠어요."

사고는 시간을 끌수록 안 좋은 상황으로 변할 가능성이 컸다. 그러나 딱히 내려간다고 해도 의료장비가 없어 당장 할 수 있는 것도 없었다. 하지만 일단 사고자가 살아 있는지 생사확인부터 하고 그다음 일은 나중에 생각해보기로 했다. 의사로서 이 상황을 그냥 지켜볼 수만은 없었다. 밑을 보고 있던 은서는 내려가기 위해 일어섰다. 그녀의 의도를 눈치챈 령은 은서의 팔을 잽싸게 잡았다.

"안 됩니다. 너무 위험합니다."

"내려가서 상황을 봐야 해요. 신고를 했다고 해도 여기까지 올라오려면 시간이 걸려요."

"그럼 제가 내려가 보겠습니다."

"저도 가서 봐야겠어요. 저 의사예요. 사람이 다쳐서 저러고 있는데 보고만 있으라고요? 도와줘요."

평상시와는 다른 은서의 진지한 표정에 령은 주변을 둘러보았다.

"저 여자가 의사인가 봐?"

둘의 대화를 들었는지 등산객들이 웅성웅성거렸다.

"그러게. 살려주면 좋을 텐데. 너무 위험해서."

검사가 범인을 잡듯 의사는 사람을 살려야 한다는 걸 알기에 령은 배낭에서 로프를 꺼내 근처 큰 나무로 향했다. 은서의 마음을 읽은 이상 주저할 이유가 없었다.

모두 그의 행동에 숨소리마저 삼켰다. 그는 나무에 매듭을 지어 단단히 묶은 뒤 주변의 등산객들을 향해 로프를 던져줬다.

"저희가 내려갈 수 있도록 로프를 천천히 풀어주시겠습니까?"

혼자 움직이는 것이 아닌 은서와 동행해야 했다. 령은 안전한 방법을 선택했고, 그의 말을 듣고 있던 등산객들은 너 나 할 것 없이 줄을 잡으러 다가왔다.

"해야지! 알겠으니 걱정하지 마시오."

"경사가 좀 있으니 천천히 내려주셔야 합니다."

령의 말에 남자 네댓 명이 로프를 쥐며 자리를 잡았다.

"여기서 꽉 잡아줄 테니 걱정 말고 조심하시오."

"그럼! 여긴 우리한테 맡기더라고."

은서 뒤로 간 그가 로프로 제 몸을 묶은 뒤 그녀와도 묶었다. 모든 준비를 마친 령은 은서의 허리를 잡더니 안아 들었다.

'엄마야!'

번쩍 들리자 그녀는 순간 긴장했다.

"내려갑니다."

"네, 준비됐어요."

은서의 허리에 한 손을 두른 령은 다른 손으론 로프의 줄을 잡았다. 그는 내려가기 위해 경사진 곳으로 천천히 뒷걸음질 쳤다. 하나둘, 하나둘, 하나둘…… 구령에 맞춰 줄을 내려주는 사람들과 그는 한마음이 되어 움직였다. 하지만 은서를 안은 상태로 내려가기란 결코 쉬운 일이 아니었다.

혼자라면 벌써 내려갔을 것이다. 두 사람의 무게를 반영하듯 로프는 팽팽해질 대로 당겨져 있었다. 장갑을 끼고 줄을 잡은 령의 손이 또 한 번의 힘을 줬다.

"거의 다 왔습니다. 괜찮으십니까?"

은서도 팽팽해진 줄을 잡고 뒤에서 받치며 내려가는 그에게 힘을 보태려 했으나, 큰 도움은 되지 않았다.

"이렇게 무서울 줄 몰랐어요."

위에서 볼 땐 그리 높아 보이지 않았는데 지금은 아득해 보였다. 막상 줄 하나에 매달려 내려간다고 생각하니 뒤늦게 겁이 났다.

"아까 그 기세는 다 어디 가고…… 저한테 기대요. 제가 받쳐줄 테니."

은서는 이미 바들바들 떨리는 두려움에 몸을 기댄 상태였다. 허리에 두른 령의 팔에는 힘이 들어갔다. 몇 번인가 더 로프를 잡은 그의 손에 힘이 들어가더니 드디어 바닥에 안착했다. 령이 은서를 풀어주자마자 그녀는 실족자에게 갔다.

"맥박이 너무 약해요. 의식도 없고."

"그럼 어떻게 해야 합니까?"

맥박부터 체크하고 실족자의 동공을 확인하며 은서는 마른침을 삼켰다.

"지금은 상태를 모르니 함부로 건드리면 안 돼요. 체온 유지를 하는 것밖에 할 수 있는 게 없어요."

떨어질 때의 충격으로 어딘가 부러져 신경을 건드렸다면 육안으론 확인이 어려웠다. 잘못 건드리면 전신마비가 올 수도 있어 신중을 기해야만 했다. 무력함을 느낀 은서가 자신의 점퍼를 벗어 실족자에게 덮어주자, 령도 입고 있는 점퍼를 벗었다. 초조한 마음에 건네받은 점퍼를 은서가 덮어줄 때 멀리서 헬리콥터 소리가 들려왔다.

"옵니다."

령의 말에 은서는 일어서서 앞을 보았다. 살 수 있겠구나. 또 한 번의 희망을 느꼈다. 구조가 시작되자 그녀는 상황이 안 좋다는 말을 전했고, 얼마 후 실족자는 헬리콥터로 이송됐다. 부디 무사하길…… 멀어지는 헬리콥터를 보며 은서는 간절한 소망을 빌었다.

구조대에 의해 끌어 올려진 령은 로프를 정리하기 위해 줄을 잡았다. 처음부터 상황을 지켜봤던 주변의 등산객들이 그의 어깨를 가볍게 두드리며 칭찬했다.

"젊은이 대단하네. 이리 위험한데 내려가기가 쉬운가. 요즘 젊은이 같지 않구먼."

내려간 것 외엔 아무것도 한 게 없어 그는 오히려 부끄러운 생각이 들었다.

"별말씀을 다 하십니다. 조심해서 내려가세요."

"겸손하기까지……. 그럼 잘 지내시게."

령은 로프를 정리하며 은서를 보았다. 눈이 마주치자 한쪽에 앉아 있던 그녀가 엄지를 추켜올렸다. 최고라는 무언의 말을 전하자 그는 그저 옅은 미소만 지을 뿐이었다.

"저 아가씨도 보통은 아니구먼. 둘 다 기특해."

"그러게 말이여. 허허허."

어느덧 하나둘씩 자리를 뜨자, 은서는 벗었던 점퍼를 입었다. 모든 걸 정리한 령은 서둘러 내려가기 위해 배낭을 둘러멨다. 잠시 그를 보던 은서는 좀 전에 자신을 번쩍 안고 내려가던 그가 생각났다. 순간 가슴이 두근거리기 시작했다. 심장에 이상이 생겼는지 쉴 새 없이 두근거리며 뛰었다. '너 왜 이래. 미쳤어?' 오죽하면 이렇게 자신을 꾸짖고 싶을 정도였다.

"갑시다."

은서가 앞서 내려가자 그녀의 뒷모습을 보며 그도 이상한 감정을 느꼈다. 예전에 안았을 때와는 전혀 다른 느낌이었다. 뭐지. 자신의 품속에 쏙 들어오던 그녀의 모습이 떠오르자 숨이 막혔다. 서로가 서로를 의식하기 시작했는지 령은 깊은숨을 들이마셔야만 했다.

부지런히 내려가도 아직 갈 길이 멀었다. 예측할 수 없는 게 산속 날씨라더니 오전과는 다르게 구름이 꼈다. 선선하게 불던 바람까지 세찬 바람으로 바뀌었다.

"서둘러야겠습니다. 비가 올 것 같아요."

령의 말에 은서는 하늘을 올려다보았다.

"그래요?"

"지나가는 비면 괜찮겠지만, 폭우로 변하면 위험해질 수도 있습니다."

은서를 앞장세우고 령은 부지런히 내려가기 시작했다. 그런데 얼마 지나지 않아 순식간에 주변이 어두워지더니 한두 방울씩 빗방울이 떨어지기 시작했다.

"이런 건 언제 준비했어요?"

"비상시에 쓸 수 있게 가지고 다닌 겁니다."

령이 비닐 우비를 꺼내 그녀에게 조심스럽게 입혀줬다. 쑥스러웠는지 은서는 그가 시키는 대로 했다. 마지막으로 우비의 모자를 씌워주자 둘의 눈빛이 부딪쳤다. 빗줄기로 인해 불안해하는 은서의 마음을 알았는지 그녀를 바라보는 령의 눈빛은 안심하라며 말하는 것 같았다.

그런데 우비를 그녀에게만 입혀줬다. 다시 배낭을 메는 령을 보며 은서는 우비를 만지작거렸다.

"4가지는?"

"저는 괜찮으니 좀 서두릅시다."

항상 혼자 다녔기에 여분이 없었던 령은 점퍼의 모자를 뒤집어썼다.

점점 빗줄기가 강해지자 그는 주변을 살피며 비를 피할 곳을 찾았다. 비를 그대로 맞고 가는 령에게 그녀는 미안한 마음이 들었다.

"여기 어디쯤에 대피소가 있는데."

그는 종주할 때 묵었던 대피소가 이 근처라는 건 알겠는데 쉽게 눈에 들어오지 않았다.

"저기 표지판!"

은서가 가리키는 곳을 보니 안내판이 있었다.

"힘들어도 조금만 서두릅시다."

"제 걱정은 하지 말아요. 지금 힘이 펄펄 나요."

이렇게라도 말을 해줘야 미안한 마음이 조금은 사라질 것 같았다. 두 사람은 부지런히 걸어 대피소로 들어갔다. 얼마 후, 하늘에선 기다렸다는 듯 거센 빗줄기가 쏟아졌다. 대피소 안은 비를 피해 들어온 사람들로 바글거렸고, 그들은 걱정된 눈으로 하늘만 쳐다보고 있었다.

"이리 계속 오면 못 내려가는데 큰일이구만."

"그러게. 날도 어두워지고 있어서…… 못 내려가면 여기서 자야지 별수 있나."

"일단 저 안으로 들어가서 상황을 지켜봅세. 비가 많이 와서 차편도 없다고 하니 큰일이네."

남자들의 말에 령의 표정은 어두워졌다. 일단 이곳에서 묵어야 할지 모르니 잠자리부터 알아보기로 했다.

"예약 아니면 자리가 없어요. 더군다나 지금들 막 몰려와서."

대피소는 예약제로 이뤄지는 게 보통이라 예상은 했지만, 그래도 일요일 저녁이니 가능할지도 모른다고 생각했다.

"그럼 혹시 자리가 있으면 하나만이라도 부탁합니다."

"그건 뭐…… 어렵지 않지만…… 알아보고 있으면 문자로 연락드리리다."

머뭇거리는 태도로 봐서 그가 뭔가를 바란다는 걸 령은 직감적으로 눈치챘다.

"감사합니다. 여기 제 연락처입니다."

그는 지갑에서 수표 한 장을 꺼내 명함과 함께 직원의 손에 쥐여 주었다. 그걸 알 리 없는 은서는 자리가 없다는 말에 불안해졌다. 기다리는 동안 그는 그녀에게 따뜻한 것을 마시게 하려고 매점으로 갔다. 하지만 은서는 차보다 빗물로 젖은 령이 더 걱정되었다.

"많이 젖은 거 같은데 괜찮아요?"

"이 정도는 걱정 안 하셔도 됩니다."

남의 우비를 뺏어 입은 탓에 미안한 생각을 저버릴 수가 없었다.

"여벌로 가져온 옷이 있으면 갈아입는 게…… 감기 걸릴지 모르니까……."

령은 은서의 마음을 알았다.

"방수되니까 걱정 안 하셔도 됩니다."

"정말 다행이다!"

마음 한구석이 불편해서 안절부절못했는데 비로소 은서의 입가에 미소가 생겼다. 자리에 앉아 창밖을 보며 따뜻한 커피를 마시니 속이 풀리는 기분이었다. 하지만 그것도 잠시, 걱정부터 앞섰다.

"여기서 자야 돼요?"

"아마도."

"이런 데서 한 번도 안 자봤는데."

그녀의 표정이 어두워졌다.

"그럼 한번 자보는 것도 괜찮겠네요."

"하여튼 4가지랑 있으면 매일 일이 꼬여."

지금 은서가 불안해한다는 것을 령도 알고 있었다.

"누가 억지로 데려왔나?"

"그건 아니지만……."

자신이 우겨서 쫓아왔다는 것을 부정할 수 없었다.

"억지로 데려왔으면 큰일 날 뻔했네. 떼어놓고 혼자 갈까 보다."

"그건 안 돼요."

아는 사람 하나 없는 낯선 곳에 혼자 남겨진다는 건 싫었다. 고개를 숙이고 커피 잔을 드는 령의 입술 끝이 살며시 올라갔다.

"내일 여기서 바로 출근을 해야 하니, 새벽에 일어나셔야 합니다."

"몇 시요?"

"한…… 4시 정도. 가는 거리가 있으니 서두르는 게 좋을 거 같아서."

"알았어요."

카운터에서 온 문자를 보고 그가 일어섰다.

"꼼짝 말고 여기서 기다려요."

"네."

두근두근. 은서의 심장이 두근거렸다. 카운터로 걸음을 옮기는 령의 뒷모습에 그녀의 심장이 뛰어댔다. 미친 듯이 뛰자 그녀가 왼쪽 가슴에 손을 얹어 진정시켰다.

"심장아, 너…… 왜 그래?"

령은 카운터의 직원으로부터 혼합 방밖에 없다는 말을 전해 들었다.

"여자들 방은 없는데 어떡할 거요? 이것도 억지로 만든 건데."

억지로라도 만들 수 있는 점원이 위대해 보였다.

"일단 주세요. 밖에서 자는 거보단 낫겠죠."

"맨 구석이라 다니기 좀 불편할 테지만, 있다는 게 어디요. 안 그럼 밖에서 날 새워야 하는데."

서둘러 은서를 데리고 잠자리로 찾아 들어간 령은 그녀를 안쪽으로 들여보냈다. 아직은 이른 시간이라 그런지 삼삼오오 모여 이야기를 하고 있었다. 대부분 부부동반 모임 같았다.

"불편해도 참으셔야 합니다."

"걱정 말아요."

"탈의실이 없으니까 화장실 가서 옷 갈아입으시고."

은서는 자신보다 비를 맞은 령이 여전히 신경 쓰였다.

"저보다 먼저 갈아입어야 할 것 같은데. 감기 걸릴까 봐 걱정돼요. 다 제 탓으로 돌리면 저만 억울하거든요."

령은 일단 그녀를 안심시켜야 했다.

"구토 탓 아니니 걱정하지 마시고 저는 제가 알아서 하겠습니다."

"나중에 딴말하기 없기예요?"

"알겠어요."

은서가 씻고 오니 령은 침구를 대여해 그녀의 자리를 마련해놓았다. 자리가 좁아도 서로를 이해하는 산사람들이라 그런지 령과 은서는 한구석 자리를 차지할 수 있었다. 그리고 밤 10시가 가까워지자 소등을 한다는 안내에 등산객들은 하나둘씩 잠자리로 찾아 들어왔다. 얼마 후 소등이 되자 시끄러웠던 실내는 조용해졌다. 고요함이 찾아오자 나란히 눕기가 멋쩍어진 둘은 서로를 보았다. 어둠 속에서 시선이 부딪치자 바로 눈을 피했다. 시간은 계속 흘러가는데 자는 사람들한테 방해될까 봐 말도 못 했다. 눈만 껌벅거리고 있는 이 상황이 난감했다.

"저 먼저 잘게요. 4가지도 누워요."

이러다가는 날 새우겠다 싶었는지 그녀가 먼저 누웠다.

"주무십시오."

은서가 눕자 자신의 침구를 정리하던 령이 그녀 옆으로 누웠다.

멀뚱멀뚱. 말똥말똥. 둘은 나란히 누워 시커먼 천장만 멀뚱히 바라보고 있었다. 하지만 그 멀뚱거림은 령에게만 해당하는 말이었지 은서와는 아무런 상관이 없었다. 산행으로 피곤했는지 말똥거리던 눈을 감고 어느덧 잠으로 빠져들었다. 령은 고르게 들리는 은서의 숨소리를 들으며 모로 누워 그녀를 바라보았다.

'내가 이리 가까이 누워 있는데 태평하게 잠이 오나…….'

그는 어둠 속에서 어렴풋이 보이는 은서의 모습을 이해할 수가 없었다. 이윽고 그도 눈을 감았다.

날이 밝아오는지 부스럭거리는 소리에 은서가 잠이 깼다. 종주를 목표로 온 사람들이 하나둘씩 일어나 밖으로 나가는 소리 같았다. 하지만 눈을 뜨려 해도 밀려오는 졸음에 떠지지 않았다. 벌써 새벽이라니…… 그냥 잠시 눈을 감았다가 뜬 것 같았다. 손을 들어 안 떠지는 눈을 비비려다 그녀는 뭔가 이상하다는 걸 깨달았다.

'이게 뭐지? 뭘까? 뭐냐고?'

뭔가 몸으로 전해지는 낯선 이 느낌…… 더 이상 생각할 새도 없이 당황한 은서는 눈을 번쩍 떴다. 령도 잠이 깨며 둘은 그대로 굳어버렸다.

그는 눈도 뜨지 못하고 애써 자는 척을 했다. 달리 방법이 없었다.

이상한 느낌에 은서의 눈은 아래로 향했다. 그녀는 령의 손이 자신의 상체, 그것도 가슴 부위에 올라와 있는 어처구니없는 상황을 보았다.

그것뿐만 아니라 령의 손 위에 자신의 손이 올려져 있어 마치 그녀가 가둬놓은 것처럼 되어 있었다. 안 돼! 이러지 마! 진정 절규하고 싶었다.

너무 놀란 나머지 자기도 모르는 사이 입에서 비명이 튀어나올 것 같았다. 그녀는 령의 손 위에 있는 제 손을 거둬 잽싸게 입을 막아버렸다. 어떻게 이런 일이 있을 수가 있는 거야!

반듯이 누워 있는 은서를 그가 안은 것처럼 되어 있었다. 이런 말 같지도 않은 일이 벌어지다니. 그녀는 진정 꿈에서조차 거부하고 싶었다.

'어떻게 하지?'

'어떻게 해야 하는 거야?'

당황한 둘의 생각이었다. 령은 이 상황을 어떻게 해야 할지를 몰라 손을 들려 했다. 그런데 이 미친 손이 지남철처럼 딱 달라붙어 움직여지지 않았다.

'거기는 왜 올라가 있는 거야! 이런 제기랄!'

어찌나 당황스러운지 그가 자신에게 욕을 했다. 하지만 손으로 느껴지는 감촉에 정신을 차릴 수가 없었다. 은서의 가슴을 움켜지고 있는 손에 령의 모든 감각세포가 집중되었다. 그녀는 조심스레 그를 바라보았다.

'후우…… 다행이다.'

그가 자는 걸 확인한 은서는 령이 깨기 전에 빨리 사태를 수습하고자 했다. 그의 손가락 하나를 살며시 집어 들었다. 이때다 싶은 그는 자연스레 몸을 돌려 누우며 그녀의 가슴에 있던 손을 거둬갔다.

'하…… 아.'

'허…… 억.'

둘 다 소리도 못 내고 안도의 숨을 내쉬었다. 령의 손은 불이 난 것처럼 화끈거렸고 온몸은 감전당한 기분이었다. 은서는 울상이 되어 자신의 상체를 두 팔로 감싸 안았다. 잠결에 도둑질당한 이 기분…… 엉엉 울고 싶을 정도로 억울했다. 이런 나쁜 놈의 새끼! 다 돌려놔!

이렇게 속으로 절규를 할 때, 때마침 징- 징- 징- 알람소리가 울려댔다. 은서가 넋 나간 사람처럼 일어나 앉자 령도 일어나서 스트레칭하듯 몸을 움직여주었다.

"잘…… 잤어요?"

최대한 자연스럽게 말했다.

"누가 옆에서 하도 이를 갈아서 미치는 줄 알았습니다."

아무 일도 없었던 것처럼 행동했지만 은서를 볼 수 없던 령은 침구를 개며 엉뚱한 소리를 했다.

"4가지도 코 골았거든요."

"거짓말인 거 압니다."

령은 어느새 평상시의 모습으로 돌아왔다. 평상시? 그건 착각이란 걸 은서와 눈이 마주치자 바로 알아차렸다. 어디를 봐야 하는 거야. 눈을 피해야 하나. 그냥 계속 봐야 하나. 어떻게 해야 하는데. 다행스럽게도 그녀가 먼저 눈을 피했다.

"이제 우리 갈 거예요?"

은서는 흔들리고 있는 령의 눈빛을 더 이상 바라볼 수가 없었다. 뭘 알고 있나? 스멀스멀 이상한 느낌이 치고 올라왔으나 꾹 밟아 멈추게 했다. 긁어 부스럼 만들고 싶지 않았다.

사실은 잠들기 전 모로 누워 그녀를 보던 령은 그대로 잠이 들었다. 잠자리가 불편했는지 은서가 잠결에 뒤척이자 그는 그녀를 토닥여주었다. 그 역시 잠결이었던 터라 몇 번인가 토닥이다가 그녀의 가슴에 손이 닿았다. 그러자 본능적으로 움켜쥐었다. 자신의 가슴을 어루만지는 령의 손길에 은서가 그의 손을 잡았다. 둘은 그렇게 잠이 깰 때까지 그 상태로 있었던 것이다.

"서두릅시다."

화장실에서 고양이 세수를 하고 나온 두 사람은 이른 새벽 고속도로를 달려야만 했다. 운전을 하는 령은 사이드미러를 보는 순간순간 은서의 가슴에 눈이 갔고, 그녀는 핸들을 잡은 그의 손에 눈이 갔다.

"구토, 아침 먹고 갑시다."

어제 저녁을 대충 때운 건 둘째 치더라도 밥이라도 먹여야 덜 미안할 것 같았다. 이놈의 못된 손! 왜 그랬어.

"별로 생각 없어요."

"저는 지금 엄청 배고픈데. 뜨끈뜨끈한 갈비탕 사줄 테니 먹읍시다."

그녀가 그를 째려보았다.

'난 지금 밥이 안 넘어간다네, 이 4가지 양반아!'

자신을 째려보는 은서로 인해 령은 불안해졌다.

"먹읍시다. 먹어야 환자들을 돌볼 거 아닙니까?"

"안 먹어도 돌볼 수 있어요."

"그럼 일단 휴게소로 들어가서 다시 생각해봅시다."

령은 휴게소로 가는 내내 눈치를 보며 진땀을 빼야만 했다.

그리고 잠시 후, 별로 생각이 없다던 은서는 갈비탕의 당면을 호로록거리며 흡입했다.

"아잇!"

눈을 비비는 모습에 그는 티슈를 건네주었다.

"괜찮아요?"

"네. 국물이 들어갔어요."

이렇듯 밥을 먹는 모습을 보니 얼마나 감사한지. 령은 이번 일은 무의식 중에 일어난 사고로 생각하고 미안한 마음은 살짝 접어두기로 했다.

"시간 충분하니까 천천히 먹어요."

"네."

식사를 마치고, 모닝커피를 마시지 못한 령은 음료 코너에서 자신이 마실 커피와 은서가 마실 따뜻한 레몬티를 샀다. 령은 그녀에게 레몬티를 건네줬다.

"나 커피 마시고 싶은데."

은서는 바꿔달라고 내밀었다.

"안 됩니다. 전 아침에 커피를 마시지 않으면 수전증이 옵니다."

"히히. 전 밥을 굶으면 수전증이 오는데."

"역시. 큭큭큭."

령은 수술 중 덜덜 떠는 은서의 손이 상상되자 밥을 먹이길 잘했다고 생각했다.

이른 새벽에 출발해서 그런지 차가 밀리지 않은 탓에 제시간에 병원 앞에 도착할 수 있었다. 빠진 것이 없나 살피며 그녀가 차 문을 열고 내리자, 령은 병원 건물을 올려다보았다.

"고마워요. 이따 전화할게요."

"귀찮으니까 그런 짓 절대로 하지 마시죠."

수고하라고 말하고 싶었는데 생각과는 다른 말이 나왔다. 병원에 도착하니 자연스레 그녀가 우빈과 함께 있는 모습이 떠오른 탓이었다. 다시 현실로 돌아온 게 싫었는지 령은 기어코 말을 삐딱하게 하고 말았다.

"하여튼! 안 해요."

"저 갑니다."

배낭을 둘러멘 그녀가 병원으로 향하자 령은 검찰청 쪽으로 차를 돌렸다.

탈의실로 들어온 은서는 배낭을 캐비닛에 넣었다. 세면도구를 가지고 서둘러 화장실로 들어가니 소희가 있었다.

"은서야, 너 뭐 하냐?"

칫솔에 치약을 눌러 짜고 있는 은서의 행색에 소희가 물었다.

"씻어. 어제 산에 갔다가 비가 오는 바람에 발이 묶여서 이제 막 내려왔거든."

"그런 일이 있었어? 피곤하겠다."

소희의 걱정 어린 말을 듣는 은서는 오히려 담담했다. 눈을 감았다가 뜬 것처럼 아침을 맞이했지만, 그녀는 푹 자고 일어난 것처럼 몸이 개운했다.

"근데 잠을 잘 자서 그런지 별로 피곤한 걸 못 느끼겠어."

"네가 밖에서 잠을 잘 잤다고?"

소희는 이상하다며 반문을 했다.

"응. 그러고 보니 나 잠자리 바뀌면 못 자고 그대로 날 새우는데, 이상하다?"

양치질을 하려던 은서는 이상하단 생각에 소희를 보았다.

"늙나 보다."

소희 입에서 나오는 말에 그야말로 힘이 빠졌다. 하지만 은서의 마음을 아는지 모르는지, 이 말 한마디를 남기고 소희는 화장실을 빠져나갔다.

"아…… 정말 그런 말 싫다."

다 씻은 후 머리카락을 만지던 그녀는 령의 손이 올려 있던 가슴을 쳐다보았다. 숨 막히는 기분이 들었다.

'기분이 왜 이리 이상하지……'

보는 사람도 없는데 주위를 두리번거리며 상체를 팔로 감쌌다.


은서 부친인 영민의 집으로 령의 부모가 방문했다.

"어서 와, 진경아."

"선영이 너, 여기서 살았구나. 세상에, 멀지도 않은데 몰랐다니. 그날 지하철역에서 못 만났으면 우린 계속 모르고 살았을 거 아니야?"

그랬다. 선영이 지하철역에서 만났던 사람이 바로 령의 모친 진경이었던 것이다.

"그랬겠지. 진짜 꿈만 같아."

"제수씨, 저도 왔습니다."

은서 부친 영민과 악수를 한 령의 부친 현진은 일부러 서운한 표정을 연출했다.

"어머! 령의 아버님, 제가 진경이만 봤죠?"

"이거 무척 서운합니다."

"호호호, 죄송해요."

한바탕 떠들썩하게 수다로 시간을 보내고 두 남자는 바둑을 두며 아내들의 이야기를 듣고 있었다.

"그럼 그때 그 꼬마 아가씨 은서가 벌써 스물아홉이야?"

선영의 말에 자기 아들 령이 성장한 건 생각을 못 하는지, 진경은 못 믿겠다는 듯 반문을 했다.

"그래, 네 아들은 서른 두셋 정도 됐지?"

"우리 령인 올해 서른둘 됐지."

"그때 그거 기억나니? 은서가 그리 울다가도 령이 옆에만 데려다 놓으면 새근새근 잔 거?"

선영은 어릴 적 아이들의 모습이 생각났는지 진경의 무릎을 치며 웃었다.

"그럼 알지. 얼마나 신기했던지. 그때 모두 웃었잖아."

"그 개구쟁이 우리 아들 령도 은서 옆에만 있으면 얌전해졌잖아. 당신, 그거 기억 안 나?"

진경의 말에 빙긋이 웃던 현진이 한마디 했다.

"최 선생도 그거 기억하시는군요?"

영민 역시 기억이 났다.

"유 선생, 우리 이러지 말고 언제 다 같이 애들 데리고 한번 만납시다."

"그럴까요?"

두 남자의 말을 들으며 진경은 벽에 걸려 있는 달력을 보았다. 그녀는 빨간 글씨가 나란히 있는 걸 발견했다.

"말 나온 김에 이번 달 연휴에 온천여행은 어때요?"

진경의 말에 모두 달력을 보았다.

"이거 날짜가 아주 좋은데요. 유 선생, 예전에 애들 데리고 같이 갔던 온천은 어떻습니까? 다 같이 다시 가보는 것도 좋을 것 같은데."

"최 선생, 그거 좋겠네요."

현진의 말에 영민이 찬성을 하며 가족여행이 정해졌다.


우빈은 점심을 먹으며 친구들에게 민아에 대해 입을 열었다. 만난 지 얼마 안 됐지만 그래야 할 것 같다는 생각이 들었다. 그만큼 우빈이 진지하게 만난다는 것이지만 소희와 은서는 밥을 먹다가 그대로 멈췄다. 사내 연애만큼은 절대로 피했던 우빈이 사내연애를 한다니. 그것도 의사가 아닌 신입 간호사랑.

"대…… 박."

"진짜 대박이다."

둘의 반응을 예상했는지 우빈은 전혀 동요하지 않았다.

"입 벌리고 있으면 침 떨어진다. 둘 다 어서 밥이나 먹어."

지금 은서와 소희는 밥이 문제가 아니었다. 궁금한 걸 물어보지 않곤 오후 근무를 못 할 정도로 충격적인 사건이었다.

"어디가 그렇게 맘에 들었어?"

신기함에 은서의 눈이 더 커졌다.

"그냥…… 뭐랄까? 병원에서 우연히 다시 만났을 때 이 여자다 했어."

첫눈에 반하네, 뭐 하네 하는 게 드라마에서나 있을 줄 알았지, 친구인 우빈이 그 대상이 될 줄은 생각지도 못했다.

"정말? 정말 그 느낌이 딱 왔어?"

첫눈에 반한다? 소희도 믿질 못하겠다는 반응을 보였다.

"응."

듣고도 믿을 수 없었다.

"다시 들어도 진짜 대박이다. 사내 연애라니?"

"내 말이?"

소희의 말에 은서도 동감했다. 가장 말도 많고 탈도 많은 게 사내연애였다. 그렇기에 숨기며 만나는 경우가 많은 걸로 알고 있었다. 그걸 잘 아는 우빈이 사내연애를 한다니 믿어지지 않았지만, 밝혔다는 것은 그만큼 민아를 마음에 두고 있다는 증거였다.

"축하해! 강우빈!"

"나도! 내 친구 축하해!"

두 사람은 우빈을 한껏 축하해줬다.

"자, 밥도 먹었으니 이제 커피 좀 마셔볼까?"

점심을 먹은 셋은 식당 밖으로 나왔다. 은서의 말에 우빈은 난처한 표정을 지었다.

"난 같이 마실 사람이 있는데."

"누구? 아, 그분? 가보셔요."

슬쩍 비꼰 은서와 소희는 우빈의 뒤를 따라갔다. 누군지 궁금해서 도저히 견딜 수가 없었다.

"저 여자인가 봐?"

"괜찮네."

우빈을 향해 웃는 여자의 모습에 둘은 직감적으로 알았다.

잠시 후, 차를 마시는 민아의 모습을 그녀들은 넋 놓고 바라보았다. 살뜰하게 민아를 보살피는 우빈의 모습에 저렇게 변할 수가 있나 의문이 들 정도였다.

전에 다른 여자들과 연애할 때 보면 저 정도까지는 아니었는데, 20년 가까이 같이 지내온 우빈이 맞는지 은서는 믿어지지가 않았다.

"소희야, 우빈이 연애하더니 변한 것 같지 않냐?"

왠지 친구를 빼앗긴 느낌이 들었다.

"다정한 애긴 했지만, 더 부드러워진 것 같아. 남자나 여자나 연애를 하면 말캉말캉해진다니까."

"나는 그런 뜻이 아니라 굶주린 늑대 한 마리가 아기 양을 잡아먹으려고 호시탐탐 때를 노리고 있는 것 같아서."

"뭐? 푸하하하하."

소희는 은서의 말에 손뼉을 치며 뒤집어져라 웃었다.

"사실은 친구를 뺏긴 것 같은 안타까움에 이렇게라도 위로받고 싶어서 그래."

"상심이 크구나."

은서는 말을 해놓고 보니 친구를 너무 폄하한 것 같아 은근히 찔렸다.

"우빈한테 이르진 말아라."

배를 잡고 웃던 소희는 찔끔 나온 눈물을 닦아내며 그녀의 등을 토닥였다.

"네 말 듣고 보니 그런 것도 같아. 늑대 한 마리."

"그렇지!"

이런 대화를 하는지 모르는 우빈은 소희의 웃음소리를 들었다. 그는 둘을 향해서 손을 흔들어줬고 민아도 수줍게 웃었다.

"저 애 웃는 모습이 예쁘긴 하네. 언제 같이 밥이라도 먹어야겠다."

"그러지, 뭐. 젊음이 좋긴 하다. 스물다섯 살이라고 했나?"

"스물다섯이라……."

은서는 그 나이에 자신은 뭘 했나 생각하며 변한 우빈의 모습에 연애라는 게 궁금해졌다.

연애…… 사람을 변하게 할 수 있다니 그게 가능할까. 누군가를 정말 사랑한다면 어떤 마음일까. 어떤 감정이 생길까. 어떤 느낌일까.

"무슨 생각 해?"

소희는 멍하니 있는 은서를 이상하게 쳐다보았다.

"그냥 불가능한 일이 내게도 생겼으면 좋겠다는 생각."

"그게 뭔데?"

"로또 복권 당첨!"

연애도 연애지만 이것 또한 불가능한 일이었다.


퇴근하던 은서는 한 방울씩 떨어지는 빗방울을 보니 우빈이 했던 말이 생각났다. 연애를 해볼까 생각하니 미친 짓인 거 같아 망설여졌다.

"해? 말아? 해야 하나? 해볼까? 일단 해보자!"

이렇게 마음을 굳히자 부지런히 집으로 갔다. 오자마자 그녀는 옷장을 열어 현희가 입었던 옷을 생각하며 하늘하늘한 꽃무늬 원피스를 꺼내 들고 거울 앞에 섰다.

"괜찮을 거 같은데."

그 후, 옷을 갈아입고 화장대에 앉아 정성껏 볼 터치를 했다. 령이 어떤 반응을 보일지 궁금함에 은근히 기대감까지 생겼다. 하지만 립스틱을 바르던 그녀는 걱정도 됐다.

칙! 마지막으로 향수도 한 방울 뿌려줬다. 나가기 전 다시 한 번 자신의 모습을 보고는 핸드백을 열어 호신용 스프레이도 확인했다. 혹시 있을지 모르는 범죄에 철저한 대비는 필수였다. 시계를 보곤 서둘러 밖으로 나가 잠복근무하듯 몸을 숨겼다. 다른 사람들 눈에 띄지 않게 노란 우산을 들고 왔다 갔다 하며 주차장 주변을 배회했다.

"왜 이리 안 오지? 자존심 회복을 위해 노력해야 하는데, 나쁜 놈……."

은서가 자신의 가슴을 다시 감싸며 혼자 구시렁거리고 있을 때, 령의 차가 단지 안으로 들어오는 걸 발견했다.

"왔다!"

은서는 다시 한 번 옷매무새를 보더니 머리카락을 매만져주곤 우산을 펴들었다. 그러곤 어깨를 펴더니 아주 태연한 척 령의 차가 있는 쪽으로 걸어갔다. 차에서 내리던 령은 은서를 발견하고는 차 문을 닫다 멈춰 섰다.

"구토, 이 밤에."

은서는 모른 척 그냥 지나쳐 갔다. 령은 말을 하다가 그녀가 가는 쪽을 멍하니 쳐다보았다.

또각또각. 허리를 편 그녀는 우아하게 우산을 쓰고 걸어갔다. 또각또각거리는 하이힐 소리가 고요한 밤의 정적을 깼다.

그런데 한참을 가던 은서는 이상한 생각이 들어 뒤를 돌아다보았다.

"헉!"

없다. 령이 없다. 안…… 따라왔다. 이런! 달빛도 없는 비 오는 날밤 청승맞게 혼자서 열심히 삽질했다. 이런 결과가 나올지도 모른다고 예상은 했지만, 진짜 일어날 줄은 몰랐기에 한마디로 기분이 더러웠다.

"4가지! 여자가 이 밤에 혼자 나가는데 걱정도 안 되나?"

한숨을 내쉬며 망연자실 아파트 쪽을 바라보았다. 작전 실패로 기분이 우울해지니 이 일을 어쩌나 싶었다. 치장하느라 공들인 시간과 잠복하느라 보낸 시간, 여기까지 걸어온 시간이 아까웠다. 에잇! 이게 무슨 짓이냐고! 그 시간에 잠이나 잘걸……. 후회스러웠다.

부슬부슬 비는 내리고 한밤중에 이게 뭐 하는 짓인지. 왔다 갔다 서성거리던 은서는 우산을 쓴 채 쪼그리고 앉았다.

"삽질하느라 힘들어 죽겠는데 청승맞게 비까지 오고 난리야."

그 시각, 령은 엘리베이터가 도착했는데도 선뜻 올라타지도 못하고 은서가 간 곳을 바라보았다. 늦었다는 생각에 시계를 보니 11시를 향해 가고 있었다. 이 시간에 저러고 나간다는 것은? 이미 답은 정해져 있지만, 이 밤에 데리러 오지도 않는 남자 친구를 둔 그녀가 안쓰러우면서도 한심스럽단 생각이 들었다.

"좀 제대로 된 녀석을 만나지."

그는 손목시계를 보며 초조한 마음에 습관적으로 휴대폰을 꺼내 들었다.

"저러고 가든지 말든지, 그 녀석을 만나든지 말든지 내가 무슨 상관이래."

말은 이렇게 해도 마음 한구석은 개운치가 않았다.

한편, 령이 따라오질 않자 난감해진 은서는 이러고 나와 그냥 들어가자니 억울했다. 자신이 한 짓이 한심하긴 했지만, 소희에게 연락이라도 해볼까 싶어 핸드백을 뒤적여 휴대폰을 꺼냈다.

그때 메시지 알림이 울리자 뭔가 해서 얼른 확인했다.

-구토 11시!

"오호라~ 걸렸다!"

신 나서 벌떡 일어난 은서는 몸을 살랑살랑 흔들며 답을 보냈다. 꽃이 가리. 나비가 와야지. 이것은 불변의 법칙이다!

-그럼 따라오든지.

답을 보낸 은서는 작전 성공에 배시시 웃었고 령은 주저하지 않고 뛰었다. 그녀는 기다리지 않은 척 다시 또각또각 소리를 내며 우아하게 걸었다. 삽질 성공에 기분이 좋아 흥얼흥얼 노래까지 부르며 우산을 빙그르르 돌려줬다.

저만치 걸어가는 은서가 보이자 령은 걸음을 재촉해 그녀 옆으로 섰다. 은서는 갑작스런 령의 출현에 움찔 놀라며 우산도 없이 온 그를 올려다보았다.

"우산은…… 요?"

"이게 무슨 비라고."

령은 머리카락에 묻은 빗방울을 툭툭 털어냈다.

"이리로 들어와요."

우산을 높이 들어 씌워주자 그가 우산을 잡아 들었다. 은서가 자신을 부른 걸 보니 우빈을 만나는 게 아니라는 결론을 내렸다. 그럼 이 밤에 무슨 급한 일이 있어 자신도 알아보지 못하고 집을 나선 건지 걱정되어 그는 한걸음에 달려왔다.

"근데 이 밤에 어딜 가시는 겁니까? 무슨 일 있습니까?"

"야식 먹으러 가요."

"야식? 미쳤습니까! 얼마나 위험한데."

령은 미간을 찡그리며 말했다. 도대체 무슨 생각을 하고 사는 건지. 도무지 알 수 없는 은서의 엉뚱한 행동에 령은 예측이란 말이 무의미하단 걸 깨달았다.

"쭉쭉빵빵도 아닌 나를 누가 어쩌겠어요."

마음에 사무친 이놈의 말. 이 말 때문에 모든 일은 시작된 거라 은서는 이를 악물고 내뱉었다.

"나쁜 놈들이 몸매 그런 거 가립니까? 여자면 만사 오케이입니다."

사건에서 숱하게 겪은 일들이었다. 오로지 욕정을 해소하기 위해, 순간의 쾌락을 위해 참혹한 고통을 주고 목숨을 앗아갔다. 여자이기 때문에 표적이 된 거라면 여자로 태어나고 싶지 않아 할 정도였다. 검시조차 하기 죄스러울 정도로 그 순간만큼은 남자라는 자신이 부끄러웠다. 령의 말이 무슨 뜻인지 은서도 안다. 피해자들은 몸뿐만 아니라 정신까지 병든다. 그로 인해 삶을 포기해 병원에 실려 온 그녀들의 모습은 고통 자체였다.

"짐승 같은 놈들."

"짐승보다 더 흉악한 놈들입니다. 짐승들은 암컷이 구애를 허락하지 않으면 범하질 않습니다."

착잡함에 내뱉는 령의 말투가 가라앉았음을 은서는 알아차렸다. 걸음을 멈춰 서자 그는 우산을 그녀 쪽으로 기울였다. 은서가 령이 앞으로 서며 자기 상체에 손을 가져가자 순간 그의 눈이 그녀의 상체로 향했다.

"전신 성형을 하면 쭉쭉은 안 돼도 빵빵은 해지려나?"

여전히 알 수 없는 이상한 여자.

"돈…… 돈이 아깝네."

생각지도 않은 말을 아무렇지도 않게 하자, 령은 말을 더듬었다.

"정말 수술하려 해도 돈보다 시간이 없네요."

령은 이렇듯 이상한 행동을 아무렇지도 않게 하는 그녀가 궁금해졌다. 자신이 두루뭉술하게 알고 있는 그런 것이 아닌 정확한 그녀를 알고 싶었다.

"근데 구토는 나이가 몇입니까?"

"스물아홉, 왜요?"

외모로 봐서는 더 어려 보였으나 말하고 행동하는 것에선 예상했던 거와 거의 맞아떨어지는 나이였다. 가끔 하는 짓이 초등학생 수준과 맞먹을 때도 있지만, 심심할 새가 없는 건 확실했다.

"나보다 한참 어리네. 앞으로 오빠라고 불러."

옆에서 우산을 들고 걷는 령을 힐끔 올려다보았다.

"오 마이 갓! 웬 오빠? 80년대도 아니고. 싫거든요."

"오빠에 무슨 세대가 있습니까? 나이가 많으면 오빠지."

"됐거든요! 절대 사양이네요."

으…… 소름 끼치도록 싫은 느낌에 은서는 치를 떨었다.

이런저런 얘기를 하며 야시장에 도착한 두 사람은 여유롭게 시장 구경을 했다. 늦은 시간이라 가게 문을 닫은 곳이 더러 있긴 했어도, 먹고 마시는 사람들로 북적거렸다.

"4가지, 우리 이거 먹을래요?"

뭔가를 가리키며 하는 은서의 말에 령이 머리를 한 대 쥐어박았다.

"오빠라니까!"

"싫어요!"

은서는 맞은 곳을 만지며 눈을 동그랗게 뜨고 부라렸다. 오히려 그 모습이 재밌어 그는 상체를 숙여 눈높이를 맞추며 그녀를 쳐다보았다. 령의 눈이 싱글싱글 웃으며 은서를 보자 그녀의 심장이 쿵쿵거렸다.

"한번 불러봐. 오빠라고."

"근데 왜 갑자기 저한테 반말하세요?"

꼬박꼬박 존대해주던 그가 반말을 하니 은서가 듣기가 어색했다. 사이가 가깝게 느껴지는 것이 아니라 오히려 자신을 막 대하는 것 같아 귀에 거슬렸다. 이러다 보니 쿵쿵거리던 심장이 원래대로 돌아왔다.

"오빠니까."

여전히 그 자세로 다시 일러주는 령의 말이 그녀는 듣기 싫었다. 오빠는 누가 오빠라는 거야. 난 외동딸이야, 왜 이래.

"별꼴이야. 흥!"

은서가 팔짱을 끼며 고개를 옆으로 휙 돌렸다.

"오빠 해봐."

"이씨!"

"뭐?"

다시 한 번 두 사람이 티격태격하던 그때, 우빈의 모습이 령의 눈에 잡혔다.

'뭐야, 저 녀석?'

어떤 여자와 다정하게 걸어가는 우빈을 본 그는 급히 은서를 데리고 반대 방향으로 걸었다. 혹시 그녀가 우빈을 만나러 나왔다가 연락이 안 돼 이번에도 닭 대신 꿩? 그렇다면 여기서 부딪치면 안 된다고 판단했다.

"빨리 돌아갑시다."

"왜요?"

뜻하지 않은 령의 반응에 은서는 어리둥절했다.

"늦었으니 그러죠."

"아무것도 안 먹었는데?"

"지금 먹으면 돼지처럼 살쪄서 쭉쭉빵빵이 안 되는 수가 있어요."

은서는 뒤를 돌아보려 했다. 그러자 령은 그녀의 어깨를 잡아 돌려버렸다.

"이쪽이 아니라 집에 가려면 저쪽으로 가야 해요."

은서가 뒤쪽을 가리켰다.

"이리로도 가봅시다. 제가 이사 온 지 얼마 안 되니 길도 익힐 겸."

"그럼 돌아가야 하는데?"

"그냥 가!"

상처 받을까 봐 걱정되는 마음에 령은 버럭 소리를 질렀다.

"씨…… 놀라게 왜 소리는 지르고 그래요?"

"오빠한테 자꾸 개기니까 그렇지."

"오빠 싫다니까!"

우빈은 민아와 걸어가다 어디선가 은서의 목소리가 들리는 것 같아 주변을 두리번거렸다.

"이상하다. 목소리가 들린 것 같은데?"

저만치 가는 여자의 뒷모습이 얼핏 은서 같았으나 남자의 몸에 가려 자세히 보이지 않았다. 우빈이 긴가민가하여 안경다리를 잡고 다시 보려 하니 행인들로 시야가 가려졌다.

"왜 그러세요?"

민아도 우빈이 보는 방향을 쳐다보았다.

"아니, 은서 목소리가 들리는 거 같아서."

"유 선생님이 밤에 여길 뭐 하러 오셨을까요?"

"그렇긴 한데, 내가 잘못 들었나?"

"이쪽이에요."

민아가 가고자 하는 방향을 가리켰다.

"원룸이 야시장 근처에 있어서 좀 위험해 보이는데, 괜찮은 건가?"

"괜찮아요. 새로 지은 건물이라 외부인 출입이 되지 않아요."

"그럼 다행이고."

퇴근 후 데이트를 한 둘은 민아가 사는 집으로 가는 중이었다. 서로의 첫 느낌이 좋아서인지 설레는 마음은 하늘을 찌를 만큼 두근거렸다.

그사이, 령과 은서는 야시장을 빠져나와 집으로 향하고 있었다. 가로등 불빛 아래를 지날 때 그는 그녀의 모습을 보았다. 야시장에서 봤을 때와는 또 다른 느낌이었다.

"누굴 홀리려고 그런 복장으로 이 밤에 야시장엘 갑니까?"

령의 말에 은서가 치마를 살짝 잡아 올리며 한 바퀴를 빙 돌았다. 머리카락이 날리며 그로 인해 맡아지는 향기에 그는 취하는 기분이었다.

"나 예뻐요?"

"아니."

은서의 모습에 령의 눈빛이 잠시 흔들리기는 했으나 절대 말려들지는 않았다.

'또 실패구나?'

다음엔 어쩌지? 목석같은 령은 넘어오질 않고 방법은 모르겠고. 그녀의 답답한 마음을 누가 알까.

"빨리 걸어요. 지금 시간이 몇 시야? 뭐야! 벌써 열두 시가 넘었네. 미쳤어. 이 시간에 도대체 배가 왜 고픈 거야?"

그는 여전히 투덜거리며 말했다.

"고플 수도 있지 더럽게 뭐라 하네."

"뭐라고-!"

"칫!"

자존심 회복을 위한 노력의 빛이 빨리 나타나길. 그녀는 하늘의 달을 보며 소망하려 했다.

"어! 달이…… 없…… 네."

얼레! 소망이 이뤄지긴 다 틀렸나 보다. 은서의 말에 령도 밤하늘을 올려다보니 달은 구름에 가려 보이지 않았다.

"없는 게 당연한 거 아닙니까? 해가 있는데."

"해?"

지금은 한밤중. 은서는 령의 말에 두리번거리며 해를 찾았다. 어디에 있지? 어디?


아침 회진을 마친 은서가 응급실 콜을 받아 급히 뛰어가서 보니 교통사고 환자가 와 있었다. 응급조치하던 레지던트와 인턴들은 그녀가 오자 환자를 볼 수 있도록 공간을 만들어줬다.

"어떻게 다친 거예요?"

딱 봐도 환자의 상태가 심각했다.

"오토바이와 택시의 추돌 사고입니다."

"한 과장님은 뭐라 하세요?"

"곧 내려오신다고 연락 왔습니다."

간호사의 말에 은서는 환자의 동공을 살폈다. 살 수 있는 가능성은 희박했다. 그 후 한 과장의 의견을 들은 그녀는 급히 수술실로 환자를 올렸다. 우빈과 함께 수술실로 가는 그녀의 발걸음이 무거웠다.

"이럴 때 보면 사람 목숨 참 파리 목숨 같다는 생각이 들어."

어린 나이에 호기심에 탔던 오토바이가 한 사람의 인생을 바꿔버렸다.

"그러게. 저 사람이 오늘 자기가 저렇게 다칠 줄 알았겠어?"

"강우빈! 힘내자, 살려야지."

은서의 말에 우빈이 고개를 끄덕였다.

"그래, 우리 한번 해보자."

가능성은 희박했지만 은서는 희망이라는 끈을 잡아당겼다. 부디 끊어지질 않길 소원하며. 가족들을 위해 견뎌주세요…….

그렇게 령과 은서는 바쁜 일상을 보냈다. 그러던 어느 날, 일찍 퇴근한 그녀는 그에게 메시지를 날렸다.

-4가지~

은서의 메시지를 확인한 그는 픽 웃더니 휴대폰을 엎어놔 버렸다.

"또 뭐 하자는 짓이야?"

한동안 잠잠했었는데. 서류를 펼치던 령은 갑자기 머릿속이 복잡해지며 글자가 눈에 들어오지 않았다. 며칠 동안 여러 가지 사건으로 매일 야근에 숙직실 쪽잠에 그야말로 일에 파묻혀 지냈다. 잠시 은서를 생각했어도 바로 잊힐 정도로 바빴다. 그런데 이제 좀 한가해지니 그녀가 부른 것이었다.

"에잇!"

모르겠다며 휴대폰을 터치했다.

-구토 9시.

-OK.

은서가 빙긋이 웃었다.

-라고 할 줄 알았습니까?

령은 간만에 그녀에게 농을 날려보았다.

-ㅠㅠ.

말을 그렇게 했지만, 오랜만에 술 한잔도 괜찮을 것 같았다.

-30분 후.

-그럼 우리 한강으로 갈래요?

-싫습니다.

-싫음 말고.

-안주 비싼 거로 하면 갈지도.

-뭐요?

비싼 안주를 말하자 여태 허접스러운 안주만 준 것 같아 은서는 조금 미안한 생각이 들었다.

-로브스터.

하지만 답장을 확인한 순간, 은서의 입은 저절로 벌어졌다. 손이 안 보일 정도로 빠르게 터치했다.

-미쳤어요! 소주 안주로 로브스터를 먹게!

"킥킥킥."

화내고 있을 그녀의 모습이 떠오르자, 령은 혼자 낄낄거리며 웃었다. 아니나 다를까, 그녀는 씩씩거리고 있었다.

"이런 4가지 같으니라고 뭘 가져와?"

다시 잽싸게 터치를 했다.

징- 하는 문자 알림음에 령은 서류를 정리하며 흘깃 보았다. '안주는 내 맘대로.'라고 적혀 있자 작게 웃었다.

-좀 이따 내려와요.

-ㅇㅋ.

소주를 챙겨 든 그녀는 그가 올 시간쯤 안줏거리를 사러 슈퍼로 내려갔다. 하지만 이 밤에 한강변에서 뭘 끓이거나 구울 수도 없으니 난감했다. 이리저리 둘러보다 어쩔 수 없이 간단한 안줏거리로 집어 들었다.

그리고 주차장으로 오니 령이 와서 기다리고 있었다. 라이트를 번쩍이며 그가 신호를 보내자 그녀는 스커트를 나풀거리며 뛰어갔다. 은서의 짧은 스커트 밑으로 두 다리가 훤히 보였다.

"나쁘진 않은데…… 남자가 있는 여자라……."

핸들에 몸을 기대고 은서를 보았다. 그녀가 차 문을 열고 조수석에 앉자 그의 눈은 은서의 다리로 향했다.

"노출증 맞네."

"보자마자 뭐라는 거예요?"

보자마자 한다는 소리가 이러니. 사실 은서는 령이 조금이라도 사심을 갖고 자신을 훔쳐보길 원했다. 그러나 이 남자는 몰래 훔쳐보는 법이 없었다.

"출발~"

은서는 앞 머리카락을 우아하게 쓸어 넘기며 말했다.

"갑니다."

핸들을 돌려 나가는 령을 보니 그의 차림새가 평상시와 달랐다. 깔끔한 슈트 차림이 아니었고 넥타이도 없었다. 더군다나 흰 와이셔츠의 앞 단추는 두 개 정도 풀어놓은 상태였다. 소매를 몇 번 접어 올린 약간 자유로운 모습에 또 다른 느낌을 받았다. 꼬시려는 입장에서 이러면 안 된다는 걸 알면서도 령의 모습이 멋있어 보였다. 왜 이런 모습이 멋있어 보이는 걸까.

"갑자기 무슨 한강변을 가자고 하십니까?"

"심심해서요."

은서를 잠깐 쳐다보는 령의 표정에는 그야말로 황당함이 묻어났다.

"미쳐."

"혹시 바쁘신데 나오신 거예요?"

령의 옷차림으로 봐선 열심히 일하다 나온 남자, 바로 그 자체였다.

"구토가 저한테 그리 중요한 사람입니까?"

그럼 그렇지. 답은 여전히 냉정할 정도로 이렇게 현실적이었다.

"그럼 왜 나왔어요?"

"나도 심심해서."

"킥킥! 오늘 술안주가 땅콩인데. 심심풀이 땅콩."

"제격이네."

얼마 후, 한강변에 도착했다. 삼삼오오 자리를 깔고 담소를 나누는 사람들을 지나 그들도 한쪽으로 자리를 잡았다. 돗자리를 펴고 그녀가 앉을 수 있게 해준 뒤 그도 한강을 바라보며 앉았다. 그녀는 야경을 보고 있는 그를 보았다.

"좋죠?"

"이 밤에 이게 무슨 청승이람."

"청승이 아니라 낭만이에요. 뭘 모르신다니까."

"빨리빨리 하고 갑시다."

"참 멋대가리 없어."

무슨 의무감에서 오는 의식 치르듯 말을 하다니. 은서는 투덜거리며 소주랑 땅콩을 꺼내놓았다.

"어떡해!"

이런 반응은 이제 대수롭지 않았다.

"왜 또?"

"술잔이 없어요. 간접키스 해야겠는데요."

"간접키스 같은 소리 하고 있네. 지금 운전할 저 보고 술 마시라고?"

"그것도 그러네. 그럼 어쩌죠?"

매일 집에서 마시는 바람에 술잔은 생각도 못 했다. 그런 은서를 한심한 표정으로 보던 령은 뻔히 나와 있는 답을 읊어줬다.

"뭘 어쩝니까? 오늘 것도 무효지."

"그럼 우리 이 밤에 여기까지 왜 왔대요?"

"심심풀이 땅콩 먹으러 왔지, 왜 왔겠습니까?"

은서가 부스럭거리며 땅콩을 까서 줬다. 령이 손을 내밀어 받으려 하자 그녀가 입을 가리키며 벌리라고 했다.

"아~ 해야죠."

"참으로 여러 가지 한다."

꼬시려면 여러 가지 방법을 동원해야 했다. 처음엔 자존심으로 시작했지만, 어차피 할 거라면 즐기자는 쪽으로 마음을 돌렸다. 그런데 문제는 이 남자가 넘어오질 않는다는 것이었다.

"먹기 싫으면 말아요. 줘도 뭐래."

땅콩 깐 걸 자기 입으로 쏙 집어넣자 그가 다시 까 달라고 손을 내밀었다.

그렇게 둘은 한강을 바라보며 땅콩을 까먹었고, 몇 개 더 집어 먹던 은서가
자신의 배를 살살 문질렀다.

"배 안 고파요?"

"저녁 안 드셨습니까?"

배가 고파져 그녀는 참기가 힘들었다.

"로브스터 사 달래려고 안 먹고 왔죠."

"뭐라니?"

"아까 로브스터 말하니 정말 먹고 싶어서……."

이렇게 말한다는 것은 지금까지 겪어본 경험상 꼭 먹어야 한다는 말과
같았다. 더 듣고 있으면 이상하게 돌아갈 것 같았다. 령이 일어서자 은서도
땅콩 봉지를 정리한 후 따라 일어섰다.

"집에 갑시다."

"안 사줄 거예요? 너무 배고픈데. 응?"

은서가 팔을 잡고 몸을 살랑살랑 흔들며 말하자 령이 그녀의 손을 쳐냈
다.

"아오! 정말 이상한 여자야!"

그날 저녁, 령은 땅콩 몇 알 얻어먹고 큰 대가를 치렀다. 레스토랑에 앉아
로브스터를 먹는 은서를 바라보자니 그저 할 말을 잃어 실없이 웃고 말았
다.

"음~ 너무 맛있어요."

"자기 돈으로 사 먹으라면 절대 안 먹을걸."

"뭐…… 그럴 수도. 그런데 안 드실 거예요?"

접시를 쳐다보는 은서의 눈빛이 수상쩍었다.

"왜? 그거 가지고 모자라십니까?"

"아니요. 혼자만 맛있게 먹으려니 조금 미안해서. 혹시 제가 먹는 모습이

보기 좋아서 저보고 다 먹으라고 일부러 안 먹는 거예요?"

역시나 그녀의 생각은 엉뚱했다.

"저는 저녁을 먹고 와서 별로 생각이 없습니다."

"그럼 한 입만. 아~"

마지못해 포크로 찍어주자 받아먹었다. 눈까지 살며시 감고 흐뭇한 표정을 지으며 오물거리는 모습이 어쩌면 이 접시도 그녀가 비울 것 같았다. 그런데 이상하게 맛있게 먹는 걸 보면 그게 싫지가 않았다. 때마침 자신을 바라보고 있는 령의 눈을 본 그녀가 싱긋 웃었다.

"내일 국경일인데 뭐 하실 거예요?"

"제가 뭘 하든 그게 무슨 상관이십니까?"

"아니, 산에 가나 해서."

"글쎄…… 잠깐 화장실 좀."

령은 일단 이렇게 말을 끊고 피했다. 다시 엮일까 봐 걱정스러운 표정으로 그는 화장실에서 나왔다.

"그럼 우빈아, 난 아직까지 다른 계획은 없는데, 우리 내일 놀러 갈까?"

령은 테이블로 오다 은서가 통화하는 내용을 들었다. 어째서 저 말이 싫게 느껴지는 것인지 순간 발걸음을 멈췄다. 연인들이 데이트하는 것은 지극히 당연하고 흔한 일이었다. 둘의 사이를 모르는 것도 아니고 은서가 현희 같은 친구로 남는다 해도 나쁘진 않을 것 같았다. 그런데 같은 여잔데도 현희와는 다른 알 수 없는 이 느낌…… 이게 문제였다.같이 있으면 기분이 좋아졌다. 인정하기 싫지만, 가끔 뭐 하고 있을까 생각도 났다. 현희 때는 느끼지 못한 여자의 모습이 보이기도 했다.

"흠!"

령은 자신이 왔다는 걸 알리기 위해 엄한 헛기침을 해댔다.

"그럼 내일 아침에 다시 얘기하자. 전화 줘."

령이 자리로 와서 앉자 그녀는 전화를 끊었다. 물잔을 든 그는 생각에 잠겼는지 말이 없었다. 골똘한 그의 모습을 바라보는 은서는 불안한 마음이 생겼다. 화장실 갔다 오더니 뭘 저렇게 생각할까. 령의 생각을 알 수 없는 그녀는 그의 심각한 표정에 갑자기 딸꾹질이 나왔다.

딸꾹! 딸꾹! 딸꾹!

은서는 가슴을 툭툭 치며 물을 마셨다.

"다 드셨으면 갑시다."

은서야 다 먹었다지만 령의 접시에는 음식이 남아 있는 상태였다.

"딸꾹! 벌써요? 다 먹지도 않고 딸꾹! 이렇게 음식 가지고 딸꾹! 장난치면 안 돼요. 딸꾹!"

"그럼 혼자 먹게 둘 걸 잘못했네."

딸꾹거리든지 말든지 또다시 삐딱하게 나갔다. 은서는 비싼 밥 얻어먹고 체하게 생겼다. 무슨 생각을 그리하는지 운전하는 내내 그는 말이 없었다. 이러니 눈치가 보여 로브스터 얻어먹은 걸 후회했다.

"4가지, 비싼 밥 사줘서 속이 안 좋아요?"

"그렇다면?"

"역시나."

이렇게 되면 공짜로 얻어먹은 거 마음 편하게 갚아주자.

"뭐든지 사줄 테니 하나만 말해요. 그 대신 더는 안 되고 아까 먹은 저녁 값에 딱 맞춰서! 알았죠?"

"글쎄…… 뭘 사달라고 할까나?"

령은 은서의 말에 그리 궁리하던 고민이 한 방에 날아간 느낌이었다. 무슨 생각을 했는지 그가 은서를 향해 알 수 없는 미소를 날렸다.

"왜, 왜요? 왜 그렇게 웃어요. 기분 나쁘게."

은서는 말까지 더듬으며 경계하는 눈으로 쳐다보았다. 저렇듯 야릇한 웃음을 짓는 다는 것은 상당히 비싼 걸 말할 것 같았다.

"간단히 배낭 꾸려서 15분 후에 여기서 만납시다. 빨리 서둘러요."

잉? 아닌 밤중에 홍두깨라고 이게 무슨 소리.

"왜요? 밥 먹는데 배낭은 뭣하게?"

"맛있는 거 사준다며. 빨리 서둘러야지, 안 그럼 늦습니다."

"그건 다음에 사줘도 되는 거 아니에요? 저는 지금 배불러서 못 먹는데."

"저는 지금 당장 먹고 싶어서 가야겠습니다."

은서는 정말 번갯불에 콩 구워 먹듯 간단한 배낭을 꾸려 다시 차에 올랐다. 아직도 상황을 이해할 수 없는 그녀는 어리둥절했고, 령은 주저하지 않고 그대로 출발했다.

"어디 가는 거예요?"

"가보면 압니다."

이러니 더 이상 물을 수가 없었다. 그녀는 늦은 밤 앞만 보고 달리는 령을 가끔씩 쳐다만 볼 뿐이었다. 차는 서해안을 타더니 비봉으로 빠져 잠시 후 어딘가에 도착했다.

"여기는?"

은서가 알아차리고 령을 보자 그는 바닷길이 열린 제부도로 들어가고 있었다. 이게 바로 한반도 홍해로구나.

"신기하다. 너무 신기해. 진짜 신기해!"

왜 여길 가냐고 묻는 걸 잊을 정도로 그저 신기하고 놀라워 연신 감탄했다. 밖을 보니 어둠 속 갯벌은 그야말로 고요했다.

"처음 와보십니까?"

"네. 근데 뭘 드시려고 이 밤중에 여길 오신 거예요?"

"그건 내일 아침까지 생각해보고 결정해도 되겠습니까?"

"그럼 내일 와도 되잖아요!"

은서는 그의 황당한 대답에 신경질을 부리며 말했다.

"제 마음입니다. 일단 도착하면 민박부터 잡아야 할 것 같습니다. 땅바닥에 신문지 깔고 잘 수는 없으니."

전에 동기들과 왔을 때는 미리 예약하고 들어왔기에 맘 편히 놀았었다. 그러나 지금은 꽤 늦은 시간이라 솔직히 걱정되었다.

"신문지?"

은서는 음식값뿐만 아니라 숙박비까지 생각하니 당했다는 기분이 들었다. 방 하나에 대략 5~6만 원. 거기다 비싼 회를 시켜 먹으면……. 설마 고래 고길 먹겠어? 에잇! 머리 아프다. 은서는 그냥 쿨하게 바로 생각을 접어버렸다.

"이렇게 즉흥적으로 여행 다니세요?"

령은 한 번도 즉흥 여행을 떠나본 적이 없었다. 1박을 할 땐 항상 모든 것을 빈틈없이 준비한 후 움직였었다.

"아니, 오늘만."

대화도 잠시, 두 사람은 방을 보러 다녔다. 그런데 늦은 시간이라 빈방을 찾기란 쉽지가 않았다. 슬슬 불안해지는 은서와는 달리 령은 아주 태평해 보였다. 몇 군데를 더 들리고도 방이 없자 그가 어느 집을 손가락으로 가리켰다.

"저 집 가보고 없으면 모텔로 가야겠습니다."

뭐라고? 지금 이 남자가 뭐라고 하는 거야? 령의 말에 놀란 은서가 뒤로 물러섰다.

"모, 모텔?"

9장. 응답하라

현희의 전화를 받은 시루는 약속 장소로 차를 몰아갔다. 뚜르르르 울리는 벨 소리에 시루는 이어폰을 터치했다.

[오고 있어?]

현희의 말을 들으며 그는 차선을 바꾸기 위해 점멸등을 켰다.

"차가 밀리네. 조금 늦을지도 몰라. 가고 있는 길이야."

[그래? 잘됐네. 나도 좀 늦을 거 같아서. 천천히 와.]

"알았어."

이윽고 약속 장소로 간 시루는 현희를 만났지만, 그녀가 하는 말엔 관심이 없는지 마티니 잔만 빙글거리며 돌렸다.

"요즘 최령 이상한 것 같지 않아?"

바텐더의 손길이 분주해지자 시루는 그쪽으로 눈길을 돌렸다. 마치 춤을 추듯 움직이는 현란한 손동작에 현희도 바텐더를 쳐다보았다.

"이상할 게 뭐 있어. 난 그 녀석이 좀 더 이상해졌으면 좋겠어."

"무슨 말이야?"

현희의 질문에 정말 몰라서 묻는 거냐며 시루가 쳐다보았다.

"네가 볼 땐 일밖에 모르는 그 녀석이 정상적으로 보이냐? 좀 변할 필요가 있어."

"……."

"이제 여자 좀 만나서 사랑이란 걸 알았으면 해. 그럼 그 녀석이 나보다 훨씬 더 멋지게 변할걸."

령이 누군가를 사랑한다? 그 생각만으로도 현희는 슬퍼졌다. 가둬놨던 감정의 둑이 터지자 심장은 최령이라는 존재로 가득 차버렸다. 친구들과 같이 공유했던 시간까지 포함해 앞으로의 시간을 홀로 차지하고 싶을 정도로 욕심이 넘쳐났다. 갖고 싶었다. 하지만 방법이 없기에 머리가 아팠다.

"근데 생각만 해도 웃기지 않니? 그 무뚝뚝한 표정이 과연 변할 수 있을까? 에후…… 짐 챙겨서 도망가는 여자들이 내 눈에 훤히 보인다."

시루는 안 봐도 알 것 같다는 표정을 지었다.

"아마도 힘들 거 같은데…… 차 선배."

현희는 말을 멈췄다. 갖고 싶어도 지금 상황에선 이 문제가 가장 큰 장애물이었다. 마티니 잔을 드는 시루의 표정에도 착잡함이 묻어났다.

"이 녀석 집에서 혼자 뭐 하고 있으려나?"


"모텔이 왜요?"

앞서 걸어가던 령은 뒤를 돌며 담담하게 물었다.

"아니, 그게 모텔은…… 거시기 그러니까 모텔은……."

놀란 은서는 안 된다고 고개를 저으며 자신의 상체를 팔로 감쌌다. 그것만은 안 돼요!

"뭔 생각을 하는 거야?"

한심한 눈으로 은서를 보던 령이 민박집으로 들어가자, 그녀는 무슨 방법이 없을까 싶어 주변을 둘러보았다. 앞에 보이는 갯벌에 눈이 멈추자 암흑 천지에 놀랐다. 저 멀리에서 뭔가 시커먼 게 걸어 나올 것 같은 무서운 생각에 령이 들어간 집으로 따라 들어갔다.

"계십니까?"

"뉘시오?"

사람 소리에 중문이 열리더니 나이가 지긋한 할머니 한 분이 더듬거리며 신발을 신고 나왔다.

"방 있나 해서요."

"방? 저기 끝 방 하나 있는데 쓰실래요?"

손으로 가리키는 곳을 보니 대문 바로 옆에 있는 방이었다.

"주십시오."

보고 말고 할 것도 없이 지금은 잡고 보는 게 최선이었다. 안 그러면 진짜 은서를 데리고 모텔로 가야 할지도 모른다. 말은 그렇게 했지만 모텔은 좀 그랬다.

"너무 늦게들 들어오셨구먼. 빈방 찾기 쉽지 않았을 텐데."

"어쩌다 보니 그렇게 됐습니다."

은서도 방이 있다는 말에 다행이라며 안심했다. 하지만 안내된 방으로 들어와 보곤 불만 가득한 표정이 되어버렸다.

"방이 콧구멍만 하네."

그녀가 한쪽으로 가방을 던져놓는 령을 보며 투덜거렸다.

"구토 콧구멍은 이리 큰가 보지."

"비유법도 몰라요? 그만큼 작다는 뜻이잖아요."

"아…… 피곤하다."

령은 며칠째 계속된 야근으로 정말 피곤함을 느껴 그대로 누워버렸고, 그 모습에 은서는 벽으로 바싹 붙었다. 이건 모텔에서 자는 것보다 더 이상한 방향으로 돌아가는 느낌이었다. 거기서 왜 눕는 거야.

"설마…… 이 방에서 같이 자는 건 아니겠죠?"

령의 집 거실에서 잘 때와는 전혀 다른 느낌이라 긴장이 됐다.

"같이 자야 할 것 같은데…… 방이 없어서. 불편해도 좀 참아요."

"미쳤어요? 어떻게 한방에서 같이 자요?"

아무리 그래도 이건 아닌 것 같았다. 눈을 감고 대꾸해주던 그가 눈을 뜨자 서로의 눈빛이 부딪쳤다.

"누가 저희 집에서 허구한 날 잤는지 아십니까? 그게 누구더라?"

은서는 더 이상 눈을 마주치지 못하고 천장을 쳐다보았다. 누구긴 나지.

"그거야 따로따로 잤지만, 지금은…… 한…… 방."

엄연히 다른 게 맞았다. 그땐 거실과 침실에서 각자 잤지만 이건 아니지 않는가.

"4가지가 차에 가서 자면 안 돼요?"

좁은 방에서 둘이 같이 자는 것보단 어쩜 이 방법이 좋을지도 모르겠다.

"무슨 잠복근무 합니까? 그리고 저는 이렇게 두 다리 쭉 펴고 자고 싶습니다. 정 안 되겠으면 구토가 차에 가서 자든지."

령은 매정하게 말을 잘라버리고는 다시 눈을 감았다. 아마도 알아서 하라는 뜻인 것 같았다.

"내가 차에 가서?"

이 밤에 차에 가서 잔다고? 그건 싫었다. 은서가 우물쭈물 머뭇거리자 누워 있던 그가 벌떡 일어났다. 그 바람에 그녀는 다시 벽으로 찰싹 달라붙었다.

"도대체 그 나쁜 머리로 뭘 생각하는 건지. 내 취향 아니라고 했지? 그냥 편하게 MT 왔다고 생각하라고."

그놈의 취향! 이 4가지야, 난 MT 가서도 남녀가 한방에서 같이는 안 잤어. 너는 같이 잤냐. 얄밉게 말하는 저놈의 주둥이를 확 막아버리고 싶었다.

하지만 지금 여기서 한마디 잘못했다간 쫓겨날 수도 있기 때문에 참아야 했다.

"4가지도 제 취향 아니에요!"

"그럼 아무 문제 없으니 구토는 그쪽, 나는 이쪽, ok?"

령이 손가락으로 아랫목과 윗목을 가리켰다.

"알겠어요."

빨리 합의 보자는 령의 표정에 눌려 어쩔 수 없이 그녀가 대답했다. 그리고 은서가 수돗가에 앉아 씻는 동안 령은 주인한테서 이불을 더 얻고자 했다.

"방이 따스우니 얇은 이불로 드릴게."

"감사합니다."

늦은 시간이라 그런지 이미 불 꺼진 방도 있었고, 어느 방에선 도란도란 이야기를 나누는 소리도 얼핏 들려왔다. 불안하긴 했지만 여차하면 소리부터 지르자고 생각한 그녀는 방으로 들어갔다.

"아…… 이게 뭐 하는 거야. 일이 왜 이렇게 돌아가냐고……. 내가 그놈의 로브스터를 왜 얻어먹어서……."

늦은 후회를 해도 이미 때를 놓쳤다. 령이 씻고 들어오자 은서는 슬그머니 이불 속으로 들어갔다. 탁!

"불! 불은 왜 꺼요?"

방의 불을 끄자 그녀는 몹시 긴장했고, 령은 자리로 와서 누웠다. 깜깜하니 이건 더 환장할 노릇이었다.

"그럼 불을 켜고 잡니까? 어서 자요. 나는 지금 피곤해서 미칠 것 같으니."

"그러게 이 밤에 여긴 왜 와서……."

이불 속으로 들어가 눕던 령이 다시 일어나 앉아 겉옷을 벗었다. 어렴풋이 보이는 모습에 그녀는 놀라며 이불을 한껏 올렸다.

"아, 아니 옷은 왜 벗어요?"

"저는 답답하면 못 잡니다. 어떻게든 참아보려고 했는데 지금 이 방이 너무 더워서 도저히 못 참겠습니다."

"못 참겠으면 뭘 어쩌려고요. 다 벗기라도 하겠다는 거예요?"

"벗을 건데. 나 홀딱 벗고 자는데."

령은 왠지 즐거움이 느껴져 이런 농도 날려보았다.

"에잇!"

은서는 령의 놀림에 이제는 포기했다는 듯 그냥 이불 속으로 들어갔다. 그리고 몸으로 퍼지는 따스함과 편안함에 기분이 좋아지며 온몸이 나른해졌다.

"아…… 따뜻해. 너무 기분 좋다."

뜨끈뜨끈한 온돌방으로 인해 긴장했던 몸이 스르르 풀리는 기분이었다.

"저 먼저 잡니다."

"잘 자요."

잘 자라는 인사에 령은 눈을 감았고 얼마 후 고른 숨소리를 내며 잠이 들었다.

말똥말똥. 좀처럼 잠들지 못하는 은서는 령이 잠결에 뒤척일 때마다 목까지 덮고 있는 이불을 바짝 움켜쥐었다. 하지만 그것도 잠시, 무거워지는 눈꺼풀을 주체할 수 없어 감았다가 다시 뜨길 반복했다. 그러길 몇 번 더 하더니 어느새 잠으로 빠져들었다. 이불을 목까지 덮고 자던 그녀는 처음과는 다르게 차내며 뒹굴었다. 그런 은서를 피해 령은 점점 구석으로 옮겨갔다.

"저 구토, 잠버릇 하고는……. 저것도 내 취향 아냐……. 쯧쯧쯧."

다시 잠들었던 령은 날이 밝아올 때쯤 눈을 떴다. 이상한 느낌에 그가 옆을 보았다. 이불을 차낸 은서가 추웠는지 자신의 옆으로 바짝 붙어 와서는 잔뜩 구부린 상태로 자고 있었다. 무방비 상태의 그녀를 보니 한숨이 저절로 나왔다.

'그 통화 소릴 듣고 내가 여길 왜 왔대…….'

정신없이 자는 은서의 모습을 보고 있던 그가 손을 들었다. 그녀의 얼굴을 가리고 있는 머리카락을 치우려던 그의 손이 멈칫했다. 어째서 만지고 싶다는 생각이 들었을까. 하지만 만지면 안 될 것 같았다. 은서의 얼굴을 찬찬히 훑어보던 그가 부스스 일어나 앉았다. 그 상태로 자는 모습을 좀 더 지켜보던 그는 자신이 덮고 있던 이불로 그녀를 덮어주었다.

밖으로 나온 령이 대문가에 서서 저 멀리 보이는 바닷가를 둘러보았다. 그의 입가에 아주 잠시 알듯 모를 듯한 이상한 미소가 지나갔다. 령은 부엌에 있는 주인에게 가서 아침 식사를 주문했다. 그는 우선 씻기 위해 수돗가로 향했다.

은서는 웅성거리는 사람들의 말소리에 눈을 떴다. 이상했는지 두리번거리다 아랫목을 보곤 벌떡 일어나 앉았다.

"내가 왜 여기까지 와서 자고 있어?"

은서는 령이 없자 방문을 열었다. 그는 수건으로 얼굴을 닦으며 그녀를 쳐다보았다. 은서는 멋쩍어 슬그머니 문을 닫고는 세면도구를 꺼내 들고 나갔다. 입을 가린 채 하품을 하며 수돗가로 가던 그녀는 대문 쪽을 바라보았다. 대수롭지 않게 봤었는데 뭔가 이상하다고 느꼈는지 고개를 갸우뚱했다. 그 모습을 보던 령은 모른 척 세숫대야의 물을 버렸고 그녀는 대문 쪽으로 후다닥 걸어갔다.

"허억!"

길은 감쪽같이 사라졌고 바닷물이 들어와 넘실거리고 있었다.

"4! 4가지, 길! 길이 없어졌어요!"

그녀는 놀란 토끼 눈이 되어 령 앞으로 뛰어왔다. 하지만 은서와는 다르게 그는 태평했다.

"나중에 다시 열립니다."

"그럼 열릴 때까지 여기서 하루 종일 있어야 한다는 거예요?"

"뭐, 그렇다고 봐야죠."

"이런……."

걱정도 잠시, 주인아주머니가 차려준 된장찌개에 밥 한 공기를 싹 비운 그녀는 령과 함께 바닷가를 산책했다. 휴대폰 진동 소리에 령은 슬그머니 뒤로 빠졌지만, 귀는 온통 그녀의 통화 내용에 쏠렸다.

"나 여기 제부도. 지금 나가면 물귀신 돼."

상대방의 말소리가 안 들려도 은서의 말로 대충 넘겨짚었다.

"어쩌다 보니 일이 그렇게 됐어. 그래, 다음에 만나자. 미안."

전화를 끊은 은서가 바다 쪽을 바라보던 령의 옆으로 다가왔다. 그는 어딘가를 가리켰다. 아침에 봤을 때와는 다르게 바다 사이로 갯벌이 많이 드러나 있었다. 그것은 바닷물이 서서히 사라지고 있다는 것이었다.

"다시 바닷물이 빠지는 거예요?"

"좀 이따 바지락 캡시다."

"바지락? 야호-!"

그날 은서는 진흙투성이를 한 개구쟁이 모습으로 바지락을 싹쓸이했다. 그녀가 그러는 동안 삽을 빌려 온 령은 뭔가를 만들어놓고 가만히 앉아 있었다. 은서는 갯벌을 돌아다니며 열심히 호미질을 했고, 한두 개씩 걸려 나오는 바지락에 힘든 줄도 모르고 놀았다.

"구토."

바지락을 캐던 은서는 그가 부르자 뒤돌아보았다. 이내 그의 손에 들린 산낙지를 발견하곤 함박웃음을 지었다.

"대박! 어떻게 잡았어요?"

"이렇게."

령이 손짓으로 가리키는 곳을 보기 위해 은서는 푹푹 빠지는 갯벌을 미끄럼 타듯 걸어왔다.

"이게 뭐예요?"

"음…… 무덤."

"무덤? 무슨 무덤?"

"산낙지를 잡기 위한 무덤이라고 할 수 있지. 이렇게 동그랗게 숨구멍이 있는 곳을 파서."

령은 궁금해하는 은서에게 차근차근 가르쳐줬다. 웅덩이를 만들고 그 위에 삽으로 개펄을 파서 지붕을 씌우듯 막더니 주변의 숨구멍을 모두 막아버렸다. 설명을 해주는 대로 은서도 령을 따라서 했다.

"이렇게 해놓으면 산낙지가 숨을 쉬기 위해 웅덩이처럼 파놓은 넓은 곳으로 나옵니다."

"아! 그럼 그때 막아놓은 걸 치우고 잡으면 되는 거예요?"

"정답!"

"저도 해볼래요. 해보고 싶어요."

아주 신이 나서 목소리가 통통 튀었다.

"잡을 때 순간의 순발력이 필요합니다. 여차하면 다시 숨어버려요."

"할 수 있어요."

비장함까지 보이며 주먹을 불끈 쥐어 보여주자, 령은 은서가 놓칠 것을 대비해 몇 개를 더 만들어놓았다.

"근데 먹고 싶은 게 뭐예요?"

지금까지 뭘 먹을지 말을 안 하니 생각난 김에 물어보았다.

"이거."

령이 잡은 산낙지를 가리켰다. 이럴 수가!

"그럼 수산물 시장으로 가면 되지, 뭐하러 그 밤에 여기까지 왔어요!"

은서는 들고 있던 호미를 냅다 집어 던져버렸다.

"전 이렇게 남의 손 타지 않은 깨끗한 게 좋습니다."

"결벽증까지?"

"시끄럽고 빨리빨리 잡아요. 구토 식욕에 한 마리 가지곤 어림도 없으니."

"아니, 그럼 이걸 직접 잡아서 먹으려고 여길 온 거예요?"

"OK."

령이 두 개의 손가락을 동그랗게 말아 ok 사인을 보냈다.

"미쳐. 내가 그놈의 로브스터는 왜 먹어서 이 개고생을 하고 있대."

하지만 투덜거림도 잠시, 몇 번의 실패를 한 뒤 은서도 령의 도움을 받아 기쁨의 순간을 맛보았다.

"4가지! 나 잡았어요! 잡았어! 아싸!"

"하하하하."

은서 손에 들려 꿈틀거리는 낙지를 보며 령도 환하게 웃었다.

"근데 물컹거리는 게 느낌이 너무 안 좋아요."

"푸하하하하."

인상을 쓰며 손을 쭉 뻗는 그녀의 모습에 웃지 않을 수가 없었다.

"어떡해! 어떡해! 달라붙어-! 으아- 악!"

은서가 보여주는 버라이어티 쇼! 그녀가 떨어지라고 손을 털었다. 하지만 엄청난 빨판의 힘을 자랑하는 산낙지 탓에 끙끙대는 은서를 보자, 령은 실신할 정도로 웃어버렸다.

"4가지! 산낙지 빨판! 빨판! 빨판-!"

"우하하하하."

그 난리를 친 뒤, 민박집으로 돌아온 둘은 주인아주머니가 손질해준 산낙지와 바지락으로 끓여준 칼국수를 먹었다. 그렇게 그날 꿈같은 시간을 보냈다.

다시 바닷길이 열리자 둘은 그곳을 나왔다. 오는 내내 은서는 역시나 또다시 잠들었다. 이젠 익숙한 듯 그는 운전만 했고, 아파트에 도착해서 주차를 하니 그녀는 알아서 일어났다. 신기한지 그가 피식, 웃었다.

"이건 어떻게 해요? 내일 같이 드실래요?"

차에서 내린 은서가 남은 바지락을 건네 보이자 령은 그녀와 있으면 자꾸만 이상해지는 자신을 발견했다. 현실을 외면하고 이게 옳은 일인가 갈등이 생겼다. 그러다 보니 또다시 말이 헛나갔다.

"귀찮습니다. 구토랑 엮이면 그날이 힘들어. 너무 피곤해."

뭐라는 거야? 누가 그 밤에 제부도로 끌고 갔는데. 잘 나가다 또 삐딱하게 나가는 령의 모습에 은서는 기분이 상했다. 이랬다가 저랬다 저놈의 4가지 성격 진짜 마음에 안 들었다.

"알았어요. 앞으로 전화 안 하면 되잖아요."

남은 바지락을 들고 경비실로 가는 은서를 보며 령은 자신의 모습에 혼란스러웠다. 모든 게 은서로 인해 변하는 게 무서웠다. 그래서 그녀 말대로 말과 생각이 이랬다저랬다 했다.


검찰청은 검거작전으로 어수선했다. 령은 검사들과 같이 작전구역으로 가기 전 마지막 지시를 내렸고, 모두 비장한 모습으로 임했다. 이번 작전을 위하여 비밀리에 잠입된 정보요원이 현지에서 목숨을 잃었다. 밀항선을 어선으로 위장해 자국민을 해치고자 하는 범죄자들. 그렇기에 실패는 용납되지 않았다.

"아시다시피 이번 마약 집단은 대규모입니다. 꼭 잡아야만 국민의 건강과 안녕을 지킬 수 있습니다. 최선을 다해 작전에 임해주시고 부디 몸조심하시길 부탁드립니다."

"네-!"

"몇 조로 나뉘어서 움직이되 신중을 기해주시기 부탁드립니다."

"네-!"

검사들보다 작전구역에 먼저 도착한 특공대원들은 각자의 위치에서 몸을 숨기고 목표물이 나타나길 기다렸다. 시간이 지날수록 점점 초조해졌지만, 작은 단서라도 놓치지 않기 위해 어둠 속에서도 그들의 눈은 빛이 났다. 그리고 령과 일행도 그곳에 도착해 자리를 잡고 몸을 숨겼다. 옆의 박 검사와 작전에 대해 몇 마디 상의를 한 령은 자신의 손에 쥐어져 있는 총을 보았다. 차가운 느낌에 등골까지 오싹해졌다.

"선배님, 이게 정말 제 총인가요?"

신기함에 들뜬 제 목소리가 귓속에서 울려왔다.

"최령, 총을 손에 쥐었을 땐 이거 하나만 명심해."

"뭔데요?"

"죽지 않고 반드시 살아남는다. 알았지?"

"반드시 살아남는다?"

"그래. 그래야만 네가 사랑하는 사람들 곁에 남아서 지켜줄 수 있으니까. 하지만 비겁하게 살아남는 건 내가 허락하지 않는다. 무슨 말인지 알겠지?"

"네! 차영철 선배님, 명심하겠습니다!"

령은 갑작스레 그리운 사람이 떠올라 깊은 숨을 들이마셨다.

'명심…… 하겠습니다. 차…… 선배님.'

[부엉이 출현.]

초조한 기다림 속에서 잠복 중이던 특공대원으로부터 연락이 오자 령은 총을 다잡았다. 이곳에서 오늘 죽는다 해도 절대로 비겁해지지는 않으리라. 어둠 속에서 서서히 모습을 드러내는 목표물이 보였다. 숨 막히는 긴장감 속에 모두 기회를 엿보고 있었다.

'조금만 더 가까이…… 가까이…… 날아와라.'

그리고 드디어 목표물이 작전 구역에 들어왔다!

[올무에 가둔다.]

팟!

"도망쳐!"

탕! 탕! 령의 작전 암호가 떨어지자 칠흑같이 어두운 부둣가에 라이트가 켜졌다. 목표물들은 자신의 모습이 그대로 노출되자 순식간에 사방으로 흩어지며 총을 쏘아댔다.

탕! 탕! 탕! 총소리를 가르며 묵직한 가방을 멘 밀수범이 도주하자 령과 박 검사가 뒤쫓았다. 고요했던 부둣가는 순식간에 전쟁터로 변한 것처럼 죽음에 대한 공포가 서렸다. 도주한 밀수범을 따라간 두 사람은 부둣가의 어느 건물 안으로 들어섰다. 어디서 날아올지 모르는 총알로 어둠 속에서의 두려움은 더 고조됐다. 딸각! 하는 소리가 고요한 정적을 깼다. 더듬거려서 찾은 전등의 스위치를 올리자 희미한 불빛이 밝혀졌고, 둘은 각자 흩어져 밀수범을 찾자며 눈신호를 나눴다. 박 검사가 가는 방향으로 총구를 돌리며 령은 그를 엄호해줬다. 그 어느 때보다 날카로운 령의 눈빛. 그는 발소리를 죽여가며 조심스레 움직였다.

'헉!'

박 검사가 령의 시선에서 사라진 얼마 후, 컨테이너를 돌며 발견한 밀수범의 뒷모습에 그는 재빨리 자신의 몸을 숨겼다. 박정수 검사다! 밀수범과 총을 맞겨누고 서 있는 박 검사가 위험한 상황에 놓여 있었다. 살며시 몸을 내밀어 상황을 보다 박 검사와 서로 눈이 마주쳤다. 손을 들어 신호를 보낸 령은 총을 겨눈 상태로 조심스레 발걸음을 옮겼다. 박 검사를 보호하려면 그 어떤 상황에서도 밀수범이 자신의 존재를 눈치채면 안 되었다. 최대한 숨을 죽인 채 집중해야만 했다.

"지금이라도 총을 버리고 투항하면 살려준다!"

박 검사는 위험한 상황에서도 밀수범의 시선과 정신을 분산시키고자 큰 목소리로 외쳤다.

"시끄러!"

"무모한 짓 하지 말고 총 버려! 죽으면 너만 손해야!"

둘 중 하나는 죽을지도 모르는 상황이라 팽팽한 신경전이 흘렀다.

"그 입 다물지 못해!"

더 이상 지체하면 그가 위험해지기에 령의 총구는 정확하게 밀수범의 뒤통수를 겨눴다.

"안 돼!"

"뭐가 안 돼! 시끄러운 그 입부터 다물게 해주지!"

안 된다는 박 검사의 말은 령을 향해 범인을 생포하라는 뜻이었다. 생포를 위해 한 발 한 발 다가갈수록 숨 막히는 초조함에 등에선 식은땀이 흘렀다. 그리고 다시 조심스럽게 내딛는 한 발짝. 마지막으로 한 발짝만 더!

바스락. 령의 발밑으로 뭔가 밟히는 소리에 밀수범이 뒤를 돌아다보았다. 들켰다!

탕! 령이 위험한 걸 감지한 박 검사가 밀수범을 향해 총을 발사하려 했지만, 도리어 들리는 총소리와 함께 박 검사가 휘청했다. 몸을 돌린 밀수범이 먼저 박 검사를 향해 방아쇠를 당긴 것이었다. 그리고 연이어 령을 향해 총구를 겨누려던 밀수범은 퍽! 소리와 함께 령의 앞차기에 쓰러졌다. 총을 든 밀수범의 손은 그 충격으로 중심을 잃었고, 다시 령을 향해서 총을 겨누기도 전에 자신의 이마에서 느껴지는 서늘한 감촉에 놀라야만 했다.

"윽!"

"총 버려!"

그대로 움직임을 멈춰버린 밀수범.

"안 들려? 총 버려!"

다시 소리를 지르며 령의 총구가 그의 이마를 눌렀다. 따그락! 소리를 내며 바닥에 떨어진 밀수범의 총을 령은 발로 차서 멀리 밀어버렸다.

"부장님!"

총소리를 듣고 달려온 장 수사관이 령을 도와 밀수범을 제압했다. 령의 눈에는 어깨를 잡은 채 컨테이너에 의지한 박 검사가 보였다. 간신히 자신의 몸을 가누고 있는 것 같았다. 그는 박 검사의 손이 붉은 피로 물들기 시작하는 걸 보았다.

"박 검사! 구급차-!"

령은 박 검사에게 뛰어갔다.

삐- 뽀. 삐- 뽀. 부둣가에 울리는 구급차 소리가 멀어질 때쯤 모든 상황이 종료됐다.

생포가 아닌 사살을 선택하는 것이 옳았을까? 수술실 앞에 있는 령은 초조함에 의자에 앉지도 못하고 서성거렸다. 귓가에 들리는 과거의 목소리를 기억하지 않으려 그는 제 입술을 깨물었다.


"피? 선배! 차 선배! 누가 차 선배 좀 살려줘요-!"


하지만 령의 눈 안에는 기억하고 싶지 않은 과거의 모습이 보였다.

"최령! 어서…… 쫓아가!"

"안 돼요. 선배님 너무 많이 다쳤어요. 빨리 병원으로."

차영철은 떨리는 손으로 령의 멱살을 잡았었다.

"넌 검사야. 내가 지금 죽는다 해도…… 범인을 검거해야 하는 검사…….
명령이다! 빨리 가서 범인을 잡아……."

"선배!"

마지막 힘을 모아 말을 하듯 차영철은 힘겹게 말을 뱉어냈었다.

"차 선배 정신 차려 봐요!"

"난…… 이미 틀렸어. 부탁…… 한다. 최…… 령."

"차 선배!"


차영철은 령의 품에서 숨을 거뒀다. 만약 그때 그 사건을 선배에게 넘기
지 않았다면…… 선배는 살았을까? 몇 백번을 후회하고 후회했던 이 말의
해답을 그는 아직도 찾지 못했다.

"부장님, 커피."

"감사합니다."

정 검사가 령의 앞으로 커피가 담긴 종이컵을 내밀자, 령의 목소리가 가
늘게 울먹이며 떨렸다.


령이 방송에 나오자 진경은 지인들로부터 전화를 받았다. 기쁨을 감추지
못해 얼굴은 그야말로 싱글벙글이었다. 아들 얼굴이 전국적으로 알려졌으
니 너무도 뿌듯했다.

"우리 아들, 이참에 좋은 짝만 만나면 되는데."

이 일만 해결되면 더 바랄 게 없을 것 같았다. 처음 사법고시에 합격했을
때 뚜쟁이들이 어떻게 알았는지 연락을 했었다. 진경은 그때 일을 생각하면

지금도 아찔해졌다. 령이 뚜쟁이들한테 직접 전화를 해서 난리를 쳤기 때문이었다. 한 번만 더 전화하면 소개수수료 철저히 파헤쳐 세금을 물린다고 하자 그 후로 지금까지 전화하는 사람은 단 한 명도 없었다. 그리고 지금의 자리로 특별 승진할 수 있었던 검찰청 고위 관직 뇌물수수사건. 법조계에서 전무후무한 일이라 사회적으로 큰 이슈가 됐을 때도 세금이 무섭긴 했는지 전화벨은 여전히 울리지 않았다.

"에이! 성격도 까칠해서는. 도대체 누굴 닮았는지?"

중얼거리며 현진을 바라보았다. 핏줄은 못 속인다고 누굴 닮았겠는가. 저기 있는 저 남자지.

"왜 그런 눈으로 봐?"

골프채를 잡은 현진은 진경의 곱지 않은 시선을 의식했다.

"퍼팅하는 모습이 하도 멋져 보여서 한번 봤어요."

"허허. 그래."

반면, 은서는 무슨 일이 일어났는지 전혀 모르고 있었다. 당직을 마친 후 옷을 갈아입고 나오자 TV를 보는 간호사들의 호들갑이 대단했다. 뭔지는 몰라도 대기환자들을 위해 켜놓은 화면으로 들어갈 기세라 저러다 한 소리 듣지 싶었다.

"저 검사 그 사람이지? 이렇게 보니 더 잘생겼다."

검사라는 양 간호사의 말에 은서가 다가갔다.

"에이! 에이! 언니들, 뭔데 그래요?"

은서의 목소리에 양 간호사가 뒤를 보며 화면을 가렸다.

"유 선생님, 저 검사님 알죠?"

은서의 눈에 령이 보였다. 뭐야? 어머나! 세상에나! TV 출연을 하다니! 도대체 무슨 일이래? 그녀는 간호사들을 헤치고 앞으로 가서 섰다.

"최 검사님 맞죠?"

호들갑스러운 양 간호사의 말에 은서가 고개를 끄덕였다.

"내 말이 맞잖아! 화면발 진짜 잘 받는다!"

"그러게요. 연예인 같아요!"

"멋지다! 저 검사를 우리가 아는 검사라니."

으으으으…… 이 여인네들 때문에 아무 소리도 안 들렸다.

"쉿!"

은서가 좌우를 보며 손가락으로 조용하라는 신호를 주자 순식간에 모두 합죽이가 됐다.

"오늘 검거된 마약 조직은 지금껏…… 최대의 규모라…… 검거작전 중 부상자가 발생했으며 …… 현재 밝혀진 바로는."

속사포처럼 흘러나오는 리포터의 말은 은서의 귀엔 그저 기계음처럼 들릴 뿐이었고, 마약 조직을 검거한 령의 모습만이 그녀의 두 눈 안에 가득 찼다. 은서의 두 눈은 그의 모습을 담느라 깜박임조차 없었다. 리포터로부터 부상자의 소식을 들으며 위험했을 상황이 떠올라 가슴이 철렁 내려앉았다. 다음 뉴스로 넘어가자 그녀는 걱정된 마음에 휴대폰을 꺼냈다. 하지만 그에게 전화하려던 은서의 손은 멈췄다.


"귀찮습니다. 구토랑 엮이면 그날이 힘들어. 너무 피곤해."

령의 목소리가 귀에 울렸다.

'귀찮대…… 난 귀찮은 존재…….'

씁쓸한 기분을 안고 집으로 돌아온 은서는 휴대폰으로 뉴스를 찾아보며 령의 인터뷰를 다운받아 저장했다. 그러곤 그저 인터뷰의 화면을 하염없이 바라보고 있었다.

"칫! 잘나긴…… 했네."

이유야 어떻든 그의 능력을 인정해줬다. 그 후, 자다가 TV 보다가, TV 보다가 뉴스 보다가…… 이렇게 하루를 보냈다. 은서는 저녁을 먹기 위해 상가식당으로 내려가서도 신문에서 그의 모습을 찾아보았다.

"아줌마, 미리 전화하면 메뉴 만들어줄 수 있죠?"

"그럼. 연락처 알지?"

"네, 알아요."

간단히 저녁을 먹고 터덜터덜 집으로 향하던 은서는 주차장에 있는 령의 차를 발견했다. 그녀는 곧바로 엘리베이터로 뛰어갔다.

"일찍 퇴근했나 보네."

도착한 엘리베이터의 문이 열리자마자 올라탄 은서는 노래까지 흥얼거리면서 이런 생각을 했다.

'어우! 잘나신 4가지 양반! 그 성격에 자랑 한번 안 하고 목에 힘만 주고 있겠지. 그걸 또 어떻게 봐줘야 한데. 그래도 잘했으니 칭찬 좀 해줘 볼까나. 히히.'

무사한 것만으로도 고맙다는 생각까지 들었다. 그녀는 엘리베이터에서 내리자마자 령의 집으로 총알같이 뛰어갔다. 초인종을 눌러놓고는 문이 열리기를 기다렸다. 드디어 문이 열리자 반가운 마음에 은서의 입은 귀에 걸렸다.

"누구세요?"

"……!"

그런데 문을 열어준 사람은 령이 아니었다. 현희의 모습에 은서의 얼굴은 경직됐다. 바보처럼 생각지도 못 했었다.

"아…… 제가 집을 잘못 찾아왔네요."

순간 당황하여 딴소리를 한 은서는 숨이 막힌 느낌에 귀가 멍해지는 기분이었다.

"네."

괜찮다는 표정을 짓고 현희가 문을 닫자, 령에게 향했던 은서 마음의 문도 닫히는 기분이었다.

"누구야?"

욕실에서 손을 씻고 나오던 령은 현관문을 닫고 들어오는 현희를 보았다.

"어. 집을 잘못 찾아왔대."

"그래? 너도 그만 가봐. 운전 고마웠다."

"너무 지쳐 보이기에 걱정돼서 오늘만 해준 거다."

몇 개월 동안 비밀리에 쫓던 사건이 어느 정도 마무리되자 모든 긴장이 풀린 탓에 그는 맥없이 앉아 있었다. 그런 령을 보고 현희가 자동차 키를 집어 들었다. 괜찮다고 거절하면 서운해할까 봐 그는 현희가 하자는 대로 했다.

"멀지도 않은 거린데 자기가 해준다고 떼써 놓고선. 어서 가봐."

"오자마자 자꾸 가라고 내쫓네. 적어도 차는 한 잔 줘야 하는 거 아냐? 너 무한다."

그러고 보니 그렇다. 가까운 벗이라고 너무 격 없이 대한 것 같아 미안한 생각에 그가 주방으로 걸어갔다.

"됐네요. 엎드려 절 받기지. 이거야 원."

서운해하는 현희의 표정을 보면서도 딱히 잡고 싶은 생각은 없었다. 아마 순간 밀려오는 피로감 때문일 것이다.

"미안. 너를 빨리 보내야 내가 쉴 수 있다는 생각에 그만 서둘렀다. 사실 지금 누우면 그냥 잠들어버릴 것 같아."

령의 안색을 보니 거짓말이 아니라는 생각이 들었다. 그만큼 그의 모습은 많이 지쳐 보였다.

"알았어. 갈 테니까 푹 쉬어."

"조심해서 가."

마지못해 걸음을 옮기던 현희는 뭔가 아쉬운 듯 주방 쪽을 가리켰다.

"혹시 아줌마표 매실 장아찌 있니?"

"어……."

순간 은서가 생각나 머뭇거리는 령을 보고 현희가 뒤돌아섰다.

"없으면 말고. 나 이젠 진짜 간다."

"그래, 가라."

닫히는 현관문을 보고 침실로 걸어가던 령은 주머니에 있는 휴대폰이 울리자 잽싸게 꺼냈다. 그런데 은서가 아닌 시루였다.

"무슨 일이야?"

피곤함에 령의 목소리가 푹 가라앉았다.

[괜찮아?]

"괜찮지, 안 괜찮을 게 뭐가 있어?"

시루는 이런 작전이 있는 날은 차 선배로 인해 그가 힘들어한다는 걸 알고 있었다.

[그럼 다행이고. 끊는다.]

"시루야, 고맙다."

[고마워? 고마우면 말로만 하지 말고 비행기 티켓 좀 사주라.]

"시끄러워!"

[아버지 기일이 다가와서 그러는 거야. 계좌번호 알지? 그럼 바이~]

사기꾼 같은 놈. 령은 휴대폰을 내려놓으며 작게 미소를 지었다.

"하…… 사고뭉치가 둘……."

은서. 시루. 이들로 인해 령은 머리가 지끈거렸다. 더 이상 생각하기 싫어 곧바로 침실로 들어갔다.

그 시각, 생각지도 못한 현희의 모습에 당황한 은서는 마음이 싱숭생숭했다. 복잡한 마음을 가라앉히기 위해 책상에 앉았다. 보고 있던 의학서적의 책장은 넘어가질 않고 현희의 모습에 마음이 갈팡질팡거렸다. 이런 날 둘이 함께하는 건 당연한 일인데…… 알면서도 마음이 허해졌다.

"이제 그만해야 하나? 4가지가 나를 여자로 안 봐줘도 어차피 다른 사람들은 예쁘게 봐주는데."

현희와 마주친 후 그녀는 의기소침해졌다.

"뭐…… 접자. 자존심? 그게 그렇게 중요한가."

뭔가 잘못을 저지르다 들킨 기분이었다. 쉽게 말하자면 불륜을 저지르다 들킨 것 같은 아주 기분 나쁜 그런 거 말이다. 여자가 있다는 걸 알면서도 꼬신다는 발상 자체가 잘못된 생각이라는 죄책감에 솔직히 마음이 편치만은 않았다.

"기분 더럽네. 후우……."

지금까지 남자들에게 떠받들리는 정도는 아니어도 적어도 호감 안에는 드는 대상이었다. 이렇듯 무관심으로 일관하고 거침없이 말을 하며 오만한 행동을 한 남자는 령이 처음이었다.

기분 나빠서 그만할까 생각하면서도 멈추고 싶지 않으니 참으로 묘한 상황이었다. 하지만 뭉개져 버린 존재감이 자존심을 자극하자 그녀는 책상을 탁! 쳤다.

"아얏!"

너무 세게 때렸나 보다. 마치 손바닥에 불이 난 것처럼 화끈거리자 삭이기 힘든 울화가 치밀어 올랐다.

"아니지? 자존심! 중요하지, 중요해! 나 유은서, 꼬신 후 확! 차버릴 거야. 4가지 너도 내 취향 아냐, 이러면서!"

절대로 지고는 못 사는 성격이라 독기까지 품었다. 다시 마음을 가라앉히려 눈을 감은 은서는 자존심 회복도 중요하지만, 령에게 여자가 있다는 현실에 침울해졌다.

"그런데 현실은 왜 이러냐고……."

책상에 푹 엎어져 생각해보니 아무리 노력해도 안 넘어올 것 같다는 생각이 들었다. 슬프다. 그렇다면 그냥 자신을 여자로만 봐줘도. 아니, 아깝네 하는 눈으로만 봐줘도. 예쁘네 하는 눈으로만 봐줘도. 금이 간 자존심이 회복될 것 같았다.

"작전을 바꿔볼까?"

은서가 고뇌에 빠져 있을 때 한숨 자고 일어난 령은 시계를 보았다. 어느덧 9시를 향해 가고 있었다. 그녀에게서 아무런 소식도 없자 뭔지 모를 허전함이 느껴졌다. 뉴스를 봤으면 한 번쯤은 연락할 줄 알았던 기대감이 무너져서일까? 그는 서운한 마음마저 생겼다.

"끝내 안 한다, 이거지. 아니면…… 바빠서 못 봤나?"

이리 생각해보니 그럴 수도 있겠다 싶었다. 그래도 혹시 모르니 메시지라도 보내보기로 했다.

-구토, 9시.

메시지를 확인한 은서는 휴대폰을 만지작거리기만 했다. 작전을 바꾸기로 한 이상 절대로 멈출 수가 없었다.

답이 없자 령은 더 이상 재촉하지는 않았다. 일을 방해하고 싶지도 않았지만, 지난번처럼 융통성 없다며 새벽에라도 오면 골치 아파지기 때문이었다.

-구토, 9시.

-당직.

-또?

-제가 병원 일로 좀 바쁘네요.

이렇듯 은서는 몇 번인가 병원 핑계를 대거나 씹었다. 그렇게 며칠이 지나갔다.


"금요일?"

[그래, 연휴잖아. 가까운 데로 가족여행 갔으면 해서. 너 혹시 시간 되니?]

선영이 은서에게 여행을 제안했다. 은서는 생각해보니 가족여행을 언제 갔다 왔는지 기억조차 없었다. 병원 일로 바쁘다는 이유로 부모님 말씀을 무심히 넘긴 적이 태반이었고, 친구들과 어울릴 시간은 있어도 가족과 지낼 시간은 없는 못되고 한심한 딸이었다. 놀러 가주자! 그녀는 머리도 식히고 부모님과 오랜만에 여행도 갈 겸 해서 흔쾌히 승낙했다.

"알았어요. 가지, 뭐. 간만에 온천물에 몸 좀 지지고 와야겠네."

[정말?]

은서가 간다고 하니 선영은 믿기지가 않았다. 하도 약속 펑크를 잘 내니 믿지 못하는 게 어쩌면 당연했다.

"어, 간다고요. 이번엔 믿으셔."

[알았어. 너무 좋다. 오랜만에 가족여행이라니. 그날 보자.]

"응, 엄마."

선영이 좋아하자 은서도 마음이 뿌듯했다. 그녀는 퇴근 후 집에 와서 밀린 집안일을 하고는 상가식당으로 전화를 했다.

"아줌마, 저 은서예요."

[응, 의사 아가씨.]

"제육볶음 2인분 한두 시간 안에 가지러 갈게요. 준비만 해주세요."

[알았어. 접시 예쁜 놈으로 가져와. 아주 맛있게 해줄게.]

"네, 부탁드려요."

한편 아파트 주차장으로 들어온 령은 은서 집에 불이 켜져 있는 걸 확인했다. 그의 표정은 사뭇 굳어 있었고 엘리베이터로 향하는 발걸음은 무겁게 느껴졌다.

얼마 후, 은서의 집 초인종이 울렸다. 비디오폰을 확인해보니 령이 서 있었다. 그녀는 자신의 옷매무새를 확인했다. 그러곤 현관문을 열고 령을 향해 활짝 웃었다.

"안녕하세요."

며칠 만에 본 거더라. 좀 된 거 같은데. 그런데 이 여자 왜 이리 해맑게 웃지. 혹시 반가워서. 아니지. 내가 무슨 생각을 하는 거야. 령은 무표정을 고집하며 이런 생각들을 하고 있었다.

"일부러 피하는 겁니까?"

성격답게 빙빙 돌리지도 않고 직설적으로 물었다. 만약 피하는 것이라면 더 이상 볼 필요가 없다고 생각을 굳혔다. 한두 번도 아니고 몇 번을 답조차 주질 않았다. 이건 우연이라고는 할 수 없었다.

"제가 왜 4가지를 피해요?"

일부러 피했으면서 아주 능청스럽게 말했다. 은서는 드디어 령이 자신의 작전에 걸려들었다며 속으로 쾌재를 불렀다.

"20분 후에 안주 맛있는 것 해서 갈게요. 밥만 해줘요."

'내가 잘못 생각했나?'

그는 개운치 않은 표정을 지었지만 그녀는 생글거렸다. 령이 가자 은서는 뚜껑이 있는 접시를 가지고 엘리베이터로 향했다.

은서를 기다리는 동안 령은 진경과 통화를 했다. 모친은 그동안 뭘 같이 하자는 말을 한 번도 한 적이 없었다. 그렇기에 진지한 얼굴을 한 그가 다이어리를 꺼내 들었다.

"가족 여행이 가시고 싶으세요?"

확인해보니 특별한 스케줄은 없었다. 있다고 해봤자 산엘 가든지 운동으로 몸을 단련시키는 정도나 동기들 만나 이슈가 되고 있는 이야기나 나눌 것이었다.

[그래, 연휴 때 엄마 위해 한 번만 시간 내줘.]

이렇게 말하면 부탁을 거절할 수가 없었다. 수능을 준비하는 그 시점부터 모친은 그의 뒤치다꺼리를 하느라 고생했었다. 늘 령보다 먼저 일어났고 그보다 늦게 잤다. 혹시라도 공부에 방해될까 봐 그가 집에 있는 시간엔 TV도 안 봤다. 모친이 없었다면 지금의 자신도 없다는 걸 잘 알고 있었다.

"알았어요. 그날 비워놓을게요."

[저녁은 먹었니?]

세상 모든 엄마들의 걱정이었다. 하나밖에 없는 자식 이렇듯 귀하게 키워 놨으니 더하면 더했지 덜하진 않았다.

"지금 먹으려고 해요."

[그래, 어서 먹어라.]

전화를 끊은 진경은 지금에서야 저녁을 먹는다는 령의 말에 속상했다. 혼자서 앉아 있을 아들의 식탁을 생각하니 한숨이 저절로 나왔다.

"결혼을 하면 얼마나 좋아. 청승맞게."

"왜 그러는데?"

오로지 걱정이라고는 자식 걱정, 이거 하나밖에 없는 아내란 걸 알면서도 현진은 물었다.

"지금 혼자 밥 먹을 거 생각하니 속상해서요. 아예 밖에서 먹고 오든 지……."

"어쩔 수 없지. 조금만 더 기다려보자고. 밖에 음식 질려서 못 먹겠다고 했다며?"

"반찬 좀 해서 한번 들러야겠어요."

진경이 걱정하고 있는 그때, 령은 초인종 소리에 문을 열어주고 있었다. 은서가 보란 듯이 접시를 그의 앞으로 내밀었다.

"맛있겠죠?"

먹어보지도 않았는데 맛있긴. 그리고 뚜껑에 덮여 있어서 보이지도 않았다. 은서는 피해 다닌 게 찔려 괜히 설레발 치고 있는 중이다.

"어서 들어오기나 해요."

식탁 가운데에 제육볶음을 놓은 은서는 자랑스럽게 뚜껑을 열었다. 령은 당연하게 그녀 앞으로 밥그릇을 놓아주었다. 은서는 자신의 앞에 있는 매실 장아찌를 한쪽으로 슬그머니 밀어놓았다. 의자를 끌어당겨 앉던 그의 눈에 그 모습이 잡혔다.

"지난번엔 맛있게 드시더니 맛이 없습니까?"

"그게…… 맛이 지난번하고 조금 다른 것 같기도 하고……."

다른 게 아니고 현희! 은서는 이제 매실의 매 자도 말하기 싫었다. 사랑하는 여자가 해준 거 4가지나 많이 드세요. 전 싫거든요!

"그래요? 우리 어머니 손맛은 한결같은데. 이상하네?"

혹시 맛이 상했나 싶어 령이 하나 집어먹었고 은서느 두 귀가 번쩍 뜨였다.

"어머니가 하신 거예요?"

"네. 그럼 누가 했겠습니까? 저는 시장에서 파는 밑반찬은 안 먹습니다."

령의 말에 은서는 매실 장아찌가 담긴 접시를 제 앞으로 당겨놓았다.

"그래요. 어째 겁나 맛있더라."

"이랬다저랬다, 뭡니까?"

말은 이렇게 했어도 그녀가 매실 장아찌를 맛있게 먹자 령은 그 모습에 흐뭇했다. 그도 배가 고픈 김에 먹음직스러운 제육볶음을 입으로 가져갔다. 오! 맛있다!

"이 제육볶음 직접 하신 겁니까?"

"아니요. 식당에서 사왔어요."

대수롭지 않게 은서가 대꾸하자 령은 탁! 소리가 나도록 젓가락을 식탁 위에 내려놓았다.

"오늘 거 무효!"

"또! 왜요?"

"직접 해야지 어디서 꼼수를 부립니까?"

참 무효 시키는 핑계도 가지가지다.

"그럼 저보고 어쩌라고. 이것도 안 돼, 저것도 안 돼! 입까지 왜 이리 까칠한 거야?"

"거기까지만. 근데 술은?"

"오메! 안주만 신경 쓰느라 그걸 깜빡했네."

"돌머리."

"칫! 저 이따 영화 볼래요."

화제를 바꾸기 위해 은서가 말머리를 다른 데로 돌렸다.

"집에 가서 봐요."

말머리를 돌리면 뭐 하나. 들어주질 않는데. 그렇다고 물러설 은서가 아니었다.

"혼자 보면 재미없어요."

"아주 뻔뻔함이 점점 하늘을 찌릅니다. 왜, 팝콘도 먹는다 하지?"

"있어요? 얼음 가득한 콜라에 3D 안경까지 있으면 더 좋은데."

"갈수록……."

"아무것도 없으니 무효했던 걸 무효하죠?"

그녀를 닮아가는지 그는 들은 척도 안 했다.

설거지 그릇을 담가놓은 은서가 마실 차를 준비하자, 령은 그녀가 볼 수 있도록 영화를 검색했다. 한번 놀란 후론 15금을 재차 확인하고 감상평도 읽어보는 꼼꼼함까지 보였다.

"하- 암."

배가 부르니 바로 식곤증이 왔다. 하품을 하던 은서는 령과 눈이 마주치자 슬그머니 고개를 돌렸다. 들고 있는 찻잔으로 입을 가리지 못하니 어쩔 수 없었지만 솔직히 민망했다.

"계속 병원에서 당직하고 신경 쓸 일이 생겨서 잠을 못 잤더니 졸리네."

"신경 쓸 일이라면…… 남…… 자 문제?"

그녀가 주는 찻잔을 받으며 령은 우빈을 떠올렸다. 조심스레 물어오자 은서는 아무 생각 없이 대답했다.

"응…… 조금."

은서는 그를 빤히 쳐다보았다. 신경 쓸 일을 만들어준 원인 제공자가 바로 앞에 앉아 있었다.

'혹시 양다리인 거 알았나.'

령은 자신을 바라보는 은서의 심각한 표정에 뭔가 문제가 있다고 직감했다. 그녀는 검색한 목록을 확인하려 노트북 앞으로 바싹 다가와 앉았다.

"오~ 4가지, 이 영화 보고 싶었던 건데."

그녀가 손가락으로 가리키는 것을 보았다.

"7번방의 선물."

"네, 맞아요."

영화를 보던 은서는 또다시 눈물바다를 이뤘고 령은 계속해서 티슈를 뽑아줬다.

"엉엉엉…… 아이고, 슬퍼서 미치겠네. 아빠…… 딸로 태어나서…… 엉엉엉…… 고맙습니다……래. 아이고, 어떡해. 엉엉엉…… 팽! 아우, 시원하다. 엉엉엉."

무슨 말을 하는지 알아듣지도 못할 정도로 울던 그녀가 코까지 풀었다. 이제는 그런가 보다 했다. 화면을 보는 령의 눈에도 이슬이 비치는지 반짝했다. 티슈를 뽑아주던 령은 격해지는 감정으로 슬그머니 일어났다. 주방으로 가는 그를 보고 은서는 편안한 자세로 소파에 누웠다.

너무 울었는지 영화가 끝난 후에도 화면만 바라보던 그녀는 다시 한 번 흐느꼈다. 그 모습을 보며 령은 음식물 쓰레기를 들고 밖으로 나갔다. 얼마 후 다시 들어온 그는 주방 정리를 마쳤고 은서에게 줄 접시를 닦아 와서야 그녀가 잠들어 있는 모습을 확인했다. 어째 조용하다 했더니 다 이유가 있었다.

"또 자네. 이 여인네가 정말 무방빌세."

흐느끼다 잠든 은서를 깨우려고 어깨를 잡으려던 그가 멈췄다. 자는 그녀의 모습을 가만히 들여다보던 령의 입술이 살짝 웃었다.

'어?'

그는 은서의 감긴 눈에 걸려 있는 눈물을 보았다. 티슈를 가져와 콕 찍어낸 후 담요를 덮어주곤 욕실로 들어갔다.

아침에 일어난 령이 거실로 나오니 은서는 또다시 만세를 부르며 자고 있었다. 소파 앞으로 가 그녀를 내려다보며 팔짱을 꼈다. 무슨 생각인지 령의 입가에는 아주 잠깐이었지만 악마의 미소가 지나갔다.

"구토! 출근 안 해!"

령의 목소리에 벌떡 일어난 은서는 졸린 눈을 비비며 그를 올려다보았다. 울다가 잤으니 눈은 통통 부었고 나오는 하품을 막으려 했지만, 입은 이미 개구리 입처럼 벌어지고 있었다.

"하─ 암. 나 왜 여기서 잤어요?"

늘어져라 하품을 하며 물으니, 하! 하는 감탄사가 령의 입에서 저절로 나왔다.

"거두절미하고 지난번에 제집에서 다시 자면 가만 안 둔다고 했던 거 기억합니까?"

"어! 그런 적이 있었나? 생각이…… 안 나는데?"

생각이 나도 안 나는 척, 아니 모른 척, 발뺌을 한 그녀는 살며시 일어났다. 여전히 자신을 바라보고 있는 그의 눈길을 피한 은서는 슬금슬금 현관쪽으로 향했다. 멋쩍게 웃으며 돌아설 때였다.

'헉!'

령이 은서의 손목을 잡았다.

"저기."

"어? 저게 왜 저기 있지?"

그가 손가락으로 달력을 가리키자 은서는 도망가도 소용없다는 걸 깨달았다. 그곳엔 그녀가 적어놓은 메모지가 떡하니 붙어 있었다. 저렇듯 증거가 있으니 모른다고 우길 수도 없고. 까칠하게 저런 걸 간직하고 있자 인정하기 싫었지만 걸렸단 걸 알았다.

"이런 날을 위해서 제가 붙여놨으니까 있죠."

"그래서 어떻게 하실 건데요?"

이렇게 된 거 이렇게 나가는 수밖에 없었다. 설마 죽이기야 하겠어. 하지만 은서의 귀에 들리는 말은 어제 그가 웃었던 이유였다.

"앞으로 오빠라고 불러."

이 남자, 왜 이리 오빠에 집착하는 건지.

"싫어요."

"오빠!"

"저 지금 출근해야 하니까 그건 나중에 얘기해요."

느슨하게 잡힌 손목을 잽싸게 빼며 은서는 삼십육계 줄행랑을 쳤다. 그리고 집에 와서는 칫솔을 들고만 있을 뿐, 닦을 생각을 안 했다.

"미쳐! 아주 제대로 걸렸어."

은서가 거울을 보며 혼잣말로 중얼거렸다. 아무리 생각해도 이해할 수 없는 게 한 번도 아니고 이제는 툭하면 자니 자신도 미치겠다.

"아니, 왜 자꾸 4가지 집에서 잘까? 잠자리 바뀌면 못 자는데 이상하다. 저 싸이코, 혹시 매실 장아찌에 수면제 넣은 거 아냐?"

자꾸 먹으라고 권한 게 아무래도 미심쩍었다. 그렇게 잠을 재울 정도로 오빠 소리가 듣고 싶었나. 다시 생각해도 어제 맛있게 먹었던 매실 장아찌가 수상했다.

출근 준비를 서두른 은서는 혹시라도 령과 마주칠까 봐 불안했다. 살그머니 문을 열더니 밖을 먼저 확인한 후 날쌔게 복도를 뛰어갔다. 엘리베이터 버튼을 누르고 초조하게 기다릴 때 그가 집에서 나오고 있었다.

"빨리! 빨리!"

띵! 소리를 내며 엘리베이터가 도착했다. 안으로 들어가며 령을 보니 그는 자신을 보고 거만한 표정을 지었다. 어서 도망가라는 뜻인지 천천히 걸어오는 그를 보며 은서는 닫힘 버튼을 사정없이 눌렀다. 그 모습에 키득키득 소리 내서 웃던 령은 계단 쪽으로 향했다.

"그래, 천천히 내려가 줄 테니 잡히지 않게 멀리멀리 도망가거라."


그날 저녁에 번개 모임이 소집됐다. 령은 현희와 함께 시루가 말한 약속 장소의 문을 밀고 들어갔다. 가게 안은 낯익은 목소리로 시끌벅적거렸다.

"빨리빨리 내놔!"

"너 완전 칼만 안 들었지 거의 강도 수준인 거 알아?"

시루의 억지에 모두 지갑을 꺼내는 모습을 보며 령과 현희는 의자를 당겨 앉았다.

"뭔데 그래?"

동기들의 지갑에서 나오는 만 원을 시루가 낚아채듯 가져갔다. 령은 뭔지 대충 알 것 같았지만 그래도 물어보았다.

"뭐긴? 네가 비행기 티켓료를 안 주니까 품앗이한 거지. 니들도 빨리 내놔."

그럴 줄 알았다. 시루가 령과 현희를 향해 어서 달라는 뜻으로 손을 내밀자 그가 지갑을 꺼냈다.

"현희, 너도 내놔."

"안시루! 넌 도대체 왜 그러니?"

"시끄럽고 어서들 줘."

모두의 돈을 받은 시루는 지폐를 세기 시작했다. 하나, 둘, 셋, 넷…… 시루의 입은 좋아서 비죽거리며 웃음이 나왔다.

"너 오늘 티켓료 벌었으니 술은 네가 사는 거다."

령의 말에 모두 그러라고 고개를 끄덕이자 돈을 세던 시루는 마지못해 응했다. 이 정도 수입이라면 술 한 잔은 괜찮을 것 같았다. 그리고 령은 점원을 불러 가장 비싼 술을 주문했다. 깜작 놀랐는지 돈을 세던 시루의 손이 멈췄다.

"미쳤어! 제주도 갈 푼돈 받고 술값으로 LA 보낼 일 있냐."

"우하하하하."

시루는 손안에 있던 돈을 신경질적으로 테이블 위에 던졌다. 그러자 모두 통쾌한지 시원하게 웃었다.

"자, 그럼 오늘 회비는 총무인 안시루 변호사님께서 수고해주셨습니다."

"하여튼 최령, 저 자식. 내가 더러워서 이 돈 안 갖고 말지."


드디어 가족여행 가는 날, 작은 가방을 챙겨 든 은서가 차에 오르자 영민은 출발했다.

오랜만의 가족 여행이라 그런지 은서는 한껏 들떠 있었고, 그런 딸의 모습을 보는 부부의 얼굴도 밝았다. 뒷좌석에 선영과 나란히 앉은 은서는 운전대를 잡은 영민의 모습을 룸미러로 통해 보았다.

"아빠~ 얼마나 보고 싶었는데."

느닷없기는 했지만, 은서의 애교가 시작되었다.

"우리 딸 정말~"

"그럼요."

딱 하나 있는 딸은 아빠 앞에서만은 아직도 아기였다. 아빠 역시 만만치 않은 딸 바보니 둘의 모습에 샘이 나면서도 보고 있는 선영의 손발은 항상 오글오글 해졌다.

"어쩜 둘이 저리 똑같을까?"

보다가 한 소리 했다.

"은서야, 네 엄마가 샘낸다."

"당신은…… 샘은 누가 낸다고?"

아내와 반평생을 함께 살아서일까. 단 번에 알아채자 옆에 앉은 은서가 선영을 안았다.

"엄마도 사랑해~ 쪽!"

상황파악 잘하는 은서가 뽀뽀를 하며 애교를 부렸다. 선영은 하루빨리 이런 딸이 좋은 짝을 만나 행복하게 산다면 더 이상 바랄 게 없을 것 같았다.

"징그럽게. 시집이나 가. 나이는 자꾸 차는데."

"남자가 있어야 가지?"

시집은 가고 싶다고 가는 것이 아니었다.

"선보라니까!"

"선은 싫어. 조건에 맞추는 거잖아."

영민이 룸미러로 선영을 보았다.

"여보 그만. 여행 가는 거잖아."

"알았어요."

이야기가 다른 방향으로 흐르자 영민은 바로 저지시켰다. 영민의 입장에 선 결혼도 은서의 의지대로 해주고 싶었다. 어느 날 은서는 다큐방송으로 하는 TV 프로그램을 보고 이렇게 말했었다.

"아빠 나도 의사가 될 거야."

"왜?"

"내가 아픈 사람들 고쳐줘서 그 사람들이 엄마 아빠랑 행복하게 살았으면 좋겠어."

TV 속의 장면을 보던 은서의 눈은 그 어느 때보다 초롱초롱 빛났다. 그때가 은서 나이 열한 살이 되던 해였다. 처음에 영민은 은서가 그냥 하는 소리인 줄 알았었다. 하지만 그녀는 보란 듯이 의대에 합격했다.

도란도란 이야기를 나누다 보니 어느새 목적지에 도착했다. 오자마자 은서는 선영과 온천으로 향했다. 수영 모자를 만져 주던 은서는 마음이 아파져 왔다.

"엄마, 흰머리가 보이네. 염색 좀 해. 나 엄마 늙는 거 싫어."

선영이 어느덧 흰머리가 보이는 나이가 되었다는 게 야속했다. 이래서 결혼을 서두르시나. 팔짱을 꼭 끼며 그녀는 선영의 체취를 느꼈다. 익숙한 엄마의 향기. 음…… 좋다.

"흰머리는 무슨? 새치야. 엄마가 얼마나 젊은데. 요즘 밖에 나가면 총각들이 따라와."

농담이란 걸 알면서도 입은 자연스레 웃고 있었다.

"총각? 그래서 좋아?"

"그럼, 얼마나 기분 좋은데. 언니, 이러면서 길이라도 물어보면 어깨에 힘이 들어간다."

"총각들이 언니? 하하하하."

한바탕 웃은 후 탕으로 먼저 들어간 은서가 선영에게 손을 내밀었다. 나란히 앉은 둘은 온몸으로 느껴지는 나른함에 빠졌다. 이렇게 좋을 수가!

아…… 기분 좋다. 으…… 뜨끈뜨끈하다. 잘 왔다는 생각이 저절로 들 정도로 은서는 행복했다.

"엄마, 따뜻한 게 정말 좋다. 몸이 확 풀리는 거 같아."

"항상 긴장하고 살아서 그래."

선영은 은서가 노인네같이 이런 말을 할 때가 제일 안쓰러웠다.

"긴장…… 그런가. 너무 좋다."

스르르 눈이 감기자 따뜻한 물에 온몸을 맡겼다.

령이 부모님과 함께 온천에 도착한 줄 모르는 은서는 애들처럼 물장구를 치며 마음껏 놀았다. 그런 은서를 보며 흐뭇한 미소를 짓던 선영은 갈증이 난다며 그녀를 데리고 매점으로 갔다. 꿀꺽꿀꺽 소리를 내며 입안으로 흘러 들어가는 이온음료는 참으로 시원했다.

"엥?"

그런데 은서가 저만치 보이는 령을 발견했다. 순간, 은서는 입안에 있는 걸 한 번에 삼켜버렸다. 너무 급히 삼킨 탓에 기도로 잘못 넘어갔다.

"콜록! 콜록!"

사레가 들려 콜록거리던 그녀는 진정되지 않는 숨을 고르며 령이 있는 쪽을 보았다. 그 역시 부모님과 같이 온 것 같았다. 뭘 사려는지 점원과 이야기를 하고 있었다. 가슴을 치며 계속 콜록거리자 선영이 음료수를 건넸다.

"아니, 얘가……. 괜찮아? 좀 천천히 좀 마시지."

"콜록!"

천천히 마셨지. 근데 저 4가지를 하필이면 여기서 만나냐고. 쭉쭉빵빵 어쩌고저쩌고……. 아아악! 수영복 위에 겉옷을 걸쳤다 해도 이런 모습으로는 절대로 부딪치고 싶지 않았다. 그녀는 부랴부랴 몸을 가려대느라 정신이 없었다. 내 다리 어쩔 거야. 수영복과 미니스커트의 차이는 엄청나다고.

"엄마, 나 잠깐 화장실 들렀다가 옷 갈아입고 바로 숙소로 갈게."

"왜? 배 아파?"

은서는 령한테 들킬까 봐 마음이 다급했다. 그녀는 선영의 말도 제대로 듣지 않고 반대쪽으로 몸을 돌렸다. 한마디로 미친 듯이 도망갔다.

"얘! 화장실은 이쪽!"

반대 방향으로 뛰는 은서를 보고 선영이 소리치자, 낯익은 목소리에 진경이 쳐다보았다.

"선영아, 여기!"

진경이 선영을 발견하고 손을 흔들자 령은 진경을 따라 움직이며 인사를 했다. 오면서 부모님 친구분과 함께한다는 말은 들었지만, 그게 은서 가족인 줄은 까맣게 모르고 있었다.

"처음 뵙겠습니다."

"어머! 얘가 그 아이야?"

장성한 령의 모습에 선영은 입을 다물지 못했다.

"응, 우리 령이야. 못 알아보겠지?"

"웬일이니. 너무 잘 컸다."

선영의 눈에 보이는 후리후리한 령의 모습은 모델 저리 가라할 정도로 멋졌다. 어릴 때도 아기치고는 한 인물 해서 예상은 했었지만, 이렇게 멋진 녀석으로 성장했을 줄이야. 탐이 날 정도였다.

"제수씨, 서운하게 우리 아들만 보이고 저는 안 보입니까?"

"호호호. 죄송해요. 령이 너무 멋지게 커서. 호호호."

정신을 차린 선영이 이렇게 령의 부모와 반가운 인사를 나누고 있을 때, 숙소로 돌아온 은서는 짐을 챙기기 시작했다. 뭔가 불길한 느낌이 스멀스멀 올라오는 게 아주 기분 나빴다.

많고 많은 곳 중에 하필이면 이곳에서 4가지를 만나냐고. 오랜만의 가족 여행인데 재수 없게 부모님과 놀지도 못하게 하고. 만나서 좋을 거 하나 없는 령이었기에 그녀는 가방에 옷가지들을 대충대충 담고는 지퍼를 채웠다.

"가려고?"

은서의 행동을 영민이 지켜보고 있었다.

"아빠, 그게 급한 일이 생겼어. 그래서 빨리 가봐야 해."

"오자마자?"

급한 일이라면 병원 일일 테니 영민은 차마 다음 말을 잇지 못했다. 빼놓은 게 없나 주변을 살핀 은서가 가방을 들었다.

"미안해, 아빠."

"어쩔 수 없지만 모처럼의 가족여행인데. 서운하네."

실망하는 영민의 표정에 마음이 흔들렸다. 그녀는 잠시 망설이더니 빠르게 머리를 회전시켰다. 안 만나려면 어떻게 해야 하지? 안 나가면 되지! 그럼 안 만날 거 아냐. 그렇지. 그러네. 그 방법이 있었지.

"그럼 다시 전화해볼게."

은서는 휴대폰을 들고 밖으로 나왔다. 혹시 모를 일에 대한 예방 차원에서 령에게 미리 알려주는 게 좋을 것 같아 메시지를 보냈다.

-저도 이 온천에 있어요. 절대로 알은체 안 하기.

부모님을 뒤따라가던 령도 은서의 메시지에 놀랐는지 주변을 살폈다. 하지만 은서에게만 부리는 그 심술이 어디 가랴.

-싫어.

날아온 답에 은서의 손은 덜덜 떨렸다. 그녀는 입술을 꽉 깨물었다. 누르기 싫은 그 낱말을 눌러야 하는데 눌러지지가 않았다. 하지만 해야만 했다. 울며 겨자 먹기가 바로 이런 것이리.

-오빠~

차마 볼 수가 없어 눈을 감고 눌렀지만, 답문을 확인한 령은 쿡! 하고 웃음이 터져 나왔다. 표정을 봤어야 했는데 진짜 아까웠다. 정성이 갸륵해서 인심 한번 써보기로 했다.

-좋아.

하아…… 은서는 안도의 한숨을 내쉬었다. 이 소리에 얼마나 많은 고뇌가 담겨 있는지 령은 모를 것이다. 안심을 한 은서는 영민에게 미안해졌다. 그래서 영민의 어깨를 주무르며 애교를 부렸다. 탁. 문 열리는 소리가 들렸다. 당연히 그녀는 문 열리는 소리가 들리자 엄마려니 하고 쳐다보질 않았다.

"아빠~ 시원해~?"

반면, 안으로 들어오던 령은 낯익은 목소리가 들리자 멈칫했다.

'뭐야?'

그리고 눈에 보이는, 아니 보고서도 믿을 수 없는 이 상황을 어떻게 받아들여야 할지 난감했다.

"그럼 우리 딸이 최고지."

"나도 아빠가 이 세상에서 제일 좋아."

영민의 어깨를 주무르던 은서가 쪽! 소리가 나도록 부친의 볼에 입을 맞췄다. 같이 있다 보면 어느 정도 애교가 있다는 건 알았지만, 저 정도인지는 몰랐다.

"이다음에 남자 생기면 홀딱 가버릴 거면서."

"아잉~ 난 시집 안 가고 아빠랑 살 건데."

이런 비현실적인 모습을 보는 현진 부부는 부러운 나머지 옆에 서 있는 령을 보았다. 무뚝뚝한 아들한테 저런 건 감히 생각지도 못할 일이지만 일단은 부러웠다.

"은서 아빠, 령이 왔어요."

10장. 품에 안다

선영의 말에 은서는 뒤를 돌아보았고, 령의 모습에 귀신을 본 것처럼 벌떡 일어났다.

"4! 4! 4가지!"

똥을 피하려다 똥통에 빠지면 이런 기분일까? 너무 놀라 뒷걸음질을 치며 당황하는 은서의 모습을 보자, 령도 그 마음에 공감이 간다는 듯 못마땅한 표정으로 쳐다보았다.

"얘가 손님한테 뭔 소리야?"

은서의 말에 선영은 당황했지만, 진경은 은서를 만난 반가움에 그녀의 손을 덥석 잡았다.

"어머, 네가 은서니? 정말 예쁘게 자랐다."

세상에나, 이렇게 예쁠 수가. 못 믿겠는지 진경은 은서의 얼굴을 어루만졌다. 반면 은서는 놀란 토끼 눈으로 령을 쳐다보았다.

'이런 일이 어떻게 가능한 거야! 4가지, 말해봐?'

'난들 알아.'

은서의 눈빛에 령이 어깨를 으쓱했다.

"어서 오시오, 최 선생."

"유 선생, 일찍 출발하셨나 봅니다."

령은 영민과 눈이 마주치자 정중히 고개를 숙였다.

"최령, 반갑구나."

인사가 끝나자 부모님들의 이야기가 시작되었다. 령과 은서는 눈이 마주치자 자신들이 묵을 방으로 슬그머니 들어갔다. 있을 수 없는 일이 생겼기에 둘 다 충격이 컸다. 그러고 나서 곰곰이 생각해보니 더 어이없는 일이 생각났다. 설마…… 맞선!

이거 보통 일이 아니구나 싶은 게 잘못하면 엮일 수가 있었다. 큰일이라고 느낄 정도로 심각한 문제였다.

'이러다 우리가 아는 사이인 걸 부모님들이 알면 꼼짝 못 하는데…….'

절대로 알면 안 되기에 은서는 고개를 세차게 흔들었다.

'섣불리 알은척해서 골치 아픈 일 만들지 말자! 난 저 골칫덩어리 모른다!'

사태의 심각성을 령도 깨달았다. 꼼짝 않고 방을 지키던 은서는 선영이 부르자 마지못해 나갔다. 령은 부친들 옆에서 바둑 두는 것을 보고 있었다. 그녀가 주방 쪽으로 갔다. 두 엄마는 놀러 와서도 주부의 임무를 다하려는 듯 팔을 걷어붙였다.

두부를 사오라는 선영의 말에 방으로 간 그녀는 지갑을 들고 왔다. 신발을 신는 은서를 본 진경이 령을 불렀다. 같이 갔다 오라며 채근하자 어쩔 수 없이 둘은 함께 숙소를 나섰다. 우리나라 인구가 대략 오천만이 넘는데 그중에서 이 둘이 만났다? 령은 이렇게 생각하자 그녀와의 만남이 더욱더 믿기 어려웠고, 앞서 가는 은서가 다시 보였다.

"이런 상황에 닥치고 나니…… 뭐라고 할 말이 없습니다."

"제 말이……. 하필이면 그 많고 많은 사람 중에 4가지네 가족."

"피차일반."

슈퍼에 도착해 두부 한 모를 비닐봉지에 담은 은서가 령에게 건넸다. 그는 마지못해 받았지만 타이밍이 어긋난 탓에 봉지가 바닥으로 떨어졌다. 두부는 형태를 알아보기 힘들 정도로 뭉개지고 말았다.

"그거 하나 제대로 못 받아요?"

"건네주는 사람이 잘 건네줘야지, 왜 저한테 뭐라 하십니까?"

"이거 어떻게 하실 거예요?"

"난들 압니까? 그리고 알은 척하지 말라며 왜 자꾸 말을 겁니까, 저 아십니까?"

"모르는데요. 누구세요?"

"두부 살 거요, 안 살 거요?"

그때 슈퍼 아저씨가 짜증 섞인 목소리로 말했다.

"4가지, 내가 알은척하나 봐라."

어쩔 수 없이 깨진 두부를 계산한 은서는 령의 뒤를 터덜터덜 쫓아갔다. 그녀는 화풀이할 데가 없자 앞에 있는 돌멩이를 걷어찼다.

툭! 앞서 가던 령의 발뒤꿈치에 맞자 은서는 모른 척, 아닌 척 하늘을 보았다.

"달도 밝다."

"……?"

이런! 또 없다.

"어? 달이 또 없네."

"당연한 거 아닙니까? 해가 옆에 있는데 달이 보일 턱이 없죠."

해가 넘어간 지가 언젠데 또다시 해 타령을 하나 싶어 은서는 그를 이상한 눈으로 보았다.

"해? 해가 어디 있다고 자꾸만 그러는 거예요?"

"몰라도 됩니다."

령의 말에 은서는 혹시나 해서 밤하늘을 다시 올려다보았다.

"해도 없고 달도 없는데…… 내 눈에만 안 보이나?"

령이 숙소 문을 열고 들어가자 뒤따라 들어간 그녀는 들고 온 비닐봉지를 조심스레 선영을 향해 내밀었다.

"그게 엄마…… 떨어트렸어."

"아니, 얼마나 덜렁거렸기에?"

은서가 사 온 두부를 꺼내 본 선영이 진경에게 보여줬다.

"이 덜렁이 좀 봐라."

"그런 거 아냐. 엄마, 그게……."

그게 아닌데 덜렁이로 취급되다니. 해명한다고 해서 깨진 두부가 다시 사각형으로 변하는 것도 아니었다. 억울한 마음에 부친들 옆에 앉아 있는 령을 흘겨보았다. 얄미운 놈!

"내 실수로 깨졌어."

"됐어. 그럴 수도 있지. 우리가 남들도 아니고 대충 넣어서 먹자."

풀 죽어 있는 은서의 모습에 진경은 두부를 가져갔다. 그 후 흐르는 물에 씻어 도마에 놓고 툭툭 썰더니 보글보글 끓고 있는 된장찌개에 넣었다.

"자, 어서들 와요."

살짝 민망해진 은서는 밥이라도 푸려는지 주걱을 들고 왔다. 그렇게 시작된 식사 시간은 이제는 완전한 성인이 된 령과 은서에 대한 내용뿐이었다. 감회가 새로운지 어릴 적 이야기들이 술술 흘러나왔다.

"둘은 어렸을 때 봐서 기억이 없겠구나."

부모님들은 새삼 옛 시절이 그리운지 쉴 새 없이 웃으며 이야기를 쏟아냈지만, 령과 은서에겐 남의 이야기 같았다. 아무리 머리가 좋아도 누가 두

살 때, 다섯 살 때를 또렷이 기억하겠는가.

"그렇지. 우리 은서 돌 무렵이었으니, 아직은 어렸지."

령의 어린 시절을 듣던 은서는 새삼 현재의 그와 비교되기 시작했다. 그도 아기 땐 귀여웠을 것 같은데 크면서 왜 저리 변했는지. 은서의 어린 시절을 들은 령은 예나 지금이나 엉뚱한 건 똑같다고 생각했다. 그녀가 눈동자만 굴려 그를 쳐다보았다. 그 시선을 눈치챈 그가 쳐다보았다. 눈빛이 마주치자 은서는 별거 아닌 것처럼 령의 앞에 놓여 있는 반찬을 집었다.

"은서가 울면 우리 령이 가서 토닥여 재워줬는데."

"누가 토닥여요?"

반찬을 집어 오던 은서는 진경의 말에 눈이 왕방울만 해졌다.

"우리 아들, 네 옆에 딱 붙어서 너만 봐줬다니까."

모두 흐뭇한 표정을 지었지만 은서는 불쾌했다.

'저 성격에 토닥인 게 아니라 분명히 두들겨 팼을 거야.'

'그때 실컷 패줬어야 하는데.'

선영의 말에 이런 생각을 하며 둘은 서로를 쳐다보았다.

"은서가 어렸을 때 자주 만났었는데 우리 애 아빠가 외국으로 발령 나서 나가는 바람에 연락이 끊겼어. 지금이야 휴대폰에 인터넷 전화에 통신 수단이 많지만, 그땐 그런 게 어딨어."

진경이 은서를 보며 차근차근 설명을 해주었다.

"맞아. 거기다 우리가 두 번 이사하고 나니 편지도 끊기고, 서로 연락이 안 되었던 젊은 날의 그 시간이 아깝다."

선영이 작게 한숨을 내쉬었다.

"자, 이렇게 다시 만난 것도 기적인데, 유 선생 반주 한잔하시죠?"

"그럽시다, 최 선생."

기적⋯⋯. 령과 은서가 떨떠름하게 생각하는 이 만남을 부모님들은 소중하게 생각하며 기적이라는 말로 표현했다.

"그때 애들 찍은 사진도 몇 장 있었지?"

"난 이사하다 짐을 하나 잃어버렸는데 하필 거기에 애들 앨범이 있었지 뭐야."

"은서가 어릴 때만 해도 령이 사진 보여주면 오빠오빠 했었는데."

'오…… 빠?'

'오빠!'

무표정하게 밥만 먹던 령도 오빠라는 말에는 반응을 보였다. 놀란 은서와 눈이 마주치자 기분 좋은 감정을 숨기듯 눈이 웃고 있었다. 아니…… 비웃음이었다. 구토! 넌 이미 나한테 오빠라고 불렀어. 그것도 아주 오래전에. 그러니까 까불지 마! 이렇게 말하는 것 같았다. 둘만 모르는 본인들의 이야기는 부모님들에 의해 계속됐다.

"당신도 기억나죠? 둘이 나란히 자는 모습 찍어놓은 사진."

"집에 있을걸. 그러고 보니 은서 크고 나서는 한동안 그 앨범을 안 봤네."

그때 생각이 나는지 선영 부부의 말을 듣던 진경이 둘을 번갈아 보며 빙긋이 웃었다. 잘 어울린다는 생각이 들었나 보다.

"진담 섞어 농담처럼 애들 크면 결혼시키자고 했었는데."

설마가 사람 잡는다는 말이 맞는구나. 령과 은서의 눈빛이 마주쳤다. 하지만 대수롭지 않은 듯 맛있게 밥을 먹는 령의 모습에 은서는 밥맛이 떨어졌다. 어찌 저리 태평해. 은서가 숟가락을 놓자 딸 걱정인 영민은 그녀의 밥 위에 반찬을 올려주었다.

"유 선생 부럽구먼."

현진은 그 모습이 그렇게 부러울 수가 없었다.

"최 선생은 딸이 없지. 얼마나 예쁜데."

"그러지 말고 둘이 사귀어보는 건 어때?"

얼마나 부러웠으면 현진의 입에서 이런 말이 나오고야 말았다.

"싫습니다."

'고약한 놈일세.'

령의 답에 영민은 마음이 상했다. 어디 내놔도 부족한 것이 없다고 생각한 은서를 대놓고 싫다 하니 시선이 고울 수가 없었다.

"저도 싫네요."

같은 대답을 한 령과 은서는 상대의 연인인 우빈과 현희를 생각했다. 둘은 눈이 마주치자 바로 시선을 피했다. 저녁을 먹은 부친들은 다시 바둑을 두었고 그 옆에서 모친들은 수다 삼매경에 빠졌다. 은서는 거실로 나와 혼자 TV를 보고 있었다.

"흐흐흐."

령이 신문을 찾으러 나왔다 은서를 쳐다봤지만, 그녀는 무시해버리고 한쪽으로 아예 누워버렸다.

"뉴스 좀 봅시다."

신문을 찾지 못한 령이 은서 옆으로 앉았고, 그녀는 리모컨을 감추듯 손에 잡고 내어주질 않았다.

"안 돼요, 이거 재미있는데."

한창 재미있게 보는데 방해하는 령의 말을 그녀는 무시하고자 했다.

"그럼 알은척합니다."

"에잇! 주고 말지."

은서는 할 수 없이 그에게 리모컨을 던져주었다. 채널을 돌린 령은 흐뭇한 얼굴로 마감뉴스를 보기 시작했다. 오락프로를 좋아하는 은서에게 마감뉴스는 일단 재미가 없었다. 지루하기만 한 앵커의 목소리가 어느 순간 그녀의 귀에서 커졌다가 작아졌다 했다.

"은서 잠자리 어디다 할지 물어보고 올게."

"애도 아닌데 어련히 알아서 자겠지?"

은서의 잠자리가 궁금한 선영은 진경과의 수다를 멈추고 거실로 나왔다. 자는 그녀의 모습에 신기한지 살금살금 다가갔다.

"별일이네. 잠 못 잘까 봐 걱정했는데?"

까치발에 목소리까지 낮춰서 다가온 선영의 모습에 령은 은서를 쳐다보았다. 자신이 뉴스에 정신이 팔려 있는 동안 팔을 베고 움츠린 상태로 그은 서는 잠들어 있었다. 선영은 은서의 자는 모습을 가만히 들여다보더니 다시 살며시 일어난 후,. 방으로 가서 이불을 가지고 나와 조심스레 덮어주었다.

"은서가 의사가 된 지 얼마 안 되었을 때 다른 선생님 수술을 도와준 적이 있었어. 말이 도운 거지, 사실 참관에 가까웠지. 그런데 휴가 내서 놀러간 사이에 그 환자가 잘못된 거야. 자기 잘못도 아닌데 그때부터 이렇게 여행이라도 오게 되면 잠을 못 잤어. 그런데 오늘은 별일이네?"

"……."

령은 자신의 집에서 쿨쿨 잤던 은서의 모습을 떠올렸다.

"지금도 자신이 돌보던 환자가 잘못되면 혼자 못 자고 늦은 밤이라도 우리 집으로 오곤 해. 이럴 줄 알았으면 의사 시키지 않는 건데."

"……."

이번엔 대피소에서 쿨쿨 잤던 그녀의 모습이 떠올랐다.

"그런데 오늘은 아기 때처럼 령이 네가 옆에 있어서 그런가? 잘 자네. 깨우면 다시 못 잘지 모르니 이대로 재워야겠다."

'내 옆이라 잘 잔다?'

선영이 혼잣말처럼 한 말에 령은 자는 그녀를 쳐다보았다. 은서가 처음 종합병원에 입사해 일어났던 사건이었다. 그 후 은서는 그곳을 나와 작은 병원에서 근무했었다. 위급한 환자를 큰 병원으로 보내며 안타까움에 마음 아파했던 그녀를 한 과장과 우빈이 끈질기게 설득해 지금의 병원에서 근무하게 된 것이었다. 선영이 들어가자 령은 TV 볼륨을 낮췄다. 전혀 몰랐던 은서의 아픈 과거에 령은 측은함이 느껴졌다.


'그 나이에 성격하곤 다르게 노네.'

모친의 걱정과는 다르게 단잠을 잔 은서는 평소보다 일찍 일어났다. 씻고 큰 볼일까지 본 그녀는 상쾌한 기분으로 욕실 문을 열었다. 안 돼! 밖으로 나온 은서는 문 앞에 서 있는 령을 보자 기겁을 했다.

"4! 4가지!"

나오자마자 잽싸게 욕실 문을 닫는 그녀의 표정이 이상했다.

"왜 그리 놀라십니까?"

령이 욕실로 들어가려 다가오자 은서는 문 앞에 떡하니 버티고 섰다.

"지금은 안 돼요."

"뭐가 안 된다는 겁니까?"

"그게…… 지금은 죽어도 못 들어간다고요!"

"뭐라는 거야? 비켜요. 빨리."

팔짱을 끼고 보던 령은 어서 비키라고 고갯짓을 했다.

"안 돼요!"

"그럼 저보고 어쩌라고?"

"다른 데로 가요."

이젠 별짓을 다 하는 은서의 행동에 령은 아침부터 지옥을 맛보고 있었다.

"이 아침에 어디로 가라는 겁니까? 빨리 비켜요!"

"하여튼 지금은 안 돼요."

아무리 령과 스스럼없이 지낸다 해도 결코 보이고 싶지 않은 모습도 있다. 그러니 그녀는 지금 자존심을 걸고 욕실 문을 사수하는 중이다.

"나 급합니다."

화장실을 가고 싶은 마음에 그가 은서의 팔을 잡아끌었다. 그러나 그녀는 문고리를 잡고 악착같이 버티며 애원했다.

"오…… 빠…… 제발."

아침부터 생겨자를 먹는 심정으로 그녀는 이 말을 뱉어냈다. 그러나 급한 볼일 앞에서는 다 소용없는 말이었다.

"구토 진짜! 빨리 안 비켜!"

"저도…… 여자예요."

화장실 냄새. 아무리 그래도 이건 부끄러웠다. 냄새가 꽃향기로 바뀌지 않는 한 절대로 안 되기에 은서는 목숨 걸었다.

"비켜! 내 눈엔 여자 아니거든!"

이런 말을 들어도 그녀는 화를 낼 수가 없었다. 지금은 숙여줘야 했다. 거의 기어들어 가는 말로 애원했다.

"4가지 오빠…… 제발."

"갈수록 어이없는 말만 하고 있네."

밖에서 나는 두 사람의 말소리에 진경이 방에서 나왔다. 보자마자 모든 상황을 이해했는지 빙긋이 웃었다.

"령아, 밖으로 나갔다 와."

"어디로 가라고……."

어쩔 수 없자 은서에게 있는 대로 인상을 쓴 그가 밖으로 나갔다. 그녀는 필사적으로 버텨 그나마 있던 자존심을 지키는 데 성공했다.

"점심 먹고 출발해야 하니까 우리 오전에는 스파 가서 놀자."

"네…… 아주머니."

다행이다 싶은 마음에 다리 힘이 풀려버린 은서는 스르르 주저앉고 말았다.

"은서야, 괜찮아?"

"네."

그녀는 작게 웃는 진경의 모습에 창피하다기보단 령이 어디로 갔을지가 더 걱정되었다. 이제 냄새도 어느 정도 사라졌을 테니 찾으러 나가볼까. 그녀는 그가 나간 현관 쪽을 바라보았다.

아침을 먹은 후, 스파로 향하는 은서를 보곤 령은 주변도 돌려볼 겸 조깅을 했다. 근처를 몇 바퀴 돈 그가 숙소로 돌아오니 부친들은 바둑을 두고 있었다.

"아버지, 스파 안 가셨어요?"

"물이라 미끄러워서."

"제가 모시고 가겠습니다. 두 분 준비하세요."

영민이 빙긋이 웃었다.

"최 선생, 아들 덕 좀 볼까요?"

"그럽시다, 유 선생."

은서는 어제와는 다르게 수영복 위에 긴 반팔 티를 입고 모자까지 썼다.

"은서야, 마실 거 사올까?"

"안 마실래요."

모친들은 갈증이 났는지 음료수를 마시고자 나갔다. 수건으로 얼굴을 덮은 은서는 따뜻한 물에 온몸을 맡겼다. 이렇게 좋을 수가 없었다. 다리를 만져보니 아기 피부처럼 보들보들하게 느껴졌다. 회춘하는구나.

"미끄러우니 조심하세요."

령의 목소리가 들리자 그녀의 귀가 번쩍 뜨였다. 부친들을 모시고 온 그는 두 분을 한쪽에 앉혀드렸다.

"아…… 정말 좋네요."

"진작 올 걸 그랬습니다."

은서는 부친의 목소리에 수건을 걷었다. 왜 이런 일이······. 은서는 자신의 앞쪽에 떡하니 앉아 있는 령을 보았다. 결코 보지 말아야 할 것을 본 것처럼 놀란 표정이 되었다. 서둘러 수건으로 얼굴을 덮었다.

"은서야~"

그제야 딸을 발견한 영민이 자신을 부르자 그녀는 손을 들어 확인시켜주었다. 령의 벗은 모습은 전에도 본 적이 있었다. 그뿐인가. 수술할 때 수없이 많은 남자의 상체를 본 그녀다. 하지만 오늘은 이상하게 그의 벗은 모습이 눈에 거슬렸다. 은서는 맞은편에 앉아 있는 령의 모습에 차마 눈을 둘 수 없어 외면했다. 령은 저게 뭐 하는 짓인가 싶어 뚫어지라 그녀를 쳐다보았다.

"당신, 언제 오셨어요?"

음료를 마시고 온 모친들은 남편들 모습을 보자 서둘러 온천물 안으로 들어왔다.

"좀 전에 령이 데려왔네."

"이러고 있으니 진짜 좋죠?"

"그렇군."

얼굴까지 수건으로 덮고 있어서 그런가. 시간이 지날수록 은서의 몸은 더워졌다. 이대로는 안 되겠다 싶어서 그녀가 수건을 거뒀다. 그런데 자신을 똑바로 바라보고 있는 령을 발견했다. 강렬한 그의 눈빛과 부딪치자 놀란 눈이 된 은서는 다시 수건으로 얼굴을 가려야만 했다.

'어쭈!'

령은 은서의 행동에 불쾌했다. 그래서 언제까지 그러고 있는지 지켜보기로 했다. 이제 그녀의 몸은 참기 힘들 정도의 한계까지 다다랐다. 한마디로 더워서 죽을 것 같았다. 가슴이 답답해지더니 숨 쉬기도 불편했다. 큰일 나겠다는 생각에 그녀가 일어섰지만, 너무 오래 물 속에 있었나 보다. 순간 어지럼증을 일으켰다. 휘청하더니 그대로 물 속으로 쓰러졌다. 풍- 덩-!

"어머! 우리 딸!"

선영의 입에서 비명 같은 말이 나왔다. 령은 순식간에 쫓아갔고, 그 모습에 다른 이들도 은서에게로 향했다. 그가 그녀를 안아 들었다. 은서는 코로 넘어간 물로 제정신이 아니었다.

"켁! 콜록! 콜록!"

"구토! 괜찮아?"

그는 은서의 상태를 확인하며 등을 두드려주었다. 은서의 주위로 걱정된 가족들이 다가와 앉았다.

"은서야! 어머! 우리 딸 어떡해!"

"엄마, 콜록! 콜록!"

"은서야, 괜찮니? 얼마나 놀랐는지 알아?"

"잠깐 어지러웠어."

모두 놀란 가슴을 쓸어내렸다.

"최령, 고맙구나."

"아닙니다."

아니긴? 지금 이곳에 아무도 없었다면 그는 미련퉁이 은서의 등짝을 힘껏 후려쳤을 것이다.

한마디로 난리 블루스를 춘 후 숙소로 돌아왔다. 은서는 방에 박혀서 나가질 못했다. 창피한 생각에 이불을 뒤집어쓴 그녀는 온몸을 흔들며 발광을 했다.

다시 생각해도 한심했다. 아니, 이상했다. 쳐다보든 말든 왜 못 나가고 버텼을까. 다 벗은 것도 아닌데 내가 못 볼 게 뭐가 있다고. 왜 그랬을까? 그런데 4가지는 왜 쳐다보고 있었던 거야.

"아오, 창피해. 나 진짜 4가지 앞에서 자꾸 왜 이럴까? 이러니 날 여자로 안 보지."

은서가 방에서 이러고 있는 동안 거실에 있는 령은 부모님들과 과일을 먹고 있었다. 진경과 대화를 하던 선영은 휴대폰 울림에 통화 버튼을 눌렀다.

"어…… 어…… 어……. 진짜야! 그럼 내일 어때? 일요일이고 하니 은서도 괜찮을 거 같은데."

[알았어. 그럼 12시 S호텔로 한다.]

지루했는지 바람이라도 쐬러 나가기 위해 일어서던 령은 어렴풋이 들리는 통화 내용에 다시 앉았다.

"고마워. 잘 성사되면 한턱낼게. 어…… 내일 봐. 어…… 알았어. 끊어."

"무슨 일인데?"

전화를 끊자 진경이 궁금해서 물었다.

"우리 은서 선 자리 좀 알아봐 달라고 부탁했었거든."

"그랬구나. 예쁘고 애교 있고 똑똑하니 어떤 남잔지 좋겠다."

"그럼~ 우리 은서 데려가면 땡 잡는 거지."

땡 잡아? 좀 전에도 그 난리를 친 저 골칫덩어리를. 령은 은서가 들어간 후 나오지 않는 방문을 쳐다보았다.

'남자 있는 거 모르시나?'

모른 척했는데 이제 와서 끼어들어 아는 척할 수도 없고, 이러다 보니 애매한 상황이 벌어졌다.

"뭐 하는 사람이래?"

혀를 끌끌 차며 못마땅한 표정을 지은 영민이 바둑 두던 손을 멈추고 물었다.

"전공은 신경외과에 집이 평창동이고, 부친이 큰 사업체를 하고 있어 재

깬다깨 커플 1    327

벌은 아니어도 부유한 쪽에 속한다고 하네요."

영민이 웬일로 반응을 보이자 선영은 신이 났다. 항상 뚱해서 선 이야기
만 나와도 싫어했던 남편이기에 이야기를 간략하게 압축해서 전했다.

"나이는 은서보다 어려요, 28살."

"한 살 연하야?"

"요즘은 연하가 대세인 거 몰라요?"

"그래서 날짜는 언제야?"

"내일 12시요."

대화를 듣고 있던 령의 미간이 살짝 구겨졌다.

"내일이면 미리 말해줘야 하는 거 아냐?"

날짜가 촉박하자 진경은 걱정되어 물었고, 영민은 그리 나쁜 조건은 아니
라 생각했는지 다시 바둑판을 들여다보았다.

"쟤는 몰래 갑자기 해야 돼. 안 그러면 안 간다고 난리 칠 테니까 쇼핑하
자면서 슬쩍 데려갈 거야."

"우리 령이랑 똑같구나. 지난번에 아시는 분이 해줬는데 별다른 소식이
없네."

령은 자신의 이야기가 나오자 슬그머니 일어섰다. 만약 은서와 선본 것을
아시면…… 아이고! 대머리 되는 기분이었다.


"햇빛 령(昤)이라……. 아무래도 우리 령이 이리 잘된 건 유 선생이 이름
을 잘 지어줘서 그런 것 같습니다."

"과찬의 말씀을. 우리 은서는 어떻고요? 최 선생님 덕에 좋은 이름을 가
졌지 않습니까?"

현진이 지그시 눈을 감았다가 뜨더니 입을 열었다.

"처음 은서를 본 날 제가 안으니 울던 아이가 울음을 그치는데, 그 울음소

리가 그거 있잖습니까? 깊은 산 속에 흐르는 맑은 물소리 같은 거.”

“그래서 물소리 은(溵)에 맑을 서(⻌)를 쓰셨군요?”

뜻을 이해한 영민이 은서를 사랑스런 눈으로 바라보았다.

“네, 맞습니다. 그런데 유 선생은 어째서 햇빛 령(昤) 자를 쓰셨습니까?”

“세상을 밝혀주는 빛처럼 소중한 사람이 되라는 의미를 두고 싶었습니다.”

령과 은서는 자신들의 이름에 얽힌 사연을 들으며 조용히 밥을 먹었다.

“햇빛 비추는 깊은 산 속에서 들리는 맑은 물소리라. 참으로 좋습니다.”

둘의 이름 조합을 듣자니 은서는 어젯밤 령이 한 말이 떠올랐다. 자신이 해라서 달이 없다고 한 거야? 미쳤구나! 그녀가 령을 쳐다보았다. 눈이 마주치자 오만한 그의 표정에선 이름에 대한 자신감이 넘쳐흘렀다.

‘저놈의 왕자병엔 약도 없나?’


1박 2일 동안의 짧은 가족여행을 마친 은서는 부모님 집으로 왔다. 하룻밤 자고 온 건데 짐 정리할 것이 제법 되었다. 제자리에 물건들을 정리하고 나온 그녀가 선영의 곁으로 갔다. 모친은 드라마를 보고 있었다.

“엄마, 안 힘들어?”

“힘들긴? 얼마나 재미있었는데.”

오랜만의 가족 나들이여서 그런지 아직까지 상기된 모습이었다.

“난 은근히 피곤하네. 누워서 책 좀 읽다 자야겠어.”

“그래, 어서 씻고 쉬어.”

은서가 잠자리에 들려는 그 시각, 이미 잠자리에 든 령은 그녀가 선본다는 소리가 신경 쓰였는지 뒤척였다.

“사귀는 사람이 있다고 말도 안 했나? 연하…… 평창동…… 연하…….”

누워 있던 령의 머릿속이 복잡해졌다. 뭔가를 생각하는데 정리가 안 되는 이 기분.

"선본다는데 왜 이리 신경 쓰이지. 아! 미치겠다!"

그만하면 나쁘지 않은 조건이었다. 저 성격에 허접한 놈이라면 눈에 차지도 않아 뺑 차버리겠지만. 지금 들은 조건은 웬만한 여자들이라면 쌍수 들고 달려들 조건이었다.

"사지육신 멀쩡하고 생긴 것도 멀끔하면…… 거기다 어려?"

령은 한참 동안 천장을 바라보고 누워 있었다. 그런 그의 얼굴에 화색이 돌더니 벌떡 일어났다. 령은 노트북을 켰다.

잠자리에 들려고 누웠던 은서는 메시지 알림음에 휴대폰을 들었다. 캄캄한 방에 휴대폰 화면의 빛으로 주변만 환해졌다.

-구토, 내일 새벽 5시.

문자를 확인한 순간 오후 5시가 아닌 새벽 5시란 문구에 은서는 벌떡 일어나 앉았다.

"아주 술에 미쳤어. 낮술도 아니고 새벽 술?"

낮술은 부모도 못 알아본다고 했는데 새벽 술을 마시면 어떻게 될까? 그런데 제 생각이 엉뚱했는지 그녀는 피식 웃음이 나왔다. 은서는 술을 싫어하진 않았지만, 새벽부터 마실 정도로 애주가는 아니었다. 그 시간은 쓰디쓴 술이 아니라 달콤한 잠이 어울리는 시간이라 바로 거절했다.

-새벽부터 술이라니. 미쳤어요?

이렇게밖에 할 수 없는 마음을 어찌 알리오. 은서의 술타령에 령의 입가엔 쓴웃음이 걸렸다.

-산!

"아니구나."

산이라……. 일단 시간이 너무 일렀다. 7시도 아닌 새벽에 출발하려면 아파트까지 가는 거리까지 생각해야 했다. 그러려면 최소한 4시 전에는 일어나야만 했다. 쉬는 날 늦잠 자고 싶은 생각은 그렇다 치더라도, 힘들게 산에 올라갈 생각을 하니 꾀가 나려 했다.

-너무 일러서 귀찮은데.

-그럼 여기서 끝! 보상은 100% 현금! 지금 당장 받겠습니다.

"치사한 놈. 다 끝난 얘기를……"

은서는 이맛살을 찡그리며 중얼거렸다.

령은 기다려도 답이 없자 초조해지기 시작했다.

-알았어요. 갈게요.

"후……"

이 한숨에 깃들어 있는 의미는 안심이었다. 마지못해 허락하고도 꺼림칙한 은서는 알람을 맞췄다. 잠자리에 들려고 누웠던 그녀가 몇 번인가 뒤척이더니 다시 일어나 앉았다.

"지금 아파트 가서 자는 게 내일 아침에 덜 힘들겠지?"

혹시라도 늦으면 그 까칠한 성격에 잔소리를 십 리 밖까지 늘어놓을 게 분명했다. 그리고 새벽부터 부스럭거리고 돌아다니면 부모님 아침잠을 깨울 것 같았다. 거실로 나오니 이미 두 분은 방으로 들어간 후였다. 옷을 갈아입은 은서는 조용히 집을 나섰다.

아파트로 온 그녀는 배낭부터 꾸렸다.

"도대체 지금이 몇 시야!? 4가지 여러 가지로 잠도 못 자게 한다."

알람을 맞추며 불만스러운 말을 뱉어낸 것처럼 잔 것 같지도 않게 잠깐 눈을 붙였다. 은서가 약속 시간에 맞춰 주차장으로 나가니 이미 령은 나와서 기다리고 있었다. 못마땅한 표정으로 차에 오르며 그녀는 문짝이 부서져라 닫았다.

"꼭두새벽부터 가야 돼요?"

"좀 멉니다."

도대체 얼마나 멀기에 이 새벽에. 짜증 난 은서의 마음을 아는지 모르는지 령은 그녀가 타자마자 출발했다.

"어딘데요?"

"가보면 압니다. 도착하면 깨울 테니 자요."

"그렇잖아도 잘 거예요. 3시간밖에 못 잤어요."

'너는 3시간이라도 잤지. 나는 거의 날 새웠다.'

령도 하품을 했다.

"잠팅이."

"매일 환자랑 씨름 해봐요. 몸이 얼마나 지치는데."

"시끄럽고 자요."

"뭐라고 말만 하면 시끄럽대…… 그럴 거면 말을 시키지나 말든지."

구시렁거리던 그녀의 입이 다물어지더니 잠시 후 스르르 눈까지 감겼다. 차 안이 조용해졌다. 령은 잠이 든 은서의 모습을 슬쩍 보았다. 그렇게 얼마나 잤을까.

"구토 일어나!"

깨우는 소리에 눈을 뜨니 낯선 풍경이 그녀의 눈앞에 펼쳐졌다.

"우리…… 어디 가요?"

그녀는 아직도 이곳 상황에 이해하기 어려운지 령을 쳐다보았다. 그는 모른 척 뒷좌석에서 배낭을 꺼내 들었다. 여긴 공항이었다. 그렇다는 건 비행기 탄다는 말인데.

"한라산."

뭐시라고? 한라산을 간다고? 자고 일어난 사이 이 남자가 바다를 건너간단다.

"헐……."

황당해하는 그녀의 반응에 그는 평소처럼 간단하게 대답했다. 시계를 보는 령은 이미 앞질러 걸어갔고, 한라산이라는 말에 서둘러 배낭을 둘러멘 은서가 그의 곁으로 뛰어갔다.

"빨리 걸어요. 첫 비행기 시간 다 되어갑니다."

"맙소사."

연신 놀라기만 할 뿐 이 상황에 뭐라고 할 말이 없었다.

"이러다 우리 다음엔 에베레스트 가는 거예요?"

"미쳤습니까?"

그렇게 첫 비행기에 몸을 실은 둘은 제주도로 날아갔다. 은서가 태평하게 하늘을 날고 있을 그 시각, 아침상을 차려놓은 선영은 시계를 보았다.

"안 일어났나?"

피곤해서 그런다는 걸 알면서도 선영은 그녀를 깨우기 위해 방문을 열었다. 그런데 은서의 모습이 보이질 않았다.

"얘가 어디 갔데? 여보, 은서 봤어요?"

"방에 없어?"

"침대가 정리된 게 일어난 지 좀 된 거 같은데 어딜 갔을까요?"

"전화해봐."

신문을 보던 영민은 대수롭지 않게 말했다. 그러나 은서에게 전화한 선영은 그녀의 휴대폰이 꺼져 있자 당황했다.

"꺼져 있다니⋯⋯. 이 일을 어쩐대?"

그 후 시간이 갈수록 선영은 애가 탔다. 전화기를 붙잡은 그녀는 안절부절못하며 거실을 서성였다.

"그러게 은서 몰래 일을 왜 만들어!"

그 모습을 보던 영민이 한 소리 했다.

"이럴 줄 알았나요. 도대체 어딜 간 거지?"

"다시 전화해봐."

"몇십 번은 했는데 꺼져 있어요. 혹시 모르니 우빈이한테 해봐야겠어요."

비행 중에 꺼냈던 휴대폰을 확인 안 한 은서는 아무것도 모른 채 령을 따라 한라산으로 향했다. 안 한 게 아니라 사실은 정신이 없어서 신경도 못 쓴 것이었다. 비행기 이륙. 제주도 착륙. 간단히 아침해결. 리무진 타고 목적지 도착. 올레길 걷기. 이러니 무슨 정신이 있겠는가. 정해진 일정대로 령을 따라 움직이고 있었다.

둘은 올레길을 따라 산 중턱쯤 올라가고 있었다. 투덜거렸던 은서는 어느덧 경치에 눈이 팔려 그저 행복한 미소를 지었다. 조용히 보폭을 맞춰 걷는 령은 이곳에 도착하고 나서야 안도의 마음이 생겼다. 하지만 생각해보니 미친 짓을 한 것 같아 환장할 노릇이었다.

'내가 미쳤지. 여긴 또 왜 온 거야?'

이 여자가 도대체 뭐라고……. 어젯밤엔 감정이 제어가 안 됐다. 출발하기 전까지 끓였던 속이 비행기가 뜨는 순간 서서히 식는 느낌이었다. 그런 령의 마음을 전혀 모르는 은서는 어린아이처럼 마냥 좋아하고 있었다.

"4가지, 대박 소리가 나올 정도로 정말 좋아요!"

은서의 감탄에 령은 그저 눈으로만 웃을 뿐, 선영에 대한 미안한 마음 탓에 말이 없었다. 한라산으로 온 건 항공권이 없으면 12시 안에는 서울에 갈 수 없기 때문이었다. 령은 완전 범죄를 위해 이미 여유 표까지 알아보았다.

"보면 볼수록 우리나라는 아기자기한 게 예쁘다니까. 그중에 제주도가 제일인 것 같아요."

"유네스코 세계 자연 유산에 세 곳이나 지정된 곳이니 당연히 예쁘겠죠."

뭔가 생각이 났는지 그녀는 손가락끼리 부딪쳐 딱! 소리를 냈다.

"어! 들어봤어요. 한라산하고 성산 일출봉. 그리고 또 한 군데가 뭐더라?"

각이 날 듯 말 듯 하며 우물거렸다.

"거문 오름 용암 동굴계입니다."

"맞다! 그런데 어떻게 그리 잘 알아요?"

"항상 여행 가기 전에 미리 알아보는 편입니다."

"역시 인간미 떨어지게 철두철미해."

"뭐요?"

모르는 것 같아 기껏 알려줬더니. 욱하는 령의 표정에 은서는 딴청을 부렸다.

"사진이나 찍어야겠다."

그녀는 멋진 경치를 찍으려 휴대폰을 꺼냈고, 그제야 전원이 꺼져 있는 걸 알았다.

"병원에서 연락 온 게 없어야 할 텐데."

사실 얼떨결에 온 장거리 여행이다 보니 혹시나 하는 마음에 살짝 걱정도 앞섰다. 징- 하며 전원이 켜졌고 은서는 병원보다 선영에게서 온 메시지에 더 놀랐다. 이게 도대체 몇 통이야. 거의 사오 분 간격으로 연락요청 메시지가 도착해 있었다.

"4가지, 우리 집에 무슨 일 있나 봐요?"

"아……."

드디어 일이 터졌구나. 은서는 다급히 통화 버튼을 눌렀다. 통화대기 시간을 기다리는 동안 령의 입술은 바짝 마르는 느낌이었다.

[너 어디야!]

"엄마?"

주무시기에 그냥 나와서 화가 나셨나. 받자마자 소리부터 지르는 선영으로 은서는 귀청 떨어지는 줄 알았다.

[어디냐고 묻잖아!]

"제주도."

[뭐?]

"한라산에 등산 왔는데 무슨 일이야?"

[아이고야, 이를 어쩐다니. 너 오늘 12시에 맞선 있는데!]

탄식을 넘어 절망에 가까운 선영의 목소리였다. 이런 이유로 그리도 애가 타서 메시지 요청을 한 거였군. 기막혀하는 은서의 표정에 령은 고개를 돌렸다.

"엄마, 맞선이라니?"

통화 내용을 듣던 령은 선영에게 미안한 생각이 들자 더는 옆에 있질 못했다. 천천히 발걸음을 옮기던 그는 저절로 한숨을 내쉬었다. 생판 모르는 것도 아니고 어제 얼굴까지 봤었다. 온화했던 그 표정이 어찌 변했을지 안 봐도 알 것 같았다.

"후……."

은서는 령이 다시 내쉬는 한숨의 의미를 알 리가 없었다. 모든 자초지종을 들은 그녀는 이내 버럭 화를 냈다.

"그러게 왜 그런 걸 해!"

[끊자. 엄마 기운 빠진다.]

더는 말하기 싫었는지 선영은 일방적으로 전화를 끊었다. 벌어진 사태를 수습해야 한다는 생각에 정신이 없었기 때문이다. 화가 난 은서도 씩씩거렸다. 령은 죄책감에 아무 소리도 못 했다. 이 모든 상황을 자신이 만들어놨기에 입이 열 개라도 할 말이 없었다.

"엄마 때문에 미치겠어요."

령은 아예 한쪽으로 자리를 잡고 앉았다. 그가 말없이 등산화 끈을 맸다. 그가 말이 없자 은서는 체념한 듯 바다로 눈을 돌렸다. 멋진 자연경관에 잠시 선영에 대한 생각을 내려놓았다. 뭘 보았는지 령의 팔을 툭툭 친 그녀가 어딘가를 가리켰다. 그곳을 본 그는 별 관심 없는지 다시 앞을 바라보았다.

"그래서 어쩌라고?"

"저건 풍기문란에 속하지 않나요?"

"신혼부부가 키스하고 싶다는데 어떻게 말립니까?"

"그런가?"

은서는 저만치서 생방송으로 펼쳐지고 있는 키스 장면을 보았다. 왜 저런 것만 자신의 눈에 보이는 것인지 신기할 정도였다.

"왜? 하고 싶어?"

그가 넋 놓고 보는 은서를 보며 한마디 했다.

"네."

어럽쇼.

"미안합니다. 저는 가족하고는 안 합니다."

"뭘요?"

"키스하자며?"

"누가?"

은서의 혼은 바다를 건너 저 멀리 어딘가로 날아가 있었다. 령이 신혼부부 쪽을 가리키자 그제야 그녀는 자신이 한 말이 생각났다. 오빠라는 단어가 떠오른 것이었다.

"아하하하. 제가 무슨 대답을 한 건지? 아하하하. 저도 가족하고는 안 해요. 아하하하."

넋 놓고 본 게 민망해서 일부러 호탕하게 웃었다. 그러다 보니 더 쑥스러워 손에 잡히는 애꿎은 풀만 쥐어뜯었다.

"그만 쉬고 올라갑시다."

일어선 령이 자신의 배낭까지 들자 그녀는 그 모습이 고마워 그를 향해 윙크를 날렸다.

"오빠~"

은서는 싱긋 웃으며 말했지만, 그가 듣자니 이웃집 오빠를 부르는 느낌도 아니고, 친오빠를 부르는 느낌도 아니었다. 이상하게 부르는 은서의 오빠 소리에 소름이 돋은 령은 머리카락이 쭈뼛 섰다.

"으으. 소름 돋아."

"언제는 불러달라며. 오빠~"

"그만!"

앞서 가던 령이 듣기 싫었는지 은서의 배낭을 뒤로 던졌다. 날아오는 것을 겨우 잡은 그녀가 령의 곁으로 뛰었다. 싫어하는 반응에 더 괴롭히고 싶어 배낭을 들어달라고 그에게 내밀었다.

"오빠~ 들어줘~ 응?"

"시끄러워!"

"들어줘~ 응?"

"자꾸 응~ 응~ 거리지 마. 안 넘어가."

안 넘어가긴. 점점 서로에게 익숙해져 밀어내려 해도 다가가는 두 사람이었다. 자신들만 모른 척 외면할 뿐 이미 마음의 문을 열어놓은 것 같았다.

어느새 한라산 꼭대기인 백록담을 보고 있는 령과 은서. 그 광경에 입을 다물지 못하는 은서를 보자 령은 뿌듯함을 느꼈다. 이렇듯 좋아하는 걸 보니 과정이 어떻든 잘 데려왔구나 싶었다.

"아무것도 없어. 풀밖에……."

'뭐?'

하지만 은서의 입에서 나온 엉뚱한 말에 그는 당황했다. 경치가 좋아서 입을 다물지 못한 게 아니라, 볼 게 없어서 그녀는 입을 다물지 못한 것이었다.

"이 풀때기 보려고 그 새벽에 여길 온 거야? 내가 미쳤지."

새벽부터 법석을 부리고 왔으니 뭐라도 볼 줄 알았다가 아무것도 없자 그녀는 허탈했다. 그런 은서를 보자니 혼자만 열심히 삽질한 령은 자신이 한심스럽게 느껴졌다. 그렇다고 해서 그런 감정을 내비칠 정도로 그는 허술하지 않았다.

"그럼 뭐가 있을 줄 알았습니까?"

"백두산 천지처럼 물이라도 있을 줄 알았죠?"

실망하는 은서의 표정에 령은 모른 척했다.

"제주도 처음 와봅니까?"

"그건 아니지만 여기까진 안 올라왔죠. 주로 저 밑에서 음주 가무로 빙빙."

은서가 몸을 살랑살랑 흔들며 춤을 추자 령은 고개를 돌려 외면했다.

"음주 가무? 못 살아, 못 살아."

백록담이 꺼지라고 그가 한숨을 내쉬자 은서는 지나쳤다는 생각에 미안했다. 그녀는 휴대폰을 꺼냈다.

"뭡니까?"

은서가 옆으로 다가서자 그는 한발 물러서며 내려다보았다. 마치 일정한 간격을 두고 넘어오면 안 된다는 태도 같았다.

"4가지, 우리 사진 찍어요."

휴대폰을 든 은서가 사진을 찍으려 자세를 취하자 그는 다시 한 발짝 물러섰다.

"미쳤습니까. 그쪽이랑 사진을 찍게."

다시 령의 옆으로 온 그녀가 휴대폰을 보여주었다.

"한 번만. 한라산 온 기념으로."

령은 마지못해 자세를 잡았다.

"그럼…… 한 번만 찍든지."

령이 허락했다. 은서는 그의 옆으로 고개를 기울이며 자세를 취했다.

"웃어요. 하나, 둘, 셋!"

스마일- 찰칵! 찍힌 사진을 확인한 그녀는 죽일 듯이 그를 째려보았다.

"좀 웃지, 이게 뭐예요? 장승처럼 빳빳하게 서서. 이러고 백록담 지킬 일 있어요!"

"갑시다."

빳빳하게 서서 웃음 한 자락 없이 차렷 자세인 령을 보니, 혼자 웃고 있는 자신의 모습은 속된말로 미친년 같았다.

"4가지, 이 사진 휴대폰으로 보내줄게요."

추억은 당사자와 나눠야 제맛이니 은서는 령에게 사진을 보냈다.

"필요 없습니다."

"줄 때 받아요. 나중에 혼자 징징거리면서 울지 말고."

불만 섞인 표정을 지은 그가 빠르게 걸어갔다. 은서는 그런 령을 보며 부지런히 뒤따라갔다.

"4가지, 나 잘 따라가죠?"

체력이 좋아진 탓일까. 그의 보폭과 맞출 정도로 걷자 자신도 신기할 정도였다. 산 입구에 도착하면 올라갈 게 걱정이었고, 올라오면 내려갈 게 걱정이었다. 하지만 이제는 푸른 나무가 좋고 맑은 공기가 좋았다. 뿐만 아니라 완주했다는 뿌듯함도 좋았다.

"그럭저럭."

그가 봐도 처음 산행했을 때보다 그녀는 많이 여유로워진 모습이었다. 그때와 비교해보니 대견스럽단 생각까지 들었다. 은서의 끈기와 집중력을 령도 인정했다.

"그런 의미에서 제가 보답할게요."

"뭘…… 로?"

은서가 저렇게 말하면 왠지 불안해질 수밖에 없었다. 그 이유는 나중에 보면 보답이 아니라 보복이 되어 자신에게로 돌아왔기 때문이다.

"가서 보면 알아요."

그녀가 상쾌한 발걸음으로 길을 따라 걷자 령은 말없이 뒤따라갔다. 무슨 의미인지 알 길 없었지만, 왠지 더는 묻고 싶지 않았다. 잠도 못 자고 한라산까지 올라와 피곤하기도 하고, 사실 은서와 입씨름하기 두려웠다. 언제부터인가 그는 자신이 조금씩 밀리고 있다는 걸 깨달았다.

"밥 먹자-!"

식당을 본 은서는 부리나케 뛰어 내려갔다. 한마디로 에너자이저였다.

그녀를 따라 령도 식당 안으로 들어갔다. 자리에 앉자 자신의 의견은 묻지도 않고 은서는 당당하게 몇 가지 메뉴를 시켰다. 그는 그녀를 가만히 지켜보았다.

"오늘 점심은 제가 살게요."

"갑자기 왜?"

갖은 핑계를 대며 여태 얻어먹기만 한 그녀가 갑자기 밥을 산다니, 어딘지 의심스러웠다.

"항공료는 4가지가 냈으니까 저는 점심으로 보답하는 거예요."

'밥 사는 이유가 겨우 그거야? 항공료가 얼만데?'

이렇게 슬며시 물어가려 하다니 역시 유은서였다.

"항공료는 더치페이니 그러실 필요 없습니다."

"……!"

령은 역시 호락호락한 상대가 아니었다.

"뭐가 잘못됐습니까?"

"아니, 그럼 제주도로 갈 건지 말 건지 물어보고 데려와야죠?"

"언제 어디로 가느냐고 물어보셨습니까?"

듣고 보니 그랬다. 이런! 또 당했구나. 생각해보니 딱 한 번 제부도 갈 때 물어보곤 어디 가는 거냐고 물어본 적이 없었다. 허탈함을 느낀 은서는 때마침 울리는 휴대폰을 들여다보았다.

"어, 강!"

'강? 강우빈 그 녀석?'

무슨 내용인지 신경 쓰이자 그는 두 귀를 쫑긋 세웠다.

"뭐? 우리 집에 와서 계신다고? 나 이따 엄마 피해서 너희 집으로 도망가야겠다."

주문한 음식들이 식탁에 놓였다. 탁! 은서의 통화 내용을 듣던 그가 마시던 컵을 식탁 위에 세차게 내려놓았다. 휴대폰을 손으로 막은 그녀가 작은 목소리로 물어보았다.

"우리 서울 가는 거 몇 시 비행기예요?"

"내일 아침 첫 비행기."

은서의 질문에 천연덕스럽게 대답한 령은 꺼낸 수저를 그녀 앞으로 놓아줬다.

"미쳤어요?"

내일 아침이라니? 왜, 어째서, 이유가 뭐야. 은서가 파드득했다.

"연휴라 표가 없어서 어쩔 수가 없었습니다."

"그걸 지금 말이라고!"

내일 당장 병원은 어쩌라고. 그래, 첫 비행기니 어떻게든 되겠지만 태평하게 밥 먹고 있는 그를 보니 한 대 패주고 싶었다. 정말이지 가능하다면 쩍! 소리가 나도록 뒤통수를 후려갈기고 싶었다. 저보다 나이만 어렸다면 그녀는 진짜 그리 했을지도 모른다.

"강, 무슨 말인지 다 알아들었어. 그러니까 그만 혼내고 내일 병원에서 보자. 좀 늦는다고 한 과장님께 전해줘. 미안."

잔소리에 지쳤는지 급히 통화를 끝낸 그녀가 밥숟가락은 들었지만, 배고픈 걸 모를 정도로 입맛이 가셨다. 령의 젓가락이 나물 반찬을 들자 은서가 숟가락으로 톡 쳤다. 지금 밥이 넘어가! 이러고 싶은 걸 겨우 참아내는 무언의 행동이었다. 젓가락으로 집었던 반찬이 접시로 떨어지자 령은 보란 듯이 다시 집어 들었다. 입으로 가져가 오물거리며 씹는 모양새라니 정말 얄미웠다.

"미친 4가지, 내일 아침 9시까지는 죽어도 병원에 데려다 줘요."

"밥이나 드셔."

"다중인격자."

"밥이나 드셔!"

밥 먹으라는 령의 말에 은서는 일단 먹기로 하고 한 숟가락 크게 떴다. 이미 엎어진 물이니 지금 동동거린다고 해서 없는 항공권이 생기는 것도 아니었다.

"근데 우리 어디서 자요? 호텔?"

이젠 이게 걱정이었다.

"텐트."

령의 말에 은서의 숟가락이 툭! 하고 밥상으로 떨어졌다.

"저한테 자꾸 왜 그러세요?"

은서의 표정이 시시각각 변했다. 그런 그녀의 모습에 밥을 먹던 령은 실없이 웃었다.


모래사장을 걷는 은서의 표정은 아직도 뾰로통했지만, 솔직히 고맙다는 생각도 살짝 들었다. 그래서 너그러운 마음으로 넘어가기로 했다.

"바다는 정말 오랜만에 와본 것 같아요."

"그렇습니까?"

매일 바쁘다는 이유로 이런 건 생각지도 못했었다. 고마운 마음에 령을 보자 잠깐이었지만 눈빛이 마주쳤다. 참으로 깊은 눈빛을 가진 남자라는 생각이 들었다.

"제 얼굴에 뭐가 묻었습니까?"

령은 자신의 얼굴을 만지며 물었다.

"네? 아니요."

보고 있던 걸 들킨 것 같아 태연한 척 고개를 가로저었다.

"아무리 내가 잘생겼어도 그렇지, 너무 넋 놓고 본다."

"그게 눈에……."

은서가 말하기 난처한 듯 머뭇거렸다.

"눈에 뭐?"

"눈…… 곱."

"뭐?"

창피하고 당황스러워 그가 눈을 비비자 느닷없이 은서가 뛰기 시작했다.

"거짓말인데~"

령은 냅다 도망가는 은서를 보며 한쪽 입꼬리를 올렸다. 악마의 미소가 또 나왔다.

"날 놀려? 너 어디 오늘 밤에 고생 좀 해봐라."

아무것도 모르는 은서는 머리카락을 날리며 마냥 좋다고 뛰어가고 있었다.

천천히 경치를 즐기며 가는 동안 어느새 야영장에 다다랐고, 은서는 설마 하는 생각에 다시 물을 수밖에 없었다.

"우리 진짜 야영해요?"

"거짓말인 줄 알았습니까? 저는 실없는 농담 안 합니다."

안 하지. 못 하지. 농담 모르지. 그러니 앞뒤로 콱콱 막혔지. 은서는 올라가는 령의 뒤통수에 이렇게 말해주고 싶었다.

"전 텐트도 없는데, 어쩌라고 이렇게 일정을 잡아요."

령의 행동에 불만이 생겼다.

"제 마음입니다."

"이기주의자."

이윽고 자리를 잡은 령은 무덤덤한 표정으로 텐트를 치기 시작했다. 은서는 다른 방법이 있을까 싶어 주변을 둘러보았다. 한 번 쓰려고 그 비싼 텐트를 살 수도 없고. 이거 참……

"그럼 저는 민박하고 내일 아침 5시쯤 공항으로 갈게요. 그쯤 만나면 되는 거죠?"

딱히 방법이 없었다.

"그러시든지."

은서의 말에 간략하게 대답만 할 뿐 그는 여전히 텐트를 만졌다.

"그럼 저…… 가요."

"……"

대답도 안 하는 그를 뒤로하고 그녀는 등산객들이 들어오는 쪽을 쳐다보았다.

'어떻게 하지?'

잠시 망설여졌지만, 이러고 있다고 뾰족한 수도 없으니 해 있을 때 내려가고자 했다.

"나 가요."

이 말을 남기고 부지런히 걸어갔다. 령은 그런 그녀를 무표정하게 쳐다보았지만 그것도 잠시, 다시 텐트를 만졌다. 서둘러 내려가던 은서는 묵을 곳을 쉽게 찾지 못하자 초조해졌다.

"혹시 오시다가 민박집 보셨어요?"

"못 봤는데. 그리고 있어도 지금은 한창 성수기라 예약 안 하면 방도 없어요."

듣고 보니 그런 것 같았다. 날이 풀린 탓에 단체 여행객도 많았지만, 결혼 시즌도 한몫한 것 같았다.

야영장 쪽으로 올라가는 등산객에게 물어본 은서는, 들리는 말에 더 난감해졌다. 어느새 날까지 어두워지자 여기가 어디쯤인지 가늠도 안 되었다. 근처에 민박까지 없다 하니 밀려오는 걱정은 더 커졌다.

"그래요? 어쩌지……."

"어두워지면 산길이라 위험해요. 질 안 좋은 남자들도 많고."

"정말요?"

내려가려던 그녀는 더럭 겁이 났다. 올레길 살인사건! 갑자기 이건 왜 생각나는 건지. 그 자리에서 오도 가도 못 하고 서 있던 은서는 야영장으로 돌아가기로 했다. 어두운 산속을 혼자 걷자니 몹시 두려웠다. 부지런히 걸어 좀 전에 만났던 등산객의 뒤를 겨우 따라잡았다.

'분명히 내 텐트도 있을 거야!'

령의 철두철미한 성격이 생각났다.

"아니지. 그 성격에 있으면 있다고 말을 하는데."

기운 빠졌다. 은서가 거의 야영장 근처에 왔을 때 텐트를 다 쳐놓은 령은 느긋하게 차를 마시고 있었다. 그리고 얼마나 지났을까? 저만치서 터덜거리며 걸어오는 그녀의 모습을 보았다. 내려갈 때 씩씩했던 모습과는 다르게 올 때는 패잔병의 모습인 게 딱 봐도 불쌍해 보였다.

"그럼 그렇지. 가긴 어딜 가."

말은 이렇게 했어도 내심 걱정되고 불안했었다. 하도 어디로 튈지 모르는 성격이라 차 한 잔 마시고 기다리다 안 오면 찾으러 갈 참이었다. 하지만 그 수고를 덜게끔 알아서 와주니 저 모습이 오히려 귀엽게 보였다.

"……"

은서는 집 잃은 강아지의 모습으로 령의 앞에 서 있었다. 그가 따뜻한 커피를 제 앞으로 내밀자 못 이기는 척 받아 들더니 그의 옆에 앉았다.

"저 구박하면 아빠한테 다 이를 거예요."

"파파걸 나셨네."

그런 협박에 넘어갈 령이 아니란 걸 알고는 있었지만, 살짝 반응을 살폈다.

"난 어디서 자요?"

문제는 텐트였다. 지금은 무엇보다 잠자리 확보가 중요했다. 땅을 요 삼고 하늘을 이불 삼아 중간을 휑하니 비워놓고, 노숙자처럼 자는 건 싫었다.

"난들 압니까."

"4가지, 일정이 이러면 이렇다고 말을 해줘야지. 난 아무것도 모르는데 어떻게 하라고요?"

"등산이란 언제 어디서 어떻게 될지 모르니 이러면서 배우는 겁니다."

맞는 말이긴 하나 최소한 힌트는 줘야 할 거 아냐! 이렇게 말하고 싶었지만 참아야 했다. 더러운 저 성격 건드리면 또다시 삐딱해질지 모르기 때문이다.

"저녁이나 먹읍시다."

"배 안 고파요. 저는 지금 잠자리가 고파요."

"풋!"

이렇듯 재미있는 은서로 웃지 않을 수가 없었다.

"정말 안 먹을 겁니까? 그럼 제 것만 하고."

노숙해야 하는데 배까지 고프면 더 처량할 것 같아 그녀는 바로 고개를 흔들었다.

"먹을게요."

어찌어찌해서 저녁을 먹은 후 고양이 세수까지 하자, 하루밖에 지나지 않은 어제가 그리웠다.

"아…… 어제 온천이 그립다."

"온천물에 빠져 죽지 못한 게 아쉽습니까?"

"추워서 그래요!"

해가 떨어진 산속의 밤은 아직까진 싸늘했다.

"그럼 침낭에 들어가서 자요."

은서의 귀가 번쩍 뜨였다.

"그럼 4가지는?"

"난 밖에서 자면 되니까."

뭐라고 해야 하나? 아무리 절박해도 남의 잠자리를 뺏자니 딱히 내키지가 않았다.

"……"

"어서! 지금 안 들어가면 구토가 밖에서 자는 겁니다."

머뭇거리는 은서를 보며 그가 일어서는 기척을 하자, 그녀는 번개처럼 텐트 속으로 들어갔다. 옷깃을 여민 령은 밤하늘을 올려다보았다. 깊어가는 밤, 시끄럽던 야영장 어느덧 조용해졌고 풀벌레 우는 소리만 들렸다. 무슨 생각을 하는지 그는 별이 총총히 박힌 어두운 밤하늘만 올려다보고 있었다. 추위가 느껴지자 따뜻한 것이라도 마실 생각에 령은 제 앞으로 버너를 당겨왔다. 덜그럭거리는 소리에 그녀는 고개를 뒤로 젖혔다. 그의 그림자가 보였다. 그 모습을 보고 있자니 자신만 두 다리 뻗고 편하게 누워 있는 게 미안했다. 한마디로 몸은 편안한데 마음은 불편했다. 시간이 지날수록 점점 더 불편해지는 마음을 어쩌질 못했다. 잠을 청하는 은서는 밖에 있는 사람이 걱정되다 보니 침낭에서 애벌레처럼 자꾸만 꿈틀거리며 뒤척거렸다. 한참을 그러던 그녀가 안 되겠다 싶었는지 일어나 앉았다. 텐트의 지퍼를 내리자 그가 쳐다보았다.

"들어와서…… 자요."

"……."

은서는 기어들어가는 목소리로 말했다. 은서의 말뜻을 다 알아들었으면서도 령은 못 들은 척했다.

"거기서 그러고 있으니 신경 쓰여서 잠이 안 와요."

"걱정하지 말고 어서 자요."

"들어와요. 가족…… 이라면서요."

"……."

여전히 밤하늘을 올려다보고 있던 령은 꿈쩍도 하지 않았다.

"가족! 4가지 나한테 남자 아니에요!"

무반응이었던 그는 또다시 남자가 아니라는 말에 주먹을 불끈 쥐었다. 그러고는 그녀를 쳐다보았다.

"뭐?"

"남자 아니라고요."

그러니 어서 들어오라고 은서는 고갯짓을 했다.

"실례라는 말 안 하겠습니다."

그는 거침없이 텐트 안으로 들어갔다.

"넘어오지 않기."

은서는 침낭의 지퍼를 열어 이불처럼 폈다. 가운데에 배낭을 가져다 놓으며 경계까지 만들었다.

"그러시든지."

"피곤하네요. 집 나오면 개고생이라더니."

은서가 옆으로 누우며 투덜거리자 그는 텐트 천장만 바라보았다.

"이 정도면 양반이지."

"뭐가 양반이에요. 춥고, 불편하고. 이상한 여자 같은 남자랑 자는 게?"

"뭐야!"

은서는 제주도에 와서 야영하는 앙갚음으로 슬슬 긁기 시작했다.

"하- 함."

"졸리면 자든지 자꾸 시끄럽게 하품할 겁니까?"

새벽부터 이뤄진 강행군으로 피곤했다. 그런데 하품하는 것까지 뭐라 하자 그녀는 짜증이 났다.

"왜 자꾸 구박해요?"

"미워서."

"쯧!"

령의 몸도 피곤한 탓에 땅속으로 꺼져 들어갈 것처럼 처졌지만, 좀 전의 은서 말이 생각나자 자존심이 상했다.

'뭐? 남자가 아니야? 여자 같은 남자? 정말 미쳐버리겠네.'

화를 다스렸다가도 다시 곱씹자 완전히 뚜껑이 열려버렸다. 그가 가운데에 경계를 만들어놓은 배낭을 들었다. 거칠게 뒤쪽으로 던져버리며 은서를 노려보았다. 눈 감고 잠을 청하려던 그녀가 깜짝 놀라서 쳐다보았다. 뭐야? 하는 생각이 들기도 전에 그가 그녀를 안으려 다가왔다.

"어?"

손으로 밀어내려 하자 아무런 소용이 없었다. 밀어내려던 팔이 웅크려지며 그녀는 그대로 령의 품에 들어가 버렸다.

"4, 4가지! 뭐예요?"

## 77장. 도발의 시작

　바짝 끌어안았지만, 그녀의 팔이 경계를 만들어 더는 당겨지지 않자 그는 그대로 멈췄다. 은서는 가슴 사이에 끼어 있는 자신의 팔에 힘을 주며 벗어나려고 했다. 령은 그럴수록 그녀를 안고 있는 제 팔에 힘을 주어 꼼짝 못하게 했다.

　"왜, 왜? 왜 이러는 거예요?"

　너무 놀란 은서는 말까지 더듬었다.

　"얼어 죽기 싫으면 가만히 있어요."

　"5월 중순에 얼어 죽기는?"

　"춥다며?"

　은서가 품에서 다시 벗어나려고 하자 그는 더욱 꽉 안아 가둬버렸다.

　"그리고 남자 아니라며?"

　울화를 참아내는지 령은 이가 갈리는 소리로 말했다.

　"그래도 이건 아닌 거 같은데요."

　그의 품에 옴짝달싹 못하고 갇혀버린 은서는 남자의 힘을 당해낼 수가 없었다. 그런데 이상했다. 이 떨림은 뭘까? 두려움보다는 알 수 없는 떨림을 느낄 때, 그녀의 심장이 빠르게 뛰기 시작했다.

벗어나려 할수록 옥죄어오는 그로 인해 두근거림은 더 빨라졌다. 더군다나 가까이에서 느껴지는 남자의 숨결에 숨조차 쉬기 힘들었다. 데일 정도로 뜨겁게 느껴졌다.

자신의 품에 은서를 가둬버린 령 역시 그녀의 몸이 맞닿자 심장이 터질 것 같았다. 지금까지 느껴보지 못했던 감정이 폭발했다. 말캉한 살의 느낌과 가까이서 맡아지는 향기에 그가 가진 남자의 본능은 정신을 차릴 수가 없었다.

두근. 두근. 두근. 두근. 쉴 새 없이 뛰어대는 심장 소리를 들으며 어둠 속에서 서로의 눈빛이 마주쳤다. 령은 은서의 머리카락을 쓸어 올렸다. 부드러운 그의 손길이 피부에 닿자 은서는 움찔했다. 마치 그녀의 얼굴을 보고 싶다는 듯, 령은 조심스레 나머지 머리카락도 쓸어 올려주었다.

그리고 그의 손길은 서서히 그녀의 얼굴을 만지며 내려왔다. 살결의 부드러움이 자신의 손등에 전해지자 령은 살며시 눈을 감았다. 생전 처음 느껴보는 기분 좋은 느낌이었다. 은서의 심장은 견뎌내기 힘들 정도로 두근거렸고, 과부하가 걸린 듯 뛰는 것은 그의 심장도 마찬가지였다. 조심스레 내려오던 령의 손길은 볼을 거쳐 은서의 입술 끝에 머물렀다. 숨조차 쉴 수 없는 떨림도 잠시, 그의 엄지가 그녀의 입술을 쓰윽 쓸고 지나갔다. 령의 손길에 은서의 두 볼은 발갛게 변해갔고, 그 뜨거움을 이기지 못해 금방이라도 재가 되어버릴 것만 같았다. 령의 엄지가 다시 입술을 훑고 지나가자 그녀의 심장은 터져버릴 것 같았다.

그렇게 어둠 속에서 서로에게 눈을 떼지 못하고 바라보았다. 은서의 입술에 눈이 멈춘 령은 욕망의 불길이 가슴에서 일어 온몸으로 번지는 느낌을 받았다. 이성을 잃은 그의 입술이 은서에게 향하자 그녀는 자신의 볼을 어루만지고 있는 그의 손을 잡았다. 두려웠다. 마음이 열리지 않은 상태에서 입술이 먼저 열리는 걸 허락하고 싶지 않았다.

"4…… 가…… 지……."

그러니 더는 안 됐다. 멈추기를 바라는 그녀의 마음이 그를 불렀다. 가늘게 떨리는 은서의 목소리에 령의 입술이 멈칫했다.

'뭐야? 뭐야!'

순간 령의 이성이 돌아왔다. 당황한 그의 눈빛은 심하게 흔들렸지만 그녀는 어두운 탓에 그걸 알아차리지 못했다.

어째서 이렇게 되어버렸지. 이 난관을 어떻게 빠져나가지. 방법을 찾아야 하는데 그의 머릿속은 이미 과부하 상태였다.

아…… 어떻게 좀 해보라고! 스스로에게 방법을 찾으라며 고민을 했지만 어쩔 수 없었다. 그의 입에선 이 말이 튀어나왔다.

"역시 안 당겨."

애써 태연한 척 말을 툭 내뱉고 그녀를 품에서 내려놓자, 은서는 벌떡 일어나 앉았다. 뭐? 안 당겨? 성질대로 했다면 벽돌이라도 주워 와 한 대 내려쳤을 것이다.

"야! 자꾸 나 가지고 장난칠래!"

은서는 또다시 자존심이 짓밟히자 버럭 소리쳤다. 하지만 령은 그녀의 외침을 듣는 둥 마는 둥 했다. 그는 그저 제가 했던 행동에 스스로 놀라고 있었다. 미쳤다. 미치지 않고서야 이건 불가능한 일이었다. 뭔가에 크게 얻어맞은 것처럼 멍한 이 기분.

내가 이성을 잃었다니. 지금 난 뭘 하려고 한 거지. 이건 있을 수도 없는 일인데…… 그런데 분명 일어난 일이었다.

예전에 장난처럼 했던 행동과는 확연히 달랐다. 이성을 잃을 정도라면…… 이건 진심이란 것이다. 령은 자신이 저지른 행동에 혼란스러운 감정을 감추고 싶었다. 그는 슬그머니 등을 돌려 누웠다.

"어서 주무시지. 새벽에 일어나야 한다며."

화가 나 씩씩거리는 그녀의 숨소리를 들으면서도 미동조차 없이 누워 있었다.

"이제 같이 안 다녀. 나쁜 놈!"

"원하는 바입니다."

"변태! 싸이코!"

"……."

그는 그녀의 부드러운 입술 감촉이 남아 있는 자신의 손끝을 만져보았다. 마음을 진정시키며 자신의 입술도 만져보았다. 지금 만지고 있는 이 입술이 은서의 입술을 느껴보고 싶어 했다. 그래서 키스하고 싶었다. 미치도록……. 만약 그때 그녀가 손을 잡지 않았다면 어땠을까? 생각할 것도 없이 답은 하나였다.

억울함에 파르르 떨던 은서는 배낭을 다시 가져다 났다.

"한 번만 더 넘어오면 죽는다!"

이렇듯 엄포를 한 그녀는 배낭을 사이에 두고 령의 옆에 누웠다. 그런데…… 그의 손길이 닿았던 자신의 입술을 만지자 심장이 쿵쾅거렸다. 마치 입술을 내어주라는 듯. 지금껏 느껴보지 못한 떨림에 온몸이 사시나무 떨리듯 덜덜 떨렸다. 그녀는 최대한 몸을 웅크려 그 떨림을 멈추게 하려 했다. 심장이 떨리니 몸도 떨렸고, 그로 인해 좀 전에 있었던 일이 다시금 떠올랐다. 숨도 쉬기 힘들 정도의 두근거림. 나 미쳤나 봐. 그러니까 그의 옆에 다시 누웠겠지. 만약에 이 남자가 다시 다가온다면? 은서야! No! 생각하지 마! 서로가 사랑하지 않으면 안 돼! 절대로 열려서는 안 되는 입술을 더욱 힘주어 다물었다. 둘 다 쉬이 잠들 수 없는 후회와 떨림이 공존하는 밤…….

령은 뜬눈으로 밤을 지새웠다. 그 상태로 꼼짝 않고 누워 있으니 어깨가 결렸지만, 움직이지 않았다. 한 번도 느껴보지 못한 이러한 감정들. 그와 더불어 감정이 제어되지 않는 자신의 행동들. 예측불가가 되어버린 마음…….
이전에는 알지 못했던 아련함이 피어올랐다.

"으으……."
이른 새벽, 그는 조심스레 몸을 일으켰다. 어깨가 돌처럼 굳었다는 표현이 맞을 것이다. 령은 좀처럼 풀리지 않은 어깨 근육을 주무르며 곤히 잠들어 있는 그녀를 바라보았다.
'날 도발시키는 여자는 네가 처음이었다. 더 이상 하지 마라.'
무슨 뜻일까…… 도발하고 싶다. 그러니 네가 멈춰라? 하지만 여기까지만 생각하기로 했다. 지금은 도발이 문제가 아니었다. 령은 앞에 있는 은서의 배낭을 한쪽으로 치웠다. 지난밤의 감성에 젖은 상태로 앉아 있기에는 지금 상황이 여의치 않았다. 혹시 비행시간에 늦어서 제시간에 데려다 주지 못한다면 후환이 두려웠다.
"구토! 일어나!"
"싫…… 어."
"출근 안 해?"
출근하라는 말에 벌떡 일어나 앉았다. 행색을 보니 긴 머리카락은 산발이었고 눈은 졸려서 제대로 뜨지도 못했다. 꼬락서니를 보자니 그야말로 가관이었다.
"후…… 이 여자가…….'
눈을 감은 채 쓰러질 듯 앉아 있는 그녀의 모습에 할 말을 잃었다.
"몇 시예요?"
"4시."
4시라는 말에 살며시 눈을 뜨고는 앞에 앉아 있는 령을 쳐다보았다.

"왜 등산만 오면 새벽 4시에 일어나야 하는 거예요?"

왜긴 왜겠어. 출근해야 하니 그렇지. 그녀를 쳐다보던 그가 은서의 얼굴을 가리켰다.

"빨리 가서 씻어요. 도저히 못 봐주겠어."

"남 말 하시네. 그쪽도 만만치 않거든요."

일찍 일어난다고 투덜거리는 그녀를 그는 몰아내다시피 했다. 텐트를 정리하려던 령은 저만치 걸어가는 은서의 뒷모습을 보았다.

"어젯밤엔 내가 미쳤었구나!"

령이 제 자신을 향해 채찍질을 할 때 은서는 투덜거리며 수돗가로 향했다.

"새벽에 운동하는 것도 아니고 이게 뭐야?"

하지만 어젯밤 일이 생각나자 얼굴이 화끈 달아올랐다. 누가 볼세라 고개를 숙이고 칫솔에 치약을 짰다. 부끄럽게도 령의 품은 생각보다 훨씬 넓었다. 젠장! 무슨 이런 생각을…… 혹시 애정결핍? 욕구불만? 하지만 결론을 내리기도 전에 가장 중요한 말이 떠올랐다.

'뭐! 안 당겨? 이런 나쁜 놈! 으드득-!'

이를 닦다가 이를 갈았다.


령은 자신의 배낭과 은서의 배낭까지 들고 앞장서 갔다. 그의 뒤를 터덜터덜 쫓아가던 그녀는 불만을 토로하기 시작했다.

"4가지, 이 새벽에 우리 뭐 하는 거냐고요?"

이제 어슴푸레 날이 밝고 있었다. 혹시라도 은서가 어둠 속에서 넘어질까 봐 령은 그녀 곁으로 바짝 다가갔다.

"걷기 운동하고 있잖아요."

"다음엔 이렇게 멀리 올 거면 토요일 날 출발해서 1박 2일로 와요."

이건 체력을 키우는 게 아니라 체력이 고갈될 지경이었다.

"그렇게 저하고 같이 있고 싶습니까?"

이런 대답을 듣고 보니 그녀는 자신이 말한 의도가 이상해졌다.

"그, 그게 아니고 피곤하니 그렇죠."

"생각해보겠습니다."

야영장에서 내려온 둘은 택시를 잡아타고 공항으로 갔다. 티켓까지 확인한 후 밝은 데서 보니 령은 그녀의 눈이 빨갛게 충혈된 걸 보았다.

"밤에 안 자고 뭘 했기에 토끼 눈이 되셨습니까?"

다 알면서 이렇게 물었다.

"어떤 변태 놈 욕해줬어요. 그러는 4가지 눈은 왜 그래요?"

"아침에 제 눈은 원래 이렇습니다."

"참 기가 막히네."

만난 지 고작 두 달도 안 되는 사이에 어째서 이리 변한 것인지. 이제는 어설픈 농담까지 흘리는 그로 자신이 아는 그 사람이 진정 이 사람이 맞는지 의심스럽기까지 했다.

"토끼 눈 된 거 나중에 꼭 복수할 거예요."

"기대되겠는데?"

"죽었어!"

"큭."

령은 어느 순간부터 은서를 바라보며 웃고 있었다. 그런 그의 눈을 바라보자 그녀는 왠지 모르게 가슴이 설레었다. 서로를 가슴에 담기 시작했으나 이들의 자존심 대결은 대단했다. 둘 다 굽히고 들어갈 줄을 몰랐다. 그건 아마 이만하면 내가 제일이라는 self-esteem, 즉 자부심이 넘쳐서 오는 것일지도 모르겠다. 은서가 마시고 있던 음료수 컵을 내려놓자 령은 자리를 뜨기 위해 식탁을 정리했다.

그런데 그가 무엇을 보았는지 기겁을 하고 등산복의 모자를 뒤집어썼다.

시루였다! 시루가 가게 안으로 들어오는 모습을 본 것이었다.

'어제가 시루 아버님 기일이었지.'

품앗이 돈까지 걷으며 그 난리를 쳤는데 전혀 생각을 못하고 있었다.

"4가지, 왜 그래요?"

은서가 모자를 벗기려 하자 그는 모자의 끈을 질끈 잡았다. 고개를 숙인 채 시루가 지나가는 것을 보고는 잽싸게 일어서 배낭을 집어 들었다.

"빨리 나갑시다."

"왜요? 무슨 일 있어요?"

령이 최대한 낮춘 목소리로 말하자 은서도 같이 작은 목소리로 말했다.

"제발 더 이상 묻지 말고."

아하! 뭔가 있구나! 그렇다면 그냥 넘어가면 안 되지. 경계하는 령의 모습으로 뭔가 있다는 확신이 들자 은서의 심술이 발동되었다.

"싫어요! 피곤해서 더 있을 거예요."

"제발!"

애원하는 령의 말투에 은서는 늦장을 부리며 자신의 머리카락을 손가락으로 돌돌 말았다.

"근데 항공료가 얼마였더라?"

얄미운 여자! 으으으. 그래도 참아야 했다.

"지금 총알처럼 이곳을 뛰어나가면 항공료 안 받는다."

"좋아요!"

좋아서 흥얼거리는 은서를 데리고 황급히 뛰어나갔지만, 한번 꼬인 일은 잘 풀리지 않는 법이다. 이럴 수가. 하필이면 시루와 같은 비행기였다. 모자를 뒤집어쓴 채 비행시간을 기다리는 령은 죽을 맛이었다. 이 모습을 시루한테 들킨다면 분명히 엄청난 파장이 되어 돌아올 것이다.

"부탁드릴게요. 교통사고로 엄마가 위독하시다는 연락을 받아서 그래요."

시루의 옆 창구에서 발을 동동 구르며 애원하는 한 여자가 있었다. 좌석이 없어 다음 비행기를 알아보겠다는 직원의 말에 흐르는 눈물을 주체하지 못하고 펑펑 울어댔다. 여자의 모습에 시루가 자신의 티켓을 직원에게 건네줬다.

"제 티켓을 양보할게요."

탑승 안내방송을 듣고 은서의 배낭을 드는 령의 입가에 옅은 미소가 생겼다.

'꼴통. 넌 자랑스러운 내 친구다.'

피를 말리는 우여곡절 끝에 비행기에서 내린 령은 은서를 병원 근처까지 내려줬다.

"이따 봐요."

"보긴 뭘 봅니까?"

"아! 그런가?"

"분명히 지각 안 했습니다."

령은 확실히 짚고 넘어갔다.

"겁나 고마워요."

뛰어가는 그녀의 모습을 보자 한라산에서 있었던 일들이 파노라마처럼 지나갔다.

"내가 어떻게 남자로 안 보이지?"

흔히 남자답다는 말을 수도 없이 듣고 살았다. 훤칠한 키에 덩치도 보기 좋게 적당했고, 외모도 꽤 쓸 만 했다. 거기다 직업까지 좋았다. 다만, 한 가지 강한 성격. 자신도 남들과 다르다는 것 정도는 알고 있었다. 하지만 여자 마음에 들고자 이 성격을 고치고 싶지는 않았다. 고치면서까지 옆에 두고 싶을 정도로 여자에게 관심이 있던 것도 아니었다. 지금껏 연애라는 것이 필요한지조차 못 느꼈었다.

"그런데 저 구토는?"

짜증 날 정도로 자꾸 신경이 쓰였다.


병원에서의 급한 일이 어느 정도 마무리되자, 은서는 우빈한테 한 소리 듣고 있었다. 이미 지나간 일을 어쩌겠냐며 딴짓을 하고는 있지만, 예상했던 말을 계속해서 듣자니 지루함에 하품까지 나올 지경이었다.

"무슨 일인데 붙어 있기만 하면 은서한테 잔소리냐?"

궁금했는지 소희가 은서 옆에 서며 물었다.

"어제 아주머니가 나한테 전화해서 은서를 죽이네, 살리네 난리가 났었다."

"왜?"

"맞선 자리 준비해놓으셨는데 애가 제주도로 날랐대."

"뭐? 푸하하하하."

우빈의 말을 듣고 나니 소희 역시 ㄴ그만 웃고 말았다.

"한라산이 널 애타게 부르디? 이제는 제주도까지. 드디어 산에 미쳤구나."

"나도 얼떨결에 간 거야."

정말 얼떨결에 간 게 맞기는 했지만 우빈의 말을 듣고 있자니 맞선에 대한 심각성을 알 것도 같았다. 엄마의 체면은 뭐가 됐을까. 그래도 싫은 건 싫은 거니 어쩔 수가 없었다.

"한동안 엄마 피해 다녀야지."

자연스레 시간이 해결해주겠지. 그녀는 커피를 다 마신 종이컵을 쓰레기통에 던졌다. 우빈의 잔소리를 피해 복도를 돌던 은서는 이번엔 한 과장을 발견했다. 아침 회진에 못 들어갔으니 이럴 땐 빨리 도망가는 게 상책이었다.

"유 선생!"

이런! 들켰다. 도망가려고 살그머니 뒤돌아서다 딱 걸렸다. 어쩔 수 없이 활짝 웃으며 한 과장 앞으로 걸어갔다.

"네! 과장님, 여기 계셨군요?"

"왜? 나 찾았어?"

"아니요. 절대 안 찾았지요."

"참! 박정수 검사가 지난 토요일에 이리로 오셨는데, 좀 부탁할게."

이야기의 초점이 회진 쪽으로 돌아가자 속으로 쾌재를 외쳤다. 그런 거라면 얼마든지 해드릴 수 있습니다, 이렇게 외치고 싶었다.

"최령 알지? 같이 일하시는 분이야."

"그래요? 최선을 다해 열심히 보살피겠습니다."

"그리고 한 번만 더 회진에 불참하면 넌 물구나무서는 거다."

한 과장이 은서의 이마를 콕 찔렀다.

"히히히."

그냥 좀 넘어가 주시지. 멋쩍어서 이상한 소리로 웃던 은서는 머리를 긁적였다.


령은 그날 오후 은서가 근무하는 병원으로 박 검사를 옮겼다는 말을 전해 들었다. 퇴근길에 그는 현희와 함께 병원으로 향했다. 때마침 데스크에서서 우빈과 대화하고 있는 그녀의 모습을 보자, 령의 안색은 어두워졌다.

"이따가 맛있는 거 사줄게. 대신 어제 그 일에 대해서는 더 이상 잔소리 안 하기다?"

"그럼 비싼 거로 먹는다."

"알았어. 한 번만 봐줘. 응?"

화가 난 선영은 누구한테라도 스트레스를 풀고자 했을 것이다. 당사자도 아닌데 맥없이 당한 우빈한테 은서는 미안했다. 그래서 면죄부 격으로 민아와 함께 식사하길 청했다.

"나도 어제는 네 행동이 이해가 안 가더라."

"미안. 다시는 안 그럴게."

미안이라…… 마음이 불편하고 부끄럽다는 뜻인가. 앞서 무슨 말들이 오 갔는지 모르는 령은 은서의 말에 기분이 나빠졌다. 그녀의 곁을 지나가던 그가 아랫입술을 지그시 깨물었다.

"유 선생님, 박 검사님 드레싱 하러 갈 건데 같이 가실래요?"

"드레싱? 그거 제가 할게요. 양 간호사님은 다른 볼일 보세요."

"그러실래요?"

한 과장의 부탁도 있고 하니 직접 드레싱 할 생각으로 병실로 향했다. 아 무것도 모른 채 병실로 들어서던 은서는 령의 모습에 멈칫할 수밖에 없었 다. 현희와 나란히 서 있던 그가 자신과 눈이 마주치자 외면해버렸기 때문 이다. 이런 표현을 뭐라고 해야 할까. 가슴 한쪽이 아릿해졌다. 뭐냐? 혹시 내가 알은척할까 봐 외면한 거야? 저 여자의 눈치를 보는 건가? 그렇다면 나도 알은척할 필요가 없겠지. 그런데 왜 이렇게 비참해질까. 괜스레 기분 이 씁쓸해졌다.

"좀 어떠세요?"

아무렇지도 않은 척 박 검사에게 다가갔다.

"아직은 움직일 때 아픕니다."

"당연하죠. 참지 못하실 정도로 아프시면 말씀하세요. 진통제 처방해드릴 테니."

"네, 감사합니다."

박 검사를 치료하기 위해 은서는 감겨 있는 붕대를 풀어 나갔다. 모두의 시선이 저를 보고 있다는 걸 느꼈지만, 평상시대로 차분하게 뒷마무리까지 했다.

"다 됐습니다. 혹시라도 불편하신 데 있으시면 언제든지 콜하시고, 저는 내일 아침에 뵙겠습니다."

"감사합니다, 유 선생님."

드레싱을 마친 은서는 미소로 답을 했다. 그녀는 서둘러 병실 문을 열고 나갔다.

"여보, 나 화장실 좀."

한쪽에서 과일을 준비하던 박 검사의 아내가 다가와 그를 부축했다.

"저 여의사…… 지난번에 너의 집에 온 거 같은데?"

뭔가를 골똘히 생각하던 현희가 작게 중얼거렸다.

"응?"

"내가 너 태워다 준 날 있잖아. 그날 저 여자가 너의 집에 왔었어."

"그래서?"

"누구냐고 하니까 집을 잘못 찾았다고 하던데."

"그래?"

그날 은서가 자신을 걱정해서 왔을 거라고 여겼으나, 령의 표정엔 그 어떤 변화도 없었다. 어째서 잘못 찾아왔다고 했을까? 하지만 은서의 말로 기분이 상한 그였다. 그녀에 대해서는 이제 깊이 생각하고 싶지 않았다.

병실에서 나온 은서는 령과 나란히 서 있던 현희를 보게 되자 지난번에도 느꼈던 그 기분을 또다시 느껴야만 했다.

"아니, 내가 불륜을 저지른 것도 아닌데 왜 이리 찝찝한 거야."

혼잣말로 중얼거리던 그녀는 들고 있던 펜으로 뭔가를 적어 나갔다.

"뭘 멀리해?"

소희가 메모를 보며 물었다.

"아냐. 아무것도."

별일 아닌 척 몸을 돌리던 은서는 병실에서 나오는 령을 보았다.

현희와 나란히 걸어오는 그의 모습이 어쩐지 보기 싫었다. 부딪치고 싶지 않아 안으로 들어왔다. 이렇듯 그를 피하는 자신의 모습이 떳떳치 못한 것 같아 자존심이 상했다.

"살며시 웃는 거 봤어? 솜사탕 같다."

그랬다. 은서가 볼 때도 양 간호사의 말처럼 현희를 향해 웃어주던 미소와 자신에게 보여줬던 미소가 다른 것 같았다. 이 또한 싫었다.

"저 여자가 애인인가?"

멀어져 가는 둘의 뒷모습을 양 간호사가 넋을 놓고 보았다.

"사랑하는 여자한테는 저렇게 웃어주는구나."

"저 여자 진짜 부럽다."

간호사들의 말에 은서는 청진기를 만지작거렸다.

"역시 안 당겨."

자신을 여자로 봐주지 않던 령의 말이 귓속에서 맴돌았다. 연인이 있으니 그게 정상이겠지만, 그래도 한편으론 서운했다.

"유 선생님, 응급환자 도착했어요!"

응급환자가 들어왔다는 양 간호사의 말에 은서는 뭔가 결심한 듯 자리에서 일어섰다.

'유은서! 자존심 상해도 그만하자. 이제 끝내자.'

령에 대한 모든 감정을 정리하자며 그녀가 응급실로 뛰어갈 때, 그는 현희와 헤어져 집으로 향하는 길이었다. 우빈과 함께 있던 은서의 모습이 겹쳐 보이자 눈빛이 심하게 흔들렸다.

"남자가 있는 여자? 이제 그만 얽히자."

령은 이런 결론을 내렸다. 잠시 일에 대한 권태에서 벗어나고자 다른 것에 눈을 돌렸다고. 그러다가 이성을 잃었었다고. 그러니까 정신 차리고 본

래의 모습으로 돌아와야 한다고……. 령의 입가에 쓸쓸한 미소가 지나갔다.

서로를 놓아버리려 하는 두 사람이었다.


은서가 응급환자의 상태를 확인하고 있을 때쯤, 한 과장도 연락을 받고 내려왔다. 살릴 수 있다는 희망이란 말을 억지로라도 떠올리고 싶었다. 하지만 가슴이 먹먹해진다는 것은 희망이 절망이 될 수도 있다는 걸 알기 때문이었다.

"심정지가 두 번이나 온 환자야. 그래도 젊은 사람이니 한번 해보자."

"네, 과장님."

젊은 사람이니…… 한번 해보자. 은서는 한 과장의 말에 희망의 끈을 잡았다. 이번에도 끊어지지 말고 버텨주세요. 제 마음속에 간절한 소망을 담은 은서는 수술실로 향했다. 수술은 밤새 진행되었고 수술 중 위급한 상황도 발생했다. 그래도 모두 한 과장과 한마음이 되어 무사히 마칠 수 있었다. 끝까지 버텨줘서 감사하다는 말을 그녀는 몇 번이고 중얼거렸다.

은서가 나오자 수술실만 바라보고 있던 가족들은 모두 자리에서 일어섰다.

"좀 전에 과장님께 말씀 들으셨나요?"

모두 얼이 나간 듯 고개를 끄덕였다.

"상황이 안 좋긴 하지만…… 가족분들이 옆에서 용기를 주세요."

"감사합니다."

"저도 열심히 해보겠습니다. 여기 계신 분들도 힘을 내기 위해서는 먼저 식사부터 하고 오세요."

은서가 이 가족들에게 해줄 수 있는 것은 이런 사소한 말밖에 없었다. 부디 환자가 살고자 하는 의욕을 보여 지금 이 시간을 잘 견뎌내 주길 바랄 뿐. 그래서 다시 가족들의 품으로 돌아오길 소망하며 남은 가족들을 위로했다.

“그래도 나오는 걸 보고 나서.”

가족들은 불안한 마음에 자리를 뜰 수 없었다.

“면회하려면 시간이 더 있어야 해요. 지금 다녀오세요. 밤새 아무것도 안 드셨잖아요.”

“의사 선생님이 그런 것까지 걱정해주시고 감사합니다.”

“힘내세요.”

언젠가 이런 일을 겪었었다. 그땐 아무 생각 없이 친구들과 휴가를 갔었다. 환자를 팽개치고 간 것도 아니었다. 그 환자를 자신이 보살피지 않아 삶을 끝낸 것도 아니었다. 그런데 은서는 죄책감에 도피를 했다. 지금 이 환자의 상태가 그때의 상황과 비슷했다. 그래서인지 마음이 더 무거웠다.

그렇게 며칠 동안 은서는 꼼짝없이 그 환자를 돌봤고, 령도 일에 매달리며 바쁜 일상을 보냈다. 서로가 생각난다 해도 이웃 주민이라며 외면해버렸다. 그게 최선의 방법이기에 령은 은서를 더 이상 호출하지 않았고, 은서는 더 이상 응답하라는 메세지의 소리를 원치 않았다.

그리고 박 검사가 퇴원한다는 소리에 그는 어쩔 수 없이 병원으로 향했다. 병실로 가기 전 데스크 앞에서 보호자들과 같이 서 있는 은서의 모습을 보았다. 평소와는 다른 모습에 발걸음을 멈췄다. 며칠 만에 보는 그녀의 모습을 외면할 수 없었다. 그는 은서 옆에 같이 서 있는 우빈을 보았다.

“선생님, 살려주세요.”

은서의 가운을 잡으며 애원하는 보호자를 보고 령은 뭔가 잘못됐다는 걸 느꼈다.

“죄송합니다.”

“아이고, 어떡해. 우리 아들…… 어흐흐흑. 불쌍해서 어떡하라고.”

보호자들의 오열을 들으며 은서는 고개를 숙였다. 어깨의 작은 떨림이 그의 눈에 들어왔다. 령은 소리도 못 내고 그녀가 울고 있다는 걸 한눈에 알아챘다.

우빈에게 의지해 걸음을 옮기는 은서의 뒷모습에 령은 마음이 아팠다. 그녀로 인해 마음이 아프다는 걸 알았다.

"아이고! 우리 아들…… 아이고!"

보호자가 끝내 바닥에 앉아 오열하자 양 간호사가 다가갔다.

"어머니, 여기서 이러지 마시고 병실로 가세요."

"의사 선생님이 살려줘야지. 아이고! 우리 아들 불쌍해서 어쩐대!"

이번엔 양 간호사를 붙잡고 애원했다.

"유 선생님이 며칠간 잠도 안 자고 돌본 거 아시잖아요."

"알지…… 알지만……. 어흐흑. 어흑."

은서가 살리고자 했던 하나의 생명이 신의 부름을 받고 사라져 버렸다. 사람이 죽고 사는 것이 신의 뜻이라면, 불려가기 전까지 목숨을 살리려 노력하는 이는 의사일 것이다. 이런 순간마다 의사들은 무력함을 느낄 것이고, 령이 볼 때 지금 은서가 그랬다.

"어머, 최 검사님 아니세요?"

넋 놓고 은서가 사라진 방향을 바라보는 령은 양 간호사의 목소리에 고개를 돌렸다.

"박 검사님 퇴원수속 하시게요?"

"네. 부탁합니다."

박 검사의 퇴원수속을 밟은 후, 령은 데스크로 와서 은서를 찾았지만, 퇴근했다는 말만 전해 들었다. 은서를 본 후 그는 하루를 어떻게 마무리했는지 모른다.

아파트에 도착한 령은 그녀의 집 앞에서 계속 서성거렸다. 머뭇거리던 그가 끝내 초인종을 눌렀다. 한참이 지나도 문은 열리지 않았다. 이번엔 휴대폰을 들었다. 그러나 은서는 메시지조차 보지 않았다. 그 모든 것들이 뒤섞인 것처럼 령의 마음은 점점 착잡해졌다. 어디로 갔을까? 어디서 혼자 울고 있지는 않을까. 가족. 친구. 우빈. 아무라도 좋으니 그녀가 위로받았으면 좋겠다는 생각을 했다.

TV 시청을 하던 은서는 메시지 알림음에 휴대폰을 바라보았다. 그러나 더 이상 반응을 보이지 않았다. 불조차 켜지 않은 거실에서는 TV 화면만 푸른빛을 냈고, 연인들의 이뤄질 수 없는 이별 장면에 화면은 눈물바다가 되었다. 그녀는 울지 않았다. 슬프지가 않았다.

"사별이 아닌 살아만 있다면…… 같은 하늘 아래 살아서 존재한다면…… 언제든지 만날 수 있어……."

삶과 죽음의 차이었다. 살아 있다면, 만나고자 하는 마음만 있다면 얼마든지 만날 수 있다. 하지만 죽고 나면 간절히 원해도 불가능했다. 며칠 동안 잠을 못 잔 탓에 그녀의 눈은 충혈됐지만, 그래도 잠을 이루지 못하고 뻑뻑한 눈만 껌벅이고 있었다.

늦은 밤, 은서는 잠들지 못하고 뒤척였다. 의사생활을 하면 언제든지 생길 수 있는 일이란 걸 알면서도 유독 힘들어했다.

"아…… 자고 싶어 미치겠다."

자고 싶었다. 잠시라도 모든 걸 잊을 수 있게. 자꾸만 뒤척이던 그녀는 베개를 돌려 매만졌다. 그래도 불편한지 돌아누웠다. 일어나더니 이번엔 반대 방향으로 누워보았다. 여전히 잠들 수 없는 밤. 한참을 그렇게 뒤척이더니 무슨 생각인지 벌떡 일어나 앉았다.

은서는 베개를 안고 밖으로 나갔다. 그녀는 지금 령의 집 앞에 서 있었다. 몇 번인가 누를까 말까 고민하다 살며시 벨을 눌렀다. 벨 소리가 들리자마자 소파에 앉아 있던 령은 튕겨져 나가듯 현관으로 향했다. 나한테 왔구나. 그녀가 나한테 왔어……. 비디오폰으로 보이는 은서의 모습에 깊은 숨을 토해낸 령은 현관문을 열었다.

"······."

"······."

눈이 마주치자 서로를 말없이 바라보았다.

"나…… 하룻밤만 재워줘요."

휑한 모습. 기어들어가는 낮은 목소리. 그리고 슬픔을 감춘 눈빛. 지금 령의 눈에 보이는 그녀의 모습은 몹시 힘들어 보였다.


"지금도 환자가 잘못되면 혼자 못 자고 늦은 밤이라도 우리 집으로 오곤 해. 그런데 오늘은 아기 때처럼 령이 네가 옆에 있어서 그런가? 잘 자네."


언젠가 가족 여행에서 들었던 선영의 말이 생각났다.

"들어와요."

"······."

잠시 머뭇거리더니 안으로 들어온 그녀는 당연한 것처럼 소파로 가서 누웠다. 고마움의 표시로 령을 향해 옅은 미소를 보이며 스르르 눈을 감자, 그는 넘치는 제 감정을 주체할 수가 없었다. 안쓰럽고 안타까워도 그저 바라만 볼 뿐 안아줄 수도, 아는 척 위로해줄 수도 없는 자신이 너무 싫었다.

"작은방으로 가서 자요."

은서는 령의 말에 눈을 떴다. 멀리하기로 다짐했건만 너무 가까이 사는 게 독이 됐나 보다. 그래도 어쩔 수가 없었다. 이곳에 오고 싶었다. 이 사람이 있는 이 집에 오고 싶었다. 아주 잠깐이라도 좋으니 휴식을 취하고 싶었다. 오늘 밤만 신세지자.

"여기가 편해요."

령을 바라보던 은서는 아무 일도 없는 것처럼 애써 웃어 보였다.

"내가…… 불편합니다."

"나 영화 볼래요. 영화 보고 싶어요."

불편하다는 령의 말에 은서는 예전처럼 해보자고 생각했고, 그는 힘들어 보이는 그녀의 모습에 안 된다고 고개를 저었다.

"다음에 보고, 오늘은 그냥 자요."

그만 얽히자 했건만 아무래도 그건 안 될 것 같았다. 마음이 아파서 찾아온 그녀를 령은 매몰차게 밀어낼 수가 없었다. 아마 다음에도 그녀가 이런 모습으로 다시 찾아온다면 그는 그때도 망설이지 않고 열어줄 것이다.

"보다가 잘래요."

결국 령은 노트북을 가져왔다. 가만히 누워 화면만 응시하는 은서를 보자 오히려 더 불안했다. 눈물 콧물 다 짜며 소리 내서 울던 그녀가 울지도 않고 화면만 쳐다보고 있었다. 그 어떤 감정도 표현하지 않았다. 그런 은서가 어느새 스르르 잠이 들었다.

사랑의 마음이 어떤 것인지 령은 알고 싶지도 않았다. 그런데 은서로 인해 자꾸만 변하는 자신의 마음을 용납하기 싫어 회피하려 했다. 넘어오지 못하게 선을 그어놓아도 그녀는 단숨에 넘어와 앞에 서 있었다. 한 발짝 물러서 다시 그어놓으면 어느 틈에 다시 넘어와 있었다.

그래서 말을 해도 차갑게 하고 냉정히 대하려 무던히 애를 썼건만 한순간 물거품이 되어 같이 웃고 있는 자신을 발견했다. 처음엔 엉뚱하기만 할 뿐 별거 아니었던 그녀가 눈에 안 보이면 궁금했다.

언제까지 자신의 감정을 이렇게 억누르며 지낼 수 있을지 그도 알 수는 없었지만, 그래도 그녀가 보고 싶었다. 이미 그녀 옆에는 다른 남자가 있기에 마음을 접으려 했다.

하지만 문을 열어주며 그녀를 보는 순간, 접을 수 없다는 걸 알았다. 선을 넘다 못해 은서는 이미 자신의 마음 안에 들어와 있었다.

"잘 자, 은서야……."

한참을 앉아 지켜보던 령은 그녀가 깊이 잠든 걸 확인하고 침실로 들어갔다. 잠을 청했지만 걱정된 마음에 잠들 수가 없었다. 그리고 그날 밤, 령은 소파에서 자는 그녀가 걱정돼 몇 번인가 일어나서 자는 모습을 확인했다.

아침에 눈을 뜬 령은 은서 생각에 벌떡 일어났다. 방을 나온 그가 소파 앞으로 다가갔다.

"어디 갔지?"

가지런히 개어져 있는 담요만 있을 뿐 그녀의 모습은 없었다.

"갔구나."

지금은 어떤 모습일까. 걱정되는 마음이 앞서자 어찌해야 하나 답답했다. 주방으로 가서 커피머신을 만지던 령은 식탁 위에 있는 메모지를 발견했다.

<잘 잤어요, 고마워요.>

"다행이네."

잘 잤다는 말이 이토록 고마울 줄 몰랐다. 령은 은서에게 전화를 했다. 혹시 받지 않을까 싶어 통화 대기음이 울리는 동안 초조함까지 생겼다.

"구토."

은서가 말하기도 전에 령이 먼저 그녀를 불렀다.

[4가지, 굿모닝~]

은서의 밝은 목소리를 듣자 저절로 미소가 지어졌다.

"재워줬더니 달랑 메모 하나 남기고 입 닦으려고?"

[음…… 그럼 점심때 우리 병원으로 와요. 구내식당 밥 맛있어요.]

"싫습니다. 근사한 데서."

통화를 하는 령은 소파 위에 가지런히 개어져 있는 담요를 보았다. 하룻밤의 치유. 은서는 잠재된 고통 속에서 스스로 털고 일어났다. 의사로서 조금씩 강해지고 있는 것이다.

[그럼 우리 지난번에 봤던 그 호텔에서 7시, 어때요?]

"OK."

[1분이라도 늦으면 저 바로 갈 거예요.]

"늦으면 내가 사지."

[진짜죠? 이따 봐요!]

목소리가 하늘을 찌를 듯했다. 령은 의욕이 불타는 그녀의 모습이 상상되자 작게 웃었고, 전화를 끊는 은서도 그의 모습이 떠오르자 미소가 지어졌다.

"유 샘, 데이트?"

옆에 있던 양 간호사는 매서운 눈빛으로 물었다.

"음…… 데이트라기보다는 신세 진 거 갚는 거랄까?"

양 간호사의 표정이 시큰둥해졌다.

"그런 거였어요? 근데 유 샘은 좋아하는 남자 없어요?"

"글쎄……."

좋아한다는 감정? 보고 싶은 거? 같이 있고 싶은 거? 의지하고 싶은 거? 은서는 더 이상 생각하지 않고 고개를 흔들었다. 누구라고 정의를 내려버리면 그 사람에게서 벗어나지 못하고 속박될 것 같았다.

령은 이런 은서의 마음을 알까. 모른다고 해도 은서를 보고 난 후 그의 마음은 그 어느 때보다 편안해졌다. 명치끝은 얹힌 것처럼 답답했고 뭘 먹어도 맛을 몰랐었다. 뭘 하려 해도 평소보다 집중력이 떨어졌다. 그런데 그녀를 보고 나니 이런 증상들이 감쪽같이 사라졌다. 흘러가는 시간이 즐거웠다.

검사들과 같이 점심을 먹는 령의 모습에 검거작전 때의 일은 자연스레 화두로 떠올랐다. 숨 막히게 돌아갔던 그날 일을 이야기하던 박 검사가 령을 쳐다보았다.

"부장님 덕에 제가 다시 처자식을 볼 수 있게 됐습니다."

"제가 뭘 했다고……."

령은 자신으로 인해 박 검사가 다친 것 같아 부끄러웠지만, 박 검사는 아니었다.

"사실 서로 총을 겨누고 서 있을 때 죽을 수 있겠구나 생각하자 가족들의 얼굴이 머릿속을 스쳐 지나가는데, 정말 아찔했습니다. 그런데 부장님을 보니까 얼마나 안심이 되던지."

"가족을 두고 간다. 슬픈 얘기네요."

박 검사의 말에 정 검사가 심란한지 수저를 놓았다.

"정 검사님, 그래도 밥은 먹어야겠죠? 밥숟가락은 아무 때나 놓는 게 아닙니다. 죽기 전까진 꼭 잡고 계셔야 합니다."

옆에 있던 이 수사관이 그의 밥그릇 위에 수저를 놓아주며 익살스럽게 말했다.

"이 수사관님!"

"하하하하."

맞는 말이라며 모두 웃자, 점심을 먹던 강 검사는 현희와 령의 관계가 궁금했다.

"근데 두 분은 어떤 사이세요?"

"누구? 저랑 최 부장님이요?"

현희가 웃으며 령을 쳐다보자 그도 많이 듣던 질문이라 그런지 작게 웃었다.

"네. 두 분이 많이 친하신 거 같은데."

"령과 저는 그냥 스스럼없는 친구예요."

딱 봐도 둘의 관계가 평범해 보이진 않았기에 모두 믿을 수 없다는 표정을 지었다. 연인도 아닌데 남녀가 저렇듯 친한 친구로 남다니. 이해하기 힘들었다.

"여자 남자 사이에 친구가 가능합니까?"

"얼마든지요."

강 검사가 믿을 수 없다는 표정을 하자 현희의 기분은 씁쓸해졌다.

식사 후 현희는 오후에 있었던 공판사건 파일을 가지고 령의 사무실을 들렀다. 평소보다 일찍 퇴근 준비를 하는 령의 모습에 가까이 다가갔다.

"일찍 가네."

"응. 약속 있어서. 무슨, 급한 일이야?"

"그건 아니고. 근데 너 좀 이상하다?"

"뭐가?"

요즘 령의 행동이 뭔가 달라졌다는 걸 현희는 직감적으로 알고 있었다. 그래서 슬그머니 떠보기로 했다.

"여자 만나러 가는 거지?"

"여자는 여자지."

여자라는 말을 너무 쉽게 하자 현희는 불안해졌다.

"너 사귀는 사람 있어? 데이트 가는 거야?"

"그건 아니고 일이 있어서 같이 저녁 먹기로 했어."

"아……."

표현을 안 할 뿐 현희는 령을 마음에 두고 있었기에 여자 문제에 대해서는 누구보다 빠른 촉을 가졌다.

"간다. 그 사건 급한 거 아니면 내일 의논하자."

"급한 거 아냐. 내일 보자."

대답을 하면서도 현희의 머릿속은 온통 여자라는 말로 지배당하는 느낌이었다. 대학 시절, 현희는 령에게 농담처럼 고백했다가 거절당했었다. 그래서 현희는 령의 옆에 남아 있고자 마음을 숨기고 친구라는 허울을 썼다. 많은 여자들이 령에게 고백을 하고 쫓아다녔지만, 단 한 번도 그의 마음이 움직인 적은 없었다. 그리고 령의 인생을 바꿔놓은 그 사건. 죽은 선배를 따라 그의 아내가 고통 속에서 살아가다 결국 스스로 세상과 등진 것. 자신 때문에 한 가족이 사라졌다는 죄책감에 행복은 사치라고, 그래서 포기하겠단 령의 말을 현희는 지금도 또렷이 기억하고 있었다.

"난 속죄하는 맘으로 평생…… 결혼은…… 안 할 거야."
"그게 무슨 소리야?"
"행복해질 자격…… 나한텐 없어."

장례식장에서 돌아오며 했던 말이었다. 오래전 일이지만 그는 아직도 그때 일을 잊지 못하고 있었다. 그런 령이 요즘 변하고 있어 현희는 불안했다.
현희가 이렇듯 령의 여자 문제로 고민하고 있을 때, 당사자인 은서는 약속장소에 먼저 도착해서 손목시계만 뚫어지라 쳐다보고 있었다.
'5, 4, 3, 2, 1 땡! 밥값 굳었다!'
밥값 굳었다는 생각에 은서는 기분이 좋았다. 문 쪽을 바라보다 그가 들어오는 모습이 보이자 손을 들어 크게 흔들었다. 속마음을 숨긴 령은 그녀의 행동에 못마땅한 척 행동했다.
"애들도 아니고 창피하게 손을 흔듭니까?"
자리에 앉자마자 퉁명스럽게 말했지만, 은서는 생글거릴 뿐이었다.
"오늘 저녁은 4가지가 사는 거죠?"
"약속은 약속이니까."

처음 이곳에서 만났을 때와는 다르게 두 사람은 스스럼없이 친해져 있었다. 예전 모습으로 돌아온 은서를 보자 령은 안심을 했다. 일부러 약속 시간에 늦게 올 정도로 걱정하는 마음이 컸다. 사실 령은 약속 시간에 맞춰 먼저 도착했었다. 그는 지하주차장에서 시간을 보내며 은서의 반응이 어떨지 생각했다. 아니나 다를까. 손을 흔들며 웃는 그녀의 모습에 만족스러우면서도 이놈의 입은 정직하지 못했다.

"이번 주엔 어디 산으로 갈 거예요?"

은서는 령의 눈빛을 피하며 물었다. 오늘따라 뜨겁다 못해 강렬한 눈빛에 갇혀버릴 것만 같았다.

"같이 안 다니신다며. 이제부터 혼자 가요."

"그거야 자꾸 외박하니까……."

"앞으론 2박 3일로 갈 건데."

농담 한 자락 할 줄 몰랐던 령이 농을 걸어오자 은서의 입이 삐죽 나왔다.

"4가지, 나 놀리면 재밌어요?"

정색하는 은서의 표정에 령의 입꼬리가 살며시 올라갔다.

"전혀."

은서의 모습을 감상하려는지 아예 의자에 등을 기댄 채 그는 편안한 자세로 앉았다. 그녀는 얌전히 앉아 물을 마셨다. 빤히 쳐다보고 있으니 얼굴이 간질거렸다.

'왜 저러고 보는 거야?'

은서의 눈빛은 허공을 굴러다녔다. 헛기침도 한두 번이지, 점점 령의 시선이 부담스러워질 때쯤 웨이터가 다가왔다. 그녀는 메뉴판을 보며 주문할 음식을 보았다. 이제는 이러면 안 되는데 눈빛만으로도 설레었다.

"나 비싼 거 먹어도 돼요?"

"못 먹게 하면 안 드실 겁니까?"

"그건 아니지만……. 그럼 나 먹고 싶은 걸로 주문해요?"

"마음대로."

"그러게 늦지 말지. 왜 늦어서. 저야 엄청나게 고맙지만. 아무튼 잘 먹을게요."

그녀는 레드 와인 소스를 얹은 등심 스테이크를 시켰다. 잠시 후 음식이 오자 그녀는 얼굴에 행복한 미소를 지으며 저녁을 먹었다. 그 모습에 령의 입꼬리가 다시 올라갔다.

"4가지, 한 입 줄까요?"

은서는 썰린 스테이크 한 조각을 포크로 찍어 그의 앞으로 내밀었다.

"됐습니다. 제 것이나 달라고 하지 마세요."

이렇게 한다는 건 분명 다른 의도가 있을 것이다.

"그럼 한 번씩만 바꿔 먹어요?"

그럼 그렇지. 령의 입꼬리가 다시 올라갔다.

"싫습니다."

"나 봉골레 파스타 엄청 좋아한단 말이에요."

요 며칠 마음고생 한 그녀는 제대로 된 식사도 못 했을 것이다. 그가 웨이터를 부르자 은서는 의아한 눈으로 쳐다보았다. 하지만 봉골레 파스타를 하나 더 주문하는 령의 모습을 보고 싱긋 웃었다.

"지금은 다정한 남자?"

령의 의도를 은서도 눈치챘다.

"아마도."

"원샷!"

은서가 와인 잔을 들며 말하자 그는 모른 척했다.

"누가 와인을 원샷 합니까?"

"원하는 만큼 마시라고요~"

다시 밝게 웃는 은서의 모습에 령은 와인 잔을 들며 웃었다. 사랑스러웠다. 부정하려 했지만 끝내 이 말이 떠올랐다.

쨍-! 잔이 부딪쳤다. 서로에 대한 어설픈 감정을 버리고자 떨어져 있었던 시간이 오히려 둘의 감정을 일깨워줬다. 스테이크 접시를 한쪽으로 밀어놓은 은서는 열심히 포크를 돌렸다. 파스타를 입으로 가져가던 그녀의 블라우스 위로 소스가 한 방울 떨어졌다.

"저 잠깐 화장실 좀."

령은 핸드백을 들고 일어서는 은서를 보며 고개를 끄덕였다. 그런데 걸어가는 그녀의 뒷모습을 보던 령의 인상이 한순간 일그러졌다. 시루였다. 저 뒷모습은 분명히 시루였다. 그가 자리에서 벌떡 일어섰다.

"놔!"

시루의 새엄마인 영옥이 팔을 잡자, 화가 난 시루의 목소리가 레스토랑 안을 울렸다.

"돈? 웃기고 있어! 있어도 당신한테는 단 한 푼도 안 줘!"

"왜! 왜 안 주는데! 난 엄연히 네 엄마야!"

더는 말씨름하기 싫은 시루가 뒤를 돌자 령이 서 있었다.

"꼴통, 술 한잔할까?"

"좋지."

령의 말에 시루가 웃었다.

"그럼 자리 잡고 연락해. 뒤따라갈게."

"야! 안시루! 거기 안 서!"

시루가 레스토랑을 나가자 영옥은 소리를 지르며 쫓아가려 했다.

"시루 어머니, 이제 저 녀석 좀 놔주면 안 되겠습니까?"

령은 일부러 앞을 가로막고 섰다.

"비켜! 네가 뭘 안다고 그래. 주제넘게 나서지 마라!"

"유산은 정당하게 분배된 걸로 알고 있습니다. 다시 제 친구를 괴롭히시면."

령의 말이 끝나기도 전에 영옥은 입을 열었다.

"어쩔 건데. 고소라도 할래? 싸가지 없는 새끼!"

"죄송합니다."

"비켜!"

령은 싫은 소리를 들으면서도 시루에게 시간을 주기 위해 그 자리에서 꼼짝 않고 서 있었다. 화장실에서 나오다 둘의 모습을 본 은서 역시 그 자리에 서 있었다.

"비키라고!"

영옥은 끝내 령을 밀치며 걸어갔다. 그는 한숨을 내쉬며 문 쪽을 바라보았다.

"무슨 일이에요?"

령은 은서를 쳐다보았다. 그의 표정에서 지금 이 상황이 매우 심각한 상태란 걸 눈치챘다.

"구토, 미안한데 저 먼저 가봐야 할 것 같습니다."

"그러세요. 저녁 잘 먹었어요. 고마워요."

말하지 않아도 은서의 배려가 느껴졌다. 괜찮으니 가보라며 환하게 웃는 그녀의 미소에 령의 입가에도 미소가 생겼다. 이젠 서로 놓으려 해도 놓을 수가 없었다. 령과 은서는 사랑의 나무 씨앗을 드디어 땅에 심었다.

은서와 헤어진 뒤 식당 문을 열고 들어온 령은 시루의 모습을 찾느라 두리번거렸다.

"여기야!"

구석 자리에 앉아 있던 시루가 령을 먼저 발견했다.

"많고 많은 곳 중에 하필이면 왜 여기냐?"

"돼지 껍데기가 어때서? 얼마나 고소한데."

"하여튼 골칫덩어리 둘이 닭발에 돼지 껍데기에 먹는 것도 이상한 것만 먹어."

"둘? 나 말고 골칫덩어리가 또 있어?"

시루가 령의 잔에 술을 따르며 물었다.

"그것보다 새어머니는 언제 들어오신 거야?"

"오늘……. 아버지 기일 때도 안 오시더니, 내가 가지고 있는 땅에 호텔이 들어온다는 소문을 들었나 봐. 입국하자마자 전화했더라고."

"골치 아프게 생겼다."

"비록 배다른 동생이라 해도 시영일 위해서 주긴 해야겠는데……. 유산 받은 거 다 썼나 보더라고."

"그 많은 걸?"

령은 더는 묻지 않고 시루의 잔을 채웠다.

"새어머니 너한테도 뭐라고 하시지?"

"싸가지 없는 새끼! 라고 하시던데."

령은 빙긋이 웃으며 말했다.

"오~ 강한데."

"괜찮아. 하도 익숙하게 단련된 말이라 들을 만했어."

"그러게 좀 싸가지 있게 굴어라. 이 싸가지 없는 놈아."

"큭큭큭큭."


따르르릉-!

늦은 밤, 아파트 전체에 사이렌 소리가 울렸다. 은서는 책을 보다 놀라서 두리번거렸다. 시루와 헤어져 집에 돌아온 령은 샤워를 하고 욕실에서 나왔다. 때마침 들리는 사이렌 소리에 그는 본능적으로 뛰쳐나갔다. 밖으로 나오니 복도에 깔린 자욱한 연기가 보였다. 마음이 다급해진 령은 은서 집 현관문을 두드렸다.

"구토! 유은서-!"

은서는 베란다로 나가 밖을 내다보고 있었다. 령이 문을 두드리며 자신을 부르는 소리에 그녀는 현관으로 뛰어갔다. 슬리퍼를 끌다시피 신고 황급히 현관문을 열자, 령은 그녀의 손을 잡았다. 둘은 비상구 쪽으로 뛰기 시작했다.

"아래층에 불났나 봐요?"

"그런가 봅니다. 그런데 집 안에 있었어요? 되도록 숨 쉬지 말고 빨리 나갑시다."

베란다로 간 그녀는 무슨 일인지 확인만 하고 나가려 했다.

"숨 쉬지 말고? 그럼 죽는데?"

"이런 상황에서도 그런 농담이 나옵니까?"

"빨리 내려가요. 혹시 환자가 있을지도 몰라요."

입을 막은 채 정신없이 계단으로 내려가자, 자다 놀라 일어난 주민들도 계단으로 몰려나왔다.

"아니, 이게 자다가 뭔 일이래?"

"엄마, 조심해요."

밖으로 나온 령과 은서는 턱까지 숨이 차올라 헉헉거렸다. 둘은 아파트를 올려다보았다. 옆에 경비가 보이자 은서는 부상자가 있는지를 물어보았고, 다행히 모두 무사하다는 말에 안심했다.

어느 집인지 활활 타기 시작했다. 소방차가 들어오는 소리에 령은 은서를 데리고 뒤쪽으로 갔다. 몰려나온 사람들과 차를 빼는 사람들로 아파트 주차장은 그야말로 아수라장이었다.

"차 나가게 좀 비켜주세요!"

점점 밀려 아예 한쪽에서 지켜보던 령은 은서의 손을 꼭 잡은 채 놓지 않았다. 지상 주차장에 주차되어 있던 차들은 뒤로 빠지거나 지하로 들어갔고, 일부는 밖으로 나갔다.

호룩! 호룩! 호루룩! 여기저기서 불어대는 호루라기 소리와 사이렌 소리가 시끄럽게 들려왔다. 령은 편하게 지켜보기 위해 은서를 데리고 구석 쪽으로 갔다. 어찌나 꼭 잡고 있었는지 손에 땀이 찼다. 그래도 둘은 서로의 손을 놓지 않았다. 잠시 기분 좋은 눈빛이 부딪치자 서로로 인해 설레는 마음이 점점 커진다는 걸 알았다.

"큰일 날 뻔했네요."

"그나마 다친 사람이 없어서 다행입니다."

불길을 보니 무섭다는 생각도 들었고, 잡힌 손을 보니 쑥스럽기도 했다. 령의 목소리를 들으니 기분도 이상해졌다. 그러다 보니 무슨 말이라도 해야 할 것 같아 은서는 병원 쪽을 보았다.

"오늘 강, 당직인데 이쪽 보면 놀라겠네."

'강? 또 그 녀석?'

은서의 말에 령의 표정이 굳어졌다. 욱하는 마음이 생기자 그는 아랫입술을 지그시 깨물었다.

"휴대폰 안 가져왔죠? 혹시 모르니 전화해줘야 하는데."

친구가 걱정할까 봐 한마디 했는데, 은서의 말에 화가 난 령은 완전히 뚜껑이 열려버렸다. 참고 지내려던 인내력이 드디어 바닥나 버렸다.

누가 구해줬는데 누구를 찾는 거야. 지금 옆에 누가 있는데. 나 안 보여? 나를 보라고. 나도 봐달라고! 이렇게 외치는 마음의 소리에 더는 감정을 속일 수가 없었다.

"강! 강! 거, 시끄럽네."

## 12장. 도발당한 첫 키스

"네? 뭐가?"

자신을 봐주지 않는 은서로 인해 령은 화가 났다.

"시끄럽다고!"

령의 말투에 은서는 깜짝 놀라며 쳐다보았다. 그가 맞잡은 손을 잡아당기자 힘없이 령의 품으로 끌려와 안겼다.

"뭐예요?"

"시끄러워."

은서가 품에서 벗어나려 하자, 령은 그녀의 허리를 잡아 안으며 순식간에 벽으로 밀어붙였다.

"허억!"

힘으로 버티지 못한 은서의 몸은 벽에 부딪혔다. 그러자 그녀의 눈은 놀라서 튀어나올 정도로 커졌고, 헉 소리를 내며 입을 벌렸다. 령은 그대로 은서의 입에 입을 맞췄다. 생각할 틈도 없이 눈 깜짝할 사이에 벌어진 일이었다.

"읍!"

령은 저항할 새도 없이 그녀의 입안을 점령했다. 은서는 뜨겁게 느껴지는 령의 혀가 자신의 입안으로 들어오자 그 감촉에 놀랐다. 밀어내며 몸을 빼려 했지만 그는 그녀를 벽으로 더 밀어붙였다. 그녀의 목을 잡아 받치며 거칠게 은서의 입술을 가졌다.

'뭐야! 이 남자 왜 이러는 건데? 이러면 안 되는데!'

거부해야 하는데 이성을 조정하는 머릿속에 혼돈이 와 원치 않는 반응으로 흘러갔다. 그러다 보니 몸의 반응도 원치 않는 곳으로 흘러갔다. 입안에서 서로의 혀가 엉킬수록 온몸으로 전해지는 짜릿함에 숨조차 쉬기 버거웠다. 빨리 뛰다 못해 터져버릴 것 같은 심장 소리에 죽을 것만 같았다.

부드러운 혀의 감촉이 엉켰다 떨어졌다. 입안에서 전해져 오는 느낌에 황홀하다 못해 정신까지 혼미해졌다. 그리고 점점 뜨거워지는 몸 안의 피…… 이 모든 것으로 인해 꿈을 꾸는 것만 같았다. 다시 혀끼리 엉켰다 떨어지자 그는 은서의 입안 끝까지 자신의 혀를 밀어 넣었다. 입천장을 어루만지던 그의 혀가 다시 은서의 혀를 낚아채듯 감아버렸다. 서로의 타액이 섞이며 상대의 혀를 빨았다. 령은 은서의 혀를 자신의 입안으로 끌어당겼다.

남자와 난생처음 해보는 입맞춤에 은서는 정신을 차릴 수가 없었다. 결국 은서는 령의 허리춤을 잡았다. 기분 좋은 이 입맞춤을 멈추고 싶지 않았다.

'이 나쁜 놈아! 다른 놈이랑 안 해봐서 잘은 모르겠지만, 왜 이리 키스를 잘하는 거야!'

령은 힘을 보태며 그녀의 허리를 살며시 안아 들었다. 령 또한 본능에 몸을 맡기며 은서의 입안을 맞보느라 제정신이 아니었다. 강제성을 띤 입맞춤이었지만, 은서와 입을 맞추며 자신의 감정을 깨달았다.

말로 표현할 수 없는 부드러움이 전해지자 그는 그녀의 등을 조심스레 어루만졌다. 살짝살짝 감겨들듯 서로에게 엉키는 입안의 느낌은 그야말로 황홀했다. 뜨거워지는 피로 몸은 점점 더 밀착되어 안겼다.

　사람들은 화재 진압 구경에 정신이 팔려 두 사람을 보지 못했고, 령과 은서의 숨 막히는 입맞춤은 계속되었다. 입을 맞추고 또 맞춰도 아쉬워서 떨어지지 못했다. 격렬한 입맞춤으로 심장이 터질 것 같은 압박을 느끼자 둘의 입술은 자연스레 떨어졌다. 키스만으로도 가쁜 숨을 내쉴 정도로 그만큼 열정적이었다.

　"하아……."

　은서는 참았던 숨을 한꺼번에 내쉬었다. 혹시라도 품에서 빠져나갈까 봐 쉴 새 없이 몰아붙인 게 미안해져 령은 그녀의 볼을 쓰다듬었다. 자신을 바라보는 그 눈빛에 은서는 그를 바라보았다. 맞는 거지. 맞지. 여전히 따뜻한 손과 강렬한 눈빛을 가진 이 남자와 내가 지금 키스한 게 맞지? 그렇지?

　앵- 앵- 앵- 딱 여기까지가 좋았다. 분위기 깨지게 다시 울려대는 시끄러운 소방차 소리가 들렸다.

　"지금 이건 키스가 아니고 시끄러워서 입을 막은 겁니다."

　은서는 령의 말뜻을 한 번에 이해하지 못했다. 그리고 그의 입술을 보며 순간 알아차렸다.

　"뭐라고, 이 나쁜 놈아!"

　너무 황당해서 거친 말이 튀어나왔다. 령은 엄지로 자신의 입술을 스윽 닦았다. 역시 나쁜 놈이다.

　"그럼 전 불구경하러 갑니다."

　령은 뒤돌아서며 말했다.

　"뭐, 저런 미친 4가지가 다 있어!"

　그는 은서의 욕을 들으며 걸어갔고, 그녀는 어이없어 령을 쳐다보았다. 말은 그렇게 했어도 심장의 떨림이 멈추지 않았다. 입맞춤의 황홀함에 그의 몸은 아직도 구름 위를 나는 듯했다.

"뭐라고? 입을 막아? 야! 4가지! 너 나한테 죽었어! 변태! 싸이코! 또라이-!"

은서는 한 번도 뒤돌아보지 않고 걸어가는 령을 향해 다시 욕을 퍼부었다. 불구경하던 사람들은 무슨 일인가 해서 뒤를 돌아다보았다. 그런 은서의 발악을 들으면서도 령은 팔짱을 낀 채 태평하게 불구경을 했다.

하지만 눈 안엔 아무것도 들어오지 않았다. 령의 손이 자신의 심장으로 향했다. 이렇게 빨리 뛰다가는 혈압 올라 죽는다고. 그러니까 진정하라고. 진정하고 멈추라고…… 멈춰라!

은서는 좀 전의 일을 생각하자 다리에 힘이 풀려버렸다. 주차된 차를 잡으며 겨우 정신을 가다듬었다. 갑자기 추위를 느끼듯 온몸이 덜덜 떨렸다. 더는 서 있지를 못하겠는지 그 자리에 쪼그리고 앉았다. 뜨겁게 전신을 돌던 피가 갑자기 식어버렸는지 으스스 추웠다.

그사이 어느 정도 화재가 진화되었다. 겨우 제 마음을 진정시킨 은서도 몸을 일으켰고, 사람들은 하나둘씩 자신의 집으로 들어갔다. 하지만 그녀는 그 자리에 꼼짝 않고 서서 령의 뒤통수를 계속해서 노려보았다. 드디어 그가 뒤를 돌아다보았다. 눈이 마주치자 멈칫하던 은서는 슬리퍼를 벗어 령을 향해 휙 집어 던졌다. 어떻게 할 수가 없으니 이렇게라도 해야 분이 풀릴 것 같았다.

털썩! 날아오는 슬리퍼를 보고 그가 몸을 살짝 피했다. 바닥에 떨어진 신발을 주워 든 령은 은서 앞으로 걸어왔다. 성큼성큼 걸어오는 그의 모습에 그녀는 깨금발로 뒤로 물러섰다.

좀 전에 자신과 뜨거운 입맞춤을 하던 사람이 맞나 싶을 정도로 령은 차분한 모습이었다. 앞으로 다가온 그가 한쪽 무릎을 꿇고 앉더니 그녀의 발을 잡아 신을 신겨줬다. 그리고 일어서려 하자 은서는 인정사정 안 보고 그를 냅다 걷어차 버렸다.

"이런!"

운동신경이 발달한 탓에 그는 쓰러지지 않고 비틀거리며 일어섰다. 그리고 중심을 잡고서는 그녀를 쳐다보았다.

"구토, 너 정말."

"나쁜 놈!"

은서는 령을 힘껏 밀어붙이며 아파트로 뛰어갔고, 그는 천천히 뒤따라가며 변명하듯 혼잣말로 중얼거렸다.

"그러게 왜 그 자식 얘기를 해서 나를 도발하게 만들어."


씩씩거리며 집으로 온 은서는 그대로 욕실로 뛰어가 치아가 다 빠지도록 양치질을 했다. 입안 가득 거품을 뱉어내고 다시 치약을 짜서 입안으로 칫솔을 밀어 넣었다.

"뭐? 입을 막아?"

하지만 그 순간이 다시 생각나자 은서의 심장은 터질 듯 뻐근함을 느끼며 쿵쿵 뛰어댔다.

"그런데 말이야…… 키스라는 느낌이 이런 거구나."

은서는 치약 거품에 감춰져 있는 자신의 입술을 만졌다. 황홀한 기분과 감미로운 느낌이 생각나자 얼굴에 불이 난 것처럼 다시 달아올랐다.

"아냐! 입을 막은 거야. 입을 막은 거야. 근데 왜 입을 입으로 막느냐고! 그건 어느 나라 예법이냐고!"

시끄럽다고 입을 입으로 막다니. 말도 안 되는 변명이란 걸 뻔히 알면서도 머리를 강하게 흔들며 부정하려 했다. 인정하지 않고 그렇게 말하는 령으로 기분이 나빴다. 그래서 은서도 인정하기 싫었다.

"동방예의지국에선 그러면 안 되는 거라고! 그러니까 무효!"

이렇게 외쳐서 모든 일이 없었던 일로 된다면 얼마나 좋을까. 하지만 한

번 일어난 일은 절대로 무효가 될 수 없었다. 아무리 발버둥 쳐도 이미 은서의 입술은 령의 것이 되어 있었다.

"무효야! 무효라고!"

너무 열심히 닦아 은서의 치아가 반짝반짝 빛을 내고 있을 때, 령은 자신의 돌발행동에 머리를 쥐어뜯고 있었다.

"내가 미쳤지…… 그 순간 완전히 돌아서……."

정말 한순간에 눈이 뒤집혔다. 그렇지 않고서는 그런 행동을 할 수가 없었다. 화가 나니 한마디로 눈에 보이는 게 없었다. 항상 결과까지 예상하며 행동을 하던 자신이 은서 앞에서만은 예외였었다. 모든 게 그녀에게는 예외가 되어버렸다.

"잊자. 잊자. 잊자. 잊자…… 어떻게 잊느냐고! 그…… 느낌을……."

스스로에게 최면을 걸듯 말을 하면서도 령의 기억은 더 맑아지는 느낌이었다. 시간이 지날수록 점점 더 선명해졌다. 부드럽고 말캉했던 은서의 입술 느낌이 다시 생각났다. 온몸이 경련이 일어나듯 떨렸다.

"정말 미치겠네! 키스 아니다. 입을 막은 거다. 키스 아니다. 입을 막은 거다. 키스가 아니다…… 키스…… 다."

이런 깊은 키스는 령도 처음이었다. 중·고등학교 때만 해도 까칠한 성격에 멀리서 훔쳐만 볼 뿐 접근하는 여자들은 그리 많지 않았다. 혹여 접근해 와도 그쪽에서 무안할 정도로 관심도 안 보였다.

문제는 대학이었다. 술을 마시고 밀어붙이는 여자들을 떼어내려면 진땀을 뺐다. 그러다 보니 빈틈을 보이지 않으려 더 차갑게 변해갔다. 그랬던 자신이 오늘 드디어 대형 사고를 쳤다. 주체할 수 없을 정도로 은서의 입술이 가지고 싶었다. 아니, 뺏고 싶었다. 미친 거지. 어느새 자신의 입술이 은서의 입술에 맞닿아 있었으니.

그런데 멈출 수가 없었다. 멈춰야 한다는 생각을 아주 잠시 했었지만 멈추고 싶지 않았다. 처음 자신의 가슴을 뛰게 했고 아프게 했던 여자. 사랑? 그런 거 모른다. 그냥 이 여자가 웃었으면 좋겠다고 생각했다. 그런데 지켜보는 것만으로 자신의 감정을 채우기엔 부족했다. 은서와 꿈같은 시간을 보내고 현실로 돌아오면 항상 불안했다. 입술이 떨어지는 순간 다시 현실로 돌아와야 했기에 냉정해지고 싶어 그래서 부정했다. 키스가 아니라고. 입을 막은 거라고…… 그렇게 말했다. 비겁하게도 그렇게 말했다.

"난 정말 나쁜 놈이야."

하지만 은서가 자신의 허리를 안으며 발을 들던 일이 생각나자 령의 입가에 미소가 지나갔다. 그렇듯 몸에 착 붙도록 안겨올 줄은 몰랐었다. 같은 마음이었을까? 그러니까 그렇게 했겠지. 부디 같은 마음이길.

깊은 숨을 들이 마시고는 소파에 벌렁 누워버렸다. 그리고 테이블 위에 있는 TV 리모컨을 들었다. 무슨 소리라도 들어야 이 혼란에서 벗어날 것 같았다. 그런데 왜 하필이면 많고 많은 장면 중에서 키스 장면이 나올까.

다른 채널로 돌리던 령은 다시 앞 채널을 슬그머니 눌렀다. 평상시에는 그냥 무덤덤하게 봤던 장면이 갑자기 궁금해졌다. 하지만 그사이 끝나버렸다.

"이런 걸 찾아서 보다니 키스 한번 하고 내가 미쳐가는구나."

부정하면 할수록 어느새 긍정하게 되었고, 첫 키스를 한 날 둘은 잠들지 못했다.


다음 날 아침, 자다 깨기를 반복한 은서는 피곤함에 비틀거리며 욕실로 들어갔다. 자려고 눈만 감으면 어젯밤 일이 떠올라 잠을 도통 잘 수가 없었다.

은서는 이런저런 생각을 하며 칫솔을 들었다. 변기 뚜껑을 내리고 앉아 손으로 졸린 눈을 비비며 얼굴을 만졌다.

'뭐지?'

입가에 쓰라림이 느껴지자 거울을 보기 위해 일어섰다.

"아아악!"

그녀는 거울을 본 순간 비명을 질렀다.

"이게 뭐야? 어젠 당황해서 몰랐는데 입술이 터졌네. 왕 4가지 죽었어!"

부지런히 출근 준비를 한 은서는 청바지의 지퍼를 올리며 현관으로 향했다. 출근 전에 령을 만나야 했기 때문이었다. 하이힐을 본 은서는 신을까 했지만, 어제의 키스가 생각나 발로 톡 찼다.

"됐거든! 뭐? 입을 막아?"

예쁘게 보이려 했더니 기껏 그런 말이나 하고.

띵- 동.

운동화를 신고 나간 그녀는 령의 집 초인종을 눌렀다. 비디오폰을 보는 그의 눈은 웃고 있었다. 밤새 자신의 잠을 설치게 만든 요주의 인물. 그런데 아침부터 무슨 일일까?

그가 문을 열어주자 씩씩거리던 그녀가 대뜸 자신의 입술을 가리켰다. 령은 좀 더 자세히 보기 위해 자세를 숙이고 은서의 입술을 쳐다보았다.

"보이죠?"

고개를 끄덕이자 그 순간 령도 은서도 어젯밤의 일이 다시 떠올랐다.

"4! 4가지 이게 뭐! 뭐냐고요?"

은서가 뒤로 한 발짝 물러서며 따지듯 말하자 령은 상체를 일으켰다. 그는 한쪽 입꼬리가 올라가는 특유의 웃음으로 작게 웃었다.

"제가 너무 세게 막았나 봅니다."

그걸 지금 말이라고 하는 거야? 눈을 동그랗게 뜬 은서는 터진 입술을 손가락으로 짚었다.

"이거 어떻게 할 거예요?"

"그거야 의사인 당신이 더 잘 알지."

"뭐예요!"

아랑곳하지 않고 재킷을 걸친 령이 구두를 신고 나오자, 그녀는 현관 가운데를 떡하니 버티고 서며 가로막았다.

"못 가요."

"난 가야 합니다."

씩씩거리며 문을 막고 서 있는 은서의 허리를 령이 잡자, 그녀는 팔을 벌린 채 굳어버렸다.

"어! 어! 어!"

놀랍고 당황스러워 감탄사만 나올 때 령은 그녀를 번쩍 들어 옆으로 내려놨다. 현관문이 닫히는 걸 보면서도 은서는 입을 다물지 못했다. 이 남자 지금 뭘 한 거야. 이젠 허락도 없이 막 만져. 이러면 안 되지. 이건 반칙이라고.

은서가 이런 생각을 하는 동안 그는 벌써 엘리베이터 앞에 서 있었다. 정신을 차린 그녀가 후다닥 그를 좇아갔다.

"내일 산에 갈 거면 준비 철저히 해서 7시까지 주차장으로."

"안 가요!"

"그럼 귀찮게 하는 사람도 없으니 저는 더 좋고."

"귀찮게 안 할 테니까 혼자 가세요!"

묻지도 않은 이런 이유를 대며 령은 와이셔츠의 소매 끝을 만졌다. 그는 은서의 반응을 보기 위해 엘리베이터에 비치는 그녀의 얼굴을 보았다. 미동조차 없었다.

"홀가분하게 혼자 다닐 수 있겠네."

"……."

"얼마나 바라던 일인데."

"……."

은서는 엘리베이터에 올라탄 후에도 입을 다물었다.

"철저히 야영준비 해서 1분도 더 안 기다리니 알아서. OK?"

여전히 답이 없자 령은 다시 한 번 상기시켰다.

"안 간다니까!"

"풋!"

팔딱팔딱 뛰는 은서의 귀여운 모습에 령은 웃음을 터트렸다.

그 후로도 씩씩거리며 병원에 도착한 그녀는 모두 자신의 입술만 보는 것 같아 미칠 지경이었다. 보는 이도 없는데 괜히 입을 가리며 신경을 썼다. 오히려 그런 행동이 더 이상하게 보인다는 걸 모르는지 그녀는 옆에 와서 누가 말만 걸어도 입술을 먼저 가렸다. 아니나 다를까, 소희가 은서의 행동을 이상하게 여겼다.

"너 입은 왜 자꾸 가려?"

"어! 아냐, 내가 왜."

이상하게 생각한 소희가 은서의 손을 잡아 내리자, 그녀는 들켰다는 생각에 귀를 만지며 딴청을 부렸다. 뭐라고 변명하지? 생각해. 생각해.

"피곤하니? 입술이 부르텄다."

이렇게 봐주다니 천만다행이었다.

"어제 아파트에 불이 나서 날 새웠어."

"뭐? 너희 집?"

"아니. 아래층 옆집의 옆집."

"다행이다."

다행인지 불행인지 은서의 입술은 피곤해서 생긴 걸로 얼렁뚱땅 마무리 지어갔다.

한편 령은 오늘 있을 공판 회의 중 입술이 터진 은서의 모습이 생각났다.

그는 자신의 입술을 슬쩍 만지며 피식 웃었다. 모두 그를 보았다. 웃음이 뭔지도 모르는 사람이 혼자 웃고 있으니 모두 놀랄 수밖에 없었다.

"부장님, 무슨 좋은 일 있으세요?"

"저요? 아니요."

이 수사관의 말에 령은 회의 중 딴생각을 했다는 것에 놀랐다.

"그럼 토막 살인사건이 기가 막혀서 비웃고 계셨습니까?"

"흠! 회의 계속합시다."

이런 잔인한 사건을 놓고 어떻게 은서 생각을 할 수 있었는지. 령은 집중하기 위해 헛기침을 했다. 가랑비에 옷이 젖듯 그녀는 이미 그의 마음속 깊은 곳에 자리 잡았다. 그래서 시도 때도 없이 령의 머릿속을 돌아다니고 있었다.

"오늘 세 번째 공판은 오후 2시 50분으로, 50년 넘게 가정을 지킨 아내를 살해한 사건입니다. 피해자는 남편의 외도를 견디지 못하고 변호사를 통해 재산분할청구를 했고, 그 사실을 안 피고인은 만취 상태에서 칼을 휘둘러 아내를 죽였습니다."

"5년도 아닌 50년을 함께 살았는데……."

"외도도 용서하기 힘들 텐데 죽음을 당한 피해자는 죽어서도 얼마나 억울할까요?"

"어머니를 죽인 아버지를 어느 자식이 용서하겠어. 이런 경우 피고인의 인생 말년은 외로움과 후회뿐이겠지."

"그것도 구치소에서 말입니다."

한 집안이 풍비박산 난 답답함에 검사들과 수사관들은 돌아가며 한마디씩 했다.


"엄마~"

퇴근할 무렵, 선영의 전화를 받은 은서는 나이에 맞지 않게 한껏 애교를 부렸다. 이러는 것은 다 이유가 있었다. 선영이 아직도 맞선 사건으로 삐쳐 있기 때문이었다.

[엄마는 무슨? 내일 올 수 있니?]

"왜?"

[그냥…… 이것저것.]

선영의 머뭇거림에 은서는 순간 모친의 의도를 짐작했다, 분명 뭔가 있다고 느꼈기에 바로 대처했다.

"내일 약속 있어서 안 될 것 같은데. 1박 2일로 어딜 가야 해서 밤늦게나 올 거야."

[넌 매일 뭐가 그리 바쁘니?]

"이 직업이 원래 그렇잖아. 알면서 왜 그래?"

[알았어. 이리도 선보기가 힘들어서야.]

역시 생각대로 맞았다.

"엄마, 나 선 안 본다니까!"

[이제는 나도 안 해! 끝났어!]

은서가 속 터져 죽을 것 같다는 표현으로 가슴을 치자, 옆에서 대충 통화 내용을 들은 소희가 공감되는지 웃었다.

"울 엄마 요즘 왜 이러시는지 미치겠다."

"우리 엄마도 그래. 이십 대랑 삼십 대랑 하늘과 땅 차이라나."

"내일은 일찍 산으로 도망가야지."

지난번 맞선 사건으로 아직도 도망 중이던 은서는 선영의 전화를 받고 마음을 굳혔다.

"등산에 완전히 재미 들렸다."

"체력이 좋아지는 게 느껴져. 처음에 올라갈 땐 엄청 힘들었는데 지금은 할 만해. 그리고 산을 보니까 마음이 맑아져. 스트레스도 풀리고 또……."

령이 생각나자 은서는 말을 멈췄다. 그러고는 손으로 입술을 가리며 딴청 피울 수밖에 없었다.

"또 뭐?"

"에…… 그냥 좋다고."

"그럼 나도 한번 해볼까?"

"해볼까 말까는 나중에 생각하고 퇴근이나 하자."

"그러자."

퇴근길에 백화점에 들른 은서는 텐트와 침낭 등 몇 가지 필요한 것들을 샀다. 생돈이 들어갔지만, 앞으로 계속 쓸 것 같으니 두 눈 질끈 감고 카드를 썼다. 뭐가 이리 비싸냐며 투덜거렸지만 집에 와서 모든 준비를 해놓고 보니 흐뭇하기도 했다. 그런데 배낭의 무게가 만만치 않았다. 다시 배낭을 열어 필요한 것만 남겨두고 정리하기 시작했다.

"이래서 4가지 배낭이 항상 무거워 보였구나."

그녀는 꺼내놓은 것을 보았다.

"4가지 말대로 산에선 어떤 일이 생길지 모르는 거야. 추워서 얼어 죽으면 안 되고, 배고파서 굶어 죽으면 안 되고, 아파서 병들어 죽으면 안 되고."

이러면서 다시 하나씩 집어넣으니, 누가 보면 1박 2일이 아닌 피난 가는 줄 알 것이다.

다음 날 아침, 약속 시간에 맞춰 주차장으로 나간 은서는 아무리 두리번거려도 령의 차를 찾지 못했다. 1분만 늦어도 혼자 간다고 큰소리 떵떵 치던 그가 보이지 않자, 그녀는 자신의 시계를 보았다. 잘못되었나 싶어 휴대폰까지 열어 시간을 확인했다.

"7시 5분인데 어떻게 된 거야?"

의아한 표정을 짓고 있을 때, 단지 안으로 들어오는 그의 차를 보았다. 은서는 실망감을 감출 수가 없었다.

"뭐야. 그 여자랑 또 외박한 거야?"

하…… 가슴이 싸해졌다. 자신과의 키스를 입 막은 것이라 말했어도 일단
은 한 건데. 현희와도 그리했을 거라 생각하자 첫 키스를 농락당한 것 같았
다. 공허한 마음을 주체하기가 힘들었다. 화가 났다. 입술을 꽉 깨물며 령을
노려보듯 쳐다보았다. 절대 이런 일로 기죽지 말자. 우리한테는 아무 일도
일어나지 않았다. 밤새 외쳤던 무효라는 말을 그녀는 마음속으로 연신 외치
고 있었다.

령의 눈에 배낭을 메고 서 있는 은서의 모습이 들어왔다. 딱 보니 표정이
안 좋았다. 사건회의는 결론이 안나 이런저런 생각을 하다 보니 검찰청에서
밤을 보냈다. 아침에 눈 뜨자마자 시계를 보고는 은서와의 약속이 생각나
부랴부랴 아파트로 온 것이었다.

"5분 늦었다고 삐치셨네."

령은 자신을 불만 가득한 얼굴로 쳐다보는 은서를 보며 차에서 내렸다.
그녀의 배낭을 받아 뒷좌석에 실어주자 은서는 우울함을 감추려는지 배배
꼬는 말투로 말했다.

"늦었네요?"

"죄송합니다. 바로 준비해서 올 테니 차에서 잠시만 기다려요."

'죄송할 짓을 왜 해.'

령은 조수석 문을 열어주었다. 그가 집으로 올라가자 라디오를 듣고 있던
은서는 그저 앞만 보고 있었다.

"키스가…… 아니라 입을 막은 거다."

그녀는 아무렇지도 않은 표정을 한 령의 모습을 떠올리며 중얼거렸다. 허
탈하고 억울해도 받아들여야 할 말이기에 애써 자신의 감정을 추슬렀다. 그
가 오나 싶어 백미러를 힐끗 보았다.

"헉!"

무엇을 봤는지 깜짝 놀란 은서는 있는 대로 몸을 좌석 밑으로 바짝 숙였다.

"엄마다!"

은서를 보기 위해 일찌감치 그녀의 집을 방문한 선영의 양손엔 쇼핑백이 하나씩 들려 있었다. 엘리베이터에 올라타는 모습에 안도의 한숨을 내쉬는 것도 잠시, 황급히 휴대폰을 꺼냈다.

"오메, 4가지 아니었으면 큰일 날 뻔했네."

씻고 나온 령은 준비해놓은 배낭을 들었다. 현관문을 열다가 징- 하는 문자 알림음이 들리자 휴대폰을 꺼냈다.

-방금 우리 엄마 엘리베이터 탔어요.

"뭐!"

령은 열었던 문을 살며시 닫으며 밖으로 신경을 곤두세웠다. 여행 가서 모른 척했는데 이웃집에 산다는 걸 알면 피곤해질 것이 분명했다.

잠시 후, 구두 소리가 멈추더니 옆집 현관문이 열렸다가 닫히는 소리가 들렸다. 살며시 문을 연 그는 주변을 확인했다. 아무도 없자 뛰다시피 엘리베이터로 가서 몸을 실었다.

집 안으로 들어와 침실 문을 열어본 선영은 은서가 없는 것을 확인하고 전화부터 걸었다.

"아침부터 간 거야?"

[어…… 일찍 출발해야 해서.]

"넌 잠도 안 자고 돌아다니니? 얼굴 보기가 이리도 힘들어서야. 반찬 해다 났으니 밥 잘 챙겨 먹고."

[고마워, 엄마.]

"고마우면 엄마 말 좀 들어."

이야기가 길어지면 안 될 것 같았다.

[사랑해~ 끊어요.]

선영과 통화하던 은서는 령의 모습이 보이자 손짓을 했다. 빨리 오라는 신호에 그는 심술발동 중인지 설렁설렁 걸어왔다. 그런 그가 배낭을 뒷좌석에 실었다.

"빨리 가요, 우리 엄마 나오면 저 잡혀가야 해요."

"내가 잡혀가나. 안전벨트나 착용하시지."

"어서요!"

선영이 내려올까 봐 다급해진 은서의 입에선 끝내 큰 소리가 나왔지만, 그럴수록 령은 더 느긋하게 행동했다. 청개구리 같은 놈. 차가 서서히 아파트를 빠져나가자 그제야 안심했는지 그녀는 의자에 몸을 묻었다.

"살았다."

어느덧 고속도로로 접어들었을 때는 모든 근심이 날아가는 기분이었다. 봄이라는 계절은 보는 것만으로도 따스한 느낌을 받았다. 마음이 살랑살랑해지는 게 어쩌면 이 재미로 밀린 잠을 포기하고 따라나서는 것일지도 모르겠다.

"아침 안 드셨을 테니 간단히 먹고 가죠."

"약속해놓고 늦었으니 4가지가 밥 사요."

"어련하시겠습니까? 당연히 사드려야죠."

이른 아침 휴게소는 등산객들로 북적거렸다. 령은 한식당 쪽으로 걸어가며 은서를 보호하듯 배려하며 걸었다.

"사람이 너무 많네요."

"날씨가 좋으니 산을 찾는 사람이 많아져서 그럴 겁니다."

그녀는 걸어가며 메뉴를 훑어보았다.

"뭐 드실래요?"

"그냥…… 잠을 못 자서 입맛이 없으니 간단한 거로."

"쳇."

잠을 못 잤다는 말에 기분이 나빠졌다.

"그 말투는 뭡니까? 내 눈치 보지 말고 구토는 먹고 싶은 거 먹어요."

"저도 입맛이 없어서 간단히 먹을래요."

"별일일세."

하지만, 입맛이 없다던 사람이 마지막엔 국그릇을 들고 국물까지 마셔버리고 있었다.


목적지에 도착해 은서의 배낭을 내리던 령은 그 무게에 놀라 그녀를 쳐다보았다. 설마 이걸 매고 가겠다고? 령은 내용물을 보기 위해 하나씩 꺼냈다.

"어디 피난 갑니까?"

"이것저것 준비하다 보니."

"필요 없는 건 빼고 가야지, 그 몸에 이거 메고 가다간 금방 지쳐요."

령이 꼭 필요한 것만 넣고 지퍼를 올리자, 그녀는 한쪽으로 빼놓은 것들을 집어 들었다.

"텐트를 빼면 저는 어디서 자라고요? 지금 속물이라고 해서 복수하는 거죠?"

지난번 한라산에서 겪었던 일이 떠올랐다.

"한두 번 같이 잤나. 새삼스럽게. 그리고 제가 그런 걸로 복수나 하는 유치한 사람으로 보입니까?"

"네, 아주 유치해 보여요. 몰랐어요?"

"시끄럽고, 오늘은 정상까지 갈 겁니다."

"매일 시끄럽대. 그런데 꼭 정상까지 가야 해요?"

그는 은서가 배낭을 멜 수 있도록 도와주었다.

"그럼 뭐 하러 왔는데요? 쉬엄쉬엄 갈 거니까 너무 무리하지 말고 걸어
요."

"알았어요. 한번 가보죠."

솔직히 정상이라고 하니 조금 두려운 건 사실이었지만, 한번 해보고 싶었
다.

얼마나 올라갔을까. 한층 푸르러진 나무들을 보며 자연을 즐기는 여유까
지 생겼다. 대견스럽다, 유은서. 스스로를 칭찬하며 령의 뒤를 따랐다.

한라산 빼고는 아직 정상까지 올라간 경험이 없는 은서였기에 그는 험한
길로 들어서고부터는 앞서거니 뒤서거니 보폭을 맞춰주며 올라갔다.

그녀는 령의 도움을 받으며 정상을 향해 가기 시작했다. 때론 가파른 길
로 숨이 찼고, 높은 곳에서 아래를 내려다보면 현기증도 났지만, 도전한다
는 의지 앞에선 그 어떤 장애물도 두렵지 않았다. 투지와 인내력이 빛을 내
며 정상에 올라온 은서는 놀라움을 금치 못했다. 힘들게 올라온 만큼 마음
도 뻥 뚫리는 기분이었다.

"대박-!"

"역시 이 맛이야……."

정상에서 내려다보는 자연은 신비롭기까지 했다. 아름답다고 하는 것은
바로 이런 것이리라. 이 나라 사람이라는 게 자랑스러울 정도로 눈앞에 펼
쳐진 수려한 경치는 그야말로 금수강산이었다.

"너무 근사해요!"

신이 났는지 목소리가 통통 튀었다. 다행이다 싶은 령은 한쪽으로 가서
자리를 잡고 앉았지만, 은서는 휴대폰으로 연신 사진을 찍어대기 시작했다.
그는 은서에게서 눈을 떼지 못했다. 반짝반짝 빛이 나는 은서의 모습이 그
의 시선을 붙잡고 있었다. 이번엔 자신의 모습을 찍기 위해 멋진 바위에 걸

터앉았다. 손가락으로 V를 그리며 포즈를 취한 뒤 하나, 둘, 셋을 외쳤다.

스마일 찰칵! 찍은 사진을 확인하다 령의 시선을 느꼈는지 은서가 쳐다보았다. 그는 눈을 피해 딴 곳을 바라보았다. 스마일 찰칵! 은서는 그런 령의 모습을 몰래 카메라에 담았다. 찍힌 모습을 들여다보며 현희 생각이 났지만, 그래도 추억을 남기고 싶어 령의 옆으로 다가가서 앉았다. 아닌 척 부정하려 해도 이 남자는 이미 은서의 심장에 자리 잡기 시작했다.

"기념…… 사진 찍을래요?"

"마음대로."

령이 선뜻 대답하자 그의 옆으로 몸을 기울인 은서가 휴대폰을 쳐다보았다.

"하나, 둘, 셋!"

스마일 찰칵!

"어, 웃었네."

사진을 바라보던 은서는 령의 표정에 신기한 듯 눈을 깜박였다. 다시 봐도 그는 미소를 짓고 있었다. 또 하나의 추억으로 은서의 입가에는 옅은 미소가 번졌다. 손가락을 부지런히 움직여 그의 휴대폰으로 사진을 전송했다.

"여기서 아예 점심을 먹고 내려갑시다."

"그럴까요?"

령이 건네준 걸 받아 들어 포장 끝만 벗긴 은서는 김밥 하나를 베어 물었다.

"이러고 여기서 김밥을 먹으니까 꼭 봄소풍 온 거 같아요."

"소풍?"

"네, 엄마가 김밥 도시락 싸주면 친구들이랑 이렇게 모여 앉아서 점심을 먹잖아요."

"뭐……."

"근데 김밥은 이렇게 먹는 것보다 썰지 않은 통 김밥을 베어 먹어야 더 맛있는데."

"난 꼬투리. 삶은 달걀과 함께라면 더 좋고."

서로의 말에 공감이 가는지 웃음이 나왔다.

"그렇죠. 사이다도 있고."

"무슨 80년댑니까? 삶은 달걀에 사이다는?"

"좀 맞춰주면 안 돼요? 삶은 달걀 먹으면 얼마나 목이 메는데. 사이다 한 잔 빨아봐요. 트림이."

"그만!"

령은 은서의 입안으로 김밥을 하나 집어넣어 입을 틀어막았다. 여전히 상상을 뛰어넘는 그녀의 말에 적응될 때도 됐건만, 아직은 뒷말을 듣기가 겁났다. 김밥 맛 떨어질라.


야영장에 도착해 저녁을 먹고 커피까지 마신 령과 은서의 눈이 딴 곳으로 향했다. 옆 텐트에 딱 봐도 심상치 않은 커플이 왔기 때문이었다.

"오늘 저녁은 제가 했으니, 내일 아침은 구토가 하는 거로."

"매일 구토래. 은서라는 이름이 있는데."

"그 역사적인 날을 어찌 잊을 수 있겠습니까?"

"제발 잊어줘요."

그런데 그때, 옆에서 들리는 연인의 대화에 둘은 반사적으로 고개를 돌렸다.

"자기야~ 아~"

이게 도대체 사람의 입에서 나오는 소리인지.

"싫어~ 자기 먼저~"

"안 돼. 자기 먼저~"

보고 있자니 속된 말로 지랄을 하고 있었다.

"자기야~ 나 다리 아파."

"업어줄까?"

"호호호~ 업어줘. 업어줘."

남자가 여자를 업고 가자 은서는 그 모습을 보며 한 소리 했다.

"생 지랄을 하네."

"하하하하."

이 여자 정말 왜 이리 재미있는지. 역시나 예상을 뒤엎는 은서의 말에 령은 미친 듯이 웃을 수밖에 없었다. 그리고 그날 밤…….

하웅. 흐읏. 옆 텐트에서 이상한 소리가 들렸다.

첫 키스 후 이렇게 한 텐트 안에 같이 있는 것만으로도 서먹해 죽겠는데, 도대체 무슨 상황인지…… 미치겠다! 미치겠어! 젠장. 저것들이 진짜 미쳤나! 여긴 산이라고! 텐트는 방음이 안 된다고!

그러나 여자의 신음은 온 산에 울릴 것처럼 들렸다. 이건 야동의 수준을 뛰어넘는 목소리였다.

침낭 안에 들어가 눈만 껌벅이던 둘은 옆 텐트에서 들리는 소리에 그대로 숨을 멈췄다. 아아아…… 이번에는 녹아내리는 목소리였다.

더 세게. 빨리. 키스해줘. 이렇듯 노골적인 오디오에 은서의 정신은 이미 우주로 날아가 버렸고, 민망함에 어찌해야 할지 몰라 정신을 집중시키기로 했다. 그래서 속으로 양을 세기 시작했지만 제정신이 아닌 관계로 입 밖으로 나오고 있었다.

"양 한 마리, 양 두 마리, 양 세 마리."

"시끄러워."

"양 다섯 마리, 양 여섯 마리, 양 일곱 마리."

"입 막는다."

오로지 정신을 집중해 양을 세던 탓에 령의 목소리 따윈 들리지 않았다. 덕분에 옆 텐트에서 들리던 이상한 소리가 '입 막는다'로 들리자 다행이다 싶었다. 그래, 제발 그 여자 입 좀 막아주라. 이런! 이런! 안 돼! 안 돼! 다시 들리자 그녀는 더 집중을 했다.

"양 여덟 마리! 양 아홉 마리!"

"시끄럽다고! 입 막는다!"

령의 버럭질에 정신이 돌아오자 그녀는 옆을 보았다. 놀랐는지 벌떡 일어나 앉았다.

"독심술 배웠어요?"

"뭐라는 겁니까?"

"제가 양 세는 거 어떻게 알았어요?"

"그렇게 크게 세는데 어떻게 못 알아듣습니까."

그제야 상황을 눈치챈 은서는 멋쩍어 웃었지만, 령이 볼 땐 한심스럽기 그지없었다. 그의 버럭 소리로 다행인지 옆 텐트도 조용해졌다.

"어서 자요."

령이 등을 보이며 돌아눕자 은서도 다시 누웠다.

'최령! 너 후회할 짓 하지 마라.'

또다시 잠들 수 없는 밤이 지나가고 있었다.


자는 둥 마는 둥 하다 보니 어느새 아침이 찾아왔고, 밖에서 들리는 소리에 눈을 뜬 령은 자신의 옆을 보았다. 추웠는지 잔뜩 웅크린 상태로 자고 있는 그녀의 모습이 한없이 예쁘게 보였다. 그녀를 향해 돌아누운 령은 싱글 싱글 웃으며 은서의 조그마한 얼굴을 쳐다보았다. 예쁘다. 꼭 감은 눈도 예쁘고, 오뚝한 코도 예뻤다. 그리고 붉은 입술…… 후우…… 보지 말았어야 했다. 그녀의 입술에 있는 상처를 보니 은서의 입술을 가졌던 그 순간이 떠오르고야 말았다. 꿀꺽! 안 되겠다 싶었는지 벌떡 일어나 앉았다.

"구토! 밥해!"

그리고 주저 없이 심술을 부렸다.

"으음…… 졸려."

옆의 닭살 커플로 인해 새벽에야 잠이 들었다. 령이 일찍 일어나 깨우자 은서는 귀찮다는 표현으로 옆으로 돌아누웠다.

"밥하라고!"

'4가지…… 밥은…… 좀 늦게 먹으면…… 안 돼…… 나.'

이런 생각을 하며 다시 잠들었다. 령은 꿈적 안 하고 자는 은서의 모습을 바라보았다. 이런 모습만으로도 심장이 빠르게 반응한다는 것을 알았다.

"구토, 나랑 연애할래?"

령은 작은 목소리로 중얼거렸다. 은서는 그 소리를 들었는지 벌떡 일어나려다 다시 벌러덩 누웠다. 혼자 보기 아까운 모습이었다. 다시 일어나려고 용쓰는 은서의 이마를 령이 손가락으로 콕 눌러버리자, 그녀는 누운 채로 그를 바라보았다.

"지금 뭐라고…… 하셨어요?"

은서는 눈을 반짝반짝 빛내며 물었다.

"밥하라고 했습니다."

하지만 그녀가 원하는 말은 그게 아니었다.

"그 말 말고 좀 전에 한 말이요."

"밥! 하십시오."

우물쭈물하거나 당황하는 기색도 없었다. 령이 한마디로 표정 변화가 없자 은서는 손에 잡히는 머리카락을 돌돌 말았다. 분명히 저 말하기 전에 이 말을 들은 것 같은데.

"아니, 그거 말고. 저랑 연애…… 하자고?"

"지금 꿈꾸십니까?"

"꿈? 꿈인가?"

그러고 보니 그런 것도 같기도 하고, 아닌 것도 같기도 했다. 은서는 눈을 껌벅거리며 령을 쳐다보았다.

'이상하다…… 분명히 연애하자고 한 거 같은데…… 잘못 들었나?'

"밥!"

"알았어요. 식충이!"

진짜 졸려서 겨우 일어났다. 쌀부터 씻은 은서는 그늘 막을 치는 령을 바라보았다. 그러자 그는 발 앞에 있는 코펠을 그녀 앞으로 밀었다.

"찌개는 안 합니까?"

"밥만 하라면서요?"

"그러죠. 대충 먹읍시다."

말씨름하기 싫은 아침이라 하던 걸 끝낸 그가 버너에서 끓는 물을 따랐다. 적당량을 컵에 붓자 은서가 일회용 커피를 그에게 건네줬다. 그때 옆의 텐트에서 그 남자와 문제의 여자가 뒤따라 나왔다. 둘은 딴짓을 했지만, 신경은 온통 그쪽으로 향해 있었다.

"자기야~ 허리가 너무 아파."

"어젯밤에 너무 무리했나?"

푸- 후!

마시고 있던 커피를 령이 뿜어버리자, 봉변을 당한 은서가 벌떡 일어났다.

"더럽게."

"휴지 좀…… 콜록! 콜록!"

잘못 넘어오는 바람에 코로도 나왔다. 휴지를 건네받은 령은 체면이고 뭐고 팽 소리가 나도록 코를 풀었다. 은서도 뭔가를 해야지만 덜 쑥스러울 것 같았다. 주걱을 든 그녀는 밥이 잘됐는지 확인하고자 코펠을 열었다.

"다시 텐트로 들어갈까?"

남자의 말에 은서는 주걱을 집어 던졌고, 령은 벌떡 일어났다.

"자리 옮깁시다."

"네!"

자리를 옮기려고 정리를 하면서도 둘의 귀는 여전히 그쪽으로 향해 있었다.

"몰라~ 몰라~"

"모르긴 뭘 몰라. 내숭 떨긴."

둘은 여전히 들러붙어 앵앵거렸고, 은서는 반찬 뚜껑을 탁! 탁! 소리가 나도록 덮었다.

서로를 너무 의식했는지 무감각했던 그때와는 다르게 지금은 모든 감각이 서로에게 향해 있었다. 그러다 보니 아주 작은 것에도 예민하게 반응을 보였다. 흔들 차는 그렇다 치고 진정 야동을 같이 본 사이가 맞나 의심스러웠다.

정신없던 아침. 두 사람은 닭살 커플 때문에 후다닥 텐트를 걷고 하산하는 중이다. 아침부터 힘들었으니 이렇게 스트레스가 쌓였을 때는 단걸 먹어줘야 했다. 산을 내려오는 동안 은서는 배낭에서 사탕을 꺼내 령에게 내밀었다.

"드세요."

"이런 건 언제 준비하셨습니까?"

"그냥 냉장고에 있기에."

왠지 기분이 꺼림칙했다.

"혹시 이것도 멸치처럼 몇 년 묵은 겁니까?"

"아니에요. 얼마 전 화이트데이 때 받은 거예요."

한마디로 우정 캔디였다.

"……."

하지만 그걸 모르는 령은 우빈이 생각나자 사탕을 손에 쥐고 조몰락거리기만 할 뿐이었다. 은서가 앞장서 나가자 그는 멀리 집어던져 버렸다. 그놈이 준 거는 굶어 죽는 한이 있어도 안 먹고 만다.

어느 정도 내려간 후 잠시 쉬기 위해 나무 밑으로 자리를 잡고 앉았다. 그는 지나가는 사람들을 보았다. 그런데 물을 마시던 은서가 갑자기 기겁을 하며 일어섰다.

"아악-! 송! 송! 송충이!"

은서의 목소리가 온 산에 울리도록 소리쳐도 령은 대수롭지 않게 생각했다.

"그럼 산인데 당연히 있지."

지난번에 왔을 때도 못 봤었는데 이게 무슨 날벼락인지. 왜 이리 많은 것이야. 여기저기서 지천으로 꿈틀거리며 기어 다니고 있었다.

"나 이제 산에 안 와요. 난 다리 없이 기어 다니는 게 제일 싫어."

은서의 반응에 령의 입꼬리가 살며시 올라갔다. 악마의 미소가 지나갔다. 그가 옆의 나뭇가지를 슬그머니 들더니 꾸물꾸물 기어가는 송충이를 들어 올렸다. 혹시 몸에 붙었을까 봐 두리번거리는 은서의 얼굴 앞으로 령은 송충이가 달라붙어 있는 나뭇가지를 들이밀었다.

"허어억."

은서는 눈앞에서 꿈틀거리는 송충이에 놀라 나뭇가지를 쳐버렸다. 그 충격으로 송충이가 나뭇가지에서 툭! 떨어져 은서의 등산화 위로 사뿐히 착지해버렸다. 꿈틀꿈틀.

"아아악-! 무서워-!"

"푸하하하하."

발을 있는 대로 흔들어 털어냈다. 그녀는 령의 웃음소리를 들으며 그대로 등산로 쪽으로 뛰어나갔다.

"4가지, 웃지 마!"

"하하하하."

왜 이렇게 재미있는지. 실컷 웃고는 은서의 배낭까지 들고 천천히 그녀의 뒤를 따라갔다.

"빨리 와요!"

앞장서서 가던 은서가 뒤를 돌아보며 환하게 웃자, 문득 령은 혼잣말로 중얼거렸다.

"뺏어…… 버릴까."

갖고 싶었다. 저렇듯 웃는 모습도, 자신을 웃게 하는 그 매력도 모두 갖고 싶었다. 령이 가까이 다가오자 은서는 자신의 배낭을 달라고 손을 내밀었다.

"가방 안에 송충이가 열댓 마리는 들어 있을 겁니다."

"에이~ 거짓말."

자세를 낮추고 은서와 키를 맞춘 령은 그녀의 얼굴을 보았다. 눈빛이 마주치자 장난스런 표정으로 싱글싱글 웃었다.

"거짓말인지 아닌지는 열어보면 알지. 여는 순간 꾸물꾸물 나올걸."

말만 들어도 소름이 확 끼치는지 은서는 눈이 동그래졌다.

"힉!"

배낭을 받으려고 손을 내밀던 은서가 그대로 멈춰 있자, 령은 그녀의 팔에 배낭을 걸어주었다. 여유 있는 웃음을 흘러주고는 혼자 걸어갔다. 귀여워라. 거기서 계속 그러고 있어라.

"4가지! 정말 송충이 들어 있어요?"

"아니."

"뭐예요!"

또 당했구나. 은서는 배낭을 메며 령의 곁으로 뛰어갔다. 그는 묵묵히 기다려줬다.

"이제 금방 더워질 거 같아요."

"더 더워지면 그땐 야영 안 합니다. 벌레도 많고 시끄럽고 덥고. 여름에는 잠깐씩 등산만 해야 돼요. 많은 게 불편해서."

"아……."

하긴. 까칠한 저 성격에 그런 상황을 견뎌내진 못하겠지.

"아쉽습니까?"

"그건 아니고, 그럼 겨울에는 야영해요?"

"무슨 1박 2일 혹한기 찍습니까."

"1박 2일? 아하하하하."

청량한 은서의 웃음소리가 령의 가슴에 부딪혀 울렸다.


아파트에 도착해 엘리베이터를 기다리던 은서는 할 말이 있는 듯 머뭇거렸다. 이럴 땐 어찌나 빨리 알아차리는지 그가 그녀를 보았다.

"무슨 할 말 있습니까?"

"그게…… 엄마가 반찬 해다 놨는데 7시쯤 저녁 먹으러 올래요?"

"그러든지……. 씻고 가겠습니다."

그리고 얼마 후, 은서 집 초인종을 누른 령은 문을 열어주는 그녀의 모습에 눈동자가 잠시 흔들렸다. 물기가 촉촉이 젖은 머리카락과 화장기 없는 맑은 얼굴. 그리고 그녀에게서만 맡아지는 은은한 향기에 본능이 꿈틀거렸다. 후…… 구토, 왜 자꾸 여자로 느껴지는 거냐고.

"들어와요."

"실례하겠습니다."

령이 뒤따라 들어오자 은서는 주방으로 향했다.

"밥이 아직 안 됐는데 차나 한잔하실래요?"

"그러죠."

령은 거실 소파에 앉아 주방에 있는 그녀의 모습을 바라보았다. 얼마나 대단한 걸 하는지 왔다 갔다 하는 모습이 보였다.

"식전이라 커피 말고 녹차를 준비했어요."

은서는 잔을 내려놓으며 말했다.

"잘 마시겠습니다."

령이 잔을 들자 이제 밥이 되는지 집 안에 고소한 밥 냄새가 솔솔 풍겼다. 주방으로 걸어가던 은서는 휴대폰 진동소리에 주머니를 뒤졌다.

"그래서 엄마는 강, 만났어?"

령은 은서의 말에 들고 있던 찻잔을 내려놓았다. 주방에서 선영과 통화하는 그녀의 뒷모습을 보았다.

[그 아가씨 아주 예쁘더라.]

이야기인즉 오늘 선영이 백화점에 갔다가 결혼을 전제로 만나고 있다는 민아를 우빈한테 소개받았다는 것이었다.

"그렇긴 해."

'뭐가 그렇다는 거야?'

분명 우빈의 일을 말하는 것 같은데 들리지가 않았다. 그렇다고 다가가서 들을 수도 없으니 답답했다.

[결혼을 생각하는 거 같던데.]

"결혼해야지. 이제 나이가 있는데."

'결혼?'

령의 사고가 멈췄다. 통화를 하며 수저를 놓던 은서가 그에게 오라며 손짓을 했다. 주방에 있는 그녀의 모습을 보며 령의 머릿속은 결혼이란 말로 복잡해졌다.

[너도 어서 해야지. 선이라도 볼래?]

"알았어. 생각해볼게."

선영의 말에 은서는 전화를 빨리 끊기 위해 대충 대답했다. 령이 식탁에 앉자 밥그릇을 놓아준 그녀가 맞은편에 앉았다.

"많이 드세요."

"잘 먹겠습니다."

결혼을 한다? 결혼……. 식탁에 앉은 령은 지금 밥이 문제가 아니었다. 온 신경이 결혼이란 말에 집중되어 그녀의 통화 내용을 추측하고 있었다. 결혼을 생각해봐? 그렇다는 것은 곧 한다는 것인데.

"맛있겠죠?"

은서의 말에 식탁을 자세히 보니 김치를 뺀 두 가지의 밑반찬에 나물, 호박전과 찌개가 놓여 있었다. 단출하면서도 깔끔한 밥상이었다.

"……네."

"자주 있는 일이 아니니 많이 드세요."

"어머님이 힘드시겠어요."

"그래서 자주 못하게 해요. 이렇게 가끔 해오시면 백반인데도 진수성찬처럼 느껴져서 좋긴 하지만."

령도 밖에서 몇 끼를 해결하고 나면 집에서 대충 먹는 밥이 맛있다고 느껴졌다. 그래서 그녀의 말이 무슨 뜻인지 알 것 같았다. 은서가 들고 있는 국자로 찌개를 떠서 령의 앞에 놓아주자 그는 숟가락을 들었다.

"어서 드세요."

령은 찌개 그릇에 숟가락을 가져갔다. 잘게 썬 묵은 김치에 돼지고기를 갈아서 순두부를 넣고 끓인 것 같은데, 한입 먹어보니 부드럽게 넘어가는 게 괜찮았다.

"맛있죠?"

맛있다고 고개를 끄덕였지만 중요한 건 따로 있었다.

"근데 누가 결…… 혼합니까?"

은서는 우빈과 민아를 생각하자 자연스레 미소가 지어졌다. 하지만 확실한 것도 아닌데 선뜻 말하기가 뭐해 자세한 내막까진 말하지 않았다.

"지금 당장 하는 건 아니고요. 찌개 식어요. 어서 드세요."

웃음. 저것이 결혼에 대한 답인가. 령은 먹는 둥 마는 둥 하며 식사를 대충 끝냈다. 어떻게 해야 하나. 평소엔 빠른 회전력으로 잘도 돌아가던 뇌가 고장 난 것처럼 한순간 멈췄다.

"후식 드세요."

은서는 딸기를 내려놓으며 말했다.

그녀가 옆에 앉자 그는 만지작거리던 휴대폰을 테이블 위에 올려놓았다. 그녀가 건네주는 포크를 받아 들고는 몸까지 살짝 비틀어 앉았다. 은서를 똑바로 바라보더니 접시에 담겨 있는 딸기를 포크로 콱! 찍어 자신의 입으로 가져갔다.

오물오물. 왜 저러지. 딸기를 먹는 령의 모습에 은서는 의아한 눈으로 바라보았다.

오물오물. 그는 다시 딸기를 먹으며 열심히 머리를 굴렸다. 이내 령이 포크를 내려놓자, 은서는 입안에 반쯤 남아 있던 딸기를 씹지도 않고 꿀꺽 삼켜버렸다. 어느새 둘은 접시 가득 담겨 있던 딸기를 다 먹었다. 터질 것 같은, 알 수 없는 압박감이 느껴졌다.

뭐지. 뭘까. 저녁을 잘못 먹었나. 진짜 왜 저러지. 은서는 자신을 바라보는 령의 시선에 숨 막힐 것 같았다. 뭘 잘못한 게 있나 해서 그와 있었던 하루를 되짚어보았다. 지은 죄도 없는데…… 령의 기에 눌린 그녀는 다시 딸기를 먹으며 시선을 피하려 했다. 하지만 접시가 텅 비어 있자 잠시 머뭇거렸다. 그런 은서의 모습을 보던 령은 결론을 내렸다.

"구토, 나랑 연애할래?"

## 13장. 계약 연애

"못 들었습니까?"

은서는 환청을 들었나 싶어 눈을 동그랗게 떴다.

"아니요. ⋯⋯들었어요."

분명히 들었다. 꿈이 아닌 이번엔 진짜로 똑똑하게 들었다. 나지막이 물어오는 령의 목소리에 꿈이 아님을 알고 대답하자, 그는 주방 한쪽을 가리켰다.

"저기 저 소주 다 마실 때까지."

"저⋯⋯ 소주."

은서의 눈에 주방 한쪽에 가지런히 놓여 있는 소주병들이 보였다.

"다 마시고 나면 계속 이어갈지 멈출지 결정하기."

"그리고요?"

"조건은 딱 하나."

"뭔데요?"

"양다리 걸치기 없기."

"만약에 걸치면 어떻게 되는 거예요?"

"그날로 끝!"

은서는 순간 현희가 떠올랐고, 령은 우빈과 그녀를 떼어놓기 위해 무리수를 뒀다.

"양다리 걸치기 없기, 그거 하나예요?"

"네. 그거 하납니다."

"하지만 할 짓 안 할 짓 다 하고 헤어지면 손해 보는 건 누굴까?"

"접니다."

손해를 보는 게 여자가 아니라 남자라고? 뭐, 이런 남자가 다 있는지. 자신 있게 말하는 령을 보며 은서는 황당한 표정을 지었다.

"어이가 없네."

"그래서 Yes입니까, No입니까?"

"그럼 양다리 걸치기 없기와 육체적 관계 안 하기로 합의하고, 계약 연애하죠."

은서는 현희로 인한 불안한 마음에 거리를 두고 지켜보자고 생각했다. 반면 령은 그녀를 잡기 위해 다른 그 어떤 것도 보이지도, 들리지도 않았다.

"계약 연애? 좋습니다. Yes or No?"

"……Y…… es."

은서의 대답이 떨어지기가 무섭게 령은 그녀를 잡아당겨 안았다. 그리고 입술이 맞닿는 순간, 그는 거침없이 키스를 퍼부었다. 더는 자신의 감정을 숨길 수 없었다. 그리고 은서 역시 그의 입술을 받아들이고 있었다.

뜨거운 혀끼리 만나자 좀 전에 먹었던 딸기 맛이 고스란히 전해졌다. 닿을 듯 떨어질 듯 간질이며 애간장을 태우자, 은서는 그의 혀를 붙잡으려고 자신의 혀를 움직였다. 하지만 도리어 은서의 혀를 가지고 노는 령 때문에 그녀의 정신이 아득해졌다. 가까이서 느껴지는 숨결도 좋았고, 부드럽게 전

해지는 입안의 느낌도 좋았다. 그리고 자신을 바라봐주는 눈빛. 그 눈빛이
특히 좋았다.

령은 그녀의 등을 어루만지기 시작했다. 입술뿐만 아니라 몸도 느끼고 싶
은지 그의 숨소리가 조금씩 빨라졌다. 어느 순간부터 자신을 꼼짝 못 하게
하는 그녀의 엉뚱한 매력에 령은 빠져버렸다. 그래서 갖고 싶었다. 이렇듯
달콤한 그녀의 입안을 갖고, 그녀의 마음을 갖고, 그녀의 모든 걸 갖고 싶었
다. 떨어졌던 입술이 다시 닿고 만나기를 반복했다. 령의 입술이 은서의 입
술에 쪽 소리가 나도록 눌렀다가 떨어졌다.

"후······."

입맞춤을 멈춘 령은 은서를 품에 안고 안도의 한숨을 내쉬었다.

"지금 이건 키스가 아니고 계약서 도장 찍은 겁니다."

"뭐예요!"

마음을 진정시키기도 전에 또다시 들리는 황당한 말에 은서는 품에서 벗
어나려 했다. 그러나 령은 그녀가 빠져나가지 못하게 더 끌어안으며 완전히
가둬버렸다.

"인주 마를 때까지 이대로."

누군가와 입을 맞추고 누군가를 품에 안는다는 것······ 령에게 있어서는
실현 불가능했던 일이었다. 그런데 지금 자신과 달콤한 입맞춤을 나눈 은서
가 이렇게 품 안에 들어와 있었다. 은서를 안은 령은 그녀의 부드러운 머리
카락을 조심스레 만지며 안고 있는 팔에 힘을 주었다.

은서에게서 풍기는 은은한 향이 코끝을 자극할수록 심장이 두근거렸
다. 고장 나지 않고선 이렇게 뛸 수 없을 거란 생각이 들 정도였다. 그만큼
상대방의 심장 소리가 자신들의 귓속을 울렸다. 그저 눈을 감은 채 령의
품 안에 안겨 있는 은서는 다시 한 번 이 남자의 가슴이 얼마나 넓은지 확
인했다. 처음 생각했던 의도는 이게 아니었는데, 마음은 왜 이리 점점 변

해가는 건지. 자신의 머리카락을 쓰다듬어주는 손길도 좋았고, 자신으로 인해 이렇듯 빨리 뛰어주는 심장 소리도 좋았다. 무엇보다 이 남자의 넓은 품이 좋았다.

"양다리 걸치기 없기."

품에서 놓으며 다시 다짐을 받는 령의 말에 은서는 너나 잘하세요, 하는 마음을 담아 고개를 끄덕였다. 서로의 눈빛이 마주치자 갑자기 쑥스러웠다.

사랑이라는 완전한 감정이 생기지 않은 상태여서 그런가. 마음이 아닌 몸이 먼저 반응을 해서 그런가. 혹시 이건 쑥스러운 것이 아닌 부끄러움인가. 온몸이 타들어가는 것처럼 뜨거워서 얼굴도 화끈거리고 몸도 화끈거리는 건가.

"그만…… 가봐야겠습니다."

"키스만 하고 가겠다고요?"

"그럼 뭘 더 해야 하는데?"

은서가 움찔했다. 젠장! 머릿속으로만 생각했던 말이 입을 통해 나왔다.

"아니에요. 잘못 나온 말이에요. 잊어줘요."

"풋!"

여전히 엉뚱했다. 령의 손이 은서에게 향하려다 멈췄다.

"진짜 가봐야겠습니다."

같이 있으면 뭔가 위험해질 것 같은 느낌이 들었다. 안 된다는 말이 먼저 떠오를 정도로 이 상태는 위험했다. 결국 령은 벌떡 일어나 현관 쪽으로 갔다. 다소 헝클어진 머리카락을 매만지며 따라가던 은서가 그의 뒷모습을 보았다. 지난번에도 느꼈듯이 이 남자의 뒷모습은 이상하리만치 믿음직스러웠다. 숨을 못 쉴 정도로 가슴이 뻐근해졌다.

멈칫! 잘 걸어가다 갑자기 획! 뒤돌아서는 령으로 인해 은서는 미처 걸음을 멈추지 못했다. 그만 그의 가슴에 머리를 박았다. 안긴 듯 선 자세에서 둘

다 움직이지 못하는 상황이 되었다. 기껏 피해서 도망가는데 이렇게 들이밀다니 난감했다.

"육체적인 관계는 안 하기로 했는데 지금 안아달라고?"

"No! No!"

'당황하는 표정하고는.'

령의 말에 기겁하며 은서는 떨어졌고, 그는 테이블 쪽을 가리켰다.

"휴대폰."

가끔 얄미운 령의 행동과 말에 이제는 익숙할 때도 됐건만 아직은 아닌 모양이었다.

"이제 진짜 갑니다."

문이 닫히며 그의 뒷모습이 사라지자, 은서는 주먹을 불끈 쥐었다. 승리의 기쁨을 포효했다.

"아자! 유은서. 드디어 자존심 회복! 지가 넘어오지, 안 넘어와."

실수 연발이었다고 해도 자신과의 싸움에서 이겨 끝내 목표 달성하고 나니, 성취욕에 의기양양이었다. 금 간 자존심 회복을 위해 얼마나 많은 허튼짓을 했던지. 하지만 그것도 잠시, 알 수 없는 불안감에 짜증이 밀려왔다. 이랬다저랬다 감정 폭이 갑자기 널뛰기 시작했다.

"할 거 안 할 거 다 하고 헤어지면 자기가 손해야? 웃겨 정말. 그게 키스가 아니면 도대체 진짜 키스는 어떻게 하는 건데?"

키스 후, 령이 핑계를 갖다 대자 혹시 현희 때문에 그런 건가 싶어 신경 쓰였다. 믿음이 부족해서 나오는 불안한 증세…….

"그 여검사 만나는 거 눈에 띄기만 해봐. 내가 가만히 두나. 근데 가만히 안 두면 어떻게 해야 하지?"

뭔가 골똘히 생각하며 턱을 잡다 검지로 입술을 만졌다. 얼마나 정열적으로 달려들던지 좀 전의 입맞춤으로 아직도 입술이 화끈거렸다. 고민하던 일은 어느새 잊고 부끄러움에 두 손으로 볼을 감쌌다. 연애를 하다니. 유은서가 연애란 걸 하다니. 아우! 어떡해.

한편 령은 자신이 내쉬는 한숨 소리로 천장이 무너져 내리게 생겼다.

"하아…… 결혼 얘기에 또 돌아서 미친 짓 했네."

키스도 부족해서 이젠 연애까지. 후회한다 해도 이미 뱉어낸 말이니 주워 담을 수도 없었다. 심장이 없는 것처럼 여자에게 관심도 없었던 자신이었다. 은서한테만은 무장해제 됨을 다시 한 번 실감하고 나니, 확실히 미쳤다는 생각이 들었다.

"근데 같은 병원에 있는데 안 만난다는 걸 어떻게 확인하지."

불안해졌다.

"하…… 아."

완전히 놓쳐버릴 것 같은 불안함에 령은 제정신이 아니었다. 무슨 핑계를 만들어서라도 은서를 잡고자 했고, 그때 소주병이 눈에 띄었다. 령은 지푸라기라도 잡는 심정으로 얼토당토않은 말을 꺼냈으나, 다행히 그녀가 그 지푸라기를 잡아줬다.

"하아……."

눈을 감았다. 은서와의 일이 머릿속을 스치고 지나가자 어느새 입가에 미소가 번졌다. 숨 가쁘게 서로의 입술을 탐했던 순간이 떠오르자 그의 피가 끓어오르는 느낌이었다.

"오늘 밤부터 양 세야겠다."

사랑이라는 감정이 아지랑이처럼 피어올랐다. 그렇게 연애를 시작한 두 사람의 밤이 지나가고 있었다.


령은 국과수에서 가져온 피해자의 DNA 확인서를 보며 못마땅한 감정을 감출 수가 없었다. 다른 검사들도 믿을 수 없다는 듯 서로를 쳐다보았다.

"정말 DNA가 다르다고 나온 겁니까?"

"저희도 믿을 수가 없어서 몇 번을 다시 봤습니다. 국과수에서 내놓은 증거가 이러니 어쩔 수 없이 풀어줘야 하지 않을까요?"

사건 담당을 맡은 박 검사가 난처한 표정을 지었다.

"이미 기소할 생각에 법원에 제출할 공소장까지 작성했다가 낭패를 봤습니다."

령은 그동안 수사했던 파일을 보았다. 많은 시간을 쏟아부었던 사건이 증거불충분으로 무용지물이 되게 생겼다. 상습 마약 복용 후 성폭행. 그런데 DNA가 다르고 마약 성분도 검출되지 않았다. 어디서 잘못된 것일까.

"피의자를 피고인 만들기가 그리 쉽겠습니까. 놓친 게 없는지 다시 한 번 확인해주세요."

"직접적인 피고인이 아니더라도 연결책일지도 모르는데 이대로 풀어줘야 한다니."

령의 말에 이 수사관이 짜증이 났는지 인상을 쓰며 머리를 긁적였다. 그가 이러고 머리 싸매고 있을 때, 은서는 소희와 대화를 하며 잠깐의 꿀맛 같은 휴식을 취하고 있었다.

"은서, 너 오늘 당직이지?"

"응."

"내일 저녁에 봄옷 사러 갈 건데 같이 쇼핑 갈까?"

쇼핑이라는 말에 은서의 눈이 반짝였다. 요즘 백화점이 어디에 붙어 있는지, 쇼핑이 뭔지도 모르고 살아왔기에 구미가 당겼다. 하지만 그것도 잠시, 현실은 그렇지 못했다.

"쇼핑? 생활비 타서 쓰는 내가 무슨 여유가 있다고 그 비싼 백화점 쇼핑을……."

"참. 통장을 아줌마가 관리하시지. 깜박했네. 그럼 우리 간만에 클럽이라도 가서 화끈하게 놀아볼까? 내가 쏠게."

"클럽? 좋지!"

소희가 가자 데스크에 앉아 차트를 확인하는 은서 옆으로 어김없이 양 간호사가 다가왔다.

"유 샘, 당직할 때마다 매일 오늘 같았으면 좋겠죠?"

"그럼 병원 문 닫아야 해요."

"그렇구나."

정말 오늘따라 한가했다.

"비록 실직자가 된다 해도 아픈 사람이 없다면 더 좋겠죠?"

"네, 환자들 아파서 고통스러워하는 거 보면 너무 안쓰러워요."

그때 우빈의 여자 친구인 민아가 다가왔다.

"유 선생님, 오늘 당직이세요?"

"김 간호사도?"

막상 우빈과 좋은 관계를 하고 있다 하니 이렇게 예뻐 보일 수가 없었다.

"민아야, 너 요즘 강 샘이랑 만나잖아?"

"네."

새내기 간호사가 능력 있는 의사 샘을 낚아채 갔다는 생각에 양 간호사는 마냥 신기했다.

"강 샘, 어때?"

"뭐가요?"

"데이트할 때 어떠냐고."

민아가 차트를 뒤적이며 대답을 회피할 때, 이번엔 우빈이 들어왔다.

"왜 남의 데이트는 물어보고 그러실까?"

"그거야 궁금하니까 그렇죠."

"남편분이랑 연애 안 해보셨어요?"

"연애한 지가 하도 오래돼서 기억이 가물가물해요. 그러니까 들려줘요."

양 간호사가 물러설 기세가 없자, 민아의 어깨에 다정스레 팔을 두른 은서가 슬그머니 밖으로 데리고 나갔다.

"비밀 아시죠? 두 사람의 연애담은 극비사항으로 처방해주고, 신비주의로 가자고요."

"네! 알겠습니다."

퇴근 후, 아파트 단지로 들어오던 은서는 저만치 앞에 걸어가는 령의 부모를 보았다. 쇼핑백이 양손에 들려 있는 것이 아마도 반찬거리 같았다.

두 사람을 스쳐 지나갈 때 그녀는 무의식적으로 얼굴을 옆으로 돌렸다. 지하주차장으로 들어가던 은서는 좀 전에 한 제 행동에 고개를 갸웃거렸다. 주차를 하며 그녀는 중얼거렸다.

"아니, 죄지은 것도 없는데 내가 왜 피해?"

죄지은 거? 음…… 옆집 사는 거, 키스한 거, 연애하는 거, 이게 모두 비밀인 거. 생각해보니 너무 많았다.

"이런 상황이면 부딪쳐서 좋을 게 없지."

지은 죄가 있는 은서가 살금살금 자신의 집으로 들어갈 때, 진경은 밀봉해서 담아온 찌개를 전용 통에 가지런히 담아 냉동실에 넣었다.

"녀석, 매실 장아찌에 맛 들였네."

냉장실을 정리하다 보니 달다며 좋아하지 않더니 생각보다 많이 줄어 있었다.

"그럼 넉넉히 좀 해오지."

"물릴까 봐요."

다 마신 찻잔을 내려놓은 현진이 청소기를 돌릴 준비를 하자, 진경은 세탁소에서 가져온 와이셔츠와 슈트를 들고 방으로 향했다.

"빨리 짝을 만나야지, 어쩌다 한 번인데 이것도 일이네요."

"가정부를 쓰라고 해."

"원체 까칠해서 그게 안 되는 거 아시잖아요. 누굴 닮았는지 원."

진경이 자신을 쳐다보며 말하자 현진은 발끈했다.

"내가 뭐가 어때서? 령인 나 안 닮았어."

"아니긴. 령이 각시도 이다음에 고생 좀 할걸요?"

아들 성격이 어떤지 어느 정도 알다 보니 같은 여자 처지에서 볼 때 며느리 될 사람이 걱정되었다.

"참하고 집에서 내조해주는 아이가 왔으면 좋겠는데."

"그럼 더 바랄 게 없죠."

령의 부모가 들어올 며느리 걱정을 하고 있을 때, 령은 시루 걱정을 하고 있었다.

[그래서 상태는 어떠신 거야?]

"뻔하지, 뭐. 위세척하고 입원하셨어."

[같이 가줄까?]

"아니, 괜찮아. 걱정 안 해도 돼. 우리 새어머니 이러는 거 하루 이틀 겪는 것도 아닌데, 뭐."

[도움 필요하면 전화해.]

"그럴게."

병실 앞에 서 있던 시루는 령과 통화가 끝나자 깊은 숨을 들이마셨다. 그는 병실 문을 노크했다. 오후에 국제전화로 이복동생인 시영한테 연락이 왔다. 엄마가 전화를 안 받는다며 빨리 가봐 달라고 애원하는 통에 어쩔 수 없이 묵고 있는 호텔로 갔다. 그리고 수면제 복용으로 쓰러져 있는 영옥을 발견했다. 다행히 복용량이 많지 않아 생명에는 지장이 없었다. 그냥 끊으려 해도 끊을 수 없는 지독하고 끈질긴 인연. 병실 문을 열고 들어가는 시루는 다시 한 번 숨을 가다듬었다.

"저 왔어요."

시루가 다가가자 그녀는 등을 돌려 누웠다.

"시영이가 걱정하고 있어요. 어서 일어나셔야죠."

"살아서 뭐 해. 돈도 없는데. 남편도 없는 내가 시영이랑 이제 어떻게 살라고. 으흐흑."

영옥이 울음을 터트리자 시루가 봉투 하나를 침상 위에 올려놓았다.

"등기권리증입니다. 모든 절차를 마쳤으니까 하시고 싶은 대로 하세요."

시루의 말에 영옥은 언제 울었냐는 듯 벌떡 일어나더니 재빨리 권리증을 채갔다.

"진짜야? 진짜로 그 땅 내 앞으로 해준 거야?"

"네. 대신 한 가지 조건이 있어요."

"뭔데? 말만 해. 다 들어줄게."

"두 번 다시 제 눈앞에 나타나지 마세요. 이제 더는 드릴 것도 없어요."

누가 보면 자신이 가족을 버린 것 같겠지만, 사실은 버림받은 거다. 돈이 억지로 묶어놨을 뿐……

부친이 죽자 영옥은 시영을 데리고 감쪽같이 사라졌다. 학교에서 돌아온 시루는 자신의 집에 낯선 사람들이 들어와 있는 걸 보고 그 순간 버려졌단 걸 알았다. 그때 시루 나이 열여섯. 영옥은 이복동생인 시영만을 데리고 이민을 가버렸다. 짐승만도 못한 년이라고 말하는 할머니의 욕을 들으면서도 시루는 슬프지 않았다. 이제는 그 지독스런 눈빛을 더는 보지 않아도 되니까. 하지만 그건 시루의 착각이었다. 할머니가 돌아가시고 나니 영옥은 다시 시루의 앞에 나타났다. 돈 때문에……

"알았어. 걱정하지 마. 출국하면 이 나라엔 두 번 다시 안 올게."

"시영이 잘 부탁합니다."

그래도 다정스럽게 오빠라고 불러준 동생이라 보고 싶을 것 같았다.

"무슨 부탁까지. 시영인 내 배 아파서 난 내 새끼야. 너하고는 달라. 그리고 아무것도 없는 너를 내가 왜 찾겠니? 내일 당장에라도 떠나줄 테니 걱정하지 마."

"……."

영옥과의 인연을 자신의 모든 것을 주고 스스로 끊어냈다. 그는 마지막이 되길 바라며 영옥에게 정중히 인사를 하고 병실을 나섰다. 홀가분함…… 아니, 슬픈 기분이 들었다.


얼마나 신나게 춤을 췄는지 소희와 은서는 갈증이 나서 자리로 돌아왔다. 정말 오랜만에 미친 듯이 놀았다는 말이 맞을 정도로 스트레스가 모두 풀렸다. 한마디로 기분이 최고조였다. 시원하게 한 잔 마시기 위해 맥주병을 들던 소희가 은서에게도 권하자 그녀는 됐다며 사양했다.

"그러지 말고 맥주 한잔해."

"오늘은 이상하게 술이 안 당기네. 너나 마셔. 근데 그 가발은 뭐야?"

클럽에 들어온 소희는 화장실에 갔다 오더니 시커먼 가발을 쓰고 나왔다. 아무것도 모르고 기다리던 은서는 낯선 사람이 앞자리에 앉자 정중히 거절했다. '나야, 소희.' 하는 바람에 겨우 알아봤다.

"요즘 클럽을 자주 왔더니 얼굴 팔린 것 같아서 변장 좀 했어. 뭐, 가끔 나이트 갈 때도 쓰긴 하지만."

"환장해. 가발까지. 너 내가 아는 민소희 맞니?"

은서가 놀라며 묻자 소희는 멋쩍었는지 가발을 만졌다.

"이거 말고 단발도 있긴 한데…… 긴 생머리 하니까 좀 어려 보이지 않니?"

"어려 보이긴 하네. 귀엽기도 하고. 하여튼 나름 괜찮아."

그때 음악이 바뀌었다.

"은서야, 내가 좋아하는 음악이다. 어서 나가자."

"좋지! 오늘 아주 신 나게 놀아보자고!"

소희와 은서가 다시 스테이지로 나갈 그 시각, 령은 그녀에게 전화를 했다. 신호만 갈 뿐 전화를 받지 않자, 뭔지 모를 개운치 않은 느낌에 고개를 갸우뚱했다.

"수술 중인가? 오늘 쉬는 거 아닌가? 위급 상황이 발생했나?"

령이 무슨 생각을 하는지 은서한테는 남의 일이었다. 빵빵 울리는 음악에 제대로 필 받은 소희 덕분에 그녀도 슬슬 걸음을 옮겨 리듬을 타기 시작했다. 남자들은 그녀들 옆으로 하나둘씩 다가왔지만, 소희와 은서는 그런 남자들을 무시하고 스테이지를 누볐다.

"기분 째진다! 스트레스 안녕!"

"내 20대 마지막 청춘도!"

청춘을 좀 즐기려고 했더니 어찌나 남자들이 달라붙는지. 자리로 돌아온 은서는 령한테 부재중 전화가 와 있는 걸 보았다. 통화 버튼을 눌렀다. 은서에게 전화가 오자 반가운 마음에 통화하려던 령은 시끄러운 음악 소리를 들었다. 그는 귀에 댔던 휴대폰을 땠다.

"이거 뭐야?"

시끄러운 정도가 아니라 고막을 울리는 음악 소리에 놀랐다. 이건 라디오나 노래방 음악 소리가 아니었다.

[여보세요. 4가지.]

놀란 령에 비해 은서의 목소리는 너무도 태연했다.

"어딥니까?"

너무 놀랐는지 중저음인 목소리가 더 가라앉아버렸다.

[네? 안 들려요. 크게 말해주세요!]

"어디냐고!"

[클럽이요~]

"뭐? 클…… 럽?"

아무렇지 않게 대답하는 은서 때문에 령은 사고가 또 멈췄다. 그때 수화기 너머로 낯선 목소리가 들렸다.

[합석해도 되겠습니까?]

[네?]

휴대폰을 들고 있는 령의 손이 부르르 떨 때, 마침 전화가 왔는지 진동이 느껴졌다. 박 검사였다.

"잠시만 기다려요."

[그럴게요.]

령은 통화대기 버튼을 눌렀다.

"무슨 일입니까?"

[이 수사관이 나이트를 뒤지던 중, 용의자로 추정됐던 그 녀석이 연결책이 맞나 봅니다. 그래서 어디로 물건을 돌렸는지 더 알아보겠다고 연락이 왔습니다.]

"나이트? 그럼 강남 일대의 클럽도 뒤져보시죠?"

[클럽이요?]

"환락을 즐기는 사람들한테는 나이트나 클럽이나 거기가 거기 아닙니까?"

[그럴 수도 있겠네요. 연락해보겠습니다.]

박 검사와 통화를 마친 령은 숨을 깊이 들이마셨다.

'클럽을 가? 아오! 열 받아!'

다시 생각해봐도 화가 났다. 통화버튼을 누르고 은서의 목소리가 들리기도 전에 그는 소리부터 질렀다.

"10분 안에 거기 단속 들어갑니다!"

[뭐라고요?]

"내일 아침 뉴스에 나오고 싶으면 계속 거기 있고, 체면 살리고 싶으면 최대한 빨리 나오는 게 신상에 좋을 것입니다."

[4가지!]

은서가 부르는 소리를 들으면서도 령은 전화를 끊었다. 이제 연애 시작한 지 얼마나 됐다고. 이건 용납할 수 없는 일이었다.

한편 은서는 들러붙던 남자가 허락도 없이 앞자리에 떡하니 앉자 짜증이 났다. 번호를 찍으라며 자신에게 휴대폰을 들이밀자 그 와중에도 자랑을 하고 있었다.

"번호 달라고요? 제 남자 친구 검사예요! 그것도 부장 검사!"

전화를 끊고 난 은서는 왠지 모를 불안감에 등골이 오싹해졌다. 알 수 없는 꺼림칙함에 무슨 일이 터질 것만 같았다. 춤을 추는 소희와 눈을 마주치자 다급하게 손짓으로 불렀다. 얼마 후 소희가 자리로 와서 앉았다.

"야, 우리 빨리 나가야 해."

"무슨 일인데 그래. 온 지 얼마나 됐다고?"

소희가 앉자마자 은서는 가방을 들고 일어섰다. 느낌상 안 좋은 건 피하는 게 상책이었다.

"왠지 폭풍전야처럼 뭔가 불안해. 빨리 나가자."

하지만 소희의 반응은 시큰둥했다.

"난 더 놀다 가고 싶은데."

"뭐?"

"언제 또 올지 모르는데 가려면 너만 가."

결국 은서는 아쉬워하는 소희를 두고 그곳을 혼자 나올 수밖에 없었다. 확실하지도 않은데 억지로 끌고 나올 수도 없고, 그냥 두고 온 게 잘한 짓인가 걱정하며 터덜터덜 택시 정류장으로 걸어갔다.

앵- 앵- 앵- 앵. 그때 경찰차가 사이렌을 울리며 클럽 앞에 서는 걸 보았다.

"와우! 더 있었으면 완전 재수 없었겠다."

그래도 명색이 종합병원 의사인데 하늘이 도왔다는 생각이 들었다.

"그런데 소희는 어쩌지? 소희야……."

경찰차에서 내린 단속반이 클럽 안으로 들어가는 걸 보았다. 친구를 버릴 수도, 들어가서 구해올 수도 없자 순간 열이 확 받았다.

"내 이놈의 4가지를!"

그 시각 소희는 스테이지에서 신나게 춤을 추고 있었다. 갑자기 음악이 꺼지더니 실내의 모든 불이 켜지자 어리둥절해졌다.

"설마, 단속?"

순간 은서의 말이 생각나자 재수 없게 걸렸다는 생각이 들었다. 어서 피하기 위해 살금살금 걸음을 옮겼다.

"뭐야, 이거?"

"무슨 일 있나?"

클럽 안에 있던 사람들은 무슨 일인지 몰라 웅성거리며 서로의 눈치를 살폈다. 슬슬 단속 들어온 것 아니냐는 말들이 흘러나왔다. 그러자 여기저기서 기분 망쳤다며 상스러운 욕들을 해댔다. 소희는 변장에 도움을 주고자 핸드백에서 안경을 꺼내 쓰고는 화장실 쪽으로 급히 걸어갔다. 그녀가 코너를 돌때 누군가의 손에 팔이 잡히며 당겨졌다. 휘청하며 쓰러지듯 남자의 팔에 갇혀 졸지에 백허그를 당했다.

"쉿!"

뒤에서 소희를 안고 주변을 두리번거리던 시루는 그녀의 입을 막았다.

"으으음."

"가만있어요. 내 말만 잘 들으면 구해줄 테니."

잘못한 것도 없는데 일이 이상하게 돌아가고 있었다. 두려움에 눈을 깜박거린 소희는 고개를 끄덕였다.

"지금부터 우린 애인 사이입니다."

"네? 뭐라고요?"

"혹시 연행돼서 경찰서 가면 그렇게 말하라고요. 같이 놀러 왔다고."

"아!"

서로 상부상조해서 잘 나가보자는 의미란 걸 직감적으로 이해했다. 그런데 왜 그래야 하지.

"그럼 갑시다."

무슨 드라마 같은 상황이 연출됐지만, 일단 나갈 생각에 소희는 고개를 끄덕였다. 소희의 어깨에 시루가 팔을 둘렀다. 하지만 생각처럼 되지 않고 둘은 문 앞에서 제지당했다. 부자연스러운 둘을 행동을 수상하게 여긴 경찰관이 같이 동행해줄 것을 요청했다.

"아니, 저는 이상한 사람 아니에요."

소희가 거부했지만, 가서 확인해보겠다는 말에 어쩔 수 없이 대기 중인 차에 오를 수밖에 없었다. 신분증을 꺼내려던 시루는 소희를 보았다.

"저분이랑 일행이잖아요, 빨리 타요."

재촉하는 단속반으로 그는 일단 소희와 동승하기로 했다.


자신 때문에 소희가 난처해졌을 거라는 생각에 은서는 이를 갈았다. 그녀는 엘리베이터 문이 열리자마자 하이힐 굽이 망가지도록 뛰었다. 령의 집 앞에 도착하자 초인종부터 눌렀다. 하지만 바로 열리지 않자 다급함에 문을 두드렸다.

쾅쾅쾅!

잠시 후, 문을 열어주는 령의 눈에 은서의 모습이 보였다. 그는 팔짱을 끼고 머리부터 발끝까지 쭉 훑어보았다. 한숨이 저절로 나올 수밖에 없었다. 미니스커트로 시원하게 드러난 다리. 블라우스 앞 단추를 보고 있자니 바늘이 있었다면 다 꿰매버렸을 것이다. 보일락 말락 하는 은서의 가슴골에 령의 눈은 왕방울만 해졌다. 하얀 목선을 따라 올라가서는 그녀의 입술을 보았다. 번질번질하니 파리가 앉으면 그대로 쩍 하고 달라붙어 죽게 생겼다. 그리고 잠자리 날개 같은 속눈썹. 연필 한 자루를 올려놔도 끄떡없이 버틸 것 같았다. 길게 둥근 원을 그리며 하늘로 날아 올라갈 기세라니. 저러고 그 많은 늑대 놈들 앞에서 나 좀 봐라 이러고 있었다니. 환장할 노릇이었다.

하…… 다시 한숨 소리를 내며 령이 안으로 들어가자, 은서는 뒤따라 들어가며 따졌다.

"4가지, 지금 뭐 하는 거예요!"

"계약 연애 잊었습니까?"

"그거랑 제가 클럽 가는 거랑 뭔 상관이라고!"

"양다리."

"남자를 만난 것도 아니고, 친구랑 간 건데 그걸 감시해요!"

"감시는 누가 했다고?"

"이게 감시가 아니면 뭐예요!"

은서의 목소리가 격해질 때 령의 휴대폰이 울렸다.

"뭐요? 단속 나간 클럽에서 마약이 발견됐다고요? 바로 가겠습니다."

마약이라고? 이건 무슨 소리일까. 그녀는 고개를 갸웃거렸다. 만약 단속이 있어 미리 피하라는 뜻으로 알려준 거라면 화를 낼 게 아니라 오히려 감사를 해야 했다. 령은 가만히 서 있는 은서를 보며 재킷을 집어 들었다. 너무도 얌전해진 모습에 그녀의 머리를 살며시 쓰다듬고 지나갔다. 문득 은서는 가슴이 뭉클해지는 걸 느꼈다. 이게…… 사랑이라는 감정일까.

"문단속 잘하고 가요."

"……."

현관에서 구두를 다 신도록 그녀가 아무 말도 없자 그가 다가오라고 손짓을 했다. 자석에 이끌리듯 령의 앞으로 걸어갔다. 은서는 자신을 쳐다보는 남자에게서 눈을 뗄 수가 없었다.

'이 여자야, 그런 눈으로 쳐다보면 나보고 어쩌라고.'

령은 그녀의 볼을 살며시 어루만졌다.

'이 남자야, 이러면 나보고 어쩌라고?'

서로가 무엇을 원하는지 알아서일까. 령의 얼굴이 천천히 그녀에게로 다가오자, 은서는 살며시 눈을 감아버렸다. 파리가 쩍 하고 달라붙을 것 같은 은서의 입술에 그의 입술이 쩍 하고 맞닿았다. 하지만 지금껏 했던 입맞춤과 전혀 다른 입맞춤이었다. 마치 은서의 입술을 가지고 놀면서 애를 태우듯 령은 그녀와 입을 맞췄다. 은서는 좀 더 깊은 입맞춤을 원했지만 령은 그걸 허락하지 않았다. 닿으려 하면 도망갔다. 혀가 엉키려 하면 입술을 살며시 뗐다. 애가 탔다. 은서는 애간장이 녹아드는 것 같아 그래서 그에게 한 발짝 다가갔다. 기다렸다는 듯 그의 손이 은서의 허리로 가 그녀를 당겨 안아왔다. 령의 달콤함이 입안에서 마음껏 헤집고 다녔다. 이런 걸 원했으면서도 그녀는 정신을 차릴 수가 없었다.

얼마 후, 감미로움이 자신의 입안에서 사라지는 걸 느껴 눈을 뜨니 세상이 정지된 기분이었다.

"지금 이건 키스가 아니고 계약위반 딱지입니다."

"……."

"구토, 정신 차려!"

정신 차리라는 말에 아직도 혼미함에 빠져 있던 은서는 정신을 차렸다.

"계약 위반?"

"물증이 없어 이번엔 그냥 넘어가지만, 다음엔 용서 없습니다. 저 나갑니다."

뭐라는 거야. 계약위반. 물증. 용서. 내가 뭘 잘못했나. 기분 나빠하는 그녀의 모습을 보며 령은 현관문을 닫았다.

"이게…… 키슨가?"

문이 닫히자 그녀는 중얼거리며 자신의 입술을 만졌다. 평소와는 다른 부드러운 입맞춤에 은서의 마음은 혼란스러웠다. 하지만 그것도 잠시, 혼미함이 사라지자 발끈했다.

"이게 키스지! 뭐, 딱지? 내가 무슨 자동차냐, 딱지를 끊게, 이 나쁜 놈아!"

은서가 화를 내는 동안 차에 오른 령은 뭔가 끈적끈적한 느낌에 휴지로 입술을 닦았다.

"그런 모습으로 가면 거기 사내놈들이 그냥 두겠어? 아오! 구토 정말!"

차를 출발시키는 그 또한 화가 났다.

"후우…… 목줄로 묶어놓을 수도 없고……."

성격이 어떻다는 걸 알면서도 한숨이 저절로 나왔다. 하지만 령도 어쩔 수 없는 남자였다. 조금 전 매력적인 그녀의 모습이 떠오르자 기분이 나쁘지 않았다.

"큭! 가끔 나한테만 보여줘라."

령의 눈은 확실하게 정직했고, 건강한 그의 몸도 정직했다.

"후…… 미치겠네! 왜 자꾸 떠오르는 거야."

잡생각으로 이어지는 고문의 연속이었다.

검찰청에 도착한 령은 이 수사관에게 상황을 보고받았다. 더군다나 증거 불충분이었던 사건의 범인을 현장에서 잡고 나니 검찰청은 간만에 활기가 넘쳤다.

"클럽에서 그 녀석과 딱 마주칠 줄은 몰랐는데, 저를 보더니 모자를 벗어

던지고 냅다 도망을 가는 겁니다. 죽기 살기로 쫓아갔으니 망정이지."

그때 생각을 하니 숨이 찼는지 이 수사관은 물을 마시고자 잠시 말을 멈췄다.

"그래서 잡았어요?"

"잡았지. 그런데 환장할 노릇이 아무것도 안 나오는 거야."

"그래서요?"

"그 녀석을 끌고 오면서 처음부터 가만히 되짚어봤지. 그런데 모자를 벗어 던진 게 기억나더라고."

"모자요?"

정 검사가 연이어 질문하자 이 수사관은 더 신이 났다.

"네, 모자요. 그래서 그 녀석을 경찰한테 넘기고 그곳으로 가서 모자를 찾았습니다. 그랬더니 땀받이 밴드가 있잖습니까? 거기를 양면테이프로 붙여서 감쪽같이 숨겨놨지 뭡니까?"

"오~ 만약에 모자를 신경 안 썼으면 증거가 없어서 또 풀어줄 뻔했겠네요?"

"그렇지!"

둘의 대화를 조용히 듣고 있던 박 검사가 볼펜만 만지작거리고 있는 령을 보았다.

"근데 부장님은 그 상황에서 어떻게 클럽을 생각해내셨습니까?"

"그냥……."

은서가 클럽에 있다고 하기에 말했을 뿐이었다. 소가 뒷걸음질 치다 쥐를 잡은 격이 되어버렸지만, 재수 없게 걸려 경찰서로 간 소희는 죽을 맛이었다. 그냥 스트레스 풀러 놀러 갔다가 이게 무슨 황당한 일인지. 너무도 태평한 모습으로 있는 시루를 소희가 째려보았다. 어째서 애인인 척하자고 했는지 도무지 이해가 안 갔다.

"두 분, 정말 애인 사이입니까?"

"아니요."

믿음이 가질 않자 사실대로 말하는 게 나을 것 같아 소희는 솔직히 말했다.

"예."

시루는 클럽에서 약속했기에 이렇게 대답했다.

소희와 시루가 서로 다르게 대답하자 조서를 꾸미던 경찰관이 인상을 쓰며 쳐다보았다.

"두 분 지금 경찰서에 와서 거짓말하는 겁니까?"

"아니에요. 이 남자가 억지로 애인인 척하라고 해서 그렇게 한 거예요."

소희 입장에선 경찰서까지 끌려오고 나니 이제는 의지할 필요가 없는 시루를 버려버렸다.

"뭐라고요? 당신 수상한데 신분증 줘봐요."

소희가 핸드백을 들고 슬그머니 일어섰다.

"그럼 저는 가봐도 되나요?"

"뭐, 신원도 확실하고 하니 가셔도 됩니다만, 혹시라도 추가조사로 연락이 가면 바로 오셔야 합니다."

"네, 그럴게요. 그럼 수고하시고요. 이 남자분 지금 생각해보니 뭔가 이상하긴 했어요. 여자 화장실 앞에 숨어 있었거든요."

경찰관을 향해 이 말을 한 소희가 돌아서며 시루를 째려보았다. 그냥 그곳에 있었으면 이런 고생 안 하고 쉽게 넘어갈 수 있었다. 멀쩡하게 생긴 이상한 놈한테 재수 없게 걸렸다는 생각에 소희는 뒤도 안 돌아보고 그곳을 나갔다.

"당신 신분증 주고, 여자 화장실엔 왜 가서 서성거렸어?"

시루가 한숨을 내쉬었다.

"화장실에서 명품 지갑을 훔쳐갔다며 억울한 누명을 쓴 제 의뢰인에게 유리한 증거를 찾을 만한 CCTV가 있나 해서 들린 겁니다."

"의뢰인…… 요?"

말끝을 흐리는 경찰관을 보며 시루는 신분증을 꺼냈다.

"국선변호사 안시루입니다."

무사하다는 소희의 전화를 받은 은서는 침대에 누워 뒤척였다. 잠이 안 왔다. 양도 세어보고, 별도세어 보았지만 그래도 잠이 오지 않았다.

"양 한 마리. 양 두 마리. 양 세 마리. 도망가지 말고 잠자리로 들어가거라."

양을 세던 은서는 메시지 알림음에 벌떡 일어나 앉아 휴대폰을 집어 들었다.

-구토.

-네.

-뭐 하십니까?

-그냥 있어요.

-야동 보고 있는 거 다 압니다.

-이런! 들켰네요.

-내일 저녁 시간 비워둬요.

"오! 이거 뭐지. 혹시 데이트?"

은서의 눈이 동그래졌다. 데이트 신청이라니. 그래도 좋아하는 티를 내면 안 될 것 같아 새침하게 표현했다.

-왜요?

-심심해서.

역시 령은 호락호락하지 않는 남자였다. 은서는 휴대폰을 획 집어 던지며 더러워서 못 해먹겠다는 표정을 지었다.

"뭐? 심심해? 왕 4가지. 데이트하자고 하면 어디가 덧나!"

어느 모습이 진짜인지 감을 잡을 수 없어 짜증이 났지만, 첫 데이트라는 설렘에 베개를 끌어안고 낄낄거리며 웃었다. 데이트라니, 좋아라. 이웃사촌 사이로 등산을 갔던 때와는 완전히 다른 느낌이었다. 은서는 이제 막 연애를 시작하는 연인들의 감정을 느끼고 있었다.

## 14장. 행복

설렘을 가슴에 품은 운명의 첫 데이트 시간이 다가오고 있었다.

은서는 모든 일과를 마친 뒤, 씻고 화장으로 마무리를 했다. 때마침 령에게서 정문 도착이라는 문자가 왔다.

"홍홍홍. 나 갈게요."

은서가 퇴근하기 위해 나오자 모두의 눈이 휘둥그레졌다. 평소와 다르게 너무도 여성스러운 옷차림에 하이힐까지 신고, 거기다가 안 하던 화장도 했다.

"유 샘, 오늘 선봐요?"

"왜요?"

간호사들의 호기심 어린 시선을 느끼며 머리카락을 날려주었다. 여전히 신기한지 양 간호사가 은서를 한 바퀴 돌려보았다.

"아주 예쁘신데요? 이렇게 꾸미고 병원에 오신 거 처음 보는 거 같아요."

"그거야 아침에 꾸미고 와도 수술 방 들어갔다 나오면 젖은 생쥐 꼴이 되니까 일부러 안 한 거죠. 그런데 이상하지 않아요? 난 좀 어색한데."

은서는 자신의 모습을 다시 보며 옷매무새를 만졌다.

"하나도 안 이상해요. 완벽하게 예뻐요."

우빈이 양 간호사의 수다스러운 말소리에 다가왔다. 그러고는 은서를 보더니 작게 웃으며 어깨동무를 했다.

"너 남자 생겼어?"

"남, 남자는……."

촉이 좋은 건지, 감이 좋은 건지. 단번에 맞히자 너무 오래 붙어 다녔다는 생각이 들었다.

"그럼 선보냐?"

"헛소리 그만하고 이 팔이나 내려. 김 간호사 보면 싫어해."

전엔 아무렇지도 않았던 이러한 행동들이 이젠 민아가 볼까 봐 신경 쓰였다.

"우리 사이 훤히 아는데 이제 와서 새삼스럽게."

"그래도 이제부터는 조심해. 다 안다고 해도 속상할지 모르니."

"알았어."

저만치 은서가 보였다. 핸들에 몸을 기대고 정문만 바라보던 령은 상체를 일으키며 흐뭇한 미소를 지었다. 어느 순간부터 그녀의 모양새가 변해가고 있다는 게 느껴졌다. 은서는 정문 쪽에 서 있는 령의 차를 발견했다. 그녀는 말 많은 병원에서 이런저런 소문으로 고생하느니 피하자는 생각이 들었다. 주변을 살핀 후 사람이 없다는 걸 확인하고 차 문을 잽싸게 열었다.

"오늘도 클럽 가시나 봅니다."

차에 오르는 그녀를 향해 령이 말했다. 선머슴 같은 청바지 차림이었던 그녀가 어느새 사랑스러운 여인의 모습으로 변해 있자, 예쁘다는 걸 이렇게 표현했다. 오로지 무관심 무반응으로 일관하던 남자가 자신의 변함을 바로 눈치채자, 그녀는 그런 령이 신기했다. 알아달라고 할 땐 속 터지게 모른 척

하더니만.

"같이 갈래요?"

이 남자는 어떻게 놀까. 춤은 어떻게 출까. 표정이 없으니 로봇 춤을 출까. 갑자기 궁금해졌다.

"전 그렇게 시끄러운 곳은 별로 좋아하지 않습니다."

"어련하시겠어."

물어본 내가 바보지. 고지식한 면은 혼자 고루고루 세트로 다 갖춘 것이 과거엔 분명 이랬을 것 같았다.

"학교 다닐 때 왕따였죠? 이거 안 해, 저거 안 해, 그러다 보니 어느새 주변에 아무도 없는 왕따."

그가 오만한 표정으로 웃었다.

"날 뭘로 보고. 킹카는 달리 있는 줄 압니까?"

"저런 왕자병엔 약도 없는데."

은서는 장난스럽게 미간을 찡그리며 말했다.

한편 그 시각, 우빈은 민아와 함께 있었다.

"하하하하."

은서가 자신에게 붙여준 별명을 들은 민아는 지나가는 사람들이 쳐다봐도 아랑곳하지 않고 크게 웃기 시작했다. 나란히 걷던 우빈은 너무 대놓고 웃어대자 살짝 겸연쩍어졌다.

"코 찔찔이가 그리 우스워?"

"그럼 웃기지 안 웃겨요. 코 찔찔이?"

어렸을 때 우빈은 은서가 다니는 학교로 전학 왔다. 하필 그날 감기가 걸려 콧물을 본 은서는 그와 짝꿍이 되자마자 이름 대신 '코 찔찔이'라고 불렀다. 그게 계기가 되어 어느 순간 반 아이들은 모두 우빈을 코 찔찔이로 불렀다.

440

"은서 쌤은 그때 어땠어요?"

"말썽꾸러기. 여장부. 뺀질이. 싸움대장. 꼴등이. 별명이 말도 못 하게 많았어."

"다른 건 다 알겠는데 꼴등인 뭐예요?"

나란히 손을 잡고 걸어가던 민아가 우빈의 팔에 팔짱을 꼈다.

"반에서 꼴등이었어. 그런 애가 11살 때였을 거야. 등교하자마자 나한테 와서 '네가 일등이라며?' 하고 묻는 거야. 내가 대답도 하기 전에 '나 공부 가르쳐 줘!' 하더라고."

"갑자기 왜요?"

"나도 궁금해서 왜 그러냐고 물으니까 의사가 돼서 아픈 사람 다 낫게 해주고 싶다고. 그러니 공부를 해야겠다고 했어."

"그래서 가르쳐줬어요?"

그때 당시 낯선 곳으로 전학 온 우빈은 모든 게 어색해 학교생활에 적응 못 하고 있었다. 하지만 여장부였던 그녀가 '우빈은 지금부터 내 스승이다' 하는 순간 상황은 완전히 바뀌었다. 학급의 아이들이 먼저 다가와서 손을 내밀었다.

"만약에 안 가르쳐줬으면 그 성격에 나 왕따 시켰을지도 몰라. 그리고 1학기 기말고사에서 8등을 했고 2학기 기말고사에선 2등을 했어."

"오~ 대단하네요."

"대단하긴. 1등 못 했다고 난리를 쳐서 나 엄청나게 도망 다녔어. 걔 독기 품으면 진짜 무서워."

"하하하하."

자기 말을 하는 줄 전혀 모르고 있는 은서가 도착한 곳은 정원이 무척 아름다운 곳이었다. 주변을 둘러보던 은서는 안전벨트를 풀며 내릴 준비를 했고, 어느새 내린 령이 조수석 문을 열어줬다. 갑자기 안 하던 짓을 하니 쑥스

깬다깨 커플 1   441

러웠다. 그러나 일단 데이트니 기쁜 마음으로 받아들였다. 그리고 안으로 들어가 안내된 곳으로 가자 이번엔 의자를 빼주는 센스까지 부렸다.

"가게가 아주 예쁜데요? 하도 무뚝뚝해서 이런 곳은 모를 줄 알았는데."

"친구랑 몇 번 온 적이 있습니다. 그리고 무뚝뚝한 거랑 식당이랑 무슨 상관입니까?"

"안 어울릴 것 같으니까 그렇죠."

"그럼 다음부턴 안 데려옵니다."

"에이! 그렇다고 금방 삐치시긴. 저 이런 데 엄청 좋아해요."

"그럴 줄 알았어."

표정으로 모든 걸 보여주는 은서의 말에 거짓이 없다는 걸 알 수 있었다.

"오늘 첫 데이트치곤 지금까지는 모두 합격점이에요."

"데이트?"

"그건 무슨 반응이에요? 데이트가 아니란 말이에요?"

"데이트라……. 일단 밥부터. OK?"

령은 멋쩍으니 이렇게 얼버무렸다.

"OK!"

약속 잡고 만나서 밥 먹고 이러는 게 데이트가 아니면 뭐야. 은서는 식사하는 동안 령의 어정쩡한 말에 신경 쓰이긴 했지만, 쿨한 성격답게 이렇게 정의를 내리고 통과시켜버렸다. 자존심 센 저 남자가 부끄럼 타서 부정하는 것 같아 오히려 귀엽게 느껴지기까지 했다. 그러니 그냥 넘어가 줘야지.

"2차는 소주 어때요?"

운전을 해야 하는 그로 혼자만 포도주를 마시자 조금 미안한 생각이 들었다.

"어째 그 말이 안 나온다 했습니다. 소주를 지나치게 좋아하십니다."

"어차피 마실 거라면 나라 사랑! 포도주는 외국산, 소주는 국산."

"말이나 못해야지……."

너무도 각별한 은서의 나라 사랑에 할 말을 잃었다. 분위기 좋고 음악도 좋고 앞에 앉아 있는 사람도 좋고, 은서는 첫 데이트의 즐거움을 만끽하고 있었다. 은서가 자신의 학교생활 이야기를 들려주자 공부만 했던 령은 신기했다.

"그럼 오락부장, 뭐 이런 걸 한 겁니까?"

"제가 또 노는 거 하나는 일가견이 있거든요."

"그럼 공부는 언제 하고?"

"공부하는 거랑 노는 거랑 무슨 상관이에요? 공부는 공부! 노는 건 노는 거! 모두 열심히! 공부만 하면 부작용으로 4가지처럼 되는 수가 있어요."

"제가 어때서?"

"지극히 정상은 아니죠. 안 그래요?"

"밥값 더치페이."

"아잉~ 농담이에요, 농담. 아주 훌륭하게 잘 컸어요. 눈 뜨고 봐줄 만해요."

"농담은……."

"……."

불안한 마음이 들기는 했지만, 그 후로도 은서는 연신 조잘거렸고, 령도 그에 못지않게 그녀와 대화를 나눴다. 시간 가는 줄 모른다는 말이 실감 날 정도로 말도 잘 통했다.


웃고 떠드는 사이 어느새 아파트에 도착했다. 은서가 문을 열고 들어가려 하자 령이 지나가는 말투로 뱉었다.

"소주 한 병 가지고 오시든가."

말이 끝나기 무섭게 은서가 소주를 가지고 령의 집을 방문했다. 그러자 소주잔을 가져온 그가 그녀 옆으로 앉았다.

"안주는?"

"깡소주 마셔요."

령은 그동안 은서가 가져왔던 안주들을 생각했다. 이젠 그 허접스러운 안주도 없다니.

"오늘 거 무효!"

은서가 살며시 미소를 짓는 걸 령은 눈치채지 못했다. 앞으로 그녀는 어떻게 해서라도 무효 소리를 듣고자 할 것이고, 령은 무효 소리를 외칠 것이었다.

"무효 처리된 거 확실하게 다시 채워놓고 계시죠?"

"네!"

그동안 착실하게 채워놓고 있었다. 령이 무효를 외친 다음 날 혹시 잊을까 봐 퇴근하면서 슈퍼부터 들렀었다. 술병을 빼간 그 자리에 새로 사온 술병으로 다시 채워놓고 나면 줄지 않는 술병으로 짜증까지 났다. 하지만 이제부터는 줄지 않도록 노력해야만 했다.

일단은 가져왔으니 병뚜껑을 열어 은서에게 한 잔 따라주고 자신의 잔도 채웠다. 채운 잔을 앞에 두고 령이 은서를 보며 자세를 고쳐 앉자, 평소와 다른 그의 진지한 표정에 그녀는 자세를 바르게 하고 앉았다.

눈이 마주치자 분위기가 묘해졌다. 심장에서 위험하다는 이상 신호를 보내기 시작했다. 마른침을 삼킨 은서는 테이블 위에 있는 노트북을 만지작거리며 령의 눈길을 피했다. 하지만 계속해서 강한 시선이 느껴졌다. 이내 그의 손이 자신의 얼굴로 다가오고 있었다. 그녀는 떨림에 눈을 꼭 감았다.

"이 밥풀은 도대체 어디서부터 달고 오신 겁니까?"

"밥풀?"

분위기 깨지는 소리에 눈을 뜨자, 령이 그녀의 머리카락을 잡아 보여줬다. 달랑달랑 매달려 있는 밥풀 하나가 은서의 눈에 들어왔다.

"아니, 이게 여기 있었네. 야식으로 먹으려 한 건데."

그는 어이없다는 듯이 피식 웃었지만, 밥풀을 본 은서는 적어도 인사 정도는 해야 할 것 같았다.

"오늘 덕분에 잘 먹었어요."

"잘 얻어먹긴요. 아까 제가 한 말 못 들었습니까?"

"무슨…… 말?"

설마, 설마, 설마…… 더치페이 어쩌고 한 말은 아니겠지. 아무것도 모르는 척 은서가 천연덕스러운 표정을 짓자 그걸 령이 모를 리가 없었다. 이렇게 나온다면 그녀가 어찌 나올지 보고 싶었다.

"못 들은 척하니 괘씸죄를 적용하겠습니다."

"치사하게."

이렇게 나오자 그녀는 좋았던 기분이 홀딱 깨는 기분이었다.

"치사하다고 하시니 오늘 들어간 비용은 더치페이로 식비랑 주유 대금 청구서는 내일 문자로 보내겠습니다."

'잉? 잠깐만! 잠깐만! 이 인간 이건 또 무슨 소리야.'

은서는 놀란 표정이 되었다. 단호할 정도로 얼굴색 하나 변하지 않는 것을 보니 농담이 아닌 것 같았다. 그녀는 잡고 있던 머리카락을 손가락에 돌돌 말며 머리를 굴렸다. 이걸 어떻게 해야 하나 생각하자니 머리 아팠다. 그럼 빨리 끝내자.

"아예 그러지 말고 그 돈만큼 밥이든 술을 살게요."

"술?"

령은 속으로 웃었다. 순간순간 변하는 그녀의 표정에 사실 어떤 말이 나올지 궁금했던 건 사실이었다.

"네. 술로 원하시면 아주 화끈하게 사드릴 테니 말씀만 하세요. 동동주,

맥주, 양주도 괜찮고."

"그럼 입술로."

세상에서 가장 맛있는 술을 먹을 생각에 그가 빙긋이 웃었다.

'입술?'

말뜻을 알아차린 그녀의 눈이 둥그레지자, 령의 얼굴이 다가왔다. 이걸 바란 건 아닌데. 어떻게 그 순간 이런 생각을? 자신의 입술에 령의 입술이 맞닿자 은서는 살며시 눈을 감았다. 따뜻한 느낌이 입안에서 서로 엉키기도 전에 그 느낌을 알아서일까. 심장은 이미 힘차게 두근거리기 시작했다.

이거 점점 키스에 중독되어 가는구나. 그렇지 않고선 기다려지는 이유가 뭐냐고.

령의 입술이 몇 번인가 은서의 입술에 닿았다가 떨어졌다. 바로 떨어지는 것이 아닌 잠시 입술 체온을 느낄 정도로 그녀의 입술 위에서 머물렀다가 떨어지길 반복했다. 닿기만 했을 뿐인데도 설레었다.

잠깐 닿았다가 거둬가자 은서는 갈증이 났다. 그때 령의 한 손이 그녀의 목뒤로 향했다. 손가락 사이사이로 은서의 머리카락이 들어왔다. 령의 커다란 손이 그녀의 머리를 받치더니 자신의 앞으로 살짝 당겨왔다. 그리고 둘의 입술이 하나가 되듯 밀착되며 비로소 깊은 입맞춤이 시작되었다.

서로의 입안을 오가는 말캉한 혀로 온몸의 힘이 빠졌다. 은서의 정신이 아득해질 무렵 령은 입맞춤만으로 끝내고 싶지 않았다. 그녀를 안고 싶었다. 남자의 욕망이 그의 생각을 지배하기 시작했다. 뿌리칠 수 없을 정도로 강하게 그의 몸을 자극했다. 부드럽고 달콤한 입맞춤보다 온몸의 신경을 자극하며 그녀와 더불어 희열을 느끼고 싶었다.

이런 생각까지 하다니. 위험하다는 판단에 그녀의 입술을 놓아주었다. 둘 다 숨을 몰아쉬었고, 령은 은서의 어깨에 얼굴을 묻으며 그녀의 상체를 안은 팔에 힘을 가했다.

안고 싶다는 욕망이 여전이 남아 있자 그는 은서를 품에서 놓었다. 발그레한 그녀의 입술을 그의 엄지가 살며시 만지며 지나갔다. 마음을 진정시켜야 했다.

"지금 이건 키스가 아니고 청구서 대금 받은 겁니다."

은서한테 이런 말은 이제 익숙했다.

"주유 대금, 식비 다 받은 거죠?"

어쭈? 이젠 받아쳐. 학습능력이 아주 뛰어나단 말이야. 이런 생각에 령은 속으로 웃었지만, 아주 능청스러운 이 남자는 절대 내색하지 않았다.

"따로따로 받길 원하셨습니까?"

'응? 이게 아닌데.'

어쩌다 한 말에 령이 빙긋이 웃자 창피했다. 그녀는 얼굴이 화끈하게 달아올라 벌떡 일어났다. 더 바랐나? 그렇게 들린 거야. 아우, 미쳤나 봐.

"저, 전 그만 가, 가볼게요."

"벌써? 키스만 하고 가겠다고?"

은서가 지난번에 했던 말을 이번엔 령이 하자, 그녀의 얼굴은 더 달아올랐다.

"에…… 집, 집에 할 일이 있어서요."

당황하다 보니 말이 자연스럽게 나오지 않았다.

"그러시면 어쩔 수 없지만……."

"잘 자요."

"구토도."

붉어진 얼굴을 들킬까 봐 그녀는 뒤도 돌아보지 않고 서둘러 갔다. 현관문을 바라보던 령은 테이블 위에 덩그러니 놓여 있는 소주병과 잔을 보고는 한숨을 내쉬었다.

"후…… 한 번 더 했으면 큰일 날 뻔했네."

이래서 간다고 했을 때 붙잡지를 못했다. 은서의 모습이 떠오르자 갑자기 키스만으론 부족하단 걸 절실히 느꼈다. 남자로서 여자를 안고 싶은 욕망을 억누르기가 힘들었다. 서로를 원하는 둘. 사랑 나무 씨앗에 드디어 싹이 났다.

늦은 밤, 성범죄 단속에 들어간 숲 속은 경찰에 의해서 집중단속이 되었다. 하나둘씩 차에서 끌려 나오는 남녀들을 보고 있자니 가관이었다. 늦은 퇴근 후 령은 관여하기 싫었지만 상황을 보기 위해 잠시 들렀다가 눈앞의 광경을 보니 한숨이 저절로 나왔다. 아무리 생각해도 이해가 안 갔지만, 어제 그 상황을 겪어봐서인지 조금은 이해할 것도 같았다. 하지만 방법이 틀렸기에 그만 가자는 생각에 시동을 걸던 령의 눈에 한 남자가 들어왔다. 어!…… 이러면 안…… 되는데.

"저거 무슨 장관 아냐?"

가끔 원치 않는 방향으로 흘러갈 때도 있었다. 이런 젠장. 일이 커져버렸다. 아침 뉴스에 모 장관에 대한 성 스캔들이 흘러나오기 시작했다. 검찰청은 몰려든 기자들로 북새통을 이뤘고 령은 보고서를 작성하는 박 검사와 함께 있었다. 모두 맡기 싫어하는 눈치를 보이자 령이 그 자리에 있었다는 이유로 이 사건은 그의 팀으로 넘어와 버렸다.

"무슨 정보를 듣고 가신 겁니까?"

"상황을 알고 싶어 그냥 가보았을 뿐입니다."

"그러시군요. 장관의 성 스캔들이라니. 머리 아프시겠습니다."

"보고서 작성해서 올려주세요. 저는 생각 좀 해봐야겠습니다."

생각하고 말고 할 것도 없었다. 일반인에겐 징역이나 벌금으로 끝날 일이겠지만 한 나라의 장관에겐 그렇지를 못했다.

"이거 보통 일이 아닙니다."

이 말을 하며 박 검사가 나가자 령은 의자에 몸을 묻으며 닫힌 문을 쳐다보았다.

"한동안 나라가 시끌시끌하겠군."

잠시 휴식을 취하고자 의자를 돌려 창밖을 보던 령은 책상에 놓여 있는 휴대폰을 들었다. 그는 저장되어 있는 은서의 사진을 터치했다.

불현듯 보고 싶다는 생각이 밀려왔다.

"구토, 넌 뭐가 좋아서 이렇듯 해맑게 웃고 있는 거니?"

은서로 인해 잠시 안식을 찾던 령은 노크를 하고 들어오는 사람의 기척에 뒤돌아보았다.

"뭘 그리 재밌게 봐?"

넋 놓고 본 게 궁금했는지 현희가 물어보았다. 휴대폰의 화면을 바꾼 령은 자리에서 일어섰다.

"그냥 이것저것……."

"인터넷 뉴스 봤어? 아니면 네티즌들 댓글 본 거야?"

"그냥 뭣 좀 봤어. 그런데 무슨 일이야?"

"이제 일도 마무리됐고 하니, 오늘 저녁에 시간 되면 모두 같이 의기투합의 뜻으로 한잔하면 어떨까 해서?"

술을 좋아하고 싫어하고를 떠나서 때론 팀워크도 중요하니 괜찮을 것 같다는 생각이 들었다.

"그럼…… 조금 이따가 답을 줄게."

"그래."

현희가 나가고 령은 은서에게 연락했다. 어느 순간 령에게 있어서는 부모님 빼고 그녀가 첫 번째가 되어버렸다.

-구토 9시.

-당직입니다.

-그럼 내일 아침 등산준비 잘해서 8시에 주차장으로.

-네.

휴대폰을 보며 그가 작게 웃었다. 사무실 밖으로 나온 령은 회의실 문을 열었다.

"식사하러 갑시다."

"네, 부장님."

그 후, 식당으로 온 검사들과 령은 사건에 대한 토의로 목소리가 커졌다. 점점 잔인해지고 있는 세상에 두려움까지 생겼다.

"학생들 담배 피우는 거 뭐라 했다고 어른을 집단폭행하다니."

"그래서 보고도 모른 척한다잖아. 선생도 패는 세상인데, 뭐."

"군사부일체라는 말이 사라진 지 오래라고 하더니 맞나 보네."

"최령, 한잔해."

현희가 령의 술잔을 채웠다.

"오늘은 피곤해서 그런지 전혀 생각이 없네."

"그럼 받아놓고 마실지 말지 생각해."

결국 그날 저녁, 9시 뉴스에서는 장관의 성 스캔들이 보도됐다. 여론이 들고 일어나자 장관이 사과하고 급하게 사임하는 것으로 매듭지어졌다는 뉴스속보가 나왔다.

"저렇게 될 줄 알았어."

"저게 제일 나은 방법이라고 해도 앞으로 남은 인생엔 오명으로 남을 텐데."

"정직하지 못한 공직자의 부끄러운 말로네요."

씁쓸한 결과에 검사들이 돌아가며 한마디씩 했다. 이런 개운치 못한 사건은 마무리돼도 허탈했다. 장관의 잘못을 떠나 가족들이 받을 상처에 마음이 쓰였다.

이제 아내와 자녀들은 남편과 아버지란 존재를 어떻게 바라볼까. 자랑스럽게 믿었던 남편에 대한 배신감. 아버지 잘못으로 부끄러워진 아이들. 여러 가지 생각에 기분이 가라앉았다.

령이 우울한 기분으로 술잔을 기울일 때, 당직인 은서는 커피 잔을 기울였다. 자판기 옆에서 커피를 마시던 은서는 게시판에 붙어 있는 해외봉사활동 포스터를 발견했다. 환자 보호자들이 나누는 대화를 듣던 은서는 딸깍! 하고 컵 떨어지는 소리를 들으며 발걸음을 옮겼다.

"Kopino? Kopino(코피노) 그게 뭔데?"

하지만 들리는 말소리에 걸음을 멈췄다.

"이번에 선교활동을 세부로 갔었잖아. 나도 거기서 처음 안 거야. 우리나라 남자들과 필리핀 여자들 사이에서 태어나 버려진 아이들이야."

"세상에! 그런 게 있어? 그럼 뭐야. 우리나라 남자들이 일이 있어 그 나라에 갔다가 생긴 애를 버리고 온단 말이야?"

"그렇대. 알고 도망 온 놈들도 있고 모르고 귀국한 놈들도 있고. 아픈 애들이 제대로 치료도 못 받고 얼마나 불쌍하던지 눈물이 다 나오더라."

"아휴! 나쁜 놈들! 나라 망신 다 시키고. 다음에 갈 땐 나도 데리고 가줘."

아프다고 우는 어린아이들의 울음소리가 들리는 듯해 은서는 깊은 한숨을 내쉬었다. 아프다는 걸 제대로 표현할 줄 모르는 어린아이들. 그래서 울음으로 표현하는 어린아이들. 보호받지 못하는 그 아이들로 인해 그녀는 안타까웠다.


다음 날, 산을 오르는 은서의 눈은 온통 송충이로 쏠려 있었다. 나뭇가지를 슬슬 타고 올라가는 송충이. 바닥을 꾸물꾸물 기어 다니는 송충이. 떨어질 듯 떨어질 듯 나뭇잎에 매달려 있는 송충이. 송충이를 볼 때마다 움찔움찔거리며 올라가는 은서로 령의 장난이 또 슬슬 시작됐다. 나뭇가지를 들자 그녀는 기겁해서 도망치듯 뛰어 올라갔고, 령은 슬렁슬렁 은서의 뒤를 쫓아 갔다.

"하지 마요!"

"제가 뭘 했다고 그러십니까?"

"그 나무!"

"이거 그냥 주운 건데."

령은 은서가 가리키는 나무를 앞으로 내밀며 대수롭지 않게 말했다.

"아닌 거 다 알아요!"

은서와 거리가 좁혀지자 령은 나뭇가지로 기어 올라가는 송충이를 건들 었다.

"그럼 어디 송충이랑 한번 놀아볼까나."

"아아아악!"

"같이 갑시다."

"그 나뭇가지 버리기 전까진 절대로 저 알은척하지 마세요!"

노력한 결과로 어느새 정상에 올라왔고, 산 아래 깔린 구름을 보며 그녀 는 솜이불 같다는 표현을 썼다. 산자락을 끼고 피어오른 흰 구름이 뭉실뭉 실하니 보기만 해도 좋아 보였다.

"저기에 뛰어내리면 푹신푹신할 것 같지 않아요?"

"바로 죽습니다."

"어쩜 저리 서정적인 멋이 없을까?"

"그럼 서정적으로 뛰어내리면 바위에 머리가 부딪혀 터지고."

"그만! 하여튼 그런 말을 표정 하나 바꾸지 않고 하다니. 알고 보면 정말 무서운 남자야."

은서가 째려보며 말하자 령은 딴 곳을 쳐다보았다.

"우리가 너무 늦게 올라와서 이제 그만 내려가야 합니다."

그러고 보니 사람들의 모습이 평소처럼 많이 보이지 않았다.

은서가 휴대폰을 들어 자세를 취하자 이젠 그도 당연하다는 듯 은서 옆으로 섰다. 찰칵! 소리를 내며 둘의 모습은 은서의 휴대폰에 담겼다.

"사진 보내드릴게요."

"마음대로."

그렇게 또 하나의 잊지 못할 추억을 만들고 산에서 내려오다 보니, 벌써 어두워지기 시작했다.

"좀 무서운데."

"다 와 가요. 저기 불빛 보이십니까?"

령이 가리키는 곳을 보자 희미한 불빛들이 밤하늘의 별처럼 빛을 내고 있었다.

"네, 보여요."

"지금 산속이 어둡긴 해도 조금만 더 가면 되니까 저 불빛 보고 힘내요."

"그렇잖아도 잘 안 보여서 조심스럽게 걷는 중이에요."

"조심하는 김에 뱀 밟지 않도록 신경 쓰고."

"뱀이요?"

"큭큭큭."

놀라서 팔짝 뛰는 은서를 보니 왜 이리 귀여운지. 무서워 죽겠다는 소리를 연신하며 야영장에 도착한 은서는 안도의 한숨을 내쉬었다.

이내 두 사람은 정말 빨리 쉬고 싶다는 생각에 열심히 각자의 일을 했다. 텐트는 던져놓고 허기가 밀려오자 먼저 라면으로 대충 끼니를 해결했다. 은서가 설거지를 하러 가자 령은 텐트를 쳤다.

"무경험자와 유경험자는 놀라는 것에서 차이가 나지. 무경험자는 자신의 가슴에 남자의 손길이 닿으면 깜짝 놀라."

"그래? 그런데 어떻게 그리 잘 알아?"

"이 모든 건 다 경험에서 터득한 거지."

이런 말이 옆 텐트의 남자들 입에서 흘러나오자 령은 하던 걸 멈추고 쳐다보았다.

"무경험자?"

그는 설거지를 끝낸 은서가 떠온 물을 버너에 올려놓자, 아직 완성되지 않은 텐트 안으로 그녀를 들여보냈다.

"왜요? 무슨 일 있어요?"

"어서 들어가기나 해요."

"지금?"

엉성한 텐트를 보며 은서는 머뭇거렸다. 그러나 남자들의 심상치 않은 눈빛을 읽은 령은 텐트 안으로 그녀를 억지로 집어넣었다.

'넌 저놈들 눈빛이 안 보이냐!'

은서를 보며 불순한 상상을 할까 봐 싫었다.

"왜 저런데?"

령은 이상한 눈으로 쳐다보는 은서를 보고도 모른 척했다. 그리고 텐트를 마저 치려고 그가 한쪽 끝을 잡는 순간, 안 그래도 불안했던 텐트가 와르르 무너져버렸다.

"4가지-!"

"큭큭큭큭."

무너진 텐트 안에서 나오려고 기를 쓰는 은서의 모습을 보면서도 그는 꺼내줄 생각은 하지도 않고 마냥 웃기만 했다. 왜 이렇게 그녀와 하는 모든 것이 재미있는지.

잠시 후 탈출에 성공한 은서는 산발이 된 머리를 만지며 툴툴댔고, 이내 뭔가 이상한지 하늘을 올려다보았다.

"어! 비가 와요."

그녀의 말대로 한두 방울 빗줄기가 떨어지고 있었다. 그는 서둘러 텐트를 정리하고 장비를 챙겼다.

"많이 올 것 같진 않은데 그래도 배수구 점검을 해야겠습니다."

령이 주변을 둘러보는 동안 은서는 완성된 텐트 안에 앉아 빗소리를 들었다. 낭만? 빗줄기를 쏟아내는 어두운 밤하늘은 시커먼 먹구름이 모든 빛을 삼켜버렸다. 호젓한 빗소리는 운치 있었지만 그렇다고 썩 좋은 것만은 아니었다. 살짝 무섭기도 했다.

떨어지는 빗방울에 다른 사람들도 서둘러 배수구를 파기 시작했다.

"괜찮을까요?"

어느 정도 밖의 상황을 확인한 후 그가 텐트 안으로 들어오자, 그녀는 걱정 어린 눈으로 쳐다보았다.

"방수되는 텐트니 걱정 안 해도 됩니다."

그런데 이상했다. 령이 와서 앉자 걱정되던 마음이 사르르 사그라져 버렸다.

"이렇게 빗소리 들으니 뭔가 분위기 있는 거 같지 않아요?"

"나쁘진 않습니다."

"비가 오면 생각나는 부침개~ 언제나 맛이 있던 부침개~"

은서의 개사 노래에 령이 쳐다보았다. 저 머릿속에는 도대체 뭐가 들었을까? 똑같이 비 오는 걸 보는데 왜 이 여자는 이런 쪽으로 생각이 흘러가는지 참으로 연구대상이었다.

"어떻게 그런 생각을?"

"이런 날 이런 장소에서 부침개랑 막걸리 먹으면 제대로인데. 크- 윽!"

령은 또다시 억지를 부려 그녀를 침낭으로 몰아넣었다.

"안 졸린데?"

"어서 자요. 지금 부침개랑 막걸리 먹고 싶다고 하면 저 골치 아파집니다."

누우려고 침낭의 지퍼를 올린 은서가 그를 보았다.

"먹고 싶다고 하면 해줄 거예요?"

"뭘로? 아! 송충이랑 솔잎으로 해주면 되겠다. 송충이는 오징어 대신에. 살아 있는 송충이가 프라이팬 안에서 꿈틀꿈틀 움직이는 거야."

"우- 욱!"

상황을 상상한 은서가 치를 떨자 정작 말을 한 령 자신도 웃었다.

"킥킥킥."

"하여튼 못됐어. 이제 부침개는 못 먹게 생겼다."

"하나라도 못 먹는 게 있어야지."

침낭에 들어가 누운 은서는 샐쭉한 표정을 지으며 보았다.

"체력은 국력이에요. 튼튼해야 환자들을 지키죠."

"지금도 아주 튼튼하십니다."

"왜 이래요! 저 연약해요."

침낭에 들어가려던 령은 얼씨구! 하는 눈으로 보았다.

"연약은? 역기도 번쩍번쩍 들 것 같은 몸으로."

"어머! 기가 막혀."

침낭 안에 들어가 두 마리의 애벌레 모습을 한 령과 은서는 꼼짝 않고 누웠다. 뭐가 그리 재밌는지 킥킥거리며 이야기를 나눴고, 빗소리와 함께 밤은 깊어만 갔다.

"하- 함."

은서의 하품 소리에 령이 옆으로 돌아누웠다.

"졸리면 그만 자요."

령을 향해 은서도 돌아눕자 어둠 속에서 마주친 서로의 눈빛으로 빨려들어가는 것 같았다.

"미안해서……."

"사실 저도 피곤합니다. 그러니 미안해하지 말고 어서 자요."

은서는 잠결에 들리는 거센 빗소리에 눈을 떴다. 걱정된 마음에 부스럭거리며 침낭의 지퍼를 내리자 령도 눈을 떴다.

"왜 그러십니까?"

"비가 많이 오니까 걱정도 되고 무서워서요."

텐트를 살짝 내려 밖을 확인한 은서는 쏟아지는 빗줄기에 한숨을 쉬었지만, 령은 경험이 많은지 여유로운 표정을 지었다.

"이 정도는 괜찮으니까 주무셔도 됩니다."

"그래도……."

"여긴 야영장이라 걱정 안 하셔도 됩니다."

번쩍-! 우르릉, 쾅-!

"엄마야!"

"깜짝이야!"

순간 천둥이 치자 은서는 기함했고, 령은 그 비명에 놀라 같이 소리쳤다.

"천…… 둥."

깜짝 놀란 은서가 손가락으로 하늘을 가리켰다. 다시 번쩍하며 번개가 내리치는가 싶더니 엄청난 천둥소리가 산을 울렸다.

우르릉, 쾅-!

"엄마야!"

은서는 귀를 막으며 몸을 웅크렸다.

"풋!"

"웃지 마요. 저 천둥소리 많이 무서워해요."

"송충이도 무서워해. 천둥소리도 무서워해. 참 안 어울린다."

은서가 침낭으로 들어가자 지퍼를 올려준 령은 그녀 옆으로 바짝 다가와 누웠다. 은서가 고개만 돌려 쳐다보자 팔을 괸 그가 내려다보았다.

"무섭다며."

"그래도……."

그래도 이렇게 가까이 눕는 건 좀 그랬다.

"안 잡아먹습니다."

"히히히."

심각하게 무서워하던 은서는 멋쩍어 이상한 웃음소리를 냈다.

"그 웃음소리는 무슨 뜻입니까?"

"우리 관계가 좀 이상하지 않아요?"

"어떻게?"

이상해도 많이 이상하지. 누가 보면 이 상황을 어찌 이해할지. 령이 고자가 아닌 이상 절대로 있을 수 없는 일을 지금 둘은 하고 있었다.

"같이 이렇게 누워 있으면서 아무 일도 없다는 게 안 웃겨요?"

"약속했으니까."

약속…… 은서가 령의 말에 빙긋이 웃으며 그를 향해 돌아누웠다.

함께 등산하면서부터 령에 대한 신뢰가 생겼던 은서는 그를 쳐다보며 두려운 마음을 삭였다. 사랑이 뭔지는 아직 모르겠지만 좋아한다는 감정은 참으로 이상했다.

어느 순간 령은 그녀의 마음을 가득 채우기라도 할 것처럼 커져버렸다. 어둠에 익숙해진 둘은 서로의 눈을 바라보았고, 그는 은서의 어깨를 토닥여주며 그녀를 재우고자 했다. 과연 이 상태로 잠을 잘 수 있을까.

텐트 위로 투두둑투두둑 떨어지는 빗소리와 토닥토닥 두드려주는 소리를 들으며 은서는 다시 잠을 청해야만 했다. 문득 은서의 어깨를 토닥여주던 령의 손이 멈췄다. 그의 눈은 그녀의 입술에서 멈췄다. 어깨를 토닥이던 그의 손이 입술을 만지자 은서가 눈을 떴다.

서로의 눈빛이 부딪쳤다. 이곳에 공기가 없나. 숨이 막힌다는 것은 바로 이런 것이리라.

무엇을 원하는지, 무엇을 하고자 하는지 모르는 게 아니었다. 하지만 참아야 한다는 생각이 들었다. 참아야 하느니라. 참아야 하느니라. 참아야…… 참아야…… 못 참아!

도저히 참을 수 없던 령의 입술이 그녀에게로 향하자, 마치 기다렸다는 듯 은서의 입술이 열렸다. 포개지기가 무섭게 따뜻함이 전해졌다. 그의 혀가 입안 가득 들어왔다. 은서의 혀를 휘감을수록 그녀의 정신은 아득해지는 느낌이었다.

그녀의 얼굴을 어루만지던 령의 손이 차츰 은서의 몸을 타고 내려갔다. 볼을 지나 목덜미로, 그리고 그녀의 쇄골을 만졌다. 그의 손길에 은서의 몸은 더욱 달아올랐다.

쇄골에서 머물며 몇 번인가 쓰다듬던 그의 손길이 가슴으로 향했다. 그가 은서의 가슴을 살포시 움켜쥐었다. 순간 령의 몸이 후끈 달아올랐다. 정신을 차릴 수 없을 정도로 그녀의 가슴은 그의 정신을 혼란스럽게 만들었다. 은서를 갖고 싶다는 생각에 어루만지는 강도가 세질 수밖에 없었다.

은서는 혼미해지는 정신 속에서 자신의 가슴을 어루만지는 령의 손길을 느꼈다. 어? 이건 아닌데! 정신이 번쩍 들자 입술을 떼었다. 순간 령의 품 안에서 빠져나온 은서는 자신의 팔로 상체를 감쌌다.

"어딜 만지는 거예요?"

"가슴."

령이 은서의 몸을 가리켰다.

"아, 아니 그, 그래도 내 건데 허락도 없이 만지면 어떻게 해요?"

"그럼 계속 만지게 허락해줄래요."

역시 령은 혈기 왕성한 어쩔 수 없는 남자였다.

"이런!"

"하하하하."

은서가 배낭을 들어 힘껏 내리치자, 령은 손으로 턱 하니 막으며 호탕하게 웃었다. 그 웃음소리에 무슨 뜻이 내포되어 있는지 은서는 절대 모를 것이다. 무경험자. 하하하하.

"웃지 마요!"

"지금 이건 키스가 아니고, 무서워하기에 위로해준 겁니다."

"위로? 하여튼 또 그러지."

은서가 다시 가방을 들어 내려쳤지만, 가방을 잡은 그가 그녀를 끌어당겼다. 령은 은서를 품에 안아 눕혔다. 주체할 수 없이 피가 뜨거워지는 걸 느끼는 순간, 령은 주저하지 않고 은서의 입술을 찾았다. 다시금 시작되는 입맞춤에 은서는 그의 입술을 거부하지 않았다.

지금 령의 입맞춤에는 욕망이 담겨 있었다. 그렇기에 평소와는 다르다는 걸 알면서도 그의 입맞춤을 멈추게 하고 싶지 않았다. 몸이 겹쳐진 상태로 서로를 안으며 깊은 입맞춤을 나눴다. 자신의 몸으로 고스란히 느껴지는 상대의 육체. 참을 수 없기에 그의 손이 은서의 허리춤으로 파고들었다.

툭! 툭! 툭!

욕망에 사로잡혔던 령은 누군가 텐트를 치자 잃었던 이성을 되찾았고, 은서는 안도의 한숨을 쉬었다.

"배수구 확인해주세요!"

"배수구…… 하아."

은서는 넋이 나간 표정으로 그를 올려다보았다. 그녀의 손은 아직도 그의 머리카락을 어루만지고 있었지만, 눈빛에서는 두려워하는 마음이 보였다. 은서의 허리에 머물러 있던 령의 손이 그녀의 볼을 어루만지며 눈을 맞췄다.

우르릉, 쾅-!

"엄마야! 어떡해!"

넋이 나갔던 은서의 정신이 되돌아올 정도로 큰 소리였다. 우렁차게 울려
대는 천둥소리에 은서는 몸을 움츠리며 령의 앞자락을 잡았다. 은서의 눈빛
을 읽은 탓일까. 천지를 울리는 천둥소리가 령에게는 정신 차리라는 소리로
들렸다. 그러니 몸을 일으킨 그는 말없이 침낭의 지퍼를 내렸다. 바닥에 깔
고 그 위로 누워 그녀를 향해 두 팔을 벌렸다.

"무섭다며? 방호벽."

"방…… 호벽?"

"안고만 잘게."

좀 전의 행동으로 봤을 때 이 말을 믿어야 할지, 말아야 할지. 하지만 생
각에 대한 답을 얻기도 전에 그녀는 령의 품 안으로 들어갔다. 맙소사! 내가
그 유명한 팔베개를 하고 있다니…… 연애를 하니 별걸 다 해보는구나. 막
상 령의 넓은 품에 안기자 은서는 숨을 쉬기조차 힘들었다.

미치겠네! 이 여자는 어찌하여 이렇게 품 안으로 쏙 들어오는 거야? 령은
정신을 차리기 위해 무슨 말이라도 해야 했다.

"천둥이 치기 전에는 번쩍하고 번개가 먼저 칩니다."

평소처럼 차분한 목소리로 태연하게 말했다. 그러나 령의 심장은 미친 듯
이 뛰기 시작해 과부하에 걸리기 직전이었다. 숨조차 제대로 쉴 수 없는 상
황이었지만, 여전히 그의 몸은 그녀를 원하고 있었다. 그는 그녀를 지켜주
기 위해 자신의 감정을 억눌렀다.

"그래서요?"

"번개가 칠 때, 곧 천둥이 치겠구나! 하고 마음의 준비를 하면 덜 놀랄 겁
니다."

"아……."

듣고 보니 그런 것 같았다.

"그러니 다음부터는 번쩍하고 번개가 치면, 하나, 둘, 셋 하고 숫자를 세서 천둥소리들을 준비하시라고."

하나, 둘, 셋을 세며 령은 본래의 모습을 찾아갔다.

"그렇구나. 알았어요."

그날 밤, 천둥소리에 은서가 움찔거릴 때마다 령은 그녀를 더 안아주며 진정시켰고, 그럴수록 두 사람의 심장은 쉴 새 없이 널뛰었다.

서로에게 이런 감정이 생긴다는 것은 좋은 거구나. 소중히 하는 것은 기쁜 것이구나. 그래서 좋아하는 마음이 생기는 건 행복한 거구나. 여전히 은서의 머리카락을 조심스럽게 만지던 령은 다시 그녀와 입을 맞추고 싶었다. 하지만 자신의 입술을 지그시 깨물며 마음을 가다듬고자 눈을 감았다.

'양 한 마리. 양 두 마리. 양 세 마리. 양 네 마리.'

다시 입을 맞추게 되면 그땐 자제할 수 없게 은서를 안을 것 같았다. 깊어가는 밤, 서로 자는 척하며 그 순간을 넘기기 위해 미동도 없이 서로를 안고 있었다. 설레는 이 느낌…… 말로 표현이 안 될 정도로 좋았다. 시간이 지나면서 빗소리가 잦아들자 은서는 어느새 잠이 들었다. 하지만 안고 자는 것에 답답함을 느꼈는지 그녀는 자꾸만 령의 품에서 도망가 만세를 부르려 했고, 그는 그럴 때마다 안아왔다.

혹시라도 자는 그녀가 깰까 봐 만지지도 못하고 가만히 그녀를 얼렀다. 자신의 품에서 자는 이 여자 모습은 왜 이렇게 사랑스러운지. 그러니 잠은 못 자고 계속해서 양을 셀 수밖에 없었다.

'양 한 마리. 양 두 마리. 양 세 마리……'

사랑스러웠다. 자신의 품 안에 있는 이 여자, 유은서가 사랑스러웠다. 그러니 강제적인 첫 키스 때와는 다르게 그녀를 지켜주고 싶었다. 밤새 내리는 비는 둘째 치고 령은 은서 때문에 잠들 수 없었다. 양을 세고 또 세다 보니 어느 순간 깜빡하고 선잠이 들었다.

탁! 무언가 얼굴을 때리는 바람에 놀라서 잠이 깬 령은 은서의 손이 자신의 얼굴에 척 하니 걸쳐 있는 걸 알았다. 만세를 부르려다 옆에 있는 령의 얼굴을 때린 그녀는 아무것도 모른 채 천진난만하게 자고 있었다.

"미쳐. 겨우 잠들었었는데. 또 양을 세야 하는 거야?"

그날 밤 령이 센 양의 숫자는 밤하늘의 별처럼 많았을 것이다.


밖에서 들리는 사람들의 말소리에 눈을 뜬 은서는 기지개를 켜다 멈칫했다. 그가 앉아서 자신을 째려보고 있는 모습에 저승사자를 본 듯 깜짝 놀라 일어나 앉았다.

"왜, 왜요?"

"무섭다고 해서 좀 안고 자려니까 그리 도망가십니까?"

또 삐쳤다. 령은 밤새 고문당하는 심정으로 제대로 잠도 못 자고 겨우 양을 세다가 잠들었는데, 홀딱 깨워놨으니 단단히 삐칠 수밖에 없었다.

"제가 언…… 제요?"

자느라 기억이 없었으니 뭐라 할 말이 없었다.

"기억에 없으니 무죄요~"

무죄? 무죄는 무슨! 구토 너는 어젯밤에 내가 겪었던 그 심정을 죽어도 모를 거야. 나 혈기 왕성한 남자라고!

"무죄 같은 소리 하네! 그리고 아기도 아니고 그 만세는 도대체 뭡니까?"

"그게 편하니까."

"아우! 이것도 내 취향 아냐."

고문으로 힘들었는지 잘 나가다가 저놈의 주둥이가 또다시 시작했다. 령의 말에 발끈한 은서는 덮고 있던 침낭을 그에게 던졌다.

"근데 취향도 아니면서 키스는 왜 자꾸 하는 거예요?"

"욕구 해소."

"뭐?"

령의 말에 은서는 단단히 화가 났다.

"나가요!"

그녀가 인상을 찌푸리며 소리쳤다. 은서의 입장에서는 여러 가지로 놀라는 아침이었다.

"나가라는데 뭐, 나가야지. 비도 그쳤는데 슬슬 나가볼까."

중얼거리며 그는 몸을 일으켰다. 령이 나가자 은서는 씩씩거리며 화를 삭였지만, 밖으로 나온 그는 천천히 몸을 움직여 스트레칭을 했다.

"귀여워 죽겠네."

눈치라도 보듯 텐트 안의 은서를 힐끗 보더니 령은 쌀과 세면도구를 가지고 수돗가로 갔다. 그녀는 침낭을 잘 말아서 정리한 후 밖으로 나왔다. 비 온 뒤의 상쾌한 아침 풍경이란 정말이지 끝내줬다.

"날씨 한번 끝내주는구나!"

은서도 령처럼 천천히 스트레칭을 하며 몸의 긴장을 풀었다.

"국민체조 시작! 그런데 어떻게 하는 거더라?"

해본 지가 오래돼서 잊어버렸는지, 그 후로 그녀는 내 맘대로 청소년 체조를 시작했다. 령은 그녀의 엉뚱한 체조 모습에 멈춰 섰다. 분명 체조를 위해 팔다리가 움직이는데 조화롭지 못한 어색함의 연속이라니. 춤을 추라고 했으면 기가 막히게 췄을 것이다.

"누가 말려."

령이 다가와 아침 준비를 하자 은서는 좀 전의 일이 떠올랐는지 기분 나쁜 표정을 지었다. 그러게 성질은 왜 건드려놔서 파드득거리게 하는지. 그 후로 그는 은서의 시중을 다 들 수밖에 없었다.

"구토, 왠지 내가 시중드는 거 같지 않아?"

"모르겠는데요."

은서는 아무것도 안 할 생각으로 계속해서 딴청을 부렸다. 은서가 설거지를 안 하고 버티자 어쩔 수 없이 령이 빈 찌개 그릇에 작은 그릇들을 담았다. 그녀는 커피를 마시기 위해 코펠에 물을 올렸다.

"뭔가 점점 노예가 되어가는 이 기분, 알 수가 없단 말이야."

령은 못마땅한 표정으로 은서를 보며 중얼거렸다.

"남자가 여자를 위해서 뭐든 해주는 거, 그게 정상 아닌가요?"

"내 사전에 그런 말은 없는데."

"그럼 이제부터는 있게 하세요."

"누가 여잔데?"

"그럼 어젯밤……."

은서가 말꼬리를 흐리며 말하자 령은 마른침을 삼켰다.

"어제…… 밤에 뭐?"

"제가 남자라고 생각하고 키스한 거예요?"

령은 코펠을 들려다 멈칫했다.

"뭐?"

놀라는 령의 표정에 은서는 샐쭉했다.

"거봐. 그러면서 끝까지 아니래."

"분명 키스는 아니라고 했습니다."

"아…… 위로해준 거라고 했죠?"

"그렇습니다."

"그럼 무서울 때마다 다른 남자한테도 위로해달라고 해야지."

은서가 비꼬듯 말했다.

"뭐…… 라는 겁니까?"

그녀의 말에 순간 령의 표정이 굳어졌다.

"누구한테 위로해달라고 할까?"

은서가 혼잣말처럼 중얼거리며 설거지 그릇을 들고 수돗가로 향하자, 령은 그녀의 뒷모습을 한동안 바라보았다. 뭔가 골똘히 생각하던 그는 설거지를 끝내고 걸어오는 은서의 모습이 보이자, 텐트 안으로 들어갔다. 배낭을 정리하고 눕더니 열린 텐트 사이로 하늘을 쳐다보았다.

은서는 그릇을 한쪽에 엎어놓고 텐트 안으로 들어와 그의 옆에 앉았다. 령은 한동안 말도 없이 그 상태로 먼 곳만 바라보았다.

"삐쳤어요?"

그가 말도 없이 밖만 응시하자 그녀는 슬슬 불안해졌다.

"제가 왜 삐칩니까?"

"아까 제가 다른 남자한테 위로해달라고 해서."

말할 땐 몰랐는데 설거지를 하면서 생각해보니 실언이란 걸 알았다. 령이 내세운 연애의 조건은 양다리 걸치기 없기. 그러니 충분히 오해의 소지가 되는 말이었다.

"해도 상관없으니까 들키지만 마요."

"들키면?"

"저는 한번 쳐낸 사람은 두 번 다시 안 봅니다."

"으. 무서워라."

간혹 이 남자가 표정 변화 없이 냉정한 말을 할 때면 다가가기 힘들 정도로 차가웠다. 지금이 바로 그랬다.

'차가운 남자.'

그녀는 령의 옆에 앉아 있었고, 그는 은서를 보며 다시 못을 박듯 말을 꺼냈다.

"그러니 제가 실망하지 않도록 처신하시기 바랍니다."

령의 말에 은서가 고개를 끄덕이자 그는 그녀의 팔을 당겨 옆으로 누우라고 했다. 그대로 더 당겨 안지도 않고 그는 밖의 풍경으로 다시 눈을 돌렸다.

지난밤에 그토록 뜨거운 입맞춤을 해준 사람이 이 남자가 맞나 싶을 정도로 령의 냉정함에 소름이 돋았다.

'도무지 어떤 모습이 진짜인지 알 수 없는 사람……'

어색하고 무거운 분위기를 벗어나고 싶은 그녀는 배낭을 끌어당겨 휴대폰을 꺼냈다. 음악을 재생하더니 이어폰의 한쪽을 령의 귀에 꽂아줬다.

"음악 좋죠?"

"그런대로."

"요즘 제가 자주 듣는 노래예요."

"근데 이게 언제 적 노래입니까?"

"좋은 노래는 세월이 지나도 마음을 울리거든요. 이 노래처럼 아이돌 가수들이 리메이크해서 이렇게 들으니 새롭잖아요."

"……"

그가 편안한 표정으로 음악을 듣자 은서는 이런 것도 그와 함께 공유하고 싶었다.

"에…… 선물해줄까요?"

"됐습니다."

그러나 이런 대답이 나올 줄 이미 알고 있었다.

"줄 때 받아요. 난 이 노래 가사가 좋더라고요."

은서의 말에 눈을 뜬 령은 휴대폰을 만지는 그녀를 보더니 다시 눈을 감았다.

"보냈어요. 고맙죠?"

그는 대답 대신 옅은 미소를 보였다.

해가 중천에 오자 사람들의 움직임도 활발해졌다. 나란히 누워 있던 령이 일어나 자신의 귀에 꽂아 있던 이어폰을 은서의 귀에 꽂아줬다. 제대로 잠을 못 자 피곤함도 있지만, 배가 부른 은서가 스르르 눈을 감자 그는 심술을 부리고 싶었다.

"구토, 눈 떠!"

"아이…… 싫어."

잠이 들려는 순간 깨우자 옆으로 돌아누우며 팔짱을 꼈다. 아예 한숨 자려는지 자리를 잡았다.

"이제 슬슬 정리해서 출발해야 합니다."

"아직 오전이잖아요. 한 시간만 잘게요."

"송충이가 어디 있더라."

령의 말에 은서는 벌떡 일어나 앉았다. 이 말 한마디면 만사 오케이였다.

"이참에 몇 마리 잡아가서 애완용으로 키워볼까?"

"이런! 4가지!"

그녀가 생각만 해도 끔찍하다는 표정을 짓자, 그 모습이 귀여웠는지 그의 입술이 그녀의 입술에 살포시 내려앉았다.

## 15장. 이별

"엄마는 임신했어? 갑자기 무슨 아이스크림을 먹자고 해?"

"꼭 임신해야 먹는 거라니. 먹고 싶으면 먹는 거지. 그리고 이것아, 남자도 없는 내가 어떻게 임신을 해?"

"너무 멀리 오니까 그냥 그렇다고."

"그럼 어쩌겠어. 너 임신했을 때 먹었던 그 맛이 그리운데."

소희는 모친 정란이 수제 아이스크림을 먹고 싶다며 조르는 바람에 홍대까지 오게 되자 불만을 토로했다. 가게 문을 열고 들어가려던 소희는 나오는 남자를 보고 멈춰 섰다.

"동우 선배!"

"소…… 희니? 민소희!"

동우가 소희를 알아보고 활짝 웃자, 뒤따라 들어오던 정란도 그를 알아보았다.

"과외 선생님이네."

"아! 소희 어머니, 안녕하셨어요?"

동우가 정란을 향해 고개 숙여 인사를 하자 그녀는 못 믿겠다는 표정을 지었다.

"언제 들어왔어? 소희 고등학교 졸업하기 전에 유학 갔었잖아?"

"네. 유학 마치고 나서 다니고 있는 회사 일로 잠시 입국한 거예요. 그러지 말고 이쪽으로 앉으세요."

궁금해서 묻는 정란의 질문에 동우는 그녀를 테이블로 안내했다.

"오자마자 너를 만날 줄은 몰랐다. 우빈이랑 은서도 잘 있지?"

동우는 소희를 만나자 과외를 가르치던 그 시절이 생각났다.

"다들 잘 있지. 우리 모두 선배한테 과외 받고 좋은 대학에 입학할 수 있어서 지금은 셋이 같은 병원에서 근무하고 있어."

"오~ 의사 선생님 된 거야? 대단한데. 은서는 어때? 그 말괄량이는 아직도 말썽 피워?"

은서를 궁금해하는 동우의 말에 소희가 휴대폰을 꺼냈다.

"여기 사진. 얘가 은서야."

소희가 손가락으로 가리키며 말했다. 흰 가운을 입고 환하게 웃는 은서 모습에 동우의 입은 자연스레 웃고 있었다.

"얘가…… 말썽꾸러기였던…… 그 유은서라고……."

"얼마나 예뻐졌는지 몰라. 요즘 아주 활짝 폈더라고."

은서의 사진에서 눈을 떼지 못하는 동우를 보며 정란이 아는 척을 할 때, 휴대폰의 문자 알림음이 울렸다. 동우가 휴대폰을 건네주자 내용을 확인한 소희는 벌떡 일어났다.

"긴급 호출이야!"


하산 후 집으로 돌아오는 고속도로에서 은서 역시 긴급 호출을 받았다.

"4가지, 빨리 가야 해요."

"갑자기 무슨 일이 생겼습니까?"

령의 말을 들으며 은서는 급히 라디오를 켰다. 뉴스 속보에선 주유소 폭발 사고로 은서가 근무하는 병원으로 환자들이 이송되는 중이라 했다.

일요일 오후라 고속도로가 밀리기 시작하자, 령은 경광등을 꺼내 차 지붕 위에 올렸다. 라디오에서 들리는 뉴스에 귀를 기울이며 령도, 은서도 말이 없었다. 누군가 저지른 한순간의 부주의는 많은 사람을 고통 속으로 몰아넣는다.

"거의 다 와 갑니다."

"저 때문에 죄송해요."

"뭐가?"

"휴일을 망쳤잖아요. 안 그럼 느긋하게 오셨을 텐데."

은서의 말에 령은 피식 웃었다.

"나 이거 한번 해보고 싶었었는데."

"뭘요?"

"경광등 켜고 갓길 달리는 거."

"푸하하하하."

이 남자 점점 왜 이러는지. 은서는 지금의 심각함은 잠시 제쳐놓고 소리 내어 웃어버렸다.


병원에 도착하니 응급실 앞은 많은 사람들로 북새통을 이뤘다. 취재하는 기자들과 소식을 듣고 와서 오열하는 가족들. 그 모습을 지켜보는 병원 환자들과 보호자들의 표정은 침통해 보였다.

"전화할게요."

"수고."

간단히 인사를 끝낸 은서는 인파 속으로 사라졌다. 그 후 그녀는 환자들과의 전쟁을 시작했다. 칼로 벤 건 꿰매면 되지만 화상은 그렇지가 않았다. 말로는 표현할 수 없는 고통과 싸워야 했고, 치유된 후엔 그 흉터로 더 큰 고통을 받아야 했다.

"양 간호사님, 나 좀 도와줘요."

"유 샘, 화상 환자가 많아서 큰일이네요."

은서는 고통으로 힘들어하는 이들을 위해 해줄 수 있는 게 이거뿐이라 더 마음이 아팠다. 수술로 완치시킬 수 있는 것이라면 몇 날 며칠 밤을 새워서라도 해주고 싶었다.

"도울 수 있는 데까지는 도와야지. 거즈 가져왔죠?"

"여기요."

그녀는 지금 이 순간 최선을 다하고 싶었다. 그렇게 은서는 며칠을 병원에서 보냈고, 령도 폭발 사건이 검찰로 넘어오자 통화와 문자로 서로의 안부를 물으며 바쁜 나날들을 보냈다. 소희와 차를 마시던 은서는 령이 생각나자 숨을 크게 들이마시며 보고 싶은 마음을 달랬다. 생각만으로도 심장을 뛰게 하는 사람. 그녀는 자신의 심장이 있는 가슴에 손을 얹었다.

"동우 선배는 우리가 의사가 된 게 믿어지지 않나 봐."

"그렇겠지. 그 후로 연락 온 건 없어?"

동우를 만난 그날 소희는 급히 병원으로 돌아왔고, 정란은 아이스크림을 먹으며 좀 더 이야기를 나눴다고 했다.

"엄마 말로는 며칠 있다가 다시 출국한대. 잠깐 들어온 건가 봐."

"만나면 좋을 텐데."

지금 만나면 좋을 사람…….

그리고 은서가 보고 싶은 사람은 동우가 아니라 령이라는 생각을 할 때, 령은 전화벨이 울리자 발신자를 확인하고는 급히 받았다.

[령아.]

"네, 어머니. 별일 없으시죠?"

[우리야 늘 그렇지. 네가 바쁘겠구나.]

"할 만해요."

[그럼 아버지 생신 때는 올 수 있니?]

요즘 바쁘다는 이유로 자주 찾아뵙지 못해 죄송했다. 령은 통화를 하며 달력을 보았다.

"당연히 가봐야죠."

[알았다. 그럼 바쁜데 수고해라.]

"들어가세요."

그는 모두 가고 없는 사무실에 앉아 은서 사진을 보며 잠시 휴식을 취했다. 지금 그녀가 어떤 마음으로 하루하루를 보낼지 조금은 알 것 같기에 사진으로 보고 싶은 마음을 달랬다.

"구토, 아직도 바빠?"

그녀의 목소리가 아닌 얼굴이 보고 싶어 령의 가슴이 아렸다.

"아직 안 들어갔어?"

령의 사무실 문이 열려 있자 지나가던 현희가 그의 모습에 노크하며 들어왔다.

"너는 왜 아직 있어?"

"지금 가려다가 네가 혼자 앉아 있기에 들어와본 거야. 사건은 마무리된 거야?"

"거의 마무리 단계야. 가자."

령은 자리에서 일어서며 컴퓨터의 전원을 껐다.

그렇게 퇴근 후 며칠째 불이 꺼져 있는 은서의 집을 올려다 본 그는 허전한 마음을 감출 수가 없었다. 그런데 오늘은 아니었다. 아파트 단지로 들어서며 그녀의 집에 불이 켜져 있는 걸 보자 기쁜 나머지 어느새 웃고 있었다.

은서야, 오늘은 왔구나. 엘리베이터로 향할 때 이미 그의 손가락은 휴대폰을 터치하고 있었다. 며칠 동안 이렇게 하고 싶은 걸 참느라 손가락이 근질근질했다.

-구토 지금.

메시지 알림음이 울리자 은서는 기다렸다는 듯이 휴대폰을 집어 들었다. 이런 즐거움을 어찌 말로 표현하랴. 은서는 령의 마음을 충분히 이해하면서도 살짝 튕겨보았다.

-싫어요.

-거절은 안 됩니다.

-너무 피곤한데.

-지금!

애타는 령의 표정이 생각나자 은서 역시 보고 싶은 마음이 가득 차올랐다.

소주 한 병을 들고 집을 나서서 옆집 초인종을 누를 때, 엘리베이터에서 내리는 그의 모습이 보였다. 서로의 모습을 확인하자 입가에 미소가 생겼다.

보고 싶었다고, 그대가 보고 싶었다고…… 서로의 눈빛이 말하고 있었다.

"왜 안 들어가시고?"

"가택침입으로 걸리면 어쩌라고요?"

"이제 와서 안 어울리게."

"히히."

안으로 들어온 은서는 재킷을 벗는 령을 보며 소파로 가서 아예 누워버렸다. 그러자 그가 그녀의 다리를 옆으로 밀더니 소파 한쪽으로 앉았다.

"저녁은 드셨습니까?"

령은 힘없이 누워 있는 그녀를 일으켜 앉히며 물었다.

"지금이 몇 신데. 병원에서 대충 먹고 왔어요. 4가지는?"

"저도 간단히 먹고 왔습니다."

얼마나 보고 싶었으면 눈을 뗄 수가 없었다. 두 사람은 서로의 눈빛을 바라보며 생글생글 웃었다.

"너무 피곤해서 에너지가 고갈돼 좀 쉬려고 했더니, 귀찮게 이런 날 오라고 한데."

은서는 다정히 바라보는 령의 눈빛에 멋쩍어져 투정 부리며 누웠다. 그녀가 다시 눕자 령은 앉은 상태에서 은서의 위로 상체를 겹쳤다. 그러고는 한쪽 팔꿈치로 자신의 몸을 지탱하며 자세를 잡았다. 닿을 듯 닿지 않는 서로의 몸에 두근두근 설레는 마음이 생겼다.

구토, 보고 싶었어. 못 본 사이 혹시라도 잊혔을까. 이 얼굴이 얼마나 보고 싶었는데. 그런 눈빛으로 나를 봐주길 얼마나 많이 원했는데. 령은 은서의 얼굴을 말도 없이 바라보았다. 마지막엔 그녀와 다시 눈을 맞췄다.

'이 남자가 왜 이런데?'

은서는 부끄러움에 그의 어깨에 팔을 얹었다. 그러고는 령의 머리카락을 조심스레 만지며 그를 서서히 자신의 앞으로 끌어당겼다.

이제는 자연스럽게 서로가 입맞춤을 원했다. 천천히 서로의 입술을 주고받으며 보고 싶었던 마음을 달랬다. 할수록 갈급해지는 입맞춤이었지만 그들은 서두르지 않았다. 자신들의 마음을 말이 아닌 입술로 말했다. 따뜻했다. 부드러웠다. 기분 좋게 황홀했다.

강제적인 입맞춤으로 시작되어 어느새 서로를 마음에 담았고 그리워하며 사랑 나무의 여린 싹은 무럭무럭 자라고 있었다.

"지금 이것도 키스가 아닙니다."

"어련하시겠어요."

이제 은서에게 이런 말은 무의미한 소리로 들렸다. 그녀는 령의 머리카락을 헝클며 장난쳤다. 그러자 그의 입술이 그녀의 입술에 살짝 닿았다가 떨어졌다.

"에너지가 고갈됐다고 하니 충전해드린 겁니다."

고마움을 표현하고자 은서가 예쁘게 웃었다.

"그 충전에 힘이 불끈 솟네요."

령은 여전히 자신의 머리카락을 가지고 장난치는 은서의 손을 잡아 내렸다. 그리고 뭔가 말을 할 듯하며 잠시 망설였다.

"힘이…… 불끈 솟으면 가슴을 만지면서 한 번 더 하면 안…… 될까?"

혈기 왕성한 이 남자는 많이 아쉬웠다.

"이런!"

그런데 아무리 아쉬우면 뭐 하나. 전혀 통하질 않는데.

"왜 못 만지게 하는데?"

"그게…… 만지면 다음엔 또 다른 데를 만지고…… 그러다 보면."

"다른 데 어디? 큭큭."

"에라이-!"

뭘 상상했기에. 능청스러운 령의 웃음에 은서는 옆의 쿠션을 들어 그의 머리통을 인정사정없이 후려쳤다. 이 속물은 도대체 뭘 상상한 거야.

"아니, 섹스는 그렇다 치고 만져도 되는 거 아…… 닌가?"

령은 은서의 성격을 어느 정도 알다 보니 말을 하면서도 불안불안했는지 말끝을 흐렸다.

"미, 미쳤어요!"

령은 아직도 미련을 못 버렸다. 은서가 황당해하며 말을 더듬자 그가 몸을 일으켰다. 그러더니 그녀의 목과 무릎 밑으로 손을 쓱 밀어 넣었다. 은서는 얼떨결에 령의 목을 끌어안았다.

"어?"

마치 이러길 기다렸다는 듯 번쩍 안아 들자 은서는 당황스러운 표정이 됐다. 은서를 안아 든 령이 침실로 향하자 그녀의 눈빛이 흔들렸다.

"너무 피곤해 보이니 주무시라고."

이미 은서의 의중을 파악하고 침실로 들어온 령은 그녀를 조심스레 침대에 눕혀줬다.

"집에 가서 자도 되는데……."

은서는 잔뜩 긴장한 나머지 자신의 얼굴이 경직되는 걸 알았다. 무엇 때문일까? 같이 있고 싶은 마음은 분명한데 아직도 령을 받아들이지 못했다. 불안한 마음이 남아 있어서일까? 령을 보는 은서의 눈빛이 그 답을 얻고 싶어 했다.

'만약에…….'

그가 지금 자신을 원한다면 어떻게 해야 할까. 이 상황에서 이 남자가 이대로 밀어붙인다면…….

"한번 안아보려고 해도 그 성격에 어디 무서워서."

이불을 덮어주는 령을 보며 너무 앞서간 자신이 우스워 그녀는 빙긋이 웃었다. 이 웃음에는 섭섭함보다는 안도하는 마음이 더 크게 작용했다.

"알면 됐어요."

"좀 자요."

정말 보고 싶어서 불렀는데 피곤해하는 모습을 보자 미안한 마음이 생겼다. 이제는 침실에 그녀를 들일 정도로 령은 은서에 대한 마음이 커졌다. 그녀를 보내고 싶지 않아 이렇게라도 곁에 두고 싶었다. 아기를 재우듯 토닥여주는 그의 손길에 은서는 눈을 감았다.

편안했다. 이런 느낌도 좋구나. 만약 이 사람과 결혼한다면 그때도 이렇게 해주려나. 생각만으로도 기분 좋아졌는지 눈을 감은 은서는 살며시 웃었다. 그러자 령이 그녀의 볼을 잡고 흔들었다.

"구토, 피곤하다고 한 거 다 거짓말이지?"

"아니에요. 아주 많이 피곤해요. 하~ 암."

정말 피곤한 그녀는 하품하며 잠을 청했다.

"잘 자."

"응."

자신을 토닥이는 령의 손길을 느끼며 은서는 서서히 잠으로 빠져들었다. 이윽고 은서가 고른 숨을 내쉬자 그는 덮고 있는 이불을 다시 한 번 만져줬다. 거실에 둔 자신의 휴대폰이 울리자 그 소리에 혹시나 그녀가 깰까 싶어 잽싸게 걸어 나갔다.


어느 허름한 식당 문을 열고 령이 들어섰다. SOS를 친 시루, 좀처럼 없던 일이라 그의 마음은 조급했다. 은서가 깊이 잠든 걸 확인하고는 조심스레 현관문을 닫고 나올 때까지 령은 살금살금 걸어 다니며 외출 준비를 했다. 그런데 이상하게 그런 상황이 불편한 것보다는 오히려 즐거웠다. 의자를 끌어당겨 앉은 령을 보고 시루가 고개를 들었다.

"무슨 일 있어?"

"그냥 너랑 술이나 한잔할까 해서."

시루는 막걸리 병을 들며 말했다.

"……."

"술이 싫으면 음료수 할래? 이모! 여기 사이다 한 병요!"

말도 없이 자신을 빤히 쳐다보는 령을 보며 시루는 음료수를 시켰다.

"바쁘니까 네가 가져다 마셔!"

주인의 외침에 일어나려던 시루를 령은 손을 뻗어 제지했다.

"무슨 일인지 그거부터 말해."

"그냥…… 뭐랄까. 막상 새어머니와 인연을 끊으니까 혼자라는 생각이 들어서인지 조금 힘드네."

미워도 가족이었다. 사라지면 시원할 줄 알았는데 그래도 있는 게 나았었는지 세상천지 혼자라는 느낌이 들었고, 생각했던 것보다 더 많이 외로웠다. 시무룩한 표정으로 잔에 남아 있는 막걸리를 마신 시루는 파전을 집어 먹었다.

"시루야, 여기 파전에 있는 오징어가 송충이면 어떨 거 같아?"

령은 작게 웃으며 물었다.

"컥! 이런 미친놈! 파전 맛 뚝 떨어지게!"

"하하하하."

시루는 그냥 넘기기 힘들었는지 인상을 쓰며 입안에 있던 파전을 냅킨에 뱉어냈다.

"재밌지? 송충이가 프라이팬 안에서 꿈틀꿈틀 기어다니는 거야."

"흐흐흐."

시루도 상상했는지 이상한 웃음소리를 내며 웃었다.

"꼴통, 슬퍼하지 말고 그렇게라도 억지로 웃어. 그리고 넌 내 친구이자 가족이야. 그러니까 혼자가 아니라고."

"……"

"외롭다는 생각은 하지도 마. 우리 부모님도 있고, 현희 부모님도 있고. 원한다면 얼마든지 내 동생 되게 해줄게."

"동생? 형님이라고 해!"

"네, 꼴통 형님! 한 잔 받으시고 제발 부탁이니 사고만 치지 마십시오."

"오냐."

그렇게 주거니 받거니 하다 두 사람은 각자 집으로 돌아갔다.

힘겹게 웃던 시루의 모습이 떠오르자, 령은 깊은 한숨을 내쉬며 현관문의 번호를 눌렀다.

띠그락! 하며 열리는 이 소리가 오늘따라 왜 이리 크게 느껴지는지. 혹시라도 은서가 깰까 싶어서 노려보듯 눈에 힘을 준 령은 현관문을 바라보았다. 은서가 잠들어 있는 방문을 살며시 열어보던 령은 곤히 자는 그녀의 모습에 문을 닫다가 멈췄다.

"후……."

이 문을 이대로 닫아야 하나, 아니면 들어가야 하나. 고민하던 그는 재킷을 벗어 대충 던져놓더니 은서 옆에 살며시 누웠다. 부스럭거리는 느낌 때문이었을까? 그녀가 그의 품으로 파고들었다.

"이러면 잠이 안 오는데……."

큰일 났다는 생각이 들었다.

'양 한 마리, 양 두 마리, 양 세 마리…… 양 예순세 마리…… 양 일흔일곱 마리. 양 일흔.'

아무리 세면 뭐 하나. 잠이…… 안. 온. 다!

군가를 불러야 하나. 아니면 애국가. 그것도 안 되면 교가라도 불러야 하나. 생각이 많을수록 정신은 더 말똥말똥해졌다. 자는 모습이 점점 더 사랑스럽게 보여 견딜 수가 없었다. 어느새 그녀의 머릿결을 만져보고, 볼도 만지며 이마와 입에 살짝살짝 입도 맞춰보았다.

"으음."

은서가 눈을 떴다. 령은 반가움에 웃어 보였는데, 그녀는 귀찮았는지 매몰차게 등을 돌려 누웠다.

"알았어요. 귀찮게 안 할게. 이리 와. 이리 와."

살살 달래 다시 안아오자 마지못해 품으로 들어왔다.

"진짜죠?"

"한 번만 가슴 만지게 해주면."

이 남자 어쩌면 좋을까.

"갈래요."

은서가 일어나려 하자 령이 재빨리 품 안에 가둬버렸다.

"아냐, 아냐. 안 만져도 돼. 대충 사이즈 알아."

"이런! 4가지!"

"어서 자자. 자장자장."

령은 어서 재우기 위해 토닥토닥 등을 토닥여주었다. 이러고 잘 수 있을지 걱정도 됐지만, 그보다 더 큰 걱정은 그녀에게 점점 욕심이 생기며 남자로서의 마음을 주체할 수가 없다는 것이었다.

"한 번만 만지게 해주지…… 아…… 왜 그런 약속을 해서. 이것도 고역이다."

몸을 살며시 뗀 후 자신의 손을 은서의 가슴으로 가까이 가져갔다. 만지고 싶어 손가락을 까딱까딱 움직였으나 끝내 범하지는 않았다.

"으…… 미치겠다."

이놈의 약속! 그러니 양치기 소년도 아니면서 밤새 양을 셀 수밖에. 령이 다시 양을 세기 시작할 때, 은서는 자신을 안고 있는 그의 품이 좋아 잠결인 척하며 더 파고들었다.


아침에 눈을 뜬 령은 또다시 만세를 부르며 자는 은서의 모습을 보았다. 그는 상체를 살며시 일으켰다. 베개를 접어 겨드랑이에 끼더니 편안한 자세로 그녀를 내려다보았다. 어쩜 이리도 태평하게 자는지. 밤새 고문당한 게 억울해 인정사정 안 보고 흔들어 깨우려던 령은 휴대폰을 집어 들었다. 그리고 자는 모습을 카메라에 담았다. 찍힌 사진을 보고 흐뭇한 미소를 짓더니 바로 심술을 부렸다. 또 안 일어나겠지. 그것도 예뻐 보일 테니 괜찮을 것 같았다.

"구토! 일어나!"

"으응. 조금만……."

"출근하셔야 합니다."

"가기 싫어."

"가기 싫으면 어쩌라고? 환자들이 기다리니 어서 일어나요."

언제나 아침이 힘든 그녀였지만, 어찌어찌해서 겨우 식탁 앞에 앉혔다. 령은 자신의 앞에는 커피가 담긴 잔을 놓고, 은서 앞에는 우유가 담긴 잔을 내려놓았다.

"저도 커피 마실래요."

"우유 마셔요. 어제 밤새 양 세며 잔 거니까."

"푸하하하하하하하."

둘 다 기분 좋은 아침. 령은 매일 아침이 이렇게 행복했으면 좋겠다는 생각을 하며 검찰청에 도착했다. 아침 회의를 마친 그는 휴대폰을 만지작거리며 현희와 대화 중이었다. 맡은 사건의 어려움을 토로하며 유사 사건에 대해 자문하는 현희의 말을 듣고 있을 때, 징- 하며 문자 알림이 울렸다.

"잠깐만."

현희는 대화가 끊기자 잔을 들어 입으로 가져갔다. 그런데 그의 표정에 순간 멈칫했다. 웃고 있었다. 그가 웃고 있었다. 그건 현희도 처음 보는 온화한 모습이었다. 무슨 일인 걸까? 테이블 위에 내려놓는 령의 휴대폰에 현희의 시선이 멈췄다.

"최령, 커피…… 더 마실까?"

"그럴까? 내가 뽑아 올게."

자신의 잔도 빈 걸 보고 령이 사무실을 나가자, 현희는 그의 휴대폰을 잽싸게 집어 들었다.

터치하는 그녀의 손가락이 가늘게 떨리고 있었다. 간단한 안부 문자에 무뚝뚝한 령이 그런 표정을 하다니. 이해할 수가 없었다.

"이게…… 뭐야?"

현희의 표정은 휴대폰을 터치할수록 일그러졌다.

"여긴 령이 침실 같은데…… 이건 등산 간 건데……."

흥분해서인지 숨을 쉴 때마다 상체가 들썩였고, 피가 거꾸로 솟는 듯 얼굴까지 붉어졌다.

"이게 다 뭐야?"

보고도 믿을 수 없는 은서의 사진에 현희는 혼란스러웠다. 당혹감을 감출 수가 없어 휴대폰을 들고 안절부절못하고 있을 때, 발소리가 점점 가까워졌다.

급히 휴대폰을 내려놓은 현희는 애서 표정 관리를 했지만, 숨을 쉬기조차 힘들었다.

"왜? 어디 아파?"

커피가 담긴 종이컵을 내려놓던 령은 새파랗게 질린 현희의 표정에 놀라 물었다.

"좀 피곤해서."

현희는 커피를 들고 일어섰다. 그녀는 자신을 통제할 수 없을 정도로 흔들리고 있었다.

"잘…… 마실게."

"여기서 안 마셔?"

"어…… 갑자기 봐야 할 서류가 생각나서."

창백해진 현희의 모습에 령은 걱정이 앞섰다.

"정말 괜찮은 거야?"

"응. 괜찮아."

어떻게 걸음을 옮겼는지 기억이 없다. 충격에 빠졌기에 자신의 사무실 문을 닫던 현희는 그대로 주저앉을 뻔했다.

"그 여잔데…… 의사…… 어떻게 된 거지?"

다시 휴대폰 속의 사진들이 생각나자, 현희는 제 손톱을 잘근잘근 씹으며 좌불안석이었다. 그녀였다! 령을 변하게 만든 원인.

"내가 여태 뭐 때문에 령이 옆에 있었던 건데! 어떻게 떼어버리지? 생각해!"

여자 때문에 변하다니. 현희는 수긍할 수 없었다. 억울함에 이를 악물던 그녀는 명패를 잡은 손에 힘을 줬다.

"생각해! 생각을!"

그러더니 다시 손톱을 물어뜯으며 서성거리기 시작했다.

"그래, 그거야! 내가 못 갖는 건 다른 여자도 못 가져!"

퇴근 무렵, 쇼핑백을 든 현희는 엘리베이터 앞에 서 있었다. 지나가는 사람들이 인사를 해도 그녀의 눈에는 들어오지 않았다. 숨을 쉬고 있으면서도 숨통이 막힌 듯 가슴이 답답했다. 스스로 살아 있다는 느낌이 없을 정도로 힘들었다.

도착한 엘리베이터에 올라타고는 층수를 눌렀다. 현희가 올라오는 그 시각, 령은 본가로 가기 위해 퇴근을 서둘렀다. 컴퓨터 전원을 끄고 서류를 정리할 때 노크 소리가 나며 현희가 들어오자, 그는 움직이던 손을 멈췄다.

"일찍 나가네."

"오늘 아버지 생신이라 집에 좀 가려고."

"나는 일이 있어서 올해는 못 갈 거 같아. 이것 좀 전해드려."

겉옷을 입는 령의 앞으로 현희가 쇼핑백을 건네줬다.

"해마다 잊지 않고 고맙다."

"남인가? 아저씬 나한테도 아버지와 같으신 분인데."

고마운 현희의 말에 쇼핑백을 받아 든 령은 휴대폰과 자동차 키를 집어 들었다.

"인사 전할게."

"그래."

그가 나가고 얼마 후 현희도 검찰청을 나섰다. 이윽고 현희의 차는 어느 아파트단지 지하주차장으로 들어갔다. 엘리베이터 주변에 주차한 후 그녀는 차에서 내렸다. 지금 현희는 령의 집 현관문 앞에 서 있었다. 주위를 두리번거리더니 도어록 번호를 눌렀다. 안 열리는 문. 다시 맞추고 그래도 안 열리자 혼잣말로 중얼거렸다.

"이게 아니면 아줌마 생일인가?"

혹시나 해서 다른 번호를 누르자 거짓말처럼 도어록이 열렸다. 그녀는 령의 집 안으로 들어갔다.

앞으로 무슨 일이 생길지 전혀 모르는 은서는 퇴근 후 령의 집에 불이 켜져 있자 뒤도 안 돌아다보고 엘리베이터로 뛰었다.

초인종을 누르고 기다리던 은서는 그가 보고 싶은 마음에 문이 빨리 열리길 바랐다. 현희는 비디오폰으로 보이는 은서의 모습을 확인했다. 손톱을 질겅거리고 씹던 그녀는 욕실로 가서 샤워기를 틀어놓았다. 그리고 제 원피스의 지퍼를 내려 옷을 벗었다. 머리도 조금 흩트리고 입술 립스틱도 손등으로 스윽 문질렀다. 마지막으로 숨을 크게 들이마신 후 현관으로 향했다. 열리는 문을 보고 은서는 반가운 마음에 활짝 웃었다.

"4가……."

슬립 차림의 흐트러진 모습을 한 현희가 문을 열어주자, 은서는 당황해 뒤로 물러섰다. 저 모습은? 칼이 심장을 찌르면 이렇게 아플까. 아팠다. 고통이 느껴지며 너무 아팠다.

"무슨 일이신가요?"

창백해지는 은서의 얼굴을 보자, 현희는 보란 듯이 한 발짝 앞으로 더 걸어 나왔다.

"아…… 저기……."

뭐라고 해야 하나. 뭐라고 하긴 해야 하는데. 지난번처럼 집을 잘못 찾아 왔다고 거짓말이라도 해야 하나. 하지만 입이 달라 붙었는지 입술이 열리지가 않았다. 얼이 나가 있는 은서의 모습에 현희는 집 안을 가리켰다.

"우리 령이 지금 샤워 중인데, 급한 볼일이신가요?"

"아……."

은서의 눈빛이 불안하게 흔들렸다. 현희는 쐐기를 박기 위해 입을 열었다.

"아! 아침에 령이 휴대폰에서 본 분이네요."

"휴대폰…… 이요?"

"사진 보여주던데요. 요즘 심심해서 같이 등산 다니는 여자라고."

"……."

심심해서라는 말은 농담인 줄 알았는데 그게 아니었다니.

"령이가 원래 산을 좋아해서 아무나 하고 다니기에 그러지 말라고 했는 데 잘 안 되네요."

"아…… 무나?"

그녀는 현희의 입을 통해서 나오는 모든 말들을 믿고 싶지 않았다. 하지 만 믿을 수밖에 없었다. 보이는 게 진실이었다!

"좀 전에 욕실 들어가서 기다려야 하는데, 들어오실래요?"

"아, 아니에요."

령을 어떻게 봐야 할지, 어떻게 대해야 할지 몰랐다. 은서는 초라해진 자 신의 모습을 생각하니 더럭 겁부터 났다.

"그럼 오셨다고 말씀 전해드릴게요."

"아, 아니요…… 그러지 마세요."

해도 들키지만 마라. 이 말의 뜻을 은서는 이해했다.

"혹시 우리 령한테 관심 있어요?"

"네?"

"쟤는 제 거예요. 그래서 다른 여자들 만나고 다녀도 전 터치를 안 해요. 갖고 놀다 싫증 나면 결국엔 항상 저한테 돌아오니까."

"……."

제발 꿈이길. 분명히 약속했는데. 같이 지내왔던 모든 시간이 거짓이라니. 그래, 나는 지금 꿈을 꾸고 있는 거야. 은서는 믿을 수 없는 현실에 주저 앉고 싶었다. 그 충동을 참아내고자 양쪽 다리에 힘껏 힘을 줬다. 지금만큼 은 나약한 모습을 보이고 싶지 않고 버텨내야 했다.

"그러니 의사 선생도 마음 다치고 몸 다치기 전에 접으세요. 임자 있는 남 자한테 꼬리 치지 말고."

꿈이 아니었다. 꿈에서 깬 현실은 너무도 가혹했다.

"10년 넘게 제가 그의 옆에 있었던 것은 령에 대해서 잘 알고, 여자 문제 를 알면서도 묵인해줬기 때문이에요."

"……."

뒷걸음질을 치던 은서는 난간에 몸이 닿자 다시 다리에 힘을 주며 몸을 지탱했다.

"령이 여자 문제로 일이 터질 때마다 이젠 저도 지치네요. 빨리 결혼을 해 야지 이거야, 원."

'일이 터질 때마다? 아닐 거야…….'

믿었는데. 믿었는데. 믿고 있었는데.

"그럼 알아들었으리라 믿고, 오늘 오신 건 말 안 할게요."

있는 대로 거짓말을 늘어놓고는 얼이 빠져 있는 은서의 얼굴을 노려보았 다. 울 것 같은 그녀의 모습을 보곤 현희는 현관문을 닫았다.

은서의 심장에 대못을 박듯 쾅! 소리를 내며 문이 닫혔다. 그녀는 말 한마 디 못 하고 그 자리에 동상처럼 서 있었다.

띠르락! 소리와 함께 현관문이 잠기자 현희의 온몸은 사시나무 떨듯 떨려왔다.

"같이 가!"

은서는 엘리베이터에서 뛰어나오는 아이를 보았다. 겨우 발걸음을 옮겨 집으로 향했다. 떨리는 손으로 번호를 눌렀으나 자꾸만 틀렸다.

몇 번이나 더 눌렀을까? 그녀는 아무 숫자나 누르며 중얼거렸다.

"양다리는…… 자기가 걸치고. 약속…… 했으면서."

마음을 다친 그녀는 울지도 않았다.

지금 은서에게 무슨 일이 벌어지고 있는지 아무것도 모르는 령은 오랜만에 집에 들러 부모님과 오붓한 시간을 보내고 있었다.

"어머니, 이 녀석은 왜 부르셨대요?"

시루가 진경이 옆에 꼭 붙어 있자 령이 한마디 했다.

"어디 형님한테 녀석이라고! 버르장머리 없구나."

"어쭈! 이 꼴통 좀 보게나."

령이 시루의 머리를 치려고 하자, 시루의 손은 자동으로 올라갔다.

"꼴통이라니, 네 이놈!"

"확!"

"어마마마, 저 녀석을 당장 내치라고 명령하여 주옵소서."

시루가 진경에게 정중히 청하는 말투로 말하자 령은 헛웃음을 쳤다.

"지랄해라."

"지랄이라니? 무례하구나! 어디서 그런 저속한 말을!"

둘의 티격태격하는 모습에 진경은 끝내 웃음을 보였다.

"시루는 부르지 않아도 항상 기억하고 오는데 뭘 새삼스럽게 그러니? 근데 현희는 많이 바쁜지 아까 전화만 했더라."

한 번도 현진의 생일을 잊은 적이 없었기에 과일을 깎던 진경의 손이 멈췄다.

"일이 있다고 했어요."

"그래? 별일일세. 10년 동안 한 번도 거른 적이 없던 앤데."

"이거 현희가 아버지 드리라고 줬어요."

현진이 방에서 나오자 령은 현희가 준 쇼핑백을 건네주었다. 진경이 궁금한 눈초리를 했다.

"령이 아빠, 이거 현희가 당신한테 주는 선물이래요. 어서 풀어봐요."

"현희가? 그 녀석은 해마다 뭘 사오고 그래."

말은 이렇게 했어도 기분은 좋았는지 입이 귀에 걸렸다.

"어디 뭔가 한번 볼까?"

현진이 조심스레 쇼핑백을 열었다.

"허허. 골프화잖아. 마침 필요했는데 어찌 알았을까?"

"집에서만 퍼팅하는데 무슨 골프화?"

진경은 골프화를 신어보는 현진을 보며 비아냥거리는 말을 했다.

"이왕에 할 거면 집에서도 구색을 갖춰야지. 안 그러니, 시루야."

"네, 맞습니다."

"어때, 나 멋지지? 모양새 나지 않느냐?"

골프화를 신은 현진이 퍼팅하는 자세를 취하자 시루가 엄지를 세워 보여줬다.

"유명 모델처럼 아주 멋져 보이십니다."

시루의 아부 필살기에 현진은 허허거리며 웃었지만, 령은 더는 그 꼴을 볼 수가 없었다. 억지로 시루를 끌고 2층으로 올라갔다. 잠자리에 든 령은 시루가 씻는 동안 은서에게 전화했다. 그런데 신호가 끊길 때까지 받지 않았다.

"응급 환자가 들어왔나?"

은서 생각에 령이 휴대폰을 만지작거리던 그 시각…… 불조차 켜지 않은 어두운 방. 침대 헤더에 기댄 은서는 무릎 사이에 얼굴을 묻고 있었다. 그녀는 벨 소리가 멈추자 고개를 들었다.

"내가 끝내줄게."

이 고통에서 벗어나자…….

다음 날, 은서는 우빈과 민아, 그리고 소희를 만나 령과 있었던 모든 상황을 말해주었다. 그리고 친구들에게 도움을 청했다.

"그 자식! 미친 거 아니야!"

믿을 수 없다는 듯 소희와 민아가 쳐다보았고, 모든 이야기를 들은 우빈은 거의 령을 죽일 기세로 날뛰었다. 그도 그럴 것이 지금까지 지켜본 은서는 단 한 번도 허투루 남자를 만난 적이 없었던 것이다. 따라다니는 남자가 있어도 마음이 없다고 하면 우빈이 중간에서 해결해줬다. 그런 은서가 지금 영화에서나 볼 수 있는 주인공이 되어 말을 하고 있었다.

"아악! 미쳐버리겠네!"

광분한 우빈을 민아가 달랬다.

"오빠, 조금만 진정해요."

은서는 저렇듯 흥분하는 우빈의 모습을 보니, 자신을 대신해 화내주는 친구가 오히려 고맙게 느껴졌다. 화조차 낼 수 없었던 은서는 모든 걸 말하고 나니 허탈하기보다는 고통에서 벗어날 수 있다는 생각에 마음이 놓였다.

"이게 진정이 돼? 계약 뭐라고? 어이가 없어서."

"그건 내가 먼저 제안을……."

모든 건 이때부터 잘못된 것이었다. 현희의 존재를 알고 있었기에 자존심을 떠나 애초에 연애라는 상황을 거절했어야 옳았다.

"아무리 그렇다고 여자가 있었으면서 사귀자고 해! 그리고 부모님들끼리도 안다며!"

부모님들…… 재회의 기쁨으로 환하게 웃던 부모님들의 얼굴이 머릿속을 스치고 지나갔다. 서로의 자식들 이름을 지어주시곤 자랑스러워하셨던 부친들. 그 웃음을 지켜주고 싶은 은서는 모든 것을 혼자 감내하자고 결심했다. 부디 그분들은 영원히 모르시길.

"강우빈! 은서 말 좀 더 들어보자고!"

넋이 나가 있는 은서의 모습을 지켜보던 소희가 소리치자, 우빈은 마지못해 자리에 앉았다.

"우빈아, 네가 도와줘. 우리 아빠, 엄마의 마음을 지키기 위해선 내 선에서 조용히 끝내야 해."

이 말을 뱉어내자 이제는 정말 끝났다는 느낌이 들었다. 혼자만 간직하며 설레어왔던 마음이 산산이 부서져 바람에 모두 날아가 흔적조차 없었다.

"어떻게?"

"내가 양다리 걸친 것처럼. 그럼 쉽게 끝낼 수 있을 거야."

이 방법이 가장 쉬우면서도 깊은 상처를 주는 방법이라고 생각했다. 받은 상처 그대로 령에게 돌려주고 싶었다.

"미쳤어? 네가 왜!"

"우빈아, 나 그 사람이랑 빨리 끝내고 싶어."

결국 은서의 눈에서 눈물이 흘러나왔다. 애써 아닌 척하려 했지만 이렇듯 힘든 것을 보니 사랑이었나 보다.

"……흐으 ……흑."

마음껏 소리도 못 내고 우는 은서의 모습에 모두 입을 다물었다. 마음이 아프다고, 그래서 도와달라고 표현하는 친구의 모습에 우빈은 결심했다.

"어떻게 도와주면 되는데?"

가장 쉬운 방법은 어제 자신이 본 그 상황 그대로.

"그냥 오늘 밤 우리 집에 와서 나랑 지낸 것처럼 있으면 돼. 그래서 오해가 없도록 민아 씨도 부른 거야."

"알았어."

끝났다고 생각한 은서는 턱에 묻어 있는 눈물을 손등으로 닦아냈지만, 령을 잃은 텅 빈 눈은 닦아내고 또 닦아내도 눈물만 가득 찼다.

"그렇게 안 봤는데 두 얼굴을 가지고 여자를 희롱해."

우빈은 화를 참아내기 위해 주먹을 불끈 쥐었다.


늦은 시간 퇴근을 한 령은 온종일 답이 없는 은서로 인해 힘든 날을 보냈다. 뭔지는 모르겠지만, 불안한 느낌을 떨쳐버릴 수가 없었다. 주차한 후 은서의 집을 올려다보니 환하게 불이 켜져 있었다. 그런데 이상하게 저 불빛에 심장이 쿵 하고 내려앉는 기분이 들었다. 크게 숨을 들이마신 령은 서둘러 엘리베이터로 향했다.

띵- 동.

한편 울리는 초인종 소리에 우빈은 비디오폰을 보며 은서를 바라보았다.

"마음 변했어?"

"아니."

은서는 고개를 가로저었다.

"그럼 확실하게 한 번에 끝내자."

"응. 그래줘."

은서가 고개를 끄덕이자 윗옷을 벗은 우빈은 현관으로 향했다.

"우빈아."

문고리를 잡은 우빈의 손이 은서를 보며 멈췄다.

"유은서, 이 방법이 싫으면 지금이라도 말해."

"……."

은서는 어제 아침 자신을 웃게 했던 령의 마지막 모습을 떠올렸다. 행복했던 시간아. 안녕…… 그리고 모든 걸 끝내기 위해 다시 고개를 가로저었다. 무슨 일이 생길지 아무것도 모르는 령은 초인종을 눌러도 한참 동안 현관문이 열리지 않자 다시 눌렀다.

철커덕! 현관문 열리는 소리가 들렸다. 모든 것이 끝나리라는 것을 암시하는 문소리가 은서의 귀에 들리자, 그녀는 침실 문을 닫았다.

밖에서 초조하게 기다리던 령은 문이 열리자 안도의 숨을 내쉬었다. 하지만…….

"최 검사님 아니십니까?"

뜻하지 않은 우빈의 모습에 표정이 경직됐다. 불안한 예감은 비켜갈 수 없는 것인가.

"은서 있습니까?"

우빈의 행색에도 애써 감정을 억누르며 말했다. 하지만 령의 눈빛은 불안감에 휩싸였다. 은서야, 제발 내가 실망하지 않게 해줘.

"지금 자는……."

잔다는 말이 끝나기도 전에 령은 우빈을 밀쳤다. 그는 떨리는 마음을 안고 현관 안으로 들어왔다. 아닐 거라는 믿음보다는 사실 배신감부터 앞섰다.

"유은서-!"

믿었는데. 믿고 있었는데. 그래도 확인해보고 싶었다.

"최 검사!"

령의 반응에 우빈도 소리쳤다.

"유 쌤, 어떻게 해요? 저러다 둘이 싸우기라도 하면?"

민아는 화가 난 우빈의 목소리에 불안했는지 침실 방문 앞에 서 있는 은서의 팔을 잡았다. 괜찮다며 민아의 손등을 톡톡 두드린 그녀는 무슨 생각인지 겉옷을 벗었다.

"은서 쌤?"

놀라서 쳐다보는 민아를 보곤 슬립 차림의 은서는 침실 방문의 문고리를 잡았다. 덜덜 떨리는 손으로 문고리를 돌렸다.

슬픔과 함께 첫사랑이 끝나가는 순간…….

령과 은서의 눈이 마주치자 모든 것이 고통 속에서 멈췄다. 시간도 멈추고, 시선도 멈추고, 서로를 향해 뛰던 심장도 멈췄다.

"……!"

"……."

아니길 바랐는데. 령은 은서의 모습에 약속이 깨졌단 걸 직감했다.

"유은서! 이 정도밖에 안 되는 여자였어!"

은서의 머릿속에 어제 봤던 현희의 모습이 스쳐 지나갔다. 그리고 침대 위에 있었을 두 사람의 모습이 상상되자 피식 웃었다.

"약속…… 흥! 웃기고 있어."

령은 변명이 아닌 이런 비웃음이 섞인 말을 듣게 될 줄은 생각지도 못했다.

"웃겨? 뭐가 웃긴지 말해봐!"

"이러는 게 웃긴다고요. 지금 모든 상황을 다 봤으면서 뭘 더 말하라고."

"유은서!"

은서는 현희와의 끔찍했던 순간을 구질구질하게 설명하기 싫었다.

수치스러웠다. 말로 표현하고 싶지 않을 정도로 농락당한 자신이 수치스러웠다. 그 순간 말 한마디 제대로 못 한 자신은 불륜을 저지른 죄인 같은 취급을 받았다. 두 번 다시 그런 시선을 받고 싶지 않았다.

"원한다면 지금 이 상황을 적나라하게 얘기해줄 수도 있어요. 우리 둘의 모습을 보면 알 수 있는 상황인데, 이해가 안 가세요?"

"너 정말 최악이다."

처음이었다. 사랑이란 낯선 감정으로 가슴에 담았던 여자. 그녀에게 받은 실망감과 슬픔에 령은 소리조차 지를 기운도 없었다.

"두 번 다시 아는 척하지 마. 너무…… 추하다."

고이고이 아껴주며 바라보았던 은서의 모습이 지금은 더럽게 보였다.

"뭐? 추해?"

우빈은 끝내 령의 멱살을 잡았다. 하지만 그는 곧바로 우빈의 손을 힘껏 뿌리쳤다. 마치 더러운 벌레를 보듯 경멸하는 눈으로 은서를 바라보았다.

그 눈빛에 그녀는 참으려 했던 눈물이 고였고, 입가엔 슬픈 미소가 지나갔다. 끝났구나! 이렇게 쉽게 끝났구나. 사랑이 없었으니 이렇게 끝나는구나.

"지금 네 모습 추해."

령 또한 모든 것이 끝났다는 생각이 들었다. 그가 뒤돌아섰다. 이 문을 통과하는 순간 모든 건 끝이었다. 그러니 보기 싫은 저 모습을 피해 빨리 나가자. 그가 현관 밖으로 발을 내디뎠다. 그리고 복도로 나온 령은 주저 없이 문을 닫았다. 망설임도 없이 쾅! 소리를 내며 거세게 닫히는 문소리에 은서는 그대로 주저앉았다.

"아으…… 흐흐흑."

추하다는 말에 가슴을 부여잡으며 그녀는 끝내 울음을 토해냈다. 사랑하는 부모님을 지키고 싶었던 은서의 마음…….

서러웠다. 이런 오해로 자신의 모습이 더럽게 비쳐 서럽고 서러웠다. 참으려 해도 눈물이 쏟아졌고, 입을 막아도 울음소리가 입술 틈새로 비집고 나왔다.

"흐윽. 엄마…… 어흐흐윽! 아빠. 흐흐흐흑."

부모를 위해 짊어진 짐이 너무 무겁게 느껴졌다.

"쌤!"

침실에 있던 민아는 은서의 서러운 울음소리에 거실로 뛰어나왔다.

"야! 유은서, 저런 말까지 듣고도 참아야 해?"

화를 삭이지 못한 우빈의 목소리가 쉿소리를 내며 거실에 울렸다.

"우빈아…… 그만. 이제 끝났잖아."

끝났다. 정말 거짓말처럼 깨끗이 끝나버렸다. 서로 상처 주고 상처 받으며 계약이라는 틀에 갇혀 있던 사랑은 약속이 깨지면서 사라져 버렸다.

"저 자식, 누가 잘못하고 더 난리야! 추하긴 뭐가 추해!"

"그만!"

답답한 마음이 외침이 되어 나왔다. 그만! 난 추하지 않아!

"제발! 그만하라고!"

은서의 눈에서 눈물이 흐르듯 령의 가슴에도 눈물이 흘렀다.

그리고 집에 돌아온 그는 분노를 참지 못했다. 손에 잡히는 모든 것을 집어던졌다.

"절대-! 용서 안 해!"

무언가 깨지고 무언가는 부딪쳐 둔탁한 소리를 내며 바닥으로 굴러떨어졌다.

"유은서! 절대 용서 안 해!"

와장창 소리를 내며 쉴 새 없이 모든 것이 부서져 나갔다. 령의 마음처럼…….

분노는 령을 폭주하게 했고, 은서 또한 깊은 슬픔에 가둬버렸다.

아직까지 믿음이 부족했는지 둘은 그렇게 어이없는 이별을 했다. 사랑 나무의 여린 싹은 아직 비바람을 견디기엔 너무 약했다. 가지를 뻗어 꽃망울을 피우기도 전에 꺾여버렸다.

-2권에 계속-